btb

Buch

Lavinia Andrews ist siebzehn Jahre alt, als sie mit ihrer verwitweten Mutter und der vielköpfigen Familie das englische Dorset Hals über Kopf verlassen muß, weil man ihren Bruder des Diebstahls bezichtigt und ihm der Henker droht. Sie flüchten sich auf das erstbeste Schiff, das im Hafen liegt und noch am selben Tag ausläuft. Wie es der Zufall will, ist es nach Neufundland auf Fischfang unterwegs. Es ist das frühe 19. Jahrhundert, und auf Neufundland befinden sich außer der im Aufbau begriffenen Hauptstadt St. John's lediglich einige mehr oder weniger große Siedlungen weit über die Insel verstreut, die relativ risikolos nur über den Seeweg zu erreichen sind. Das Innere der Insel ist nur unter Lebensgefahr zu durchqueren und, wie die Siedler glauben, so gut wie unbewohnt. Erst später begreifen sie, daß dort schon seit langer Zeit Indianer wohnen.

Nach fünfwöchiger entbehrungsreicher Seereise landen die Andrews am Cape Random, einem kleinen Fischereiaußenposten im Norden der Insel, der derzeit aus sieben Menschen und zwei Hütten besteht. Die eine Hütte, der eine Art Lagerhaus angeschlossen ist, wird von Thomas Hutchings bewohnt. Die zweite Partei auf Cape Random ist die Familie Vincent. Die Ankunft am Cape Random ist trostlos. Der Wintereinbruch steht bevor, das Schiff, das die Andrews brachte, wird das letzte bis zum Frühjahr sein, das hier anlegt. Die Familie steht am Hafen ohne Bleibe, ohne Lebensmittel. Doch die Vincents, einst unter ähnlichen Umständen hier angelandet, sind bereit, die zwölfköpfige Andrews-Familie über den Winter in ihrem provisorischen Holzhaus aufzunehmen. Eine harte Zeit beginnt …

Autorin

Bernice Morgan wurde in Neufundland geboren und lebt heute noch dort. Sie ist Autorin zahlreicher Kurzgeschichten. »Die Farben des Meeres« ist ihr erster Roman, der ihr landesweit Anerkennung brachte und ihren Ruhm als Autorin begründete.

Bernice Morgan

Die Farben des Meeres

Roman

Deutsch von Heidi Lichtblau

btb

Die Originalausgabe erschien 1992 unter dem Titel
»Random Passage« bei Breakwater, St. John/Neufundland

Umwelthinweis:
Alle bedruckten Materialien dieses Taschenbuches
sind chlorfrei und umweltschonend.

btb Taschenbücher erscheinen im Goldmann Verlag,
einem Unternehmen der Verlagsgruppe Bertelsmann.

2. Auflage
Deutsche Erstveröffentlichung November 1998

Umschlaggestaltung: Design Team München
Umschlagfoto: Premium/First Light
Satz: Filmsatz Schröter GmbH, München
Lektorat: Regina Kammerer
Redaktion: Martina Klüver
Herstellung: Augustin Wiesbeck
Made in Germany
ISBN 3-442-72382-5

Für meine Eltern
Sadie Vincent von Cape Island
und William Vardy von Random Island
und für ihre Eltern,
die dachten, mit harter Arbeit könne
man sich Sicherheit verschaffen.

PROLOG

Es ist Frühling, und in der großen Grube mitten auf dem heiligen Hügel brennt ein Feuer, wie schon seit Tausenden von Jahren. Neben dem Feuer sitzt die alte Ejew, die lederumhüllten Beine zu den heißen Felssteinen ausgestreckt. Zwischen ihren Beinen schläft das Baby, sein kleiner, runder Kopf ruht wohlig in Ejews Schoß. Leise singt die alte Frau das Lied vom kleinen Vogel Ob-seeth, der mit einem plattnasigen Fisch namens Mo-cu-thut über den Besitz einer Zaubermuschel in Streit geriet. Das Lied kennt Ejew gut, schon in ihrer Kindheit hat sie es gehört, als ihre Brüder sie neckend Ob-seeth nannten, kleiner streitsüchtiger Vogel. Das Lied endet traurig. Ob-seeth pickt Mo-cu-thut die Augen aus, der daraufhin hochspringt, sich in den Flügeln des Vogels verbeißt und ihn unter Wasser zieht, wo die Zaubermuschel für immer im Meer verlorengeht. Trotz seines düsteren Inhalts hat das Lied eine fröhliche Melodie, und Ejew singt es immer wieder.

Nun, da sie sich zum erstenmal seit Beginn ihres beschwerlichen Trecks an die Küste richtig warm und trocken fühlt, sieht Ejew Grund zur Freude: der Frühling ist da, ihr Enkel ist gesund auf die Welt gekommen, die Götter haben ihre Familie wieder an diesen heiligen Ort gebracht. Sie sollte dankbar sein, denn noch drei ihrer Söhne sind am Leben und versuchen gerade, am Strand die Robben in die Reichweite ihrer Harpunen zu locken.

Bei dem Gedanken an warmes Robbenfett läuft ihr das Wasser im Mund zusammen, und ihr Magen beginnt zu knurren. Um ihren Hunger zu vergessen, konzentriert sie sich auf den weichen Sand in ihrem Rücken, auf das warme Baby zwischen ihren Beinen und das glimmende Feuer zu ihren Füßen.

Gobidins Sohn Toma und das Waisenmädchen Ubee schleppen weiteres Treibholz herbei, das neben dem Feuer trocknen soll. Die Kinder sind dünn wie Geister, ihre Wangen sind eingefallen und die Augen vor Hunger ganz groß. Der Junge zeigt der Großmutter einen langen Stock, den er gefunden hat, und fragt, wann es Essen gebe.

»Mo she mell, mo she mell«, erwidert Ejew ihm – ganz bald, ganz bald.

Bald wird ihnen der Robbengott Fleisch geben. Nicht nur genug, daß sie heute davon satt werden, sondern soviel, daß man es in Streifen schneiden, über dem Feuer trocknen und sich in den kommenden Monaten davon ernähren kann. Rund einen Tag wird die Familie auf dem Robbenkap verweilen, am Strand jagen und aus dem Feuerstein, der überall um den Hügel herum zu finden ist, Werkzeug herstellen und ihren Vorrat an Schabern und Pfeilspitzen ergänzen. Bis dahin, denkt Ejew, werden andere Familien eingetroffen sein, und zusammen werden sie die Küste hinaufziehen, zu den Lachsflüssen, zu den Eierinseln, sie werden Füchse und Schneehühner jagen, Fallen für Seevögel aufstellen, Kammuscheln ausgraben. Bis sich die Beerenbüsche rot färben, werden ihre Beutel und Körbe wohlgefüllt sein. Wenn sie dann landeinwärts zu den Karibuherden ziehen, werden sich die Wangen der Kinder wieder gerundet haben, und selbst sie wird wieder etwas Fett angesetzt haben. Seit undenklichen Zeiten sind ihre Leute mit leeren Mägen zum Robbenkap gekommen und haben es mit vollen wieder verlas-

sen; und so wird es auch dieses Jahr sein. Ejew betet zu den Göttern, daß es auf ewig so sein möge.

Diesen Frühling sind sie ausgehungerter als gewöhnlich. Ihr ältester Sohn Gobidin hatte darauf bestanden, nicht wie sonst an dem tiefen Fjord entlang zum Kap zu ziehen, wo man vielleicht einen Blauwal hätte erlegen können, sondern einen Umweg durch das Landesinnere zu machen, wo sie ihr Kanu über gefrorene Sümpfe und durch Wald hatten tragen müssen, wo es nichts zu essen gab. Wo sie sich, als ihnen das Karibufleisch ausging, von Rinde ernähren mußten. Ejew hätte dagegen Einwände erheben können, daß sie nicht den üblichen Weg nahmen, denn als ältestes Familienmitglied hatte sie das Recht dazu. Aber Gobidin hatte die Widdun gesehen, die Menschen ohne Seele, und so hatte sie seine Entscheidung nicht angefochten.

An den winterlichen Lagerfeuern hatte man sich viel über die Widdun erzählt. Es hieß, sie brächten Krankheiten mit, röchen nach Tod und hätten keine eigenen Frauen und Kinder. Schon viele hatten sie angeblich im Wald gesehen, und ein junger Mann erzählte, er habe ein Dorf besucht, in dem Widdun lebten. Er sagte, sie lebten sommers wie winters zusammengepfercht am selben Ort.

Ejew selbst hatte solchen Geschichten keinen Glauben geschenkt. Die Leute sahen doch immerzu seltsame Wesen, Menschen, Tiere oder Geister. Dann, im letzten Herbst, auf ihrem Rückweg zum Winterlager, verließen Gobidin und seine Frau die Hauptgruppe, um Otter zu jagen. Am zweiten Tag paddelten die beiden gerade einen der Flüsse hinauf, die in den Fjord münden, als plötzlich fünf Widdun aus dem Wald auftauchten, ihre Stöcke hoben und durch die Luft Feuer auf das Kanu jagten. Das Feuer traf Eeshoo und Gobidin, traf das kleine Boot, so daß es herumwirbelte und schaukelte und rückwärts zu treiben begann, während die Widdun lachend am Ufer standen und noch mehr Feuer über das Wasser schickten.

Als Gobidin wieder zu sich kam, war das Kanu auf einer Sandbank aufgelaufen, aus einem Loch in seiner Schulter floß Blut, und Eeshoo lag tot neben ihm im Boot. Er spähte ans Ufer, und als er keine Widdun mehr sah, zog er das Kanu tief in eine Höhle, in der sie manchmal geschlafen hatten. Er begrub seine Frau unter dem Kanu und begab sich auf dem Landweg zurück zu seinen Leuten.

Kindergeschrei und das Gelächter einer ihrer Schwiegertöchter, das vom Strand herauftönt, reißen Ejew aus ihren Gedanken. Sie müssen eine Robbe erlegt haben! Vorsichtig hebt sie das schlafende Baby von ihrem Bauch, steht mit steifen Gliedern auf und läßt mit Hilfe gefütterter Lederhandschuhe zwei heiße Felssteine in den Wassertopf fallen. Auf Händen und Knien arbeitet sie sich an den Muldenrand vor und späht zu dem langen Strand hinunter. Hier oben ist man dem rauhen Wind schutzlos ausgeliefert. Er peitscht ihr das graue Haar über die Augen, während sie ihre Söhne dabei beobachtet, wie sie gekonnt ihre Harpunen einsetzen. Jeder hat eine Robbe.

Sie flüstert Dankesworte, daß sie es alle drei zur gleichen Zeit geschafft haben, eine Robbe zu erlegen. Die übrigen Tiere sind untergetaucht und werden erst in weiter Ferne wieder auftauchen.

Eigentlich übernehmen am Ufer die Frauen die Robben. Da dieses Jahr aber nur zwei Schwiegertöchter da sind, helfen die Männer mit, Lederriemen um die schweren Körper zu binden und sie an Land zu ziehen. Früher hatten viele Frauen und Mädchen mitgeholfen und waren unter Gelächter zu dem Platz geeilt, an dem Ejew steht, jede davon erpicht, den heiligen Ort als erste mit einer Robbe zu erreichen. Männer und Jungen hatten sie angefeuert, und neben ihr, hier an der Hügelkante, hatten auch die alten Leute sie angetrieben – all die Alten, die Sänger, die Kinderhüter, die Werkzeugmacher, die Korbflechter aus den ganzen Familien, die sich jedes Frühjahr auf dem Rob-

benkap versammelten, um zu jagen, zu handeln, zu singen, zu tanzen, zu verkuppeln und Geschichten zu erzählen.

Ejew erinnert sich, wie eine alte, weise Frau den Kindern erzählt hatte, daß schon vor Urzeiten Fremde – sie hatte sie »die Anderen« genannt – das Kap für heilig gehalten hatten. Diese anderen und die ockerroten Familien hatten über viele Jahre um den Platz gekämpft. Dann, eines Frühlings, waren die Anderen ausgeblieben. Sie waren nie wiedergekommen. Ihre Zeit auf Erden war zu Ende gegangen, hatte die Alte gesagt, wie die wilden Tiere waren sie verschwunden und ließen ihre Leute als Besitzer der Welt zurück.

Lange Zeit war Ejew die Geschichte der Alten über die Anderen entfallen. Nun muß sie oft daran denken. Wohin sind sie gegangen, diese Anderen? Geht die Zeit aller Geschöpfe auf Erden einmal zu Ende – ist das der Grund, warum alljährlich weniger Leute zum Kap kommen? Und, die entsetzlichste Frage von allen, die ihr erst kürzlich gekommen ist, ist es möglich, daß die anderen als Widdun verkleidet zurückgekehrt sind, um die Welt zurückzufordern?

Seit langer Zeit ist Ejew beklommen zumute – so lange schon, daß sie sich gar nicht mehr entsinnen kann, wann das Gefühl begann – ehe die Widdun Eeshoo töteten, ehe Mattuis verschwand, ehe der krankmachende Husten kam. Bisweilen glaubt sie, nur dieses ungute Gefühl hält sie davon ab, in die Welt der Geister zu entschweben.

Nachdem sie an diesem Abend soviel Fleisch wie möglich gegessen haben, nachdem sie sich Öl über die Hände und ins Feuer gegossen haben, um dem Robbengott für seine Gaben zu danken, bringt das Kind Toma seinem Vater den langen Stock, den es am Strand gefunden hat. Er ist weder aus Stein, Holz, Knochen oder irgendeinem anderen ihnen bekannten Stoff.

»Ist das ein Zauberstab?« will der Junge wissen.

Sorgfältig untersucht Gobidin den Stock. Er erzählt ihnen, daß er wie ein Teil eines Feuerstockes aussehe, den die Widdun benutzen, der aber nun, da er hohl und leer sei, nichts mehr anrichten könne. Sie reichen den Stock herum und wundern sich über sein Gewicht. Sie schmettern ihn auf einen Felsen, und als er nicht zerbrechen will, werfen sie ihn ins Feuer, wo er schließlich leuchtendrot zu glühen beginnt.

Fünf Tage warten sie auf dem Kap, aber als keine anderen Familien eintreffen und die Robben nicht zurückkehren, machen sie sich daran, die Küste hinaufzuziehen. Während die anderen packen, füllt Ejew ihren Schulterbeutel mit Asche aus dem heiligen Feuer und schaut zu, wie Toma unter dem verkohlten Holz nach dem langen Stock gräbt. Ejew sagt ihm, daß er verbrannt sein werde, doch Toma zieht ihn, immer noch unversehrt, heraus und fährt mit den Händen glücklich über seine glatte, rußige Oberfläche. Er hält ihn zum Größenvergleich neben sich. Der Stock überragt ihn ums Doppelte. Toma schielt durch sein leeres Inneres zu Ubee und Ejew, hält ihn an die Lippen und versucht, ein Geräusch hervorzubringen, wie Jungen das oft mit hohlen Schilfrohren tun. Er gibt an, stolz, so etwas Einmaliges gefunden zu haben. Gewichtig erklärt er der alten Frau und dem Mädchen, wie nützlich der merkwürdige Stock sein werde. Er werde ihnen dabei helfen, Körbe zu tragen, Flüsse zu durchwaten und sogar Fleisch über dem Feuer zu trocknen.

Ejew streckt die Hand nach dem Stock aus. Sie hat ihn bisher noch nicht angefaßt, und als sie mit dem schweren, kalten Ding in Berührung kommt, läuft es ihr kalt über den Rücken.

Sie gibt dem Jungen den Stock zurück. »Er ist böse, wirf ihn ins Meer zurück!«

Ihr Enkel sieht sie an und merkt, daß sie es ernst damit meint. Er ist zu höflich, um Erstaunen auszudrücken oder sich der Alten zu widersetzen, aber er macht auch keine Anstalten, ihr zu gehorchen. Er steht nur klein und trotzig da und hält mit beiden Händen den Stock umklammert.

»Weg damit!« sagt Ejew scharf. Um ihren Befehl abzumil-

dern murmelt sie ein kurzes Gebet an den Geistesgehilfen des Jungen und berührt dessen Kehle mit heiliger Asche.

Wortlos dreht sich Toma um, rennt hinunter zum Wasser und wirft vor den Augen des Mädchens und der alten Frau das verderbte Ding ins Meer, wo es auf der Stelle versinkt.

ERSTER TEIL

Lavinia Andrews

1. KAPITEL

Bei dem Felsen bleibt Lavinia stehen, einem Felsen, wie sie ihn noch nie gesehen hat: Haushoch ragt er aus dem Sand, glatt, glänzend und an der Spitze gebogen wie ein großer, schwarzer Finger, der zu Gott emporzeigt. Langsam geht sie um ihn herum, bis sie eine Stelle findet, von der aus weder der endlose Ozean noch der trostlose Menschenhaufen hinten am Anlegesteg zu sehen sind. Als sie sich an den schwarzen Stein lehnt und sich daran hinuntergleiten läßt, spürt sie, daß eine leichte Wärme von ihm ausgeht. Heißt das etwa, daß an diesem grauen, einsamen Ort manchmal die Sonne scheint?

Sie läßt das Gesicht auf die Knie sinken, schlingt die Arme um den Kopf und weint wie ein Kind. Auch als sie sich wieder gefaßt hat, bleibt sie dort, an den Felsen gekauert, und versteckt das Gesicht in den Falten ihres alten Rockes. Der Geruch ihres alten Zuhauses, der dem rauhen Stoff noch immer anhaftet, beruhigt sie. Langsam entspannt sie sich und läßt die Ereignisse der letzten Wochen Revue passieren, denkt darüber nach, wo sie ist, wie es weitergehen soll.

Zum erstenmal kann sie an sich selber denken, statt immer

nur an ihre Familie, die inmitten von Kisten und Fässern hinten am Anlegesteg steht. An Lavinia Andrews, »ein sauberes, anständiges Mädchen, das lesen, rechnen und Böden schrubben kann«, wie Mrs. John gesagt hatte, ein Mädchen, das an einem meerumtosten Strand sitzt, ohne Ehemann, Freund oder Geld, neben sich im Sand einen Beutel mit all ihren Habseligkeiten.

»Es wäre gescheiter, Ellsworth hätte seine Drohung wahr gemacht und Ned gehängt.« Seit fünf Wochen drängt sich ihr dieser Gedanke immer wieder auf.

»Mir egal, es stimmt doch! Jetzt bin ich hier und kann nie mehr zurück! Noch einmal würde ich das Ganze bestimmt nicht überstehen. Tagein, tagaus die weite, wogende See, das schleimige Wasser, den Dreck, den Gestank! Für keine der Frauen gibt es ein Zurück – für die Männer vielleicht, aber nicht die Frauen. Wir müssen bis an unser Ende hierbleiben.«

Bei dem Gedanken daran, was Ned ihnen angetan hat und wie kopflos sie ihm gefolgt sind, kommen ihr erneut die Tränen. Vielleicht ziehen sie vom Meer fort, versucht sie sich zu trösten. Womöglich gibt es im Landesinneren warme Täler und grüne Felder.

»So ist's recht, Mädchen, mach dir was vor. Du bist keinen Deut besser als Ned! Würden die Leute hier auf den Felsen wohnen, wenn sie es in der Nähe besser haben könnten? Mit meinen siebzehn Jahren könnte ich noch fünfzig Jahre leben. Fünfzig Jahre! Gott, was soll bloß aus mir werden?«

Die Frage läßt ihr keine Ruhe, doch eine Antwort gibt es nicht. Sie sitzt schniefend da, das Gesicht gegen den Rock gepreßt, und döst erschöpft vom Weinen und den vielen an Hazels Seite durchwachten Nächten schließlich ein.

Es ist ein trüber Novembertag. Der einzige Farbtupfer auf dem ganzen langen Strand ist der grüne Wollschal, den sich das Mädchen um den Kopf geschlungen hat, und die roten Haarsträhnen, die darunter hervorlugen.

Vor fünf Wochen mußte Lavinia Andrews in einer einzigen Nacht Hals über Kopf ihre Heimat verlassen, eine sichere Arbeitsstelle mit guten Aussichten und einen gutaussehenden jungen Mann aufgeben, den sie in einem Karren hatte Puppen verkaufen sehen. Zwar hatten sie noch nie ein Wort miteinander gewechselt, aber das wäre nur eine Frage der Zeit gewesen. Fünf Wochen lang hatte sie zweitausend Meilen über schwarzes, wogendes Wasser zurückgelegt, war über die stürmischsten Meere der Erde gesegelt. Eine rauhe Überfahrt in einem Handelsschiff, das zum Transport von Schweinen und Schafen in die französischen Kolonien der Neuen Welt gebaut worden war.

Fünf Wochen hatte sie alle Gedanken und Tränen verdrängt. Es blieb keine Zeit für unnütze Reue, nicht, wo Kinder gewaschen, gefüttert und vom Ertrinken abgehalten werden, beruhigt und getröstet werden mußten; nicht, wo Hazel versorgt werden mußte, die seit Reisebeginn bettlägerig war. Sie hatte von Köpfen und Decken Läuse absammeln, am Brot nach Schimmel und im Fleisch nach Maden suchen, Ratten erlegen, Planken schrubben, Wasser schleppen, Fäkalien und Erbrochenes über Bord entsorgen müssen und einfach nicht die Kraft gehabt, über das Leben nachzudenken, das hinter und das vor ihr lag.

Angst läßt Lavinia aus dem Schlaf hochfahren; sie hat das sichere Gefühl, daß jemand sie aus nächster Nähe beobachtet. Aber da ist niemand, nur Sand, der da, wo Meer und Wind flache Höhlen in die überhängenden Felsenbänke gewaschen haben, in tiefen Schatten endet. Noch immer ist der Himmel grau, und auf der anderen Seite des Felsens brandet das Meer noch immer gegen die Küste, langsam und ausdauernd wie der Herzschlag eines Riesen. Es könnte eine Stunde vergangen sein, ein ganzes Leben oder Minuten, oder vielleicht hat sie auch überhaupt nicht geschlafen.

Seit sich die *Truite* in den frühen Morgenstunden der einsamen Küste genähert hatte, hatte Lavinia Ausschau gehalten und sich gefragt, ob dort wohl Menschen lebten.

»Jetzt sorgen Sie sich doch nicht soviel, Mademoiselle, ich werde Sie in einem gemütlichen Hafen absetzen«, sagte Kapitän Benoit, als er sie dabei antraf, wie sie unglücklich zur dunklen Küste starrte.

»Die Berge sind so schwarz – als wäre es da drinnen immer Nacht«, flüsterte sie.

Die Berge seien nicht schwarz, sondern grün, beruhigte er sie. »Immergrün, sie werden immergrüne Berge haben«, sagte er, und sein breites, falsches Lächeln flößte ihr nur noch mehr Angst ein.

Als sie sich erkundigte, wo die Stadt sei, von der Ned ihnen erzählt hatte, und wo sie einen Laden eröffnen wollten, stieß der Kapitän einen verlegenen Laut aus. »Also hier nicht.« Er formte die Finger zu einer Art Dreieck. »Schauen Sie, da ist St. Jean de Terre Neuve … und wir sind hier.«

Erst da ging ihr auf, daß sie nicht zu jenem Teil Neufundlands reisen würden, der England am nächsten war. Die *Truite* steuerte auf das zu, was der Kapitän »die französische Küste« nannte. Mit Ned hatte er vereinbart, die Andrews unterwegs bei einer englischen Ansiedlung an Land zu lassen.

Sie sind Stadtmenschen, wie sollen sie da in der Wildnis Fuß fassen können? Sie ruft sich die mitgebrachten Habseligkeiten ihrer Familie in Erinnerung: Geschirr, einige geschwärzte und eingebeulte Töpfe, eine Sammlung alter Kleidungsstücke und ein paar Münzen, die vermutlich gerade schon gegen einen Schlafplatz eingetauscht werden. Weder eine Kuh noch ein Pferd, weder Saatgut noch Werkzeug waren darunter. Wie erbärmlich ihre Besitztümer da auf dem Anlegesteg aufgehäuft doch gewirkt hatten. Wie verweichlicht sie selbst im Vergleich zu den Leuten, die schweigend zugeschaut hatten, wie sie an Land kamen.

Ihre Mutter war die tapferste gewesen. Jennie Andrews war

geradewegs auf die Frau zugegangen, eine kurzgewachsene Person, die so viele Tuchschichten um sich und ihr Baby geschlungen hatte, daß sie wie eine schimmelige Heumiete mit einem kleinen Kopf oben drauf aussah.

»Gott sei mit Ihnen, Missis – bin ja so froh, hier eine Frau zu sehen!« Ihre Mutter beugte sich vor, um einen Blick auf das Baby zu werfen, genauso, wie sie es in der Monk Street getan hätte. Das runde Apfelgesicht lächelte, ein breites, fast zahnloses Lächeln, und nach einer Minute unterhielten sich die beiden Frauen miteinander, als wären sie schon zeit ihres Lebens Nachbarinnen.

Lavinia und Meg blieben zögernd bei Hazel, die Ned in seinen Armen an Land getragen hatte und die nun in einem Haufen Bettzeug auf dem Anlegesteg lag. Meg trug ihr eigenes Baby und hielt ihren Neffen Isaac an der Hand. Seit seine Mutter krank war, hatte sich der Junge zu einem richtigen Hasenfuß entwickelt und weinte vor Angst, als er auf einer Laufplanke vom Schiff hinuntergeführt wurde. Die älteren Kinder, Isaacs Schwester Jane und Megs drei Mädchen, Lizzie, Patience und Emma, standen da und starrten feierlich zu den Kindern auf dem Anlegesteg, die genauso feierlich zurückstarrten.

Selbst die Männer zauderten. Ned blieb neben Hazels Lager stehen, ehe er mit ausgestreckter Hand vorwärtsschritt. Und Ben wartete natürlich erst ab, was Ned tat, ehe er sich selbst in Bewegung setzte.

Als ältester Sohn sollte Ben eigentlich das Sagen in der Familie haben. Aber was kann man von Ben schon erwarten? Ben, der seit seinem neunten Lebensjahr jeden Tag auf einem Karren sitzend hinter einem Pferd verbracht hat und durch die Straßen Weymouths gefahren ist, um sein Sammelsurium an Waren an den Mann zu bringen.

In Weymouth hatte Ben ein sorgenfreies Leben geführt. Seine Frau Meg und sein Bruder Ned hatten alle Entscheidungen in seinem Leben getroffen, und das paßte ihm. Er war sein eigener Herr, und das paßte ihm ebenfalls. Dagegen arbeiteten Ned und Lavinia und eigentlich fast alle ihre Bekannten aus der Monk Street für die Gebrüder Ellsworth. Obgleich kein Kirchgänger wie seine Frau, dankte Ben Gott täglich, daß er nicht von den Ellsworths herumkommandiert wurde. Was ihm allerdings an dem Tag auch nichts nützte, als Richard Ellsworth in die Monk Street kam und ein großes Buch mit Neds Zeichen darin auf den Tisch knallte.

Neds Zeichen in Richard Ellsworths Buch hat sie alle an diesen trostlosen Ort gebracht.

Dabei war Ned immer Lavinias Lieblingsbruder gewesen, wie er überhaupt sehr beliebt war. Von klein auf war er verhätschelt, bewundert und mit Liebe überschüttet worden. Lavinia und Ned sehen sich sehr ähnlich. Beide haben die gleiche blasse Haut, die gleichen hellen Locken, den gleichen ungelenken Körper, die gleiche Begabung, mit Worten zaubern zu können.

Diese Eigenschaft stößt allerorts auf große Bewunderung. Geschichten kann man überall erzählen: in Schiffsbäuchen, in Gefängniszellen, in Grubenschächten, in Räumen, in denen man auf eine Geburt oder den Tod wartet, in morastigen Schützengräben, auf Eisschollen und sogar, viele Generationen später, unter Stroboskopen und auf den flimmernden Bildschirmen von Fernsehapparaten.

Sieben Jahre lang war Ned auf Ellsworthschiffen zur See gefahren. Von jeder Reise war er mit Berichten von schrecklichen Stürmen mit haushohen Wellen zurückgekehrt, von über dem Wasser schwebenden Geisterlichtern, von Seeungeheuern mit einhorngleichen Hörnern, von im Norden lebenden Bestien, Geschöpfen, die so wild und seltsam waren, daß sie keinen Namen hatten.

Wenn Ned sein Garn spann, war die Küche in der Monk Street im Handumdrehen voller Nachbarn. Jeder Stuhl war besetzt – die Leute setzten sich sogar zwischen die Stühle auf den Boden. Kinder wurden ins Bett gescheucht, nicht etwa, weil man sich um ihr Schlafpensum sorgte, sondern weil sie keinen Platz mehr gehabt hätten. Alle harrten bis zum Ende aus, was sich manchmal bis in die Nacht hineinziehen konnte, denn Ned liebte es, Gesichter zu beobachten, die von Furcht zu Entzücken und wieder zurück zu Furcht wechselten, und vermochte jede Geschichte unbegrenzt auszudehnen.

Wenigstens kennt sich Ned auf dem Meer aus. Dieses Wissen ist das einzige, was ihnen hier beim Überleben helfen könnte. Aber heißt das, daß sie jetzt alle von Ned abhängig sind? Für Lavinia, die am Rande ihrer kalten, neuen Welt sitzt, ist das ein bitterer Gedanke, bei dem sie lieber nicht zu lang verweilt.

Sie zieht ein Buch aus dem Beutel, der neben ihr im Sand liegt. Die Worte »Ellsworth Brothers« und darunter »Heuerverträge von 1810 bis ...« stehen in goldenen Lettern auf dem Einband. Sie beginnt zu schreiben. Die ersten Sätze kommen rasch. Fünf Wochen lang hat sie sich die Worte immer wieder vorgesagt.

»Neds Schlechtigkeit hat uns an diesen furchtbaren Ort gebracht, und das werde ich ihm nie verzeihen.«

Nachdem sie sie unterstrichen hat, hält sie inne. In der Sonntagsschule hat sie Texte aus der Bibel abgeschrieben, aber dies ist der erste eigene Satz, den sie je schriftlich festgehalten hat. Sein Anblick, schwarz und sauber auf dem weichen Papier, verschafft ihr Befriedigung, aber sie ist sich unsicher, wie sie fortfahren soll.

Außer Bibelversen hat Lavinia bisher nur Listen geschrieben, die endlosen Listen über Haushaltsgegenstände der Ellsworths. Aber selbst die hatten ihr Spaß gemacht: »Zehn Unterröcke, fünf weiße, zwei schwarze, ein purpurroter, ein rosenroter, ein blauer. Zwanzig Teetassen mit Goldrand und grünem Blättermuster. Drei Nachthemden, zwei weiße ...«

Lavinia ist die einzige aus der Familie, die lesen und schreiben kann. Sie hat die Bibel gelesen oder besser gesagt Teile davon, eine Kinderfibel und ein Buch über Heilige und Märtyrer, das ihr die freundliche Pfarrersfrau der Sonntagsschule geschenkt hatte.

Lavinia zieht die kalten Hände zurück in die Ärmel ihrer Jacke und steckt sie mit verschränkten Armen unter die Achseln. Wo anfangen? Wie Ned zum Dieb wurde? Wie das schreckliche Schiff aus dem Hafen Weymouths auslief? Oder erst jetzt, wo sie in diesem Neufundland an Land gekommen sind, steif und blaß, und ihre armseligen Siebensachen überall auf diesem wackligen Anlegesteg aufgehäuft sind?

Sie versucht sich an die ersten Worte der drei ihr bekannten Bücher zu erinnern. Sie entsinnt sich, daß in der Fibel auf der ersten Seite ein großes »A« stand, mit den Worten: »A wie Adam, der erste Mensch, der zu Fall kam«. Ein betrübter Adam war abgebildet, den Kopf gebeugt. In der Hand hielt er ein großes Blatt, mit dem er seine Blößen bedeckte, hinter ihm stand ein zorniger Engel. In der einen Hand trug der Engel ein Flammenschwert, mit der anderen wies er hinter Adam auf etwas Unsichtbares, Unbekanntes.

Sie kann sich nicht an die ersten Worte aus dem Buch über die Märtyrer und Heiligen erinnern, doch sie weiß, wie die Bibel anfängt. Sie beginnt auf der letzten Seite und schreibt sich zum Buchanfang vor – hin zu einer Zukunft, die sie sich nicht vorzustellen wagt.

»Am Anfang lebten wir in der Monk Street in Weymouth, England, und wir waren alle glücklich ...«, schreibt sie.

Und so war es. Das Leben der Familie Andrews in der Vierzimmerwohnung über Mrs. Thorps Bäckerei hatte eine tröstliche Ordnung gehabt. In den letzten Jahren, als Ned regelmäßig auf Ellsworthschiffen angeheuert und Lavinia drei Schillinge die Woche im Ellsworth House verdient hatte, war Jennie Andrews' Angst vor dem Hungertod und Armenhaus allmählich geschwunden. Die mit großem Einfallsreichtum ausgestattete Frau schrieb das allerdings weniger dem Umstand zu, daß ihre

Kinder nun größer waren und Geld einbrachten, sondern der Tatsache, daß der alte, verrückte George, der ihr ganzes Leben lang König von England gewesen war, endlich das Zeitliche gesegnet hatte.

Angeblich hatten Jennie und Will Andrews die Wohnung genau am Tag ihrer Trauung gemietet. Tatsache war, daß sie zunächst von zu Hause ausgerissen waren und unter einer Brücke am Stadtrand gelebt hatten. Von nahegelegenen Bauernhöfen hatten sie gegen Arbeit Gemüse bekommen, es manchmal auch gestohlen, und sich davon ernährt und durch dessen Verkauf durchgebracht. Im Herbst wurde es unter der Brücke zu kalt und Jennie war schwanger, aber sie hatten genug Geld beisammen, um die ersten Wochenmieten für eine Wohnung zu zahlen. Doch geheiratet hatten sie nie. Mit den Jahren aber hatte Jennie den Leuten so viel über die angebliche Hochzeit, den Strohhut, den sie getragen hatte, und den buckligen, alten Pfarrer erzählt, der sich geweigert hatte, die Kirchenglocken zu läuten, daß sie die Geschichte nun schon selber glaubte. Will starb vor der Geburt ihres dritten Kindes, Lavinia, aber da gehörte ihnen bereits das Pferd und der Lastkarren. Irgendwie schaffte Jennie es, die Miete zu zahlen und sich und die Kinder durchzubringen, bis Ben neun und alt genug war, die Arbeit des Vaters zu übernehmen, die darin bestand, gebrauchte Kleidungsstücke, getragene Kostüme von gescheiterten Theatergruppen und Waren aus niedergebrannten Läden feilzubieten.

Als die Jungen heirateten und ihre Frauen mit in die Wohnung zogen, und als fast jährlich Kinder zur Welt kamen, wurde es in den vier Räumen eng, aber an einen Umzug dachte niemand. Ben und Meg, ihre drei Töchter und Willie, das Baby, schliefen alle in einem Raum; Ned, Hazel und ihre zwei Kinder in einem anderen.

Jennie und Lavinia, die nun nur noch jeden zweiten Sonntag zu Hause verbrachte, teilten sich das Hinterzimmer. Sie schliefen umgeben von Kisten, Körben und Fässern, die mit unverkauften Kleidungsstücken, Ballen angesengten Tuchs, kaputten Uhren, angeschlagenem Porzellannippes, grellen Bildern in zerbrochenen Rahmen und Hunderten von anderen nutzlosen Gegenständen vollgestopft waren. Es roch nach Angesengtem, muffigem Parfüm, nach toten Katzen und längst verspeisten Mahlzeiten. Für Lavinia bedeutete dieser Geruch Trost, Schlaf, Zuhause. Als sie, viele Jahre später, in einem Kinderbuch das Wort »Sandmännchen« las, mußte sie sofort an den Geruch in dem Zimmer denken, das sie sich mit ihrer Mutter in der Monk Street geteilt hatte.

Die nach vorn gelegene Küche war der Raum, in dem die Andrewsfrauen strickten; aus Kleidungsstücken, die sie nicht losbrachten, Stoffpuppen, Teehauben und Kissenbezüge nähten; alte Kleider sortierten und ausbesserten; kochten, aßen und sich um die Kinder kümmerten, während sie gleichzeitig ständig ein wachsames Auge hinunter auf die enge, belebte Straße hatten.

Das Leben in der Monk Street hatte viele Vorteile. Gleich um die Ecke befanden sich Jacob Spriggetts Schmiede und Mietstall, folglich hatte Ben an Winterabenden nicht weit zu gehen, wenn er Old Bones versorgt hatte. Sie wohnten nahe an den Docks, wo Ned die ein- und auslaufenden Schiffe im Auge behalten und sich nach einem guten Job umsehen konnte.

Die Andrews kannten alle aus der Straße und auch alle aus den Straßen ringsum, und andersherum galt das gleiche. Nachbarinnen kamen in die Wohnung, um nach Neu- und Ausschußware zu gucken, um Sachen anzuprobieren, manchmal auch, um etwas zu kaufen. Besonders vorteilhaft war es, daß sie über einer Bäckerei wohnten. Mrs. Thorp ließ Bens älteste Tochter Lizzie im Laden bedienen und brachte ihr das Backen bei. Mitunter gab sie ihr auch angebrannte oder zerdrückte Kuchenstücke mit nach Hause. Aus der Bäckerei stiegen herrliche Gerüche und auch Wärme nach oben, so daß der Kohleverbrauch der Familie Andrews im Vergleich zu dem der Nachbarn geringer war. An den zwei Sonntagen im Monat, an denen Mrs. John Ellsworth Lavinia heimgehen ließ, freute sie sich immer schon, wieder in die kleine Wohnung zu kommen und von den Fässern mit Kleidungsstücken, dem Durcheinander halb fertiggestellten Firlefanzes und den Kindern der Brüder und der Nachbarn umgeben zu sein, die bei ihnen ständig ein und aus gingen.

All das hatte jetzt ein Ende – war aus und vorbei! Hörte an dem Morgen auf, als Richard Ellsworth in seiner besten Kutsche die Monk Street entlangfuhr, die von Jim Rice gesteuert wurde, der in seinen roten Kniebundhosen wie ein junger Hahn aussah und brüllend seine Peitsche über die Köpfe der schönen Ellsworthpferde knallen ließ.

Richard Ellsworths Ärger konnte man nicht nur daran ablesen, daß er persönlich gekommen war, anstatt seinen Vertreter zu schicken, sondern auch an der Schnelligkeit, mit welcher er, kaum daß die Räder standen, aus der Kutsche sprang, ohne darauf zu warten, daß Jim ihm die Tür öffnete. Die Andrewsfrauen, die das Ganze vom Küchenfenster aus beobachtet hatten, wußten, daß sie verloren waren. Wußten es schon, bevor die Männer die arme Mrs. Thorp beiseite stießen, die aus ihrem Laden herausgeeilt war, wußten es, bevor Richard Ellsworth, zwei Stufen auf einmal nehmend, die dunkle Treppe heraufgedonnert kam.

Mit einem ledergebundenen Buch in der Hand platzte Richard Ellsworth in die Küche der Andrews und schwenkte eine Ledergerte.

»Du!« Er stieß Ned mit der Gerte und versuchte gleichzeitig, wieder zu Atem zu kommen. »Du ... riesengroßer Lump, du! Wegen dir bin ich hier!«

Hazel klammerte sich an Neds Arm, seine Mutter und Meg stellten sich je an eine Seite von Ned – eine kleine, entsetzte Armee, die nicht wußte, gegen was sie sich zur Wehr setzen mußte.

Außer Ned. Ned hatte es gewußt, denkt Lavinia, trotz all seiner Unschuldsbeteuerungen, trotz all seiner Proteste, die von ihm verkauften Fische hätten ihm gehört. Ned mußte gewußt haben, daß Richard Ellsworth ihn ertappt hatte, ihn zwangsläufig ertappen mußte, seitdem die beiden Brüder den Seefischhandel in ganz Weymouth kontrollierten.

Unsinnig, daß Ned nun, wie noch viele Male danach, beteuerte: »Der verdammte Fisch hat mir gehört, ich wollte die Zeit in St. John's halt nicht einfach so unnütz verplempern! Genausogut hätt' ich mich in Kneipen herumtreiben können wie die anderen Kumpels – aber nein –, ich war scharf drauf, ein paar Fässer mit gesalzenem Kabeljau zum Verkauf ranzuschaffen – blöd wie ich war!«

Aber Richard Ellsworth wollte von alledem nichts hören. Er stieß Ned mit seiner Gerte: »Du hast mit Ellsworths einen Vertrag unterschrieben, stimmt's? Stimmt das?«

Als Ned sich mit dem Nicken Zeit ließ, schleuderte Master Ellsworth das Buch in seiner Hand auf den Tisch und blätterte es auf.

»Sieh her! Siehst du das da! Das bedeutet, daß du für mich arbeitest, für mich, mich, mich!« Mit jedem »mich« ging ein Stupser mit der Gerte einher.

»Als du hier dein Zeichen hingemacht hast, da hast du mit den Ellsworths einen rechtsgültigen Vertrag unterzeichnet – die zwei Wochen, die du Fischen warst, haben mir gehört. Mir! Folglich hast du mir Zeit gestohlen. Und wie hast du den Fisch über den Atlantik gebracht, na, wie? In meinem Schiff, so, was heißt, daß du mir auch Frachtraum gestohlen hast, in dem meine Waren hätten befördert werden können!«

Dieser Gesichtspunkt war Richard Ellsworth gerade erst eingefallen. Sein ohnehin schon rotes Gesicht verfärbte sich noch dunkler, und seine Schläfe begann zu pulsieren. Ned, der ein Auge fürs Detail hatte, beobachtete ihn fasziniert und nahm unbewußt jede Zuckung und Geste in sich auf.

»Du bist ein Schurke, Ned Andrews, ein Schurke und ein Dieb!«

Richard Ellsworth galt in Weymouth als vernünftiger und gerechter Herr. Die Ellsworths erzielten ihre Profite dadurch, daß sie Salz, Tauwerk und Zwirn über den Atlantik brachten und mit dem Schiff voller Kabeljau zurückkehrten, so wie das alle Fischhändler um Devon und Dorset machten und damit ein beachtliches Vermögen anhäuften. Möglicherweise machten die Ellsworths sogar weniger Profite als die meisten anderen, da viele Händler von ihren Matrosen für Unterkunft und Verpflegung etwas verlangten, wenn die Reise länger als die festgesetzte Zeit dauerte, die Ellsworths dagegen nicht.

Eigentlich hatte Richard Ellsworth lediglich vorgehabt, dem jungen Gernegroß einen gehörigen Schrecken einzujagen. »Diesem Ned Andrews werde ich das Fürchten lehren, damit weder bei ihm noch seinen Kameraden so etwas noch einmal vorkommt«, hatte er seinem Agenten mit mehr Belustigung als Groll gesagt.

Aber etwas in Neds Gesicht, ein überhebliches Aufblitzen in den grauen Augen, etwas Herausforderndes in dem einfältigen Lächeln hatte den Zorn des Händlers entflammt. Je länger Richard Ellsworth darüber nachdachte, desto schwerwiegender erschien ihm Neds Vergehen.

»Wenn jetzt jeder, der auf einem Ellsworthschiff segelt, beschließen würde, es dir nachzumachen und nebenbei noch etwas Geld zu verdienen? Was dann, na, was dann? Natürlich würde jeder von ihnen in Wirklichkeit für sich selbst arbeiten. In Weymouth würden Ellsworthschiffe einlaufen, deren Frachträume mit den Waren anderer gefüllt wären – ja, wir würden von unseren eigenen Leuten an den Bettelstab gebracht werden!« Gespielte Wut war in echte umgeschlagen. Er knallte seine Gerte auf den Tisch. Ein wackliges Tischbein gab nach, und das Buch krachte auf den Boden.

Lavinia weiß genau, wie sich das Ganze zugetragen hatte –

die anderen hatten es ihr abwechselnd erzählt. Und natürlich hatte Ned die Szene viele Male nachgespielt. Die verängstigten Kinder hatten sich in die Ecken verkrochen oder sich an die Röcke der Frauen geklammert. Die drei Frauen, die den zornroten Mann nicht aus den Augen ließen, ignorierten die Kinder. Hinter Richard Ellsworth stand Mrs. Thorp in der offenen Tür und weinte leise in ihre weiße Schürze, und hinter ihr, in dem dunklen Flur, lugten ein Dutzend Nachbarskinder mit schmutzigen Gesichtern herein, bereit, sofort fortzurennen, wenn Master Ellsworth sich umdrehte.

»Du bist nichts weiter als ein Dieb, nur ein Dieb. Ach, von wegen! Schlimmer als jeder Dieb, schließlich hast du einen Arbeitgeber ruinieren wollen, der dir vertraut hat. Steh auf, Bursche!«

Tatsächlich hatte sich Ned, als er merkte, daß seine Knie zitterten und diese Tirade noch Stunden weitergehen konnte, langsam auf einem Stuhl niedergelassen. Dahinter stand seine Mutter und klammerte sich an die Lehne, als würde sie umfallen, wenn sie losließ. Auf Neds Gesicht war keine Spur eines Lächelns mehr, und seine Sommersprossen traten hervor wie dunkelbraune Kleckse.

Dann, ganz plötzlich, gingen dem großen Mann die Worte aus. Nachdem er mit einem raschen Blick noch einmal alles erfaßt hatte, den dürftigen Raum, die blassen Frauen, die verrotzten, tränennassen Kindergesichter und zuletzt Ned, wandte Richard Ellsworth sich ab. Nachdem er Mrs. Thorp ein zweites Mal beiseite geschoben hatte, stieß er über die Schulter sein Urteil aus.

»Bis heute abend bist du hier draußen, samt den Frauen und Bälgern. Hast du gehört – bis heute abend! Wenn du morgen früh noch in Weymouth bist, dann laß ich dich verhaften und hängen, bei Gott!«

Damit stapfte er die Treppe hinunter, und die Kinder stoben vor ihm auseinander. Der junge Jim Rice, der unten gestanden und jedes Wort mit angehört hatte, öffnete seinem Herrn die Tür, folgte ihm im Laufschritt, sprang auf den Kutschbock, ließ seine lange Peitsche über die Köpfe der Pferde knallen und fuhr, begleitet von ein paar halbherzigen Buhrufen der tapfersten Bengel, mit Karacho davon.

Sowohl Ben als auch Lavinia hatten Mr. Ellsworths Auftritt verpaßt. Lavinia hatte zu dieser Zeit für Mrs. John, Richard Ellsworths Schwägerin, Kissenbezüge gezählt. Der arme Ben war hinter Old Bones die Straßen hinauf- und hinuntergefahren, wie er das seit seinem neunten Lebensjahr mittwochs immer tat, und hätte sich nie träumen lassen, daß das zum letzten Mal geschah.

Die Gebrüder Ellsworth, Richard und John, bewohnten je eine Hälfte eines herrschaftlichen Wohnhauses aus grauem Stein, das als Ellsworth House bekannt war und auf einer sanften Anhöhe stand, von der aus man die Bucht überblickte. Die Familie von John Ellsworth hatte sechs Dienstboten: eine Haushälterin, die auch kochte, einen Küchenjungen, einen Gärtner und drei Dienstmädchen, eines davon Lavinia Andrews. Die Brüder teilten sich die Dienste von Jim Rice, der Gelegenheitsarbeiten erledigte und als Kutscher fungierte.

Da Mrs. John immer die genaue Anzahl aller Dinge in ihrer Hälfte des Ellsworthhauses wissen mußte und weil Lavinia das einzige Dienstmädchen war, das richtig rechnen und schreiben konnte, verbrachte sie einen Großteil ihrer Zeit damit, ihrer Mistress zu folgen und die Anzahl solcher Dinge wie Tassen, Kerzenleuchter, Taschentücher, Spitzenkrägen, Unterröcke, Bilder und Bleistifte festzuhalten. An jenem speziellen Morgen saß Mrs. John in der oberen Diele auf einem Stuhl, den Lavinia ihr aus einem der Schlafzimmer gebracht hatte, und schrieb in ein kleines Buch mit einem blauen Samtbezug, während Lavinia Bettlaken zählte und sie dann wieder in einer riesigen Truhe verstaute.

Lavinia genoß die vormittägliche Arbeit. Das Berühren der

glatten Seide und des Leinens, die schönen Farben, der Duft von getrockneten Lavendel- und Rosenblüten, die zwischen die Laken gestreut worden waren, machten es mehr als wett, unter dem gestrengen Blick der Herrin arbeiten zu müssen.

Nachdem sie mit dem Abzählen fertig war, ging Lavinia zum Mittagessen nach unten. Beim Betreten der Küche konnte sie Jim Rice hören, der die Köchin und den Küchenjungen mit dem Bericht über die vormittäglichen Ereignisse unterhielt: »... soweit ich das beurteilen kann, muß jeder einzelne von den Andrews verschwinden, und zwar ganz raus aus der Stadt, so wie sich das angehört hat. Mr. Richard hat ...«

Seine Stimme erstarb, als er Lavinia in der Tür stehen sah.

»Erzähl weiter«, bat sie ihn und hörte entsetzt zu, wie er die Geschichte über den morgendlichen Besuch in der Monk Street nun etwas weniger farbig zu Ende führte.

»Ich muß nach Hause! Kann ich jetzt nach Hause gehen?« wandte sich Lavinia an die Köchin.

»Ich misch' mich da nicht ein. Da mußt du die Missis fragen.« Die Frau nickte mit dem Kopf zur vorderen Sonnenveranda hin, wo Mrs. John zu dieser Tageszeit ihren Tee trank.

»Du wirst auf gar keinen Fall in die Monk Street gehen!« befahl die Herrin Lavinia, nachdem sie sich die Geschichte angehört hatte.

»Es ist gescheiter, du hältst dich von deiner Familie fern, Libby.« Mrs. John fand den Namen Lavinia für ein Dienstmädchen zu protzig und hatte sich nie die Mühe gemacht herauszufinden, daß die meisten das Mädchen Vinnie nannten.

»Halte von ihnen allen Abstand, besonders von diesem schurkischen Bruder. Mein Mann und Mr. Richard sind beide gerecht, ich werde mit ihnen sprechen. Sie werden einsehen, daß du nichts für diese Sache kannst, und ich beschäftige dich gerne weiter.«

»Oh, aber Mrs. John, ich gehe nur eben mal nach Hause und sehe, wie es ihnen geht!«

Mrs. John ärgerte sich, daß sie sich wiederholen mußte, tat es aber trotzdem, da sie die Rechenfähigkeiten des Mädchens schätzte. »Nein, Libby, das darfst du nicht! Ich weiß, das mag jetzt hart erscheinen, aber es ist das beste so. Du wirst dich von deiner Familie lossagen, auf diese Weise kannst du ein achtbares Leben führen. Du bist ein sauberes, anständiges Mädchen, das lesen, rechnen und Böden schrubben kann. Wer weiß, vielleicht könntest du es eines Tages sogar zur Köchin bringen. Wäre das etwa nichts?«

Während die Frau wartete, musterte sie das hochgewachsene, dünne Geschöpf vor ihr und überlegte, wie attraktiv Libby Andrews doch war, selbst mit dieser seltsamen Haarfarbe. Das unglückselige Ding gab keine Antwort. Es hatte einen eigensinnigen Schmollmund, der für sein Gesicht zu groß war. Energisch befahl ihm Mrs. John, sich hinunter in den Keller zu begeben und Sally und Maud bei der Wäsche zu helfen.

Seit ihrem zwölften Lebensjahr nahm Lavinia Mrs. Johns Befehle entgegen. Und so machte sie einen Knicks und ging wortlos in den Keller, wo die anderen Dienstmädchen an vier großen Steinwannen zu Gange waren. Obwohl Sally und Maud, die gar nicht Sally und Maud hießen, sondern diese Namen bei ihrer Einstellung zugeteilt bekommen hatten, älter als Lavinia waren, arbeiteten sie gern mit ihr zusammen, weil sie ihnen durch ihre Geschichten und ihren Gesang die Zeit verkürzte. Da ihnen Jims Neuigkeiten schon zu Ohren gekommen waren, hatten sie Verständnis für ihr heutiges Schweigen und arbeiteten nach einem teilnahmsvollen Blick weiter. Sie gingen von einem Waschkessel zum nächsten, schrubbten, rührten und spülten die Wäsche aus, und gaben immer wieder einmal aus großen Töpfen heißes Wasser bei, die in einer Kellerecke über einem offenen Feuer hingen.

Einige Minuten darauf öffnete sich die Klappe des Kohlenschachtes, und eine Handvoll kleiner Steine prasselte den Kohlenbehälter hinunter. Der Schacht lag hinter dem Haus, ein gutes Stück entfernt von der langen, gewundenen Auffahrt, und wurde von den Familien der Dienstboten von Ellsworth House dazu benutzt, ihnen wichtige Botschaften zukommen zu lassen.

Bens älteste Tochter Lizzie spähte mit angestrengter Miene die schmutzige Luke hinunter. »Ist meine Tante Vinnie da unten?«

»Nan, sagt, du sollst heimkommen, so schnell du kannst!« rief Lizzie, als sie Lavinia im Halbdunkel noch oben sehen sah.

»Mrs. John sagt, ich soll hierbleiben!«

Lizzie, die auch noch ihren Vater finden mußte, ließ sich auf keine lange Diskussion mit der Tante ein. Sie ließ den Deckel wieder zukrachen, und ein feiner Film von Kohlenstaub rieselte über Lavinias nach oben gewandtes Gesicht. Sie setzte sich auf den Boden und fing zu weinen an. Ihre Freundinnen versuchten, sie zu trösten, und sagten, wahrscheinlich stünden die Dinge in der Monk Street nicht halb so schlimm, wie Jim behauptet habe. Aber die Tränen liefen weiter, bis sie ihr doch rieten heimzugehen: »Immerhin kommt deine Familie vor der da oben!«

Lavinia ließ sich ihren Rat durch den Kopf gehen und erklärte schluchzend, sie könne sowieso nicht nach Hause gehen, nicht ohne ihren Beutel.

»Ach geh, Mädchen, das ist doch bloß eine alte Tasche mit deinem Nachthemd und deinem Alltagskleid drin.« Maud zog sie auf die Füße.

Aber Lavinia weigerte sich, ohne ihren Beutel zu gehen, ein häßliches, senffarbenes Ding, das an einem Nagel im Dachgeschoß hing, wo die Dienstmädchen schliefen. Es war ihr liebster, fast einziger Besitz: »Mama hat diese Tasche aus einem Umhang gemacht, den Ben einem Zauberer abgekauft hat. Sie hat Ewigkeiten gebraucht, um all die ganzen schwarzen Borten dranzunähen. Davon würde ich mich genausowenig trennen wie von … von meinem Haar.«

Als klar war, daß Lavinia weder zu weinen aufhörte noch hochging und ihre Tasche holte oder ohne sie heimging, nahm Sally kurzerhand einen der Wäschekörbe, ging nach oben und kehrte mit dem geliebten Beutel zurück, den sie unter zerknüllten Laken versteckt hatte.

Dann wischten Lavinias Freundinnen ihr den schlimmsten Kohlenstaub vom Gesicht und hievten sie mit Hilfe eines Ständers durch die Kohlenluke. Dieser unnötig dramatische Akt – sie hätte unbemerkt durch den Lieferanteneingang verschwinden können – ruinierte das fast neue Kleid aus gutem, braunem Stoff, das Mrs. John ihre Dienstmädchen tragen ließ. Er bewirkte jedoch, daß Lavinias Stimmung sich wieder hob. Auf halbem Wege den Schacht hinauf begann sie zu kichern und taumelte mit dem Kopf voraus auf den Lieferweg, wobei sie so fest lachte, daß sie sich mehrere Minuten ans Haus setzen mußte, ehe sie den Beutel schultern und durch die Hecke kriechen konnte. Als sie zur Monk Street hinuntereilte, fühlte sie sich eigentlich schon wieder ganz zuversichtlich – Maud und Sally hatten recht, vermutlich hatte Jim die Hälfte seiner Erzählung hinzugedichtet.

Als Lavinia in der Wohnung ankam, herrschte dort heilloses Chaos. Mrs. Thorp stand noch immer im Flur und weinte, teils aus Angst, sie könnte in die Geschichte mit dem gestohlenen Fisch hineingezogen werden, aber hauptsächlich, das sei zu ihrer Ehre gesagt, aus Trauer darüber, daß ihre alte Freundin und Vertraute Jennie Andrews wegen Ned, diesem »Satansbraten«, wie sie ihn nannte, davongejagt wurde.

Die Nachbarskinder hatten im Flur hinter Mrs. Thorp wieder ihren Platz eingenommen, um bloß nichts von diesem denkwürdigen Tag zu verpassen.

Ben war nach Hause gekommen, hatte sich die Unglücksgeschichte angehört und den Inhalt des Wagens mitten auf den Küchenboden gekippt, wo er nun in einem kunterbunten Haufen auf dem Boden lag – glänzende Trikots, Samtwesten, flekkige Abendkleider, Pelzmuffs, ausgefranste Spitzenvorhänge, mit Perlen verzierte Taschen, gute Herrenwesten aus Serge, Federhüte, Tüllunterröcke, angeschlagenes Porzellan, einzelne Handschuhe, Stoffpuppen, Schärpen, Fransenschals und dazu all der unverkaufte Kleinkram, der sich im Laufe von Jennies ganzem Eheleben auf den Böden der Fässer angesammelt hatte: Knöpfe, Schnallen, Bleistift- und Kerzenstumpen, Ketten aus falschen Edelsteinen, Kämme, alte Strümpfe und meterweise leicht angesengte, pfirsichfarbene Seide.

An diesem Tag befanden sich unter Bens Sachen auch mehrere Dutzend kleinere Törtchen von Mrs. Thorp, die von Jane, Isaac, Emma und Patience vom Boden gerettet worden waren. Vom ersten Schrecken erholt, saßen die Kinder nun jedes in einer Ecke der Küche, stopften sich die Kuchenstücke in den Mund und grinsten in die neidischen Gesichter der Freunde im Flur.

Holzfässer, die normalerweise in Jennies und Lavinias Schlafzimmer standen, waren in die Küche gerollt worden. Jennie, Meg, Hazel und die kleine Lizzie waren damit beschäftigt, Dinge darin zu verstauen, nahmen Tassen, Teller, Pfannen, Löffel und Töpfe von den Regalen und packten sie in Stoffstücke ein, die sie sich wahllos vom Boden griffen.

Lavinia stand neben Mrs. Thorp in der Türöffnung und begutachtete mehrere Minuten das Durcheinander. Keiner bemerkte sie, bis sie sagte: »Mama – was ist denn hier los? Was soll das Ganze?«

Jennie Andrews sah nicht einmal auf. Sie packte ihre braune Lieblingsrührschüssel ordentlich in einen Pelzhut und steckte sie in das Faß.

»Wir reisen ab, Mädchen – wir verlassen Weymouth –, heute abend, wenn Ned ein Schiff finden kann, das ausläuft.« Die Mutter klang todmüde, gleichgültig.

Lavinia hatte Jims Geschichte geglaubt, seinen grimmigen Vorhersagen jedoch nicht. Sie war davon ausgegangen, daß sie ihre Mutter und Schwägerin schlimmstenfalls weinend zu Hause vorfinden würde und Ned eine Zeitlang in Ungnade fallen und seine Arbeit verlieren würde. Daß sie wahrhaftig davongejagt wurden, wäre ihr nie in den Sinn gekommen.

»Wir müssen nicht gehen – das Haus hier gehört schließlich nicht Richard Ellsworth!« wandte Lavinia sich an Mrs. Thorp, der sie immer die Miete bezahlt hatten. Die Frau schüttelte bloß den Kopf.

Da blickte Jennie auf, und Lavinia sah, daß sie rotgeweinte Augen hatte. Ihr ganzes Leben hatte Jennie Andrews sich durch nichts erschüttern lassen. Lavinia hatte sie noch nie weinen sehen und bekam es nun mit der Angst zu tun.

»Vinnie, das Haus gehört ihm, das haben wir auch gerade erst erfahren. Scheint so, als würde die Hälfte der Häuser den Ellsworths gehören, und die Jobs dazu.«

»Es könnte uns doch bestimmt jemand helfen, es müßte doch einen Ausweg geben ...«, versetzte Lavinia verzweifelt. »Vielleicht könnte Reverend Warner mit ihm sprechen, vielleicht könnte Ned ja Schadensersatz zahlen.«

»Mädchen, wenn du hier gewesen wärst und Richard Ellsworth erlebt hättest, dann wüßtest du, daß das zwecklos ist. Ben ist losgezogen und versucht, das Pferd und den Karren an Jacob zu verkaufen.« Jennie kämpfte gegen Tränen an. Sie liebte das alte Pferd. An Sommerabenden war sie oft mit einem Leckerbissen für das Tier zum Mietstall spaziert. »Was immer Ben dafür kriegt, ist dann unsere gesamte Barschaft.«

»Und was ist mit Ned, wo steckt der?«

»Unten bei den Docks, schaut nach einem Schiff, das ausläuft. Mr. Ellsworth sagt, wenn wir morgen noch in Weymouth sind, läßt er Ned verhaften.« Nach einem Blick auf ihre Enkelkinder sprach sie im Flüsterton weiter: » ... und hängen, sagt er, und ich glaube, das macht der wirklich. Vinnie, das macht der!«

»Aber was soll denn aus uns allen werden? Wohin sollen wir denn gehen?«

»Ned sagt, in diesem neuen Land, aus dem er gerade zurückgekommen ist, läßt es sich gut leben ...«

»Mama! Wir fahren doch nicht einfach übers Meer, weil Ned das sagt, du kennst ihn doch! Denk doch bloß an all die Geschichten über Ungeheuer und Stürme, die er uns immer aufgetischt hat!«

»Da hat Ned doch bloß fabuliert! Er sagt, es ist ein anständiges Land, und er kann dort fischen, und Ben kann einen kleinen Laden aufmachen. Ned sagt, er hätte eh schon dran gedacht, dorthin auszuwandern, und so ist das halt nur früher der Fall.«

»Ned sagt, Ned sagt! Wann hat Ned denn je schon mal einen vernünftigen Gedanken im Kopf gehabt? Bitte, Ned kann ja gehen, wenn er will, aber warum denn wir? Was hätten wir denn für einen Grund wegzurennen – Meg, was sagst du dazu? Wie kannst du mit den Mädchen und dem kleinen Willie in irgendein fremdes und rückständiges Land auswandern wollen, von dem du außer in Neds Geschichten noch nie was gehört hast?«

Doch Meg, die vernünftige Meg, schüttelte nur den Kopf. Lavinia konnte es kaum fassen, daß ihre Familie in wenigen Stunden beschlossen hatte, das einzige Heim aufzugeben, das sie je gekannt hatte. Wenn sie Weymouth schon verlassen mußten, dann gab es ja wohl genug andere Orte in England, in die man ziehen konnte!

»Das ist doch alles Teil eines Komplotts, den sich Ned ausgedacht hat. Was sagt Ben dazu?«

»Nun, Mädchen, du kennst Ben doch.« Jennie warf Bens Frau einen Blick zu. »Meg, bitte entschuldige, auch wenn er mein Sohn ist, so muß ich's doch sagen. Ben rührt sich nicht vom Fleck, ohne daß Ned es sagt, so ist das schon, seit sie klein waren. Und was könnten wir alle hier schon tun, wenn ein Mann fort ist und der andere ohne den nicht zu gebrauchen ist? Da finde ich es besser, wenn wir alle zusammen gehen, und zwar noch heute nacht, bevor Schlimmeres passiert.«

Aha, dachte Lavinia, Ned hatte es wohl so entschieden und die anderen hatten zugestimmt. Aber so schnell gab sie nicht auf. Sie deutete auf Hazel, die bereits im siebten Monat schwanger war und auch sonst zur Kränklichkeit neigte.

»Was ist mit Hazel?« Schon immer hatte Lavinia gefunden, daß ihre Brüder die verkehrten Frauen geheiratet hatten. Die vernünftige Meg hätte Ned zu zügeln gewußt, und die schüchterne, weinerliche Hazel hätte bestens zu Ben gepaßt.

Jetzt jedoch überraschte Hazel sie: »Ich und die beiden Kinder bleiben nicht hier zurück. Wenn Ned geht, gehen wir auch, das weißt du, Vinnie. Master Richard hat eh gesagt, die Frauen und Bälger sollten auch verschwinden.«

»Frauen und Bälger – was glaubt der denn, wer wir sind –, Sklaven?« Lavinia weinte vor Scham und hilflosem Groll. »Er kann uns befehlen, diese Wohnung zu verlassen, ja, aber doch nicht die Stadt. Er ist kein König, er besitzt uns nicht!«

»Aber so gut wie.« Jennie machte sich wieder ans Packen. »Selbst wenn Master Richard Ned nicht verhaften ließe, wer würde ihm denn noch Arbeit geben oder mit uns Geschäfte machen, wenn man es sich dadurch mit den Ellsworths verderben würde?«

Ihre Mutter hatte recht. »Also sind wir Sklaven – wir alle«, meinte Lavinia grimmig. Sie blickte in die Runde und hoffte, man würde ihr widersprechen. Aber keine der Frauen sprach etwas oder hob auch nur den Blick von der unerfreulichen Arbeit.

Plötzlich schoß ihr durch den Kopf, daß sie auf der Stelle gehen könnte. Es schien unmöglich, aber droben in dem großen Haus wären Maud und Sally noch immer beim Wäscheschrubben im Keller. Sie könnte wieder hineinschlüpfen und niemand würde je etwas von ihrer Abwesenheit erfahren. »Du kannst ein anständiges Leben führen«, hatte Mrs. John gesagt.

Statt dessen trat sie in den Raum, hob die Servierplatte ihrer Mutter auf, wickelte sie sorgfältig in ein rotes Tuch und legte sie in ein Faß.

Nun, da sie am äußersten Rand Neufundlands sitzt, hält Lavinia die Küchenszene liebevoll und in jeder Einzelheit fest.

Bis an ihr Lebensende wird sie nicht vergessen können, wie sie mit den anderen die Siebensachen ihres Lebens in Fässern verstaute. Sie wird sich immer daran erinnern, wie das Spätnachmittagslicht durch das schmale Fenster fiel. Wie, als ihre Mutter das alte Bild von einem Schafhirten abnahm, der seine Schafe heimführt, ihnen die nicht verblaßte Fläche darunter ins Auge sprang, strahlend, mit rosafarbenen Rosen und dunkelgrünen Blättern, die sie noch nie gesehen hatte. Sie würde sich an Mrs. Thorps leises Schniefen erinnern, das Klappern des Geschirrs und die vertrauten Straßengeräusche von unten: Pferde, die über Kopfsteinpflaster trabten, vorbeieilende Schritte, Stimmen, spielende Kinder, der weit entfernte Ruf eines Händlers, der seine Herbstäpfel anpries.

Ihr Bericht über die fünfwöchige Fahrt über den Atlantik ist bruchstückhafter. Selbst für November war es ungewöhnlich stürmisch gewesen. Das kleine Schiff hatte sich durch Gegenwinde gequält, die eisige Gischt über das Deck sprühten. Frauen und Kinder kamen nicht aus dem stinkenden Frachtraum heraus, wo ihre Habseligkeiten von einer Seite zur anderen rutschten. Es stellte sich heraus, daß Ben und Meg die Seefahrt nicht vertrugen, weshalb Ned zweimal so hart arbeiten mußte, da ein Teil der Überfahrtskosten durch die Männer abgearbeitet werden mußte. Die arme Hazel war schon unter Deck gegangen und hatte sich hingelegt, bevor das Schiff überhaupt nur den Leuchtturm von Portland Point hinter sich gelassen hatte. Lavinia und ihre Mutter mußten mit Hilfe von Lizzie die Kranken versorgen und sich um die Kinder kümmern.

Ned, der diese Reise schon viele Male auf Ellsworthschiffen zurückgelegt hatte, machte das Schaukeln und Schlingern des Schiffes, die aus dem Schiffsrumpf dringenden Gerüche, das halbgare Essen, das faulige Trinkwasser und das Leiden seiner schwangeren Frau nicht das geringste aus. Sobald die Taue, die sie mit dem Weymouther Hafendamm verbunden hatten, gelöst waren, bekam Ned Auftrieb, als hätte der Wind, der die Segel füllte, auch ihn erfaßt, seine Wangen gefärbt und seine Augen zum Glänzen gebracht. Sein flachfüßiger Gang, der an Land kindisch und unbeholfen wirkte, paßte zum Schlingern des Schiffes. Auf seinem Gesicht, das dem Lavinias sehr ähnlich war, leicht sommersprossig und eingerahmt von rotem Haupt- und Barthaar, lag ständig ein Lächeln. Selbst wenn der Wind ein Segel entzweiriß und das kleine Schiff wie einen Kinderkreisel herumpeitschte, schien Ned sich seines Lebens zu freuen.

Neds bubenhaftes Glück trübte nur der Umstand, daß lediglich zwei Mannschaftsmitglieder Englisch verstanden. Denn das einzige Schiff, das im November den Atlantik überquerte, die *Truite*, war eine französische Brigg aus Le Havre gewesen, die Weymouth wegen Reparaturarbeiten an einem zerbrochenen Kreuzmast angelaufen hatte. Da der Kapitän knapp an Arbeitskräften und im Frachtraum noch Platz war, hatte er sich bereit erklärt, die Familie Andrews gegen Geld an Bord zu nehmen, eine besondere Vereinbarung zwischen ihm und Ned, von der der Schiffseigentümer nichts zu wissen brauchte.

Doch Ned ließ sich durch die Sprachschwierigkeiten nicht den Wind aus den Segeln nehmen. Lavinia erinnert sich an den Tag, als sie ihrem Bruder dabei zugeschaut hatte, wie er Richard Ellsworths Tirade nachmachte. Mit dem Sprung auf eine Kiste nahm er alle Eigenarten seines ehemaligen Arbeitgebers an, schwellte die Brust, wurde rot, brüllte herum und schlug mit einem Stock auf die Kiste. Dann sprang er hinunter, wurde er selbst und kauerte mit zitternden Knien vor dem großen Mann. Immer wieder sprang er hinauf und hinab, während er die anderen mit der Geschichte des eigenen Falles ergötzte.

Angewidert sah seine Schwester ihm zu, während die Matrosen, selbst die, die kein Wort verstehen konnten, in ihrer Arbeit einhielten, um nichts zu verpassen. Die Kinder, Neds eigene beiden und Bens Töchter, die das Ganze ursprünglich so mitgenommen hatte, kugelten sich vor Lachen.

»Ned Andrews, ich möchte mal wissen, was so lustig daran ist, als Dieb gebrandmarkt und mit Weib und Kindern aus dem Haus geworfen zu werden – und allen anderen obendrein«, zischte Lavinia, als das Schauspiel beendet war.

Ned lachte bloß. »Ach komm, Vinnie, es tut den Kleinen doch gut, wenn sie jetzt über die Sache lachen können – tut mir ja selber gut. Mach nicht so ein finsteres Gesicht, Mädchen, stell dir vor, der Wind dreht sich und dir bleibt dieser verdrießliche Ausdruck auf immer im Gesicht. Der reiche Mann, der auf dich wartet, macht sich dann bestimmt auf die Suche nach einer anderen ...«

Er stimmte ein Lied an, packte sie um die Taille und versuchte, mit ihr über das Deck zu tanzen. Doch davon wollte Lavinia nichts wissen. Sie riß sich los und dachte, wie ungerecht doch alles war. Obgleich sie durch seinen törichten Plan, ein paar Schillinge hinzuzuverdienen, ihr Heim verloren hatten, amüsierte Ned sich großartig.

Wieder fragte sie sich, ob er sich nicht von Anfang an über die Folgen seines Tuns klar gewesen war. Daß er die Zeit nutzen wollte, während alle anderen auf Zechtour gingen, war nun wirklich nicht Neds Art. Es wäre ihm durchaus zuzutrauen, daß er alles nur geplant hatte, um sie auf diese Reise Gott weiß wohin zu bringen.

Untertags gab es wenigstens Licht und Arbeit, egal, wie unangenehm sie war, um die Verzweiflung zu verdrängen. Aber wenn es dunkel wurde und das kleine Schiff in eine schwarze Wand stampfte, wenn sie alle im Frachtraum zusammengepfercht waren, dann konnte sie alles hören, alles fühlen, sich alles vorstellen – Ratten, die an den Vorräten nagten, das Spantenwerk, das aneinanderrieb, Wellen, die gleich neben ihrem Schlafplatz gegen die Planken schlugen. Nachts fragte sich Lavinia, ob sie je wieder Land sehen würden; stellte sich vor, wie es wäre, in all der Schwärze zu ertrinken.

Das Schaukeln des Schiffes, die Weite des Ozeans und Hazels Krankheit machten selbst Jennie angst, die gottesfürchtiger wurde als je zuvor. Die alte Frau bat Meg als einzige regelmäßige Kirchgängerin der Familie, jeden Abend vor dem Schlafengehen mit ihr zu beten. Der Anblick ihrer Mutter und Meg, die sich zusammen hinknieten, verstärkte bei Lavinia nur noch das Gefühl, in einem großen, schwarzen Nichts verloren zu sein.

Während all der Zeit ergötzte Ned sie mit Geschichten aus der neuen Welt. So nannte er es, »die neue Welt«. Wie schön das in seinen Ohren klang! Er saß in einer Ecke, den kleinen Isaac und Bens Sohn Willie auf den Knien, und Jane und seine Nichten rückten so nahe wie möglich an ihn heran.

»Wir sind unterwegs zur äußersten Insel des Meeres!« erzählte Ned den Kindern. Sie sei größer als ganz Dorset, fuhr er fort, und man könne dort hundert Meilen weit gehen, ohne daß das Land jemandem gehöre, könne Beeren und Früchte pflücken, ohne daß jemand etwas dagegen hätte, könne Hirsche jagen und mit den Händen Fische fangen, die direkt auf die Strände schwömmen. Diese neue Welt sei voller Sonnenschein, Sprühregen und warmen Nebeln, die sich wie ein Schleier über die Berge legten. Er erfand so herrliche Geschichten, daß die Kinder ihr Glück gar nicht fassen konnten. Meg und Jennie ließen das Beten sein, um zuhören zu können, und selbst Hazel brachte bei Neds Erzählungen ein Lächeln zustande.

Die Andrews waren Stadtmenschen. Das Land kannten sie nur von Ausflügen, die einmal im Jahr unternommen wurden. Dann fuhren sie in die Umgebung Weymouths, wo ihnen ein Bauer für einen Tag ein frisch gemähtes Feld zur Verfügung stellte. Dieser flüchtige Anblick wogender Wiesen, die von niedrigem Buschwerk unterteilt wurden, von sauberen Wegen zwischen uralten Steinmauern, goldenen Feldern und den kleinen, braunen Vögeln, die knapp über sie hinwegflogen, blauen Schmetterlingen, die in Schwärmen von Blumen aufstiegen, diese Bilder hatten selbst die Erwachsenen vor Augen, wenn Ned sein Garn spann. Die Kinder waren davon überzeugt, daß das Leben in Neufundland ein einziger langer Ausflug sein würde.

Bloß Lavinia ließ sich von Ned nicht einlullen. Sie erinnerte sich an die großen Seeungeheuer aus seinen Geschichten, und sie erschauerte, wenn er von der äußersten Insel sprach. Sie spürte, wie der Wind mit jedem Tag kühler wurde, und bemerkte, daß die Matrosen die dünnen Frauen und dürftig gekleideten Kinder, die ihre einzigen Passagiere waren, mitleidig betrachteten.

Dann, nach drei Wochen auf See, mitten in einem heftigen Sturm, setzten bei Hazel frühzeitig die Wehen ein. Da Meg durch ihre Seekrankheit ausfiel, mußten Lavinia und Jennie sehen, was sie für Hazel tun konnten. Das war wenig genug. Seit Tagen war Hazel nicht imstande gewesen, Nahrung bei sich zu behalten, und schien nun nur halb mitzubekommen, was geschah. Ohne sich um ihre schmerzenden Rücken und Knie zu kümmern, knieten Lavinia und Jennie Stunde um Stunde neben der armen Frau, hielten sie sauber, tupften ihr das Gesicht ab, drückten ihre Hand und flüsterten leise mit ihr, da ganz in der Nähe die Kinder schliefen. Eine kleine Laterne, die über ihren Köpfen hing, erzeugte riesige, taumelnde Schatten auf den Schotten, wenn das Schiff in zehn Meter hohe Wellen stampfte.

Mit einemmal roch es überall nach Blut. Inmitten des Blutes lag ein lebloses Geschöpf, winzig und überraschend weiß, wie eine Wachspuppe. Jennie sah es sich sorgfältig an, dann wandte sie sich um und winkte Ned her, der sich gleich neben dem Lichtschein aufhielt.

»Komm her!« befahl seine Mutter.

Da er nicht zu gehorchen schien, wiederholte sie ihren Befehl mit so scharfer Stimme, wie sie Lavinia bei Jennie noch nie gehört hatte: »Komm her, Ned!«

Ned schluckte vernehmlich und kam langsam zu seiner Mutter. Jennie zwang ihn, sich die schreckliche Mischung aus Blut, Baby und Nachgeburt anzuschauen, ehe sie alles zusammenrollte und es ihm, noch immer warm, in die Arme drückte.

»Hier, mein Sohn, das gehört dir, nimm's mit und wirf's in den Ozean.« Auf ihrem Gesicht zeigte sich weder Mitleid noch Trauer, bis er sich fortgewandt hatte.

Lavinia, die bei Hazel saß und versuchte, den Blutfluß zu stillen, hatte das Ganze mit Genugtuung beobachtet. Nach dieser Nacht erzählte Ned nie mehr, wie er mit den Ellsworths in Schwierigkeiten geraten war oder überhaupt vom Leben, das sie in Weymouth hinter sich gelassen hatten. Statt dessen zog er seine Geschichten nun immer mehr an den Haaren herbei.

Von den letzten beiden Wochen an Bord erwähnt Lavinia nichts, und sie berichtet erst wieder über den Morgen, an dem die *Truite* das Kap erreicht.

Trotz der Kälte und des schneidenden Windes waren sie stundenlang an Deck geblieben und hatten nach dem Land Ausschau gehalten, der fernen Uferlinie, wo weißes Gekräusel das dunkle Meer von den noch dunkleren Bergen trennte. Beim Näherkommen sahen sie düstere Wälder und graue Klippen, die ins Meer hineinragten, aber kein Zeichen von Rauch, Häusern, Straßen, Tieren oder auch nur Feldern. Nichts als Felsen und windzerzauste Bäume. Mitunter verschwand der Küstenstrich völlig, wenn er von Böen feinen Schnees verdeckt wurde.

Dann rief Lizzie: »Schaut!« Und weiter vorn war eine Linie weißer Brecher zu sehen, die um eine Landzunge schäumten, die, wie der Kapitän ihnen sagte, Cape Random hieß. Der gemütliche Hafen, den er versprochen hatte, war nichts weiter als eine Landspitze.

Ned eilte nach unten, um seine in Decken gehüllte Frau an Deck zu holen. Hazels Gesicht war eingefallen und gelb, und sie sah älter aus als Jennie, aber sie lächelte in den Armen ihres Mannes, blinzelte in den weißen Himmel, glücklich, an der frischen Luft zu sein, glücklich zu sehen, daß sie endlich an Land kamen. Lavinia, die sie beobachtete, begriff, daß Hazel, die mehr als alle anderen gelitten hatte, doch nicht das rückgratlose Geschöpf war, für das sie sie gehalten hatte.

Ganz behutsam nähert sich das Schiff dem Landdreieck, fährt geschickt zwischen dem Schaum hindurch, der über versunkene Felsen zischt. Die Andrews stehen schweigend an der Reling und schauen. Lavinia kann sehen, daß dieses Cape Random wie ein größeres Schiff aussieht, das ins Meer herausragt – auf einer Seite graue Klippen, auf der anderen grauer Sand. Ein großes, geneigtes, graues Schiff, das lediglich durch einen Steg aus Sand mit den Dünen und den dunklen Bergen dahinter verbunden ist. In der Niederung zwischen dem Sand und den Klippen sind Felsen und niedrige Büsche.

Ein Anlegesteg, der auf wackligen Holzpfählen über dem Wasser schwebt, ist durch einen verwitterten, grauen Schuppen mit dem Land verbunden. Beiderseits des Anlegestegs sind eigenartige, wacklige Plattformen angebracht, die zum Trocknen von Fisch dienen. Trockengestelle wie Steg beben, als das Schiff anlegt.

Das einzige weitere Gebäude ist ein Haus, die rohen Holzwände sind noch cremigweiß. Da, wo die Stämme grob in Form gehauen worden sind, hängen Rindenstreifen hinunter. Hinter dem Schuppen und dem Haus, hinter Felsen und Büschen, nach der Landenge, erheben sich die schwarzen Berge. Ihre Gipfel verbergen sich hinter Wolken, die wie ein Laken über allem liegen.

Auch der Wind ist ungewohnt, kalt, beharrlich, ein fremder Wind, der Lavinia durch und durch geht. Ringsherum, an den Seiten und vor der Landspitze ist nichts als Meer.

Auf dem Anlegesteg stehen Leute.

Nach langer Betrachtung des Meeres, des Himmels und der Berge zwingt Lavinia sich dazu, die Leute anzusehen. Ihre erste Empfindung ist Erleichterung – Gott sei Dank sind es nicht die fellbekleideten Heiden mit angemalten Gesichtern und gehörnten Schädeln, mit denen sie schon halb gerechnet hatte. Dann sieht sie ihre Gesichter, verschlossen, ohne ein freundliches Lächeln, und ihre Erleichterung schlägt rasch in Bestürzung um.

Einer der Männer auf dem Anlegesteg ist groß und trägt einen dunklen Bart. Er muß älter als Ben sein. Nur er tritt vor, um die vom Schiff herabgeworfenen Taue aufzufangen. Die anderen, eine Familie, nimmt Lavinia an, stehen regungslos hinter ihm, allesamt klein, und alle, außer der Frau, dünn – aber nicht zerbrechlich. Schlanke, drahtige Menschen, die ganz ruhig dastehen und hochblicken, wachsam wie Tiere. Es würde Lavinia nicht überraschen, wenn einer von ihnen die Taue hochklettern und wie ein Affe – sie hatte einmal einen auf der Schulter eines Matrosen gesehen – an Deck springen würde.

Der Vater und die Kinder haben sanfte, blaue Augen und blondes Haar. Das Haar des Vaters ist fast weiß und weht ihm zusammen mit seinen schütteren Barthaaren um sein schmales, braunes Gesicht. Durch die hellen Haare und blassen Augen wirken ihre Gesichter so dunkel wie gegerbtes Leder. Die Frau hat vielleicht dunkleres Haar, und sie wirkt stämmiger. Wegen der Schalschichten, die sie und das Baby bedecken, läßt sich das nicht so genau sagen. Außer dem Baby gibt es noch drei Kinder. Einen ungefähr achtjährigen Jungen, der neben seinem Vater steht und einen Arm um dessen Bein geschlungen hat. Ein großes Mädchen in Lizzies Alter und noch einen Jungen, der, sobald die Laufplanke unten ist, lärmend an Bord stürmt, dem Affen aus Lavinias Vorstellungen sehr ähnlich. Der erste Maat schreit den Jungen auf französisch an, der sich davon jedoch nicht beirren läßt und fortfährt, das Schiff von vorne bis hinten zu durchstöbern, als hätte er dort etwas verloren.

Die anderen auf dem Anlegesteg rühren sich nicht. Ihre arglosen Blicke folgen den Andrews, als sie mit ihren Körben, Fässern, ihren zusammengerollten Decken – ihrer Armut – an Land kommen.

Geraume Zeit mustern die beiden Gruppen einander. Es ist schrecklich, in die Gesichter von Fremden zu sehen, aber, denkt Lavinia, besser, viel besser, als sich umzudrehen und in die Gesichter ihrer Mutter und ihrer Schwägerinnen zu blicken, oder in die Gesichter der Kinder, die nun die Wahrheit hinter Neds Geschichten erkennen müssen.

Dann gibt sich Jennie einen Ruck und eilt auf die Frau mit dem Baby zu, beugt sich vor und sagt etwas zu der stämmigen kleinen Gestalt.

Lavinia bleibt vor Verlegenheit die Luft weg, und sie weiß, daß ihr jeden Augenblick die Tränen kommen. Sie blickt sich nach einem Versteck um, einem Platz, wo sie allein sein kann, und bewegt sich instinktiv auf das Schiff zu. Mit einemmal wirkt es wie ein sicherer Ort, eine Zufluchtsstätte. Aber Kapitän Benoit schüttelt den Kopf und wendet sich ab. Er hat es eilig, denn er möchte das Schiff mit der Flut wieder herausbekommen.

Gleich, was zu tun ist, die anderen werden dabei ohne sie zurechtkommen müssen, beschließt Lavinia. Sie wird nicht um einen Schlafplatz betteln. In einiger Entfernung sieht sie am Strand einen glänzenden, glatten Felsen aus dem Sand herausragen. Wortlos wendet sie sich von ihrer Familie ab und eilt darauf zu.

2. KAPITEL

Wer hätte gedacht, daß Hazel so lang am Leben bleiben könnte? Vielleicht wird sie gar nicht als erste gehen. Die ganze Zeit sind wir hungrig, und in der Früh will keiner von uns aufstehen …

Diesen Eintrag macht Lavinia im späten Februar, während sie im Schneidersitz neben Hazels Bettstelle auf dem Boden sitzt. Wie fast immer jetzt hält Hazel die Augen geschlossen. Ihr maskenhaftes Gesicht ist so bleich, daß man sie schon für tot halten könnte, und durch die durchsichtige Haut zeichnen sich Knochen und blaue Adern ab.

An die Deckenbalken des einräumigen Schuppens sind im Halbkreis Segeltücher gespannt worden, die der kranken Frau und Lavinia Sichtschutz bieten. Zum Kamin hin ist das Tuch geöffnet, um das bißchen Wärme hereinzulassen, das er verbreitet. Lizzie und die jüngeren Kinder sitzen direkt vor dem Kamin auf dem Boden. Lustlos bewegen sie Holzscheibchen auf einem Schachfeld herum, das Ned ihnen auf die Bodendielen gemalt hat. Meg, die Willie auf ihrer Hüfte trägt, muß jedesmal um die Kinder herumgehen, wenn sie Holz auf das träge

Feuer nachlegen oder einen Blick in den Topf mit siedenden Rüben werfen möchte.

»Du bist ein gutes Mädchen, daß du dich so um Hazel kümmerst«, hatte Sarah Vincent am Tag zuvor gesagt, als sie Lavinia am Bett der kranken Frau sitzen sah. Lavinia hatte das Lob beschämt. Sie bleibt deshalb bei Hazel, weil sie hinter der Tuchabtrennung ihre Ruhe hat.

Lavinia versteht dieses Bedürfnis, allein zu sein, nicht, das sie seit ihrer Ankunft am Kap überkommen hat. In der engen Wohnung in der Monk Street oder in dem Mansardenzimmer, das sie sich mit Maud und Sally im Ellsworth House teilte, hatte sie da nie Probleme.

Sie erinnert sich an einen Mann, den die Kinder in der Monk Street Hod nannten und der Jacob Spriggett immer im Mietstall aushalf. Eines Tages zog Hod auf ein leeres, völlig verunkrautetes Feld hinter dem Stall, baute sich eine Hütte und häufte ringsherum Gerümpel auf. Sobald die Kinder in die Nähe kamen, zog er sich hastig zurück und verschwand wie ein Dachs in dem großen Abfallhaufen, in dem man nicht einmal mehr den Eingang sehen konnte. Jennie hielt Hod für verrückt und ermahnte die Kinder, sich von ihm fernzuhalten. Lavinia fragt sich, ob sie vielleicht wie Hod wird.

Seit den ersten unbehaglichen Minuten auf dem Anlegesteg haben sich die beiden Familien erstaunlich gut zusammengerauft. Während des Winters sind die ersten Freundschaften entstanden, allerdings schließt keine davon Lavinia mit ein. Sarah Vincent, Jennie und Meg Andrews sind sich nähergekommen und werden von den Kindern der jeweils anderen »Tante« genannt.

Meg und Jennie verbringen jeden Nachmittag eine Stunde plaudernd und strickend in der Küche der Vincents. Die beiden Andrewsfrauen haben zwar Stricknadeln, aber die Wolle ist ihnen ausgegangen, und so sind sie jetzt dabei, unnütze Dinge wie Teewärmer, Kissenbezüge und Zierdeckchen aufzutrennen, die sie um ihr Geschirr gewickelt hatten. Schon von weitem sind die Andrews an den kunterbunten Kleidungsstücken zu erkennen, die auf diese Weise entstehen.

Auch die Kinder haben inzwischen ihre eigenen Beschäftigungen und Freunde gefunden. Sarahs Tochter Annie und Lizzie Andrews, beide fast im gleichen Alter, sind dicke Freundinnen geworden. Sie machen sich über den Inhalt der Fässer her, die exotischen Überbleibsel von Bens letztem Tag als Hausierer. Während der Wind am Lagerschuppen rüttelt und der Schnee ums Haus immer höher wächst, geben Annie und Lizzie den anderen Kindern Schauspielunterricht.

Nachdem sie sich Federhüte und Spitzenhandschuhe angezogen und sich den pfirsichfarbenen Satin über ihre schwere Bekleidung drapiert haben, führen sie lange, improvisierte Stücke ohne Anfang und Ende auf, die Tag für Tag fortgesetzt und wie im Kasperltheater durch Gesangseinlagen aufgelokkert werden: eine Welt voller Könige und Prinzessinnen, Drachen und Ritter, Gestalten, die Neds Geschichten entnommen sind. Die kleinen Mädchen, Jane, Patience und Emma, müssen als Publikum herhalten, andere Male bekommen sie kleinere Rollen zugewiesen. Den neunjährigen Peter Vincent kann man ebenfalls zum Spielen verführen, und ab und zu spielt sogar Young Joe, der älteste Vincentjunge, die Rolle des Königs, des Liebsten oder des Ritters – bis einer der Männer in den Lagerschuppen kommt. Dann hört er mitten im Spiel auf, wirft den anstößigen Umhang und das Holzschwert fort und stapft davon, beschämt, bei kindischen Spielen ertappt worden zu sein.

Von ihrem Platz neben Hazel schaut Lavinia dem Stück zu, und ihr fallen Hunderte von Verbesserungsmöglichkeiten für die Geschichten ein, die sich in der Regel ohne große Handlung, dafür aber mit um so mehr Geschrei und theatralischen Gesten dahinziehen. Früher, in der Monk Street, da hätte sie sich ein Stückchen Tüll übers Gesicht gezogen, hätte einige

Verse deklamiert und wäre sofort mit ganzem Herzen dabeigewesen. Das erscheint ihr nun unmöglich. Während der langen, schattigen Nachmittage sitzt sie in einer Art Halbschlaf da und sieht zu, wie Dämonen und Helden zwischen ihr und dem Kaminfeuer kreischen und tanzen.

Nach solch öden Tagen kann Lavinia nicht schlafen. Nachts lauscht sie dem Heulen des Windes und stellt sich ihn als großes, weißes Untier vor, das gleich hinter dem Kap kauert und sie alle in seinen schrecklichen Pranken hält. Sein Atem läßt den Schuppen erbeben.

»Eines Tages«, denkt sie, »wird ihm das Spiel langweilig, und es bringt uns um.« Selbst als sie endlich einschläft, ist das Windwesen noch da und schleicht sich in ihre Träume.

So schlimm die Nächte für Lavinia sind, das morgendliche Erwachen ist noch ärger, wenn man den Wind hört, weiß, wo man ist, die kriechende Kälte auf dem Gesicht und den nagenden Hunger spürt.

Die Männer fällen immergrüne Bäume, schleppen sie meilenweit durch tiefen Schnee herbei und schichten sie aufrecht gegen die Außenwände des Schuppens, in der Hoffnung, die Kälte dadurch etwas abzuhalten. Trotzdem sind die Betten jeden Morgen mit einem Puder aus Schnee bedeckt, der durch die Ritzen hereinrieselt.

Allmorgendlich kriechen sie einer nach dem anderen unter Haufen von Kleidungsstücken, Decken, Matten, selbst Säcken hervor. Getrieben vom Hunger und dem Bedürfnis, sich in den Eimer zu erleichtern, der hinter dem Holzstapel zwar außer Sicht-, nicht aber außer Geruchsweite ist, stehen die Erwachsenen als erste auf. Die Kinder, die nur den Wunsch haben, den Tag in dem Nest zu verbringen, das sie mit ihrer Körperwärme und manchmal mit Urin gewärmt haben, müssen aus dem Bett gelockt und gezogen werden. Alle bewegen sich steif, nicht nur wegen der Kälte, sondern auch wegen der Kleiderschichten, die weder tags noch nachts abgelegt werden können. Muß jemand ins Freie gehen, dann nimmt er einen Mantel von einem der Betten und zieht ihn über alles andere hinüber.

Nachdem sie von dem kleinen, nunmehr zugefrorenen Teich kein Wasser mehr holen können, müssen sie jeden Abend Eimer mit Schnee in den Schuppen bringen. Für einen Eimer Wasser sind mehrere Eimer Schnee nötig, und oft ist der Schnee selbst in der Früh noch nicht geschmolzen. Wenn sie dann endlich Wasser erhitzen können, waschen Lavinia und Jennie Hazel und tupfen warmes Robbenöl auf die triefenden, wunden Stellen, an denen ihre Knochen die Haut durchgerieben haben.

Eines Morgens war Sarah Vincent hereingekommen, während Jennie und Lavinia gerade die blutgetränkten Laken wechselten. Nachdem sie ihnen eine Minute zugeschaut hatte, verschwand sie wieder. Bei ihrer Rückkehr hatte sie eine Tasche mit getrocknetem Moos dabei und zeigte den Frauen, wie man das weiche Material zwischen die Laken schichtete, um das Blut aufzusaugen. Danach gab es nicht mehr soviel Bettwäsche zu waschen. Nasse Decken brauchen Tage, bis sie wieder trokken sind, wodurch es im Lagerschuppen, in dem es an ihrem Ankunftstag angenehm nach Tau, Teer und Werg gerochen hatte, neben Urin, ungewaschenen Körpern und gekochten Rüben auch noch unangenehm nach nasser Wolle riecht.

Trotz der mittäglichen Stunde ist es so finster, daß Lavinia kaum lesen kann, was sie schreibt. Durch große Schneewirbel, die von einem heulenden Wind getrieben werden, scheint draußen schwach die Wintersonne. Die Welt ist ein einziger blendender Nebel. Jedesmal, wenn jemand hereinkommt, fegt eine Explosion von Wind und Schnee über den Boden. Die halbherzig gespielte Damepartie ist beendet, und die Kinder kriechen wieder unter ihre Bettdecken.

Trotz des Wetters machen sich Ned und Ben zusammen mit Thomas Hutchings und Josh Vincent auf die Suche nach Seevögeln und gehen den Strand ab, weil sie hoffen, eine Wildente zu entdecken. Sarah Vincent sagt, so dick, wie die großen, grauen Vögel seien, würden sie ihnen allen ein oder zwei gute Mahlzeiten verschaffen, aber es ist nicht sehr wahrscheinlich, so spät im Winter Enten zu erspähen. Trotzdem, kleinere Vögel werden manchmal verwundet oder verirren sich von der Vogelinsel her. Seit vier Tagen haben sie nichts anderes mehr zu essen als Pökelfisch und Rüben, und bei dem Gedanken an Bratente läuft Lavinia das Wasser im Mund zusammen.

Wie verhängnisvoll es war, ohne Essensvorräte ans Kap zu kommen, war Lavinia am Morgen nach ihrer Ankunft klargeworden. Beschämt hatte sie zugesehen, wie ihre Mutter, die alte schwarze Börse an sich gepreßt, die sie besitzt, so lange Lavinia denken kann, zu Thomas Hutchings ging, um etwas fürs Frühstück zu erstehen.

Thomas Hutchings, der seinen Bart gerade vor einem kleinen Spiegel zurechtstutzte, bemerkte nicht, daß Jennie hinter ihm stand. Oder vielleicht tat er auch nur so, denkt Lavinia. Inzwischen hat sie eine heftige Abneigung gegen ihn gefaßt.

»Ah …«, räusperte sich Jennie, und Lavinia, die die beiden beobachtete, bildete sich ein, einen Anflug von Ärger über das Gesicht des Mannes huschen zu sehen. Immer noch schweigend wandte er sich um.

»Ich wäre Ihnen verbunden, wenn Sie mir sagen könnten, wo man Lebensmittel kaufen kann«, meinte Jennie.

Thomas Hutchings schenkte ihrer Mutter einen dieser langen, ausdruckslosen Blicke, die Lavinia nicht ausstehen kann. »Hier gibt es keine Lebensmittel zu kaufen, Mrs. Andrews.«

Jennie begriff nicht. Sie öffnete ihre Börse, holte ihren kleinen Vorrat an Münzen hervor und hielt sie ihm entgegen: »Wir können zahlen, Mr. Hutchings, wir sind keine Bettler!«

Der große Mann preßte die Lippen zusammen. Diesmal war sich Lavinia sicher, Ungeduld und Abneigung zu erkennen.

»Lebensmittel können Sie hier nicht kaufen. Was Sie hier sehen, sind meine Wintervorräte – und selbst die gehören nicht wirklich mir. Alles hier, einschließlich des Lagerschuppens und, wie man mir sagte, der Fische im Meer, gehört Caleb Gosse, einem Händler aus St. John's. Ich bin nur sein Lagerverwalter. Ich arbeite für ihn – wie wir alle in gewissem Sinne.«

»Wie können Sie denn Lagerverwalter sein, wenn's nichts zu verkaufen gibt?« Als ehemalige Hausiererin ließ Jennie Andrews sich nicht so leicht zum Schweigen bringen.

»Ich bin der Verwalter dieses Lagerraums – ein Hausmeister gewissermaßen. Es ist kein Laden, in dem was verkauft wird. Im nächsten Sommer werden wir alle Fische fangen und sie dann einpökeln. Wenn dann der Herbst kommt, rechnen wir mit Master Gosse ab. Seine Schiffe holen den Fisch und bringen uns unsere Wintervorräte, genauso, wie er mir im vergangenen Oktober meine gebracht hat. Das hier ist ein Lagerraum, kein Laden, Läden gibt's hier nicht viele. In diesem Land ist kaum Geld im Umlauf.«

Während Thomas Hutchings' Rede hatte Jennie Andrews mehrere Schritte zurück gemacht und stieß nun mit Meg zusammen, die gekommen war und sich hinter ihre Schwiegermutter gestellt hatte.

»Was soll denn dann aus uns werden, sollen wir etwa verhungern? Was geben wir den Kleinen zu essen, was essen wir?« Etwas in der Stimme ihrer Mutter – Furcht, Panik, Trotz – ließ Lavinia aufstehen, zu Jennie und Meg hinübergehen und dem Mann gegenübertreten.

Er seufzte. »Hier, ich zeig's Ihnen.« Er führte sie zu einem Ende des Lagerschuppens. Hier war das Dach von so geringer Höhe, daß Thomas Hutchings mit dem Kopf daran anstieß, und sie konnten spüren, wie unter dem Boden die Wellen anbrandeten.

»Das sind unsere Vorräte. Wir teilen sie uns, bis sie aufgebraucht sind: ein Faß Mehl, Kartoffeln, ein halber Sack Zwiebeln, ein Fäßchen mit eingelegtem Kohl, drei Säcke Rüben – ich hatte mich gefragt, warum die mir so viel Rüben schickten, aber jetzt sehe ich, daß das Vorsehung war –, ein Sack Zucker und ein großes Faß Melasse. Und in den Dosen da ist noch anderes Zeug.« Er wies mit dem Kopf auf ein Regalbrett, das ans Gebälk genagelt worden war. »Etwas Salz, Tee, Haferflocken, solche Sachen. Draußen an der Tür steht ein Faß Rebhuhnbeeren, und Gott sei Dank haben wir einen guten Vorrat an Pökelfisch. Das wär's. Verstehen Sie nun?«

Er tat so, als spräche er mit Kindern, zurückgebliebenen Kindern. Lavinia haßte ihn dafür.

»Es wird ein ganz schön langer Winter, erst in fünf Monaten kommt wieder ein Schiff, wenn das Eis am Ufer nicht schmilzt, vielleicht erst in sechs. Ich überlasse es Ihnen, Mrs. Andrews. Teilen Sie es auf, schauen Sie, wie weit Sie es strecken können.« Er blickte ihre Mutter ernst an, machte eine Art halbe Verbeugung und kehrte zu seinem Rasierspiegel zurück.

Jennie, Lavinia und Meg starrten auf die Lebensmittel, mit denen dreizehn Leute fünf oder sechs Monate auskommen sollten. Lavinia allerdings sah nicht die Vorräte, sondern Thomas Hutchings' verächtliches Gesicht vor sich und wünschte, sie hätte etwas Freches zu entgegnen gewußt.

»Er hat so eine Art, daß man sich klein und dumm vorkommt. Ich kann diesen Mann nicht ausstehen«, sagte sie mit leiser Stimme.

»Da heißt es, aus der Not eine Tugend zu machen«, flüsterte ihre Mutter grimmig einen ihrer Lieblingssprüche, bevor sie sich an Meg wandte. »Nun, Mädchen, wir haben alle Hände voll zu tun. Wir werden schrecklich geizen müssen, wenn wir bis zum Frühling durchhalten wollen.«

Von da an teilte Jennie, und manchmal Meg, die täglichen Nahrungsrationen sparsam ein und bereitete das Essen zu. Sie berechneten die kleinstmögliche Menge, gaben den Männern den größten Anteil davon, fütterten die Kinder und nahmen selbst oft lediglich etwas Brühe und ein Stück Brot zu sich.

Thomas Hutchings aß mit der Familie, und als er sah, wie

sehr die Frauen sich bemühten, mit den Lebensmitteln auszukommen, taute er ein wenig auf. Bei einem Abendessen machte er Meg sogar ein Kompliment wegen eines Puddings, den sie aus Rebhuhnbeeren gemacht hatte.

Trotz all ihrer Vorsicht waren die Kartoffeln Ende Dezember aufgebraucht. Dann ging der Kohl aus. Das Faß mit Rebhuhnbeeren hielt viel länger als der Zucker, aber selbst mit einem Klecks Melasse waren sie noch bitter. Gerade deshalb hielt Meg diese Beeren für sehr nahrhaft und verabreichte ihren eigenen vier Kindern und Jane und Isaac allmorgendlich einen großen Löffel voll der herben Frucht.

Seit nunmehr fast sechs Wochen leben sie von Pökelfisch, Rüben, Brot und mit Melasse gesüßtem Tee. An manchen Tagen bringen die Männer einige Finkenvögel mit, winzige Nachzügler, die nicht gen Süden geflogen sind. Sie sind zäh und so klein, daß ein Mann zwei davon in der hohlen Hand halten kann, aber sie nehmen einem ungefähr eine Stunde das nagende Hungergefühl.

Als Lavinia Meg vor fünf Tagen dabei beobachtet hatte, wie sie das letzte Mehl aus dem Faß kratzte, begriff sie, daß sie möglicherweise verhungern würden. Je mehr alle vom Fleisch fallen, um so mehr spüren sie die Kälte. Lavinia kann beobachten, wie die Männer von Morgen zu Morgen in ihren Bewegungen langsamer werden, wenn sie nach draußen gehen. Selbst Jennie, die Ned immer als gut gepolstert bezeichnet hatte, ist hager geworden. Der zweijährige Willie weigert sich zu laufen und besteht darauf, die ganze Zeit von Meg getragen zu werden. Die anderen Kinder, die wie die Wilden herumrannten, nachdem sie von Bord gegangen waren, verkriechen sich wieder ins Bett und verbringen den halben Tag mit Schlafen.

Obgleich ihr eigener Mehlvorrat dem Ende zugeht, schickt Sarah Vincent jeden Tag ein Brot. Hazel und die Kinder bekommen als Mittagsmahl jeder eine Scheibe mit einem Tropfen

Melasse. Die Frauen trinken eine Tasse von dem Tee, den man, wie Sarah ihnen gezeigt hat, durch Einkochen von Fichtennadeln herstellen kann. Den richtigen Tee heben sie sich für das Abendessen auf, wenn die Männer zurück sind.

Lavinia spürt, wie ihr Körper zusammenschrumpft. Manchmal hat sie den Geschmack von Blut im Mund und stellt sich vor, ihr fielen Zähne und Haare aus. Ihre Träume und selbst ihr Tagebuch sind voller Gedanken an Essen, Wärme und Tod, insbesondere Hazels Tod. Obwohl es sich keiner eingestehen will, ist sich Lavinia ziemlich sicher, daß ihre Schwägerin im Sterben liegt.

Bevor sich Ned nachts neben seine Kinder schlafen legt, kommt er herüber, um seine Frau zu küssen und ihr die Hand zu tätscheln. »Wenn der Winter erst vorbei ist, wird's dir bessergehen«, sagt er dann, oder: »Wenn wir erst in unser eigenes Haus ziehen, wirst du bald gesund.«

Als Lavinia sieht, welche Hoffnung bei diesen leeren Worten über Hazels blasses Gesicht huscht, muß sie den Blick abwenden.

Den kältesten Teil des Lagerschuppens, der Teil, der über dem Wasser steht und in dem die restlichen Vorräte aufbewahrt werden, haben die Männer als ihren Arbeitsraum in Beschlag genommen. Lavinia kann sie hören, wie Josh Vincent Ned und Ben erklärt, wie man die beiden Alken rupft, die sie mitgebracht haben.

Josh hat sich ein Stück Segeltuch über den Schoß gebreitet. Der Vogel liegt mit der Brust nach oben, der Kopf hängt hinunter, und Josh reißt ihm mit ruckartigen Bewegungen geschickt die Federn aus. Thomas und Josh Vincent sind ständig verblüfft über die Unkenntnis der Andrewsmänner und den Umstand, daß man ihnen dasselbe immer und immer wieder erklären muß.

»Du meine Güte, wo habt ihr denn nur euer ganzes Leben zugebracht?« Durch seine sanfte, bedächtige Stimme klingen

Joshs Worte gar nicht wie eine Frage, die die unausgesprochene Regel verletzt hätte, daß man sich nie bei jemandem nach dessen Vergangenheit erkundigt.

Das Gespräch wendet sich rasch wichtigeren Dingen zu: dem Eis, welches das Kap umgibt, der Wahrscheinlichkeit, eine Robbe zu fangen. Josh sagt, es könnte jetzt jeden Tag soweit sein, daß sie Robben zu Gesicht bekommen. In gedämpfterem Ton besprechen sie die Möglichkeit, auf dem Eis zu einer Siedlung zu wandern, die sich Inner Island nennt, um dort Mehl zu leihen.

Lavinia hört mit dem Schreiben auf. Die grauenhafte Vorstellung des unergründlichen, schwarzen Wassers unter dem Eis, über das die Männer laufen müßten, wird rasch von der Hoffnung verdrängt, daß sie vielleicht doch gerettet werden könnten. Sie spitzt die Ohren.

»Wir könnten deinen Schlitten und das Gewehr nehmen – vielleicht entdecken wir ein paar Vögel oder sogar Robben«, meint Thomas Hutchings gerade.

»Wie lang würde das dauern?« erkundigt sich Ned, und Lavinia denkt: »Er weiß also, daß sie im Sterben liegt.«

»Oh, wir würden nicht alle gehen, zwei von uns reichen. Was meinst du dazu, Josh?«

»Möglich ist es schon. Wir müßten anständiges Wetter abwarten und uns von Landzunge zu Landzunge vorarbeiten. Wind und Schneestürme könnten uns allerdings einen Strich durch die Rechnung machen«, erwidert Josh.

»Trotzdem, wenn wir früh genug aufbrechen, könnten wir es meiner Meinung nach vor Einbruch der Dunkelheit schaffen, und wenn das Wetter hält, kommen wir am nächsten Tag zurück.« Thomas Hutchings' Stimme ist besser zu vernehmen. Sie ist klarer, kälter, förmlicher. Leblos, findet Lavinia meistens, aber fast so etwas wie Erregung hat sich hineingeschlichen, als er davon spricht, das Ozeaneis zu überqueren.

»Ich bezweifle, daß es viel bringen würde, Thomas. Ich weiß, was Vater und die anderen im letzten Winter zu dieser Zeit noch übrig hatten, und ich schätze mal, dieses Jahr sind sie auch nicht besser dran. An der ganzen Küste hier versuchen die Leute doch, sich durchzuschlagen, bis die Robben kommen oder bis die Vorräte eintreffen, genau wie wir«, sagt Josh leise.

»Ja, du hast recht.« Thomas' Stimme ist wieder ausdruckslos. »Das Eis könnte jetzt jeden Tag brechen. Wenn diese Kälte vorbei ist, werden wir Robben jagen können, und ich nehme an, Caleb Gosse wird dem ersten Schiff, das er die Küste hochschickt, Mehl und Melasse mitgeben.«

Lavinia bildet sich ein, aus seiner grimmigen Stimme Tadel herauszuhören. »Wenn wir nicht wären, hätte er genügend Mehl, Melasse, Öl und Feuerholz – und seine Ruhe hätte er auch.« Das eigene neue Bedürfnis, in Ruhe gelassen zu werden, läßt Lavinia bei Thomas Hutchings dasselbe nagende Unbehagen erkennen. Wenn sie sieht, wie er sich jeden Abend von ihnen zurückzieht, weiß sie, daß ihre Gegenwart im Lagerschuppen ihn irritiert.

Seit dem ersten Tag, als er die Schiffstaue auffing, hat sie Thomas Hutchings beobachtet, nach Zeichen von Ungeduld Ausschau gehalten, in seiner Stimme nach vorwurfsvollen Untertönen gelauscht, und sie meint sie auch zu hören. Immer, wenn etwas passiert, etwas Schönes oder Trauriges, blickt sie automatisch zu ihm hin. Amüsiert es ihn, wenn Willie wie ein Ball über den Boden rollt? Machen ihn Neds endlose, unbedarfte Fragen zornig? Macht ihn eine Schüssel dampfenden Eintopfs glücklich oder ein leises Stöhnen von Hazel traurig? Krampft sich sein Magen vor Hunger zusammen? Hat er Angst vor dem Hämmern des zugefrorenen Meers unter dem Schuppen?

Sie fragt sich, wie er aussähe, wenn er einmal lachen würde, was er bislang noch nicht getan hat. Der Gedanke, daß ihre Familie so in der Schuld dieses Mannes steht, ist ihr unerträglich.

Nur Hazel, die in der Dämmerwelt zwischen Leben und Tod dahintreibt, hat Lavinias Blicke bemerkt: wie sie Thomas Hutchings folgen, wie ihr Kopf immer in seine Richtung gewandt ist. Die kranke Frau ist dankbar, daß sie dieses kleine Drama beobachten kann, welches sie von den Schmerzen ablenkt.

Abends läßt sich Thomas Hutchings etwas abseits von ihnen nieder, zündet eine Öllampe an und liest eines der drei Bücher, die tagsüber auf dem Bord über seinem Schreibtisch aufgereiht sind. Er ist ein ordentlicher Mann, manchmal sogar ein freundlicher. Zu ihrem Erstaunen hat Lavinia gesehen, wie er mit einem Besen Holzspäne oder Federn aufkehrte, und sie hat Sarah von dem Tag erzählen hören, an dem Charlie geboren wurde und Thomas hinüberkam und der ganzen Familie Abendessen kochte.

»Hat's so gut gemacht wie eine Frau, besser als so manche. Unsere Annie hat's nicht besser gekonnt, das arme kleine Mädchen, lief nur immerzu hin und her. Und Josh – tja, im Haus ist der zu nichts nütze, kann sich ja nicht mal 'ne Tasse Tee machen.«

Inzwischen sind sie mit den Vincents gut Freund. Allabendlich nach dem Essen kommen sie in den Lagerschuppen, um sich Neds Geschichten anzuhören. Josh Vincent bringt immer einen Armvoll Feuerholz mit, das er wortlos neben den Kamin legt. Genau wie auf dem Schiff setzt Ned sich dann auf den Boden, nimmt Willie und Isaac auf den Schoß, und die anderen Kinder drängen sich um ihn herum. Doch wenn er erst einmal am Erzählen ist, ist er nicht mehr zu bremsen. Er muß die Jungs hinunterlassen, aufspringen und jede Rolle nachspielen.

Seit der Nacht, in der Ned dem Ozean sein totgeborenes Baby übergeben hatte, haben sich seine Geschichten verändert. Nicht länger selbst der Held, erzählt er nun Geschichten von Piraten und vergrabenem Gold, von schönen Indianerinnen oder säbelschwingenden Schurken. Er erzählt von Wundertieren, die in den Bergen umherstreifen, von Tieren, die außer auf dem Kap nirgends sonst mehr existieren, von Geistern, die sich nachts am Strand herumtreiben und Schiffe ins Verderben an die Felsen locken, von Frauen, die über Schneewehen schweben und um ihren Geliebten oder um verlorene Kinder wehklagen, von versunkenen Königreichen und von entführten Prinzessinnen.

Wenn die Vincents sich dann auf den Heimweg machen, traut sich nur Young Joe allein zu gehen. Annie und Peter klammern sich an ihre Eltern, aus Furcht, sie könnten auf dem schmalen Weg, der in die tiefen Schneewehen getreten worden ist, Geistern oder Gespenstern begegnen.

Mit den Jahren werden Neds Geschichten zum Teil des Lebens auf dem Kap. Im Laufe der Zeit werden an Winterabenden unzählige Variationen an Kaminfeuern erzählt werden. Einzelheiten werden hinzugefügt und verändert, wahre Begebenheiten in das Garn gesponnen. Nach hundert Jahren wird man nicht mehr sagen können, wo sich der Faden der Wahrheit mit den Kettfäden des Erfundenen verflicht.

Hazel bittet darum, hochgebettet zu werden, damit sie Ned sehen kann, und selbst Thomas legt sein Buch weg und kommt zum Feuer herüber. Er zündet sich die einzige Pfeife des Tages an, und ein Weilchen überdeckt der scharfe und würzige Tabakduft den sauren Geruch des Lagerschuppens und vermischt sich mit dem Höhepunkt von Neds wilder Geschichte.

An dem Abend, an dem Meg das letzte Mehl aufgebraucht hatte, gab es kein Brot zum Abendessen. Nachdem die Vincents gegangen waren, blieben die Andrews weiter sitzen und starrten ins Feuer. Die jüngeren Kinder dösten in den Armen der Erwachsenen, und keiner wollte die Wärme verlassen und sich in die hungrige Dunkelheit der Betten begeben. Da ging Thomas Hutchings zu seinem Bord und nahm eine große, runde Blechbüchse herunter. Er öffnete die Büchse und nahm einen Kuchen aus Schiffszwieback heraus.

»Das ist Matrosenbrot«, erklärte er den Kindern. Er schlug die kleine steinartige Rolle einmal scharf gegen die Kaminsteine und reichte jedem von ihnen einen eiergroßen Brocken.

»Nehmt es mit ins Bett und kaut darauf, das hilft euch beim Einschlafen.«

Seitdem reicht Thomas Hutchings jeden Abend vor dem Geschichtenerzählen Schiffszwieback herum, und sie kauen darauf, während Ned seine phantastischen Geschichten zum besten gibt. Es ist merkwürdig befriedigend. Ned, der das harte Brot auf vielen Reisen gegessen hatte, nennt es Meerkeks. Er erzählt den Kindern, es besäße Zauberkraft und brächte ihnen schöne Träume.

Wie Josh vorhergesagt hat, schlägt das Wetter um. Am letzten Februartag hallen laute Knackgeräusche von den Felsen und Bergen wider. Flecken schwarzen Wassers erscheinen im Hafeneis, und bald ist mehr Wasser als Eis zu sehen. In der Woche darauf schiebt ein Nordwind arktisches Eis die Küste hinunter. In Farbe und Zusammensetzung etwas anders als das Hafeneis, treibt es in losen Schollen auf das Kap zu und schiebt sich auf den Strand.

Eines Tages wird gegen die Mittagszeit die Tür des Lagerschuppens aufgerissen, ein eisiger Windstoß fegt herein, und Young Joe brüllt: »Robben! Die Robben sind da!«

Ohne die Tür wieder zu schließen, verschwindet er. Im Nu sind die Männer draußen, ziehen sich Jacken über, ergreifen Taue und Gaffs, die schon seit Wochen bereitgelegen haben. Peter Vincent, der von Annie gerade eine rote Schärpe umgebunden bekommt, reißt sich los und rennt dem Vater hinterher. Die anderen Kinder laufen ihm in ihren Kostümen nach. Meg schafft es, sich Jane und Emma zu packen und ihnen Handschuhe und Hauben anzuziehen.

Sie schiebt Isaac zu Lavinia: »Hier, den nimmst du, ich trage Willie. Warum sollten wir uns diese herrlichen Biester nicht auch anschauen? Komm, halt ihn gut fest, Vinnie, sonst versucht er noch, selbst 'ne Robbe zu fangen!« Und fort sind sie, nachdem sie Hazel über die Schulter zugerufen haben, sie seien bald wieder zurück.

Am Strand scheint ein merkwürdiges Fest stattzufinden. Männer bewegen sich vor und zurück, testen das Treibeis mit ihren langen Gaffs. Die buntgekleideten Kinder klettern mit viel Geschrei über die gestrandeten Eisschollen, die sich zu großen Haufen zusammengeschoben haben, und schauen, von wo aus sie die Robben am besten sehen können.

In ungefähr dreißig Meter Entfernung treiben die Robben auf Eisschollen langsam aufs Ufer zu. Lavinia kann die Tiere nicht sehen, bis ein cremefarbener Schatten auf einer der Schollen sich bewegt. Sie ist enttäuscht: Die Robben, die sich auf dem Eis unbeholfen bewegen, sehen wie schmutzige, beinlose Schafe aus. Dann gleitet eine ins Wasser, schwimmt einen anmutigen Bogen und verschwindet.

Thomas Hutchings dreht sich zu den lärmenden Kindern um, und sein Gesicht gleicht einer Gewitterwolke: »Ruhe, Herrgott noch mal! Wenn ihr nicht gleich still seid, verscheucht ihr sie noch!«

Sie gehorchen auf der Stelle und kauern sich hinter die großen Eisklumpen, so daß nur noch ihre bunten Kopfbedeckungen und neugierigen Augen hervorspitzen.

Thomas hat das einzige Gewehr mitgebracht, das es am Kap gibt, aber sie haben nicht mehr viel Schießpulver und hoffen, daß sie möglichst viele Robben mit den Gaffs erlegen können. Josh hat ihnen erzählt, daß sein Vater und seine Brüder Robben in Netzen fangen, die sie am Eis befestigt haben. Nur die kleineren Robben kommen in Ufernähe, meint er. Im nächsten Frühjahr wollen sie es auch mit Netzen probieren.

Fast sofort findet Josh eine Eisscholle, die ihn trägt. Er springt hinauf, und Thomas folgt ihm. Trotz der vielen Kleidungsschichten und der schweren Stiefel, die sie tragen, springen die Männer erstaunlich behende von Scholle zu Scholle, landen immer auf dem Fleck, der ihr Gewicht auch hält. Innerhalb von Minuten befinden sie sich zwischen den Robben, und schon hat Josh eine erlegt.

Nachdem Young Joe sich eilig umgesehen hat, ob seine Mutter am Strand ist, springt auch er auf eine Eisscholle. Im Nu folgt ihm Ned Andrews. Ben macht ebenfalls Anstalten, aber Meg packt ihn am Arm.

Alles geschieht so nebenbei, so ruhig, daß Lavinia sich des Risikos an der Sache zunächst gar nicht bewußt ist. Sie käme nie darauf, daß man ohne jegliches Aufhebens den Tod riskieren könnte, bis sie sieht, wie Meg, die sich noch immer an den Arm ihres Mannes klammert, die Augen schließt und den Kopf senkt. Da geht ihr auf, in welcher Gefahr sich die Männer befinden, wie tief das Wasser unter ihnen ist und wie zerbrechlich die treibenden Eisschollen sind. Ein Wechsel des Windes, der Strömung, ein brüchiges Eisstück, ein Fuß, der etwas zu nahe an der Kante aufkommt, schon kippt die Scholle und schickt die Männer in den Tod. Auch Lavinia würde gerne beten, traut sich aber nicht, den Blick von den Gestalten zu lösen, die sich gegen die weiße Fläche abzeichnen. Ned, der zwischen Eisschollen herumhüpft, als sei er dazu geboren, scheint sich dort heimischer zu fühlen als alle anderen, heimischer selbst als die Robben.

Young Joe packt die Robbe, die sein Vater erlegt hat, bindet ein Seil darum und zieht sie langsam ans Ufer, wobei das Tier über dem Eis eine rote Spur hinterläßt. Die Neugierde hat die Kinder hinuntergetrieben, und nun beäugen sie schockiert das leblose pelzige Ding mit seinem eingeschlagenen Schädel. Sobald eine Robbe an Land ist, kehrt Joe aufs Eis zurück und holt die nächste.

Fünf Robben haben die Männer ans Ufer gezogen, als Annie Vincent einen durchdringenden Schrei ausstößt, zum Wasserrand rennt und mit dem Finger hinausdeutet. Dort steht Peter Vincent taumelnd an der Kante einer großen Eisscholle, die im Begriff ist zu kippen. Ganz langsam neigt sie sich und zeigt dabei die blaßgrüne Unterseite. Peter kann sich nicht mehr halten, und er stürzt hinunter, schafft es jedoch, eine kleinere

Scholle zu packen. Nur noch sein Oberkörper schaut aus dem Wasser.

Josh, Young Joe, Thomas und Ned arbeiten sich gemeinsam zu dem Jungen vor, bewegen sich mit einer, wie es jetzt scheint, qualvollen Langsamkeit – alle außer Ned, der fast so von Scholle zu Scholle springt, als flöge er. Bei jedem Sprung hebt und senkt sich sein lockiges rotes Haar. Seine übergroßen Stiefel scheinen vor seinen Füßen auf dem Eis zu landen und heben schon wieder ab, bevor das Eis unter ihm sinkt. Er wirkt euphorisch. Als er Peter erreicht, stößt er einen lauten, glücklichen Schrei aus und hakt sein Gaff unter der roten Schärpe ein, die über dem dunklen Wasser gerade so eben sichtbar ist.

Als die anderen Männer bei ihnen ankommen, hat Ned den Jungen bereits unversehrt aufs Eis gezogen. Sie bringen ihn ans Ufer und von dort, blaugesichtig und zähneklappernd, zu seiner Mutter in die Küche. Sarah bricht bei seinem Anblick in Tränen aus und gibt ihm eine kräftige Ohrfeige, ehe sie ihm die eisigen Kleider auszieht. Dann hüllt sie ihn in eine Decke, setzt ihn ans Feuer und hält ihm einen langen, lauten Vortrag darüber, was Jungen zustoßen kann, die ihrer Mutter nicht gehorchen.

Es ist fast nicht auszuhalten, wie lange es dauert, bis das Fleisch zubereitet ist. Die Vincents spenden ihre letzte Zwiebel, und Lavinia schreibt, daß es im Paradies so riechen müsse wie nach gebratener Robbe mit Zwiebeln. Alle halten sich in der Nähe der Feuerstelle auf, geben Ratschläge, fragen, wann das Essen fertig sei, bis selbst Meg der Geduldsfaden reißt und sie die Männer und Jungen hinausjagt und den kleinen Kindern einschärft, keinen Mucks von sich zu geben.

Schließlich wird die Mahlzeit aufgetragen: dunkles, knuspriges Fleisch, das vor Fett trieft und intensiv nach Wild schmeckt. Alle können sie gar nicht genug kriegen, sie essen, bis ihnen schlecht wird und Lizzie sich übergeben muß.

An diesem Abend bleiben sie stundenlang am Feuer sitzen

und feiern die erfolgreiche Robbenjagd mit Liedern und Geschichten. Jetzt haben sie Fleisch, Fell, Fett und Öl. Sie wissen nun, daß der Frühling nicht mehr fern ist und aus Carbonear und St. John's bald Schiffe eintreffen müssen. Sie haben den Winter überstanden.

Lange nachdem die anderen schon eingeschlafen sind, liegt Lavinia noch wach da und ärgert sich über die Männer, die auf die Eisschollen hinausgegangen sind. Bei der Erinnerung, wie bedenkenlos sie über das offene Wasser gesprungen sind, sagt sie sich, daß sie nur dankbar dafür sein sollte, daß sie die Nerven für diese Arbeit hatten. Könnte sie so etwas tun?

Das Töten der Robben war notwendig, denkt sie sich. Weiß Gott, sie ist dankbar für ihren vollen Magen. Dennoch, sie ärgert sich über das Draufgängertum, den männlichen Stolz, der die Arbeit noch gefährlicher gemacht hat als nötig.

Lavinia kommt zu dem Schluß, daß es den Männern an Vorstellungskraft mangelt. Sie sehen nur Eis und die Robben, wohingegen eine Frau die Fäden schwarzen Wassers darunter sieht und sich ausmalt, wie das gefrorene Seegras nach den Männern greift.

»Es hat seine Vorteile, keinen Mann oder Sohn zu haben«, schreibt sie in dieser Nacht.

3. KAPITEL

Heute kam Mary Bundle an Land – man könnte sie fast für eine Wilde halten. Ihr Alter läßt sich schwer schätzen, aber ich nehme an, sie ist ein gutes Stück älter als Meg.

Das schreibt die siebzehnjährige Lavinia Andrews, die sich immer noch als Mädchen, fast als Kind betrachtet, über die siebzehnjährige Mary Bundle, die sich eines Apriltages verstohlen bei ihnen am Kap einnistet.

Schon am frühen Morgen hatte Young Joe die weißen Segel des Schoners erspäht, die gegen den zinngrauen Himmel glänzten, und seitdem haben die Jungen ihn beobachtet. Eine Frau nach der anderen hatte sich zu den Jungen an den Anlegesteg gesellt. Die Männer waren aus dem Wald geholt worden, wo sie Holz geschlagen hatten – armselige, dürre, nasse Stöcke, die mehr rauchen als brennen werden. Abgesehen von Hazel steht bis zur Mittagszeit jeder Kapbewohner am Steg und beobachtet das erste Schiff, das sie seit der Abfahrt der *Truite* vor fast sechs Monaten zu sehen bekommen.

Trotz des Robbenfleisches, das in den letzten Wochen ihre Mahlzeiten aus Rüben und Fisch ergänzt hat, wissen die Erwachsenen, daß die Gefahr zu verhungern noch nicht gebannt ist. Sie beten stumm, daß das Schiff Kurs auf das Kap nehmen und Mehl dabeihaben wird.

Obgleich vom Meer ein schneidend kalter Wind herweht, stehen sie immer noch ruhig beieinander. Bloß Ned tanzt abwechselnd mit jedem Kind auf dem Steg herum, um sich warmzuhalten. Als er gerade seine Tochter Jane herumschwingt, geht der Kleinen auf, was die Segel bedeuten könnten.

»Das ist Kapitän Benoit, stimmt's, Daddy, der kommt und nimmt uns wieder mit nach Hause?« Das Gesicht des Kindes erhellt sich bei diesem Gedanken.

Lavinia beobachtet, wie ihr Bruder, plötzlich ernüchtert, zu tanzen aufhört und Jane auf den Arm nimmt.

»Nein, mein Entchen, das ist nicht der Kapitän, der kommt nicht wieder – wir sind jetzt hier zu Hause, Janie.«

Das Kind fängt leise zu greinen an. Ned tätschelt es am Rücken und stimmt eines von Janes Lieblingsliedern an:

I saw three ships come sailin' in,
come sailin' in, come sailin' in,
I saw three ships come sailin' in,
With diamond rings for Janie…

Oft schon hat Lavinia Ned seine Tochter mit diesem Lied, das eine endlose Liste von Versprechungen enthält, in den Schlaf singen hören. Noch immer hat sie ihrem Bruder nicht verziehen, und gewöhnlich ärgert sie sich über das Lied. Aber als sie Janes Gesicht beobachtet, ist sie traurig, daß die Welt nicht der fröhliche Ort aus Neds Erzählungen ist.

»Ich nehm' an, das ist ein englisches Flottenschiff. Ich erinnere mich, wie Onkel Ki Barbour uns erzählt hat, wie die immer hier runtergekommen sind und jedes Haus mit einem rauchenden Schornstein niedergebrannt haben. Auf Pond Island haben die von der Kriegsmarine mal zwei Männer gehängt.«

Nach dieser grausigen Verkündung fügt Sarah Vincent mit fast fröhlicher Genugtuung hinzu: »Und ihr wißt ja, bis auf Thomas hat keiner von uns ein Recht dazu, hier zu leben!«

Die Kinder verstummen ängstlich, und Meg und Jennie bestürmen die anderen mit Fragen, ob Sarah recht habe.

Aber Josh schüttelt mißbilligend den Kopf und sagt mit einer Stimme, die keinen Widerspruch duldet: »Also, Sarah, Mädchen, du weißt so gut wie ich, daß so was an dieser Küste schon seit fünfundzwanzig Jahren oder mehr nicht mehr vorgekommen ist. Und die, die damals gehängt wurden, waren Schurken, die aus dem Gefängnis in St. John's geflohen waren.«

»Außerdem gibt's hier bloß zwei Schornsteine, Ma. Da lohnt sich's ja wohl kaum, herzukommen – und so, wie dieses Schiff schlingert, bezweifle ich, daß jemand dort sie ausgemacht hat«, gibt Young Joe seinem Vater recht und setzt hinzu, ohne den Blick von dem Schiff zu wenden: »Für ein Marineschiff ist das sowieso zu klein, Ma. Das wird wohl ein Fischschoner sein. Was meinen Sie, Mr. Hutchings?« Young Joe ist das einzige Kind, das sich traut, Thomas direkt anzusprechen.

Der Mann nickt geistesabwesend, und Lavinia findet, daß er mürrischer aussieht als sonst, fast so, als täte es ihm leid, das Schiff langsam wenden und aufs Kap zusteuern zu sehen.

Thomas Hutchings ist es mehr als mulmig zumute. Er schätzt, daß das Schiff, das auf sie zufährt, Caleb Gosse gehört, dem Mann, dem der Anlegesteg gehört, auf dem sie stehen, das Gebäude, das alle »Thomas' Lagerschuppen« nennen, und der das Exklusivrecht hat, allen Kabeljau einzusammeln, der an diesem Küstenstrich gefangen und eingepökelt wird. Ein merkwürdiger Mann ist dieser Gosse, mit einer blühenden Gesichtsfarbe, ein verdächtiger Mann, der Thomas nach einem zweiminütigen Einstellungsgespräch in seinen Dienst nahm, ihm erzählte, die Indianer würden ihn bestehlen wie die Raben, und ihn anwies, den ersten Indianer, der sich dem Kap nähere, zu erschießen. Aber keine Indianer waren gekommen, und das werden sie auch nicht, da sie lediglich der Phantasie des alten Mannes entspringen.

Solch ein Mann, denkt Thomas Hutchings gerade, wird alles andere als erfreut sein zu entdecken, daß er den ganzen Winter über ein Dutzend Leute aufgenommen und durchgefüttert hat.

Seines Wissens hat Caleb Gosse noch nie einen Fuß aufs Kap gesetzt oder auf einen anderen Ort, an dem er Macht über Leben oder Tod besitzt. Bestimmt würde kein Händler, und sei er noch so verrückt, St. John's im Frühling verlassen, wenn seine Flotte für die Fischsaison ausgerüstet werden muß. Derart beruhigt, schwört sich Thomas, daß die Andrewsmänner am nächsten Tag ihre eigene Unterkunft zu bauen beginnen, auch wenn dabei die meiste Arbeit an Josh und ihm hängenbleibt. Bevor der Fischfang beginnt, muß er die Andrews aus dem Lagerschuppen heraus haben.

»Sieht so aus, als würde es nordwärts fahren wollen – hat immer noch das Toppsegel und das obere Stagsegel gehißt«, sagt Ned. Im Gegensatz zu seiner Schwester fällt ihm gar nicht auf, mit welch überraschten Gesichtern Josh und Thomas auf diese Bemerkung reagieren, die die Gebrüder Andrews bereits als Dummköpfe abgeschrieben haben.

Nun ist das Schiff nahe genug, daß Thomas seinen Namen lesen kann, der in blauen Lettern am Bug aufgemalt ist: *Tern*. Ein zweimastiger Schoner, der herrlich anzuschauen ist, wie er sich dem Kap nähert und geschickt die Brecher umfährt.

»Wenn mich nicht alles täuscht, steht da Alex Brennan am Steuerrad. Seht euch bloß an, wie der dem Wasserlauf folgt und das Schiff um die versunkenen Felsen herummanövriert«, meint Josh bewundernd.

Die *Tern* ist tatsächlich eines von Gosses Schiffen. Alex Brennan winkt ihnen vom Deck aus zu, als kurz vor dem Anlegesteg der Anker geworfen wird und das Schiff sanft hereintreibt.

»Ganz schöne Brise da draußen, Alter, fast so schlimm wie

an einem schönen Tag im Hafen von St. John's.« Das runde, rote Gesicht des Kapitäns strahlt vor guter Laune, aber seinen scharfsinnigen und intelligenten Augen entgeht nichts. Alex Brennan fährt seit zwanzig Jahren mit Gosseschiffen die Küste entlang, und er weiß, wann er halbverhungerte Menschen vor sich hat.

Da er alle Fragen schon im voraus kennt, verkündet der Kapitän sogleich, was er geladen hat: Salz und kleinere Ausrüstungsgegenstände, die im letzten Herbst von Gosse bestellt worden waren. Er nennt ihnen den Preis pro Doppelzentner, den der Händler für den Fang des letzten Sommers festgelegt hat, erzählt, welche Katastrophen St. John's im Winter heimgesucht haben und wie Gosses Geschäft läuft.

»Bei dem läuft's bestens, Junge. Hat jetzt noch zwei Schoner wie diesen hier, die *Charlotte Gosse* und die *Seahorse*, die er sich in Boston hat bauen lassen.«

Alex nickt den Frauen freundlich zu und erzählt Sarah, daß er letztens mit einem ihrer Brüder gesprochen habe. Gerade will er die persönlichen Botschaften übermitteln, die er entlang der Küste für die anderen entgegengenommen hat, als Thomas Hutchings ihn beiseite nimmt und sich mit gesenkter Stimme erkundigt, was für Vorräte er an Bord habe.

»Hab' schon mitgekriegt, daß ihr im Winter Zuwachs bekommen habt«, grinst der Kapitän und fügt, als er Thomas' Ungeduld bemerkt, eilends hinzu: »Ja, ja, Junge, ich hab' schon was dabei. Ihr könnt zwei Fässer Mehl und ein Fäßchen Melasse haben. Der Alte muß davon ja nicht unbedingt Wind kriegen, wir tun's zum Schiffsvorrat zurück, sobald eure Vorräte eintreffen.«

Nach diesen Worten dreht sich Thomas zu den Frauen um, die in der Nähe stehen, und sagt ihnen: »Heute abend gibt's Brot – und Melasse auch.« Er lächelt sogar, was Lavinia am Abend in ihrem Tagebuch vermerkt.

Alex Brennan befiehlt zweien seiner Männer, die Sachen zu

entladen und eines der Mehlfässer zum Haus der Vincents, das andere zum Lagerschuppen zu bringen.

»Bevor ihr wieder ablegt, haben wir frisches Brot für euch«, ruft Sarah über die Schulter zurück, als sie hinter den Männern, die ihr Mehl tragen, nach Hause trottet.

Die Männer und größeren Jungen helfen der Besatzung beim Entladen von Salz, Dregankern, Zwirn und Tauwerk. Matrosen sind große Klatschmäuler, und die *Tern* hat zwischen St. John's und dem Kap drei Orte angelaufen. Ihnen ist alles über Geburten, Todesfälle, Hochzeiten und Krankheiten an der Küste bekannt. Sie wissen, wie die einzelnen Ansiedlungen über den rauhen Winter gekommen sind, was die Alten für den kommenden Sommer für ein Wetter voraussagen, welche Schiffe zu den Robbenfanggründen fahren und welche Männer entlang der Küste auf diesen Schiffen einen Kojenplatz ergattert haben.

Alex Brennan hört sich das Ganze nur wenige Minuten an, dann fragt er Thomas, ob er ihn allein sprechen könne.

»Es gibt also schlechte Nachrichten«, denkt Thomas. Er geht mit dem Kapitän zum Lagerschuppen und führt ihn dort in eine Ecke, die möglichst weit von der scheinbar schlafenden Hazel entfernt liegt, die Lavinia die Unterhaltung jedoch später fast wörtlich wiederholen kann.

»Ich nehme an, Gosse hat beschlossen, daß er am Kap niemanden mehr braucht – und er hat ja weiß Gott recht, ich bin jetzt fast zwei Jahre hier und habe noch keinen einzigen Dieb gesehen, ob weiß oder rot«, sagt Thomas und überlegt, was er nach Verlassen des Kaps tun wird. Überrascht bemerkt er, daß er nach Ausflüchten sucht, um zu bleiben.

Aber da wendet sich Alex Brennan mit einem Lächeln um: »Wie kommen Sie denn darauf? Nein. Caleb Gosse weiß, was er an Ihnen hat. So guten Pökelfisch wie im letzten Jahr hat der noch nie gekriegt, und solch eine Menge auch noch nie. Nein, darum geht's nicht. Ehrlich gesagt, Thomas, hab' ich auf der

Tern noch was für Sie, noch ein Bündel.« Er lächelt so breit, daß seine Augen fast vollständig hinter seinen Backen verschwinden.

»Ich hab' auf der *Tern* ein Bündel für Sie«, wiederholt er und schlägt sich lachend aufs Knie, als er Thomas' verwirrte Miene sieht.

»Ah, das ist gut, wirklich – noch ein Bündel, genau was Sie brauchen, Thomas – ein geheimnisvolles Bündel, könnte man sagen.«

»Alex, über was in Gottes Namen reden Sie?« Thomas Hutchings beugt sich vor, um in das Gesicht des Mannes zu schauen, der sich vor Lachen krümmt.

Als er Thomas' Besorgnis sieht, richtet sich Alex auf, wischt sich die Augen und versucht, seine Heiterkeit zu zügeln.

»Tja, wie ich schon gesagt hab', wir sind jetzt den Sommer über unterwegs nach Norden, also haben wir diese Frau, na ja, eher wohl dieses Mädchen, als Köchin an Bord genommen. Haben sie indirekt angeheuert, weil unser eigentlicher Koch krank geworden ist. So'n Bursche, Tim Toop wird er gerufen, weiß der Himmel, wie der wirklich heißt, hat gesagt, er würde 'ne gute Köchin kennen und alles für uns regeln. An unserem Abfahrtstag ist sie an Bord gekommen, klein und ein bißchen dürr hat sie ausgesehen, aber wir haben uns nicht weiter um sie gekümmert, mußten ja aufladen und so. Und das Essen von ihr war anständig, Kartoffeln, die nicht angebrannt waren, 'nen guten Fisch, alles andere war uns egal ...«

Als Thomas begreift, daß diese langatmige Geschichte keine Botschaft seines Arbeitgebers enthält, nickt er geistesabwesend und faltet die Hände vor dem Bauch zusammen. Diese Geste kennt Alex Brennan bei Thomas schon, und er kommt rasch zum Ende seiner Geschichte.

»Sieht so aus, als sei eines der Bündel, die diese Köchin mit an Bord gebracht hat, ein Baby gewesen. Nun sagt sie, das Baby sei krank, und sie will nicht weiter mit ihm die Küste hochfahren. Sie heißt Mary, und alle Matrosen haben angefangen, sie Mary Bundle zu nennen, verstehen Sie? Aus Spaß. Sie möchte hier abgesetzt werden.«

Plötzlich wird Thomas Hutchings hellhörig. »Du meine Güte, Mann, was sollten wir denn mit ihr? Ich habe hier schon genug hungernde Leute ohne ein Dach über dem Kopf, wozu brauche ich noch mehr – und ein krankes Kind dazu!«

»Hab' ihr schon gesagt, es wäre gescheiter, sie bliebe auf der *Tern*, bis sie ein Schiff findet, das nach St. John's zurücksegelt. Ich hätt' ja auch gar nichts dagegen, sie an Bord zu behalten, sie und das Baby stören kein bißchen – aber so allmählich denke ich, sie hat so ihre Gründe, warum sie nicht zurück will –, würde mich auch nicht wundern, für eine alleinstehende Frau ist St. John's ja auch wirklich kein gutes Pflaster. Wohlgemerkt, das sind nur so meine Vermutungen. Die rückt mit nichts raus, sagt kaum je was zu einem von uns. Jung ist sie, gerade mal sechzehn oder siebzehn, würd' ich sagen, aber schuften tut sie wie ein Pferd.«

Alex gibt Thomas einen Knuff. Jeder andere hätte von ihm einen kräftigen Schlag abbekommen, doch etwas an Thomas Hutchings hält den gutmütigen Iren davon ab. Dennoch kann er es sich nicht verkneifen zu sagen: »Vielleicht brauchen Sie ja selbst 'ne Frau, Thomas?«

Kein Lächeln. »Wohl kaum. Nein, Alex, das geht nicht. Die Vincents kriegen ja so schon nicht alle satt, und ich werde mir nicht noch mal jemanden im Lagerschuppen aufhalsen, wenn ich die jetzige Gesellschaft los bin.«

»Schon klar. Ich werd's ihr sagen, aber mehr kann ich auch nicht tun. An Land kommt sie sowieso, muß die Frauen was wegen dem Baby fragen. Ich schätze, sie hat da selbst nicht viel Erfahrung, die arme Kleine.«

Alex nickt mit dem Kopf zu Hazels Lager hin, das durch die Segeltücher halb verborgen ist: »So wie's ausschaut, habt ihr eh schon einen Krankenfall.«

»Hazel Andrews, die Frau von Ned, dem jüngsten Bruder. Sie haben ihn unten am Steg gesehen, der Bursche mit dem wuscheligen Haar und dem breiten Grinsen. Abgesehen von der anderen Schwiegertochter, Meg, hat keiner von diesen Andrews viel Verstand, aber dieser Ned schießt wirklich den Vogel ab, richtig dämlich ist der manchmal. Albert herum, tanzt und singt, als hätte er keine einzige Sorge auf der Welt, und dabei ist seine Frau bettlägerig, seitdem sie von Bord gegangen sind. So allmählich frage ich mich, ob sie überhaupt je wieder auf die Beine kommt. Dabei ist sie noch so jung und hat zwei kleine Kinder.«

»Kann man denn gar nichts für sie tun?«

»Sarah Vincent und die alte Mrs. Andrews, die Mutter der Brüder, tun ihr Bestes. Gestern haben sie Algen eingekocht und versucht, ihr etwas davon einzuflößen – aber na ja –, ich weiß nicht, darüber kann ich mir nicht auch noch Sorgen machen.«

Dann wechselt Thomas das Thema, indem er dem Kapitän erklärt, diesen Sommer bräuchte er keine zusätzlichen Arbeitskräfte am Kap abzusetzen. »Ich bin entschlossen, daß sich diese Andrews ihre Unterkunft und Verpflegung auch verdienen, folglich haben wir selbst genug Leute zum Zupacken …« Noch immer leise ins Gespräch vertieft, verlassen die Männer den Schuppen.

Die Vorräte sind nun an Land. Die Männer der *Tern* stehen da und plaudern mit Josh und den Andrewsbrüdern.

»Ja, wißt ihr, mit uns Fischern wird ein Vermögen gemacht! Ein Vermögen! Seht euch doch Caleb Gosse an, der hat im selben Jahr das Schiff hier und noch zwei andere gekauft«, sagt einer gerade, als Thomas und Alex in Hörweite kommen.

»Und das ist noch längst nicht alles.« Ein affengesichtiger Seemann spuckt in hohem Bogen Tabaksaft über den Rand des Anlegestegs. »Noch längst nicht! In St. John's wird gemunkelt, daß sich Gosse in England eine Villa bauen läßt – dabei hat der doch schon eines der besten Häuser in der Stadt, aus Stein ist das, und unten am Hafen hat er Geschäftsräume, Pferde und dazu eine Kutsche und das alles.«

»Der Vetter meiner Frau kümmert sich um die Pferde der Gosses, und der hat gehört, daß Gosse einen Bruder in der englischen Regierung hat«, erzählt ein anderer, und seine Kumpel nicken verständig, stimmen zu, daß aus Fisch viel Geld zu holen ist.

»... solange du kein Fisch bist«, sagt das Affengesicht und lacht.

So ein unbedachtes Geschwätz kann Brennan bei seinen Männern nicht durchgehen lassen.

»Na hör mal, Sam Billard, wir verdienen doch alle an dem Fisch – und wenn Caleb Gosse ein bißchen mehr verdient, dann ist das nur recht und billig. Schließlich sind's ja seine Schiffe, mit denen wir auf Fischfang gehen. Was geht's dich an, was ein Gentleman verdient? Also, jetzt bringt die Vorräte zum Lagerschuppen rüber; und macht die Tür immer wieder ordentlich zu, da liegt eine kranke Frau drin!«

Der Wind läßt nach, und Alex glaubt, daß sie ohne Schwierigkeiten wieder vom Kap ablegen werden können. »Die Männer haben noch nichts gegessen – vor dem Ankerlichten können wir eigentlich genausogut noch eine warme Mahlzeit zu uns nehmen«, sagt er und sieht sich nach Mary Bundle um.

Sie ist nirgends zu sehen, und er vermutet, daß sie hofft, unbemerkt an Land kommen zu können. Falls dem so ist, zeigt es, daß sie von diesen Außenhäfen keine Ahnung hat. Er nickt Thomas zu und begibt sich auf die *Tern*, um die Köchin zu suchen.

Der Kapitän steigt in die Kombüse hinunter, wo Mary Bundle seit der Abfahrt aus St. John's geschlafen und gearbeitet hat. Und da ist sie, sitzt wie eine Zigeunerin auf dem Boden und hat ihren ganzen Besitz, einschließlich des Babys, vor sich ausgebreitet. Bei seinem Erscheinen wirft sie erschrocken ein schmutziges Tuch über die merkwürdige Sammlung. Doch im nachhinein scheint ihr das feige vorzukommen, und sie zieht das Tuch wieder fort, hockt sich auf die Fersen und beobachtet ihn, wie er am Fuß der Leiter steht und ihre Habseligkeiten betrachtet.

»Ein Anblick zum Steinerweichen«, erzählt Alex Brennan, ein weichherziger Mann, später seiner Frau. Er kann nicht wissen, daß das bedauernswerte Mädchen vor ihm zwischen ihren kleinen Brüsten drei gestohlene Goldstücke sicher in das Unterhemd genäht hat.

»Sie hatte alles ausgelegt, als würde sie es zählen wollen. Das arme, schreiende Baby, ein Stapel Flanellappen, für das Kind, nehm' ich an, ein eingebeulter Kessel, ein Paar Stiefel, eine Schachtel mit Feuersteinen, eine hübsche kleine Nadel, ein gestrickter Schal und eine Orange – weiß der Himmel, woher sie die hatte – ich hab' in St. John's seit neun Monaten keine mehr gesehen – oh, ja, und zwei Kuchen Schiffszwieback, die sie wohl von den Schiffsvorräten abgezweigt haben dürfte. Das war ihr ganzer irdischer Besitz.«

An seiner Miene läßt sich nichts von Alex Brennans Mitleid ablesen. Er blickt Mary Bundle finster an und stupst den Kessel mit seinem Stiefel an.

»Pack das Zeug weg und leg das Baby irgendwo ab. Die Männer sind schon halb verhungert. Jetzt komm, Frau, laß uns was essen und dann von dieser gottverlassenen Sandbank verschwinden, bevor es dunkel wird. Wir nehmen was mit an Land, du kannst uns was in Thomas Hutchings' Lagerschuppen kochen.«

Alex zieht einen Sack Gemüse aus einem Regal, nimmt ein großes Stück Schweinefleisch und etwas Pökelfisch und klettert wieder die Leiter hoch. Das Mädchen rappelt sich auf, knotet die graue Tischdecke um ihre Habseligkeiten, rollt das immer noch weinende Baby in eine rauhe, braune Decke und schnappt sich den größten Kochtopf, den sie sieht, ehe sie Thomas folgt.

»Thomas Hutchings hat mir gesagt, daß er dich hier nicht will. Sagt, es gebe hier keinen Schlafplatz für dich, und allein käme eine Frau hier am Kap nicht durch.«

Alex dreht sich bei diesen Worten nicht um und kann deshalb nicht sehen, wie Mary Bundle trotzig und entschlossen den Kopf zurückwirft, eine Geste, die die Leute am Kap gut kennenlernen werden.

Alle nehmen das Mahl gemeinsam ein, einen Eintopf aus Gemüse, Schweinefleisch und Fisch, der in dem großen Schiffstopf zubereitet wurde. Nach dem Essen sitzen die Seemänner herum. Nachdem sie sich ihre Stiefel ausgezogen und ihre schweren Wollsocken zum Trocknen neben die Feuerstelle gehängt haben, lehnen sie an der Wand und strecken die bloßen Füße zum Feuer. Sie machen nicht den Eindruck, als würden sie wieder fortwollen. Auch Thomas Hutchings ist da, pafft seine Pfeife, genießt die Gespräche über Politik, Schiffe und Fischfang und das Gefühl, einen vollen Magen zu haben.

Josh Vincent ist zusammen mit Ben und Ned zurück ins Holz gegangen, und die Frauen sind in der Küche der Vincents beim Brotbacken. Aber die Kinder bleiben, auf Fässern und Kisten thronend, Augen und Ohren weit offen, und machen keinen Mucks.

Lavinia sitzt an ihrem üblichen Platz und lauscht ihrer Schwägerin, die anscheinend zum Sprechen aufgelegt ist. Hazel hat Fieber, das wahrscheinlich durch den Lärm und die ungewohnten Gerüche hervorgerufen worden ist. Lavinia legt ein feuchtes Tuch auf die heiße Stirn der Frau, beobachtet dabei aber Mary Bundle.

Mary Bundle hat noch kein Wort gesagt. Sie packt Essensreste und Blechteller in den Schiffskochtopf und ist anscheinend völlig in diese Arbeit vertieft, denn sie sieht nie zu den Männern und auch nicht einmal zu dem Baby hin, das in der

Nähe auf einem Stapel Netze schläft. Lavinia fragt sich, ob die Frau stumm ist.

In dem Schuppen, der nur ein kleines Fenster hat, ist es fast dunkel und vom Tabakrauch angenehm trübe und dunstig. Weiterhin hört man das gedämpfte Gemurmel von Thomas und Alex. Gelegentlich sagt einer der Seeleute etwas. Die Männer würden gern über Nacht bleiben. Die Kinder sind ganz still. Hazels abgehackte Worte kommen immer langsamer, die Augen fallen ihr zu, und schließlich schläft sie ein.

Mary Bundle nimmt den großen Kessel und geht zur Tür. Alles, was die Frau tut, geschieht völlig lautlos. Und in diesem Augenblick, als sie im Schatten das dunkle, knochige Gesicht mustert, fällt Lavinia das Wort »Wilde« ein.

Schließlich stößt Alex einen langen Seufzer aus, trinkt seinen restlichen Tee aus und erhebt sich.

»Das wär's, Jungs! Es ist schon reichlich nach Mittag, und ich möchte vor Einbruch der Dunkelheit das Kap sicher hinter mir gelassen haben. Na kommt, die Teeparty ist aus, laßt uns den Anker lichten!« Er stapft zur Tür, und als er am Bett vorbeikommt, tippt er sich in Lavinias Richtung an die Mütze.

Einer nach dem anderen stehen die Männer stöhnend auf, ziehen sich Strümpfe und Stiefel an und folgen ihm nach. Als würden sie von einem Zauber befreit, hüpfen die Kinder von ihren Sitzplätzen und zotteln hinterdrein. Lavinia bemerkt, daß das Baby noch immer schlafend in der Ecke liegt, schweigt aber.

Unten an der Anlegestelle herrscht jetzt das hektische Treiben, das zum Ritual des Ankerlichtens dazugehört. Es ist ein wunderschöner Tag geworden, frisch und kalt. Das Wasser, das in der Früh noch so dunkel wirkte, glitzert nun blau unter dem strahlenden Himmel. Der Wind hat gedreht und den Großteil des Eises vom Strand weggetrieben. Die wenigen übriggebliebenen Schollen treiben wie Kristallteller auf der glatten See.

Nachdem die Taue gelöst und die Segel klargemacht worden sind, tauschen die Männer noch allerletzte Informationen aus. Sarah Vincent kommt von ihrem Haus heruntergerannt und hat eine Stofftasche mit Brot dabei, das noch immer warm ist. Sie reicht es Alex Brennan an der Seite hoch. Im Gegenzug wirft er ihr eine gepökelte Schweinshaxe hinunter.

»Für euer Abendessen. Danke für den Brotlaib!« winkt er den Leuten auf dem Anlegesteg zu, und die *Tern* legt langsam ab.

»Wir sehen uns auf eurem Rückweg!« ruft Sarah, die Jahre jünger aussieht als noch am Morgen. »Was für ein wunderbarer Mann! Ein wahrer Christ, auch wenn er einer von diesen Papisten ist!« erklärt sie Meg und Jennie.

Sie beobachten, wie die Segel gehißt werden, die jetzt in der Nachmittagssonne cremefarben wirken. Oben auf dem Hügel halten die Männer in ihrer Arbeit inne und sehen zu, wie die *Tern* wendet und sich an den Felsen vorbei majestätisch aufs Meer hinausbewegt. Fast eine Stunde dauert es, ehe sie zwischen dem blauen Himmel und der blauen See verschwunden ist.

Noch eine Stunde vergeht, ehe Mary Bundle auf leisen Sohlen in den Lagerschuppen kommt und ihr Baby von dem Netzhaufen nimmt. Sie geht zu Lavinia hinüber und hält ihr eine Orange hin. Sie spricht kein Wort, und auf ihrem scharfgeschnittenen, kleinen Gesicht ist kein Lächeln zu sehen. Sie steht einfach nur da, klein und so regungslos, daß sie trotz ihrer Magerkeit kräftig wirkt. Die glänzende Frucht leuchtet in der Düsterkeit des Schuppens.

Es ist die erste Orange, die Lavinia seit ihrer Abreise aus Weymouth zu Gesicht bekommt. Sie hätte sie gern, einfach nur, um sie anzuschauen, aber schon läuft ihr Speichel am Kinn hinunter. Sie nimmt die Orange, schält sie sorgfältig und läßt die Schale in ihre Tasche fallen, um sie später in ihren Tee zu raspeln und sich die Hände damit abzureiben. Sie teilt die Frucht, nimmt ein kleines Stück für sich selbst, gibt Mary Bundle, die ihr zugeschaut hat, ein Stück und füttert Hazel langsam mit dem Rest.

Eine weitere Stunde vergeht. Es ist fast dunkel, als Sarah merkt, daß Young Joe fehlt. Seit der Abfahrt der *Tern* hat ihn keiner mehr gesehen. Nachdem sie alle Stellen abgesucht haben, an denen er sich hätte verstecken können, kommen sie zu dem Schluß, daß er sich an Bord der *Tern* geschmuggelt haben muß.

Seine Mutter, die während der Niederkunft keinen einzigen Laut von sich gegeben hatte, jammert laut: »... er wird ertrinken, niemals werden wir wieder was von ihm hören! Die Hälfte der Burschen, die nach Labrador fahren, ertrinken oder werden von Eskimos entführt!«

Jennie und Meg sind bei ihr. Meg erinnert sie daran, daß Joe doch immerhin schon dreizehn und ein vernünftiger Bursche ist, der schon nicht zu nahe ans Wasser gehen wird.

Schließlich kann Thomas Sarah beruhigen: »Wenn Young Joe schon zur See gehen mußte, dann hätte er sich keinen besseren Skipper als Alex Brennan aussuchen können. Wie Sie vorhin schon sagten, er ist ein guter, anständiger Mensch.«

Josh gibt ihm recht. »In ein paar Monaten ist der Junge wieder da, und die Fahrt kann ihm nur guttun. Er wird wissen, wie schwer das Leben auf See ist, und aufhören, nach jedem Schiff zu schmachten, das vorbeikommt.«

Sarah trocknet sich die Augen, meint, daß er wahrscheinlich recht habe, und sagt Mary Bundle, daß sie auf dem Dachboden in Young Joes Bett schlafen könne, bis er wieder heimkomme. Außer Lavinia scheint niemand sonst die junge Frau bemerkt zu haben, die sich im Hintergrund gehalten und still darauf gewartet hat, daß Thomas sagt, was mit ihr geschehen soll.

An diesem Abend sind alle satt und zufrieden, selbst Sarah. Ned bringt Hazel zum Kamin. Auf ihren Wangen liegt ein feiner rötlicher Hauch, und sie streckt die Hände nach Jane und

Isaac aus, um ihnen vor dem Zubettgehen das Gesicht zu streicheln. Thomas Hutchings hat sich an seinen Schreibtisch zurückgezogen. Einer nach dem anderen verläßt das Feuer, aber Ned bleibt sitzen und hält die in Decken gehüllte Frau wie ein Kind in seinen Armen.

Ganz in der Nähe liegt Lavinia wach da und brütet darüber nach, was Hazel Thomas Hutchings zu Alex Brennan über die Familie Andrews hatte sagen hören, und lauscht dem Wind, der heute nacht nur schwach und weit entfernt zu sein scheint.

Dann über das leise Atmen der schlafenden Kinder und das Kratzen von Thomas Hutchings' Schreibfeder hinweg hört Lavinia Hazel flüstern: »Ned, es tut mir so leid – so leid, daß ich dir soviel Mühe mache – allen ...«

Ihr Bruder zieht scharf die Luft ein: »Hazel, du machst überhaupt keine Mühe, Hazel, Liebes, verlaß uns nicht ...«

Lavinia kann nicht glauben, daß das Neds Stimme ist. Es ist die Stimme eines Mannes, der gesehen hat, wie sich ein Messer in seine Brust gebohrt hat, und weiß, daß er sterben muß.

Sie rollt sich in ihre Decken und hält sich die Ohren zu, um dieses private Gespräch nicht mitzubekommen. Sie spricht ein Gebet für Hazel, dann eines für Young Joe. Um einzuschlafen, zählt sie die Namen aller Leute auf dem Kap auf. Einer weniger und zwei dazu macht einundzwanzig Personen. Wieder ertappt sie sich bei der Frage, ob sie und Mary Bundle Freundinnen werden könnten.

Dann schläft sie ein, und bis auf die sanften Finger des Windes, die sich um die Wände des Gebäudes herumtasten, und das leise Scheuern des Eises weit draußen vor dem Kap, wo die Eisschollen sich landeinwärts drücken, herrscht Stille. Alle schlafen, selbst der Mann und die Frau vor dem verglimmenden Feuer.

Am Morgen ist Hazel tot. Ned bringt die weinenden Kinder zu den Vincents hinüber. Thomas und Ben ziehen los, um ein Grab zu schaufeln. Jennie, Meg und Lavinia waschen Hazel und ziehen ihr den roten Tartan an, in dem sie geheiratet hatte.

Zum erstenmal berührt Lavinia einen Leichnam. Sie wundert sich darüber, wie anders sich ein Toter anfühlt. Sie ruft sich Hazel in Erinnerung, als sie gesund und glücklich war, wie sie am Fenster in der Monk Street immer nach Ned Ausschau gehalten hatte, auf dem Gesicht ein erwartungsvolles Strahlen, als er die Tür aufstieß, seinen Seesack auf den Boden schleuderte und zu ihr eilte.

Lavinia versucht dieses Bild im Kopf zu behalten, während sie Hazels armseligen Körper wäscht, ein Stück Tuch unter ihrem Kinn verknotet und das letzte Mal Öl auf die wunden Stellen tupft. Das rote Kleid ist nun viel zu groß, und Meg muß es am Rücken enger nähen.

Als Hazel angezogen und aufgebahrt ist, setzen sich die Frauen steif im Kreis um sie herum. Sarah Vincent und Mary Bundle kommen, unter den Umhängetüchern ihre Babys im Arm, und setzen sich neben die Andrewsfrauen. Auch Lizzie ist da, versteckt sich aber halb hinter Meg. Nach ein paar Minuten schlüpft Annie Vincent durch die Tür und nimmt neben Lizzie Platz. Trotz der Tatsache, daß sie auf Gestellen, Kisten und großen Fässern sitzen, hat die Versammlung etwas seltsam Feierliches an sich. Nacheinander rufen sich die Frauen nette Eigenschaften Hazels in Erinnerung: ihre Liebe zu Babys und kleinen Kindern, ihre Geduld angesichts ihrer Schmerzen, die sauberen, feinen Stiche, die sie nähen konnte, wie sie Ned und seine Geschichten liebte. Nur Mary Bundle, die die tote Frau nur flüchtig zu Gesicht bekommen hatte, kann nichts dazu beitragen.

Anschließend kommen die Kinder herein, und die Männer, die den Leichnam in Segeltuch hüllen und auf ein Brett binden. Sie tragen ihn vor an die Landspitze, zu einem Loch, das die Männer den ganzen Vormittag über in den gefrorenen Boden gegraben haben.

Lavinia wundert sich, wie das in späteren Jahren noch andere tun, warum der Friedhof – denn das wird daraus – auf diesem schmalen Streifen des Kaps angelegt worden ist, wo er dem Meer und dem Himmel ausgesetzt ist. Allmählich wird sie lernen, daß an dieser Küste alle Dinge – Häuser, Gesichter und Gräber – zum Meer hinschauen.

Es herrscht ein scharfer Wind, der an den Kleidern reißt und die wenigen Worte ertränkt, die Thomas Hutchings aus einem seiner Bücher vorliest. Meg bittet darum, daß sie ein Kirchenlied singen und stimmt es an. Einer nach dem anderen fallen sie ein:

Unto the hills around do I lift up my longing eyes,
From whence for me shall my salvation come,
From whence arise.

Die Worte, schwach und dünn wie Rauch, werden vom Wind fortgetragen.

Als der Leichnam ihrer Mutter in die Grube gesenkt wird, fangen Isaac und Jane zu weinen an. Die Frauen nehmen sie fort und bringen sie in die Küche der Vincents, ehe die Männer beginnen, Felsschutt auf die armselige Gestalt zu schaufeln.

Lavinia wendet sich ab. Sie geht zum leeren Lagerschuppen hinunter, rollt die letzte blutbefleckte Decke, das Moos und die Zweige zusammen, aus denen das Lager bestand, auf dem Hazel all diese Monate im Sterben gelegen hatte. Nachdem sie die Decke und die Zweige ins Kaminfeuer gestopft hat, schaut sie eine Weile zu, wie sie verbrennen. Sie zerrt die Segeltücher von den Dachbalken herunter und bearbeitet den großen, dunklen Fleck auf dem Holzboden mit einer Bürste. Aber das rostfarbene Mal geht nicht weg, und Lavinia zieht schließlich den großen Arbeitstisch, an dem sie essen, über die Stelle, an der sich Hazels Bettstatt befunden hatte.

Als Lavinia fertig ist, erinnert nichts mehr an die Tote. Fortan wird Hazels Name selten erwähnt werden. Ihre Kinder werden sie vergessen. Nach etwa einem Jahr werden die Worte, die Ned am nächsten Tag auf eine hölzerne Gedenktafel schnitzt, verwittern, die Gedenktafel wird auseinanderbrechen, umstürzen und vom Wind ins Meer getragen werden. Aber da werden schon andere Gräber auf der Landspitze sein.

4. KAPITEL

Ob in diesen gottverlassenen Ort wohl je der Frühling einkehrt? Woche für Woche treiben Eisberge vorbei. Bisweilen verweilt einer tagelang und beobachtet uns, ehe er sich weiterbewegt.

Im April und Mai verschwinden die Menschen aus Lavinias Tagebuch. Sie vergißt, über die eigene Familie zu schreiben, über die Vincents oder Mary Bundle, sogar über Thomas Hutchings. Sie ist so mit dem Ödland, dem Strand, dem Meer beschäftigt, daß man meinen könnte, sie würde allein an der einsamen Küste leben.

In diesem Jahr treiben Hunderte von Eisbergen vom Nördlichen Eismeer herunter. Tag und Nacht gleiten sie wie Geisterkirchen langsam und leise am Kap vorbei. In ihren steilen Wänden klaffen große Spalten und ausgezackte Fenster, durch die ein unheimliches blaugrünes Licht schimmert. Wie Lavinia geschrieben hat, läuft mitunter ein Eisberg auf Grund, bis der Wind, die Wellen oder ein Wal ihn wieder lösen. Dann bewegt er sich majestätisch weiter und verschwindet schließlich am Horizont.

Dichter Nebel kriecht auf das Kap, senkt sich über die Hügel, das Haus und den Lagerschuppen, bedeckt alles mit einem Schleier. Draußen muß man sich seinen Weg ertasten, körperlose Stimmen ertönen aus der gedämpften Stille.

An einem Tag gefriert, am nächsten wieder regnet es. Aber mit der grimmigen Kälte vom Februar ist es vorbei, und Lavinia verläßt den Lagerschuppen, so oft es geht, und überläßt das Kochen, Saubermachen und alle anderen Kümmernisse der Frauen ihrer Mutter und Meg. Irgendwann während der trüben Wintermonate hatte Lavinia gemerkt, daß ihre Regel ausgesetzt hatte. Sie war froh darüber gewesen – weniger Blut bedeutete weniger mögliche peinliche Situationen in der schrecklichen Enge des Lagerschuppens. Nun, da sie mit dem Winter abschließt, und damit auch mit dem Tod, mit Hunger und Kälte, scheinen ihr Körper und ihre Seele einmütig den Alterungsprozeß umzukehren und sie wieder zum Kind werden zu lassen.

Sie schließt sich Bens und Megs Töchtern an, Lizzie, Emma und Patience, die gemeinsam mit Neds Tochter Jane mit den mottenzerfressenen Kleidern, die in den Fässern aus Weymouth mitgebracht wurden, immer noch Verkleiden spielen. Bei passablem Wetter verlassen Lavinia und ihre Nichten in der Früh den Lagerschuppen, marschieren hinunter zu den Vincents und holen Annie und Peter ab. Und mit Lavinia an der Spitze zockeln sie den langen Strand entlang. Neben den Andrewsmädchen in ihrer kunterbunten Kleidung wirken die Vincentkinder in ihren dezenten Pullovern, Mützen und Wollhandschuhen wie Spatzen, die sich zu einem exotischen Vogelschwarm gesellt haben.

Allmorgendlich suchen die Kinder den Strand nach Treibholz, Federn, Muscheln, glatten Steinen, Seesternen und den gebleichten Knochen kleinerer Lebewesen ab, die angespült worden sind. Manchmal wird diese Beschäftigung, die sich Stunden hinziehen kann, mit merkwürdigen Funden belohnt.

Einmal finden sie einen runden Stein, in den das Gesicht einer Frau gehauen ist. Ein anderes Mal entdecken sie den abgeschliffenen Kiefer irgendeines riesigen Tieres, das nach einhelliger Meinung der Kinder größer als ein Pferd gewesen sein muß. Ein weiteres Mal finden sie ein viereckiges, in Wachstuch gepacktes und festverschnürtes Paket, in dem sich ein nagelneues Kartenspiel verbirgt. Sie bringen die Karten zu Meg, die sie mit der Bemerkung, Karten und Würfel seien Teufelswerk, unverzüglich ins Feuer wirft.

Nach dieser bitteren Erfahrung kommen die Kinder überein, den Erwachsenen ihre Fundstücke lieber nicht mehr zu zeigen, und verstecken sie von nun an in den Dünen oberhalb des Strandes.

Als sie eines Tages in dem kleinen Gehölz spielen, das sie Wald nennen, gelangen die Kinder zufällig auf eine schwarze Felsnase, die sich jäh hinter dem Kap erhebt, und entdecken, daß sie von dort direkt auf ihre kleine Siedlung blicken können. Als sie sie von oben sehen und ihnen klar wird, wie schutzlos sie an den Felsen hängt, verstummt alles Gelächter und Geschwätz. Bald ist Mittag. Ein grauer Tag voller Dunst und Nebelfetzen, die von den Wolkensäulen übriggeblieben sind, die inzwischen ein kleines Stück weitergetrieben sind. Unter ihnen ist der Lagerschuppen, der Anlegesteg, das Haus der Vincents und das feine Netz von Wegen, das dazwischen gewebt worden ist – alles nun seltsam fremd, alles menschenleer.

Alle Kinder werden vom gleichen Gedanken ergriffen: »Die Erwachsenen sind fort!« Man hat sie allein zurückgelassen.

Patience beginnt zu wimmern: »Wo ist Mam, wo ist Mam …« Sie zerrt an dem grellfarbenen Schal, den sich Lavinia um die Taille geschlungen hat, aber die wird gerade vom selben Alptraum heimgesucht und macht bloß: »Pst!«, und alle sind wieder still.

Am Strand, der unten zu ihrer Linken eine Kurve beschreibt, rollen träge Brecher heran. Fußspuren, die erst an diesem Morgen in den Sand getreten worden waren, sind bereits wieder verschwunden, als hätte es sie nie gegeben. Die windschiefen Gebäude direkt unter ihnen wirken so zerbrechlich und scheinen sich jedesmal leicht zu bewegen, wenn das Meer unter ihnen atmet. Da unten ist etwas, zusammengekauert unter den Trockengestellen oder gegen die abliegende Seite des Felsens gedrückt. Was auch immer das sein mag, es weiß, daß sie hier oben sind und hinunterschauen. Das Geschöpf fürchtet sich nicht, es versteckt sich nur, um irgendeinen schrecklichen Geheimplan auszuhecken. Wo sind die Erwachsenen?

Lange Zeit stehen die Kinder regungslos und stumm, beobachten, warten, gefesselt von einer Angst, die fast sexueller Art ist und die nur Kinder kennen.

Lizzie bricht den Bann. Sie packt Patience, macht kehrt und rennt laut schreiend in die Sicherheit der Bäume. Unter lautem Gebrüll folgen ihr die anderen. Sie sind davon überzeugt, daß sie das schreckliche Ding sähen, wenn sie sich umdrehen und zurückblicken würden. Im Schutz des Waldes lassen sie sich ins Moos fallen und lachen haltlos.

Nur Patience zittert und weint immer noch: »Das war der Schwarze Mann, das war der Schwarze Mann!«

Die anderen lachen darüber, und Peter nennt sie eine Memme.

Ende April entdecken die Kinder, daß einer der sandigen Hügel über dem Strand wie eine hohle Schüssel geformt ist, die die Überreste alter Feuerstellen enthält. Überall liegen verkohlte Knochenreste, halbverbrannte Treibholzstücke und Tausende Scherben von glänzend schwarzem Feuerstein herum, von denen manche eindeutig zu Pfeilspitzen geformt sind. Rosenbüsche, die jetzt braun und brüchig sind, wachsen in einem wilden Durcheinander um die Kante herum, so daß man in nächster Nähe an der Vertiefung vorbeigehen könnte, ohne das Versteck zu bemerken. In diesem Versteck in der Senke, von Wind und Meer geschützt, fühlen sich die Kinder sicher.

Sie taufen diesen geschützten Flecken »die Stelle« und bringen ihre Fundstücke vom Strand dorthin. Sie essen dort und teilen sich das, was in ihren Taschen steckt – Rübenscheiben, trockenes Brot oder Schiffszwieback, Stückchen gebratenen Fischs, Hagebutten und verschrumpelte Beeren, die den Winter überstanden haben. Später werden sie hier Fisch braten, die geschmacklosen orangeroten Zwerg-Kornellen kauen, frühes Frühlingsfarnkraut und Sauerampfer essen. Die Kinder werden alles essen, selbst den sehr scharfen Meersenf, der am Strand wächst.

An Tagen, an denen die Sonne den Sand wärmt, liegen sie in ihrer Mulde und dösen, während Lavinia sich eine Geschichte über ein Wettrennen von Riesen ausdenkt, die früher einmal genau um dieses Feuer herumtanzten, Pfeilspitzen schnitzten und riesige Tiere verspeisten, die nun vom Kap verschwunden sind.

Sie werden mutiger und zünden innerhalb des Kreises schwarzer Steine ein Feuer an. Manchmal braten sie sich Fische und rösten Brot. Eines Tages bringt Peter Vincent ein abgerissenes Segelstück mit zum Versteck und baut auf einer Seite damit eine Art Zeltdach auf, unter dem sie sich vor Regen schützen können.

Von den Erwachsenen kennt nur Thomas Hutchings den Hügel mit der Mulde. Er hatte die alte Feuerstelle während seiner ersten einsamen Monate am Kap entdeckt. An einem warmen Frühlingstag, als er dem Radau des Lagerschuppens entfliehen will, um in Ruhe nachdenken zu können, entdeckt er, daß die Kinder den Platz in Besitz genommen haben.

Als er die Büsche auseinanderschiebt, packt ihn plötzlich kalte Furcht. Jemand ist hiergewesen. Er starrt hinunter. Die schwarzen Steine sind blutrot verschmiert. Einen schrecklichen Moment lang glaubt Thomas, auf die Überreste einer primitiven Opferung gestoßen zu sein. Dann blinzelt er, sieht, daß er auf den alten Samtumhang blickt, mit dem die Andrewsmädchen spielen, bemerkt die Muschelhaufen, die Federn und das Treibholz und begreift, daß die Kinder diesen Schlupfwinkel übernommen haben.

Thomas erwähnt diesen hohlen Hügel vor niemandem, aber als er viele Jahre später einmal dorthin zurückkehrt, wird er sich wieder an das Entsetzen jenes längst vergangenen Vormittages erinnern und sich fragen, ob das damals eine Art Vorwarnung war.

Tagtäglich beobachtet Mary Bundle von der Haustür der Vincents aus, wie die Kinder über den Strand rennen und über dem Gipfel des Hügels verschwinden, und sehnt sich danach, mit dabei zu sein. Sie kann Annie Vincent nicht verstehen, die gerade mal zwölf ist und trotzdem sehr häufig zu Lavinia sagt: »Ich kann heute nicht mitkommen, Mam braucht mich zum Kinderhüten.«

Mit Freuden hätte Mary Bundle ihre winzige Tochter auf den Rücken gebunden und wäre den anderen hinterhergerannt. Aber sie weiß: Was Lavinia darf, geht für sie noch lange nicht an. Mit ihren Brüdern, die sie versorgen, und der Mutter, die sie verhätschelt, ist Lavinia in Marys Augen sicher aufgehoben. Wohingegen sie, ganz ohne Freunde und Familie, nicht auffallen darf und sich nützlich machen muß. Im Haushalt der Vincents nimmt sie sich aller Arbeiten an, die erledigt werden müssen, um sich ihren und Fannys Unterhalt zu verdienen, bis sie weiterziehen. Sie ist davon überzeugt, daß es nur eine Sache von Monaten ist, bis sie durch irgendeine Schicksalswende das Kap verlassen wird, wie sie in ihrem kurzen Leben schon so viele Orte verlassen hat.

Marys einfaches Kredo lautet, daß sie einen Ort bessergestellt verlassen muß, als sie es bei ihrer Ankunft war, zumindest aber nicht ärmer. Das sagt sie sich jeden Tag und hält scharf nach Möglichkeiten Ausschau, ihrer Habe etwas hinzuzufügen.

Zusammen mit den Kindern der Vincents schläft sie in der hinteren Hälfte des Dachbodens auf Young Joes Bett, einer Art

Bord, das gegen das schräge Dach gebaut ist. Obwohl ihr nachts gewöhnlich am Rücken kalt ist und es keinen sicheren Ort gibt, an dem sie ihre Habseligkeiten zählen könnte, schläft sie gerne dort. Sie drückt die kleine Fanny fest an sich, und das Dach neigt sich beschützend über ihre Köpfe. Sie hofft, daß Young Joe nie mehr aus Labrador zurückkehrt.

Anfänglich fragt sich Mary, warum sie sich in Sarahs Nähe unbehaglich fühlt. Trotz der düsteren Prophezeiungen, die sie immerzu ausstößt, ist Sarah freundlich, ja, fröhlich, und Mary ist nicht furchtsam. Dutzende von Stoffsäckchen mit getrocknetem Riementang, Samen, zerkrümelten Blütenblättern und Hagebutten hängen um den Kamin der Vincents herum. Sträuße von Wildblumen, Wintergrün und Bohnenkraut, Körbe mit Moos und Wurzelstücken hängen an den Balken. Könnte es sein, daß Sarah eine Hexe ist? Über einige Hexenkenntnisse verfügt Sarah auf jeden Fall. Mary glaubt, daß ihre eigene Mutter eine war. »Hat ihr ja viel gebracht«, denkt Mary und beobachtet scharf, ob Sarah irgendwelche übernatürlichen Eigenschaften an den Tag legt.

Eines Tages hatte Sarah es sogar gesagt: »Weißt du, ich bin eine Hexe, alle Loveyfrauen sind Hexen, vor mir war meine Mutter eine – und meine Großmutter auch.« Sarah war da gerade dabei gewesen, Zahnpasta zu mischen. Sie hatte gekichert, aber Mary hatte gewußt, sie meinte es so. Und so gibt sie sich große Mühe, mit Sarah gut auszukommen, und vermeidet es stets, ihr in die Augen zu blicken.

Josh Vincent hat es Mary sehr angetan, auch wenn er in ihren Augen ein alter Mann ist. Sie mag seine sanfte, zögernde Stimme, und wie sein Blick sich von ihrem Gesicht abwendet und geistesabwesend in die Ferne schweift, wenn ein Gespräch mit ihr unumgänglich ist.

Am meisten bewundert sie Joshs Sammelleidenschaft. Nie kommt er durch die Tür, ohne nicht einen Armvoll Holz, einen Eimer Wasser, etwas Treibholz, einen Fisch oder einen Seevogel dabeizuhaben. Josh Vincent ist der erste Mann, dem Mary je begegnet ist, der für seine Familie sorgt, und sie wünscht sich nichts sehnlicher, als ebenso versorgt zu werden.

»So einen Mann wie Josh, den hätt' ich gern«, denkt Mary und blickt rasch zu Sarah, aus Angst, sie könnte dabei ertappt worden sein, wie sie den Mann der Hexe begehrt.

Doch Sarah, die gerade einen Wasserkessel auf den Kaminvorsprung hievt, ist bei ihrer Lieblingsbeschäftigung: Sie redet über Young Joe, der garantiert halberfroren, verstümmelt und verhungert oder womöglich sogar mit einer diesen heidnischen Eskimofrauen verheiratet nach Hause kommen wird.

Sarah redet fast ununterbrochen, und daß sie keine Antwort erhält, scheint sie gar nicht zu stören. Wahrscheinlich, denkt Mary, hat das Leben mit Josh sie gelehrt, keine Unterhaltung zu erwarten.

Obgleich Mary Sarah für eine Hexe hält, mag sie sie und vertraut ihr. Sarah ihrerseits behandelt Mary wie eine weitere Tochter, die Annie sehr ähnelt, aber ruhiger und sogar noch willfähriger ist.

Unmerklich werden die Tage länger, und der Boden beginnt aufzutauen. Blätter sind zwar noch keine da, aber Knospen und im Wald der Geruch von neuem Grün. Die Männer arbeiten vom Morgengrauen bis in die Dämmerung im Freien. Sie fahren gutes Holz, das sie im Winter weit entfernt vom Kap gefällt haben, die Küste herunter und beginnen, die Pfosten für das Haus der Andrews einzuschlagen.

Thomas Hutchings hat angeordnet, daß das Haus fertig sein muß, wenn die Fische kommen. Auch ein Acker muß angelegt werden, weitere Bäume müssen gefällt, Reparaturen am Anlegesteg vorgenommen, Boote abgedichtet und Netze geflickt werden. Sie haben alle Hände voll zu tun, und jedes Kind, das sich in Rufweite eines Erwachsenen wagt, bekommt sofort eine Arbeit zugeteilt. Selbst ein kleines Kind kann einen Sack mit Holzspänen füllen, ein Werkzeug halten, Nägel weiterreichen, am Strand Seegras sammeln, aufs Feuer aufpassen oder ein wachsames Auge auf eines der Babys haben.

In dieser Zeit legen zwei weitere Schiffe bei ihnen an. Joshs Bruder, Ezra Vincent, bringt von Pond Island drei Ziegen in seinem Skiff mit. Die *Molly Rose* aus Carbonear läuft wegen eines Sturms bei ihnen ein, und der Schoner *Drake* aus St. John's geht im Windschatten des Kaps vor Anker. Die *Drake* ist ein großes Schiff und muß in einiger Entfernung von der Küste beidrehen, aber der Kapitän und mehrere Matrosen kommen in einem Dory an Land.

Die Schiffe bringen Nachrichten von der Außenwelt. England hat den härtesten Winter seit undenklichen Zeiten hinter sich. Es gibt Gerüchte über einen weiteren Vertrag mit Frankreich. Ein Dissidentenprediger arbeitet sich die Küste hinunter, und Ezra sagt, die Leute auf Pond Island wollen ihn nicht an Land gehen lassen. In St. John's richtet sich die Regierung zugrunde, indem sie eigens aus England herbeigeholte Steinmetze einen großen Wohnsitz für den neuen Gouverneur bauen läßt. Für jeden lebendig gefangenen Indianer wurde ein Kopfgeld von fünf Pfund ausgesetzt. Noch lange, nachdem die Schiffe wieder fort sind, bieten diese Neuigkeiten Stoff für Unterhaltungen und Spekulationen.

Als die *Charlotte Gosse* mit weiteren Vorräten vorbeikommt, darunter auch mehr Salz, schnappt Lavinia zufällig auf, wie Thomas Hutchings den Kapitän bittet, ihnen eine Extraladung Fisch zum Weiterverarbeiten zu bringen. Später erkundigt sich Lavinia bei Sarah, was das zu bedeuten habe.

»Tja, also, der Fisch wird aufgeschlitzt, ausgenommen und gesalzen – die Fische weiterverarbeiten tun wir, wenn die Männer draußen beim Fischen sind. Also letztes Jahr, da hatte Gosse nur zwei Leute, die mit zugelangt haben – aber dieses Jahr, wo ihr alle da seid, da können wir unseren eigenen Fisch einsalzen und noch mehr dazu. Deshalb versucht Thomas, noch 'ne zusätzliche Ladung zu kriegen. Je mehr Fisch wir weiterverarbeiten, desto größer ist unser Guthaben für Wintervorräte bei Gosse ...«

In der kurzen Zeit, die noch bleibt, bis die Fische eintreffen, machen sich die Frauen daran, dort, wo Josh im Jahr zuvor abgeholzt hatte, einen Acker für den Anbau von Kartoffeln anzulegen. Es ist ein schmaler, ziemlich ebener Streifen steiniger Erde zwischen dem Gehölz und der Felsnase, der Stelle, von der die Kinder auf das verlassene Kap geblickt und sich so geängstigt hatten. Keine sehr vielversprechende Stelle für einen Acker, aber fast die einzige, die in einem Land in Frage kommt, das Ewigkeiten von Gletschern bedeckt war.

Allmorgendlich packen die Frauen Sarahs Holztruhe und machen sich zu diesem Flecken Erde auf. Die Holzkiste, halb so groß wie ein Sarg, hatte den Männern in Sarahs Familie seit Generationen als Seemannstruhe gedient. Ganz unten in dieser Truhe liegt ein dicker, zusammengefalteter Quilt, und darauf ein mit heißen Kohlen gefüllter Eisentopf, ein Kessel, etwas zu essen, zusätzliche Kleidung und was immer sonst noch hineinpaßt.

Sie haben ein Sammelsurium an Werkzeugen dabei, Dinge, die die Männer entbehren können: eine stumpfe Axt, eine Spitzhacke, den langen Eisenstock, der sich letztes Jahr in Joshs Fischernetz verfangen hatte, eine Schaufel, ein Seil und mehrere Säcke. Meg trägt so viele Arbeitsgeräte, wie sie kann, Jennie und Mary schleppen die Truhe, und Annie folgt ihnen mit einem Baby in jedem Arm hinterdrein. Da ihm die Frauen zu langsam sind, läuft Megs zweijähriger Sohn Willie gewöhnlich voraus.

Nachdem sie ihren »Acker« erreicht haben – der vorerst nur aus Steinen und Baumstümpfen besteht –, entfachen sie mit den heißen Kohlen ein Feuer und häufen dürre Äste darauf, bis es knistert und ein klein wenig Wärme in die kalte Morgenluft hochsteigt. Sie packen Marys Tochter Fanny und Charlie Vincent in angewärmte Decken und legen sie in die inzwischen leere Seemannskiste. Die vielseitige Verwendung der Truhe, die Mary sich ausgedacht hat, verschafft den Frauen große Genugtuung.

»Auch wenn Mary immer so still ist, auf den Kopf gefallen ist sie nicht. Die hat für alles eine Lösung parat«, hört Mary Sarah eines Tages zu Meg Andrews sagen. Diese Beschreibung ihrer selbst gefällt Mary, die stolz über ihre Fähigkeit ist, für alles eine Lösung zu finden – eine Fertigkeit, die den meisten Menschen abzugehen scheint.

Für den Rücken ist die Arbeit am Acker eine Qual. Stunde um Stunde wuchten die Frauen Steine aus der harten Erde und schleppen sie zu einer Steinmauer, die sie zwischen Acker und Klippenrand errichten. Sarah, die als einzige über gärtnerische Erfahrung verfügt, sagt, daß der kälteste Wind immer vom Meer komme und man den Garten zum Schutz davor quer zwischen den Bäumen und der Steinmauer anlegen sollte. Häufig müssen die Frauen um größere Gesteinsbrocken ein Seil binden, sie mit der Eisenstange herausstemmen und ziehen und zerren, um sie aus der Erde zu lösen. Dann rollen und ziehen sie die großen Felsen zu dem Haufen, aus dem eine Mauer werden soll. Bisweilen brauchen sie einen ganzen Tag, um nur einen einzigen Stein zu bewegen. Zwei Felssteine widersetzen sich hartnäckig sämtlichen Bemühungen, und die Frauen kommen schließlich zu dem Schluß, daß sie anscheinend den Abschluß des Felsens bilden, der gleich unter dem bißchen Erde liegen muß.

Die Frauen häufen Wurzeln und Gestrüpp auf das Feuer, das im Verlauf des Tages größer wird. Rauch und Ruß färben ihr Gesicht, ihnen reißen die Fingernägel ab, Blasen wachsen, brechen auf und bluten, bis ihre Hände so schwielig wie die der Männer sind. Während der ersten Wochen tun ihnen fortwährend Arme und Schultern weh. Jennie muß sich manchmal hinsetzen, den Kopf auf die Knie legen und warten, bis das Pochen hinter ihren Augen wieder vorübergeht.

Wenn die Sonne hinter den Fichtenwipfeln untergeht, hören sie mit der Arbeit auf. Sie sammeln Geräte und Kinder ein und wandern nach Hause, um vor dem Eintreffen der Männer noch das Abendessen zubereiten zu können. Die Frauen sind todmüde. Die schwere Seemannskiste stößt gegen ihre Beine. Willie möchte getragen werden, und im letzten Tageslicht bewegen sie sich steif auf den eigenen langen Schatten, die ihnen auf dem steilen Pfad nach unten vorangehen.

Trotz allem lieben die Frauen die Arbeit an dem Acker. Es baut sie auf, im Freien zu arbeiten, die Erde zu riechen, die Luft auf dem Gesicht und warme Sonne zwischen den Schulterblättern zu spüren. Mittags genehmigen sie sich eine Pause, setzen sich hin, trinken schwarzen Tee und essen Brot und den Pökelfisch, der den ganzen Vormittag über auf flachen Steinen in Nähe des Feuers geröstet hat. In aller Ruhe begutachten sie ihre Fortschritte, unterhalten sich. Sie werden sich ihrer Weiblichkeit wieder bewußt, richten sich ihr Haar und reiben sich die schmerzenden Glieder. Mary und Sarah stillen ihre Babys.

Wie sie plaudernd am Feuer sitzen, froh darüber, daß der Winter vorüber ist und ihr Acker Form annimmt, lernen sie sich kennen und fangen an, einander ins Herz zu schließen.

Jennie erzählt von der Wohnung in der Monk Street, von Mrs. Thorps Bäckerei, von dem Karren und Old Bones, dem Pferd. Warum sie das alles verlassen haben, erwähnt sie nicht.

Sarah erzählt von ihrer Großmutter, der ersten Frau längs der Küste.

»Hat drei Kinder zur Welt gebracht, meine Nan, ohne daß ihr eine Frau dabei geholfen hätte. Zwei davon hat sie sterben sehen, eins davon gleich nach der Geburt. Das andere hat mit drei Jahren tödliche Verbrennungen erlitten. Mutter war die älteste, und sie hat erzählt, Nan war danach nie mehr dieselbe. Hatten es hart, die Armen. Manchmal wußte nicht mal jemand, daß sie hier waren – und manchmal wollten sie auch gar nicht, daß es jemand wußte –, solche Angst hatten sie, wegen irgendeiner Sache, die sie ausgefressen hatten, geschnappt und zurück nach England gebracht zu werden. Mein eigener Großvater hat sich von einem englischen Kriegsschiff davongemacht. Er war zwangsausgehoben worden, und als sie das erstemal an Land gegangen sind, um Frischwasser zu besorgen, da ist er abgehauen. Die Jungs waren halbverhungert und wurden für die geringste Kleinigkeit geschlagen. Er hat mit der Marine nichts anfangen können, und mit England genausowenig.«

Sarah schüttelt den Kopf. »Hier an der Küste ist das Leben eigentlich erst in den letzten Jahren annehmbar geworden. Verglichen mit früher ist jetzt alles viel leichter zu kriegen.«

Bei diesen Unterhaltungen wiegt Mary Bundle Fanny in ihrem Arm und sagt keinen Ton, aber sie ist zufrieden so. Dort am Feuer fühlen sie sich alle glücklich und sind froh, daß sie etwas tun, das die Mühe wert ist, etwas anderes als Kochen oder Saubermachen; etwas, das Bestand hat.

Wenn sie sich dann mit steifen Gliedern wieder an die Arbeit machen, murrt Jennie Andrews oft, daß Lavinia mithelfen sollte, anstatt sich mit den Kindern herumzutreiben.

»Dafür nimmt sie uns aber die Kleinen ab, und wir müssen bloß noch nach Willie schauen«, erwidert Meg dann immer. Wie würden sie sich unterhalten, über Frauenprobleme reden, wenn sie ein junges Mädchen um sich hätten? Ihre Gegenwart würde ihre friedliche Runde nur stören.

Der Frühling hat die Kapbewohner in drei Gruppen gespalten. Abends treffen sie sich nur zum Essen und fallen dann todmüde ins Bett. Mit den langen Abenden, an denen Geschichten erzählt werden, ist es fürs erste vorbei.

Lediglich Neds Sohn Isaac wechselt innerhalb der Gruppen hin und her. Nach dem Begräbnis seiner Mutter hatte er stundenlang geweint. Weder seine Großmutter noch Meg, die sich während Hazels Krankheit um ihn gekümmert hatte, konnten den Vierjährigen beruhigen. Erst spät in der Nacht schlief Isaac in den Armen seines Vaters ein. Die ganze Nacht saß Ned mit seinem Sohn in den Armen da, genau wie die Nacht zuvor mit Hazel, und wiegte den Jungen sanft, wann immer er zu weinen begann.

Am nächsten Morgen, als Ned den Lagerschuppen verließ, begann Isaac zu kreischen und hielt den Atem an, bis er ganz blau wurde. In ihrer Verzweiflung schnappte Meg ihn sich und lief den Männern hinterher. Seitdem ließ Isaac seinen Vater nicht mehr aus den Augen. Nun zieht sich der Junge allein an, nimmt mit den Männern sein Frühstück ein und folgt Ned auf Schritt und Tritt. Als kleiner Schatten seines Vaters marschiert er mit den Händen in den Hosentaschen und macht Neds wiegenden Gang nach.

»Bevor der Kleine fünf ist, fängt der 's Pfeifenrauchen an«, meint Ned stolz.

Es kommt den Männern nie in den Sinn, daß sie sich mit dem Jungen abgeben müßten. Sie schicken ihn zum Wasserholen, lassen ihn Werkzeug tragen und andere kleine Arbeiten verrichten. Nur abends, wenn Ned mit im Raum ist, geht Isaac einmal zu seiner Tante oder Großmutter oder spielt mit einem anderen Kind.

Peter Vincent sieht es gar nicht gern, daß Isaac den Männern zur Hand gehen darf. Denn seit Young Joe fort ist, ist Peter, ein schwächliches Kind mit griesgrämiger Miene, der älteste Junge auf dem Kap.

Lavinia, deren Tagebuch die biblischen Untertöne rasch verloren hat, schreibt über Peter: »Das Kind ist ein richtiges Früchtchen – wo immer es hingeht, stiftet es Unruhe.«

Dann rollen aus dem Dunst Kapelane heran, große lebende Wellen, die einen schwammigen Eierteppich auf dem Sand hinterlassen. Zuerst sind die Kinder ganz außer sich vor Freude. Mit Geschrei versuchen sie, die kalten, glitschigen Tiere mit den Händen zu fangen, bewerfen sich mit den winzigen Fischen, schleudern sie in Körbe und Töpfe, ziehen sie aus ihren Stiefeln. Lavinia, die sich die Schuhe ausgezogen und den Rock hochgebunden hat, benimmt sich wie ein Kind. Sie tanzt in dem eisigen Wasser herum, grapscht nach den Fischen, die zu Hunderten um ihre Füße schwimmen, und ist zum erstenmal seit ihrer Abreise aus Weymouth glücklich.

»Zumindest in dieser Hinsicht hat Ned nicht gelogen!« denkt sie.

Trotzdem werden ihnen die Kapelane bald langweilig. Kapelane sind überall, sie braten in Pfannen, hängen zum Trocknen an der Leine, zum Räuchern an Kaminen, liegen ausgebreitet auf den Trockengestellen, eingesalzen in Fässern, eingepackt in Köderboxen, und, was am abscheulichsten ist, sie werden in glitschigen Eimern zum Acker hochgeschleppt, wo sie in der wenigen Erde verrotten sollen. Die Luft riecht nach Kapelan, Haut und Haar stinkt nach Kapelan, und alles, was sie essen, schmeckt danach.

Die Mauern des neuen Hauses stehen. Ein Schornstein aus Stein und Lehm ist fertig, als die Kabeljauschwärme eintreffen. Die Männer ziehen ein Segeltuch über das unfertige Dach und nageln es an die Dachbalken. Nachdem sich jeder ein- oder zweimal einen Armvoll Kleidungsstücke, Bettsachen oder Hausrat gepackt und ins neue Haus gebracht hat, können die Andrews umziehen. Ein Tisch und zwei lange Bänke, die die Männer den Winter über angefertigt haben, sind ihr einziges Mobiliar. Bei Anbruch der Dunkelheit sind sie in ihrem eigenen Haus, einem Raum ohne Innenwände, ohne Fenster und ohne einen Dachboden zum Schlafen, aber die Frauen sind überglücklich, nun ein eigenes Dach über dem Kopf zu haben, auch wenn es vorerst nur aus Segeltuch besteht.

Ned schwingt sich auf einen Dachbalken und verkündet feierlich, daß das Gebäude »Andrewshaus« heißen soll. In einer langen, blumigen und, nach Lavinias Dafürhalten, peinlichen Rede dankt er Thomas Hutchings und den Vincents für die Gastfreundschaft, die sie »uns armen Heimatlosen, die das Schicksal ans Kap gespült hat« gewährt haben.

Meg reicht Tee und Rosinenbrötchen herum. Befriedigt mustern die Männer die rohgezimmerten Wände, klopfen dagegen, um zu zeigen, wie solide das Haus gebaut ist, und besprechen, was noch zu tun sei. Vor dem Winter werden sie die Ritzen verstopfen, Innenwände hochziehen und den Zwischenraum mit trockenem Seegras füllen und vielleicht Trennwände und ein paar Borde bauen – sie sind voller Zuversicht. Die Frauen lächeln einander zu, und die Kinder spielen mit vor Aufregung geröteten Gesichtern zwischen den Kisten und Fässern Verstecken. Der Mond scheint, und durch die offene Tür strömt warme Luft herein, die nach Erde, Wald und Sommer riecht. Drunten am Strand rollen sanft die Wellen an, und die Dunkelheit um sie herum wirkt sicher, fast beschützend.

Meg bittet Thomas Hutchings, für das Haus ein Gebet zu sprechen. Lavinia, die ganz vergessen hat, daß es Meg war, die Jennie immer zum Kirchgang überredet hatte, ist überrascht von dieser Bitte. Thomas Hutchings ebenso, wie sie bemerkt. Trotzdem erklärt er sich einverstanden und erteilt dem Haus einen Segen, bevor sie sich zum Schlafen trennen.

Tags darauf sind die Männer noch vor dem Morgengrauen unterwegs zu den Fischgründen. Am Kap gibt es nur zwei Boote. Josh Vincent besitzt ein ziemlich großes Punt, ein ruhiges Boot, das er und seine Brüder gebaut haben, und Thomas ein Dory, das er bei seiner Ankunft am Kap unter dem Lagerschuppen vorgefunden hatte. Das Dory ist kippelig, findet Josh, »wer immer es gebaut hat, hat schlechte Arbeit geleistet. Eigentlich sollte es versenkt werden.«

Im letzten Sommer war Young Joe Josh im Boot zur Hand gegangen. Josh schlägt vor, daß das dieses Jahr abwechselnd Ned und Ben übernehmen, was bedeutet, daß auch Isaac in dem kleinen Boot unterkommen muß. Wo das Kind sitzt, hätten eigentlich Netze und Köder ihren Platz, aber der gutmütige Josh zeigt ihm, wie er sich hinten im Schiff klein machen kann, damit er den Männern nicht im Weg ist.

Isaac erweist sich als besserer Seemann als Ben, dem gleich in der ersten Stunde auf See unweigerlich schlecht wird. Bens Zustand verschlechtert sich noch, als er bei seiner ersten Fahrt entdeckt, daß das Punt in beladenem Zustand nur noch zehn Zentimeter Freibord hat. Er versucht, Joshs Befehlen Folge zu leisten, ohne auf die wogende See oder auf die Bootsladung mit den sich windenden, glitschigen Fischen zu sehen. Die meiste Zeit verbringt Ben damit, sehnsüchtig zu seinem dachlosen Haus zu blicken und sich von ganzem Herzen zu wünschen, er könnte dort sein und einen Baumstamm behauen oder Bretter festnageln. Denn zur Überraschung aller, nur nicht seiner Frau, hat sich Ben zu einem geschickten Zimmermann entwickelt.

Thomas geht in seinem Dory lieber allein auf Fischfang, da er kein guter Fischer ist. An manchen Tagen bekommt er jedoch Mitleid mit Peter Vincent, der jeden Morgen gekränkt und mißmutig zuschaut, wie sein Vater mit Ned, Ben und Isaac an Bord ablegt. Thomas erklärt dem Jungen, seinetwegen könne er mitkommen, er müsse aber aufpassen, daß die Haken immer mit Köder versehen seien.

Auf dem Acker, ein nunmehr zur Hälfte freigeräumtes Dreieck, werden die hastig gepflanzten Kartoffeln ihrem Schicksal überlassen. Jeden Tag machen die Männer drei bis vier Fahrten zu den Fischgründen, und die Frauen müssen jede wache Minute bei den Trockengestellen mit dem Ausnehmen der Fische verbringen. Als die *Charlotte Gosse* eintrifft, gibt es noch mehr Arbeit. Der vom Schoner gefangene Fisch wurde nur leicht vorgesalzen. Die Frauen müssen ihn weiterverarbeiten: ihn jeden Tag auf den Trockengestellen ausbreiten, ihn wenden, stapeln, ihn hereinnehmen, wenn es nach Regen aussieht, oder ihn in klaren Nächten mit Rinde abdecken, um ihn vor Feuchtigkeit zu schützen.

Nun lächelt Jennie Andrews darüber, daß sie von Thomas Hutchings Lebensmittel hatte kaufen wollen. Während sie arbeitet, denkt sie daran, was sie in den letzten acht Monaten gelernt hat: wie man Land urbar macht, einen Kabeljau aufschlitzt und ihn ausnimmt, wie stark man ihn salzt, wann man ihn wenden muß. Sie hat gelernt, daß die Vorräte für den nächsten Winter von diesen Dingen abhängen, von dem Guthaben, das sie sich bei Caleb Gosse erarbeiten können, davon, wie viele Fische die Männer fangen und wie viele die Frauen verarbeiten.

Mit zweiundfünfzig ist Jennie die älteste Kapbewohnerin, und obwohl ihr jeder Knochen weh tut, ihre Hände bluten und ihre Beine anschwellen, so daß sie ihre Stiefel nicht länger zuschnüren kann, arbeitet sie genauso hart wie die anderen Frauen. Die Andrews müssen nicht nur ihre Vorräte für den nächsten Winter verdienen, sie müssen auch das Essen vom letzten Winter abarbeiten, dazu die Ausrüstung, die Ned und Ben benutzen, das Salz. Und sollte Thomas Hutchings es verlangen, was Gott verhüten möge, die Benutzung des Lagerschuppens und der Trockengestelle.

Lavinia, Lizzie und Annie, »die jungen Mädels«, wie Sarah sie nennt, entfernen sich abwechselnd von den Trockengestellen, um Wasser zu holen und den Männern etwas zu kochen, die zwischen den Fahrten schnell etwas in sich hineinschlingen. Den Frauen bringen sie eine Tasse Tee nach der anderen, die ihn halb über den trocknenden Kabeljau gebeugt zu sich nehmen. Aufrecht zu stehen ist inzwischen schon zu schmerzhaft. Alle arbeiten sie wie die Pferde. Selbst die kleinen Mädchen Jane, Patience und Emma helfen schon mit, passen auf die Babys auf, vertreiben Ziegen von den Trockengestellen oder verjagen die vielen Fliegen, die ihre Eier in den wertvollen Fisch ablegen wollen. Tag für Tag hieven die Männer Fische auf den Anlegesteg, bis jeder Zentimeter auf den Trockengestellen bedeckt ist und der restliche Kabeljau auf Felssteinen ausgelegt werden muß.

Nicht einmal an den langen Mittsommertagen ist Zeit genug, alles zu schaffen. Thomas macht Fackeln, die er mit Kabeljautran tränkt, und befestigt sie an den Enden der Gestelle; dann arbeiten sie weiter, tief in die Nacht hinein, bis sie die Arme nicht mehr heben können. In manchen Nächten geht keiner der Erwachsenen zu Bett, sondern läßt sich, noch immer in der verdreckten, salzverkrusteten Arbeitskluft, hinfallen, wo ihn der Schlaf gerade übermannt, um ein paar Stunden später aufzuwachen und sich von neuem an die Arbeit zu machen.

Juli und August verschwimmen in einen Dunst der Müdigkeit. Die Frauen, die sich während der Arbeit am Acker so nahe gekommen waren, bleiben stumm, und wenn sie doch etwas sagen, dann kommt etwas Schroffes heraus, als hätte das Salz ihre Kehlen verkrustet. Es gibt kein Gelächter, keine zwanglosen Plaudereien. Dafür fehlt die Kraft. Mit ihren bedächtigen Bewegungen, ihren rotgeränderten Augen, dem vor Schmutz starrenden Haar wirken sie wie Trolle, die gerade erst aus irgendeiner unterirdischen Höhle hervorgekrochen sind.

Tage vergehen, ohne daß Eheleute ein Wort miteinander wechseln, und Mütter nehmen kaum noch ihre Kinder wahr. Eines Nachts erwacht Meg mit klopfendem Herzen. Sie kann sich nicht erinnern, Willie tagsüber auch nur einmal gesehen zu haben. Sie setzt sich auf und tastet um sich herum. Das Kind liegt nicht an seinem üblichen Platz neben ihr und Ben. Auf einmal ist sie sich sicher, daß Willie ertrunken ist. Sie überlegt, wie leicht er vom Anlegesteg ins Wasser gefallen sein könnte. Wer hätte das schon bemerkt? Das Meer rauscht deshalb auch nicht anders, die Möwen würden weiterkreischen, und seine Mutter würde fortfahren, den Fisch auszulegen, während der kleine Körper vom Sog ergriffen und ins Meer hinausgetragen würde.

Megs Hände zittern, und sie muß die Gallenflüssigkeit hinunterschlucken, die ihr hochkommt. Sie kriecht herum, findet eine der Fackeln, zündet sie an und betrachtet ihre Familie, die, wie im Lagerschuppen auch schon, auf Zweigen und Quilts schläft. Sie steigt vorsichtig über sie hinweg und beugt sich über sie, um jedes Gesicht anzuleuchten.

Schließlich entdeckt sie ihren Sohn, mit einem Engelslächeln auf dem schmutzigen Gesicht, tief und fest schlafend zwischen seiner Schwester Lizzie und seiner Tante Lavinia. Meg streckt sich; Tränen der Müdigkeit und Erleichterung strömen ihr über das Gesicht.

Sie hebt die Fackel höher und betrachtet die anderen, die wie Tote verstreut auf dem Boden liegen. Sie bemerkt den erschöpften Ausdruck in Jennies Gesicht, die selbst im Schlaf noch angespannten Züge der Männer. Hazel kommt ihr in den Sinn, und sie fragt sich, wer als nächster sterben wird. Dann strafft sie sich, schiebt die düsteren Gedanken beiseite und legt sich für die eine Stunde, die ihr bis zum Morgengrauen noch bleibt, zur Ruhe. Ehe sie der Schlaf übermannt, betet sie leise zu dem Gott aus der Steinkirche in Weymouth – zu dem Gott, der sie hoffentlich nicht aus den Augen verloren hat.

Tags darauf nimmt Meg ein Seil, knotet das eine Ende davon an Willies Hose und bindet sich das andere um ihre Taille. Das ist zwar für beide Teile reichlich lästig, aber wenigstens hat Meg nun ihren Seelenfrieden, und so behält sie diese Sicherheitsmaßnahme bis zum Ende des Sommers bei.

Ende August sehen sie eines Tages die *Tern* auf sie zusteuern. Von seinem Boot aus entdeckt Josh Vincent sie zuerst, aber er zieht weiter seine Netze ein und nickt nur, als Ned und Ben zu dem Schiff deuten. Als die Männer mit ihrer Ladung beim Anlegesteg eintreffen, liegt das Schiff bereits vor Anker.

Josh erklimmt gerade rechtzeitig den Steg, um zu sehen, wie Sarah inmitten einer Unmenge aufgeschlitzter Fische dasteht, als hätte sie einen Ladestock verschluckt. Sie schlägt sich eine Hand vor den Mund, als Alex Brennan ungewöhnlich langsam auf sie zuschreitet. Von Young Joe ist nichts zu sehen. Und plötzlich weiß Josh, was der Kapitän Sarah gleich sagen wird.

Als Alex vor Sarah steht, tritt er von einem Fuß auf den anderen und betrachtet seine Hände so gründlich, als sähe er sie zum erstenmal.

Josh legt den Arm um seine Frau und sagt mit rauher Stimme: »Nun, Alex, raus damit, gleich, was es ist.«

Alex schüttelt den Kopf: »Euer Junge wird vermißt«, sagt er schnell, weil er weiß, daß er sowieso nicht drum herum kommt. »Vor zwei Wochen war's, an einem Dienstag. Young Joe und der andere Junge, den wir mit an Bord hatten, Ted Fifield von weiter droben, sind im Punt unterwegs gewesen – na, und dann zog urplötzlich Nebel auf.«

Er hält inne, blickt verzweifelt von Josh zu Sarah und zu den anderen, die stumm um sie herumstehen. »... so ist es gewesen. Danach haben wir von ihnen kein Lebenszeichen mehr entdeckt, obwohl wir die ganze Nacht über unsere Pfeife bliesen und vorn und achtern ein Licht brennen ließen. Der Nebel hat sich erst am Morgen gelichtet, dann war die Sicht bestens, aber von den Jungs oder dem Punt war weit und breit nichts zu sehen. Wir haben gewendet und sind bei einem Ort namens Fox Harbour vor Anker gegangen. Ich hab' sogar Männer an Land geschickt und dort nach den Jungs suchen lassen, aber alles umsonst.«

Als er mit seiner Erzählung fertig ist, herrscht Stille. Hinter den geschwollenen Fingerknöcheln, die Sarah sich an den Mund preßt, kommt ein Geräusch, als ob jemand ersticke. Das Geräusch scheint gar nicht mehr aufzuhören, bis Jennie den Arm um ihre Freundin legt und sie nach Hause führt. Josh schaut ihnen nach, dann wendet er sich zu Alex um, als ob er etwas fragen wolle, bringt aber nichts heraus.

»Es tut mir ja so leid. Er war ein guter Junge, hat hart gearbeitet. Die Männer und ich haben große Stücke auf ihn gehalten. Wenn wir abrechnen, dann kriegt ihr den Anteil, der ihm zugestanden hätte.« Alex streckt die Hand nach Josh aus, ohne ihn ganz zu berühren. Er will das Ganze endlich hinter sich bringen, und Erleichterung macht sich auf seinem Gesicht breit, als Josh den Kopf schüttelt, sich umwendet und den Frauen folgt.

Alex breitet hilflos die Arme aus und sagt: »Ich hätt' nichts tun können. Verdammt noch mal, ich hätt' nichts tun können!«

Dann fällt ihm etwas ein, er langt in sein Hemd hinein und zieht eine Handvoll schwarzes Fell heraus. Er blickt zu dem größten Jungen: »Bist du Joes Bruder?«

Peter nickt, und der Mann drückt ihm das Tierchen in die Hände: »Hier, den hat Young Joe von den Eskimos, die wir in Fox Harbour kennengelernt haben. Er gehört nun wohl dir. Es sind gute Hunde, die Leute da oben halten viel von ihnen und setzen sie für alle möglichen Arbeiten ein.«

Alex dreht sich zu Thomas. »Wir konnten nichts machen.«

»Das weiß ich. Das wissen wir alle.« Nach längerem betretenen Schweigen erkundigt sich Thomas: »Und, wie war der Sommer?«

»Nicht schlecht. Ganz genau können wir's allerdings erst sagen, wenn wir den Fischpreis kennen. Hab' 'ne volle Ladung an Bord, wir kommen also noch mal zurück und holen den Fisch ab, der an Land eingepökelt worden ist«, erwidert Alex, und die beiden begeben sich, ins Gespräch vertieft, zum Lagerschuppen.

Als sie sehen, daß ihr Kapitän seine unangenehme Pflicht hinter sich gebracht hat, kommen die Matrosen an Land und klönen mit Ned und Ben, die gerade ihren Fang ausladen.

Die Kinder scheinen Joe bereits vergessen zu haben und betteln lautstark darum, den kleinen Labradorhund halten zu dürfen. Meg blickt zögernd zum Haus der Vincents, kommt aber zu dem Schluß, das Trösten Jennie zu überlassen. Sie gesellt sich zu Mary, Lavinia und Lizzie, die bereits damit begonnen haben, die frische Ladung Fische auszunehmen.

5. KAPITEL

Die Tage werden allmählich kürzer, der Boden ist hart, und an kalten Tagen ist der Teich in der Früh mit einer Eisschicht bedeckt. Unser zweiter Winter hier steht fast vor der Tür, und noch immer hab' ich Heimweh. Mama und Meg sprechen gar nicht mehr von Weymouth – ich glaube, sie haben es schon ganz vergessen.

Als Lavinia diese Zeilen an ihrem Schlafplatz schreibt, der durch große Fässer vom Rest der Familie abgetrennt ist, umgeben sie die rauhen Gerüche des Kaps: Es riecht nach Meer und Fisch, nach frischem Holz, nach dem in die Ritzen gestopften Werg, nach der scharfen Rebhuhnbeerenmarmelade, die Jennie an diesem Tag eingemacht hat, nach gegartem Gemüse, dem ranzigen Geruch von Fett, das die Männer sich allabendlich in die Stiefel reiben, und nach Schweiß und Schmutz.

Keiner dieser Gerüche ist so durchdringend wie die, an die sie sich von früher erinnern kann. Da war der stickige Geruch in Weymouths schmutzigen Straßen, eine Mischung aus Ale, Essen, Pferdeäpfeln und Kohlenrauch. Die herrlichen Düfte im

Ellsworth House: von Butter und Eiern in der Speisekammer, von gebügelter Wäsche, von gewachstem Boden. Der Geruch in dem kleinen Mansardenzimmer, das sie sich mit Maud und Sally geteilt hatte, von Rosenseife, die die Mädchen benutzt hatten, und der Duft, der fast schon an frisch gebackenes Brot erinnerte, den der Kleister unter der Tapete an warmen Tagen abgegeben hatte.

Sie liegt im Bett und sehnt sich nach dem, was sie zurückgelassen hat – bevölkerten Straßen, tapezierten Wänden, Freunden. Einer Welt, in der sie eine Arbeitsstelle hatte und Geld verdiente.

Lavinia vergißt, daß sie in Weymouth den Großteil ihres Lohnes an die Mutter hatte abgeben müssen; erinnert sich nur daran, daß sie sich Bänder, Süßigkeiten, Spitzenhandschuhe und das Stück moosgrünen Samtes kaufen konnte, das sich noch immer in ihrem Beutel befindet und das sie manchmal den Kindern zeigt.

Hier hat sie kein Geld – keiner von ihnen hat welches. Und so, wie es aussieht, wird sie wohl auch nie Geld haben. Lavinia hatte das erst am Ende der Fischsaison begriffen, als sie sich alle zur Abrechnung in Thomas Hutchings' Lagerschuppen versammelten.

Den ganzen Sommer über hatte Thomas schriftlich festgehalten, wieviel Fisch die Männer an Land gezogen hatten, wieviel Fisch von Gosseschiffen gebracht wurde und wieviel sie eingepökelt hatten. Ein paar Tage bevor die *Tern* die letzte Ladung Pökelfisch abholen kam, hatte er alle in seinen Lagerschuppen gebeten.

Thomas Hutchings legte ein Stück Papier auf den Boden und stellte vorsichtig sein Tintenfaß daneben. Dann kniete er nieder und schrieb die Namen von Josh Vincent, Ben Andrews, Ned und Thomas Hutchings nebeneinander hin. Nun fing er an, Zahlen aus einem kleinen Notizbuch unter die Namen auf dem Blatt zu übertragen, wobei er jede Zahl genau erklärte.

Lavinia war klar, daß Thomas Hutchings genau wußte, daß keiner der Anwesenden lesen konnte. Sie beobachtete, wie ihre Arbeit bei Ned eingetragen wurde, die ihrer Mutter bei Ben. Als sie zum Protest ansetzte, hörte sie Thomas sagen: »Sarahs, Annies und Marys Arbeit schreibe ich bei Josh Vincent gut.«

In diesem Augenblick hatte Lavinia den Ausdruck hellen Zorns in Marys Gesicht gesehen.

Auch Thomas hatte ihn gesehen. Sehr bedächtig steckte er seine Feder in das Tintenfaß zurück, blickte Mary direkt in die Augen und sagte: »Wenn Ihnen irgend etwas unklar ist, fragen Sie einfach. Wie Sie sehen können, schreibe ich jedem Haushalt die Arbeit derjenigen Frauen und Kinder gut, die er im Winter ernähren wird.« Er hielt inne, als warte er auf Kritik.

»Ich könnte mir denken, daß er sich ganz schön ärgern würde, wenn einer von uns es anders wollte«, dachte Lavinia bei sich.

Ehe Mary den Blick senkte, sah Lavinia bei ihr so etwas wie eine plötzliche Erkenntnis – welche wohl? – über das kleine, intelligente Gesicht huschen.

In diesem Augenblick beschloß Mary Bundle, Thomas Hutchings zu heiraten. Wenn Mary ihren Besitz ohne einen Mann nicht vergrößern konnte – dann mußte eben einer her. Und da Thomas Hutchings die Verteilung des Kredits, wenn schon nicht des Geldes, in der Hand zu haben schien, war die Wahl klar.

Mary musterte den Mann, während er ihre Bestellungen aufschrieb. Bens, Neds und Joshs Haut glich altem Leder, aber Thomas Hutchings' Gesicht war sogar noch dunkler als ihres. An den Schläfen begann sein schwarzes Haar zu ergrauen, aber es war dicht und gepflegt. Seine Nase war zu lang und zu schmal, und er neigte dazu, daran entlangzublicken, als würde er an einem Gewehrlauf etwas anvisieren. Er hatte einen strengen, unnachgiebigen Blick – aber wer weiß, wozu das gut ist, dachte Mary.

Sie überlegte, daß er fast so alt wie Josh Vincent sein müsse.

Aber robuster – denn Josh sah aus, als könne ihn ein starker Wind umblasen. »Abgesägt und flachgehämmert, aber so zäh wie Leder«, so beschrieb Sarah ihren Mann, und die Beschreibung hätte auf die meisten Männer entlang der Küste gepaßt, denen allen eine körperliche Zerbrechlichkeit gemein war, die von generationenlanger Überarbeitung und Unterernährung herrührte. Thomas war größer und breiter als alle anderen.

In den Wochen nach Alex' Kunde von Young Joes Ertrinken hatte Mary Josh noch genauer beobachtet als zuvor. Tagsüber wechselte er kaum ein Wort mit seiner Frau und berührte sie nie. Jeder schien seine eigenen Wege zu gehen, und doch entdeckte Mary, daß das nicht stimmte.

Nacht für Nacht konnte Mary durch die halbe Wand, die den Dachboden unterteilte, hören, wie Sarah weinend darauf bestand, sie würde es doch spüren, wenn ihr Sohn tot wäre. Nacht für Nacht hörte sie, wie Josh seine Frau mit leisen Worten beruhigte und seine sanfte Stimme erst verstummte, wenn Sarah eingeschlafen war.

Was für Geheimniskrämer die Männer doch sind, dachte Mary. »Die sind ja heimlichtuerischer als Frauen – jeder, der Augen hat, weiß, was Frauen fühlen, aber wer käme je darauf, daß Josh Vincent soviel für Sarah empfindet?«

Sie hatte ihr Vorhaben fahrenlassen, sich an Josh heranzumachen. Und nachdem sie auch Ben, Ned und Thomas genau unter die Lupe genommen hatte, war sie schon bald nach ihrer Ankunft zu dem Schluß gekommen, daß sie sich mit ihnen nur Probleme einhandeln würde.

»Allein bin ich besser dran«, hatte sie damals entschieden. »Ich werde es auch so auf dem Kap zu etwas bringen.«

Für den nächsten Frühling hatte sie den Bau eines eigenen Hauses für sich und Fanny geplant. Natürlich würde sie Hilfe brauchen, aber nachdem Josh und Thomas den Andrews beim Hausbau geholfen hatten, warum sollten sie es da bei ihr nicht auch tun?

Sie hätte die eigenen vier Wände um sich, würde aus dem eigenen Fenster blicken, ihr eigenes Holz heimbringen und Essen auf den Tisch stellen, das sie selbst verdient hatte. Nachdem sie nach tagelangen Grübeleien zu diesem Entschluß gekommen war, schenkte sie den Männern am Kap keine Beachtung mehr.

Als von der *Charlotte Gosse* leicht eingesalzener Fisch abgeladen wurde, war sie außer sich vor Freude – »Also kann man hier Geld verdienen, auch als Frau.« Unter großen Mühen – zusammenzählen konnte sie kaum, abziehen gar nicht – begann sie sich auszurechnen, wieviel Geld sie bis zum nächsten Frühjahr zusammenhaben könnte, wenn es mit dem Bau ihres Hauses losgehen sollte.

Dieser Gedanke trieb Mary den ganzen Sommer über an und ließ sie härter arbeiten als jede andere Frau auf dem Kap. Von Sarah lernte sie, wie man mit einem Handkantenschlag den Kopf vom Fisch trennte, wie man ihn aufschlitzte, ihn ausnahm und auseinanderbreitete, lernte, bei welchem Wetter er am besten trocknete und was es über das Pökeln von Fisch sonst noch zu wissen gab. Jeden Morgen war Mary schon vor dem Morgengrauen bei den Trockengestellen, schleppte Fische aus dem Schuppen her und war bei der Ankunft der anderen bereits dabei, sie auszubreiten. Sie war es gewesen, die sich eine neue Art des Fischestapelns ausgedacht hatte, so daß Luft zwischen die Schichten kam; sie war es gewesen, die Ben dazu gebracht hatte, Leisten zusammenzunageln, so daß die Frauen mit einem Gang einen Doppelzentner Fisch zum Schuppen tragen konnten. All das in dem Glauben, sie könnte dadurch einen höheren Geldbetrag erwirtschaften.

Als sie nun beobachtete, wie Thomas Hutchings ihre Arbeit berechnete, ging ihr auf, wie töricht der Gedanke an ein eigenes Haus gewesen war. Ihre ganze Arbeit war für die Katz. Ihr würde kein Guthaben auf das Papier geschrieben, kein Geld in die ausgestreckte Hand gedrückt werden. Entlang dieser Küste lebten und starben die Leute, ohne je Geld gesehen zu haben – warum war ihr das nicht klargewesen?

Selbst die Männer erhielten kein Geld, unter ihre Namen wurde lediglich eingetragen, wieviel Mehl, Zucker, Kartoffeln – denn nur ein armseliges Häufchen hatte bei der Ernte des Ackers herausgeschaut –, wieviel Melasse, Kerosin, Tuch, Nadeln, Tee und Salz, wie viele Paar Stiefel und wieviel Fischereizubehör sie im Austausch für ihre Arbeit von Caleb Gosse bekommen würden.

Mary war wie vor den Kopf geschlagen. Doch im Gegensatz zu Lavinia hatte sie keine rührseligen Erinnerungen an die Vergangenheit und vergoß deswegen keine Tränen. Sobald sie wußte, daß es kein Geld gab und daß die Macht über das Guthaben fast völlig in den Händen von Thomas Hutchings lag, da die anderen ja nicht nachprüfen konnten, was er aufschrieb, beschloß Mary, sich Thomas zu angeln.

Sobald die Andrews in ihr eigenes Haus gezogen waren, nahm Thomas Hutchings sein Abendessen wieder bei den Vincents ein. Das nützt Mary nun aus, um seine Aufmerksamkeit zu erregen. Sie ist nicht der Typ, der jemandem schöne Augen machen kann, und so versucht sie es recht ungeschickt damit, daß sie ihm beim Essen eine extragroße Portion auf den Teller häuft, ihr Haar zu einem ordentlicheren Knoten zusammenfaßt als zuvor und ständig seinen Weg kreuzt.

So geht es monatelang, ohne daß es zu etwas führen würde. Thomas gelangt zu der Überzeugung, daß die junge Frau an einer Behinderung leidet. In einem fort scheint sie gegen etwas zu stoßen, und sie starrt ihn so merkwürdig an, daß er sich fragt, ob sie einfältig oder kurzsichtig ist. Und so geht er ihr möglichst aus dem Weg.

Monate vergehen, und Mary verzweifelt allmählich. Sie denkt nicht daran, ihren Plan aufzugeben, doch sie weiß, jetzt heißt es zu handeln. Sie überlegt, ob sie nachts zum Lagerschuppen schleichen und in Thomas Hutchings' Bett kriechen soll. Und in manch einsamer Nacht hätte sie genau das getan, wenn ein Gefühl sie nicht gewarnt hätte, daß ein solch aufdringlicher Akt Thomas abstoßen würde, der, wie sie bemerkt hat, heikler ist, was seine Person, sein Essen und seine Umgebung anbelangt, als jeder andere auf dem Kap.

An den langen Winterabenden fangen sie wieder an, sich nach dem Abendessen zu treffen und Neds Geschichten zu lauschen. Manchmal sitzen sie am Kamin der Andrews, aber der hat seine Mucken und bläst bei bestimmten Windverhältnissen Rauchschwaden in den Raum. Daher finden die abendlichen Zusammenkünfte gewöhnlich in Thomas Hutchings' Lagerschuppen statt, wie im Winter zuvor.

Ohne zusätzliches Lampenlicht sitzen sie gemütlich um den Kamin herum. Während Ned erzählt, stricken die Frauen, und Ben schnitzt Köder, ein Stuhlbein oder einen Puppenkopf. Mary wertet es als gutes Zeichen, daß Thomas seine Abende nicht länger allein an seinem kleinen Schreibtisch verbringt.

Als sie sich eines Abends über hohen Schnee zurück zum Haus der Vincents kämpfen, fallen Sarah und Mary, die beide ihr Baby im Arm tragen, hinter den anderen zurück.

»Du kannst dir deine Versuche, mit Thomas Hutchings anzubändeln, sparen – was Frauen betrifft, ist dieser Mann völlig blind.« Sarah spricht leise, ohne sich nach Mary umzudrehen, die ihr auf dem schmalen Pfad folgt.

Es ist Mary Bundle nie in den Sinn gekommen, daß jemandem ihre stummen Annäherungsversuche an Thomas Hutchings auffallen könnten oder daß jemand sie so genau beobachtet, wie sie das ihrerseits mit den anderen tut. Sie ist beschämt und zugleich froh, daß sie Sarah nicht ins Gesicht sehen muß.

Dennoch hält sie ein Leugnen für zwecklos. »Aber was soll ich denn tun? Ich möchte ein eigenes Dach über dem Kopf, einen Platz für Fanny und mich. Ich kann doch nicht ewig bei dir und Josh wohnen.«

Sie ist so von ihrem Problem in Anspruch genommen, daß sie fast mit Sarah zusammenrempelt, die stehengeblieben ist, um einen ihrer Söhne zu schelten: »Peter Vincent! Wage es ja nicht, um diese Uhrzeit zum Strand runterzugehen – nach Hause und ins Bett mit dir, ansonsten versohle ich dir das Fell!« Sarah droht dem Jungen mit der Faust, bevor sie sich wieder Mary zuwendet. »Ich finde, du solltest dir Ned Andrews angeln«, sagt sie ruhig.

Mary ist beleidigt. Wäre der Weg breiter, dann wäre sie an Sarah vorbeigehuscht und wortlos ins Bett gegangen. So aber gibt es an Sarah, die dasteht wie ein großer Kartoffelsack, kein Vorbeikommen.

»Ned Andrews! Gerade der, der immer nur Unsinn im Kopf hat und sich über alles kaputtlachen könnte! Wie kannst du bloß glauben, so einen würde ich heiraten!«

Es kränkt sie, wie wenig Sarah von ihr hält. »Ich will was Besseres als Ned Andrews – ich möcht's genausogut haben wie du mit Josh.«

In Wirklichkeit hatte sie sich gedacht, daß sie in Sarahs Alter nicht mehr in einem behelfsmäßigen Bett auf dem Dachboden schlafen, sieben Tage die Woche nur Kartoffeln und Fisch essen und das ganze Jahr ohne Geld dastehen möchte. Sie sieht Sarah lächeln und erinnert sich zu spät daran, daß die Frau Gedanken lesen kann.

»Ach geh, Mary Bundle, du und Thomas Hutchings, ihr wärt zusammen doch die reinsten Trauerklöße! Du brauchst jemanden, der auch mal ein paar Witzchen reißt, jemanden wie Ned Andrews eben!«

»Ich hab' mir aber nun mal Thomas Hutchings in den Kopf gesetzt, und genau den krieg' ich auch!« sagt Mary heftig und streckt ihr Kinn vor.

»Mach, was du willst, Mädel, aber so leicht läßt sich Thomas nicht um den Finger wickeln. Einfach nur die Netze auszuwerfen reicht da nicht.« Sarah mustert die jüngere Frau eine Zeitlang im Mondschein. »Und alle Kleider von sich zu werfen übrigens auch nicht.«

Ohne ein weiteres Wort setzen sie ihren Heimweg fort, und mehrere Tage lang zeigen die Frauen einander die kalte Schulter.

Im Februar fegen Stürme über das Kap, das ihnen schutzlos ausgeliefert ist. Die Wellen gefrieren zu Eis und schieben sich Lage für Lage an den Strand. Während einer Woche solcher Stürme rührt sich keiner von ihnen vom eigenen Feuer weg. Sich in den weißen Wirbel hinauszuwagen, hieße zu riskieren, daß man erblindet, sich verirrt und in dem Schnee erstickt.

Die abendlichen Zusammenkünfte im Lagerschuppen fallen aus. Um Holz zu sparen und um nicht zu frieren, gehen alle zeitig ins Bett. Die Frauen erhitzen Steine im Feuer und wikkeln sie dann in alte Stoffe ein, um die eisigen Betten wenigstens ein bißchen aufzuwärmen. Keiner schläft allein. Peter schmiegt sich an den Hund, Annie zwängt sich mit in Marys Bett, damit Fanny und Charlie zwischen ihnen ein warmes Nest haben. In solchen Nächten liegt Mary da, bemüht sich, Abstand von der kalten Wand zu halten, und denkt an Thomas Hutchings, ganz allein in dem Lagerschuppen, unter dem das Meer anbrandet.

Dann, als sie gegen Ende Februar eines Morgens erwachen, herrscht eine merkwürdige, unnatürliche Stille. Noch bevor sie die Augen öffnen, können sie die Stille hören und den Unterschied spüren: Luft, die man einatmen kann, ohne husten zu müssen.

Die Frauen schleppen das Bettzeug nach draußen und lüften die muffigen Räume. Die Männer und Jungs spalten neues Feuerholz und schauen nach den Booten, die seit Monaten unter Schnee begraben sind. Mary, die Sarah dabei hilft, nasse Decken auf die Leine zu hängen, sieht, wie Lavinia und die Kinder Steine über den Strand hinuntergleiten lassen. »Die führt vielleicht ein Leben, so dumm wie ihr Bruder, ein nichtsnutziger Trampel, und tut so, als wär' sie noch'n Kind!« brummt sie.

Sarah besieht sich das tropfende Umland. Der schmelzende Schnee hat die Wege bereits in Schlammflüsse verwandelt. »Dafür werden wir zahlen, denkt an meine Worte. Morgen oder übermorgen wird's schlimmer sein als je zuvor …« Dann erstarrt sie, läßt die Decke fallen, stößt einen Schrei aus und rennt durch Schlamm und über vereiste Flächen zum Wasser hinunter. »Es ist Joe! Joe ist da!«

Und tatsächlich, Mary kann ein kleines Boot aufs Kap zusteuern sehen. Nicht mal Marys scharfe Augen können die Gestalten in dem Boot erkennen, aber sie zweifelt keine Sekunde, daß Sarah recht hat. Sie dreht sich um und gibt den anderen Bescheid, ehe sie selbst zum Anlegesteg läuft.

Innerhalb von wenigen Minuten sind alle Kapbewohner unten und staunen darüber, daß im Februar ein Boot eintrifft. Als es längsseits dreht, erkennen alle Ezra Vincents Skiff mit seinem rostfarbenen Segel. Sarah ist außer sich vor Freude. Sie würde ins Wasser waten, wenn Josh sie nicht davon abhalten würde; kopfschüttelnd meint er: »Mädchen, jetzt überleg doch mal, wie sollte Young Joe denn auf Ezras Schiff kommen?«

Aber dort ist er. Für die anderen hat der hochaufgeschossene junge Mann, der auf den Anlegesteg klettert, wenig Ähnlichkeit mit dem Jungen, der vor einem Jahr an Bord der *Tern* ging, aber Sarah wirft sich an seinen Hals. »Ich hab's gewußt, ich hab's doch gewußt!«

Während sie sich gegenseitig angrinsen, Joe berühren, als ob sie sehen wollten, daß er es auch wirklich ist, und alle gleichzeitig Fragen stellen, gehen sie Richtung Lagerschuppen. Als sie drinnen sind, sind die wichtigsten Fragen geklärt, und sie stehen im Kreis und starren den fremden jungen Mann an. Vor allem die Kinder sind darüber erstaunt, wie sehr Joe sich verändert hat, der jetzt alle aus seiner Familie um einiges überragt. Sein Haar ist fast weiß und steht wie Besenstroh ab. Das Gesicht ist dunkel, lang und schmal; Lavinia entdeckt darin die gleiche Mischung aus guter Laune und Sturheit wie bei Sarahs Ziegen.

Das einzig Vertraute an Young Joe ist seine Kleidung. Die zerrissene Hose, die ihm nur noch bis zu den Knien reicht, die schwere Jacke, die einst seinem Vater gehörte, an den Ärmeln auch viel zu kurz, sind die Dinge, die er am Tag seines Verschwindens trug. Joe, der sich in seinem neuen Körper unbehaglich fühlt, tritt von einem Fuß auf den anderen und fummelt an dem als Gürtel dienenden Seil herum, das seine Hose an Ort und Stelle hält.

Als er begreift, daß die anderen auf eine Erklärung für seine lange Abwesenheit warten, braucht er einige Zeit, bis er sich seine Worte zurechtgelegt hat. Dann aber spricht er selbstbewußt, ohne den zaudernden Ton des Vaters.

»Tja, nun, wie's so kommt, waren Ted Fifield und ich nach dem Abendessen in einem Boot draußen und haben gefischt, als Nebel aufzog – schätzungsweise hat euch Brennan ja schon davon erzählt.« Der Junge hält inne, als müsse er sich etwas in Erinnerung rufen, das schon Jahre zurückliegt.

»Wir haben überhaupt nichts mehr sehen können. Ein Weilchen hörten wir zwar das Signal der *Tern*, aber in dem Nebel konnte man nicht ausmachen, aus welcher Richtung es kam. Dann drehten wir richtig durch und fuhren in alle Richtungen gleichzeitig, bis wir ein Ruder verloren. Es herrschte ziemlicher Seegang, aber ich hatte schon Schlimmeres erlebt, allzu kalt war's auch nicht, also dachten wir, es wäre das beste, wir würden uns auf den Boden legen und den nächsten Morgen abwarten.

Am nächsten Morgen war der Nebel weg, aber es hatte uns ein ganzes Stück um Fox Harbour herum nach Indian Harbour getrieben. Natürlich wußten wir das da noch nicht. Wir wußten bloß, daß von der *Tern* weit und breit nichts zu sehen war. Die Flut trieb uns ans Ufer, und wir liefen schließlich in einer Bucht so sauber auf Grund, als hätten wir das Boot selbst hereingerudert. Da hatten wir ganz schönes Glück, wir hätten genausogut an einem der vielen Felsen zerschellen können.«

Tagelang waren die Jungen an dem Strand geblieben, hatten ein Hemd am übriggebliebenen Ruder befestigt und gehofft, die *Tern* käme vorbei und würde sie entdecken. Es herrschte warmes Herbstwetter, und da in der Nähe ein Bach ins Meer floß, hatten sie Trinkwasser. Sie hatten noch drei Kabeljaus im Boot, aber keine Möglichkeit, sie zu braten. Am zweiten Tag aßen sie den Fisch kurzerhand roh.

Nach fünf oder sechs Tagen beschlossen sie, die Küste entlangzumarschieren, immer mit Blick aufs Meer, und nur dann ins Landesinnere zu gehen, wenn es unumgänglich war. Allzu große Sorgen machten sie sich nicht, denn sie dachten, daß sie früher oder später auf irgendwelche Menschen oder einen Fischschoner aus Neufundland stoßen müßten.

»Drei Tage waren wir unterwegs, und so allmählich verließ uns der Mut. Die Fliegen machten uns schwer zu schaffen. Wir ernährten uns von den wenigen reifen Beeren und versuchten, Fische zu fangen, aber das klappte nicht. Wir sahen alle möglichen Vögel und einige wilde Tiere, von denen Ted behauptete, es seien Füchse und Marder. Wir versuchten sogar, eine Falle zu bauen, kriegten sie aber nie richtig hin. Ich sag' euch, wir hatten uns schon damit abgefunden zu verhungern, als wir auf diese Eskimofamilie stießen. Sie war gerade dabei, ihr Lager abzubrechen und wieder ins Landesinnere zu ziehen.«

Ganz frustriert über den so nüchtern vorgetragenen Bericht erkundigt sich Ned immer wieder nach weiteren Einzelheiten. Lavinia weiß, ihr Bruder überlegt bereits, wie er die Geschichte selbst erzählen würde und sie ausschmücken könnte.

»Bestimmt waren die Eskimos überrascht, euch beide zu sehen. Wie sehen diese Leute denn aus? Hab' gehört, die ziehen sich wie Tiere an, stimmt das?«

Young Joe grinst und deutet auf seine ungewöhnliche Fußbekleidung. »Nein, Sir, hab' noch nie jemanden gesehen, der so geschickt darin ist, Sachen herzustellen – schauen Sie sich bloß die Schuhe an!« Er zeigt Ned, daß das Robbenleder so zugeschnitten und genäht worden ist, daß sich das Fell innen am Fußbereich und außen an den Gamaschen befindet.

Ezra Vincent bittet seinen Neffen, sich solche Einzelheiten für später aufzuheben. »Beschränk dich erst mal aufs Wesentliche, sonst sitzen wir nächste Woche noch hier!«

Fast vier Monate hatten die Jungen die Eskimofamilie begleitet, waren mit ihnen unterhalb einer langen Bergkette gemächlich durch die Ebene gezogen, hatten sich von Fisch und Wild gut ernährt, bis die Gruppe irgendwann im November auf fünf Trapper stieß. Die Männer waren unterwegs zu einer Küstenstation, wo ein Schiff aus Fogo ihnen angeblich ihre Wintervorräte vorbeibringen wollte.

»Wir wußten nicht, was wir machen sollten. Ted traute den Trappern nicht über den Weg, aber mit den Eskimos kamen sie gut zurecht. Mir reichte das, also zogen wir mit ihnen zusammen runter nach Fox Harbour; und wir waren gerade mal drei Tage dort, als die *Little Ephraim* einlief. Sie wurde von Hezekiah Guy befehligt, der sich einverstanden erklärte, uns mit zurück nach Fogo zu nehmen. Dann dauerte es Wochen, bis wir auch nur bis Pond Island kamen, und dort war ich seitdem und hab' bei Großmutter Vincent gewohnt und auf eine Möglichkeit gewartet, wieder nach Hause zu kommen.«

Am Ende von Joes Bericht dämmert es bereits, und sein Onkel, der ruhig bei den anderen Männern gesessen hat, erhebt sich.

»Das ist ja alles schön und gut, und ich bin froh, daß der Junge wieder zu Hause ist, aber eigentlich hab' ich mich aus einem anderen Grund zu dieser kalten Jahreszeit mit dem Boot auf den Weg gemacht«, beginnt er.

Keiner schenkt ihm Beachtung. Alle im Lagerschuppen sind in irgendwelche Gespräche vertieft. Die Männer erkundigen sich, wer der Eigner der *Little Ephraim* ist. Ist der Kapitän derselbe, der im vorigen Jahr Cat Harbour abfischte? Womit fischen die Eskimos? Und die an den Wänden lehnenden Frauen drehen sich einander zu, sagen: »Gott sei gelobt!« und staunen über Young Joes Glück. Nachdem die Kinder ihre erste Schüchternheit überwunden haben, wollen sie wissen, ob er ein Iglu oder einen Eisbär gesehen oder noch einen Hund mit heimgebracht hat.

Ezra langt hinter sich nach dem Eisenstock und hämmert mit ihm auf ein Faß. »He, Leute, ich muß was Ernstes mit euch bereden. Hört mal alle her!«

Die Dringlichkeit in seiner Stimme läßt sie augenblicklich verstummen, und ihre Mienen werden ernst.

»Wie schon gesagt, ich bin nicht zum Plauschen mitten im Winter die Küste runtergekommen, und auch nicht, um Joe heimzubringen. Er hätte genausogut nächsten Monat zurückkommen können, oder den Monat danach. Nein, ich bin gekommen, weil was passiert ist, was ihr unserer Meinung nach wissen solltet.«

Ezra erzählt ihnen, daß eine Woche zuvor mitten in einem heftigen Sturm elf Leute, davon zwei Frauen und drei Kinder, oder fast noch Babys, in Davisport, einer kleinen Ansiedlung direkt gegenüber von Pond Island, aufgetaucht seien. Hungrig und halb tot vor Erschöpfung seien die Leute drei Tage unterwegs gewesen und hätten zwei Nächte im Wald verbracht. Sie hätten sich Erfrierungen zugezogen, und es sehe so aus, als müsse man der jüngsten Frau, Ida Norris, womöglich die Füße amputieren. Es sei das reinste Wunder, daß sie überhaupt noch alle am Leben seien.

Alle schweigen bestürzt, keiner stellt Fragen. »Die Leute stammen aus Shamblers Cove. Sind in einer Sonntagnacht von der Mannschaft einer unbeladenen Brigantine überfallen worden. Einer der Männer sagt, das seien Engländer oder Amerikaner gewesen. Egal, sie kamen an Land, plünderten sämtliche Vorräte und luden alles auf ihr Schiff: Mehl, Zucker, sogar den ganzen Fisch. Insgesamt waren's fünfzehn Männer, mit Gewehren und langen Stöcken. Dann, man sollt's kaum für möglich halten, drängten sie alle Bewohner von Shamblers Cove in den Schnee, setzten die drei Häuser in Brand und machten sich davon.«

Die Leute aus Shamblers Cove hatten nur überlebt, weil einer der Männer, Lem Parsons, ein erfahrener Jäger war und in einem Unterschlupf, den er im Wald besaß, ein Gewehr aufbewahrt hatte. Damit hatten sie einen Fuchs und zwei Vögel erlegen können. Tagsüber marschierten sie, als es dunkel wurde, bauten sie aus Ästen einen Unterschlupf und machten Feuer. »Es ist das reinste Wunder, daß sie überlebt haben!« sagt Ezra.

»Wir vermuten, es waren amerikanische Freibeuter. Hab' schon letzten Winter von zwei Banden gehört, die entlang der Küste Fische und Felle plünderten, wo immer sie konnten«, endet er seinen Bericht.

Voller Genugtuung über die Aufmerksamkeit, die er nun genießt, blickt Ezra in die Runde, verschränkt die Arme und setzt hinzu: »Ich bezweifle, daß sie ihr Schiff schon voll haben. Deshalb haben wir sofort, nachdem wir die Nachricht aus Davisport erhalten hatten, angefangen, uns auf einen Überfall vorzubereiten.«

»Und, was macht ihr, wenn sie bei euch an Land kommen?« erkundigt sich Sarah.

»Tja, also die Leute von Davisport haben alles gepackt und kommen heute zusammen mit den armen Leutchen aus Shamblers Cove nach Pond Island. Sechs davon sind Männer, und wir haben ein paar gute Jagdgewehre und Gaffs. Wir selber bringen einundzwanzig Mann zusammen, und ich denke, notfalls würden auch ein paar unserer Frauen mitkämpfen. Wenn die bei uns an Land kommen, dann werden wir's ihnen zeigen!« Ezra klingt genauso sanft und emotionslos wie sein Bruder, aber Lavinia bezweifelt nicht, daß er und zwanzig seinesgleichen es mit noch so vielen Freibeutern aufnehmen könnten.

»Tja, Leute, und wie sieht's bei euch damit aus? Josh, Thomas, Ned und Ben – und jetzt auch Young Joe, nehm' ich an. Sagen wir, fünf Männer und ein Haufen Frauen und Kinder.« Ezra schüttelt den Kopf. »Und ein altes Gewehr. Ihr hättet nicht den Hauch einer Chance.«

Keiner widerspricht ihm. Sie haben nachts wachgelegen und sich wegen des Eises und des Windes, wegen der Wilden und der Tiere im Wald Sorgen gemacht, aber keiner hat je auch nur einen Augenblick daran gedacht, daß Leute wie sie an Land kommen und sie ausplündern könnten.

Keiner außer Sarah, die sie an ihre Warnungen erinnert: »Ich hab's euch doch gesagt. Tausendmal hab' ich gesagt, wir hätten weiter drinnen bauen sollen und nicht hier draußen, wo jeder Franzose, der vorbeikommt, uns schon von weitem sehen kann.«

Der Einwand ist zwecklos, daß keiner Sarah je so einen Ratschlag hat geben hören. Zwecklos, hervorzuheben, daß es keine Franzosen waren, die Shamblers Cove überfallen haben. Darauf meint sie nur: »Wenn du im Schnee erfrierst, welchen Unterschied macht es dann schon, wer dich in die Wildnis geschickt hat, Engländer oder Amerikaner, Franzosen oder Türken, du erfrierst trotzdem, oder etwa nicht?«

Ezra unterbricht den Vortrag seiner Schwägerin: »Der Grund, warum ich hergekommen bin, ist folgender: Wir haben uns gedacht, daß ihr jetzt, in dieser Schönwetterperiode, eure Sachen packen und mit nach Pond Island kommen könntet, genauso, wie die Leute aus Davisport. In Joshs Boot und in meins geht ganz schön was von euren Vorräten rein, und in, sagen wir, sechs Wochen könntet ihr zurückkommen. Dann sind mehr Schiffe an der Küste unterwegs, und diese Bastarde suchen das Weite.«

Ezra, der gestanden hatte, setzt sich und blickt die anderen erwartungsvoll an: seinen Bruder und Sarah, ihre Kinder, all ihre verschlossenen Gesichter. Kinder schauen zu den Erwachsenen hoch, Frauen sehen zu ihren Männern, und die Männer vermeiden es, einander in die Augen zu blicken. Jeder hofft, daß ein anderer das Wort ergreift.

Noch immer herrscht Schweigen. Ezra beginnt von neuem, den desperaten Zustand der Flüchtlinge aus Shamblers Cove zu schildern, daß sogar ihre Boote in Brand gesetzt wurden, wie krank die Kinder waren, daß die Frau mit den erfrorenen Füßen womöglich sterben wird. Nachdem keiner etwas darauf erwidert, wendet er sich direkt an Josh: »Will und Mutter haben beide gesagt, daß du kommen sollst. Mutter hat gesagt, sie kann den Gedanken nicht ertragen, daß Sarah und die Kinder hier draußen auf dem Kap sind, wo Türken plündernd die Küste entlangfahren.« Ezra sieht seinen Bruder durchdringend an, versucht, ihn durch Willenskraft zum Reden zu bringen. Aber der bleibt stumm.

»Die können uns mal!«

Die Stimme, trotzig und klar, kommt aus dem Kreis der Frauen. Alle drehen sich um und blicken zu Mary Bundle. Sie steht mit offenem Munde da, genauso erstaunt über ihre Worte wie der Rest.

Dann bricht Ned Andrews in ein hohes, verrücktes Gelächter aus und tanzt um den Tisch herum. Dabei klatscht er sich auf die Knie und singt:

Bugger 'em all, bugger 'em all,
Bugger the British,
Bugger the French,
Bugger the Yankees
and bugger the rest!

Ned singt und tanzt im Kreis herum. Über die Gesichter der Kinder breitet sich ein Lächeln aus, und sie tanzen hinter ihm her.

Lavinia, Annie und Lizzie gesellen sich dazu, tanzen im Zickzack um Fischereizubehör, Vorräte und Leute herum und singen aus voller Brust das Liedchen.

Es dauert eine Weile, bis Meg ihre Fassung wiedererlangt. Dann packt sie sich nacheinander ihre drei Töchter und ruft den anderen Kindern zu: »Hört auf! Schluß damit, hört ihr? Ihr solltet auf dem Boden knien und beten, anstatt hier herumzuhüpfen wie ein Haufen wilder Heiden!«

Jedem Kind, das an ihr vorbeikommt, gibt sie einen kleinen Klaps, bis diese sich kichernd auf einen Haufen Netze fallen lassen. Ned und Lavinia, die die Schlange angeführt haben, tanzen noch einmal im Kreis herum, bevor sie atemlos zu Boden fallen und einander zum erstenmal seit Monaten anlächeln.

Ezra Vincent hat sich die Darbietung stumm angeschaut. Als das Lied zu Ende ist, wendet er sich an Josh: »Tja, Alter, so was Ähnliches hab' ich mir schon gedacht, obwohl ich nie darauf gekommen wäre, daß ihr daraus gleich ein Lied macht. Ich hab' Muttern schon so was in der Richtung gesagt, daß ihr euch nicht vom Fleck rühren werdet. Aber versuchen wollte ich's doch zumindest.« Er grinst seine Schwägerin an. »Eßt ihr hier eigentlich auch mal was? Ich dachte, ich hätt' gebratenen Fisch gerochen, als wir an eurer Tür vorbeigegangen sind.«

Sarah ist entsetzt – seit dem frühen Morgen hat ihre Familie nichts mehr in den Magen bekommen! Die Frauen machen sich auf, um das Essen zu retten, daß eigentlich fürs Mittagessen gedacht war, Thomas zündet eine kleine Öllampe an, und bald essen sie Fisch und Brot.

Das ungewohnte Nichtstun verleiht dem Tag etwas Traumhaftes, und alle werden von einer eigenartigen Heiterkeit erfaßt. Sie sitzen da, essen und unterhalten sich in aller Ruhe. Der kleine Labradorhund windet sich aus Young Joes Armen und rennt glücklich zwischen ihm und Peter hin und her, die ihm beide kleine Stückchen Fisch zustecken. Die Szene in dem Lagerschuppen wirkt irreal, so unwirklich wie Glück, so unsicher wie der falsche Frühling draußen.

Da er nun weiß, daß es zwecklos ist, sie zum Mitkommen zu überreden, entspannt sich Ezra, erzählt ihnen das Neueste von Pond Island, bemerkt, wie groß Charlie geworden ist, erkundigt sich nach den Ziegen, die er Sarah im vorigen Sommer vorbeigebracht hatte, und erzählt von einem großen Hund, den die Leute aus Shamblers Cove dabei hatten.

»So wie der hier, bloß in der Größe eines kleinen Ponys. Er gehört dem alten Jäger, von dem ich euch erzählt hab'. Angeblich soll er einem der Piraten am Arsch ein großes Loch in die Hose gerissen haben. Sie haben einen Schuß auf den Hund abgegeben, worauf der im Wald verschwunden ist. Lem dachte, der wäre für immer weg. Dann, als sie auf der Wanderung nachts eine kurze Pause einlegten, kam er plötzlich aus dem Wald herausgestürzt und hat die Armen zu Tode erschreckt, denn die dachten, es wäre ein Wolf oder so was. Lem wie auch der Hund wohnen bei uns, seitdem sie auf Pond Island sind, und ich bin mir sicher, heute nacht schläft das große Viech garantiert in meinem Bett.«

Ezra leert seine dritte Tasse Tee und erhebt sich. »Tja, Sarah, mein Mädchen, hast du irgendwo ein Plätzchen, wo ich mich hinlegen kann? Sobald's hell wird, mach' ich mich auf den Heimweg – wer weiß, ob nicht das Wetter umschlägt und ich dann für den Rest des Winters bei euch Verrückten festsitze!«

Am nächsten Morgen kommen alle zum Anlegesteg hinunter, um ihm Lebewohl zu sagen, und schauen zu, wie das kleine Boot langsam im Dunst verschwindet. Noch immer ist es mild. Sie verbringen den Tag damit, sich auf den möglichen Angriff der Piraten vorzubereiten; Meer und Himmel behalten sie dabei immer im Blick.

Der Vorderlader wird hervorgeholt, gesäubert, geölt und einsatzbereit hinter die Tür des Lagerschuppens gelehnt. Die Frauen packen wieder die alte Holzkiste. Diesmal legen sie ein Stück Segeltuch, Säcke, Feuerstein, Pökelfisch, Brot, Quilts und einen Kessel hinein. Dann tragen sie sie, genau wie im letzten Frühling, zum Acker am Waldrand hoch. Sollte es zum Schlimmsten kommen, müssen sie die Landenge überqueren, die Küste hinaufmarschieren, um tiefe Einschnitte herumgehen, Hügel überqueren, über gefrorenes Sumpf- und Ödland marschieren. Zumindest haben sie dann in der Seemannskiste etwas zum Essen und zum Feuermachen.

Während sie um und auf die Kiste Steine schichten, um Tiere abzuhalten, schüttelt Sarah den Kopf. »Ich bezweifle, ob wir sie überhaupt finden würden, wenn wir sie bräuchten, was der Herr verhüten möge – vor allem, wenn's heute nacht schneit.«

»Oh, die findest du schon, Sarah. Du wirst genau wissen, wo sie ist. Genauso, wie du gewußt hast, daß gestern in dem Schiff Young Joe saß, genauso, wie du immer gewußt hast, daß er nicht ertrunken war.« Mary sieht nicht hoch, sondern reibt sich geschäftig Schmutz von den Händen, etwas erschrocken über die eigenen Worte.

Sarah wirkt verblüfft. »Was redest du denn da? Ich nehm' doch an, daß ich auch nicht besser seh' als du!« Mary sieht sich um. In der Dämmerung kann sie Meg und Jennie gerade noch eben erkennen, die den Pfad schon halb wieder unten und damit außer Hörweite sind. Wer weiß, wann sich wieder eine so gute Möglichkeit bietet, mit Sarah allein sprechen zu können.

Sie beugt sich vor und packt Sarah am Ärmel: »Du kannst mir helfen, du kannst mir helfen!« Sie hält inne und holt tief Luft. »Verhexe Thomas Hutchings für mich, Sarah – verhexe ihn, daß er mich will.«

»Verhexen! Mädel, bist du verrückt oder was? Ich soll Thomas verhexen? So einen Unsinn hab' ich ja noch nie gehört!«

»Du kannst es, du kannst es! Ich weiß, daß du es kannst!« zischt Mary. »Schau – du sollst es ja nicht umsonst machen – ich weiß, daß Hexen nie etwas umsonst machen.«

»Hexen!« Sarah ist so fassungslos, daß sie nicht weiß, ob sie lachen oder weinen soll.

Mary zieht etwas aus der Tasche ihrer alten Jacke hervor.

»Schau, schau doch, was ich habe, das kannst du haben. Du kannst es haben, wenn du mir hilfst!« Sie hockt sich neben Sarah, die immer noch bei der Holzkiste kniet.

»Sieh doch nur, ist die nicht wunderbar? Ist die nicht schön?«

Sie ist beides, wunderbar und schön. Die zwei schäbig gekleideten Frauen, grau in der herannahenden Dunkelheit, beugen sich über eine Brosche aus purpurroten und blauen Steinen, die in Marys schmutziger Hand funkeln.

»Doch, das ist sie«, sagte Sarah leise und berührt die Brosche ehrfürchtig mit einem Finger. »Noch nie in meinem Leben hab' ich so was Schönes gesehen!«

In ihrer Bewunderung für die Brosche hat Sarah ganz vergessen, daß sie als Hexe bezeichnet wurde, vergessen, um was sie gebeten wurde. Ganz leise sagt Mary: »Du kannst sie haben – oder gib sie Annie, wenn du möchtest, verhexe mir bloß Thomas Hutchings.«

Sarah erwacht aus ihrer Tagträumerei und schüttelt den Kopf: »Das kann ich nicht. Ich weiß nicht, wie man so was macht. Ich bin keine Hexe. Ich weiß nicht, wie man jemanden verhext …«

»Doch, du kannst das! Ich weiß, daß du es kannst, ich hab' dich beobachtet, daher weiß ich es.« Damit beugt Mary sich vor und befestigt die Brosche an der Innenseite von Sarahs Mantel, so wie sie es vor langer Zeit jemand anderen hat tun sehen.

»So, sie gehört dir, und nur du kannst sie sehen, nur du weißt, daß du sie hast.« Mary klopft auf die Stelle, unter der sich die Brosche verbirgt. »Wenn wir wieder zu Hause sind, überlegst du dir einen guten Zauberspruch für Thomas, damit er mich begehrt.« Und ohne ein weiteres Wort macht sie sich auf den Weg nach unten.

Nach einer Minute folgt Sarah ihr.

Als sie sich dem Haus nähern, hören sie Annies Schreie. Drinnen ist alles voller Rauch; Annie schüttet Wasser auf das

Feuer und brüllt Peter Befehle zu, der hinter ihr zur Salzsäule erstarrt zu sein scheint.

»Geh und hol Mutter – mach schon! Hol Mutter und Mary auch, schnell!«

Beim Anblick ihrer Mutter läßt Annie den Eimer auf den Boden fallen. Gleichzeitig fängt sie an zu weinen und Peter zu schlagen. Als das Mädchen sich beruhigt hat, erzählt sie ihnen, daß Joe geglaubt hatte, weit draußen ein Segel gesehen zu haben; daß alle zum Anlegesteg gelaufen waren, Thomas Hutchings sie und Peter aber zurückgeschickt hatte, um das Feuer zu hüten.

»Na, das hast du doch auch, Kind.« Sarah zieht ihre Tochter an sich und wischt ihr mit dem Schürzenzipfel Ruß aus dem Gesicht. »Obwohl ich nicht glaube, daß Thomas sehr erfreut über die Rauchschwaden sein wird, die du durch den Schornstein schickst.«

Als sie hinunter zum Anlegesteg kommen, ist es so dunkel, daß sich nicht sagen läßt, ob da draußen ein Schiff ist oder nicht. Ned, der die Umrisse Dutzender Schiffe zu erkennen vermag, ist davon überzeugt, die von Ezra beschriebene Brigantine gesehen zu haben.

»Ich hab' sie gut sehen können, als sie zum erstenmal in Sicht kam; sie hat dieselbe Takelage. Sie ist groß, größer als alles, was ich hier je hab' einlaufen sehen.«

»Vielleicht läuft sie hier gar nicht ein; jemand, der das Kap nicht kennt, müßte schon enorm vorsichtig sein, um mit 'nem derart großen Schiff an den versunkenen Felsen vorbeizukommen«, beruhigt Josh seine Frau und schüttelt den Kopf über Joe, als dieser fast schon hoffnungsvoll darauf hinweist, daß das Schiff möglicherweise große Beiboote mit sich führt, in denen die Besatzung an Land fahren könne.

Thomas Hutchings wendet sich vom Meer ab. »Es bringt nichts, wenn wir hier herumstehen und Mutmaßungen anstellen. Es dauert noch Stunden, bis das Schiff bei uns einlaufen kann; treffen wir doch besser die entsprechenden Vorkehrungen. Ihr beide«, er deutet auf Joe und Peter, »ihr schleppt soviel Vorräte und Bettzeug in den Lagerschuppen, wie ihr könnt. Da werden heute nacht alle schlafen. Die Frauen können Wasser, Eimer, zusätzliche Jacken, und was sie sonst noch brauchen, bringen. Hier wird heute kein Licht und kein Feuer brennen, nach denen die ihren Kurs richten können. Das schwöre ich!«

Während seiner Rede wirft er einen Blick zu den Häusern, und zum erstenmal fällt ihm die weiße Rauchwolke auf, die aus dem Schornstein der Vincents aufsteigt.

»Herrgott noch mal, was ist das denn, ein Signal?« Es ist das erste und einzige Mal, daß je einer der Kapbewohner ihn fluchen hören wird, und das Ereignis wird schadenfroh in Lavinias Tagebuch vermerkt.

»Ben und Ned, ihr zwei baut den Unterschlupf fertig, mit dem wir hier unten angefangen haben; dann können wir hier abwechselnd Wache schieben. Josh, du und ich, wir bringen Zeug herunter, das Gewehr, Gaffs – und die Fackeln, die uns vom Sommer noch übriggeblieben sind. Sollte das Schiff einlaufen, können wir ein Warnsignal abgeben und sie schon hier unten abpassen. Wie Ezra schon gesagt hat, wir müssen sie schnappen, wenn sie aus den Booten steigen. Das ist unsere einzige Chance.«

Keine sehr schöne Aussicht, doch es bleibt keine Zeit, darüber während der nächsten Stunde hektischen Treibens nachzudenken. Thomas brüllt Befehle, und alle eilen hin und her, stolpern in der Dunkelheit übereinander.

Erst später, als Lavinia im Lagerschuppen liegt und zu schlafen versucht, kommt ihr, daß so viel Rennerei und Schlepperei vielleicht auch wieder nicht nötig gewesen wäre. Vielleicht hatte Thomas Hutchings es nur angeordnet, um sie zu ermüden, sie vom Nachdenken darüber abzuhalten, was diese Nacht geschehen könnte.

Ohne Licht, ohne Wärme, ja, selbst ohne die Zweige, die ihre Knochen normalerweise weicher betten, liegen sie auf dem Boden des Lagerschuppens unter ihrem Bettzeug. Sie lauschen angestrengt, ob sie ein Signal hören, das ihnen sagt, daß sie zum Steg eilen sollen, um die Fremden abzuwehren. Lavinia weint sich selbst in den Schlaf.

Schließlich fallen alle bis auf Mary Bundle in einen unruhigen Schlaf. Jedesmal, wenn sie hört, wie sich die Tür bei der Wachablösung der Männer öffnet oder schließt, schreckt Mary auf. Sie kann nichts sehen. Im Lagerschuppen, in dem es selbst an sonnigen Tagen nicht sonderlich hell ist, ist es jetzt stockfinster.

Dann – irgendwann mitten in der schrecklichen Dunkelheit – spürt Mary, wie jemand ihren Quilt zurückschlägt, eine Männerhand an ihr entlangfährt und ein langer Körper unter ihre Decke gleitet. Sie schnappt nach Luft, aber ein Finger berührt ihre Lippen, eine Hand umfaßt von hinten ihren Kopf, und sie entspannt sich.

»Es hat geklappt! Sarah Vincents Zauber über Thomas Hutchings hat gewirkt!« triumphiert sie im stillen.

Sie preßt sich an den Mann, erwidert seine Zärtlichkeiten mit einer Leidenschaft, die mehr der Angst, der Bedrängnis und der Kälte entspringt als dem vernünftigen Plan, den sie im Dachboden ausgeheckt hatte.

Sie rollt sich auf den Mann hinauf und preßt ihren Mund auf seinen.

Sehr schnell ist es vorbei. Zu schnell, denkt sich Mary und verspricht sich, daß es das nächste Mal besser sein wird. Sie liegt unter ihm und leckt ihm einen Schweißtropfen vom Hals.

Er beugt sich zu ihr hinunter, küßt sie noch einmal und ist einen Augenblick später verschwunden.

Mary lächelt und schmiegt ihren warmen Körper an die kleine Fanny. Die Trennung von der Brosche hat sich gelohnt. Bei der Planung des Hauses, das sie und Thomas Hutchings im nächsten Frühjahr bauen werden, schläft sie ein. Den Platz dafür weiß sie bereits.

Genau wie Sarah vorhergesagt hat, ist am nächsten Morgen der Winter zurückgekehrt. Peitschender Schnee trommelt gegen den Schuppen. Draußen ist alles weiß, die Wege sind unter Schneewehen begraben, der Schlamm vom Vortag zugedeckt.

Die Männer kommen lächelnd vom Anlegesteg hoch, schütteln sich den Schnee ab und zupfen sich Eis von Haar und Bärten.

»Wir sind so sicher wie in Abrahams Schoß«, sagt Ned; er vergißt bereits, wie unsicher Häuser sind. »Jedes Schiff, das bei diesem Sturm versucht, hier einzulaufen, zerschellt auf den Felsen.« Er wirkt aufgeregt und glücklich, als hätten sie einen großen Sieg errungen.

»Jetzt laßt uns dieses Feuer in Gang bringen und etwas Warmes essen, bevor wir erfrieren.« Nur Thomas ist immer noch schlecht gelaunt. Mary guckt ihn erwartungsvoll an, aber er würdigt sie keines Blickes.

Sie ist außer sich. Bedeutet ihm die letzte Nacht denn gar nichts?

Dann fällt ihr Blick auf Ned Andrews. Er sitzt im Schneidersitz auf einem Faß und schaut sie mit überströmender Liebe und Fröhlichkeit an.

Mary nimmt Fanny hoch, durchquert den Lagerschuppen und stellt sich schüchtern neben ihn.

6. KAPITEL

Einige Stunden nachdem ich zu Bett gegangen war, erhob sich ein fürchterlicher Radau – ich erwachte mit dem Gedanken, daß die Piraten doch an Land gekommen seien, daß wir alle in unseren Betten umgebracht würden. Ich nehme an, Thomas Hutchings hat inzwischen alles erfahren und hat nun auch noch das letzte bißchen Respekt vor uns verloren.

Nach einer Nacht in dem eiskalten Lagerschuppen und einem Tag, an dem sie ihre Habseligkeiten durch knietiefen Schnee zurück in die Häuser geschleppt haben, essen sie zu Abend, sobald es dunkel ist, und gehen dann sofort todmüde ins Bett. Als sich Lavinia in ihre Ecke zurückzieht, findet sie dort Jane, die in kalten Nächten oft mit ihr das Bett teilt, bereits im Tiefschlaf unter großen Haufen von Decken und Kleidern vor.

Wegen der Fässer und Kisten, mit denen sie sich einen eigenen Bereich geschaffen hat, wecken die ersten Geräusche Lavinia nicht auf. Erst als etwas gegen ein Faß kracht und eine Reihe schrecklicher Flüche aus dem Munde einer Frau folgen, fährt sie mit klopfendem Herzen hoch.

Sie wirft die schweren Decken von sich und kriecht über die

noch immer schlafende Nichte, um über den Rand eines Fasses zu spähen, in der sicheren Erwartung, ein Blutbad an ihrer Familie zu erblicken. Statt dessen sieht sie ihren Bruder Ned, der seinem kleinen Sohn hinterherjagt. Ned brüllt sein Kind an, der das mit grauenhaften Schreien quittiert.

Jennie und Meg, dic eine Kerze hält, rufen Isaacs Namen und versuchen vergeblich, den Kleinen zu packen. Doch der wirbelt wie von der Tarantel gestochen durch den Raum. Jedesmal, wenn er am Holzstoß vorbeikommt, schnappt er sich einen Scheit und schleudert ihn in Richtung Mary Bundle. Die stößt laute Verwünschungen aus und packt sich einen Eimer Eiswasser, während ihr weiterhin Holzstücke um die Ohren fliegen.

Ben, seine drei Töchter und Willie beobachten von ihren Schlafplätzen am Boden in stummer Verwunderung das Schauspiel und gehen vor schlechtgezielten Holzscheiten in Dekkung.

Mary Bundle und Ned Andrews sind beide splitterfasernackt.

Lavinia erhebt sich gerade rechtzeitig hinter ihrem Faß, um zu sehen, wie Mary rasch auf das sich nähernde Zornbündel zugeht und ihm den eisigen Inhalt des Eimers in dessen kleines, rotes Gesicht schüttet. Unglücklicherweise schwappt ein Großteil des Schneewassers über die Geschlechtsteile des Mannes, der hinter seinem Sohn her ist.

Ned und Isaac bleiben abrupt stehen. Im Chor ziehen sie die Luft ein, dann herrscht Stille, absolute Stille.

Mit bewundernswerter Geistesgegenwart packt Lizzie sich einen Quilt von ihrer Bettstelle, legt ihn um ihren tropfenden und erschöpften Cousin und nimmt ihn in Lavinias Ecke. Nun, außer Sichtweite der Feindin, drückt Lizzie den Jungen an sich und wiegt ihn in den Schlaf.

Ned und Mary flüchten unter einen Haufen Bettzeug. Jennie schüttelt hilflos den Kopf und fängt an, geistesabwesend die

Holzstücke einzusammeln, da ihr die Worte fehlen. Bald aber überkommt sie die Müdigkeit; sie kriecht in ihr Bett und zieht sich die Bettdecke über die Ohren.

Nur Meg steht noch in ihrem langen Nachthemd da wie eine antike Göttin, groß und schwanger, und überblickt das Schlachtfeld. Einen Augenblick scheint sie zu zögern, und Lavinia, die sie von ihrem Versteck aus beobachtet, rechnet damit, daß sie die Kerze ausblasen und sich wieder neben Ben legen wird.

Statt dessen marschiert Meg mit rotem aber entschlossenem Gesicht zu dem Liebespaar, baut sich vor ihnen auf und hält ihnen eine Strafpredigt:

»Noch nie! Mein Lebtag hab' ich so etwas noch nicht erlebt – ihr seid ja schlimmer als zwei Katzen! Ich schwöre, ich schäme mich zu Tode, daß so etwas in diesem Haus geschehen konnte! Glaubt ihr denn, daß ihr euch wie die Heiden aufführen könnt, bloß weil sich hier bei uns Fuchs und Hase gute Nacht sagen? Ja, glaubt ihr vielleicht, Gott sieht euch hier nicht? Tut er wohl! Und was ist mit den unschuldigen Kindern – Bens und meinen –, ja, und auch deinen, Ned Andrews, diesen armen, mutterlosen Geschöpfen? Es wundert mich nicht, daß Isaac, der arme, kleine Kerl, Todesängste aussteht. Wacht auf und sieht, wie eine Fremde und sein Vater direkt zur Sache gehen – und beide ohne was am Leib! Du wirst nie lernen zu denken, Ned Andrews – dir ist wohl alles egal, oder? Was soll's denn schon, wenn du uns alle zum Gespött der Leute machst, oder?!«

Rot vor gerechtem Zorn fährt Meg in diesem Ton noch eine Weile fort. Schließlich wendet sie sich Mary zu, die neben Ned kauert. »Und du, Mary Bundle, hör gut zu! Ich lass' es nicht zu, daß du in Sünde im gleichen Raum liegst wie die Kinder! Also steh auf, zieh dich an und geh auf der Stelle zurück zu den Vincents – so schnell dich deine Beine tragen!«

Ned tut so, als würde er sich erheben und gegen den Rauswurf seiner Geliebten aus dem warmen Bett in den kalten Schnee protestieren wollen.

Aber da gerät er bei Meg an die Falsche. »Kein einziges Wort will ich von dir hören, Ned Andrews! Ich hab' so eine Wut, daß ich gute Lust hätte, euch beide so, wie ihr seid, hier rauszuwerfen – ihr teilt euch erst wieder dieses Bett, wenn ihr Gottes Segen dazu habt! Und noch was, Mary Bundle, wenn ich noch einmal solche Worte hör', wie sie dir heute herausgerutscht sind, dann wasch ich dir deinen Mund mit Laugenseife, das schwör' ich dir!«

Ned und Mary sagen keinen Mucks. Groß und weiß steht Meg über ihnen, und Lavinia, die an den Engel denken muß, der die Sünder aus dem Garten Eden vertrieben hatte, läßt sich zurück auf ihr Bett fallen und stopft sich den Zipfel ihres Quilts zwischen die Zähne, damit niemand ihr Lachen hört.

Als sie aufwacht, fragt sich Lavinia, ob sie alles nur geträumt hat. Nirgends ist ein Zeichen von Mary Bundle, von verschüttetem Wasser, von herumliegenden Scheiten oder dem Engel mit dem brennenden Schwert. Nur Meg ist da, das Haar ordentlich hochgesteckt, eine äußerst normale Meg, die ihren alten, schwarzen Pullover trägt und mit Ben, Ned und Jennie am Tisch sitzt. Alle drei benehmen sich wie sonst auch; sie essen Porridge und sprechen mit gedämpften Stimmen, damit die immer noch schlafenden Kinder nicht aufwachen.

»Sei vernünftig, Frau, wo sollen wir einen Pfarrer herbekommen, der uns an diesem gottverlassenen Ort traut?« fragt Ned gerade leise, als Lavinia an den Tisch kommt.

»Thomas Hutchings wird euch trauen – er ist ein Geistlicher.« Megs Antwort verblüfft sie alle; und Lavinia verschüttet vor Überraschung ihren Tee.

»Und du mußt halt eine Zeitlang die Arbeit an dem Boot unterbrechen, Ben. Noch vor der Hochzeit möchte ich in diesem Haus Trennwände haben.«

Weder Thomas Hutchings' Beteuerungen, kein Geistlicher zu

sein, noch Marys wütende Erklärung, daß sie nicht will, daß »einer dieser Schwarzröcke über mich und Ned was sagt«, noch Bens Einwände gegen eine Pause beim Bootsbau bringen Meg von ihrem Vorhaben ab.

Im Herbst zuvor war Ben Andrews drei Wochen nach Pond Island gereist, um von Will und Ezra Vincent das Zimmerhandwerk zu erlernen. Gleich nach seiner Rückkehr hatte er den Kiel für das Boot gelegt, das Ned und er wollten, eine Kopie des kleinen Skiffs, mit dem die Vincentbrüder auf Fischfang gehen. Sobald die Fugen des Hauses abgedichtet, der Schornstein ausgebessert und das Dach dicht waren, hatten Thomas Hutchings, Josh und Ned mit Hand an den Bau des Bootes gelegt.

In Weymouth hatte Ben allenfalls einmal den einen oder anderen Nagel eingeschlagen, damit die Frauen Töpfe daran aufhängen konnten. Erst seit seiner Ankunft auf dem Kap hat sich sein überraschendes Talent für die Zimmerei offenbart. Ben, der in keinem Boot seinen Kopf hochhalten kann, wird mit der Zeit der geachtetste Schiffsbauer von ganz Bonavista werden.

Gewissenhafter Handwerker, der er ist, verbringt er Stunden damit, durch den Wald zu gehen und auf der Suche nach den langen, anmutigen Formen eines Schiffes jeden Baum zu mustern. Bisweilen sucht er bis zu einer Woche, ohne solch einen Baum zu erblicken, dann findet er oft mehrere auf einmal. Eine ganze Familie verbogener Stämme. Er kommt zu der Überzeugung, daß der Boden an solchen Stellen etwas enthält, das den Meerwind anzieht, ihn bis in die Wurzeln einsaugt und Bäume formt, die dem Meer standhalten. Schüchtern erzählt er Lavinia von diesem Gedanken, als sie eines Tages auf ihn stößt, wie er gerade vor einem knorrigen Baumstamm steht und ein Gespräch mit ihm zu führen scheint.

»Wenn man sich genug Mühe gäbe, dann könnte man jede Rippe und jede Planke für ein Boot an der gleichen Stelle finden; Bäume, die zu einem Boot speziell für dieses Kap zusammenpassen würden – allerdings nehme ich an, daß man dazu mehr Geschick bräuchte, als ich es hab'.«

Das ist das erste Mal, daß Lavinia Ben etwas Versponnenes sagen hört, und danach sieht sie ihn mit anderen Augen. Lavinia fängt an, ihn bei der Arbeit zu beobachten, bemerkt, wie er mit der Hand an einem Stück Holz entlangfährt, um die Faserung zu erfühlen. Sie sieht, daß sein Abziehmesser, das die langen Hobelspäne wegschält, tatsächlich die Form enthüllt, von der Ben weiß, daß sie im Holz steckt.

Mit wachsender Geschicklichkeit wächst auch Bens Selbstvertrauen, und zu ihrer Überraschung finden sich Josh und Thomas schließlich unter der Oberaufsicht ihres ehemaligen Schülers wieder.

Während des Herbstes und des Winters halten nur die Arbeiten, die die Frauen und Kinder nicht erledigen können – das Flicken von Netzen oder die Jagd auf Seevögel oder Gänse – die Männer vom Bauen des Bootes ab. Alles andere scheint wichtiger zu sein als das Einziehen von Innenwänden, der Bau von Betten und Borden – frivole Frauenangelegenheiten –, und so schläft die Familie Andrews noch immer auf dem Boden des großen Raumes, in dem sie untertags wohnen, essen und kochen.

Aber Meg bleibt bei ihrer Forderung, noch vor der Hochzeit Trennwände im Haus zu haben, und schließlich geben die Männer klein bei; hören mit der Beplankung des Skiffs auf und beginnen, das Andrews-Haus in Räume zu unterteilen. Doch noch immer ist Meg nicht zufrieden. Entschlossen, aus Marys und Neds Hochzeit ein denkwürdiges Ereignis zu machen, bittet sie Jennie, mit der letzten Melasse, die noch vorhanden ist, einen Kuchen zu backen, und bringt Sarah sogar dazu, ihre letzte Ziege zu schlachten, die ihr schon so ans Herz gewachsen war.

Jetzt, am Ende des langen Winters, wo sich die Nahrungsvorräte dem Ende zu neigen, hebt die Aussicht auf eine Hochzeitsfeier bei allen außer der Braut die Stimmung. Die Kinder machen aus Wachsstücken und Rebhuhnbeerensaft rosa Kerzen, und die jungen Mädchen bügeln Spitze, Bänder und andere hübsche Reststücke und fabrizieren daraus einen überraschend schönen Brautschleier. Selbst Thomas Hutchings scheint zu erkennen, daß er gegen Megs Willenskraft nicht ankommt. Er fügt sich ihren Plänen und erklärt sich bereit, die Worte auswendig zu lernen, die sie und Sarah für eine christliche Hochzeit für nötig halten.

Nur Mary Bundle nimmt an diesen Vorbereitungen nicht teil.

Als Mary sie aus dem Haus der Andrews geworfen hatte, war sie mitten in der Nacht auf den Dachboden der Vincents zurückgekehrt. Am nächsten Morgen hatte sie sich um das Feuer gekümmert, gekocht, saubergemacht und auf die Babys aufgepaßt, als wäre nichts geschehen. Außer daß Young Joe sein Bett unter dem Dach zurückgefordert hatte und Mary neben Annie und Peter auf dem Speicherboden schlafen mußte, ging das Leben weiter wie bisher.

In der ganzen Aufregung und Hektik vor der Hochzeit merkt nur Sarah, daß etwas nicht stimmt. Mary ist noch in sich gekehrter als gewöhnlich, und Ned, der täglich mit seltsamen und wunderbaren Geschenken bei den Vincents erscheint – mit purpurroten Muscheln, die auf eine Angelschnur aufgefädelt sind, einem Korb mit jungem Farn, den er unter dem Schnee ausgegraben hat, einem aus Knochen geschnitzten Kamm –, bekommt von seiner Zukünftigen weder ein Lächeln noch liebevolle Blicke geschenkt. Sarah beschließt, sich Mary einmal vorzuknöpfen.

»Auf Wolke sieben solltest du schweben, daß du einen Mann wie Ned Andrews kriegst! Es gibt nicht viele Männer, die Frauen mit einem Kind den Hof machen«, erklärt Sarah eines Morgens, nachdem Ned abgezogen war, ohne auch nur ein Wort des Dankes für sein Geschenk erhalten zu haben. Dann, als sie Marys niedergeschlagenes Gesicht sieht, kommt ihr eine weitere Möglichkeit für die gedrückte Stimmung der jungen

Frau in den Sinn: »Du bist doch nicht etwa schon verheiratet, oder?«

Entsetzt über die eigene Kühnheit, ist Sarah weder überrascht noch beleidigt, als Mary sich abwendet und murmelt, jeder solle sich um seinen eigenen Kram scheren.

Der Grund für Mary Bundles Bangigkeit und Schweigsamkeit ist etwas, was die junge Frau kaum benennen und noch viel weniger bereden kann. Die Vernunft sagt ihr, daß Sarah recht hat, daß sie von Glück reden kann. Von den zwei möglichen Heiratskandidaten auf dem Kap hat sie einen ergattert. Wenn auch nicht den, für den sie gezahlt hat, weshalb sie schon erwogen hat, die Brosche zurückzufordern, sich dann aber dagegen entschieden hat, da es besser ist, eine Hexe nicht gegen sich zu haben. Thomas Hutchings hat sie nicht bekommen, der schreiben kann, eine Arbeit hat und der, da ist Mary sich sicher, verstanden hätte, welche Art von Geschäft Mary mit ihm einzugehen bereit war. Sie hat Ned Andrews, der sagt, er würde für sie über glühende Kohlen gehen. Ned, der jeden Morgen mit Versprechungen, Liedern und Geschenken vor der Tür steht. Wenn sie ihn dort so sieht, wie er ihr mit einem törichten Lächeln auf dem sommersprossigen Gesicht die Hände entgegenstreckt, befällt Mary eine Anwandlung von Zärtlichkeit, die sie erschreckt.

Selbst an ihrem Hochzeitstag sitzt Mary noch in der Küche der Vincents und überlegt, ob sie sich auf die Hochzeit einlassen soll. Sie unterwirft sich den Diensten Lizzies und Annies, die es sich zum Ziel gemacht haben, Marys drahtiges Haar in ein Kunstwerk aus Kämmen und Bändern zu verwandeln. Sarah rührt in einem riesigen Topf herum, der das restliche Ziegenfleisch enthält, das noch nicht über Thomas Hutchings Feuerstelle röstet. Der Raum ist erfüllt von Lizzies und Annies Geschnatter, dem Geruch des Schmorgerichts und Sarahs gemurmelten Klagen über ihre beiden ältesten Söhne, die man draußen beim Holzhacken streiten hören kann.

In den Wochen seit der Heimkehr des älteren Jungen haben sich die brüderlichen Kabbeleien zu einem Bruderkrieg ausgewachsen. In dem Jahr, in dem Young Joe für tot gehalten wurde, hatte Peter in der Rolle des ältesten Sohnes geschwelgt. Er liebte die Arbeit mit dem Vater, war stolz auf seine wachsende Geschicklichkeit zu Wasser und auf die Anerkennung, die er durch die anderen Männer auf dem Schiff erfuhr. An den kurzen Konkurrenzkampf zwischen ihm und Isaac dachte er schon bald gar nicht mehr, der ausgestanden gewesen war, sobald er gesehen hatte, daß die Männer Neds Sohn als mutterloses Baby betrachteten, das man verhätscheln mußte. Den ganzen Winter über hatte Peter den Männern beim Bootsbau mitgeholfen und sich der Vorstellung hingegeben, im nächsten Sommer Partner seines Vaters zu sein.

Dann war Joe wieder aufgetaucht. Nicht im Labradorstrom ertrunken, sondern groß und stark, und von Mutter und Annie umarmt und beweint. Joe, selbstbewußt und mit einem ungezwungenen Lachen und verstohlenen Blicken zur albernen Lizzie Andrews; dem der Vater und die anderen Männer aufmerksam zuhörten, wenn er über seine Jagden mit den Eskimos berichtete, wenn er erzählte, wie Robbenschuhe gemacht wurden, wie es in Fogo war oder wie seine Onkel auf Pond Island die Dinge handhabten.

Als Sarah Peters Unmut sah, sagte sie ihm, er solle froh sein, daß sein Bruder noch lebe. Umsonst. Peter wußte nur, daß er einst glücklich war und jetzt unglücklich ist.

Der Haß der Brüder konzentriert sich auf den Streit um den Hund. Vielleicht wäre Peter über die Enttäuschung, nicht als nächster mit dem Vater auf Fischfang gehen zu dürfen, ja mit der Zeit hinweggekommen, hätten die Jungen sich nicht sofort über die Besitzerschaft des Labradorhundes, den Peter Skipper getauft hatte, in die Haare gekriegt.

Joe beharrt darauf, daß Skipper zuerst sein Hund gewesen sei – und es noch immer sei, da er einer alten Eskimofrau im

Austausch für den Hund seine Gürtelschnalle gegeben habe. Der Hund heiße nicht Skipper, sondern Unayok, sagt Joe, denn so hätten die Eskimos ihn gerufen.

Der Hund, eine Kreuzung aus einem Husky und einem Neufundländer, ist inzwischen schon riesengroß und erinnert mehr an einen struppigen, schwarzweißen Bär als an einen Hund. Ein halbes Jahr lang hat er bei Peter geschlafen, ist von ihm gefüttert worden und ist ihm überallhin gefolgt. Er ist der einzige Hund auf dem Kap und hat bereits gelernt, einen mit Holz beladenen Schlitten zu ziehen. Peter weiß, daß der Hund ihm geholfen hat, sich einen Platz in der Männerwelt zu erobern; er hat nicht vor, sich den Hund von Joe wegnehmen zu lassen.

Joes Rückkehr hat das arme Tier total durcheinandergebracht. Irgendwo kann er sich noch dunkel an den Jungen erinnern, der ihn in seinen Mantel mummelte, ihn mit aufs Schiff nahm und während der ersten unglücklichen Nächte fort von der Mutter an seiner Brust wärmte. Aber Peter hat ihn gefüttert, auf Peters Stimme hat er zu reagieren gelernt, und mit Peter spielt er stundenlang.

Andauernd muß Sarah zwischen den beiden Streithähnen vermitteln. »Du meine Güte, laß dem armen Kind doch das struppige Tier – was willst du denn mit einem Hund?« Oder sie versucht, Joe davon abzubringen, indem sie ihn neckt: »Was du bald brauchst, ist doch bestimmt eine Frau.«

Aber Joe läßt sich nicht erweichen. Er starrt seine Mutter nur mit der verschlossenen Miene an, die sie noch von dem Tag kennt, an dem er sich heimlich an Bord der *Tern* schlich.

»Ich hab' noch nie einen solchen Sturschädel erlebt«, erzählt sie Jennie. »Wenn der sich mal was in den Kopf gesetzt hat, dann bringt ihn keiner mehr davon ab.«

Am Tag von Marys und Neds Hochzeit haben die Sticheleien schon in der Früh begonnen. Die Jungen sind am Hackblock und sollen für die Mutter Feuerholz hacken, aber Joe hört damit einfach auf, ruft den Hund und schlendert zum Lagerschuppen, wo die Männer miteinander plauschen und ein Auge auf die bratende Ziege haben. Als Peter sieht, daß Skipper hinter Joe herläuft, ruft er nach dem Hund, der daraufhin zu ihm zurückspringt. Das Ganze wiederholt sich ein paarmal, bis das arme Tier nicht mehr aus und ein weiß.

Da macht Joe kehrt, geht zu seinem Bruder, packt ihn an der Jacke und schüttelt ihn so fest, daß seine Füße vom Boden abheben.

»Laß das arme Tier in Ruhe, du kleine Nervensäge, er gehört mir und wird auch mit mir zur Hochzeit gehen!« Joe schüttelt den Bruder noch einmal kräftig und setzt ihn dann ab.

»Du … du … ich hasse dich!« Mit Tränen der Wut in den Augen fuchtelt Peter mit der Axt unter Joes Kinn herum. »Ich könnte dich umbringen!«

»Ach komm, Petie, du kleiner Hosenscheißer, Mamis kleines feiges Baby«, höhnt Joe, der den wunden Punkt des Bruders genau kennt. »Mach schon, du Memme, du könntest doch nicht mal einer Fliege was zuleide tun. Na schau … du traust dich ja nicht, komm schon, trau dich doch …«

Joe legt den Zeigefinger auf den Hackklotz. »Schau her, du Weichling, jetzt trau dich doch endlich!«

Die Axt schwingt hoch und saust hinunter. Blut schießt aus Joes Hand in die entsetzten Gesichter der beiden Jungen. Wie eine häßliche, angeschwollene Raupe liegt der abgetrennte Finger da. Joes fürchterlicher Aufschrei und ein bösartiges Knurren von Skipper, der sich in diesem Augenblick für Joe als seinen Herrn entschieden hat und Peter anspringt, läßt Sarah und die anderen aus dem Haus eilen.

Sarah zieht den Hund von Peters Gesicht weg und schubst ihren Sohn Richtung Küche. Dann dreht sie sich zu Joe um, der in gekrümmter Haltung dasteht und sich die verstümmelte Hand hält, und kreischt: »Geschieht dir ganz recht, du dickköpfiger Narr – jetzt kriegst du eine Blutvergiftung und verlierst die Hand oder vielleicht den ganzen Arm, wirst schon sehen! Und du bist selbst dran schuld!«

Sarah weint; ihre Stimme krächzt vor Zorn und Entsetzen. Sie sieht es bereits vor sich, wie sich die Hand infiziert, zu eitern beginnt, grün wird. Sie hat schon ähnliche Wunden wie diese mit tödlichem Ausgang erlebt und überlegt verzweifelt, wie sie so etwas bei Joe verhindern könnte.

Annie und Lizzie rennen auf den morastigen Hof hinaus, gefolgt von Mary Bundle, der das Haar bis zur Taille hängt und um deren Schultern Bänder und Schleifen baumeln. Neben dem Hackklotz bleibt sie stehen und starrt um sich, als würde sie gerade erwachen. Wie Mary ihnen danach erzählt, hört sie plötzlich die Stimme ihrer Mutter sagen: »... und ich hab' ihn mit Harz wieder zusammengeflickt ...« Nur diese Worte, sonst nichts, die aber ganz klar und deutlich.

Mary packt den grausigen Finger, rennt ins Haus und kommt mit einem Löffel wieder heraus. Sie geht zu den frisch geschlagenen Balsamtannen, die aufrecht am Haus lehnen, und löffelt einen Harztropfen von einem der Bäume. Dann zieht sie Joe in die Küche, schmiert etwas davon zuerst auf den abgetrennten Finger und dann auf den blutenden Stumpf und fügt beide sorgfältig zusammen, »wie Ben, wenn er an Emmies Puppe einen Arm anbringt«, schreibt Lavinia später.

Sarah, die sieht, was Mary vorhat, holt Nadel und Faden und befiehlt Lavinia, weißes Tuch als Verband in Streifen zu reißen. Sie hält die Hand ihres halb ohnmächtigen Sohnes fest, und Mary macht sich daran, den Finger mit groben Stichen wieder anzunähen. Sie macht das mit einer Seelenruhe, als würde sie einen Socken stopfen.

»Jetzt hoffe ich bloß, daß ich's richtig gemacht habe«, sagt Mary, als der Finger verbunden ist. Nachdem sich ihre Laune nun beträchtlich gebessert hat, wäscht sie sich die blutigen Hände ab, läßt sich auf den Stuhl fallen, auf dem sie schon zuvor gesessen hat, und erklärt den blassen Mädchen: »So, jetzt richtet mich schnell her, sonst kommt Ned noch runter, um nach mir zu schauen.«

Die Hochzeitszeremonie ist vorüber, bevor sich Sarah an Peters blutendes Gesicht erinnert und sich auf die Suche nach ihm macht.

Auf Young Joe scheint der Vorfall keinen größeren Eindruck gemacht zu haben. Er bleibt so dickköpfig wie immer, und sein Finger wächst sauber zusammen, wenn auch steif und krumm, so daß er nie so ein guter Jäger sein wird wie sein Vater – oder wie Peter. Ansonsten bleibt er unbeeindruckt, und zwischen den Brüdern herrscht weiterhin böses Blut.

Anderen Beteiligten des Vorfalls geht die Sache näher. Am unmittelbarsten dem armen Skipper, der im Handumdrehen vom Schmusetier zum Arbeitshund degradiert und von seinem Platz am Kamin vertrieben wird.

Auch für Mary Bundle hat der Vorfall weitreichende Folgen. Abgesehen davon, daß sich die Eheschließung um rund eine Stunde verzögert, begründet sie durch das Annähen von Joe Vincents abgetrenntem Finger am Kap ihren Ruf als Medizinfrau. Sarah hat mit ihren Kenntnissen über Kräuter, Rinden, Wurzeln und Algen zwar weiterhin die Stellung einer Heilerin inne. Aber Sarah bringt neben Moosen und Kräutern immer auch tiefe Seufzer und düstere Prophezeiungen mit an die Krankenbetten. Mary dagegen wird jeden mit der gleichen kühlen Distanz behandeln und bei den Dutzenden von Geburten und Sterbefällen, die sie im Laufe der Zeit betreuen wird, nicht mehr Gefühlsregungen zeigen als an dem Tag, an dem sie Young Joes Finger wieder zusammenflickte. Mit der Zeit wird Mary Sarahs Heilmittel kennenlernen und Dutzende eigene entdecken.

Aber von allen Geschöpfen, ob zweibeinig oder vierbeinig, die an dem Abtrennen und wieder Anfügen von Joes Finger teilhatten, wird sich Peters Leben dadurch am meisten ändern, auch wenn das zu diesem Zeitpunkt noch nicht offensichtlich ist.

Erst einmal ist der Junge mürrisch und stumm. Er stößt seine Mutter fort, als sie versucht, ihm die Wange zu säubern, auf der von Skippers Zähnen für immer ein roter Kreis bleiben wird, nimmt bei der Hochzeit weder am Essen noch am Gesang und dem Geschichtenerzählen teil, das bis Mitternacht dauert. Er sitzt abseits vom Kamin, düster und vorwurfsvoll, haßt sie alle und schwört sich, daß er es ihnen eines Tages allen zeigen wird.

7. KAPITEL

Mam freut sich wie ein Schneekönig über das Haus. Endlich hat sie all ihren Nippes auspacken können – die bemalte Muschel, die Ned einem Matrosen abgekauft hat, der in der Südsee war, die alte Uhr, die sie schon von ihrer Mutter hat, und die komischen Gipsvögel, die sie auf dem Markt von Zigeunern erstanden hat. Sie bringen ein bißchen Farbe ins Haus – auch wenn ich wünschte, wir hätten statt dessen die Stiefel und Jacken, die sie dafür hergegeben hat. Mam hat mir das Schafhirtenbild gegeben, das mir immer so gut gefallen hat.

Lavinia hängt das Bild neben ihr Bett an die Wand, aber sein Anblick dort an den rohgezimmerten Brettern scheint ihr Schicksal zu besiegeln. Nach einigen Tagen nimmt sie das Bild wieder ab und steckt es in ihren Beutel. Fortan schreibt sie nie mehr über Weymouth oder die Monk Street.

Kleider und Schuhe, die sie aus England mitgebracht haben, sind inzwischen abgetragen und können nicht ersetzt werden; Nadeln sind zerbrochen, stumpf gewordene Messer wurden immer wieder geschliffen und werden langsam dünn. Am Kap gibt es keine Verschwendung. Nägel werden geradegebogen,

Seifenreste und Kerzenstumpen aufgehoben, Asche aus dem Kamin gesammelt, Faden, Stecknadeln, Knöpfe wie Gold gehortet. Werkzeuge werden geölt und gerichtet, abgetragene Stiefel auseinandergenommen und mit den Lederresten weniger abgetragenes Schuhwerk repariert, und, wenn nichts mehr zu retten ist, in Schlaufen für Schneeschuhe oder behelfsmäßige Scharnierbänder für Pforten oder Stalltore umgearbeitet. Kleidungsstücke werden geflickt, noch einmal geflickt, gewendet und gekürzt, Ärmel eines Stückes in ein anderes eingepaßt. Nichtsdestotrotz brechen Dinge entzwei, zerfallen, rosten, zersetzen sich, verlieren ihren Glanz, bis es Lavinia vorkommt, als wäre das Leben ein graues Einerlei. Sie sehnt sich nach Farbe, will Grünes riechen, Grünes schmecken, wartet voller Ungeduld auf den Frühling. Der Wind weht von Norden, von Westen, dann wieder von Norden, Eis rückt vor und zieht sich zurück, die Robben kommen, und ein trüber, feuchter Frühling folgt.

Zu diesem Zeitpunkt hat sich Mary Bundle, denn so wird sie auch weiterhin genannt, unauffällig ihren Platz in der Familie Andrews erobert und bewegt sich in dem überfüllten Haus so gewandt und so leise, daß Lavinia ihre Anwesenheit manchmal ganz vergißt.

Sobald das Eis an der Küste in diesem Jahr geschmolzen ist, trifft Frank Norris ein. Frank, seine Frau Ida und ihre Tochter gehören zu den Leuten, deren Häuser in Shamblers Cove in Brand gesetzt worden waren. Während des schrecklichen Trecks waren der Frau die Füße abgefroren, und die Familie hatte den Winter bei Franks Familie auf Pond Island verbracht.

»Er sagt, es geht ihr jetzt wieder besser, aber sie will nie wieder nach Shamblers Cove zurück – was man ihr nicht verdenken kann«, erzählt Sarah, die Franks Vertraute geworden ist, den anderen Frauen.

Frank und seine rechte Hand, ein Cousin namens Angus Hounsell, schlafen bei den Vincents. Sie beginnen sofort damit, ein Steinfundament für ein Haus zu legen, das zwei Geschosse umfassen und richtige Schlafzimmer haben wird, sagt Sarah. Die beiden sind anständige Leute, freundliche, aber stille Männer, gutaussehend und untersetzt, die achtzehn Stunden pro Tag arbeiten können.

Noch immer ist das Boot der Andrews nicht fertig, und dieses Jahr wird Young Joe mit Josh auf Fischfang gehen. Daher stellt sich für Ned und Ben das Problem, wie sie aufs Wasser hinauskommen sollen. Es löst sich, als Frank Norris vorschlägt, sie könnten sein Dory benutzen, wenn sie ihm dafür abends beim Hausbau unter die Arme greifen.

Bald versammeln sich allabendlich alle Männer und Jungen, um auf eine Stunde am Haus der Norris' mitzuarbeiten. Im Juni stehen bereits die Wände, als ein zweimastiges Skiff am Kai anlegt und nicht nur Bauholz, sondern auch eine wundersame Vielzahl von Haushaltsgegenständen bringt: Filz, Glas, Tapete, Möbel, Wachstuch, Bettuchstoff und sogar Bilder, Lampen und Besteck. Die Leute vom Kap sind überwältigt von soviel Überfluß und fühlen sich eingeschüchtert. An diesem Abend taucht nur Thomas Hutchings auf, um beim Hausbau zu helfen.

Am Morgen darauf schlendert Franks Cousin Angus ohne ersichtlichen Grund hinunter zu den Trockengestellen, stellt sich hin und beginnt eine zwanglose Unterhaltung mit den Frauen, die dort Fisch ausnehmen. Mary, die solch einen Müßiggang nicht ertragen kann, drückt ihm ein Messer in die Hand: »Stehen Sie hier nicht einfach so rum, wenn Sie sonst nichts zu tun haben – arbeiten Sie!«

Er nimmt das Messer und hilft in der folgenden Stunde, die Fische auszunehmen, während er sich gleichzeitig mit gesenkter Stimme mit Sarah unterhält, die neben ihm arbeitet. Als Ben und Ned mit einer weiteren Ladung anlegen, geht Angus zu ihnen, um ihnen dabei zu helfen, den Kabeljau auf den Anlegesteg zu hieven.

»Ist Ihnen schlecht oder so was?« Er starrt in Bens blasses Gesicht.

Ben schüttelt den Kopf und fährt fort, Fisch aus dem Boot zu laden. Aber Ned, der froh ist, die unbehagliche Stille zu beenden, erklärt, daß sein Bruder einen empfindlichen Magen hat. »Wie'n junges Mädchen ist der, der Anblick all dieser armen, toten Fischchen bringt ihn ganz außer Fassung – jedesmal, wenn wir in See stechen, kriegt er das große Würgen.«

Mit einem ernsten Kopfschütteln betrachtet Angus Ben, der bei Neds Worten rot angelaufen ist: »Es gibt nichts Schlimmeres, als seekrank zu sein. Aber wieso tauschen wir denn nicht? Sie gehen hoch und helfen Frank, und ich geh' mit Ned fischen – ich bin lieber auf dem Meer, als daß ich Nägel einschlage, und ich hab' schon mitgekriegt, daß Sie mit Nägeln besser umgehen als ich.«

Gesagt, getan. Angus und Ned machen sich zu den Fischgründen auf, und Ben wird von nun an nie mehr einen Fuß in ein Boot setzen.

Als die Männer fort sind, herrscht kurze Zeit Stille, bis Jennie meint: »Nun, Sarah, willst du uns denn nicht erzählen, worüber du dich mit Angus unterhalten hast?«

Sarah schlägt den Kopf eines riesigen Fisches gegen die Kante des Arbeitstisches. »Ich muß zugeben, wir haben uns von Frank Norris ein falsches Bild gemacht. Angus' und Franks Mütter sind Schwestern, und Angus meint, sie seien alle arm wie die Kirchenmäuse. Idas Familie ist es, die von Franks Frau also, die so betucht ist. Ida war eine Talbot aus Bonavista. Ich hab' schon mein ganzes Leben von denen erzählt bekommen, Händler sind das, ein eingebildeter Haufen.« Sie schnippst Fischeingeweide in ein Faß.

»Hat seine Tochter runter nach Boston in die Schule geschickt und hat sich nie damit abgefunden, daß sie nach ihrer Rückkehr einen Fischer heiratete. Die waren so außer sich, daß sie seitdem nichts mehr mit ihr zu tun haben wollten. Aber es muß ihnen was von der Sache im letzten Winter zu Ohren gekommen sein. Haben wohl doch Mitleid bekommen, Blut ist dicker als Wasser. Angus sagt, Frank hatte keine Ahnung, daß das ganze Zeugs für sie unterwegs war.«

»Ich finde, wir sollten nach dem Abendessen alle hinaufgehen und ihm helfen«, sagt Meg, und die anderen Frauen nicken.

Alle bis auf Mary Bundle, die einen abfälligen Laut von sich gibt und Sarah fragt, wie man Händler werden kann.

»Indem man Lagerhäuser und Schiffe kauft«, blafft die ältere Frau und kommt rasch auf das viel interessantere Thema »Ehe« zu sprechen – auf solche Ehen, denen die Familien zustimmen, und solche, die zum Bruch zwischen Eltern und Kindern führen.

»Der einzige Grund, den ich mir vorstellen könnte, wäre, wenn mein Kind einen Betrüger oder Verrückten heiraten würde – oder jemand aus einer anderen Kirche«, sagt Meg. Flüsternd erkundigt sie sich bei Sarah, ob Ida Norris' Familie möglicherweise katholisch sei.

»Oh, das bezweifle ich! Keine der Familien längs der Küste ist katholisch. Soweit ich weiß, ist Skipper Brennan der einzige Papist, den ich je zu Gesicht gekriegt hab', und gerade bei dem würde man's eigentlich nicht erwarten, oder?«

An diesem Abend stellen sich alle wieder zum Helfen beim Norrishaus ein, das mit erstaunlicher Geschwindigkeit in die Höhe wächst. Angus geht weiterhin mit Ned auf Fischfang. Er verbringt auch immer mehr Zeit bei den Frauen. Mary beklagt sich, daß sie sich nirgends hinwenden kann, ohne über den jungen Mann zu stolpern.

Seit fast zwei Jahren hat Lavinia sich nicht mehr der Erwachsenenwelt zugehörig gefühlt. Wann immer es möglich ist, streift sie in der Gegend hinter dem Kap umher oder erledigt Arbeiten, die eigentlich für Kinder gedacht sind: Sie hilft Annie und Lizzie, die Babys zu hüten, holt Wasser vom Teich, jätet oder hält die Fliegen von den sterbenden Fischen fern.

Als Meg zu ihr sagt: »Ich nehme an, du weißt, daß Angus Hounsell ein Auge auf dich geworfen hat?« ist Lavinia schokkiert und entsetzt. Aber nachdem sie Angus einen Tag lang beobachtet hat, muß sie einräumen, daß ihre Schwägerin recht hat.

Der Gedanke bestürzt sie, und sie geht ihm von nun an so gut es geht aus dem Weg. Das funktioniert soweit auch, bis sie ihm eines Abends auf dem Heimweg vom Acker in der Dämmerung begegnet, wo er offensichtlich auf sie gewartet hat. Ein paar Schritte vor ihm bleibt sie stehen. Eine Zeitlang schauen die beiden sich wortlos an. Offensichtlich sind Angus die Worte, die er sich zurechtgelegt hat, entfallen. Trotzdem steht er lächelnd da und hofft zuversichtlich, daß Lavinia seine Gedanken lesen und auf seine ungestellte Frage reagieren wird.

Seine Selbstsicherheit macht Lavinia wütend. Nicht bereit und nicht willens, den Schutz der Kindheit zu verlassen, hat sie keine Geduld für diese stumme Erklärung.

»Ich hab' ihm einen kräftigen Schubs gegeben, so daß er kopfüber im Gebüsch gelandet ist und den Mund aufgerissen hat wie ein Fisch. Dann hab' ich ihm den Rücken zugekehrt und bin heimgegangen«, schreibt sie an diesem Abend in ihr Tagebuch.

Der Vorfall nimmt dem Mann den Wind aus den Segeln. Er hört auf, bei den Trockengestellen herumzulungern, macht einen Bogen um das Haus der Andrews und läßt Lavinia den übrigen Sommer links liegen. Im Juli, als das Norrishaus fertig ist und Frank nach Pond Island segelt, um Frau und Tochter zu holen, reist Angus ab, ohne sich von irgend jemandem außer Ned zu verabschieden.

Jennie und Meg, die das glücklose Liebeswerben mit Interesse verfolgt haben, schelten Lavinia, daß sie sich einen so guten Fang entgehen hat lassen; der Ausdruck »so liebeskrank wie Angus Hounsell« wird auf dem Kap zum stehenden Begriff und existiert noch lange, nachdem Lavinia und Angus schon längst gestorben sind.

Voller Besitzerstolz betrachten die Leute vom Kap das Norrishaus. Alle haben sie beim Bau geholfen und jeden Bauabschnitt genau verfolgt. Obgleich keiner das Gefühl in Worte faßt, betrachten es alle als gutes Omen, daß bei ihnen solch ein schönes Gebäude errichtet wird.

Ende Herbst fängt Ben davon zu reden an, er wolle an das überfüllte Haus der Andrews einen weiteren Raum anbauen. Selbst Josh Vincent kommt ins Schwärmen: »Ganz bestimmt wird unser Ort hier in zehn oder zwölf Jahren größer sein als Pond Island.«

Ned stimmt ihm natürlich zu: »Hier wimmelt es nur so von Fischen, genug, um noch unsere Kinder und Kindeskinder zu ernähren – wo könnte man besser leben als hier, wo alle Männer täglich drei- bis viermal zu den Fischgründen hinausfahren und ihr Boot jedesmal bis oben hin volladen können –, guter Mann, wir haben uns wirklich ein gutes Fleckchen Erde ausgesucht!« Er schlägt Ben auf den Rücken: »Nur zu, Junge, baue einen Raum an, oder gleich zwei oder drei!« Mary versichert er, daß sie in einem Jahr auch ein Haus haben wird, das ebenso schön ist wie das der Norris'.

An dem Tag, an dem sie Frank Norris mit Frau und Tochter am Kap zurückerwarten, treffen Sarah, Jennie und Meg eine beispiellose Entscheidung. Sie werden sich ein paar Stunden von den Arbeit frei nehmen und eine kleine Feier veranstalten, um Ida Norris in ihrem neuen Heim willkommen zu heißen. Mary wird nicht zu Rate gezogen; sie würde ohnehin nur einwerfen, daß sie auf dem Kap auch niemand willkommen geheißen habe. Dennoch ist auch sie von der Idee begeistert, mitten am Tag herumzusitzen und wie eine Dame Tee zu trinken.

Am frühen Nachmittag treffen sich die vier Frauen in der Küche der Norris'. Sie breiten Jennies Spitzentischtuch auf dem Tisch aus und verbringen eine angenehme halbe Stunde damit, Teller mit Broten und einem Gericht aus Rebhuhnbeerenmarmelade immer wieder neu um ein Gefäß mit Platterbsen zu arrangieren. Als die Löcher in der Tischdecke alle bedeckt sind, gehen sie ein paar Schritte zurück, um das Arrangement zu bewundern. Dann setzen sie Wasser auf und machen eine Runde durchs Haus. »Bloß um zu sehen, ob auch alles in Ordnung ist.«

Sie schlendern von einem Raum zum nächsten, stoßen bewundernde Laute aus, berühren die glatte Oberfläche der polierten Möbel, testen das bauschige Federbett, fahren mit ihren rauhen Fingern über die feingearbeiteten Lampenschirme. Verträumt stehen sie da und verfolgen die Muster von Rosen, Vergißmeinnicht und anderen kleinen Blumen, die die Wände hinaufklettern, staunen über teppichbedeckte Böden und weißgetünchte Zimmerdecken. Das Haus hat sage und schreibe sechs Glasfenster.

»Ist es zu fassen, daß ein Mann so was tut?« wundert sich Meg und berührt die Spitze, die Frank Norris an jedes Fenster gehängt hat.

Zutiefst beeindruckt gehen sie die Treppe hinunter, keine zusammengeschusterte Leiter, sondern eine richtige Treppe mit einem geschwungenen Geländer und lackierten Stufen, und lassen sich in der sonnigen Küche nieder, um auf die Ankunft ihrer Gastgeberin zu warten. Jede Frau hat auf ihrem Schoß unberührtes Strickzeug liegen. Stumm sitzen sie da und denken an das dunkle, feuchte Innere ihrer eigenen Häuser, daran, wie einfach und unfertig es ihnen heute abend erscheinen wird. Sarah, Jennie und Meg werden ganz traurig; fragen sich, ob es nicht besser gewesen wäre, sie hätten ein Haus wie dieses gar nicht erst gesehen. Mary aber könnte weinen vor Wut, wie ungerecht das Schicksal ist, das manchen Frauen soviel schenkt und anderen so wenig.

Als hätte sie Marys Gedanken gelesen, sagt Meg: »Die Wege

des Herrn sind unerforschlich, und es ist nicht an uns, sie anzuzweifeln.«

»Und ich zweifle sie doch an! Es ist mir gleich, ob ich deswegen tot umfalle!« sagt Mary leise. Ohne in die schockierten Gesichter der anderen zu sehen, nimmt sie ihr Strickzeug, ein unförmiges, graues Gewand, an dem sie schon den ganzen Winter strickt.

Die anderen gehen nicht auf ihre Blasphemie ein und überlegen, was für ein Mensch Franks Frau wohl sein wird.

»Ich hab' mir gedacht, so gebildet, wie die ist, könnte sie unseren Kindern doch Lesen beibringen«, verkündet Meg.

Bei diesem Gedanken bleibt Sarah fast die Luft weg. Sie unterhalten sich eine Zeitlang darüber, bevor sie auf Ida Norris' Gesundheitszustand zu sprechen kommen.

»Angus hat mir erzählt, die Arme hätte viel geschrien und gestöhnt, nachdem ihre Füße wieder aufgetaut waren. Die war gar nicht mehr bei Sinnen vor Schmerzen. Dann hat einer von den Füßen zu eitern begonnen und ist pechschwarz geworden. Frank hat gesagt, man hätte sogar überlegt, ihn abzunehmen – ein Stück weiter oben an der Küste hat ein Mann seiner kleinen Tochter den erfrorenen Fuß abgenommen, und sie hat's überlebt.«

»Aber wer würde es schon über sich bringen, so etwas zu tun?« Jennie erschauert und murmelt, solche Dinge sollte man nicht in Megs Gegenwart bereden. Sie nickt bescheiden in Richtung ihrer schwangeren Schwiegertochter.

Aber Sarah ist nicht zu bremsen. Eine Stunde lang erzählt sie von anderen, weniger erfolgreich verlaufenen Operationen, die unter verzweifelten Umständen durchgeführt wurden, und beendet ihre Ausführung mit der Kundgabe, daß es nur gut war, daß man Ida Norris' Fuß nicht abgenommen habe, denn, so Angus Hounsell, nach einer Weile habe sie sich erholt, die Haut sei nachgewachsen, und der Infektionsherd sei ausgetrocknet. Nun könne sie wieder ohne Hilfe umhergehen.

»Ich find', genaugenommen hat sie sich ein bißchen Komfort verdient, nach dem, was sie durchgemacht hat«, sagt Jennie. Meg und Sarah stimmen ihr zu. Mary schweigt.

»Ich mag gar nicht dran denken, was die Menschen so alles durchmachen müssen«, seufzt Sarah. Aber sie denken doch daran und überlegen lang und breit, was das Schicksal für den Menschen so alles bereithält.

Meg beendet die beklemmende Unterhaltung mit dem Vorschlag, für das Haus und die Familie ein Gebet zu sprechen, insbesondere für Ida Norris, auf daß sie ihr neues Heim bei guter Gesundheit genießen möge. Die Frauen senken die Köpfe, während Meg den Allmächtigen darum bittet.

Minuten später betritt Ida Norris am Arm ihres Mannes die Küche. Augenblicklich ist ihnen klar, daß ihr Gebet wohl kaum Gehör finden wird. Die Augen der jungen Frau, so strahlendblau wie Murmeln in ihrem hübschen Puppengesicht, starren abwesend an den ihr zugewandten Gesichtern vorbei.

»Mir ist es kalt über den Rücken gelaufen«, erzählt Jennie Lavinia an diesem Abend. »Als wären wir überhaupt nicht dagewesen – als ob sie durch die Wände auf etwas gucken würde, was wir nicht sehen konnten.«

Nachdem sie einen Augenblick innegehalten hat, spricht Ida. Mit der klaren, gestelzten Stimme eines Kindes, das etwas aufsagt, sagt sie: »Es war eine lange Reise, und ich werde zu Bett gehen.«

Sie wendet sich von den gaffenden Frauen ab und steigt ganz langsam die Treppe hoch, eine behandschuhte Hand an Franks Arm, die andere ans Geländer geklammert. Ihren verletzten Fuß, der in einer Art Ledersack steckt, zieht sie wie einen Baumstumpf hinter sich her.

In den folgenden Tagen und Wochen bekommen sie Ida Norris selten zu Gesicht. Offenbar verbringt sie die meiste Zeit im Bett und verläßt nie ihr Haus. Wenn die Frauen sie besuchen, was sie zunächst noch tun, müssen sie dem Klang von Idas

Stimme folgen, die in dem leeren Haus widerhallt. Gewöhnlich finden sie sie in dem Schaukelstuhl neben ihrem Bett, wo sie Gedichte über Türme, Ritter, Ladys und Lords deklamiert. Die Besuche werden seltener, und Monate und schließlich Jahre vergehen, ohne daß irgend jemand auf dem Kap die verwirrte Frau zu sehen bekommt.

Die dreijährige Rose Norris kommt auch ohne die Fürsorge der Eltern zurecht. Zu den Mahlzeiten taucht sie entweder am Tisch der Vincents oder der Andrews auf und ist laut Sarah »so frech wie eine Schwarze, so wild wie eine Ziege und durch die Verhätschelungen durch Franks Familie völlig verzogen«.

Das kleine Mädchen schließt sich der Kindergruppe an, die immer noch hinter Lavinia über Berg und Tal herzottelt.

Frank spricht nie über seine Frau, auch nicht über ihr gemeinsames Leben vor ihrer Ankunft am Kap. Zugeknöpft, wie er bei Privatangelegenheiten ist, tut er Idas eigenartiges Benehmen als vorübergehende geistige Umnachtung ab, als eine Unannehmlichkeit, die schon bald überstanden ist, und entgegnet jeder Nachfrage mit den Worten: »Oh, Ida braucht einfach nur ein bißchen mehr Ruhe.«

Wenn es nicht um seine Privatsphäre geht, ist Frank ein angenehmer, gelassener Mann. Er hält an der Übereinkunft fest, die Angus mit den Andrewsbrüdern getroffen hat, und geht nun, am Ende der Fischsaison, selbst mit Ned auf Fischfang. Ben macht sich wieder an den Bau des Bootes und stellt die Erweiterung des Hauses für eine Weile hintan.

Dieses Jahr gibt es eine Überfülle an Fischen, selbst im späten August wimmelt es im Wasser nur so von ihnen. Kaum ist eine Ladung ausgenommen, da wird schon die nächste abgeladen. Es herrscht eine ungewöhnliche Hitze. Die Frauen ziehen soviel aus, wie es der Anstand erlaubt. Und doch kleben ihnen die langen Röcke und Unterröcke unter den Schürzen am Körper. Nach einer Stunde an den Trockengestellen sind sie schweißgebadet.

Die Kinder arbeiten genauso hart wie die Erwachsenen; sogar die Kleinen, Isaac, Willie und Charlie Vincent, der gerade erst zu laufen begonnen hat, lernen, die Fische zu wenden und bei zu starker Sonne abzudecken. Dennoch kommen sie nicht nach, und die Männer müssen den Fischfang unterbrechen, um den Frauen zu helfen. Das macht alle gereizt, denn, wie Sarah es ausdrückt: »Wer weiß, vielleicht sind sie heute den letzten Tag da draußen – beim Kabeljau mußt du mit allem rechnen.«

»Es wär' ja alles um einiges leichter, wenn Ihre Königliche Hoheit runterkommen und mit anpacken würde!« zischt Mary eines Tages und weist mit dem Kopf zum Norrishaus. Sie senkt nicht einmal die Stimme, obwohl Frank gleich neben ihr am Arbeitstisch steht. Es wird ohne Unterbrechung weitergearbeitet, aber alle warten mit angehaltenem Atem auf Franks Reaktion.

»Ausnahmsweise hat Mary mal recht«, denkt Lavinia. »Die liegt da oben gemütlich im Bett, und wir schuften uns hier unten die Seele aus dem Leib.« Dennoch weiß sie, daß Mary ihren Mund gehalten hätte, wenn Ned in Hörweite gewesen wäre. Ned hält nie fest, was man ihm schuldet, auch nicht, was er anderen schuldet. Keiner der Männer scheint das zu tun. Darüber denkt Lavinia nach, während sie sich mit der stumpfen Seite eines Messers grauen Schleim von den Händen kratzt. Sie überlegt, ob Männer freigebiger als Frauen sind oder vielleicht über eine Art männlicher Abrechnungsweise verfügen, von der sie bloß nichts weiß.

Frank läßt sich Zeit mit der Antwort und fährt mit seiner Klinge sauber über den weißen Bauch des Kabeljaus, ehe er Mary direkt ins Gesicht blickt. »Nun, Mädchen, ich nehme an, es wird noch ein ganzes Weilchen dauern, bevor du erleben wirst, daß Ida eine solche Arbeit verrichten kann.«

Reuelos erwidert Mary seinen Blick, als erwarte sie noch etwas.

»Ja ... ja, ich schätze, du hast recht«, sagt Frank dann. »Ich sag' dir was, ich geb' Ned nicht nur einen Anteil vom Fang, wir machen Hälfte Hälfte. Na, was hältst du davon?«

Mary nickt zufrieden. Es scheint ihr nicht aufgefallen zu sein, notiert Lavinia, daß sie alle einen Teil von Idas Arbeit erledigen. Zwei Tage darauf, mitten am heißesten Tag des Jahres, als das Meer einen Glanz über das Land und vor allem über die Reihen von Fischen zu werfen scheint, so daß alles schimmernd in der heißen Luft schwebt, krümmt Meg Andrews sich plötzlich und übergibt sich.

Später wird sie Jennie erzählen, daß sie schon seit dem frühen Morgen Wehen gespürt hatte, es aber nicht über sich bringen konnte, sich hinzulegen, wo alle anderen so hart arbeiteten. Sie haben kaum genug Zeit, sie in Thomas Hutchings' Haus zu schleppen, bevor sie einen Jungen zur Welt bringt.

»Mädchen, endlich hast du es geschafft und einen Bruder für Klein-Willie auf die Welt gebracht – jetzt weiß ich, daß er sich nicht die Nase brechen wird!« gluckst Jennie und tätschelt die Wange ihrer Schwiegertochter, nachdem sie ihr das winzige Baby in den Arm gelegt hat.

In nicht einmal einer Stunde sind die Frauen wieder bei der Arbeit und lassen Meg unter der Obhut ihrer Tochter Lizzie zurück.

In dieser Nacht fällt Meg ins Delirium. Mary und Sarah, die wissen, daß Fieber von selbst verschwinden muß, halten abwechselnd in dem stickigen Lagerschuppen Wache. Sie machen im Kamin ein Feuer an, wechseln nasse Laken aus, decken Meg wieder mit dem Quilt zu, den sie ständig wegstößt, befeuchten ihr heißes Gesicht und versuchen, ihr zwischen die aufgesprungenen Lippen Wintergrüntee einzuflößen. Doch das Fieber geht nicht zurück. Im Morgengrauen phantasiert Meg, stimmt Kirchenlieder an und ruft immer wieder nach Ben, obwohl er da ist und sich über sie beugt.

Jennie ist außer sich vor Sorge. Jede Minute, die sie sich vom Ausnehmen der Fische losreißen kann, verbringt sie bei der kranken Frau. Am zweiten Morgen nimmt sie Sarah und Mary beiseite. »Ich fürchte, sie stirbt, wir werden sie verlieren, genau wie Hazel. Gibt es denn gar nichts, was wir tun können?«

Sarah schüttelt den Kopf. »Ich hab' schon hin und her überlegt. Sie hat Kindbettfieber, daran hab' ich schon so manche Frau sterben sehen – auch meine eigene Kusine Mena Lush von Pinchards Island ...«

Jennie unterbricht sie. »Ich erinnere mich, als ich ein kleines Mädchen war, da kam mal jemand, um meine Mutter zur Ader zu lassen ...« Sie wagt nicht vorzuschlagen, so etwas bei Meg auch einmal zu versuchen. Als weder Mary noch Sarah darauf reagieren, kehrt Jennie ans Bett ihrer Schwiegertochter zurück und weint leise vor sich hin.

Meg wirft sich stöhnend hin und her. Ihr gewöhnlich heiteres Gesicht ist verzerrt, das offene Haar klebt an der schweißnassen Haut. Im Raum ist es feucht, und es riecht unangenehm süßlich – der Geruch des Todes, denkt Mary.

»Ich seh' nicht ein, warum man jemand ausbluten lassen soll, der eh schon soviel Blut verloren hat wie Meg«, meint sie. Mary ist überrascht, daß sich sowohl Jennie als auch Sarah an sie gewandt haben – als würden sie erwarten, daß sie ihnen sagt, was zu tun sei. »Ich wünschte, wir hätten die Ziegen noch. Zumindest könnten wir dann das Baby füttern.«

Das Fieber hat Megs Milch versiegen lassen, und der Säugling behält die Mischung aus geriebenem Schiffszwieback und Wasser nicht, die sie kochen und dann durch ein Stück Tuch seihen. Im stillen beschließt Mary, ein oder zwei Ziegen ans Kap bringen zu lassen, ehe ihr eigenes Kind zur Welt kommt.

Obgleich sie nichts für Meg tun können, bleiben die drei Frauen die ganze Nacht bei ihr. Gegen Morgen gehen Sarah und Mary auf eine Stunde in ihre Häuser und lassen Jennie bei der kranken Meg zurück. Bei Marys Rückkehr steht Jennie immer noch genauso da, wie sie sie verlassen haben. Tränen strömen ihr übers Gesicht, aber sie lächelt.

»Ihr geht's besser, das Fieber ist zurückgegangen. Sie hat die Augen aufgemacht und mich erkannt, aber jetzt schläft sie wieder.« Vor Erleichterung und Erschöpfung ist Jennie ganz schwindelig. Obgleich sie drei Nächte nicht geschlafen hat und noch immer das steifgewordene kabeljaubespritzte Kleid trägt, daß sie am Tag der Geburt anhatte, weigert sich Jennie, nach Hause zu gehen und sich auszuruhen. Die nächste Stunde verbringt die alte Frau damit, dem Baby ein paar Löffel Wasser einzuflößen.

Der Kleine stirbt noch vor Sonnenuntergang, aber niemand kann weinen oder auch nur größere Trauer fühlen, so groß ist ihre Erleichterung über Megs Genesung. Als sie erwacht und hört, daß ihr Neugeborenes gestorben ist, bekommt Meg einen hysterischen Weinkrampf und verlangt, daß Thomas Hutchings das arme, kleine Geschöpf taufen und ihm einen Namen geben müsse.

Nach Anweisung der Mutter stellt Lizzie die mit Teichwasser gefüllte Schüssel auf ein weißes Tuch, das sie über Thomas Hutchings' Schreibtisch gebreitet hat. Während Meg von ihrem Bett aus zusieht, hält Thomas den winzigen Körper, taucht seine Fingerspitzen in die Schüssel, benetzt die wächserne Stirn mit etwas Wasser und tauft das Kind im Namen des Vaters, des Sohnes und des Heiligen Geistes auf den Namen John Benjamin Andrews.

Meg ist zufrieden: »Ich wüßte nicht, was wir ohne Sie tun würden, Thomas, sie sind uns allen ein solcher Trost.«

Sie läßt es zu, daß die anderen das Baby nehmen, um es zu begraben, und schläft wieder ein. Jennie streichelt ihrer Schwiegertochter über die Wange. »Ich glaub', sie ist über dem Berg; ich geh' mich jetzt mal waschen und leg' mich ein bißchen hin, bevor ich mich wieder ans Fischeausnehmen mach'.«

Trotz des toten Kindes und Megs Krankheit, trotz der Anwesenheit einer verrückten Frau, sind diesen Herbst alle am Kap sehr zufrieden.

Zusätzlich zu den riesigen Stapeln Pökelfisches warten vier Fässer guten Kabeljautrans, zehn große Fässer eingelegten Herings und achtzehn Fäßchen Rebhuhnbeeren darauf, von Alex Brennan abgeholt zu werden. Thomas Hutchings schätzt, daß sie alle Schulden des letzten Jahres abzahlen können werden, wenn Caleb Gosse für den diesjährigen Fang einen einigermaßen guten Preis machen kann.

Auch für sich haben sie einen guten Vorrat an Fisch angelegt. Zwei Dutzend große Lachse sind eingesalzen, die Kartoffeln sind reif für die Ernte, und es müßte jetzt jederzeit soweit sein, daß die Graugänse über sie hinwegfliegen und am Teich allmorgendlich Tausende kleinerer Vögel niedergehen. In dem Stall hinter dem Vincenthaus halten sie wieder Ziegen, und das Ödland ist rot vor Beeren.

»Ich hab's doch schon immer gesagt, eines Tages sind wir alle reich«, meint Ned zu den anderen. Er drängt Ben, an ihr Haus anzubauen. »Dann haben wir zwei Häuser nebeneinander. Du weißt schon, ein Gebäude, aber mit zwei Eingangstüren – wie das Haus der Ellsworths. Wie würde dir das gefallen, Mama?« Ned stupst seine Mutter an und grinst: »Wir nennen es Andrewshaus.« Er bringt Lavinia dazu, »Andrewshaus« auf ein gutes Holzbrett vorzumalen, und fängt an, die Buchstaben hineinzubrennen.

Dieser Tage ist Ned wieder ganz der Alte, reißt Witze, singt, erzählt übertriebene Geschichten über seine Fertigkeiten, blickt zuversichtlich in die Zukunft. »Na schaut uns doch an, wir haben schon ein Haus und ein Boot, und das ist erst der Anfang!«

Er kann nicht an seiner Frau vorbeigehen, ohne mit ihr herumzutanzen oder ihr einen lauten Kuß auf die ernsten Lippen zu geben. Zwar quittiert Mary diese Dinge mit mißbilligenden Lauten, aber Lavinia hat sie dabei schon lächeln sehen, wenn sie sich unbemerkt glaubt. Mit wachsendem Bauch wird Marys Gesicht runder, die scharfen Linien verschwinden, sie geht mehr aus sich heraus. In diesem Herbst ist Mary aus vielen Gründen glücklich. Einer davon ist ein Geheimnis, das nur sie kennt.

Eines Tages hatte Mary Bundle auf ihrem Heimweg vom Beerenpflücken den Halbmond feuchter, dunkler Erde gleich hinter dem Teich bemerkt, aus dem sie ihr Wasser holen. Schon viele Male mußte sie an dem Flecken vorbeigekommen sein, ohne ihn zu sehen, aber an diesem speziellen Tag war ihr durch einen bestimmten Einfall des Herbstlichtes klargeworden, daß das, was sie immer für Sumpf gehalten hatte, in Wirklichkeit dunkle Erde war. Sie stellte ihren Beerenkorb ab und ging langsam um den felsenfreien Flecken herum, schritt ihn ab, berechnete, wieviel Arbeit nötig wäre, um ihn zu bepflanzen.

Eine vage Erinnerung an ihre Mutter stieg in Mary hoch, wie sie stundenlang in gebeugter Haltung in einem Garten gearbeitet hatte. Sie selbst hatte keine Ahnung, was Pflanzen brauchten, aber ihr gesunder Menschenverstand sagte ihr, daß diese dunkle Erde etwas enthielt, was dem groben, grauen Lehm in dem Acker beim Wald fehlte.

Den ganzen Winter über behält sie das Geheimnis für sich, sagt keinem ein Wort. Im Frühjahr darauf nimmt sie einen Sack mit geernteten Kartoffeln und pflanzt diese heimlich in eine Ecke ihres Ackers, denn sie hat beschlossen, daß er das sein wird. Den ganzen Sommer über sieht sie nach den Kartoffeln, merkt, daß kaum Unkraut gejätet werden muß und daß ihre Kartoffeln viel schneller wachsen als die der anderen.

Zum erstenmal ist Mary mit sich und der Welt zufrieden. Ihr erstes Kind von Ned, ein Junge, den sie auf den Namen Henry getauft haben, wurde im Winter geboren und gedeiht prächtig. Fanny will endlich nicht mehr länger immer nur auf ihrem Arm sitzen und hat sich den anderen Kindern angeschlossen. Und Isaac, der Ned zwar tagsüber immer noch wie ein Schatten folgt, läßt sie jetzt zumindest nachts in Ruhe. Eine der Ziegen, die Sarah und sie den Winter über wie Babys verhätschelt haben, hat die Herde um zwei Zicklein vergrößert.

Unfähig, sich länger zu beherrschen, zieht Mary im frühen August einige ihrer Kartoffeln aus der Erde und entdeckt zu ihrer Freude, daß sie sauber, rund und von guter Größe sind. Sie plant, im nächsten Frühling den ganzen Acker zu bepflanzen. Vielleicht könnten sie und Ned durch den Handel mit Gemüse so weit vorankommen, daß Ben tatsächlich mit dem Anbau beginnen kann, von dem er schon immer spricht.

Mary hat es satt, auf so engem Raum mit Neds Verwandten zusammenzuleben. Zwar gibt es keinen Streit zwischen ihr und Meg oder Jennie, aber sonderlich herzlich ist ihr Verhältnis auch nicht. Mary stört das nicht, tatsächlich ist ihr die enge Beziehung zwischen Meg und ihrer Schwiegermutter nicht einmal bewußt. Sie ist wieder schwanger, und ihre Gedanken kreisen um die Frage, wie man Raum und Nahrung für die Kinder herbeischaffen kann, die Ned und sie allem Anschein nach jedes Jahr bekommen werden, wie man sicherstellen kann, daß sie niemals Not leiden werden, niemals den Launen eines Herren ausgeliefert sind.

Das kleine, sichelförmige Stück Land ist Marys ein und alles. Sie liebt es. Ein von unzähligen Bauerngenerationen weitergegebener Instinkt sagt ihr, daß hier etwas ist, das sogar noch mehr wert ist als Münzen. Zu jeder sich bietenden Gelegenheit geht sie zum Teich, um dort das kleine Stück Land zu umhegen. Dann, als sie es mit der Angst zu tun bekommt, es könnte jemandem auffallen, wie oft sie zum Wasserholen geht, schränkt sie ihre Ackerbesuche auf einmal pro Woche ein.

Das Stück Land ist größer, als sie zunächst dachte, und ihre Pflanzen nehmen nur einen kleinen Teil davon ein. Sie sehnt sich danach, es einzuzäunen, es ganz zu ihrem Besitz zu machen; doch sie weiß, daß sie das nicht tun kann, ohne Aufmerksamkeit zu erregen. Wach liegt sie neben Ned und grübelt über das Problem nach. Schließlich schafft sie es, heimlich vier spindeldürre Baumstämme vom Holzhaufen der Andrews dorthin zu schleppen. An jeder Ecke ihres Landes treibt sie einen davon in die weiche Erde.

Nicht einmal Ned erzählt Mary davon. Gerade befinden sie sich wieder mitten in der Fischsaison und wissen wieder einmal nicht, wo ihnen vor Arbeit der Kopf steht, so daß sie zu erschöpft für eine Unterhaltung, geschweige denn etwas anderes, ins Bett fallen.

Inzwischen wird längst allgemein gebilligt, daß Ben an Land bleibt. Ned meint: »Wasser is' nichts für Ben, und was bringt es schon, aus einem guten Zimmermann einen schlechten Fischer zu machen?«

In diesem Jahr geht Ned mit seinem eigenen Skiff auf Fischfang, und Peter Vincent hilft ihm dabei. Noch immer mürrisch, dürr und hitzig, neigt Peter dazu, Isaac, der sie im Skiff begleitet, heimlich zu trietzen. Trotzdem ist der Vincentjunge auf See so gut wie ein Mann und stolz darauf, der Partner von Ned zu sein, mit dem er besser zurechtkommt als mit der eigenen Familie.

Während des Sommers ist Ben damit beschäftigt, an Thomas Hutchings Lagerschuppen einen Salzraum anzubauen und den Dachboden der Vincents auszubauen. Thomas, Josh und Ned haben zugestimmt, je einen Teil ihres Fangs auf Bens Namen gutzuschreiben. Mary, die die zunehmend komplizierteren finanziellen Übereinkünfte auf dem Kap genauestens im Auge behält, überlegt, daß man, wenn sie genügend Kartoffeln und vielleicht auch noch andere Gemüsesorten anbauen kann, nicht soviel aus St. John's herschaffen muß und auch sie Fisch auf ihren Namen gutgeschrieben bekommt.

Die Arbeit steigert sich wieder ins Unerträgliche und flaut wie immer ab, als Alex Brennan die letzte Ladung Pökelfisch abholt. Die Männer werden zwar bis in den Oktober hinein weiterfischen, aber die Erträge sind nun geringer, und die

Frauen haben Zeit, Beeren zu pflücken, Fisch einzulegen und die Kartoffeln und den Kohl zu ernten, der auf dem oberen Acker wächst.

Zu Beginn der Kartoffelernte bekommen die anderen Frauen heraus, was für ein falsches Spiel Mary mit ihnen gespielt hat. Anstatt mit ihnen zu dem Acker auf dem Hügel zu gehen, schlägt sie samt ihrer Schaufel und ihren Säcken den Weg zum Teich ein. Zum erstenmal fallen ihnen die dunkelgrünen Pflanzen auf – gute zwanzig Zentimeter größer als die, die sie ausgraben wollen – und die vier dünnen Stöcke, die die Ecken des Ackers markieren. Stumm schauen sie zu, wie Mary sich bückt, die Kartoffelpflanzen herauszieht und anfängt, ihre Säcke zu füllen.

Als Sarah Vincent sieht, daß Meg und Jennie genauso überrascht sind wie sie, marschiert sie hinüber zu dem neuen Garten, geht in jede Ecke und stößt mit aller Kraft die Pfosten um. Dann dreht sie sich wortlos um und steigt allein den steilen Pfad hinauf, der zu dem Acker führt, den sie zusammen freigeräumt haben.

Jennie Andrews sieht ihre neue Schwiegertochter kopfschüttelnd an, ehe sie Sarah hinterherfolgt. Als sie zu dem Kartoffelacker kommt, steht Sarah bereits in gebückter Haltung da und dreht die Pflanzen um. Zwar ist ihr Gesicht im Schatten der verblichenen Baumwollhaube kaum zu erkennen, aber Jennie kann sehen, daß Sarah weint, und weiß, daß sich ihre Freundin verraten fühlt. Sie macht einen Schritt auf sie zu, aber Sarah reißt sich los und fährt mit der Arbeit fort.

Jennie seufzt. Sie überlegt, was sie Sarah Tröstendes sagen kann, und geht zu dem großen Haufen Steine hinüber, die sie der Erde entrissen haben. Wie schon öfters in letzter Zeit kommt ihr der Gedanke, daß etwas in ihr sich abgenutzt hat, daß sie mit jedem Jahr weicher geworden ist, nachgiebiger, so daß jetzt kaum noch etwas von dem übriggeblieben ist, was sie einst war.

Von hier aus kann sie um die ganze Landspitze blicken, wo das Meer in einem großen, blauen Halbkreis unter einem klaren Himmel schimmert. Die immergrünen Pflanzen hinter ihr sind durch das Herbstlaub der Birken und die Hundsbeeren gelb getupft. Jenseits des Gehölzes befindet sich das Moor, wo Gras und Büsche jetzt goldbraun gefärbt sind, wo in Bodennähe rote Preiselbeeren wachsen und sich in seichten Wasserlachen der Himmel widerspiegelt. Jennie kann das Moor nicht sehen, auch nicht das Ödland, die Felsnase, noch die Hügel jenseits davon, wo sie noch nie gewesen ist und wo die Männer im Winter Holz schlagen. Früher einmal haben sie Jennie beunruhigt, diese schwarzen Hügel, aber nun denkt sie gern an sie, all diese dunklen, eng zusammenstehenden Bäume zwischen ihr und der Welt.

All das hat sie im Rücken und vor sich das Meer und den Himmel und den kleinen Teich, in dem sich die roten und goldgelben Büsche und Mary widerspiegeln, die in der braunen Erde gräbt, als wäre sie sich Meg gar nicht bewußt, die nahebei steht und sie beobachtet.

Von den Steinhaufen über ihnen kann Jennie die beiden Frauen am Teich sehen, und mehr. Weiter unten, jenseits des Teiches, kann sie in der Nähe der Häuser sehen, wie Ben eine Tür abhobelt, damit sie in den Ziegenstall paßt, kann die junge Annie Vincent sehen, die Quilts zum Trocknen aufhängt. Am Strand entdeckt sie ihren Sohn Ned, der zusammen mit Thomas Hutchings die Unterseite von dessen Boot abschabt. Josh und seinen ältesten Sohn Joe kann sie nicht sehen, doch sie weiß, daß sie entlang der seichten Stellen angeln, weiß, daß Peter Vincent und Frank Norris auf der anderen Seite der Landenge Holz zum Strand hinunterziehen. Die Kinder und Vinnie treiben sich irgendwo in der Nähe herum. Jennie glaubt, hinter ihr in den Bäumen das Echo ihrer Stimmen hören zu können; von dort hört sie auch das Meckern einer Ziege, die sie vor der Dunkelheit finden werden müssen.

All das weiß, denkt, sieht oder stellt sich Jennie vor, während sie dasteht und hinunterschaut, das Meer und den Wald riecht, die Geräusche von Kindern, Tieren und Vögeln hört. Ein großes Glücksgefühl überkommt sie.

Sie kann sich nicht daran erinnern, jemals in ihrem Leben so glücklich gewesen zu sein, wie sie es jetzt ist, so daß sie sich diesem Gefühl ganz hingibt, das sie die wehen Beine vergessen läßt, die nagenden Schmerzen in der Brust, und den Wunsch in ihr weckt, sich bei einem Gott zu bedanken, dessen Existenz sie insgeheim immer angezweifelt hat. Sie wünscht, Richard Ellsworth könnte sie sehen, wünscht, er wüßte, was für einen Gefallen er ihnen damit getan hat, sie aus Weymouth zu verjagen.

»Wie glücklich ich darüber bin«, denkt sich Jennie, »daß Ned uns hierhergebracht hat.« Sie beschließt, ihm das noch am gleichen Abend zu sagen.

Dann sieht sie Sarah, erinnert sich, warum sie dort so dasteht, und ihre Freude schlägt in Zorn um. Ohne nachzudenken, vielleicht mit der Erinnerung an Richard Ellsworths Gerte im Hinterkopf, greift sie sich einen langen Ast und marschiert energisch den felsigen Pfad hinab, viel schneller, als sie ihn hinaufmarschiert war, schneller, als man sie seit Jahren hat laufen sehen.

»Du ... du ... Mary Bundle, du ... komm auf der Stelle hierher! Ich hab' ein Wörtchen mit dir zu reden, meine Liebe!« Jennie fängt schon zu reden an, bevor sie die Stelle erreicht hat, wo Meg noch immer steht und erstaunt beobachtet, wie ihre Schwiegermutter auf sie zurauscht, den Stock über dem Kopf schwingt und einherstapft, als hätten die Füße ihr nie die geringsten Schmerzen bereitet.

Ohne sie eines Blickes zu würdigen marschiert Jennie an Meg vorbei auf Mary zu, die sich aufrichtet. Wenn Skipper, der Hund, plötzlich erschienen und sie angeherrscht hätte, wäre ihre Schwiegertochter nicht mehr verblüfft. Auch wenn Jennie gelegentlich einmal schimpft, herumschreien oder Befehle erteilen tut sie nie.

»Komm her, du!« Jennie bleibt stehen und stößt mit dem Fuß nach einem der Pfähle, die Sarah umgestoßen hat.

Mürrisch schlendert Mary an den Rand ihres Ackers, streckt das Kinn vor und macht sich auf einen Schlagabtausch mit der Schwiegermutter gefaßt.

»Das lass' ich nicht zu – hörst du? Das lass' ich nicht zu!« kreischt die alte Frau. »Eines sollte dir klar sein, Mary Bundle, ohne die Hilfe dieser Frau da oben …«, sie deutet auf Sarah, die sich auf dem oberen Acker immer noch über die Kartoffelpflanzen beugt und nicht einmal in ihre Richtung schaut »… wären wir ein dutzendmal verhungert oder erfroren! Sie hat alles mit uns geteilt, was sie hatte, jawohl, und jetzt gehst du daher und zäunst hinter ihrem Rücken einen Acker ein!«

Nun, da sie die erste Schimpfkanonade ihres Lebens losläßt, entdeckt Jennie Andrews, wieviel Spaß es macht, seiner Empörung Luft zu machen. Gute zehn Minuten fährt sie mit ihrem Gebrüll fort, das über den Teich hallt und von den Felsen zurückgeworfen wird.

Sie schreit noch immer, den Kopf zurückgeworfen, und fuchtelt mit dem Stock herum, als wäre sie ein verrückter Dirigent, der den Möwen den Takt schlägt, als im Bruchteil einer Sekunde alle Bewegungen stoppen. Alle Geräusche verstummen. Lautlos bricht Jennie Andrews zusammen.

Noch ehe Meg und Mary bei ihr sind, ist Jennie tot.

Noch vor dem Winter, allerdings nicht ohne Streitigkeiten, wird der Acker in fünf Teile geteilt werden. Auf Marys Einwand hin, daß außer ihr niemand je daran gedacht hätte, in dem Moor etwas anzupflanzen, bekommen Mary und Ned den Teil mit der tiefsten Erde.

Aber all das, das Teilen des fruchtbaren Landes, dessen Einzäunung, das Bauen von Kellern zum Lagern der Gemüsesorten, die darauf wachsen werden, liegt noch in weiter Ferne.

Daran denkt noch keiner, als sie die plötzlich so klein wirkende Jennie auf eine Tür legen und zurück in das Haus tragen, auf das sie so stolz war. Die Jähheit dieses Todes verschlägt ihnen die Sprache. Es ist der erste Verlust, den sie alle gemeinsam betrauern.

8. KAPITEL

Wir waren auf der Lichtung und klaubten Holzspäne auf, als Ned und die anderen zurückkamen. Zuerst begannen die Hunde zu bellen, sie rochen die Männer. Wir rochen sie auch schon, bevor wir sie sahen – ein herrlicher Gestank von getrocknetem Blut und Robbentran.

Schon die ganze Woche sind die Männer zurückerwartet worden. Mildes Wetter und ein ablandiger Wind haben das Eis aufs Meer getrieben und zwischen den Landzungen offene Wasserflächen entstehen lassen, so daß sie von Pond Island über Sumpfgebiete und durch Wälder zurücklaufen mußten. Die Kinder, die die langsam und steif durch den Wald schreitenden Gestalten nicht erkennen, verstummen und nehmen wie Tiere Witterung auf, bereit, jederzeit loszurennen. In jedem Gesicht, sogar in denen der älteren Jungen, spiegeln sich Argwohn, Ehrfurcht und unterdrückte Angst, was, wie Lavinia bemerkt hat, ihre erste Reaktion auf alles Fremde ist.

Die Männer, die auf sie zukommen, tragen dieselben Jacken und Hosen, in denen sie mehrere Wochen zuvor losgezogen waren, die nun allerdings mit grauen, hartgewordenen Schleimschichten bedeckt sind. Auch ihre Gesichter sind grau, und unter ihren Strickmützen lugt schmutzverkrustetes Haar hervor. Lavinia kann die Furcht der Kinder verstehen. Die sich nähernden Gestalten scheinen nicht aus Fleisch und Blut, sondern aus Stein zu sein, der roh zu Männergestalten gehauen ist.

Alle tragen sie eine grimmige Miene zur Schau, nur Ned bringt trotz seiner aufgerissenen und blutenden Lippen ein Lächeln zustande. Ned und Young Joe stützen Josh zwischen sich. Frank Norris, der ihnen folgt, trägt das Gewehr, Gaffs, Seile und vier Seesäcke, in denen bei ihrem Aufbruch Wollsocken, Handschuhe, saubere Unterwäsche und Proviant gesteckt hatten.

Die Hunde erkennen die Männer und springen vor Freude bellend um sie herum, lecken ihnen die Hände und schnappen spielerisch nach ihren Füßen. Plötzlich stößt Isaac einen Schrei aus, rennt vorwärts und wirft sich Ned an den Hals, so daß er ihn und die beiden Vincent-Männer beinahe umwirft.

»Es ist Dad, Dad, der vom Robbenfang heimgekommen ist, ihr Dummköpfe!« Der dreizehnjährige Isaac wirkt viel jünger, als er zwischen seinen Halbbrüdern und Ned hin und her rennt.

Noch immer schüchtern nähert sich ein Kind nach dem anderen den Männern. Jedes nimmt ihnen etwas ab. Nur Charlie, Joshs und Sarahs Jüngster, bleibt neben Lavinia, die kurzsichtigen blauen Augen auf seinen Vater geheftet, der kraftlos und matt zwischen Joe und Ned hängt. Der Junge sieht aus, als finge er gleich zu weinen an.

»Was ist los, Char?« Lavinia legt den Arm um ihn. Der Junge hat sich gerade erst wieder von der Erkältung erholt, die er jeden Winter bekommt, und sie fühlt, wie spillerig er ist. Die plötzliche Ahnung von der Zerbrechlichkeit des Jungen, von der menschlichen Zerbrechlichkeit überhaupt, macht ihr angst. Sie gibt Charlie einen Schubs. »Lauf runter zu deiner Mama und sag ihr, daß dein Dad und dein Bruder wieder da sind – genauso verkrustet wie das letzte Mal und bestimmt auch so verlaust.«

Seit acht Jahren heuern die Männer vom Kap nun auf Robbenfängern an, die von St. John's aus zu den Robbenfanggründen auf dem Packeis fahren. Inzwischen weiß jeder, daß der restliche Tag damit verbracht werden wird, Wasser herzuschleppen, die Männer abzuschrubben, Kleidungsstücke zu säubern und Haare zu entlausen. Man wird die aus Fässern gezimmerten hölzernen Waschwannen von draußen hereinziehen, und die Frauen, die ganz versessen darauf sind, den Dreck loszuwerden, werden die Männer abschrubben. Kleidungsstücke, die so abgenutzt und dreckig sind, daß sie nicht mehr gewaschen werden können, werden in dem Feuer verbrannt werden, das die großen Jungen draußen entzünden. Eine ätzende Mischung aus Terpentin, Essig und Liniment wird angewärmt und dann in die Kopfhaut der Männer gerieben, deren Köpfe danach mit Lumpen umwickelt werden. Erst wenn jede Laus und Nisse garantiert ihren Geist ausgehaucht hat, werden die Lumpen heruntergenommen und verbrannt, und das Haar mit einer aus Aschenlauge und Tran hergestellten Seife geschrubbt. Ned sieht in dieser Behandlung den Grund, warum so viele Männer entlang der Küste mit Glatzen herumlaufen. Er allerdings hat seinen roten Lockenschopf behalten, auch wenn ihm Mary alljährlich droht, ihm den Kopf kahlzuscheren, ehe er zum Eis aufbricht.

Nachdem sie abgeschrubbt worden sind und saubere Sachen anhaben, dürfen die Männer sich endlich hinsetzen und essen, bis sie einschlafen und mit dem Kopf vornüber auf den Tisch sinken. Die Frauen und Jungen werden sie in ihre Betten tragen, wo sie stundenlang schlafen. Nach Sonnenuntergang werden sie sich jedoch ausreichend erholt haben, um von der diesjährigen Tour zu berichten. Beim Anblick von Josh Vincents geschlossenen Augen und abgezehrtem Gesicht denkt sich Lavinia allerdings, daß diesmal mehr als nur eine gute Mahlzeit und ein paar Stunden Schlaf nötig sein werden, um ihn wieder auf die Beine zu bringen.

Sie haben die Hälfte des Heimweges zurückgelegt, als Lizzie, die inzwischen mit Young Joe verheiratet ist, ihnen mit dem Baby auf der Hüfte entgegengeeilt kommt. Sarah folgt gleich hinterdrein.

»Ich hab's dir doch gesagt, hab' ich's dir nicht gesagt, Josh Vincent! In deinem Alter noch mit aufs Eis zu gehen! Die reinste Torheit! Das wird dich noch mal das Leben kosten, jawohl!« Sarah kommt jammernd bei ihnen an und verstummt auch nicht, als sie Young Joes Stelle einnimmt, damit er mit Lizzie nach Hause gehen kann. Josh zeigt kein Zeichen des Erkennens, und über seinen trägen Körper hinweg erkundigt sich Ned bei Sarah, wo Peter steckt.

»Weiß der Himmel, wo der sich rumtreibt! Gerade mal drei Tage nachdem ihr aufgebrochen seid, hat er sich nach Muddy Hole aufgemacht – oder zumindest hat er das behauptet. Völlig aus dem Häuschen war er, weil sein Vater ihm verboten hatte mitzukommen. Hat sich in den Kopf gesetzt, den Sommer über zu den Waldhams zu gehen. Hat nicht mal mehr das Überholen des Dory abgewartet. Obwohl's ihm nicht gutging, hat Charlie, der Gute, mir zusammen mit Thomas geholfen, das Boot abzukratzen. Ich sag's dir, das war ein harter Frühling ….« Sarah schwatzt weiter, während sie langsam zu den Häusern wandern.

Das vertraute Nörgeln seiner Frau rüttelt Josh wach. Er öffnet zwar nicht die Augen, aber der Anflug eines Lächelns huscht über sein Gesicht, und er nickt immer wieder mit dem gesenkten Kopf, als befände er sich in einem glücklichen Traum.

Zu Hause angekommen, legen sie den halb bewußtlosen Mann auf die Küchenbank. Meg macht bereits Wasser heiß und schickt Emma und Patience zum Teich, um weiteres Wasser zu holen.

Ned und Frank Norris, an dessen Hand sich Rose klammert,

gehen mit Kindern und Hunden im Schlepptau weiter zum Norrishaus, in dem Annie geschlafen und sich während Franks Abwesenheit um Ida und Rose gekümmert hat. Als sie näher kommen, sehen sie Annie in der Tür stehen. Sie geht ihnen entgegen und nimmt Frank einen der Rucksäcke ab. Sie macht das mit der Selbstverständlichkeit einer Ehefrau, und Lavinia späht unwillkürlich zu den oberen Fenstern hoch, aber die schmutzigen Vorhänge bewegen sich nicht. Von Ida Norris ist nichts zu sehen, obgleich Lavinia davon überzeugt ist, daß sie die Heimkehr ihres Mannes beobachtet. Ida sieht alles auf dem Kap. Manchmal erhaschen sie einen flüchtigen Blick von ihrem Gesicht, wenn sie sich von Fenster zu Fenster bewegt und die anderen bei der Arbeit beobachtet. Die Kinder tuscheln über Rose' Mutter und schauen, daß sie möglichst schnell am Norrishaus vorbeikommen.

Mit Isaac auf der einen und Megs Willie auf der anderen Seite setzt Ned den Heimweg fort. Seine jüngeren Söhne, Henry, Alfred und George – »die drei Könige«, wie Ned sie nennt –, und Rose, ein schlaues Kind, das nur zum Schlafen nach Hause geht, hüpfen herum, schubsen sich und ziehen sich gegenseitig auf. Lavinia und Fanny, die das Schlußlicht bilden, gehören irgendwie nicht ganz zu der fröhlichen Schar dazu, die sich den Weg zu dem Doppelhaus mit den beiden einheitlichen Eingangstüren hinaufbewegt.

Ben steht in seiner Tür und lächelt über die glorreiche Rückkehr seines Bruders. Neds ältestes Kind, Jane, die zu einer hübschen jungen Frau mit einem runden Gesicht und einem Schmollmund herangewachsen ist, steht in der anderen Tür mit Moses im Arm, ihrem neuesten Stiefbruder.

Von Mary Bundle ist nirgends etwas zu sehen, und einen Augenblick wirkt Ned besorgt. Er ruft »Mary!« Dann entdeckt er sie über Janes Schulter hinweg, wie sie Wasser in die Wanne gießt, und ein Lächeln reinsten Glücks breitet sich auf seinem Gesicht aus.

Seitdem sie mit Ned verheiratet ist, hat Mary zwei Fehlgeburten erlitten und vier Söhne zur Welt gebracht. Trotzdem findet Lavinia, daß sie sich seit dem Tag, an dem sie mit Fanny im einen und ihren Habseligkeiten im anderen Arm von der *Tern* herunterkam, kein bißchen verändert hat. Das Kinn ist so spitz wie immer, und obgleich sie während jeder Schwangerschaft für kurze Zeit weichere Züge bekommt, verschwinden die vollen Wangen und Brüste nach jeder Geburt sofort wieder. An ihr ist kein Gramm zuviel, und ihre Unrast, die Marys einfachsten Verrichtungen eine solche Zielstrebigkeit gibt, hält unvermindert an. Sie ist immer noch schweigsam, bis auf ihre seltenen Ausbrüche, die legendär geworden sind, und geladen mit einer Energie, die sich nie aufbraucht, obwohl sie fortwährend arbeitet.

Um sie herum steigt Dampf hoch, ihr schwarzes Haar hat sich aus einem unordentlichen Knoten gelöst, ihr dunkles Kleid ist zerknittert, und ihre Schürze sitzt schief. Sie kniet sich hin und hält den Ellbogen ins Wasser, um zu sehen, ob die Temperatur recht ist; sie ist so in diese Arbeit vertieft, als würde sie eine Mixtur brauen, um Drachen zu züchten oder jemanden vom Tod zu heilen. Sie blickt nicht einmal flüchtig auf, als die Kinder mit Ned durch die Tür drängen. Ned geht auf sie zu, packt sie um die Taille und hebt sie hoch, so daß sie in der Luft schwebt.

Lavinia, die unentschlossen gleich bei der Tür steht, sieht Marys Gesicht, als Ned seine blutigen Lippen auf ihre drückt. Der dampfige Raum ist erfüllt vom Geschrei der Kinder, dem Gebell der Hunde und Neds lautem, ausgelassenem Gelächter.

Die Szene wühlt Lavinia auf unerklärliche Weise auf. Jahrelang hat sie abseits gelebt, zwischen sich und den anderen Frauen eine unsichtbare Mauer errichtet. Die Freude in Marys Gesicht rührt und beunruhigt Lavinia. Das gleiche Gefühl, ein Gefühl des Verlusts, so schwach wie Parfum, das aus einer anderen Welt herüberweht, hatte sie befallen, als sie beobachtet hatte, wie Annie Vincent Frank Norris den Seesack von der Schulter nahm.

Lavinia schnappt sich zwei leere Eimer und eilt aus dem Haus.

Am Teich ist es ruhig. Sie beobachtet, wie klares Wasser in die Eimer plätschert, und versucht sich zu fassen. Sie fragt sich, wo Thomas Hutchings steckt. Thomas Hutchings ist der einzige – abgesehen von Ida Norris, natürlich –, der nicht zur Begrüßung der Männer erschienen ist. Während des Winters taucht er häufig im Andrewshaus auf, um sich mit Ned zu unterhalten; aber jedes Frühjahr, wenn die Männer sich auf Robbenfängern verdingen, zieht er sich aus dem Leben der Frauen und Kinder zurück. Sie sind nun schon fast zehn Jahre hier, aber noch immer findet Lavinia die Reserviertheit des Mannes verletzend, hält sie für eine stumme Anklage gegen die Anwesenheit so vieler Menschen auf seinem Kap.

Völlig in Gedanken versunken und halb hypnotisiert von dem wirbelnden Wasser, wird Lavinia von einem Geräusch aufgeschreckt – jemand steht direkt neben ihr.

»Fanny! Um Himmels willen, Mädchen, du hast mich zu Tode erschreckt!«

Kaum sind die Worte heraus, tun sie Lavinia auch schon leid. Bestimmt macht es Fanny Spaß, sich anzuschleichen, wie ein Geist hinter einem Busch oder Felsen aufzutauchen, und sie versucht stets, sich ihre Überraschung über das Erscheinen des Mädchens nicht anmerken zu lassen. Fanny bewegt sich so leise wie ihre Mutter, aber während Marys leises Auftreten einen vergessen läßt, daß sie da ist, scheint es die Aufmerksamkeit auf Fanny zu lenken. Das Mädchen ist klein und dunkel wie die Mutter, liebt aber buntere Farben. Fanny hat die Überreste von Lavinias ehemaligem Leben, die noch in dem alten Faß steckten, als ihre private Garderobe übernommen.

An diesem Tag trägt das Mädchen ein gekürztes Kleid, das ihr um die Knöchel hängt. Über das Kleid hat sie ein Stück Tüll drapiert, das ursprünglich weiß gewesen sein mag, inzwischen durch Alter und Moder einen grünlichen Schimmer angenommen hat. Der Tüll flattert wie die gebrochenen Flügel einer Motte um ihre dürren Schultern und ist mit einem rötlichen Band verflochten, das sie sich um ihr Haar geknotet hat und ihr am Rücken hinunterhängt.

Sarah Vincent behauptet, Fanny sei vom rechten Weg abgebracht worden, wie ein Mädchen, das sie auf Pinchards Island kannte, das von den Feen entführt worden und völlig verwandelt zurückgekehrt sei. Lavinia findet, Sarah könnte recht haben. Gewiß würde man das kleine Geschöpf, das nun lächelnd vor ihr steht, eher für ein Feenkind halten denn für die Tochter der energischen, lebensnahen Mary Bundle.

Fannys Schweigen und ihr selbstgefälliges Lächeln irritieren Lavinia. »Hat's dir die Sprache verschlagen?«

Fanny schüttelt den Kopf. Sie setzt sich auf einen Felsen und klopft auf den Platz neben sich, ohne den Blick von Lavinia zu wenden, die sich unwillkürlich dort hinsetzt und sich zu dem Mädchen beugt.

»Was gibt's?«

»Du weißt doch noch, wie wir heute morgen zum Holzholen gegangen sind, kurz bevor die Männer zurückgekommen sind?«

»Ja, ja«, nickt Lavinia. Beide flüstern.

»Ich hab' jemanden gesehen, der mich beobachtet hat, ich glaube, es war der Zigeunerkönig!«

»Wie hat er denn ausgesehen?« krächzt Lavinia, doch dann strafft sie sich und schnauzt: »Du lieber Himmel, Fanny, der Zigeunerkönig lebt in England! Du erzählst ja schon die gleichen Märchen wie Ned, dabei sind wir die einzigen Menschen auf dem Kap!«

»Das war kein Mensch, Vinnie, so jemanden hab' ich noch nie in meinem Leben gesehen!« Fanny sieht sie ernst an. »Aber er hat nett ausgesehen, so, als wolle er, daß ich mit ihm in den Wald gehe.«

Ist dem Mädchen ernst damit? Lavinia möchte sie vor etwas warnen, aber vor was?

»Na komm, Fanny, nimm einen von den Eimern. Deine Mutter kriegt einen Anfall, wenn ihr das Wasser ausgeht, während wir beide hier faul herumsitzen.«

Das Kind rührt sich nicht. »Wenn er mich drum bittet, dann geh' ich mit ihm fort, Vinnie!«

»Ja, Mädchen, einem König soll man niemals etwas abschlagen. Und jetzt komm!« Lavinia stellt die beiden Eimer ab und spritzt dem Mädchen eine Handvoll Wasser über den Kopf. Auf dem Tüll wirken die Wassertropfen wie kleine Edelsteine.

»Vielleicht ist sie eine Zigeunerprinzessin und ihr Vater sucht nach ihr«, denkt Lavinia. »Wie schön sie ist!« Verärgert über die eigenen Phantastereien, packt sie Fannys Hand. »Komm schon, Fanny, wir müssen nach Hause. Wenn Ned nicht bald frisches Wasser kriegt, sieht er aus wie eine Dörrpflaume.«

Aber das Mädchen reißt sich los, und Lavinia läßt sie dort zurück, einer exotischen Muschel gleich, die an dem Felsen festgewachsen ist.

Oben im Haus ist ein Lustspiel im Gange. Anstandshalber hat Mary Quilts über Stühle gelegt, um eine Art Sichtschutz für die Wanne zu bauen, bevor sie sich daranmacht, ihren Mann auszuziehen. Kleidungsstücke, die ihr noch brauchbar erscheinen, wirft sie in den Eisentopf mit kochendem Wasser, der auf der Feuerstelle steht, und reicht die unrettbaren Stücke mit einem langen Stock über die Köpfe der versammelten Kinderschar an die Jungen weiter, die im Hof ein Feuer unterhalten.

Zu jedem Kleidungsstück, das sie Ned auszieht, gibt Mary ihre Kommentare bezüglich des Zustands des Stückes oder ihres Mannes ab. Er steht kleinlaut vor ihr und grinst über die Quilts hinweg den Kindern zu.

»Das ist das Ende der guten Wollweste, die deine arme Mutter gestrickt hat …« Ein undefinierbarer Gegenstand, dessen einst leuchtende Farben nun schmutziggrau sind, wird dem Feuer übergeben.

»Rippen wie eine lahme Kuh!« Ein zerrissenes und verschmutztes Hemd landet im Eisentopf.

»Schau dich an, Ned Andrews – grinst wie ein Honigkuchenpferd, und dabei ist die gute Hose in Fetzen!« Mary schleudert die stinkende Hose durch die Tür.

»Ach, komm, Schatz, diese alte Hose hat Tom Toe schon vor hundert Jahren auf Bens Karren geworfen!« Ned lächelt zu Mary hinunter. »Paß gut auf die nächste Schicht auf, wir wollen doch nicht, daß unseren Familienjuwelen was passiert, oder?«

Mary gibt ihm einen festen Klaps auf das bloße Hinterteil, als sie ihm die graue Unterwäsche auszieht und in den schäumenden Kessel wirft.

Inzwischen ist auch das letzte Kind vom Kap eingetroffen und schaut genußvoll zu, wie der schlaksige Ned Andrews bis auf die blasse, sommersprossige Haut entkleidet wird. Auch er genießt es, schneidet Grimassen, während er im Waschzuber herumhüpft, einen Fuß drinnen, einen draußen.

Lavinia wundert sich über ihren Bruder. Wie kann er die schreckliche Müdigkeit, die sie zuvor auf seinem Gesicht gesehen hat, einfach abschütteln? Zusammen mit den Kindern lacht sie darüber, wie Mary ihn um die Wanne jagt, einen nassen Waschlappen nach ihm wirft und ihn schließlich in das Wasser drückt. Wie ein Schachtelteufel taucht er wieder auf, schneidet eine schreckliche Grimasse zu den Kindern hin, bis es Mary zu bunt wird und sie alle hinausjagt, die Tür hinter ihnen zuschlägt und verriegelt.

Lavinia, die sich längst daran gewöhnt hat, wie ein Kind behandelt zu werden, bleibt eine Weile bei dem Feuer stehen und schlendert dann nach nebenan. Obgleich die Häuser von vorn völlig gleich aussehen, ist Bens Teil größer, da er nach hinten hinaus zwei zusätzliche Räume angebaut hat, einen unten und einen oben. Seitdem Lizzie und Joe Vincent verheiratet sind, teilt sich Lavinia mit Emma und Patience das untere Hinterzimmer.

Ben ist allein in der Küche und schürt das Feuer zwischen zwei Töpfen, von denen in einem ein Fischeintopf köchelt, in dem anderen eine Eiderente. Er erzählt ihr, daß Meg und die Mädchen zu Sarah gegangen sind, um ihr zu helfen.

»Das war vielleicht ein Radau nebenan – einen Augenblick dachte ich schon, die Wand würde einstürzen«, grinst er.

Lavinia sieht sich um, ob sie Ben irgendwie behilflich sein kann, kann aber nichts entdecken. Der Raum ist tipptopp in Ordnung; das lange Bord über dem Kamin und die hölzernen Bänke auf jeder Seite glänzen von dem Öl, mit dem Meg sie einreibt. Auf dem geschrubbten Boden liegen Vorleger, und auf jedem Stuhl und auf jeder Bank Patchworkkissen ordentlich nebeneinander. Selbst das gestrickte Umhängetuch hängt sauber zusammengefaltet über dem Rückenteil eines Sofas, das Ben gegen die Wand gebaut hat. Zum erstenmal bemerkt Lavinia, wie gemütlich der Raum ist. Dank Bens Zimmermannskünsten und Megs Sinn für Wohnlichkeit besitzen die beiden das schönste Haus am Kap.

»Wenn du Lust hast, kannst du ein paar Kartoffeln schälen.« Ben deutet mit dem Schürhaken zum Tisch hin, und Lavinia holt den Sack und ein Messer hinüber zum Kamin.

Sie ist nicht oft allein mit ihrem älteren Bruder und bekommt auf einmal Lust, sich mit ihm zu unterhalten. Sie fragt sich, wem Ben ähnelt; vielleicht ihrem Vater, der vor ihrer Geburt starb.

»Ben, glaubst du an Feen?«

Ben ist ein vorsichtiger Mann. Sein ergrauendes Haar und seine Fertigkeiten als Zimmermann haben ihm eine Würde verliehen, die ihm in der Jugend fehlte. Er rührt den Eintopf um und denkt ernst über die Frage seiner Schwester nach, die erste, die sie ihm je gestellt hat.

»Ich weiß nicht recht, Vinnie. Ich hör' mir Neds Geschichten an und lass' sie mir durch den Kopf gehen. Er glaubt daran, oder zumindest beim Erzählen glaubt er daran. Also Sarah, ich glaube, die glaubt immer daran; hab' schon mal gesehen, wie sie im Wald für die Elfen Krümel ausgestreut hat. Und ich? Tja, ich weiß nicht. Ehe ich hierhergekommen bin, hab' ich an gar nichts geglaubt. Wenn Mama und Meg in die kleine Kirche in der Handley's Lane gegangen sind, hab' ich zwar nichts gesagt, aber ich bin auch nie mitgegangen. Trotzdem, seit wir hier sind, würde ich nicht mehr einfach sagen, was man nicht sehen kann, gibt's auch nicht.«

Ben hält inne, legt sich die folgenden Worte zurecht. »Weißt du, oft bin ich der einzige Mensch hier. Wenn die anderen Männer mit ihren Booten draußen sind, die Frauen auf dem Acker arbeiten und du irgendwo mit den Kindern herumschwirrst ...«, er hält verlegen inne, »... weißt du, da überkommt mich so ein komisches Gefühl, als sei jemand um mich rum – Elfen oder Engel, oder was immer das ist, woran Ned und Meg glauben –, und weißt du, Vinnie, das Gefühl ist gar nicht übel. Egal, was es ist, es tut gut, das merk' ich.«

Lavinia, die erwartet hatte, ihre Frage würde rasch abgetan werden, ist sprachlos. Nachdenklich schält sie die Kartoffeln, schneidet faulige Stellen heraus, die sie zusammen mit den Schalen für die Ziegen aufhebt. Beide schweigen, bis Ben den Topf mit der Ente von der Asche schiebt. Nachdem er einen alten Handschuh um den Griff geschlungen hat, verläßt er mit den Worten das Haus, Meg habe ihm gesagt, er solle den Vincents die Ente zum Abendessen bringen.

Lavinia sitzt vor der Feuerstelle. Es ist Nachmittag. Eine Art heiliger Ruhe hat sich über die Ansiedlung gesenkt. Lavinia nimmt an, daß die heimgekehrten Männer inzwischen schlafen, die Kinder zum Spielen fortgeschickt worden sind und die Frauen, Mary, Sarah und Lizzie jeweils in ihrem Haus und Annie unten im Norrishaus, leise die Küchen in Ordnung bringen.

Das Feuer im Hof der Andrews ist niedergebrannt, aber der Geruch von Robbentran hängt noch immer in der Luft.

Als es dunkel ist, gehen die Kinder von Haus zu Haus. Das ist ein neuer Brauch, der erst im Jahr zuvor bei der Rückkehr der Männer von der Robbenjagd eingeführt worden ist, aber die Kinder haben nicht vor, ihn zu vergessen. Auch die Männer haben ihn nicht vergessen. In jedem Haus warten sie schon; selbst Josh Vincent, der monatelang nicht laufen können wird, sitzt auf dem Sofa und hält eine Tüte Bonbons bereit.

Lavinia fragt sich, welcher der Männer in den fremden, überfüllten Straßen von St. John's an die Kinder zu Hause am Kap gedacht hat. Wer hat sich als erster in einen Laden getraut? Sie tippt auf Ned, kann sich vorstellen, wie er die anderen drängt, vor eine hochnäsige Verkäuferin zu treten und etwas von ihrem hart erarbeiteten Geld für Süßigkeiten für die Kleinen auszugeben.

Auch in diesem Jahr befindet sich im Seesack eines jeden Mannes die gleiche braune Tüte mit den gleichen harten Bonbons, deren Geschmack die Kinder ihr ganzes Leben für den herrlichsten der Welt halten werden.

Sechzig Jahre später wird Charles Vincent, ein berühmter Missionar, bei seiner Rückkehr aus Indien auf die Frage eines Bostoner Reporters, welche denkwürdigen Ereignisse seines Lebens ihm in Erinnerung geblieben sind, als erstes von diesen Bonbons erzählen.

»Ich sehe meinen Vater und die anderen Männer vor mir«, wird er sagen, »wie sie in ihre Tüten mit den Fettflekken langten und jedem Kind drei Bonbons entgegenhielten. Ich kann die Hand sehen, schwielig und rissig, manchmal mit Blasen oder Frostbeulen, und drei Bonbons darinnen, immer drei, immer die gleichen. Weiß waren sie, mit blassen roten, grünen und gelben Streifen. Sie rochen nach Robbentran, der sich in das braune Papier gesaugt hatte. Seitdem ist nichts mehr an dieses Gefühl herangekommen, wenn mir beim

Griff nach diesen Bonbons das Wasser im Mund zusammenlief.«

Bis die Kinder in Neds Haus ankommen, haben sich die Erwachsenen bereits dort versammelt. Sie sprechen von nichts anderem als Robben, Robbenfangschiffen, Robbenfangkapitänen und Robbenfangkatastrophen. Jeder Junge im Raum ist entschlossen, eines Tages auch auf Robbenjagd zu gehen, irgendwie nach St. John's zu gelangen, bei einem der großen Robbenfangkapitäne anzuheuern, nach Norden zu segeln, um über das Packeis zu gehen, auf dem es von Robben nur so wimmelt, mit echtem Geld in der Tasche und mit Bonbons für die anderen Kinder heimzukommen.

»Ich bin schon fast zwölf Jahre alt – Onkel Ned sagt, auch Jungs in meinem Alter gehen schon mit auf Robbenfang –, nächstes Jahr geh' ich auch!« verkündet Willie, der Megs und Bens einziger Sohn und ihr jüngstes Kind geblieben ist, seiner Mutter.

Meg zieht bei diesen Worten zwar die Mundwinkel nach unten, sagt aber klugerweise nichts. Rose Norris allerdings gibt dem Jungen einen festen Stoß. »Das wirst du hübsch bleibenlassen, Willie Andrews, außer ich bin auch dabei!« Rose trägt Willies abgelegte Overalls und sieht mit ihren Haaren, die Frank ihr mit Hilfe einer übergestülpten Schüssel abschneidet, wie ein Junge aus.

Isaac, der drei Jahre älter ist als Rose, erklärt ihr, daß eine Robbenjagd nichts für Mädchen ist. Sie stürzt sich auf ihn und schlägt mit ihren Fäusten auf ihn ein, bis ihr Vater sie fortzieht.

Ned, der Moses auf dem Schoß sitzen hat, ist von Rose entzückt. »Wenn du erst mal alt genug bist, Mädchen, dann kann's sein, daß Frauen auch auf Robbenjagd gehen. Vielleicht bist du ein genauso guter Robbenfänger wie dein Vater. Wir vom Cape Random sind die besten Männer auf dem Eis, das sagen sogar die Barbours und Blackwoods.«

Ohne auf die zornigen Blicke von Meg zu achten, legt Ned

schon los und erzählt Rose, ihr Vater bringe Robben zur Strecke, die sich Meilen entfernt auf dem Eis befänden, könne über dunkle Spalten springen, große Eisberge erklimmen und riechen, wo es Robben gebe.

Frank schweigt dazu. Lavinia fällt auf, daß sein Kopf in Lumpen gehüllt ist und er genauso sauber geschrubbt ist wie die anderen Männer, und fragt sich, ob Annie ihn gewaschen hat. Sie wirft rasch einen Blick zu Annie, die neben Josh sitzt und die geschwollenen Füße ihres Vaters auf dem Schoß liegen hat. Solange Lavinia sie kennt, hat sich Annie immer um andere gekümmert. Auf ihre ruhige und willfährige Art dient sie ihren drei Brüdern, ihrem Vater und nun scheinbar auch Frank Norris.

Als Neds Geschichte endet, starren die Kinder Frank mit großen Augen an. Und Charlie Vincent, der den ganzen Tag noch kein Wort von sich gegeben hat, sagt, daß er nächstes Jahr auch mitkommen werde. »Wenn wir Kojenplätze kriegen können, also Peter, Isaac, Willie und ich – dann gehen wir alle. Onkel Ezra will schauen, daß wir unterkommen. Er kennt die Kapitäne der Robbenfangschiffe ja alle.«

»Nein, mein Sohn, das wirst du nicht!« Josh Vincent schüttelt mit ungewöhnlicher Bestimmtheit den Kopf.

»Ich und die meinen werden nie mehr aufs Eis gehen – außer vielleicht, wenn wir am Verhungern sind. Ist ja alles gut und schön, wenn Ned großartige Geschichten darüber erzählt, aber in Wirklichkeit ist der Mensch einfach nicht dafür gebaut, ewig nur von Melasse und Schiffszwieback zu leben. In manchen Jahren ist das Eis so dick, daß wir uns eine Wasserrinne brechen müssen – also mit Sägen raus und eine Spur schneiden, dann das Schiff mit Seilen vorwärtsziehen. Schneiden und ziehen, schneiden und ziehen, bis man offenes Wasser erreicht; eine gefährliche und brutale Arbeit ist das!« Joshs ansonsten blasses Gesicht ist gerötet.

Den Tränen nahe tätschelt Annie seine Hand und sagt immer wieder: »Papa, Papa, Papa ...«

Doch er hört sie gar nicht. »Dann bist du im Fanggrund und gehst aufs Eis. Ausgehungert, mitten im Schneesturm, Füße und Gesicht gefroren, springt man halbblind über offenes Wasser. Es hat Zeiten gegeben, da haben wir unsere Hände in den Robbenkadaver gesteckt, einfach nur um uns aufzuwärmen, ja, und um ein Stückchen Herz oder Leber rauszureißen, das wir dann roh gegessen haben, so hungrig waren wir. Dann kommt man todmüde aufs Schiff zurück und schläft auf einem großen Haufen stinkender Felle. Und am Ende kriegt man gerade mal lumpige fünfzehn Pfund dafür. Nein, mein Sohn, das ist wie mit vielem – klingt in Geschichten besser als es für die ist, die's tun. Weder du noch Peter werdet so was machen. Nicht, solange ich noch ein Wörtchen mitzureden habe!«

Ihnen verschlägt es die Sprache. Josh, der selten mehr als zwei Worte herausbringt, hat all das gesagt – Dinge, von denen keiner der Männer je gesprochen hat – mit seiner wunderbar sanften, langsamen Stimme. Schließlich unterbricht Ned die Stille, indem er zu summen beginnt.

Young Joe zieht eine Maultrommel aus der Tasche, die er von einem anderen Robbenjäger gegen ein Paar Handschuhe eingetauscht hat. Nachdem die Kinder den merkwürdigen Gegenstand untersucht haben, legt ihn Joe zwischen die Lippen und klimpert zu dem alten Lied mit.

Sofort steht Ned auf und setzt Moses auf Megs Schoß ab. Er schnappt sich den roten Kattun, den er aus St. John's mitgebracht hat, drapiert ihn Mary um Kopf und Schulter und beginnt mit ihr durch den Raum zu tanzen. Mit dem Kissenbezug, der ihm wie ein Turban eng um den Kopf gebunden ist, um Läuse einzufangen, ist Neds Gesicht, durch Wochen des Winds, der Sonne und des Eises gebräunt, so dunkel wie Marys.

Als Lavinia ihrem Bruder und seiner Frau beim Tanzen zuschaut, kommen sie ihr wie Zigeuner vor, wie die Leute, von denen Fanny gesprochen hatte, und wieder überkommt sie die dumpfe Sehnsucht nach etwas, das ihr entgangen ist.

Dann springt Fanny auf, zieht Ned am Arm, schnappt sich vom Kopf der Mutter das rote Tuch und tanzt mit dem Stiefvater davon. Der Bann ist gebrochen. Mary zuckt die Achseln, ergreift Lavinias Hand, zieht sie hoch, und dann tanzen auch sie zwischen Stühlen und Leuten umher, während die anderen klatschen.

In dieser Nacht kann Lavinia nicht schlafen. In dem Raum, den sie mit ihren Nichten teilt, liegt sie hellwach da und fragt sich, warum die Ereignisse des Tages sie so aufgewühlt haben. Young Joe, der so glücklich mit dem Baby und Lizzie ist, der Lizzie, die sie immer als Kind betrachtet hat, die nun aber verheiratet ist; Annie, die am Ende des Weges auf Frank Norris wartet; Marys Gesicht, das plötzlich schön wird, wenn Ned sich zum Kuß über sie beugt.

Vielleicht ist sie einsam – aber das weiß sie schon seit langem, hat es sich ja tatsächlich selbst so ausgesucht. Sie versucht, an etwas anderes zu denken, zählt die Geräusche, die sie hören kann – ein alter Trick, der sie gewöhnlich müde macht. Aber heute nacht ist weder das Heulen des Windes noch das Gezisch des Schnees zu hören, nur das sanfte Atmen von Patience und Emma und, draußen, das Rauschen des Meeres und das Glucksen kleiner Steine, die unter Wasser zurückrollen. Das ist alles.

Immer noch kann sie nicht schlafen. In ihr ist eine schmerzende Leere. Sie steht auf und setzt sich auf die Stufe vors Haus. Nichts rührt sich, und das einzige Licht am Kap brennt in Thomas Hutchings' Raum. Aber im Mondschein kann Lavinia alles so gut sehen wie am Tag – die zwei Hunde, die sich neben dem Zaun zusammengerollt haben, ein Vorleger, der noch auf der Wäscheleine hängt, selbst die blasse Asche des Feuers, das die Jungen am Tag gemacht hatten. Weiter oben an den Klippen sieht sie das Rohgerüst des Hauses, das Peter zu bauen begonnen hatte, weiß gegen den Himmel glänzen. Warum hatte Peter ein Haus bauen wollen?

Für die Jahreszeit ist es warm, aber nicht warm genug, um nachts barfuß draußen zu sitzen. Als sie aus ihren Gedanken erwacht, wird sich Lavinia plötzlich bewußt, daß sie ganz vergessen hat, ihre Robbenfellschuhe anzuziehen, die sie seit dem letzten Herbst trägt, und geht hinein in der Absicht, sich wieder ins Bett zu legen. Statt dessen nimmt sie den alten Beutel, der ihre Habseligkeiten enthält, von dem Nagel über ihrem Bett und stapft, immer noch barfuß, zurück in den großen Raum.

Nachdem sie sich am Kamin niedergelassen hat, kramt sie in dem Beutel herum und zieht ihre Lederschuhe heraus, die noch aus Weymouth stammen. Sie hatten lange gehalten, weil sie bei warmem Wetter barfuß gegangen war und im Winter die Schuhe aus Robbenleder getragen hatte, die Meg und Sarah genäht hatten. Bei Kälte sind die Robbenschuhe warm und trocken, aber Lavinia findet sie klobig, und sie halten nie die Feuchtigkeit ab. Aber von jetzt an wird sie sie wohl tragen müssen, denn ihre guten Schuhe sind während des Winters entzweigegangen.

Sie streicht über das abgetragene Leder und fängt zu weinen an. Sie weint und weint, bemüht, dabei so leise wie möglich zu sein. Es ist seit Jahren das erste Mal, daß sie weint. Es kommt ihr töricht vor, wegen eines Paares abgetragener Schuhe Tränen zu vergießen, sie kann aber dennoch nicht aufhören. Seit dem Tod ihrer Mutter hat sie nicht mehr geweint. Sie weint immer weiter, als wolle sie all die tränenlosen Jahre wiedergutmachen.

Es ist alles so hoffnungslos – alles abgetragen und hoffnungslos wie die Schuhe. Es besteht keine Möglichkeit, sie zu ersetzen, keine Möglichkeit, irgend etwas zu ersetzen. Ihre Arbeit wird Ben gutgeschrieben. Was schließlich nur recht und billig ist, da sie in seinem Haus wohnt und an seinem Tisch ißt. Von den Leuten am Kap sind Meg und Ben wahrscheinlich am besten gestellt, aber selbst sie besitzen kein Geld.

Und mit seiner Kinderschar kann Ned sicher nicht helfen. Sie hat gesehen, was er heute heimgebracht hat, ein Päckchen Stecknadeln und ein rotes Tuch für Mary, ein Paar feste Lederschuhe für sich und die Bonbons. Als Mary ihn wegen des Stoffkaufes schalt, hatte er fröhlich geantwortet, daß er sich bei Caleb Gosse immer noch sieben Pfund gutschreiben lassen konnte. Mary war mit der Hand über den glänzenden Stoff gefahren und hatte leise gesagt: »Wir werden's wohl nie zu was bringen.«

»Ich werde jetzt halt wie die Kinder barfuß gehen müssen«, denkt sich Lavinia, als sie die Schuhe ins Feuer wirft.

Das Feuer flackert auf, und sie sitzt da und beobachtet, wie die Schuhe erglühen, sich krümmen und auseinanderfallen.

Eine Stunde darauf, als Meg barfuß die Leiter von dem Dachbodenzimmer hinuntersteigt, in dem sie und Ben schlafen, schreibt Lavinia in ihr Tagebuch. Es ist der erste Eintrag seit zehn Jahren.

»Ich hab' Ben gesagt, daß ich hier unten was gehört hab'; ich dachte, einer der Hunde hätte sich hereingeschlichen.« Meg durchquert den Raum, läßt sich auf einer Ecke des Quilts nieder, in den sich Lavinia gehüllt hat, und streckt die Zehen zum Feuer.

In der roten Asche entdeckt sie die verkohlten Schuhe und fragt: »Was hast du hier denn gemacht, Schuhe verbrannt?«

»Sie sind hinüber, während des Winters einfach so auseinandergefallen. Ich hab' krampfhaft überlegt, was für Schuhe ich von jetzt an tragen soll.« Lavinia schließt ihr Buch und steckt es zurück in den Beutel.

»Im Schreiben bist du gut, stimmt's, Vinnie? Ich hab' schon gesehen, wie du den Kindern am Strand beigebracht hast, ihren Namen zu schreiben.«

Lavinia nickt und wartet. Meg redet selten, ohne auf etwas Bestimmtes hinauszuwollen. Als Lizzie Joe geheiratet hatte, hatte Meg vorgeschlagen, Lavinia solle doch zu ihren Mädchen ziehen. Trotzdem hat sie zu Bens Frau kein enges Verhältnis entwickelt und fühlt sich in ihrer Nähe immer wie ein kleines Kind.

»Ich hatte keine Freundin mehr, seit Ned … die ganzen Jahren nicht, seit wir auf dem Kap sind«, denkt Lavinia, und wieder überkommt sie Traurigkeit. Wirklich, für sie ist niemand da, vielleicht wird sie immer allein sein. Sie grübelt darüber nach, fragt sich, ob sie lebenslange Einsamkeit aushalten würde.

»… dieser Reverend McDowell – der Priester von der Church of England ist vorvorigen Sommer die Küste runtergezogen.« Meg sieht auf und erkennt, daß Lavinia ihr nicht zugehört hat. »Oh, Vinnie, du weißt doch, von wem ich spreche, der Priester, der Neds Jungs getauft und Lizzie und Joe Vincent getraut hat!«

Lavinia erinnert sich an einen hochgewachsenen Mann und einen schrecklichen Husten.

»Dieser Mann war ein richtiger Gelehrter! Man wär' nie draufgekommen, daß sein Vater in England Bergarbeiter gewesen war. Denk doch nur, sein Vater ein Bergarbeiter und er ein Geistlicher!«

Bei dieser Vorstellung leuchtet Megs Gesicht auf, doch Lavinia weiß nicht, was sie davon halten soll. Sie fragt sich, wie Meg das herausgefunden haben kann, wo der ehrwürdige Geistliche gerade mal so lang auf dem Kap geblieben war, um das Abendmahl zu spenden.

Meg wartet mit einem gespannten Lächeln. Obwohl sie an Hüfte und Taille etwas angesetzt hat, ist sie noch immer eine schöne Frau, mit hohen Wangenknochen und einer Haut, die trotz der Arbeit auf den Trockengestellen glatt geblieben ist.

Ihre Wangen färben sich ein wenig, als sie Lavinia auf die Sprünge hilft: »Hältst du das nicht auch für eine gute Idee, Vinnie? Meinst du nicht, aus unserem Willie könnte mal was Besseres werden?«

Lavinia unterdrückt mühsam ein Lachen, als sie das ernste Gesicht ihrer Schwägerin sieht. Willie ist Megs Augapfel. Sie liebt den Jungen abgöttisch und erwartet, daß seine drei Schwestern es ihr gleichtun. Meistens tun sie das auch, und die Aufmerksamkeit so vieler Frauen hat Willie in Lavinias Augen zum Muttersöhnchen gemacht. Nur die Prügel, die er des öfteren von der kleineren, aber zäheren Rose bezieht, haben verhindert, daß der Junge völlig verzogen ist.

»Ich nehm' an, Willie könnte was lernen, wenn er sich wirklich dahinterklemmen würde«, sagt sie und denkt im stillen, daß Megs Sohn nicht auch nur annähernd so klug ist wie Charlie Vincent, der schon jedes Wort lesen kann, das sie ihm in den Sand schreibt.

»Oh, der lernt schnell genug, wenn ihr erst mal angefangen habt! Den Sommer über lassen wir ihn noch in Ruhe, aber im Herbst seh' ich zu, daß er sich auf den Hosenboden setzt.«

Worauf Meg auch immer hinaus will, eine spontane Idee ist es nicht, sie hat es sich alles schon gründlich überlegt. »Jetzt erzähl mir doch noch mal, Meg, was genau du geplant hast.«

»Eine Schule, Mädchen, eine Schule! Für Willie, und für die anderen auch, wenn sie wollen. Du wirst die Lehrerin sein, und sobald er kann, macht sich Ben daran, einen großen Raum an unser Haus anzubauen. Ein Schulzimmer mit einer Haustür, damit die Kinder kommen und gehen können, ohne durch das Haus laufen zu müssen. Schau, dort hinten kommt es ran. Einen Kamin werden wir wohl auch brauchen, oder?«

Das Problem des Kamins scheint Meg noch nicht gelöst zu haben, aber sie schiebt es gleich wieder beiseite. »Ben kriegt das schon hin – und ich werde Thomas bitten, ein Buch zu bestellen, vielleicht auch zwei. Ben und ich haben schon darüber gesprochen, wir finden schon einen Weg, wie wir sie zahlen können. Ben denkt, vielleicht könnte Thomas über dem Lagerschuppen einen Speicher brauchen.«

Lavinia ist entsetzt über den Gedanken, unterrichten zu müssen. »Meg, du hast mich unten am Strand gesehen, wie ich den Kindern beigebracht hab', ihren Namen zu schreiben, aber die hören doch nur auf mich, solange sie das Ganze für ein Spiel halten. Sie würden mir als ihrer richtigen Lehrerin doch nie gehorchen! Außerdem, ich wüßte gar nicht, was ich unterrichten sollte. Ich kann ja selbst kaum lesen – ich hatte bloß zwei Winter über Sonntagsschule!«

»Ach komm, Vinnie, wenn du lesen kannst, dann kannst du auch unterrichten – steht doch schließlich alles in den Büchern drin. Du mußt nur schauen, daß du den Kindern immer voraus bleibst. Ich würd's selber auch machen, wenn ich lesen könnte«, fegt Meg ihre Einwände beiseite.

»Und, Vinnie, die, die weitermachen sollen, wie unser Willie, die kann ja vielleicht Thomas übernehmen, wenn du ihnen alles beigebracht hast, was du weißt. Thomas kann gut schreiben, und weißt du was, einmal habe ich ihn in einer fremden Sprache reden hören! Oh, Vinnie, wäre deine arme Mutter nicht stolz darüber, wenn ihr Enkel Prediger werden würde?«

Aha! Das ist also Megs Wunschtraum – ihr Sohn, ein Prediger! Das höchste Ziel, das sie sich für ihren Liebling vorstellen kann. Lavinia beobachtet, wie ihre Schwägerin auf ihren Fußballen vor und zurück schaukelt, sich an dem Gedanken ergötzt, aus Willie würde ein Geistlicher.

»Vinnie, du hilfst mir doch, oder?«

»Ich kann's ja mal probieren.« Angesichts solcher Freude erscheint die Antwort unfreundlich, deshalb setzt Lavinia hinzu: »Ich tu' mein Bestes.«

Überraschend küßt Meg sie, und Lavinia erinnert sich an einen anderen nächtlichen Gefühlsausbruch Megs und an den Morgen danach, als Meg wieder zu Meg wurde. Vielleicht, überlegt sie, macht Bens Frau alle neun Jahre einen Aufruhr durch, der genau eine Nacht dauert. Vielleicht wird sie am nächsten Morgen diese Schulgeschichte vergessen haben, sie nie mehr erwähnen, genauso, wie sie nach ihrer mitternächtlichen Strafpredigt nie mehr auf das sittliche Verhalten von Ned und Mary eingegangen war.

Was für eine ungewöhnliche Person Bens Frau doch insgeheim ist! Während sie die Frau neben sich mustert, fragt sich Lavinia, ob Meg sich je einsam fühlt. In einer plötzlichen Anwandlung von Zärtlichkeit tätschelt sie ihrer Schwägerin das Knie. »Ich tue, was ich kann!«

Meg springt auf und geht zu den Klappbänken hinüber, die Ben beiderseits des Kamins gebaut hat. Die große Bank ihnen gegenüber ist stets voller Holzspäne, aber Meg hebt den Deckel der kleineren, in der sie ihre privaten Dinge aufbewahrt.

Sie nimmt mehrere Wollballen heraus, einen Armvoll Stoffstücke zum Quiltnähen, einen halbfertigen Vorleger und dann einen kleinen Porzellankrug in der Form einer Kuh, mit großen blauen Augen und einem Schwanz, um den eine Schleife gebunden ist. Beim Anblick dieses Kuhkruges, der einstmals zu Jennies liebsten Besitztümern gehört hatte, muß Lavinia lächeln.

»Ich spare für Willie.« Meg schüttelt die Kuh, bevor sie sie wieder in der Bank verstaut. »Hier, hier ist etwas für dich – hat ja keinen Sinn, über abgetragene Schuhe zu weinen, wenn man ein gutes Paar direkt vor seiner Nase hat«, sagt sie und reicht Lavinia einen Stoffbeutel.

In dem Beutel befindet sich ein Paar fast neuer Frauenschuhe, noch immer glänzend, die seitlich zugeknöpft werden. Lavinia fährt mit einer Fingerspitze ehrfürchtig darüber. »Wo hast du die bloß her?«

Meg blickt in das niedergebrannte Feuer. »Sie haben der armen Hazel gehört«, erwidert sie. »Bringt doch nichts, gute Schuhe zu begraben – ich hab' sie für eines der Mädchen aufgehoben.«

»Von Rechts wegen sollte Jane sie haben.« Jane wird Schuhe brauchen, denkt sich Lavinia. Sie fragt sich, ob Meg weiß, daß ihre Tochter Emma und Neds Jane schon seit Jahren planen, das Kap zu verlassen; daß sie letzten Herbst sogar schon Brennan gefragt haben, ob er ihnen dabei helfen könne, in St. John's Arbeit zu finden.

»Jane hat riesige Füße, die würden ihr nie im Leben passen«, sagt Meg.

»Ich möchte nicht gern in den Schuhen der armen Hazel herumgehen«, sagt Lavinia, aber ohne Überzeugungskraft. Eigentlich macht es ihr nicht allzuviel aus, daß die Schuhe Hazel gehört haben, die schon so lange tot ist und deren Name auf der hölzernen Gedenktafel schon verwittert ist; ihr ist sogar gleich, daß die Schuhe eigentlich an Jane gehen sollten. Ihr schießt durch den Kopf, daß vielleicht alle so gierig sind wie Mary, bloß daß Mary sich nicht die Mühe macht, ihre Gier zu verbergen.

»Soll Jane sich ihre eigenen Schuhe doch verdienen, und ich verdiene mir diese hier«, denkt sie. Sie zieht sich die Schuhe an und knöpft sie zu – im vollen Bewußtsein, damit eine Art Pakt zu besiegeln.

»Du mußt Willie aber einschärfen, daß er auf mich hört. Wenn ich ihn unterrichten soll, dann muß er aufhören, den ganzen Tag mit Rose und Isaac herumzualbern«, sagt Lavinia und überlegt, warum Meg ihr ein gequältes Lächeln schenkt.

»Keine Bange, dem werde ich den Kopf schon waschen; sobald der Fischfang beendet ist, rede ich ein ernstes Wort mit ihm. Und ich sehe auch zu, daß Bücher bestellt werden, wenn Alex Brennan kommt!« Hochzufrieden mit ihrer nächtlichen Arbeit wendet Meg sich um und klettert die Leiter hoch in ihr Bett.

Das Feuer ist erloschen, der Himmel beginnt sich zu erhellen, aber Lavinia bleibt sitzen und überlegt, ob sie den Handel bereuen wird, den sie gerade geschlossen hat.

9. KAPITEL

Bei seiner Ankunft haben wir Reverend Eldridge zunächst völlig übersehen, was im nachhinein kaum mehr vorstellbar ist. Vermutlich waren wir von dem Boot der Gills und von Sarahs Brüdern so gefesselt, daß wir den guten alten Mann gar nicht bemerkten und ihn einfach in der Kälte sitzen ließen, ohne ihm auch nur ein Nicken oder ein Wort zukommen zu lassen.

Meg und Sarah sind über diesen Mangel an Gastfreundschaft ganz besonders beschämt. Bei künftigen Besuchen werden sie das so erfolgreich wiedergutzumachen versuchen, daß der alte Priester das Kap mit der Zeit als seine zweite Heimat betrachten wird. »Ein Ort der Zuflucht, eine sichere und zuverlässige Hilfe in stürmischen Zeiten«, so beschreibt Reverend Eldridge das Cape Random in einem Notizbuch, das schließlich seinen Weg in die Londoner Archive der Methodist Church finden wird.

Das hübsche, kleine, einseglige Boot der Gills läßt jedes Herz höher schlagen. Bei seiner Ankunft ist Thomas Hutchings zusammen mit den Frauen und Kindern am Strand. Unter dem Teerkessel brennt ein Feuer. Von seiner Fahrt aufs Eis immer noch nicht erholt, sitzt Josh Vincent auf einem umgedrehten Faß und spleißt ein neues Seil für eine Schaukel. Rose und Willie hocken vor ihm und beobachten, wie er auf wundersame Weise ein Stück Seil mit einem anderen verwebt. Der Frühlingsmorgen wird durch blassen Sonnenschein und den stechenden Geruch des heißen Teers, den Thomas Hutchings zum Reparieren seines Bootes benutzt, nur wenig erwärmt.

Schon von weitem erkennt Sarah das Boot ihrer Brüder. »Das müssen Calvin und Clyde sein, die nach Black Tickle rauffahren – vielleicht wollen sie da Holz schlagen wie im letzten Winter. Sie werden vor Einbruch der Dunkelheit zurückfahren.«

Sie klingt sehnsüchtig. Seit Josh und sie von Pond Island hergezogen sind, haben ihre Brüder erst einmal am Kap haltgemacht.

»Es ist schon schwer, von einem Jahr aufs andere nichts von seiner Mutter und seinen Schwestern zu hören. Aber na ja, man kann nicht erwarten, daß Männer das verstehen«, sagt sie nun, wie schon so viele Male zuvor.

»Das ist vielleicht ein hübsches, kleines Boot«, sagt Josh. Für die Brüder seiner Frau empfindet er großen Respekt.

Die Gills, die auf Pinchards Island wohnen, sind tüchtige Leute. Entlang der Küste behauptet man, Calvin und Clyde Gill würden zwischen Mai und Oktober kein Auge zutun. Josh bezweifelt das nicht, zweifelsohne sind sie die erfolgreichsten Fischer diesseits der Bonavista Bay. Da gibt's nichts dran auszusetzen. Dennoch sähe er es gern, wenn sie öfter vorbeikommen würden, damit sich seine Frau weniger um ihre Familie sorgen muß. Daran denkt er gerade, als das Boot anfängt, durch den Wind zu wenden.

»Scheinbar wollen sie zu uns«, sagt er.

Schrecken macht sich auf dem Gesicht seiner Frau breit. »Dann ist zu Hause was passiert – Mutter muß etwas zugestoßen sein.«

Sarah weiß, daß sich Mary und manchmal sogar Meg über

ihre düsteren Vorhersagen lustig machen, aber sie kann nicht anders. »Es ist Mama, Mama ist tot, Josh«, sagt sie mit grimmiger Endgültigkeit und bricht in Tränen aus.

»Erwarten Männer grundsätzlich den Anblick heulender Frauen, wenn sie woanders anlegen?« überlegt Lavinia. »Was können sie sonst schon erwarten? Wegen guter Nachrichten macht keiner extra eine Fahrt, und da die Frauen nirgends hinreisen, müssen die schlechten Nachrichten zu ihnen kommen.« In ihren Überlegungen zählt sich Lavinia selbst gar nicht zu den Frauen.

Bevor sie ans Kap gezogen war, hatte Sarah ihre Brüder jeden Sommer gesehen, wenn sie nach Pond Island kamen, um sich Fischerausrüstung zu besorgen. Lavinia erinnert sich, wie Sarah erzählt hatte, daß die Brüder immer ein Päckchen aus Pinchards Island für sie dabeihatten.

»Irgendwas Kleines, was Mama gemacht hatte – eine Strampelhose für Young Joe, als er noch klein war, Tüten mit Kräutertee oder eine Salbe, die Blutungen stillt. Sie hat mir diesen bestickten Vorleger geschickt, den ich noch immer habe, den mit den Kätzchen und Rosen, und von ihr hab' ich auch die Fliederbüsche. Zu Hause hat Mama über die ganze Zaunlänge Flieder gepflanzt. Und einmal, als ich Peter erwartet hab', da hat sie ein Gefäß mit gebratenem Karibufleisch geschickt.«

An Jennies Grab hatte Sarah Lavinia geküßt. »Es ist nicht leicht, Mädchen, so ohne Mutter. Ich weiß das, hab' mein ganzes Eheleben unter Fremden verbracht«, hatte sie gesagt.

Nun lamentiert sie lauthals, daß sie Josh nie dazu überreden hat können, sie nach Pinchards Island zu fahren. »Wir hätten hinfahren können – übers Meer ist es nicht weit – überhaupt nicht weit ...« Immer wieder wiederholt sie diesen Satz.

Josh nickt abwesend, während er Clyde und Calvin beobachtet, wie sie das Boot sauber um die Untiefen navigieren, die Segel einholen und anlegen.

Es ist nur gut, daß Sarah auf die schlechte Nachricht vorbereitet ist. Sonderlich sanft bringen ihr die Brüder den Tod der Mutter nicht gerade bei. Beide Männer beugen sich zur Schwester hinunter, eine ruckartige Bewegung, die wie der Anfang eines Kusses aussieht, jedoch ein gutes Stück vor Sarahs nassem Gesicht endet. Die Männer sind Zwillinge, rotblond, mager und, wie die meisten an dieser Küste, doppelt so kräftig, wie sie aussehen.

»Tut mir leid, Mädchen, es ist kurz vor Weihnachten passiert.«

Die Erkenntnis, daß ihre Mutter schon seit Monaten tot ist, läßt Sarah nur um so lauter schluchzen.

»Komm, Mädchen, hör doch auf – sie hatte ein gutes Leben, und die Jüngste war sie auch nicht mehr«, versucht einer ihrer Brüder sie zu trösten.

»Sie war sechsundfünfzig, Calvin Gill, fünfzehn Jahre älter als ich!« sagt Sarah mit Bitterkeit, die Josh zu mildern sucht, indem er sich erkundigt, ob seine Schwiegermutter schon lange krank gewesen sei.

»Seit letztem Herbst war sie nicht mehr sie selbst, aber krank kann man es nicht nennen, das war sie eigentlich erst gegen Ende zu«, sagt einer der Männer, die Lavinia nicht auseinanderhalten kann.

»Als es ihr schlecht ging, kam Mrs. Lush, um bei ihr zu schlafen, und natürlich waren Bride und Greta da.«

Sarahs Brüder sprechen abwechselnd. Jeder schafft immer nur ein paar Worte auf einmal. Ihre Stimmen ähneln der Joshs sehr: leise, monoton, als hätten sie ihr ganzes Leben nicht brüllen müssen.

Zwar sind sie Sarahs Verwandte, aber Lavinia kommt es so vor, als ähnelten sie vom Gesicht her eher Josh, was weniger an der Kopfform oder Haarfarbe zu liegen scheint, sondern an ihrer offenen, unschuldigen Natur. Alle drei haben denselben arglosen Blick.

Angesichts der schluchzenden Frau verstummen die

Männer hilflos. Dann, als sie sich daran erinnern, daß sie einen Auftrag haben, hellen sich ihre Mienen ein wenig auf. »Wir haben was für dich, von Mama; sie wollte, daß du es kriegst.«

Sie gehen zurück zum Boot und decken eine riesige Anrichte ab, die mit Hilfe von Thomas, Willie und Charlie und schließlich auch Annie, Patience und Lavinia aus dem Boot gehievt wird. Das Ding ist glänzend schwarz und derart mit verschiedensten Schnörkelverzierungen bedeckt, daß es mehr wie ein Kirchenaltar wirkt denn als ein Aufbewahrungsort für Geschirr. Der Anlegesteg scheint sich unter seiner Last zu biegen, und Josh meldet Zweifel an, ob das Möbelstück in ihr Haus passen wird.

»Ist ja nur altes Zeug, das Mama von Großmutter Loveys gekriegt hat«, meint Clyde, oder Calvin, entschuldigend, als wolle er vor seinem Schwager klarstellen, daß das Geschenk nicht etwa ein schlechtes Licht auf seine Fähigkeit als Ernährer werfen soll.

»Verstehst du, die Anrichte ist immer an die älteste Tochter weitergegeben worden«, setzt der andere Bruder hinzu.

»Am Ende ist Mutter ins Grübeln verfallen, hat sich über alles Sorgen gemacht.«

»Hat uns wochenlang rumgeschickt, hat all ihren Nippes verschenkt und das Geschirr unter den Mädchen aufgeteilt.«

»... den einen Tag mußten wir einen Haufen Quilts rüber zu Tante Edwina Hounsell schippern, den nächsten ließ sie Clyde irgendwelches Werkzeug zu Mrs. Pike bringen.«

»Du erinnerst dich doch an Mrs. Pike, sie hat jahrelang neben uns gewohnt. Nachdem ihr Mann ertrunken war, zog sie zu Lem und seiner Familie.«

Sarah hat zu weinen aufgehört, nun berührt sie jeden ihrer Brüder und sagt: »Ihr wart Mutter gute Söhne, das weiß ich. Und für die Anrichte bin ich euch sehr verbunden. Wie geht's

Greta und Bride – und der kleinen Sarah – und euren eigenen Familien, wie geht's denen?«

Nachdem sie die Absolution erteilt bekommen haben, entspannen sich die Brüder und erzählen abwechselnd von den neuesten Liebesromanzen, Geburten, Todesfällen und Hochzeiten auf Pinchards Island.

»... und der halbe Ort ist errettet worden ...« Diese letzte Meldung bringt ihre gemeinsame Rede abrupt zum Ende. Bestürzung, Schuld, dann verlegene Belustigung huschen in rascher Folge über ihre Gesichter.

»O nein, den komischen Kauz haben wir ja völlig vergessen!« Calvin schlägt sich aufs Knie und wird von seinem Bruder durch einen Stoß in die Rippen zum Schweigen gebracht, der mit einem lauten, künstlichen Husten verkündet: »Wir haben Reverend Ninian Eldridge an Bord, einen dieser Methodistenprediger.«

Die Nachricht wird schweigend aufgenommen. Die beiden Brüder bewegen sich zum Boot, halten dann inne, weil sie es offensichtlich für besser halten, die Leute auf dem Steg erst vorzubereiten. »Dieser Prediger ist ein seltsamer Vogel«, erklärt Clyde flüsternd.

»Dein Bruder Ezra ist mit ihm von Pond Island rübergekommen, Josh. Vor Wochen war das, als noch alles zugefroren war. Seitdem war er die ganze Zeit auf Pinchards Island und hat sogenannte Erweckungsveranstaltungen abgehalten.«

»Ja, Junge, wir sind alle erweckt worden – sind jetzt alle Methodisten, alle miteinander, bloß ich und Calvin nicht.«

»Wenn ihr also nicht darauf aus seid, daß eure Seelen in den nächsten zwei Wochen errettet werden, dann solltet ihr den Reverend besser nicht an Land lassen.«

»Nachdem ich meine Seele nie dem Bösen verschrieben hab', kann ich sie ja wohl kaum erretten lassen. Errettet, was soll das überhaupt heißen, und worum geht's bei den Methodisten eigentlich? Sind das diese Schwadroneure, von denen ich mal gehört hab'?« Sarah blickt ihre Brüder finster an. »Wir von Pinchards Island haben immer der Anglikanischen Kirche angehört.«

»Jetzt eben nicht mehr. Greta und Bride und Mary Jane auch, alle haben sie sich bekehren lassen …«

»… zusammen mit den Parsons und Sainsburys und Tante Elsie Hounsell und ihrer Familie.«

»Was würde die arme Mama dazu sagen? Und dabei liegt sie erst so kurz im Grab!« Es erschüttert Sarah, wie schnell ihre Verwandten der alten Kirche den Rücken zugekehrt haben. »Was ist denn bloß in euch gefahren, daß ihr euch irgendeinem dämlichen Kerl anschließt, wo wir doch seit undenklichen Zeiten der Anglikanischen Kirche angehört haben!«

Clyde zwinkert seinem Bruder zu. »Was meinst du, Calvin, mein Alter, am besten setzen wir Segel und bringen den Reverend hoch nach Cat Harbour oder zu irgendeinem anderen gottlosen Ort.«

»Dürfte für ihn eigentlich keine Rolle spielen, schätz' ich, Seelen erretten kann man hier wie dort.«

Die beiden nicken nüchtern und tun so, als würden sie auf ihr Boot zurückkehren.

Aber da ist Meg Andrews bereits auf dem Boot. Alle schauen zu, wie sie sich zum Heck begibt, wo der Geistliche sitzen muß, mucksmäuschenstill und vor den Leuten oben durch ein halbgerefftes Segel verborgen. Sie sehen, wie sich Meg vorbeugt, etwas sagt und dann ihre Hand ausstreckt, als der Mann aufsteht. Er geht ihr bis zur Schulter. Sie nimmt ihn am Arm und führt ihn, als wäre er einer der blinden Propheten aus alten Zeiten, vorsichtig von dem Boot hinunter.

Er ist sehr alt, gebeugt und verschrumpelt und trägt einen schwarzen Anzug, der ihm schon seit langer, langer Zeit nicht mehr richtig paßt.

Ängstlich flüstert Alfred: »Ist das Gott?« Mary bringt den Jungen mit einer Ohrfeige zum Schweigen, und der alte Mann sieht zu ihnen hin. Ob er lächelt oder nicht, läßt sich schwer sagen, aber sein Gesicht scheint sich in noch mehr Falten zu legen.

Lavinia wird später schreiben: »Soweit ich das sehen konnte, sieht er wie ein gebratener Kapelan aus; lang haben wir ihn uns allerdings nicht anschauen können, da Meg mit ihm einfach an uns vorbei hoch zu ihrem Haus marschiert ist.«

An diesem Abend finden sich alle zur ersten Versammlung Reverend Eldridges im Lagerschuppen zusammen.

Meg ist fleißig gewesen. Mit Annies und Lizzies Hilfe hat sie alles an die Wände geschoben, den Boden geschrubbt, den Arbeitstisch nach vorn gezogen und ein weißes Tuch darüber gebreitet. Rechts und links hat sie Jennies Kerzenhalter aus Messing hingestellt, um den Eindruck eines Altars entstehen zu lassen.

Der alte Mann steht da, die klauenartigen Hände auf das Tuch gestützt, zwinkert und schaut langsam herum. Es ist noch nicht dunkel. Es dringt genug Licht durch das einzige Fenster herein, daß er seine Zuhörerschaft sehen kann, die in zwei unordentlichen Reihen auf dem Boden sitzt. Er lehnt sich vor und besieht sich in aller Ruhe jedes Gesicht. Die Stille zieht sich in die Länge. Eine Fliege schwirrt um seinen Kopf und setzt dann zur Landung auf seiner Hand an. Fanny fängt beklommen zu kichern an und hört abrupt damit auf, als er seinen Blick auf sie heftet.

Nachdem er jedes Gesicht genau studiert hat, nimmt er seine Hände vom Tisch, streckt sich und hebt zu sprechen an. Und damit wird alles anders. Vor ihren erstaunten Augen wird er größer und jünger. Seine Hände werden zu Messern, die die Luft durchschneiden, und er erzählt die alte, bewegende Geschichte eines Christus, der von ihren Sünden niedergedrückt wird, sich für ihre Unzulänglichkeiten opfert, ihre Schuld auf sich nimmt und glorreich aufersteht. Ein Christus, der nicht möchte, daß auch nur einer von ihnen zugrunde geht; nein, alle, alle, jeder einzelne von ihnen soll der Herrlichkeit seiner Barmherzigkeit teilhaftig werden.

Es wird dunkel im Raum, aber niemand macht Anstalten, die Kerzen anzuzünden. Keiner rührt sich. Er spricht eine Stunde lang, erfüllt das ganze Kap mit Klang und Wildheit, der Liebe und der Gnade seines Gottes.

Schließlich fällt er erschöpft auf seinen Stuhl und verwandelt sich wieder in den verschrumpelten alten Mann, den sie aus dem Boot der Gills hatten steigen sehen.

Alle seufzen im Chor, atmen tief aus. Moses wimmert. Ohne ein Wort zu den anderen oder zu dem Mann, der mit geschlossenen Augen hinter dem Tisch sitzt und in jeder Hinsicht wie ein zerknitterter Sack aussieht, schlurfen sie hinaus.

Da die Fischsaison noch nicht begonnen hat, werden eine Woche lang jeden Abend gottesdienstähnliche Versammlungen abgehalten. Wenn er nicht hinter seiner Kanzel steht, spricht Reverend Eldridge kaum ein Wort, sondern verbringt den Tag damit, in der Bibel zu lesen oder in der Hocke sitzend den anderen bei der Arbeit zuzuschauen. Der alte Mann kann in dieser Haltung stundenlang verharren, ohne je den Blick von irgendeiner weltlichen Arbeit zu wenden: Netzeknüpfen, Schnitzen, Holzsägen. Es ist gleich, ob es sich dabei um Frauen- oder sogar Kinderarbeit handelt – ihn fasziniert jegliche Arbeit. Arbeit, erklärt er ihnen eines Abends, sei eine Art Gebet.

Reverend Ninian Eldridge, als Kind eines Quäkerpaares in China geboren, hat die ganze Welt bereist, und seine Theologie ist eine herrliche Mischung aus Hinduismus, Buddhismus und Christentum und ist nur zufällig mit den Lehren John Wesleys verwandt. Obgleich seine Gemeinde nur die Hälfte seiner Predigt versteht, schlägt er alle in seinen Bann. Bei der dritten Versammlung treten die meisten vor, um sich erretten zu lassen.

Sarah haben die Predigten des alten Mannes völlig überzeugt. Sie frohlockt, als Josh und Charlie, Young Joe und Lizzie errettet werden, läßt Annie keine Ruhe, bis sie sich zu ihnen gesellt, und betet Tag und Nacht für Peter und wünscht, er wäre bei ihnen.

»Meinem ungeratenen Sohn könnten Ihre Worte nur guttun«, erzählt sie dem Reverend und nimmt ihm das Versprechen ab, daß er auf seiner Reise die Küste hinauf nach Peter Ausschau halten wird.

Mary macht von vornherein klar, daß sie nicht zu den Versammlungen gehen wird. »Mit Predigern will ich nichts zu schaffen haben, denen trau' ich nicht über den Weg, erst recht nicht, wenn's um meine Seele geht – angenommen, ich hab' so was.«

Trotzdem hat sie nichts dagegen, daß ihre Kinder die abendlichen Versammlungen besuchen. »Na, meinetwegen, geht«, sagt sie. »Bin ja froh, euch mal 'ne Weile vom Hals zu haben. Und nehmt Moses mit. Jane oder Vinnie können ihn heimbringen, wenn er unruhig wird.« Sogar Ned stellt sie frei zu gehen: »Schwach fände ich's allerdings schon.«

Ned würde gern gehen. Er ist fasziniert von Religionen, von dem bunten Hintergrund, den Gläubige weben, um ihre tiefsten Ängste in Zaum zu halten. Wenn Ned dem Prediger zuhört, glaubt er an Gott, denn er ist nicht nur der perfekte Geschichtenerzähler, er ist auch der perfekte Zuhörer. Stimmen, die von Berggipfeln ertönen, Feuer, die vom Himmel fallen, Untiere mit Menschenköpfen und Blitze, die den Himmel aufreißen. Ned, der das alles hört, sieht und davon gefesselt ist, erkennt in Ninian Eldridge einen Seelengefährten.

Widerstrebend kommt er zu dem Schluß, daß es seine Pflicht ist, sich zu Thomas Hutchings zu setzen, der, nachdem er ohne großes Federlesen aus dem Lagerschuppen hinauskomplimentiert worden ist, jeden Abend in Neds und Marys Haus Zuflucht sucht.

Neds und Marys Fernbleiben kümmert Meg nicht weiter, aber es wurmt sie, daß Thomas nicht kommen will. »Mary Bundle muß ja eh immer gegen den Strom schwimmen, und

Ned ist wie Wachs in ihren Händen, aber weißt du Vinnie, Thomas, der hat deine Mutter begraben und die arme Hazel auch, und er hat Ned und Mary getraut«, meint Meg zu Lavinia.

Selbst jetzt bringt Meg es noch nicht fertig, von ihrem kleinen Sohn zu sprechen, den Thomas getauft und begraben hat. Aber sie erinnert sich und ist erschüttert über Thomas' Abneigung gegen Reverend Eldridge und dessen Botschaft. In Weymouth war Meg zusammen mit Lavinia und Jennie zur Methodist Chapel gegangen. Während ihre Begleiterinnen die Gottesdienste lediglich recht unterhaltsam gefunden hatten, war für Meg jede Predigt einer Offenbarung gleichgekommen, und am Ende war allein sie bekehrt worden. Sie ist überzeugt davon, daß ihre Gebete den Geistlichen zum Cape Random gebracht haben, und Thomas Hutchings' scheinbare Mißbilligung verwirrt sie.

»Ich nehm' an, er ist einer von den strenggläubigen Anhängern der Anglikanischen Kirche und hält es für eine Sünde, was mit Dissidenten zu tun zu haben«, entscheidet Sarah nach langer Diskussion und fügt mit leichter Beschämung hinzu: »Weißt du, Mädchen, mir ging's ja genauso, als Clyde und Calvin mir das erste Mal von ihm erzählt haben, aber du meine Güte, man sieht den Heiligen Geist ja förmlich aus diesem Mann leuchten!«

Eine Woche lang haben Versammlungen stattgefunden, als die *Tern* mit der Frühlingsladung Salz eintrifft. Reverend Eldridge beschließt, am folgenden Tag mit dem Schiff weiter die Küste hinaufzufahren.

Skipper Brennan, ein frommer Katholik, erklärt sich nach einigem Widerstreben bereit, ihn in der nächsten Gemeinde abzusetzen. »Aber keine Angst, ich lass' ihn bei Anglikanern von Bord«, sagt er an diesem Abend zu Thomas, als sie in Neds und Marys Küche sitzen und schwarzen Tee trinken, in den er aus einem Flachmann einen Schuß Rum gegeben hat.

Es ist behaglich in der Küche. Sie haben das Feuer niederbrennen lassen, und durch die geöffnete Tür dringen die letzten Sonnenstrahlen herein. Eine leichte Brise vertreibt den sauren Wintergeruch aus dem Haus. Entspannt sitzen sie da und hören nur mit halbem Ohr hin, wie Alex erzählt, daß man im weit entfernten St. John's versucht, eine Regierung zu bilden.

»Wie können die davon reden, eine Regierung für die Insel zu bilden, wenn Leute wie wir an Orten leben, von denen sie noch nie gehört haben?« erkundigt sich Thomas höflichkeitshalber. Selbst ihm erscheinen solche Ereignisse unwirklich, völlig ohne Beziehung zu den Geschehnissen auf dem Kap.

Mary hört kein einziges Wort von dem, was die Männer reden. Sie sitzt ein bißchen abseits, trinkt ihren mit Rum versetzten Tee und schneidet halb verfaulte Kartoffeln zum Auspflanzen. Sie grübelt über eine Möglichkeit nach, wie man das Verfaulen der Kartoffeln verhindern kann. Dieses Problem beschäftigt sie jedes Frühjahr. Schwach erinnert sie sich, in Scheiben geschnittene Äpfel gesehen zu haben, die auf Schnüre gefädelt zum Trocknen über ein Feuer gehängt worden waren, und sie fragt sich, ob das mit Kartoffeln nicht auch klappen würde. Oder vielleicht könnte sie versuchen, sie wie Kohl einzulegen? Darüber denkt sie nach, während sie den warmen Rum und die Abwesenheit ihrer Rasselbande genießt.

Ned hat seinen Stuhl zur Tür gerückt, von wo er die Musik hören kann, die aus dem Lagerschuppen dringt. Er versucht, die Worte zu verstehen, und wünscht, er wäre dort unten und könnte sich die Botschaft des Predigers anhören. Das, was er von Sarahs und Megs Gesprächen über die Predigten aufgeschnappt hat, reizt ihn sehr.

Gemeinsam mit den Leuten vom Kap befinden sich etliche Matrosen der *Tern* im Lagerschuppen, fast dreißig Zuhörer sitzen vor Reverend Eldridge auf dem Boden. Entsprechend stickig ist es inzwischen im Raum, und benommene Fliegen schwirren über die Fässer, die entlang den Wänden aufgestapelt sind, wo in dem schwächer werdenden Licht die Staubkörnchen tanzen.

Der Mann predigt bereits seit zwei Stunden, unterbrochen von einem einzigen Kirchenlied:

Waft, waft, ye winds his story
and you, ye waters roll
till like a sea of glory,
it spreads from pole to pole.

Trotzdem sitzen alle in atemlosem Staunen da, den Blick unverwandt auf den Priester gerichtet. Die summenden Fliegen, Megs leises »Amen« und ein schwaches Schnaufen, das von Mattie kommt, die in den Armen der Großmutter eingeschlafen ist; das und das Anbranden des Meeres unter dem Boden sind die einzigen Geräusche im Raum. Selbst Lavinia, die die erste Stunde an der Tür gestanden und überlegt hatte, ob sie nicht hinausschlüpfen und sich zu den Ungläubigen in Neds Küche gesellen sollte, hat sich leise auf den Boden gleiten lassen und sitzt vornübergebeugt da, als die Predigt ihren Höhepunkt erreicht.

Der Reverend hebt seinen unglaublich langen, schwarzen Arm höher und höher und streckt die klauenartigen Finger, als sollten sie den Herren von seinem himmlischen Thron holen und vor sie herunter zum Lagerschuppen ziehen. Seine kräftige Stimme, so jugendlich, so tief, so lebenssprühend, so im Widerspruch zu der Erscheinung des Mannes, hebt und senkt sich. Dann hält sie inne, alles hält inne. Lavinia könnte schwören, daß selbst das Meer unter ihnen zu rauschen aufgehört hat.

Dann läßt er die Arme niedersausen: »Bereut, und jedem von euch wird vergeben – ihr werdet errettet um eurer eigenen Seelen willen. Denn der Zorn des Herrn ist groß und läßt sich nicht verleugnen, ja, er reicht bis in der Felsen Höhlen und der Erde Klüfte, bis in die hintersten Ecken der Erde, bis die Sonne vom

Himmel fällt, das Meer zu Eis erstarrt und der Mond sich in Blut wandelt!« Seine Stimme wird zu einem Flüstern: »Aber seine Gnade, ah, seine Gnade, meine Freunde, währet ewiglich, sie vergibt alles und wird allen zuteil.«

Die Hände kehren auf den Tisch zurück, diesmal allerdings behutsam. Dann hört man ein Zischen, das Meer brandet unter dem Lagerschuppen heran, die Fliegen beginnen zu summen, und Ninian ist wieder ein ausgetrockneter alter Mann.

Kaum hat der Reverend seine Rede abgeschlossen, da führt Young Joe seine Maultrommel an die Lippen und beginnt in schwermütiger Eintönigkeit einen Schrei nach Gnade, der von Megs klarer Stimme aufgenommen wird. Einer nach dem anderen stimmt ein.

Were the whole realm of nature mine,
That were a tribute far too small;
Love so amazing, so divine,
Demands my soul, my life, my all.

Das Kirchenlied drückt die Sehnsucht, die sie alle empfinden, auf vollkommene Weise aus. Jedesmal, wenn es enden soll, signalisiert der Prediger Joe mit einem fast unmerklichen Nicken, er möge noch einmal von vorn beginnen.

Über die pergamentenen Wangen des alten Mannes strömen Tränen. Es ist der letzte Abend mit ihnen, und er ist entschlossen, dem Teufel ihre Seelen zu entringen.

Fanny steht als erste auf. Schluchzend stolpert sie nach vorn, wirft sich vor den improvisierten Altar und wischt sich mit einer Ecke von Megs bestem Tischtuch die Augen ab. Lavinia, die versucht, sich nicht anstecken zu lassen, beobachtet das kleine, dunkle Kind und denkt bei sich, daß Fanny nun zu ihren alten Phantasien ein paar neue hinzubekommen wird. Bald ist fast jeder im Raum vorgetreten, sogar die Drei Könige. Neds Söhne wirken merkwürdig blaß und zerknirscht. Lavinia bleibt allein neben fünf verlegenen Matrosen der *Tern* zurück.

Der Gesang will nicht enden. Lavinia sehnt sich danach, wahrhaftig an Gott zu glauben, aber viele Zweifel, und, ja, Feigheit bei dem Gedanken an Neds Frotzeleien halten sie zurück. Starr blickt sie auf ihre Hände, die sorgfältig gefaltet in ihrem Schoß liegen. Sie bemerkt, daß sich die Männer um sie herum erhoben haben und leise den Raum verlassen. Entsetzt darüber, Tränen in ihren Schoß fallen zu sehen, springt sie auf und stürzt auf die Tür zu. Doch Meg, die mit ausgestreckten Händen noch immer singt, das Gesicht so strahlend wie das einer Braut, kommt auf sie zu. Lavinias Widerstand ist dahin, sie nimmt Megs Hände und wird von ihr nach vorn geführt. Während sie auf die Knie fällt, wird sie sich einer anderen Stimme bewußt, die, lauter, kräftiger und selbstbewußter als die anderen, in den Gesang mit eingestimmt hat.

»Love is so amazing, so divine, demands my soul, my life, my all!« brüllt Ned, als er durch die Tür und vor den Altar schreitet, wo er auf die Knie fällt. Er legt den Arm um die Schulter der Schwester und ruft: »Der Herr sei gepriesen!«

Keiner sitzt mehr an seinem Platz. Das Lied endet, und Reverend Eldridge beugt sich über die Bekehrten und berührt jeden gesenkten Kopf. Er betet für sie und nimmt sie auf einen Schlag alle in der Methodistenkirche auf. Ehe sie den Lagerschuppen verlassen, schreibt er jeden ihrer Namen, insgesamt einundzwanzig, in sein Buch – die erste offizielle Bestätigung, daß außer Thomas noch andere Menschen auf Cape Random leben.

Kaum einer hat keine Tränen in den Augen, als sie dem alten Mann am nächsten Tag Lebewohl sagen. Er verspricht wiederzukommen und überträgt Meg und Sarah die Aufgabe, Sabbat-Gottesdienste abzuhalten. Wie er sich mühsam die Laufplanke hinaufbewegt, erscheint es unvorstellbar, daß er nur acht Tage auf dem Kap war, und sogar noch unvorstellbarer, daß solch ein

Mann eine Stunde lang unbemerkt im Boot der Gebrüder Gill gesessen hatte.

Nach dem Besuch des Predigers findet sich Lavinia in einer Welt der Zeichen und Wunder wieder, einer Welt, die auf perverse Weise aus den Fugen geraten ist. Ein Gefühl der Benommenheit, der Seekrankheit nicht unähnlich, überkommt sie. Es wird den ganzen Sommer über und bis in den Herbst anhalten.

Und doch ist es ein Frühling wie jeder andere. Kapelane kommen, Kabeljaue folgen, wie jedes Jahr. Die Fische werden eingesalzen wie jeden Sommer: schneiden, ausnehmen, waschen, salzen, wenden, stapeln, trocknen; das große Wettrennen, Essensvorräte für den Winter anzulegen, beginnt.

Lange, lange Tage und kurze Nächte, barmherzig kurz, denn Lavinias Nächte sind voller Träume. Ganz anders als der Schrecken vor Kälte und Hunger, der sie während der ersten Winter auf dem Kap heimgesucht hatte, legen sich diese Alpträume wie ein Leichentuch auf sie, sobald sie eingeschlafen ist. Sie träumt von Feldern, die mit Felsbrocken bedeckt sind, die sie allein tragen und zu Steinmauern aufschichten muß, die von irgendeiner unsichtbaren, lachenden Macht zerstört werden, sobald sie sich umdreht, um weitere Steine aufzusammeln. Dieser Traum, wenn es denn ein Traum ist, wiederholt sich Nacht für Nacht. Sie wacht schluchzend und schweißnaß auf und empfindet aus unerfindlichen Gründen ein schreckliches Schuldgefühl.

Sarah brüht Lavinia vor dem Schlafengehen wilde Kamille auf. Aber die Alpträume hören nicht auf, bis sie sich vor dem Schlaf fürchtet und oft erschöpft dasitzt und bis zum Morgengrauen unzusammenhängende Sätze in ihr Tagebuch kritzelt.

Auch ist Lavinia nicht die einzige mit solchen Träumen. Sarah berichtet, daß Annie sich im Schlaf weinend herumwirft, und Rose Norris hat dreimal geträumt, das gesamte Kap wäre verschwunden, von einer Riesenwelle ins Meer gespült.

»Das kommt, weil wir errettet worden sind. Wie Reverend

Eldridge gesagt hat, Luzifer ist unter uns und sucht, wen er verschlingen wird«, erklärt ihnen Meg, die ein gutes Gedächtnis hat und die Teile der Bibel zitieren kann.

Sie beschließt, daß der Bau eines Klassenzimmers warten kann. Wenn die Männer überhaupt Zeit erübrigen können, dann müssen sie, um ihrer Seele willen, mit dem Bau einer Kirche beginnen, sagt Meg. Wie sie das ohne Geld oder Erfahrung bewerkstelligen sollen, ist zweifelhaft, aber Meg weiß, mit Gottes Hilfe und unter der Leitung ihres Mannes ist es zu schaffen.

»Meg, ich wüßte ja nicht mal, wo ich anfangen sollte. Für so was braucht man besonderes Werkzeug und Material!« protestiert Ben, aber Meg entgegnet, Gott werde ihnen schon einen Weg zeigen.

Die Männer, durch die seltsame Atmosphäre selbst angesteckt, erklären sich bereit, sofort nach der Fischsaison mit dem Bau einer Kirche zu beginnen. Auch sie haben Dinge gesehen. Frank hatte eine schreckliche Begegnung mit einem großen Seeungeheuer, das seine Fangarme um sein Boot schlang. Nur dadurch, daß er auf das Untier einschlug, konnte er entkommen. Als er angstschlotternd ans Ufer zurückkam, trieb noch immer einer der gräßlichen Sauger des Tieres grau und schwammig im Bilgewasser. Nur wenige Tage später kam Young Joe gegen Mittag mit nur der halben Ladung zurück und erzählte den anderen, daß plötzlich eine so überirdische Stille, ein so eigenartiges grünes Licht über das Wasser gekommen sei, daß er das Ende der Welt für gekommen gehalten habe.

»Ich hab' die Leinen hochgezogen und gemacht, daß ich ans Ufer komme. Wenn's die Wiederkunft Christi ist, dann will ich dabei mit meiner Familie zusammen sein«, erklärte er, als er auf den Anlegesteg kletterte und überrascht bemerkte, daß die Frauen wie gewöhnlich Fische ausnahmen.

Meg und Sarah sprachen auf der Stelle ein Gebet, bereiteten

sich dann eine Tasse Tee und warteten. Als nichts geschah, kehrten sie zu ihrer Arbeit zurück, und Joe, der noch einmal nachdrücklich darauf hinwies, er hätte die Stille gespürt und das überirdische Licht gesehen, stieg wieder in sein Boot und fischte für den Rest des Tages in Sichtweite des Ufers.

Die Kinder sind am schlimmsten dran. Während des Sommers nach ihrer Bekehrung scheinen sie täglich die bizarrsten Abenteuer bestehen zu müssen: Sie sehen Elfen, Piraten, Indianer, Ringe um die Sonne, Monde am Tag, zweiköpfige Hunde und Fremde – immer wieder Fremde. Der Fremdling ist ihre beständigste Angst.

Jedes Kind auf dem Kap hat diesen Unbekannten gesehen und kann ihn in allen Einzelheiten beschreiben. Fanny und Rose sprechen immer noch von dem Tag, als sie mit Lavinia auf die leeren Häuser des Kaps hinuntergeschaut hatten, und beharren nun darauf, damals den Fremdling gesehen zu haben. Sein Gesicht sei lang und dunkel, behaupten sie, aus seinem Tierkopf ragten zwei spitze Hörner hervor, und er trage einen langen, schwarzen Umhang.

Noch immer haben die Kinder die Angewohnheit, sich Lavinia anzuvertrauen, obgleich sie sich nun des öfteren eine Abfuhr holen. Lavinia, die seit der Zeit, als sie Kleinkinder waren, den Tag damit verbracht hat, mit ihnen Geschichten auszutauschen, mit ihnen zu spielen und in ihrem Versteck in der Grube zu kuscheln, befiehlt ihnen nun gereizt, ihr Geschwätz über Ungeheuer, Geister und Fremdlinge sein zu lassen. Nacheinander ziehen sich erst die jüngeren und dann die älteren Kinder von ihr zurück. Gegen Ende des Sommers hängt sie in der Schwebe; sie ist weder Kind noch Erwachsene und in einer Seitengasse gelandet, die sie schon vor langer Zeit hätte durchfahren müssen.

Als letztes wendet sich Fanny von Lavinia ab. Mit ihren dreizehn Jahren sollte auch sie allmählich den Kinderschuhen entwachsen sein. Sie ist ein seltsames Kind und steht mit der Mutter auf Kriegsfuß, seitdem sie nach der Geburt Henrys, ihres ersten Stiefbruders, von deren Schoß gestoßen wurde.

Gewöhnlich stromert Fanny allein auf dem Kap herum, aber in diesem Sommer fürchtet sie sich zu sehr und hängt sich an Rose, Willie, Charlie und Isaac, die alle ungefähr in ihrem Alter sind. Aber die wollen sie nicht dabeihaben. Fannys endlose, geflüsterte Geheimnisse, ihre heftige Art und ihr ernstes, kleines Elfengesicht sind ihnen lästig – und ein bißchen fürchten sie sich auch vor ihr. Sie jagen sie fort, verstecken sich vor ihr, und manchmal, wenn sie sich mutig fühlen, versuchen sie, sie zu erschrecken. Wenn das geschieht, geht sie zu Lavinia, aber auch die wird ungeduldig mit dem Kind.

In diesem Sommer sind Jane und Emma Fannys einzige Zuflucht. Die jungen Frauen haben große Pläne und sind jederzeit geneigt, sich ihre Zukunft vorhersagen zu lassen. Doch selbst dieses Vergnügen wird Fanny bisweilen nicht gegönnt, da Meg und Sarah Wahrsagerei verabscheuenswert finden. Eine »Unterhaltung mit dem Teufel« nennen sie das und treiben die drei Mädchen mit schrecklichen Warnungen auseinander.

Gegen Ende der Fischsaison werden sowohl Erwachsene wie Kinder zu müde, um sich zu fürchten; Berichte über mysteriöse Ereignisse hören auf, und Fanny fängt wieder an, allein durch den Wald zu wandern.

Lavinia, die nachts nicht länger von Alpträumen geplagt wird, interessiert sich nur noch für das, was sie fühlen und berühren kann: für die körnige, kristallene Oberfläche des Klippfisches, die weichen, schleimigen Innereien, die im Wasser unter dem Anlegesteg treiben, das rauhe, silbergraue Holz des Stegs selbst, die vielfarbigen Sandkörner – zermalmte Körper von Millionen Meeresgeschöpfen. All die winzigen Einzelheiten des alltäglichen Lebens springen ihr plötzlich ins Auge. Zum erstenmal hört sie bei den Gesprächen der Frauen zu – ob sie sich über das Fieber eines Kindes, ihre Rückenschmerzen, den Abstand ihrer Regel, über die Sünde, über das, was auf dem Herd köchelt, unterhalten oder darüber, wie man eine Fehlgeburt verhindert, wo dieses Jahr die Beeren wachsen und wofür sie beten. Sie erhascht flüchtige Einblicke ins wahre Leben, die so mannigfaltig sind wie die Sandkörner.

Wenn es möglich wäre, wenn man sie in Ruhe ließe, wenn nicht immer noch ein Haufen Fische darauf warten würde, aufgeschlitzt und ausgenommen zu werden, würde Lavinia gern einhalten, sich hinsetzen und die Füße über die Kante des Stegs baumeln lassen. Sie sehnt sich danach, etwas anzustarren – egal was, den eigenen Handrücken, ein Blatt, einen Wassertropfen, eine Fischschuppe. Stundenlang könnte sie irgendwohin starren, während die Frauen um sie herum sich leise unterhalten. Obgleich sich nichts zu ereignen scheint, obgleich es ein Sommer wie jeder andere zu sein scheint, hat sie das Gefühl, als geschähe zuviel. Lavinia möchte die Zeit anhalten, um sie zu studieren und hinter ihren Sinn zu kommen.

Eines Tages im Spätsommer, als die Fische spärlicher werden, schlägt Meg vor, daß Jane, Emma, Patience und Lavinia mit den Kindern zur Beerenlese zum Ödland hinter dem Kap gehen. Beeren sind zwar eine notwendige Nahrungsergänzung für den Winter und die einzige Frucht, die sie je essen, aber trotzdem wird Beerenpflücken als Zeitvertreib betrachtet, als keine richtige Arbeit. Kinder, und manchmal auch Frauen, verbringen ganze Tage mit Eimern und Kübeln, glücklich, im Ödland oder Herbstwald und fort von den Trockengestellen zu sein.

Als sie an diesem Morgen zu den Beerengründen losziehen, wandert Lavinia wie immer ein wenig abseits von den anderen. Sie pflückt gerne für sich, genießt die leisen Geräusche aus dem nahen Wald, die fernen Stimmen der Kinder, die sich etwas zurufen, die Wärme der Sonne auf Schulter und Hals. Schließlich vermischen sich die Geräusche, werden leiser. Sie fällt in eine Art Trance, nimmt nur noch die Wärme wahr, das dumpfe Ploppen, wenn die Beeren in ihren Eimer fallen, den Rhythmus ihrer Hand, die sich vor- und zurückbewegt, vor und zurück. Die Zeit läßt sich nur an der wachsenden Anzahl gepflückter Beeren messen.

Gegen Mittag schlägt Patience gegen ihren Eimer, ein Signal, sich auf einen Becher Ziegenmilch und ein Melassebrot zusammenzufinden. Als Lavinia danach in ihre Ecke der sumpfigen Lichtung zurückkehrt, geht Fanny ihr hinterher. Während sie sich von Busch zu Busch bewegen, bleibt sie ihr dicht auf den Fersen.

Dann sagt Fanny plötzlich mit ernster, nüchterner Stimme: »Ich hab' wieder den Fremdling gesehen. Er war da drüben und hat uns beobachtet.«

»Ach komm, Fanny, du siehst doch immerzu Gespenster.« Lavinia blickt nicht von den weinroten Beeren hoch, läßt sie geschickt in die hohle Hand fallen.

Auch wenn Sarah behauptet, es sei unklug, die Kinder allein durch den Wald streifen zu lassen, Lavinia hat sich im Landesinneren, fort vom Meer, immer sicher gefühlt. Es stimmt, der Wald ist dunkel und voller Schatten, und selbst an den sonnigsten Tagen dringt nur wenig Sonnenlicht durch die eng zusammenstehenden Bäume hindurch; auch gibt es dort Füchse und Luchse, Wildkatzen und, so erzählt Sarah, sogar Bären. Und doch sind Lavinia und die Kinder meilenweit ums Kap gestromert, ohne je ein großes Tier zu Gesicht zu bekommen, ohne je in verborgene Löcher zu fallen, von Klippen zu stürzen oder von Feen entführt zu werden – alles Dinge, vor denen Sarah sie gewarnt hat.

»Ihr fordert euer Schicksal ja geradezu heraus, früher oder später geschieht's. Ihr werdet's schon sehen!«

Bei der Erinnerung daran muß Lavinia lächeln. Da sagt Fanny leise: »Da ist er, Vinnie, da drüben im Wald, und schaut her.«

Eine Wolke zieht vor die Sonne, und eine Vorahnung läßt Lavinia erschauern. Noch bevor sie den Kopf hebt, weiß sie, daß sie etwas sehen wird.

Und so ist es. Aus den tiefen, geheimnisvollen Schatten am Waldrand starrt sie ein körperloses Wesen an. Langsam steht Lavinia auf, zwingt sich, nicht loszuschreien. Die Augen auf das unheimliche Wesen gerichtet, tastet sie nach Fannys Hand, und als diese sie nimmt, zischt sie: »Lauf los!« und zieht das Kind von den Bäumen fort.

Der Fremde im Schatten des Waldes rührt sich nicht. Beim Laufen spürt Lavinia seine Augen im Rücken. Beeren fallen zu Boden und Eimer schlagen schmerzvoll an ihre Beine, als sie auf die Gruppe auf der anderen Seite des Sumpfes zurasen.

»Wage bloß nicht, den anderen zu erzählen, was wir gesehen haben!« Um ihrer Warnung Nachdruck zu verleihen, reißt sie Fanny fest am Arm, kurz bevor sie bei Jane und Emma eintreffen. Lavinia schnappt sich Mäntel, Essensreste und Eimer und treibt die anderen zur Eile: »Kommt, es zieht zu, in fünf Minuten gießt es in Strömen!«

Patience und die Kleinen folgen ihr brav, durch etwas in ihrer Stimme zum Schweigen gebracht, aber Jane und Emma protestieren, daß ihre Eimer erst halbvoll seien. »Aber es sieht doch überhaupt nicht nach Regen aus, Vinnie Andrews! Du denkst wohl, du weißt alles, oder?«

»Ich will nichts mehr von euch hören. Wenn ihr euch nicht sofort auf den Heimweg macht, dann zieh' ich euch beiden das Fell vom Leib, das schwöre ich!« In solch einem Ton hat Lavinia noch nie mit ihnen gesprochen, und sie gehorchen auf der Stelle.

Als sie die Hälfte des steilen Hügels hinabgestiegen sind, sieht Lavinia, daß Fanny den Kindern, von denen nur eines skeptisch dreinschaut, etwas zuflüstert. »Du erzählst doch die ganze Zeit Lügengeschichten«, sagt Rose und gibt dem anderen Mädchen einen Stoß.

»Stimmt das, Tante Vinnie, habt ihr im Wald wirklich einen schwarzen Fremden gesehen?« will Isaac wissen.

Fanny freut sich, wenigstens einmal im Mittelpunkt zu stehen. Sie lächelt Lavinia siegesgewiß an, denn sie weiß, sie hat für ihre Geschichte eine Zeugin.

»Hört bloß nicht auf Fanny, die fabuliert doch immer!« Lavinia starrt das Mädchen zornig an, die angesichts dieses unerwarteten Verrats zu heulen beginnt.

Je lauter Fanny weint, um so mehr machen sich Rose und Willie über sie lustig. Charlie und Isaac bekommen Mitleid mit dem Mädchen und dreschen auf Fannys Peiniger ein. Je mehr sie sich dem Kap nähern, um so mehr gerät die Truppe außer Rand und Band. Lavinia bekommt wenig davon mit, denn sie versucht verzweifelt, sich daran zu erinnern, wie genau dieses unbewegte Gesicht ausgesehen hat.

Sie erzählt keinem von dem Fremden im Wald; versucht sich einzureden, sie hätte sich das dunkle Wesen nur eingebildet. Könnte es nicht sein, daß ein Lichtschein auf einem knorrigen Baumstumpf sie zum Narren gehalten hat? Und doch schreibt sie an diesem Abend in ihr Tagebuch: »Die Kinder haben recht, im Wald ist ein Fremder, und ich glaube nicht, daß es der Teufel ist.«

10. KAPITEL

Seitdem es kalt geworden ist, hatten wir jeden Tag Unterricht. Auf Megs Geheiß hin muß Willie sich mit mir an den Tisch setzen. Rose Norris leistet ihm dabei Gesellschaft, aber viel lernen tun sie nicht. Neds Bande kommt und geht nach Lust und Laune. Charlie und Patience sind die einzigen, die überhaupt Interesse haben. Meg hat ein Buch gefunden, das Alex Brennan liegengelassen hat, Die zehn entscheidenden Schlachten in der Geschichte des Empires. *Nicht mal Charlie Vincent mag darin lesen. Ich habe es satt, mir sagen zu lassen, was ich tun soll.*

Der letzte Satz ist dick unterstrichen. Kaum ein Tag vergeht, an dem nicht einer der Erwachsenen mit einem neuen Vorschlag an Lavinia herantritt, was den Kindern beigebracht werden soll: Ben ist der Ansicht, die Jungen sollten imstande sein, Bretter abzumessen und Pläne zu zeichnen; Sarah meint, mehr als die Bibel auswendig zu lernen sei nicht nötig; Mary möchte, daß ihre Söhne Fische zusammenzählen und mit Geld umgehen können. Und Meg, in deren Küche der Unterricht ja abgehalten wird, hat sowieso ständig neue Ideen parat.

Aber am meisten geht Lavinia Ned auf die Nerven. Jeden Morgen unterbricht ihr Bruder den Unterricht, läßt sich zwischen den Kindern auf einen Stuhl fallen und wartet ungeduldig auf eine Möglichkeit, dumme Fragen stellen zu können: Wie sind die Sterne je nach Jahreszeit angeordnet? Woher kommen Namen wie Andrews und Vincent? Wie konnte jemand ausrechnen, wieviel Wasser ein Barrel faßt? Wohin ziehen die Kapelane im Winter, und sind es immer dieselben, die Jahr für Jahr zum Kap zurückkommen?

Nachdem er knifflige Fragen gestellt hat, wartet Ned fröhlich, erwartungsvoll und scheinbar unschuldig auf ihre Antwort. Es ist zwecklos, ihm zu erklären, daß sie es nicht weiß, er schüttelt den Kopf, verläßt mit trauriger Miene den Raum und taucht tags darauf mit einer neuen Frage wieder auf. Wenngleich Lavinia sich vor den Kindern keine Blöße zu geben versucht, fühlt sie doch, wie ihr Selbstvertrauen im Verlauf des Winters schwindet.

An dem Tag, an dem Ned freudestrahlend in die Küche kommt und sie bittet, alle Meere der Erde aufzuzählen, platzt Lavinia der Kragen. Sie schleudert die *Zehn entscheidenden Schlachten* auf den Küchentisch und pflanzt sich vor ihrem Bruder auf. »Kannst du mir mal sagen, woher ich das bitte wissen soll? Du bist wohl übergeschnappt! Herrgott noch mal, zwanzig Jahre bist du auf den Meeren unterwegs gewesen – kennst du vielleicht ihre Namen?« kreischt sie und sieht zu ihrer Genugtuung, daß es Ned kurzfristig die Sprache verschlägt.

Er fängt sich sofort wieder, rasselt eine Reihe von Namen herunter, die die Namen der Meere sein können oder auch nicht, zwinkert den begeisterten Schülern zu und stolziert zur Tür hinaus.

Lavinia jagt die Kinder nach draußen und wendet sich zornig an Meg. »Dieser Ned, wie ich ihn hasse! Wieso muß er mir das Leben so schwer machen? Ich hab' die Nase voll vom Unterrichten!«

Meg sieht sie verwirrt an. »Aber Vinnie, jetzt reg' dich doch nicht gleich so auf! Ned macht doch nur ein bißchen Spaß. Daß ihr Andrews aber auch immer alles gleich so auf die Goldwaage legen müßt!«

»Ich weiß nicht, was ich machen soll, alle wollen was anderes. Ich bin zu dumm! Wie soll ich was unterrichten, was ich selbst nicht weiß?«

»Keine Bange, ich werde Neds Faulenzerei ein Ende machen. Wir bringen den Kindern Lesen und Schreiben bei – und um die anderen kümmern wir uns einfach gar nicht!«

Als sie sieht, daß ihre Worte Lavinia etwas besänftigt haben, setzt Meg hinzu: »Aber Vinnie, du darfst den Namen Gottes nie wieder mißbrauchen. Mach dir keine Sorgen, Mädchen, wenn du das Unterrichten erst mal raushast, geht alles wie von selbst.«

»Wenn ihr nicht mit diesem Schulkram aufhört, dann hauen Rose und ich von hier ab und gehen nach Labrador«, ertönt es nüchtern von der Tür.

Meg stürzt sich auf ihren Sohn, packt ihn am Ohr und zieht ihn in den Raum. »O nein, daß du nach Labrador gehst, bezweifle ich, Willie Andrews! Nicht, solange ich noch atmen tu', glaub mir!« Sie funkelt Rose an, die zögernd an der Tür steht, die anderen Kinder hinter sich versammelt. »Die da kann ja gehen, wenn sie Lust hat, ich vermute, sie war's auch, die dir diese Flausen in den Kopf gesetzt hat. Jetzt geht alle zurück auf eure Plätze, oder ihr kriegt es mit mir zu tun!«

Als der Frühling naht, schlägt Lavinia in ihrem Tagebuch fröhlichere Töne an: »Josh Vincents Füßen geht's schon wieder besser, Lizzie und Joe haben diesmal Zwillinge bekommen. Es ist Frühling, heute hat Fanny einen Strauß der weißen Blümchen mit heimgebracht, die Sarah ›abgestürzte Sterne‹ nennt.«

Dann, einige Tage nach Ostersonntag, schreibt sie: »Ich dachte, ich wäre diesen Winter gescheiter geworden, aber nach dem, was heute auf Turr Island passiert ist, bin ich mir da nicht mehr sicher. Ich nehme an, ich sollte aufhören, über Fanny herzufallen, wenn ich mir selbst so sonderbare Dinge einbilde.«

Turr Island ist kaum mehr als ein Felsen, an dem sich zwei Meilen vom Kap entfernt das Meer bricht. Der Brauch, auf der Insel Eier zu sammeln, wurde ein Jahr nach der Ankunft der Andrews von Sarah Vincent eingeführt. Seitdem sind die Frauen und Kinder alljährlich am ersten warmen Tag dorthin gerudert.

Sarahs Großvater war ein großer Eiersammler gewesen, der sie und ihre Brüder mit zu den weiter von der Küste entfernt liegenden Inseln genommen hatte. Die Männer vom Cape Random betrachten Eiersammeln als unter ihrer Würde. Sie jagen Seevögel an den Klippen von Turr Island und angeln an seiner geschützten Seite, aber über das Eiersammeln rümpfen sie die Nase.

»Ist doch gemein, den armen Vögelchen die Eier zu stehlen. Ich versteh' gar nicht, wie anständige Christinnen so was tun können. Ihr seid doch alle die reinsten Barbaren!« neckt Ned die Frauen, während er ihnen hilft, die beiden Boote abzustoßen.

»Ah so, aber mit dem Essen der Eier hast du anscheinend keine Schwierigkeiten!« versetzt Sarah. Sie und Meg sitzen zusammen mit Willie, Emma und Patience in dem Dory, das von Annie und Isaac gerudert wird. Lavinia und Charlie rudern das größere Boot, in dem auch Mary Bundle, Fanny, Jane, Henry und Rose Norris untergebracht sind.

Der Morgen ist ruhig, sonnig und absolut windstill. Und so klar, daß sie sogar die grüne Stelle ganz oben auf Turr Island erkennen können. Die Frauen und Kinder sind selig. Als die Dorys davonfahren, rufen und winken sie Alfred, George und Moses am Strand zu, die mit finsteren Gesichtern neben den Männern stehen. Lizzie, die auch nicht mitkommt, kann nicht zurückwinken, denn sie hält ihre Zwillingssöhne Elias und William in den Armen, und die kleine Mattie klammert sich an ihren Rock. Mattie zahnt und hat die Hand, mit der sie sich nicht an der Mutter festhält, in den sabbernden Mund gestopft.

»Die arme Lizzie wird heute ganz schön was zu tun haben«, meint Meg.

Die Frauen in den Booten nicken. Ihnen tut die junge Mutter sehr leid, aber zurückbleiben möchte trotzdem keine.

»Es ist nicht leicht, die Kinder so knapp aufeinander zu kriegen; ich hoffe bloß, sie ist nicht so schnell wieder guter Hoffnung. Zwillinge kommen in unserer Familie öfter vor, Calvin und Clyde zum Beispiel, und Mutter hatte noch mal welche, die aber gleich nach der Geburt gestorben sind. Sie waren winzig und ganz blau ...«

Sarahs Bericht von der tragischen Geburt wird von Mary Bundle unterbrochen, die plötzlich aufsteht und kreischt: »Ned, Ned, schau dir den kleinen Kerl an, schnapp ihn dir, bevor er ertrinkt!« Sie deutet auf den kleinen Moses, der schon bis zu den Knien im eiskalten Wasser steckt und nichtsdestotrotz weiter auf seine Mutter zustrebt.

»Zurück, du kleiner Teufel! Dieses Kind hat vielleicht Nerven!« Mary droht dem kleinen Jungen mit der Faust, aber er achtet gar nicht auf sie.

Thomas Hutchings watet hinaus, packt Moses an der Hose und geht zur Überraschung aller weiter voran. Er klettert über den Rand des nächsten Bootes.

»Hier, nehmt ihn mit, bevor er sich noch nach England aufmacht.« Er reicht das tropfende Kind über Lavinias Kopf an Mary weiter, setzt sich dann hin, zieht sich die Stiefel aus und leert sie über dem Bootsrand aus. Charlie fragt, ob er zurückgebracht werden möchte.

»Nein, nein, Junge, ich denke, ich lege mal einen kleinen Feiertag ein. Wenn wir jetzt zurückfahren, dann endet das Ganze noch damit, daß wir auch noch Neds andere beiden Racker mitnehmen müssen.« Damit läßt sich Thomas mit einem Lächeln im Heck nieder.

Lavinia, die zusammen mit Charlie direkt vor ihm auf der Ruderbank sitzt, findet, daß Thomas Hutchings so glücklich und selbstzufrieden aussieht wie noch nie.

Später schreibt sie: »Es war wirklich zu merkwürdig, wie er da einfach so ins Boot sprang und dann dasaß und wie ein Honigkuchenpferd grinste. Er ließ seine Stiefel einfach aus, rollte seine Hose hoch und streckte seine langen Beine unter unsere Bank.«

Ihr Blick schweift von seinem Gesicht auf seine Füße. Sie sind schlank und trotz der frühen Jahreszeit schon gebräunt; auf kleinen Härchen sammelt sich das Salzwasser, das auf seiner Haut trocknet. Plötzlich erscheint es ihr peinlicher, auf seine Füße zu starren als in sein Gesicht. Ob er sie wohl beobachtet? Lavinia hebt den Blick und sieht an ihm vorbei zum Kap, das im Meer zu versinken scheint.

Das Kap muß der Grat eines großen Berges sein, der aus dem Ozean ragt, denkt Lavinia und stellt sich unter dem Wasser Pfade, Büsche und Felsen vor. Wenn man lang genug den Atem anhalten könnte, müßte man auf diesen Pfaden vom Kap nach Turr Island gelangen können.

Über und um die Insel wimmelt es vor Vögeln. Ein Dutzend Arten von Lummen, Alken, Papageientauchern und Möwen kreischen und kreisen dämonengleich herum. Sie stürzen auf die Boote nieder und fliegen erst im letzten Moment wieder hoch; im grellen Sonnenlicht erscheinen ihre Flügel durchsichtig.

Immer wieder umkreisen die Vögel die Boote, schweben über ihnen und tauchen dann ins Meer. Die Kinder schreien, zielen mit eingebildeten Gewehren auf sie, rufen »Peng! Peng!« Die steilen Klippen sind weißgestreift. Gelegentlich läßt ein Vogel etwas auf die Boote fallen, was zur Belustigung der Kinder beiträgt.

Auf der steil abfallenden kleinen Insel befindet sich ein kleines, grünes Plateau mit einem seichten Tümpel und drei verkümmerten Bäumen. Nur in einer einzigen Bucht kann man an Land gehen, auf deren Strand gerade einmal zwei Boote passen.

Während sie mühsam zu der grünen Krone der Insel hochklettern, gibt Sarah in einem fort gute Ratschläge: »Um Himmels willen, Annie, binde dir die Schürzenbänder hoch und laß sie nicht so hinter dir herflattern ... Alle bleiben jetzt schön zusammen, schließlich sind auf Turr Island Lichter gesehen worden ... Denkt dran, die Felsen sind rutschig, ihr wißt doch noch, wie Rose sich letztes Frühjahr beinahe das Genick gebrochen hätte!«

Tatsächlich hatte Rose sich im Jahr zuvor das Handgelenk gebrochen, dennoch aber bis zum nächsten Tag nichts von ihren Schmerzen erzählt, als ihre Hand und ihr Arm zur Größe eines Melassefasses angeschwollen waren.

»Josh sagt, er hätte hier vom Boot aus einmal einen Bären gesehen. Saß auf einem Felsvorsprung und aß fein säuberlich Eier. Und vergeßt nicht, Brot in die Taschen zu stecken, um die Feen abzuhalten.«

Sarah hört nicht auf, sie vor Gefahren zu warnen, ob wahr oder eingebildet, bis Mary sagt: »Mensch, jetzt hör endlich mit diesem Unsinn auf – Feen gibt's genauso wenig wie Hexen!«

Auf dem Gipfel der Insel legen sie ihren Proviant und die zusätzliche Kleidung, die sie mitgenommen haben, falls der Wind dreht, zu einem großen Haufen zusammen, breiten ein Stück Segeltuch darüber und beschweren es am Rand mit Steinen. Auf ihrem ersten Ausflug hierher hatten sie bei ihrer Rückkehr zu dem grünen Plateau entdecken müssen, daß Vögel das Essen aus den Körben gerissen und jedes Fetzchen Brot und Fisch verzehrt hatten, während sie beim Eiersammeln waren.

Nachdem das Essen sicher verwahrt ist, schließen sie sich zu drei- bis vierköpfigen Gruppen zusammen, bei denen immer mindestens ein Erwachsener dabeisein muß. Dann hält Meg ihre vorbereitete Rede, in der sie sie zu Gehorsam und gegenseitiger Umsicht ermahnt, sie warnt, sich zu nahe an Abgründe zu wagen, und sie darin erinnert, in jedem Nest ein Ei übrigzulassen. Sie führt ihnen vor, wie ein Signal aus dem Ziegenhorn klingt, das ihr um den Hals hängt.

»Wenn ihr das hört, dann kommt ihr, so schnell ihr könnt, hierher zurück, außer es regnet, dann geht ihr runter zum Boot.«

Das Segeltuch, das Ziegenhorn, das Abzählen, Megs Rede, alles ist wie jedes Jahr. Alles, was einmal auf dem Kap gemacht wurde und sich als nützlich erwiesen hat, wird zum Ritual.

Während sie darüber grübelt, wie die Frauen in jede Jahreszeit kleine Zeremonien einflechten, steigt Lavinia geistesabwesend hinter Thomas, Fanny und Rose zu einem Felsvorsprung hinunter, wo Fanny bereits ein Nest entdeckt hat. Rose meckert herum, weil sie anstatt mit ihren Kumpeln Willie und Isaac in eine so fade Gruppe gekommen ist.

»Rose, sei um Himmels willen leise. Wenn du dich schlau anstellst, bekommen wir mehr Eier zusammen als die Jungs«, sagt Lavinia.

Kaum hat sie es gesagt, da klettert Rose schon auf eine Felsspitze, die in der Luft zu hängen scheint. Lavinia packt das Mädchen an den Fesseln und hält es fest, während Rose aus einem großen Nest vier Eier herausnimmt und sie eins nach dem anderen geschickt über die Schulter nach hinten reicht. Da sie Willies alte Hosen trägt, ist Rose gegenüber den anderen Mädchen fein heraus. »Es ist eine Schande, daß nicht alle Frauen ihre Röcke und Unterröcke zu Hause lassen können, wenn sie nach Turr Island fahren«, denkt Lavinia im stillen, als sie beobachtet, wie das Mädchen bäuchlings zurückrutscht.

Nach zwei Stunden sind Körbe und Taschen voller Eier, und Fanny, Rose, Thomas und Lavinia haben sich wieder nach unten gearbeitet, wo die Boote an Land gezogen worden sind. Sie legen die Eier zwischen Schichten nassen Sandes in eine Köderkiste. Rose besteht darauf, daß erst Lavinia und dann Thomas die Eier zählen, und ist hochzufrieden, als sie erfährt, daß ihre Gruppe siebenunddreißig Eier gesammelt hat. Jauchzend vor Freude zieht sie Fanny wieder den Weg hoch, um noch mehr zu sammeln.

»Als wir uns wieder auf den Weg nach oben machten, war Thomas Hutchings' gute Laune – die man mit Neds Laune vergleichen könnte, wenn ihm einen Tag lang alles schiefgegangen ist – wieder dahin. Den ganzen Vormittag war er einsilbig. Ich begriff nicht, warum er mitgekommen war, es war, als würde man eine Nebelbank mit sich ziehen. Mary Bundle fragt ihn immer, ob Lächeln in seiner Kirche eine Sünde ist. Ich hätte gute Lust gehabt, ihn das gleiche zu fragen, traute mich aber nicht«, schreibt Lavinia später.

Da Thomas und ihr Mann Freunde sind, nimmt sich Mary gegenüber Thomas einiges heraus, was die anderen nie wagen würden. Früher hatte Lavinia vermutet, Mary verdecke unter ihrer halbspaßigen Art ihre Abneigung gegen Neds Freund.

Oft hat Lavinia beobachtet, wie sich Ned und Thomas bis spät in die Nacht an Neds Feuer unterhalten haben. Der mürrische Thomas teilt Worte und Lächeln wie ein Geizhals ein, gibt nie etwas von sich preis, während Ned Dichtung und Wahrheit wortgewaltig vermischt, lächelt und singt, die ganze Welt liebt und aus nichts ein Geheimnis macht. Manchmal, wenn es spät wird, gibt Mary Thomas einen Schubs: »Jetzt geh heim – Ned und ich wollen Babys machen!«

Das erste Mal, als Lavinia Mary so etwas hatte sagen hören, wäre sie vor Scham am liebsten im Boden versunken. Thomas Hutchings war knallrot angelaufen, hatte ihr einen Blick zugeworfen, war aufgesprungen und zur Tür gestapft. Aber Ned hatte ihn eingeholt und ihn, das Gespräch fortsetzend, bis nach Hause begleitet.

Seitdem hat Lavinia ihre Schwägerin schon ein dutzendmal

dieselben Worte sagen hören und ein dutzendmal beobachtet, wie die beiden Männer das Haus verlassen und ins Gespräch vertieft durch die Nacht gehen. Wenn sie allein sind, scheint Thomas genausoviel zu reden wie Ned.

Während sie hinter Thomas Hutchings den Pfad hochsteigt, grübelt Lavinia, was sich die beiden Männer Jahr für Jahr zu erzählen haben.

»Meg hat gemeint, aus Ihnen wird eine richtige Schulmeisterin.«

Später wird Lavinia die Zeit abzuschätzen versuchen, die verging, bevor sie begriff, daß er gesprochen hatte – eine Minute? Zwei Minuten? Drei? Seit sie siebzehn ist, hat sie in nächster Nähe dieses Mannes gelebt. Einen Winter lang hat sie im gleichen Raum mit ihm geschlafen, am gleichen Tisch mit ihm gegessen, sein Gesicht ist ihr so vertraut wie die Gesichter ihrer Brüder. Und doch ist dies das erste Mal, daß er sich mit einer Bemerkung direkt an sie wendet. Als ihr endlich aufgeht, daß er zu ihr gesprochen hat, daß sie sich die Frage nicht nur eingebildet hat, braucht sie noch einmal ein paar Sekunden, um die Worte zu überdenken, nach verdecktem Spott zu forschen.

Er schaut nicht zurück, sondern marschiert weiter, Lavinia direkt hinter ihm, geht um einen kleinen Vorsprung herum. Von oben ruft Rose: »Beeilt euch, hier bei der Höhle sind Tausende von Eiern!«

Über ihren Köpfen hallt Rose' Stimme wider: »Bei der Höhle, bei der Höhle Tausende von Eiern, Tausende von Eiern.«

Thomas bleibt stehen und dreht sich um. Plötzlich trennen sie nur wenige Zentimeter, stehen sie sich ganz nah gegenüber. Ihr Blick ist direkt nach vorn gerichtet – auf seinen Mund. Sie sieht auf seine Hemdtasche hinunter, konzentriert sich auf die Tasche. Eine zerkratzte Tabakdose und seine Pfeife stecken darin. Das blaue Hemd ist verblichen, eine Ecke der Tasche wurde ausgebessert. Lavinia sieht sich genau die Stiche an, zählt sie. Fünfzehn Stiche, ordentlicher, als sie es hätte machen können, aber mit schwarzem Faden genäht, so daß die geflickte Stelle nicht zu übersehen ist.

Das Rauschen des Meeres, das weit unter ihnen gegen die Klippen brandet, das Kreischen der Vögel, die aufgeregten Stimmen von Rose und Fanny über ihnen, alles vermischt sich, alles klingt weit entfernt, unwirklich. Nur der verblichene Stoff vor ihrem Gesicht ist wirklich.

Berührt er sie? Legt er seine Finger einen Augenblick auf ihre Wange? Sie glaubt, schon – ist sich fast sicher. Aber später kommen ihr Zweifel. Lavinia weiß, was für Streiche ihr die Phantasie manchmal spielt.

Die Tasche verschwindet. Thomas wendet sich ab und schickt sich an, zu den anderen hochzusteigen.

Ihr wird schlecht und so schwindlig, daß sie fürchtet, ins Meer zu stürzen. Sie lehnt den Kopf gegen den nassen Felsen und schließt die Augen, glücklich über den festen Stein, über die kühle Feuchte. Einen Augenblick später klettert sie ihm langsam hinterher.

»Er muß mich für dämlich halten, weil ich kein Wort herausbringe! Eine richtige Schulmeisterin! Ich hätte doch was sagen können, mich nach Büchern für die Kinder erkundigen können!«

Sie stolpert weiter, und plötzlich fallen ihr ein Dutzend schlauer Bemerkungen ein, die sie hätte machen können, Fragen, die ihr schon lang im Kopf herumgegangen sind. Sie wird durch das Geräusch von rutschenden Steinen aus ihren trübseligen Gedanken gerissen, von dem dumpfen Geräusch, als er in die Vertiefung vor der Höhle springt, durch Rose' Stimme, die zu einem Kreischen angeschwollen ist, daß jeder Vogel auf der Insel panikartig davonflattert.

Als sich Lavinia zum Grat hochziehen will, hört sie Thomas Hutchings in einem Ton »Nein!« sagen, der nur im Angesicht des Todes erklingt. Sofort denkt sie, Fanny sei etwas Schreckliches zugestoßen.

Aber als sie das Dreieck aus feuchtem Gras und Gebüsch am Zugang zur Höhle erreicht, sieht sie, daß Fanny und Rose nichts fehlt. Sie stehen mit dem Rücken zu ihr, im Schatten des überhängenden Höhleneingangs. Lavinia blickt an ihren Schultern vorbei in die dunkle Öffnung und sieht, worauf sie starren.

Ein Mann ist aus sitzender Position zur Seite gekippt. Ein Mann, der schon lange Zeit tot ist. Der Mann aus dem Wald? Gedankenlos beugt sie sich ein bißchen vor und schaut ihm ins Gesicht. Da, wo es eigentlich sein sollte, waren die Vögel zugange gewesen. Rasch dreht sich Lavinia zur Sonne um, stolpert fort und übergibt sich.

»Ich hätte Sie warnen sollen.« Thomas Hutchings steht neben ihr. Seine Stimme ist kühl, förmlich. Er hat den Anstand wegzusehen, als sie sich aufrichtet und sich den Mund mit dem Rocksaum abwischt.

»Ich glaube, weiter hinten könnte noch einer sein – oder ein Haufen Lumpen. Irgendwas ist da drinnen jedenfalls noch.« Er blickt zur Höhle, sieht, daß Rose und Fanny auf den Toten zugehen, und brüllt ihnen zu zurückzukommen. »Wagt's bloß nicht, da reinzugehen. Wer weiß, ob der Mann nicht an der Pest gestorben ist!«

Die Mädchen ziehen sich zurück, haben aber keine Skrupel, sich ihre Körbe aus Nestern zu füllen, die sie in Felsspalten um die Höhle herum entdecken. Thomas kehrt zu der Leiche zurück.

Lavinia setzt sich in gehörigem Abstand von der Höhlenöffnung nieder und wartet. Die Szene vor ihr – der Mann, der im Sonnenlicht bei der dunklen Höhle kniet, die Mädchen, die die Nester durchstöbern, die barfüßige Rose in Hosen, Fanny in ihren bunten Lumpen – kommt ihr merkwürdig bekannt vor.

Sie muß von der Höhle fort. Hals über Kopf dreht sie sich um und klettert zum Plateau hinauf, wo sie sich ins Gras setzt und den Kopf auf die Knie legt. Noch nie in ihrem Leben war sie ernstlich krank, aber das Zittern und der kalte Schweiß auf ihrer Stirn machen ihr angst.

»Ich sterbe«, sagt sie laut, dann, als sie sich bewußt wird, daß sie übertreibt, schließt sie die Augen, konzentriert sich darauf, das Zittern in Griff zu bekommen, nicht daran zu denken, was sich in der kurzen Zeit alles ereignet hat, seit sie die warmen Eier in Schichten kalten Sandes gelegt haben. Sie denkt an den Sand, an den Strand ums Kap herum und wie das Meer ihn jeden Tag sauberspült. Nach einer Weile fühlt sie sich wieder etwas besser.

Als sie aufsieht, steht Thomas Hutchings in ihrer Nähe und beobachtet sie. Er greift unter das Segeltuch, gießt ihr eine Tasse Tee ein und reicht sie ihr.

»Kein Wunder, daß Ihnen schlecht wurde.« Ohne den Blick von ihr zu wenden, deutet er hinter sich, die Klippen hinab, wo man die Mädchen zwar hören, aber nicht sehen kann.

»Machen Sie sich wegen meiner Äußerung über die Pest keine Sorgen; das habe ich nur gesagt, um diese beiden Geier von der Höhle fernzuhalten. Jetzt sind sie losgerannt, um die Jungen zu suchen, können's gar nicht erwarten, allen zu erzählen, daß ein Toter auf der Insel ist.«

Er setzt sich in einiger Entfernung von Lavinia ins Gras. Beide blicken auf das Meer, das im Sonnenlicht schimmert. Die vielen verstreut liegenden Inseln sehen aus wie winzige Kreidestückchen. Landeinwärts, zum Kap hin, sieht man große schaumgekrönte Wellen an den Strand rollen.

»Früher einmal hat man geglaubt, daß an solchen Orten wie diesem hier Götter wohnen«, sagt Thomas. Sie sitzen schweigend da, gefangen zwischen Meer und Himmel, und beobachten, wie Vögel in anmutigen Bögen über und unter ihnen herabstürzen und sich wieder in die Lüfte schwingen.

Nach einer Weile hören sie Sarah, die mit Mary und mehreren Kindern die Felsen hinaufsteigt. Lavinia bildet sich ein, daß die Frauen Thomas und sie merkwürdig anschauen, aber sagen tun sie nichts. Thomas erwähnt den Toten nicht. Mary trompetet kräftig in das Horn, und bald kommen auch die anderen hoch.

Die Kinder sind ganz aus dem Häuschen wegen der grausigen Entdeckung und können nicht einmal dadurch abgelenkt werden, daß man die Anzahl der gesammelten Eier vergleicht. Moses, der in Annies Armen auf der Stelle eingeschlafen ist, wird in eine Jacke gerollt und aufs Moos gelegt, während die anderen herumsitzen, essen und weiter über den Mann in der Höhle spekulieren.

»Meinst du, er könnte ein Pirat gewesen sein, der hier sein Gold vergraben wollte?« fragt Patience Lavinia ernst.

»... oder vielleicht ein Indianer, du weißt schon, wegen der vielen Pfeile, die wir in ...« Willie will gerade den Geheimplatz nennen, aber Rose stößt ihn in die Rippen. »Na, hör mal, du Dummkopf, wie sollte ein Indianer denn hierherkommen können?«

Willie versetzt, daß sein Vater ihm gesagt habe, die Indianer würden ihre Boote aus ausgehöhlten Baumstämmen bauen. »Von wegen!« entgegnet Rose, und schon ist die schönste Keilerei im Gange.

Meg fährt dazwischen, trennt die beiden und gibt ihnen einen sanften Klaps auf den Kopf. Das ist zwei- bis dreimal am Tag nötig und geht inzwischen so automatisch, daß sie deshalb gar nicht mehr die Unterhaltung unterbrechen muß, die sie gerade mit Sarah führt: »Ich nehme an, es handelt sich um irgendeinen armen Fischer, der bei schlechtem Wetter abgetrieben wurde und hier Schiffbruch erlitten hat.«

»Die alte Feuerstelle, von der wir unten am Strand noch Reste gesehen haben, die stammt wahrscheinlich von ihm, als er sein Boot angezündet hat, um auf sich aufmerksam zu machen. Ich hab' euch doch gesagt, da waren Lichter auf der Insel!«

»Aber wenn jemand längs der Küste vermißt wird, dann hätten wir doch davon hören müssen!« wirft Annie ein. Aber sicher ist das nicht, mitunter dauert es Monate, bis eine Nachricht auch nur ein paar Meilen weitergetragen wird.

Der Gedanke, der Tote könnte ein Fischer sein, läßt die Frauen verstummen. Sie beenden ihr Mahl, und die Kinder vergleichen ihre Eiermengen.

Thomas nimmt das Segeltuch und geht zurück in die Höhle. Eine halbe Stunde später kommt er wieder und berichtet, daß er in der Höhle noch eine Leiche gefunden hat.

»Der andere ist ein gutes Stück weiter hinten im Dunkeln. Soweit man das sagen kann, ist er zuerst gestorben. Es sieht nämlich so aus, als hätte jemand versucht, wie für ein Hügelgrab Steine um den Leichnam zu schichten. Auf einem Felssims gleich hinter dem Höhleneingang habe ich eine Leine, einen Jigger und einen Eimer entdeckt – aber nichts, was über ihre Herkunft Auskunft gäbe. Allerdings würde ich sagen, die Männer waren Weiße.«

»Einer der Männer von der *Tern* hat uns erzählt, daß manchmal Bedienstete weglaufen und dann in Banden im Wald umherstreunen. Vielleicht waren das auch welche«, wirft Charlie ein.

Meg, die gerade ihre Sachen aufsammelt, hält inne. »Wir werden sie doch nicht ohne ein christliches Begräbnis hier zurücklassen?« Sie blickt zu Thomas.

»Ich spreche mit den Männern, wahrscheinlich kommen wir morgen noch mal her und begraben sie dann hier oder bei uns auf dem Kap. Ich bezweifle, daß man auf diesem Felsen ein Grab schaufeln kann.« Er erhebt sich. »Wir machen uns jetzt besser auf den Heimweg, es wird im Nu dunkel sein.«

Beim Abstieg machen sie einen Bogen um die Höhle. Selbst die Jungen wollen nichts mehr von den beiden Toten hören. Nur Rose und Fanny können nicht genug davon bekommen und sprechen immer noch darüber, als sie in die Boote steigen.

»Du meine Güte, könnt ihr zwei nicht endlich Ruhe geben? Zählt eure Eier, schaut euch das Meer an, schlaft eine Runde, oder wenn ihr schon sprechen müßt, dann über etwas anderes!« herrscht Thomas die Kinder an, der ansonsten selten mit ihnen spricht. Für den Rest des Ausflugs schweigen die beiden Mädchen sich aus.

Lavinia überläßt Isaac ihren Platz am Ruder. Mit dem Rücken zu den anderen lehnt sie sich am Bootsbug zurück und beobachtet das Wasser; die Wellen, die sich vom Boot ausbreiten, während es durch das lachsrosa Meer gleitet, hypnotisieren sie. In dem anderen Boot fängt Meg zu singen an, und der Rest stimmt mit ein. Es ist ein trauriges Lied mit Dutzend Strophen, von denen jede mit den Worten endet: »My love is gone and will not come, tho' the tide rolls on for a thousand miles.«

Die Worte des Liedes wehen über das glatte Wasser. Das Kap nähert sich, die behäbigen Häuser darauf wirken sicher und gemütlich. Lavinia kann die schmalen Wege erkennen, sogar die Ziegen auf dem schmalen Kamm, wo sie demnächst wieder Kartoffeln anbauen werden. Sie kann die Männer ausmachen, die vor dem Lagerschuppen warten, der silbern verwittert ist, jetzt aber, wie alles andere – die Zäune, die Ziegen, die Nebengebäude, selbst die Männer – in das pfirsichgraue Abendlicht getaucht ist. Der Augenblick ist vollkommen, und Lavinia, die beinahe eingedöst ist, vergißt für einen Augenblick Kälte und Hunger und beginnt, mit dem Kap Frieden zu schließen.

Sie ist als erste aus dem Boot. Ohne darauf zu warten, daß die anderen von ihrer Entdeckung berichten, eilt sie davon, am Lagerschuppen vorbei, den Weg hinauf, am Haus der Vincents vorbei und hinein in das leere Haus der Andrews. Schnurstracks geht sie ins Bett, zieht sich die Decke über den Kopf und ist nach fünf Minuten eingeschlafen. Stunden später wacht sie auf, nimmt ihr Tagebuch und verläßt leise das Haus.

Im weißen Mondschein sitzt sie unten am Strand, lehnt sich an den großen Felsen und schreibt einen verworrenen Bericht über die Ereignisse des Tages.

11. KAPITEL

Nun, Emma und Jane sind fort. Ich bezweifle, daß wir beide je wieder zu Gesicht bekommen. Trotz all ihres Geredes darüber, sie würden sich in St. John's eine Arbeit suchen und Geld verdienen wollen, sind sie doch in Wirklichkeit nur deshalb fort, um sich nach einem Ehemann umzuschauen. Ich für meinen Teil bleibe lieber hier.

Tatsächlich ist Lavinia diesen Sommer mehr als zufrieden. Sie ist unglaublich und gegen alle Vernunft glücklich, doch nachdem sie ihre natürliche Überschwenglichkeit so viele Jahre unterdrückt hat, hat sie Schwierigkeiten, das auch schriftlich festzuhalten.

Es ist ein strahlender Sommer – lauter windstille, sonnige Tage, an denen es lediglich einmal sanft in der Abenddämmerung oder kurz vor dem Morgengrauen regnet. Eine großzügige Jahreszeit, mit ergiebigen Fängen, überreichen Äckern, Büschen über und über voller Beeren und einer Ziegenmilch, die so rahmig ist, daß jeder Schluck ein Genuß ist. Ein Sommer, der so herrlich ist, daß sich alle nachfolgenden Sommer an ihm messen müssen.

Es ist eine sinnliche Zeit, in der die Frauen ihre Gesichter, ihre Arme berühren und zum erstenmal seit ihrer Kindheit wieder die eigene Haut fühlen; eine Zeit, in der lang verheiratete Männer auf lüsterne Gedanken kommen; eine Zeit, in der Lavinia schön wird, schöner, als sie es je wieder sein wird. Lange Sonnentage lassen ihre Haut leuchten und verleihen ihrem roten Haar einen kupfernen Schimmer. Sie steckt es zu einem Dutt hoch, aber es entwindet sich immer wieder den Nadeln und kringelt sich um ihre Ohren und ihren Hals.

In diesem Sommer müssen die älteren Kinder, die groß geworden sind, bei den Trockengestellen und auf den Booten mithelfen. Das Meer ist so warm, daß man darin baden kann, und ohne daß die anderen es wissen, tun zwei tapfere Geschöpfe das auch und tanzen auf dem Strand, im Mondschein so weiß wie Meeresgeister.

Es ist ein Sommer, wo alles möglich erscheint. Wo Neds Schiff, das schon so lange überfällig ist, gewiß einlaufen muß; wo Josh Vincents Füße, die seit zwei Jahren verkrüppelt sind, heilen; wo Lizzies Zwillinge, die seit ihrer Geburt zwischen Leben und Tod schweben, rund, braun und laut werden; wo Peter Vincent mit einem Schuß zweihundert Strandvögel erlegt. Ein Sommer, wo Kartoffeltriebe grün und saftig direkt aus Felsen wachsen, Fische ins Boot springen und riesige Bäume mit einem einzigen Axthieb zu Boden gehen.

Es gibt nichts, was die Männer in diesem Sommer nicht schaffen. Sie stellen einen Schulraum fertig, der an Megs Küche grenzt, fahren auf dem Wasserweg schweres Bauholz von Indian Bay her, stützen den Anlegesteg neu ab und sprechen nach einem neuerlichen Besuch von Reverend Eldridge – der dabei den abtrünnig gewordenen Ned wieder auf den rechten Pfad zurückgeführt hatte – sogar davon, vor dem Frost noch den Grundstein für eine Kirche legen zu wollen.

Eines Abends beschwatzt Meg die anderen, mit ihr zu gehen

und sich die Stelle anzusehen, die sie sich für die Kirche ausgesucht hat.

Als sie an der Stelle ankommen, die ein ganzes Stück weiter hinten liegt, deutet Ben auf einen riesigen, rosa und grau gesprenkelten Granitfelsen, der fast flach ist: »Das hier ist ein gutes Fundament.«

Sarah protestiert, daß der Weg von den Häusern bis zur Kirche viel zu weit ist, und Mary, die nur widerstrebend mitgekommen ist, erklärt, sie halte den Bau einer Kirche ohnehin für überflüssig. »Ist doch hirnrissig von uns, daß wir hier herumlatschen und uns tatsächlich überlegen, in so was harte Arbeit reinzustecken!«

Ohne auf die Einwände zu achten, beschreibt Meg, wie die Kirche ihrer Vorstellung aussehen soll: klein und weiß, eine hölzerne Kopie der Steinkapelle, die Jenny und sie in Weymouth besucht hatten.

»Und vorbeisegelnde Schiffe werden sie von beiden Seiten des Kaps sehen und den Kirchturm schon von weitem erkennen können«, erklärt Ben ihnen.

»Du meinst, wir könnten da oben ein Signallicht entzünden, wenn jemand auf See in einen Sturm gerät?« Die Möglichkeit eines praktischen Nutzens der Kirche besänftigt Mary ein wenig.

Sie stehen da und blinzeln zu dem weißen Phantasieturm hoch, entzückt von der Idee, daß vorbeifahrende Schiffe darauf warten werden, daß die Turmspitze ihrer Kirche aus dem Meer auftaucht.

Meg hakt sich bei ihrem Mann unter. »Es gibt nur zwei Dinge, die ich mir auf dieser Welt ersehne«, sagt sie leise, »an diesem Ort eine Kirche zu sehen und daß unser Willie Priester wird.« Dann, als sie merkt, daß Mary zugehört hat, setzt sie hinzu: »Natürlich liegt das in Gottes Händen – laßt uns beten, bevor wir zurückgehen.«

Lavinia, die auch gehört hat, was Meg sich so sehnlich

wünscht, belächelt den ordentlich frisierten, gesenkten Kopf ihrer Schwägerin. Seit sie auf dem Kap sind, hat Meg sich sehr verändert. Mit der gefügigen Frau, die zufrieden war, ihr Leben als Frau eines Hausierers zu verbringen, hat sie nichts mehr gemein.

Lavinia, die nun alles mit anderen Augen betrachtet, hatte den Sommer über beobachtet, wie Meg von irgendeiner Hausarbeit aufsah und ihren Blick glücklich über die auf Hochglanz polierten Tische und Stühle schweifen ließ; über Borde, auf denen Marmeladengläser, Tüten mit Seifen, Kerzen, Öl, Brot aufgereiht waren; über die soliden Wände des Hauses, das ihr Mann gebaut hat. Nach solch einer Besichtigung sagte Meg unweigerlich: »Der Herr ist gut zu uns gewesen.« Diese Worte waren zum Schutz gedacht – ein Zauberspruch gegen die Sünde des Stolzes und der Habsucht, gegen die Genugtuung angesichts des Wissens, daß sie und Ben die wohlhabendsten Bewohner des Kaps sind.

Nachdem der Standort der Kirche geklärt ist, fangen die Männer an, jede Woche einen Tag damit zu verbringen, Bauholz zu fällen. Es ist ein weiter Weg, über die Landzunge und hinter zu den Hügeln, wo hohe Bäume wachsen. Die gefällten Bäume lassen sie liegen, bis sie im nächsten Winter über den Schnee heimgezogen werden können, stecken den Grundriß ab und legen nach einem Plan, den Ben auf ein Stück Holz gekratzt hat, Schwellen an.

Außer Mary fragt niemand, wie sie sich eine Kirche leisten können, wie sie Nägel, Farbe und Kitt, Dachpappe und Teer bezahlen sollen. Zusammen mit den abschließenden Verschönerungen aus Glas und Kupfer müssen diese Dinge aus St. John's hergebracht werden, Stück für Stück, Jahr für Jahr, soweit es ihr Kredit bei Caleb Gosse zuläßt – ein Vorhaben, das in dieser herrlich zuversichtlichen Sommerszeit möglich erscheint.

Während Lavinia ihre verlängerte Kindheit hinter sich läßt, kehrt ihr Verlangen, alles zu sortieren, zu katalogisieren und zu organisieren, zurück. Seite um Seite füllt sie ihr Tagebuch mit Listen von Leuten, Plätzen, den Namen von Hunden, Booten, Blumen, Blättern, Vögeln, Muscheln. Weiß sie einen Namen nicht, denkt sie sich einen aus. Sie scheint eine eigene Welt zu erschaffen, hält sie fest, macht sie dauerhaft.

Gerne würde sie die Namen aller Orte in der Umgebung aufschreiben, sehnt sich nach einer Landkarte vom Kap, von Neufundland, eine Karte, die zeigt, wo auf der Erde sie sich befindet. Eine Karte, die jede Bucht, und sei sie noch so klein, namentlich erwähnt. Aber vom Kap gibt es keine Landkarte, und Lavinia hat auch keine Vorstellung von den Kontinenten, Ozeanen, kein Bild von Amerika, an dessen oberer Kante eine dreieckige Insel, fast so groß wie Irland, abgebrochen ist. Sie weiß nur, daß sie früher einmal in Weymouth in England und nun auf der anderen Seite der Erde lebt – stellt sich vor, sie säße am Rand eines dunklen, unbekannten Hinterlandes und hätte ein unendliches Meer vor sich.

Lavinia bildet sich ein, es würde ihr ein sicheres Gefühl vermitteln, alles auf einer Landkarte zu sehen. Sie weiß, daß es so etwas gibt, denn sie erinnert sich dunkel daran, im Ellsworth House einmal eingerahmte Landkarten abgestaubt zu haben. Sie versucht sich an sie zu erinnern, kann aber nur die Seeungeheuer und die mit Fischschwänzen versehenen Engelchen wieder heraufbeschwören, die die Ecken verzierten. Sie fragt Ned aus und, da er ihr nicht weiterhelfen kann, überlegt, ob Thomas Hutchings ihr nicht eine Landkarte zeichnen könnte. Sie erwägt, ihn zu fragen, bringt aber nicht den Mut dazu auf.

Auch wenn es keine Landkarten aus Papier oder Wachstuch auf dem Kap gibt, merkt Lavinia doch allmählich, daß unsichtbare Karten existieren. Meg und Sarah haben Landkarten: Reverend Eldridges Beschreibungen des Paradieses, die sie auswendig gelernt haben und die die genauen Ausmaße einer aus Jaspis, Saphir und Smaragd errichteten Stadt angeben; diese Stadt ist das erklärte Ziel der beiden, in die sie unbedingt gelangen und in die sie ihre Männer und Kinder mitnehmen möchten. Mary Bundle hat andere Zielpunkte im Kopf, die zwar irdischer, aber deshalb noch lange nicht weniger fest umrissen sind.

Die Landkarten der Männer bestehen nach Lavinias Vorstellung aus finsteren, versunkenen Kontinenten, auf denen untergegangene Schiffe und ertrunkene Seemänner liegen. Aus präzisen Zeichnungen von jedem Kliff, Kanal, von jedem Sog, jeder Untiefe und Felsbank Meilen ums Kap herum und aus nassen Wegen, auf denen Millionen von Kabeljaus zwischen wallenden Seegräsern und Algen durch Ströme kalten und warmen Wassers schwimmen.

Die Karten der Kinder sind ihr bestens bekannt; sie bestehen aus Pfaden, die kreuz und quer über das Kap verlaufen, durch den Sumpf, um den Teich herum, Wege durch die Sanddünen, über Ödland. Pfade, die die Ziegen an Hügelflanken austreten, Pfade zu den Unterschlüpfen der Männer hinten im Wald, versteckte Pfade zu geheimen Plätzen und die merkwürdigen unirdischen Wege, die keiner je benutzt, die aber da sind – ausgetreten von wem?

Dann sind da noch die anderen, die faszinierendsten Pfade von allen, die nämlich, die Brücken schlagen zwischen der Welt der Kinder und der der Erwachsenen. Unsichtbare Pfade, die erst zur gegebenen Zeit sichtbar werden, wenn das Wissen über sie an das Kind weitergereicht wird.

Lavinia hat es mit eigenen Augen erlebt, gesehen, wie ein Mädchen eines Tages den Kopf hebt und zum erstenmal dem Weinen eines Babys lauscht, dem Geräusch eines Ruders, das eingezogen wird, der Stimme eines Mannes, dem Kreischen einer Säge, die durchs Holz gezogen wird, der Bemerkung einer Frau. Innerhalb einer Woche wird das Mädchen zu jeder Tages- und Nachtzeit sagen können, wo jeder sich im Augenblick befindet. Dann – oder so stellt Lavinia sich das zumindest vor, denn sie selbst hat die Erfahrung noch nicht gemacht

– wird sich eines Morgens noch vor dem Sonnenaufgang, noch ehe das Mädchen aufgewacht ist, eine neue und völlig andere Landkarte hinter ihren geschlossenen Augen eingeprägt haben.

Das Geschenk wird kommen, das Mädchen wird erwachen und die morgendlichen Geräusche hören – das Hufgeklapper der Ziegen, den glockengleichen Klang von vertäuten Booten, das Plätschern des Wassers –, und die Landkarte ihres Tages, ihres Lebens wird ausgebreitet vor ihr liegen. An diesem Tag wird das Mädchen nicht mit den Kindern hinausgehen, wird nie mehr wieder seilspringen, nie mehr Vater, Mutter, Kind spielen, Muscheln sammeln oder zerbrochene Porzellanstücke. Auf geheimnisvolle Weise ist sie zur Frau geworden, Besitzerin geheimer Tabellen, die die Mondphasen voraussagen, Ebbe und Flut des Meeres und des Blutes.

Bei Lizzie und Annie ist es schon soweit, und in diesem Sommer bemerkt es die aufmerksame Lavinia auch bei ihren Nichten Jane und Emma. Sie wartet den goldenen Sommer und den Herbst hindurch darauf, daß auch ihr die Augen geöffnet werden.

Nur Mary ist überrascht, als Megs und Bens Tochter Emma und Neds Jane gegen Ende dieses Sommers verkünden, sie würden nach St. John's fahren, sobald die *Charlotte Gosse* einträfe. Die beiden Kusinen haben seit Jahren über nichts anderes geredet, aber an Mary, die ganz in ihren eigenen Beschäftigungen aufgeht, ist das völlig vorbeigegangen.

Falls ihr der Gedanke, daß Emma sie verlassen will, zu schaffen macht, merkt man es Meg jedenfalls nicht an. Sie beginnt auf der Stelle damit, Bens schweren Mantel auseinanderzunehmen, um ihn für ihre Tochter umzuschneidern, damit sie, wenn sie in St. John's eintrifft, ordentlich aussieht. Eines Tages macht sie Patience sogar den Vorschlag, ihre Schwester und Kusine doch zu begleiten.

»Auf dich ist Verlaß, Patience, du könntest ein Auge auf die beiden haben, du weißt doch, wie Emma ist … und zu Neds Jane habe ich auch kein großes Vertrauen.«

Schon immer hat Meg ihre älteste Tochter mit zwiespältigen Gefühlen betrachtet. Emma hat Lavinias große Statur und ihr rotes Haar geerbt, dazu das schmale, habichtartige Gesicht irgendeines unbekannten Vorfahren. Meg vertraut Sarah ihre Gedanken an: »Patience und Lizzie sind häusliche Typen wie ich, ihre Herzen sind Gott zugetan, aber ich muß sagen, bei unserer Emma bin ich mir da nicht so sicher. Sie ist eher wie Vinnie, nicht für diese Welt gemacht.«

Sarah dagegen, die Emma dabei beobachtet hat, wie sie Peter schöne Augen machte, ist der Meinung, daß Emma in der Welt bestens zurechtkommen wird.

»Das ist eine ganz Schlaue, und sie hat die loseste Zunge, die ich bei einem jungen Mädchen je erlebt hab'. Ich find's schade, daß sie geht«, erzählt Sarah Josh. Aber Meg gegenüber nickt sie bloß: »Ich weiß, ich liege mehr Nächte wach und sorge mich um Annie, als ich es für alle drei Jungs zusammen gemacht hab'.« Ihr Seufzer drückt die hilflose Liebe aus, die Mütter zu ihren Töchtern fühlen.

Da Patience das Kap nicht verlassen möchte, muß sich Meg damit zufriedengeben, daß sie Emma das Versprechen entlockt hat, bei ihrem künftigen Arbeitgeber darum zu bitten, für Kirchgänge freizubekommen.

»Die Kirche ist der beste Platz für diese jungen Dinger, da können sie auch einen anständigen Ehemann finden. Außerdem, wenn Emma sich erst mal in St. John's eingelebt hat, dann hätte es auch Willie dort nicht so schwer, wenn's mal soweit ist. Du weißt schon, für seine weitere Ausbildung, wenn du in seinen Kopf alles eingetrichtert hast, was geht.«

Lavinia kann nicht umhin zu fragen, woher sie denn wissen sollen, wann Willies Kopf voll ist: »Sein Kopf ist doch kein Eimer, Meg, wir können nicht sehen, ob er überschwappt.«

»Grins nicht so, Vinnie, als nächstes wirst du noch ein genauso schlimmer Spötter wie Ned. Wenn der Herr den Israeliten ein Zeichen gegeben hat, dann zweifle ich nicht daran, daß er mir auch eins geben wird. Er wacht über diesen Ort und über Willie auch. Daß Emma und Jane nach St. John's gehen, ist alles Teil seines Plans, wirst schon sehen – und über dich wacht er auch, Vinnie.«

Angesichts solchen Glaubens fehlen Lavinia die Worte. »Wenn der Herr für mich einen Plan hat, dann würde es mich freuen, wenn er es mich bald wissen ließe«, schreibt sie in dieser Nacht in ihr Tagebuch.

Selbst im Herbst machen die Männer noch gute Fänge. Immer noch bringen sie ganze Bootsladungen mit Fisch zurück, als die *Charlotte Gosse* eintrifft, um die bereits gepökelten Fische einzuladen. Da es überall längs der Küste viel Fisch gibt, rechnet Alex Brennan damit, daß er vor dem Winter noch einmal wiederkehrt. Die jungen Frauen lassen sich jedoch nicht darauf ein, auf seine Rückkehr zu warten, und bestehen darauf, gleich mit ihm mitzufahren.

Am Abend vor der Abfahrt der *Charlotte Gosse* findet in dem Schulraum, den Ben gerade fertiggestellt hat, eine kleine Feier statt. Der Raum ist ein niedriger Anbau mit Pultdach und enthält ein eingebautes Bett für Lavinia, ein langes Regal, eine Schulbank und vorn ein kistenartiges Pult. Bislang gibt es weder einen Kamin noch ein Fenster, aber der Raum hat zwei Türen, von denen eine ins Freie, die andere in Megs Küche führt.

Zwar passen nicht alle in den neuen Raum, aber es ist ein warmer Abend, und sie gehen hinaus auf den Grasflecken neben dem Haus, um den Männern zuzuschauen, die ein großes Feuer entzündet haben und Fisch und neue Kartoffeln braten. Der Rauch, stechend durch den bratenden Fisch, zieht ins Schulzimmer, wo die Frauen auf dem Pult das Essen ausgebreitet haben. Neben einem großen Topf mit Fischsuppe befinden sich Platten mit Forellen, Lachs und gebackenem Seevogel mit Füllung, Schüsseln mit Kartoffelbrei, Rüben und Kohl, verschiedene Brotsorten, Marmeladentörtchen, Krüge mit Ziegenmilch und Kannen mit Tee.

Nachdem alles auf dem richtigen Fleck steht, treten die Frauen ein paar Schritte zurück, falten die Hände über ihren Schürzen und bewundern ihr Werk. Der schwer beladene Tisch vermittelt Meg und Sarah ein derartiges Sicherheitsgefühl, daß sie ihn ewig anschauen könnten. Unerklärlicherweise ist ihnen nach Weinen zumute. Rasch rufen sie alle herein, und dann hält Meg eine Homilie über die Dankbarkeit, bevor sie Thomas bittet, das Tischgebet zu sprechen.

Nach dem Essen kommt Feierstimmung auf. Ned ist schon ziemlich aufgekratzt und bringt die anderen dazu, sich in einem Innen- und einem Außenkreis um das Feuer aufzustellen. Dann zeigt er ihnen, wie sie sich in entgegengesetzte Richtungen bewegen und dabei klatschend und singend hinein- und hinausschlängeln sollen.

Green gravels, green gravels,
the grass is so green,
And all the fair maidens
Are shamed to be seen…

Das wehmütige Lied schwebt mit dem Rauch in die schattigen Hügel und den Silbermondpfad hinab zum Meer.

Meg und Sarah sitzen mit je einem von Lizzies Zwillingen im Arm auf der Stufe vor dem Haus, schauen den Tanzenden zu und stampfen mit den Füßen den Takt. Beide denken an Jennie Andrews und wünschen, sie wäre hier. Wie Jennie über all die Speisen gestaunt hätte, wie gern sie dem Gesang gelauscht, die schlafenden Babys gehalten hätte, die ihre Urenkel sind. Josh, Ben und Alex Brennan verlassen einer nach dem andern den Kreis und setzen sich neben die Frauen.

Nachdem Sarah Alex Brennan von den Wundern des vergangenen Sommers berichtet hat, sagt Meg: »Zum erstenmal seit unserer Ankunft sehe ich dem Winter furchtlos entgegen.«

Ben legt den Arm um seine Frau: »Wir haben das Schlimmste überstanden, nun, wo wir Boote und Äcker haben, wird das hier ein großartiger Ort.« Er versucht abzuschätzen, was der Fischfang dieses Sommers ihnen einbringen wird, und klingt dabei fast so zuversichtlich wie Ned.

»In St. John's wird gemunkelt, daß die Spanier diesen Winter große Mengen Fisch brauchen, und die Spanier haben Gold. Das könnte einmal ein Jahr werden, wo der Preis gut ist«, meint Alex.

»Für ein Faß Mehl hat man letztes Jahr vier Doppelzentner Fisch tauschen müssen; wäre schön, wenn spanisches Gold daran was ändern könnte«, bemerkt Sarah mürrisch.

»Stellt euch vor«, sagt Josh versonnen, »stellt euch vor, wie's wäre, wenn wir all unsere Schulden begleichen könnten.«

Sie versuchen zu schätzen, wieviel Fisch dazu nötig wäre oder, welch herrlicher Gedanke, wieviel man bräuchte, damit sie im vorhinein auch schon die Vorräte fürs kommende Jahr zahlen könnten.

Alex, der es bereut, das spanische Gold erwähnt zu haben, versucht, ihre Erwartungen wieder etwas zu dämpfen. »Bei der Berechnung des Fischpreises muß einiges berücksichtigt werden. Die Kosten von solchen Dingen wie Salz und Werkzeug, die aus dem alten Land hergeschafft werden müssen, Stürme, die die Schiffe aufhalten, Schiffe, die untergehen – viele Dinge, an die Leute wie wir gar nicht denken. Ich bezweifle, daß selbst Caleb Gosse schon sagen könnte, was wir für den diesjährigen Fang kriegen werden.«

Lavinia beteiligt sich nicht an dem Kreisspiel. Sie sitzt in der Nähe auf dem Gras, hört zu, beobachtet die Silhouetten, die Hand in Hand um das Feuer hüpfen. Ned, Mary, Frank Norris und, ja, sogar Thomas Hutchings tanzen noch immer mit den

Kindern. Sie überlegt, ob Alex Brennan wohl seine Flasche hat herumgehen lassen. Zwar ist sie nirgends zu entdecken, aber die Männer benehmen sich außergewöhnlich kindisch.

Die Unterhaltung kommt auf die Reise der Mädchen in die Stadt zu sprechen. Alex verspricht Meg, daß sich seine Frau für sie umhören und zusehen wird, daß die beiden eine gute Stellung bekommen. Als hätten sie ihren Namen gehört, tauchen Jane und Emma bei ihnen auf und werfen sich neben Lavinia ins Gras.

»Warum kommst du nicht mit uns nach St. John's, Vinnie?« Jane stützt ihr Kinn auf Lavinias Knie auf und wiederholt die Frage. »Du warst doch Dienstmädchen in einem großen Haus, bevor du hergekommen bist, da würdest du bestimmt keine Probleme haben, eine Stellung zu finden.«

Der Gedanke, sie könnte mit ihnen gehen, ist Lavinia noch gar nicht gekommen. Sie fragt sich, warum.

»Na hör mal, Jane, du weißt doch, daß Vinnie ein Auge auf jemanden geworfen hat.« Emma wirft Lavinia einen ihrer durchtriebenen Blicke zu. »Da könnten wir genausogut Annie Vincent fragen.« Sie stößt Jane an, und sie lachen.

Nicht zum erstenmal hört Lavinia Jane und Emma über die Beziehung zwischen Annie Vincent und Frank Norris mutmaßen. Keiner sonst läßt sich darüber aus, aber diese beiden sprechen immerzu davon. Ob die beiden über sie etwa auch so reden?

»Was seid ihr nur für zwei alberne Hühner! Vielleicht ziehen Annie und ich ja selber los. Bloß, daß es uns weiter treiben würde als nur bis nach St. John's, denk' ich.« Sie hofft, die Vorstellung, wie Annie und sie sich aufmachen, um ihr Glück zu versuchen, bringt die zwei Mädchen auf andere Gedanken.

»Ach komm, Vinnie, du solltest mit uns kommen, hier ist doch eh keiner, den man sich angeln könnte – außer natürlich Thomas Hutchings.« Emma hält bedeutungsvoll inne. Sie beugt sich vor und blickt Lavinia in die Augen. »An dem Tag auf Turr Island, hat er dich da geküßt? Sarah Vincent hat Ma erzählt, ihr zwei hättet so seltsam geguckt, als sie an dem Tag zu euch raufgekommen ist.«

Lavinia ist froh, daß die anderen auf der Türstufe sich untereinander unterhalten, froh, daß es dunkel ist und niemand ihre Verlegenheit bemerkt. Sie hätte gute Lust, Emma eine Ohrfeige zu geben.

»Ich hab' in meinem ganzen Leben kaum zwei Worte mit Thomas Hutchings gewechselt«, versetzt sie scharf. »Und den ganzen Sommer über hab' ich ihn bloß von hinten gesehen. Ihr beide lernt besser, eure Zunge zu hüten, wenn ihr in einem großen Haus arbeiten wollt. Die Herrinnen solcher Häuser haben es nicht gern, wenn ihre Dienstmädchen Gerüchte in die Welt setzen, das sag' ich euch!«

»Lizzie sagt, ihr drei, Annie, Patience und du, ihr werdet alte Jungfern«, erklärt Emma mit großer Genugtuung.

Jane ist freundlicher. Nun, wo der Abschied nahe ist, bekommt sie es mit der Angst zu tun und hätte ihre Tante in St. John's liebend gern dabei. »Wir kaufen uns neue Kleider, Vinnie – und Schuhe, und Hüte –, und Kapitän Brennan sagt, in St. John's gibt's ein Schauspielhaus, stell dir vor, Vinnie, ein Schauspielhaus!«

»Paß bloß auf, daß Meg dich nicht so reden hört, mein Fräulein. Du bist doch gläubig!« Lavinia ist über sich selbst erstaunt. Vor einem Jahr hatte sie so etwas noch nicht gesagt. »Vielleicht hat Lizzie recht. Allmählich werde ich zu einer alten Jungfer.«

Niedergeschlagenheit überfällt sie, der umgehend der Wunsch folgt, es den Nichten zu zeigen, ihnen für ihre Reise nach St. John's Gesprächsstoff zu liefern. Unvermittelt springt Lavinia auf, rennt zu den Tänzern und reiht sich zwischen Thomas Hutchings und Frank Norris ein.

Thomas schenkt ihr ein Lächeln, ehe er etwas zu Fanny sagt, die auf seiner anderen Seite tanzt. Thomas' Hand in ihrer, seine bloßen Arme, seine Schulter, die beim Tanzen manchmal ihr Haar berührt, verursachen ihr weiche Knie.

Um so überraschter ist sie, als sie merkt, daß sich auch ihre andere Hand, mit der sie Frank Norris hält, kribbelig anfühlt. Frank ist ein wenig kleiner als Lavinia, sieht aber trotz seines breiten Gesichts und seines drahtigen schwarzen Haares, das sich an Hals und Ohren wellt, gut aus. Eigentlich sieht Frank sogar besser aus als Thomas, findet Lavinia. Sie fühlt sich wollüstig und glücklich.

Auf der anderen Seite des Feuers huschen verschwommene Gesichter vorbei: Annie, Isaac, Lizzie und Joe, Charlie, Rose und Patience. Der Gesang legt an Tempo zu, der Kreis dreht sich schneller und schneller. Lavinia wirft den Kopf zurück und beobachtet, wie Sterne wie Spiegelstückchen in dem schwarzen Himmel herumwirbeln. Ihr Haar fliegt ihr um das Gesicht, ihr Rock bauscht sich, ihre Füße berühren kaum noch den Boden. Ihr ist schwindlig von der Bewegung und von einem ihr unbekannten Fieber. Nur der feste Griff von Thomas und Frank halten sie unten, bewahren sie davor, wie die Feuerfunken hochzuwirbeln, wie Elias in seinem feurigen Wagen gen Himmel zu fahren.

Jemand lacht und lacht. Es ist Lavinia Andrews.

Als sie in dieser Nacht in ihrem Bett liegt, das an die Schulzimmerwand gebaut worden ist, und zum erstenmal allein schläft, sehnt Lavinia sich danach, daß jemand kommt. Sie bildet sich ein zu hören, wie sich die Tür öffnet und sich Schritte ihrem Bett nähern. Sie wartet, verzehrt sich nach jemandem, nach Thomas oder Frank, irgend jemandem, aber niemand kommt.

Als sie am nächsten Morgen am Anlegesteg darauf wartet, daß die *Charlotte Gosse* ablegt, hört sie Alex Brennan ihren Namen rufen. In der törichten Annahme, er würde sie einladen, an Bord zu kommen, ihr sagen, sie solle sich beeilen, ihre Sachen holen und mit Jane und Emma mitkommen, die sich gegen die Reling lehnen und mit einem gelassenen Lächeln hinunterstarren, tritt Lavinia vor.

»Tut mir leid, hab' ganz vergessen, daß ich das hier dabeihatte – da steht Ihr Name drauf.« Alex Brennan wirft ihr ein Päckchen hinunter. Es ist in ein Öltuch eingewickelt und mit einer dicken Schnur verschnürt, an der eine Karte hängt, auf der steht: Miss Lavinia Andrews. Wie herrlich, denkt sie, daß jemand in einer Stadt, die sie noch nie besucht hat, eine Feder in Tinte getaucht und ihren Namen so sorgfältig geschrieben hat. Sie fährt mit den Fingern darüber. In dem Päckchen stecken Bücher. Durch die Verpackung hindurch kann sie die steifen Buchrücken fühlen. Sie drückt das Päckchen an sich, tritt vom Rand des Anlegestegs zurück und winkt, als die Leinen eingeholt werden und die *Charlotte Gosse* ablegt.

»Bestimmt werde ich hier noch oft von jemandem Abschied nehmen.« Der Gedanke läßt sie erschauern.

»Was ist los mit dir, Vinnie, ist dir eine Laus über die Leber gelaufen?« Meg, die sich ohne Tränen von ihrer Tochter verabschiedet hat, greift nach dem Päckchen und prüft sein Gewicht, als wolle sie abschätzen, wieviel Bildung es enthält.

»Tja, nun bist du eine Lehrerin, daran besteht kein Zweifel. Ben wird so einige Nägel einschlagen müssen, um die hier abzubezahlen.«

Lavinia rechnet damit, daß Meg die Bücher nimmt, aber die gibt ihr das Päckchen ungeöffnet zurück. »Die sind für dich. Was meinst du, wie lang wird Willie brauchen, um sie durchzuarbeiten?«

»Ein ganzes Leben, oder zwei«, denkt Lavinia, aber laut sagt sie mit einem Achselzucken nur: »Ich weiß nicht, Meg, ein Jahr oder so, nehm' ich an, hängt ganz davon ab, wie gut er aufpaßt.« Ihr ist furchtbar kalt, und sie ist müde.

Sobald Lavinia an diesem Abend allein ist, packt sie die Bücher aus: eine große Bibel, die gleiche Fibel, die sie in der Sonntagsschule in Weymouth benutzt hatte, und ein dickes, ziemlich abgegriffenes Exemplar der Werke eines ihr unbekannten Autoren – William Shakespeare. Sie fragt sich, wer wohl die Auswahl getroffen hat. Kann es sein, daß Thomas Hutchings Alex Brennan eine Liste mitgegeben hatte, oder hat ein Buchhändler sie ausgesucht, oder Alex Brennans Frau, die unbekannte Frau, die ihnen schon so viele Gefallen erwiesen hat?

Lavinia setzt sich auf ihr Bett und blättert durch das fremde Buch, doch die Buchstaben sind zu klein gedruckt, als daß man es bei Kerzenlicht lesen könnte. Sie stellt alle drei Bücher auf das Bord, das Ben direkt über ihrem Bett angebracht hat. Auf den Büchereinbänden spiegelt sich das Kerzenlicht, was dem Raum den letzten Schliff gibt.

Sie kramt in ihrem alten Beutel herum und holt mehrere Gegenstände zum Vorschein, ein Bild, das früher einmal in der Küche in der Monk Street hing, eine rotweiße Muschel und drei Steine. Sie ordnet die Muschel, die sie am ersten Tag hier am Strand gefunden hat, und die Steine – einer in Form eines Pfeiles aus schwarz glänzendem Feuerstein aus der geheimen Grube und zwei eiförmige, orange gefleckte Steine von Turr Island – zu jeder Seite des Bildes an. Der Gipsrahmen sieht schon reichlich mitgenommen aus, aber das Bild ist unverändert: Noch immer wandert ein Schafhirte mit seiner Schafherde auf einem von stattlichen Bäumen und Blumen gesäumten Sträßchen nach Hause. Die sanfte englische Landschaft erscheint unwirklich, anders als das England, das Lavinia in Erinnerung hat. Sie studiert das Bild genau und fragt sich, warum ihr bei seinem Anblick einst die Tränen kamen.

Durch die Gegenstände auf dem Bord wird der Raum zu ihrem. Mehrere Male ordnet Lavinia sie um, bevor sie zufrieden ist. Dann bläst sie die Kerze aus. Vor dem Einschlafen denkt sie: »Dadurch, daß ich unterrichte, besitze ich bereits ein Paar Schuhe, drei Bücher und ein eigenes Zimmer. Vielleicht habe ich gar keine so schlechte Wahl getroffen, daß ich nicht mit den Mädchen fortgegangen bin.«

Als das schöne Wetter unverändert anhält, besteht Meg darauf, daß sie trotz des Sonnenscheins mit dem Unterricht beginnen müssen. Lavinia ist zwar die Lehrerin, aber als Leiterin der Schule betrachtet Meg sich selbst. Am ersten Morgen hält sie den aufgebrachten Schülern einen Vortrag über die Sünde der Faulheit.

»Ihr kommt gleich in der Früh hierher, außer natürlich am Sabbat, und ihr bleibt hier, bis Ben zum Essen heimkommt. Und denkt dran, wenn's Probleme geben sollte, ich bin gleich nebenan!« Sie zückt eine Rute aus kleinen Zweigen, die mit einem Stück Leder zusammengehalten werden, und zeigt Lavinia, wie sie diese zu benutzen hat, sollte eines der Kinder nicht gehorchen.

Meg schließt zwar alle Kinder in ihre Ermahnungen ein, aber ihr Blick ist dabei unverwandt auf ihren geliebten Sohn Willie gerichtet, der neben Rose Norris sitzt und versucht, trotz seines zuversichtlichen Wesens so niedergeschlagen wie möglich dreinzuschauen. Meg droht ihnen mit der Rute, ehe sie sie an einen Haken nahe der Tür hängt und nach einer letzten Warnung in ihre Küche verschwindet. Lehrerin und Schüler läßt sie in einem Zustand tiefer, stummer Verzagtheit zurück.

Die Kinder und Lavinia sitzen im Kreis auf dem Boden. Es ist kühl im Raum, und außer dem Pult, einer Bank ohne Lehne und dem Bett, das mit einem bunten Quilt bedeckt ist, den Jennie in der Monk Street genäht hatte, steht nichts darin. Der Quilt stellt den einzigen Farbtupfer in der Dunkelheit dar. Lavinia holt tief Luft und blickt in die Runde. Vor ihr sitzen acht Schüler, neun, wenn man Moses mitzählt, der eigentlich noch zu jung für die Schule ist.

Als Lavinia den Mund aufmacht, wird ihr klar, daß sie keine Ahnung hat, was sie sagen soll; keine Vorstellung davon, was eine Lehrerin tun muß, keinen Plan. Das hier ist ganz was anderes, als Buchstaben in den feuchten Sand zu malen, und auch etwas anderes, als an Megs Küchentisch der Reihe nach vorlesen zu lassen. Um ihre Verlegenheit zu überdecken, geht sie zu der Tür hinüber, die ins Freie führt, und reißt sie weit auf.

Sofort erfüllen Licht und Sonnenschein den Raum. »Wir fangen alle damit an, diesen Buchstaben zu schreiben.« Sie hält die Fibel hoch. »A wie Adam ...«

Willie besitzt als einziger eine Schiefertafel und sogar Griffel, einen Lumpen und eine kleine Wasserflasche. Wieder einmal fragt sich Lavinia, wie es kommt, daß Meg immer genau weiß, was zu tun ist beziehungsweise was man haben, sagen oder sogar wollen muß. Sie hatte einmal darüber gelacht, als sie Mary Bundle zu Ned sagen hörte, Sarah Vincent sei eine Hexe. Wenn es auf dem Kap eine Hexe gibt, denkt Lavinia, dann ist es Meg – eine ruhige, gütige Hexe – eine fromme Hexe.

Die anderen Kinder müssen sich zum Schreiben mit anderen Dingen behelfen, deren Nützlichkeit von der Erfindungsgabe jeder Familie abhängt. Etliche haben flache Steine und Splitter von kreideartigen Steinen dabei, Charlie Vincent hat das Blatt einer kaputten Schaufel mitgebracht, auf dem er schreiben soll, Rose Norris kommt ohne alles, und Fanny Bundle kommt überhaupt nicht.

Den phantasievollsten Tafelersatz haben sich die Drei Könige ausgedacht. Henry, George und Alfred kommen jeder mit einer Vogelfeder und einem Blechteller daher, dessen Boden mit einer Mehlschicht bedeckt ist. Sie zeigen Lavinia, wie sie mit der Feder Linien in das Mehl malen können. Der einzige Nachteil daran ist, das sie jedesmal ganz weiße Gesichter bekommen, wenn sie auf das Mehl pusten, um die Schrift zu löschen. Während sich der Vormittag dahinschleppt, entdecken Neds Jungen, daß man aus Mehl und Spucke kleine Kügelchen formen kann, die sich ausgezeichnet als Waffen einsetzen lassen.

Lavinia ist mit ihrer Weisheit am Ende, wie sie die rund drei Schulstunden, die ihr endlos erscheinen, überbrücken soll, und kümmert sich nicht um ihr Gekasper.

Am zweiten Schultag nieselt es, so daß Lavinia die Tür geschlossen halten muß. Nur noch sieben Schüler sind anwesend, da Isaac entschieden hat, daß er schon zu alt, und Moses, daß er noch zu jung für die Schule ist. Die Düsterkeit im Raum und der geschrumpfte Schülerhaufen lassen die kleine Versammlung noch trauriger erscheinen als am Tag zuvor. Doch an diesem Vormittag hat Lavinia, die einen Gutteil der Nacht wachgelegen hatte, einen Plan. Zum Tagesauftakt läßt sie jedes Kind einen Bibelvers auswendig lernen und aufsagen.

»Denk an deinen Schöpfer in deiner Jugend, ehe die bösen Tage kommen und die Jahre sich nahen, da du wirst sagen: ›Sie gefallen mir nicht‹« ist der Vers dieses Morgens. Bis die Kinder ihn auswendig gelernt haben, ist fast eine Stunde vergangen. Ehe alle Kinder den Vers aufgesagt haben, hört man ein ausdauerndes Klopfen an der Außentür.

Da sie annehmen, Ben sei wieder einmal dabei, sein Haus zu vergrößern, schenken sie dem Geräusch keine Beachtung. Daß man an zivilisierteren Orten nicht einfach die Tür aufmacht und hereinspaziert, ist den Kindern gänzlich unbekannt, und Lavinia hat es vergessen. Das Klopfen hält etliche Minuten an, ehe die Tür aufgeht und Thomas Hutchings hereinkommt.

Die verdrossenen Schüler blicken erwartungsvoll auf, da sie sich Befreiung aus ihrer Haft erhoffen. Lavinia steht mit rotem Kopf da und wischt sich Staub vom Rock, der so abgetragen ist, daß das auch nichts mehr hilft.

Sie ist genauso überrascht über Thomas' unerwartetes Auftauchen wie die Kinder. Seit dem Tag auf Turr Island, der Monate her ist, ist es das erste Mal, daß er sich ihr nähert. Sie hat den ganzen Sommer aufgepaßt, auf jede Bewegung geachtet, auf jeden Blick, der ein besonderes Interesse verraten könnte, aber da war nichts. Mittlerweile glaubt sie fast schon, er würde ihr aus dem Weg gehen.

Sie ruft sich Janes und Emmas Worte in Erinnerung, nach denen sie eine altjüngferliche Lehrerin mittleren Alters ist, und wartet, wie sie hofft, würdevoll darauf, daß er spricht.

»Die nächsten paar Monate werden wir das hier nicht brauchen. Ich, äh, ich dachte, es könnte euch vielleicht von Nutzen sein.« Er hält ihr die kleine Schiefertafel entgegen, die während der Fischsaison zum Notieren der Fischladungen benutzt wird.

Sie nickt. »Vielen herzlichen Dank.«

Sie stehen nebeneinander und schauen auf die bunt zusammengewürfelte Kinderschar. Charlie Vincent hat sich die Fibel genommen und sieht sie sich an. Die anderen sitzen da und starren mit offenen Mündern Thomas an, als sähen sie ihn zum erstenmal.

»Kann von ihnen schon einer schreiben?« fragt er.

Lavinia spürt einen Anflug von Ungeduld. Eines der Dinge, die sie an diesem Mann nicht ausstehen kann, ist, daß er immer den Eindruck macht, als ob er andere für dumm hält und sie alle über einen Kamm schert. Genausogut könnte er über eine Bootsladung Fisch oder eine Ziegenherde sprechen. Lavinia fragt sich, ob er die Kinder beim Namen kennt.

»O ja! Wir haben letzten Winter ein bißchen in Megs Küche gelernt. Charlie kann genausogut lesen und schreiben wie ich. Patience kann ein wenig lesen und ihren Namen schreiben. Isaac hat sich wirklich gut angestellt, aber jetzt ist er mit Ned unterwegs, und ich bezweifle, daß wir ihn viel zu sehen bekommen. Rose und Willie kennen die meisten Buchstaben, die Drei Könige genauso …« Lavinia hört sich selbst schwatzen und hält inne.

Nachts, wenn sie allein war, hat sie einen autoritären Ton eingeübt und versucht, dabei den Ton zu treffen, den Mrs. Ellsworth gegenüber ihren Dienstmädchen angeschlagen hatte. Nun strafft sie sich und probiert diesen Ton bei Thomas Hutchings aus.

»Nun, wissen Sie, der Unterricht hat erst gestern begonnen – ich glaube wirklich nicht, daß man da schon allzuviel erwarten kann, nicht wahr?«

Die Worte verschaffen ihr außerordentliche Genugtuung.

Sie geht im Geiste noch einmal jedes Wort durch, ohne etwas daran aussetzen zu können. Sie starrt ihm direkt ins Gesicht, und ihre Freude verstärkt sich noch, als sie seine bestürzte und überraschte Miene bemerkt.

»Oh, ich möchte doch nichts kritisieren. Ich habe mich nur gefragt, ob ich Ihnen irgendwie helfen könnte?«

Er wartet eine Minute, und als sie in ihrer Verblüffung kein Wort herausbringt, fährt er fort: »Nun, denken Sie doch darüber nach – ich meine, über eine Möglichkeit, wie ich helfen könnte. Ich gehe jetzt dann.«

Er wendet sich steif um, geht durch die Tür und schließt sie hinter sich. Dann öffnet er sie wieder, streckt den Kopf herein und sagt: »Sie könnten den Kindern ja mal eine kurze Lektion über das Düranklopfen erteilen.«

Sein Kopf verschwindet, die Tür schließt sich wieder. Lavinia, noch immer in ihrer Lehrerinnenrolle, rümpft die Nase. Ihr wackeln die Knie. Sie setzt sich hin und läßt sich die Unterhaltung noch einmal durch den Kopf gehen. Ob wieder Monate des Schweigens folgen werden?

Doch am nächsten Vormittag erscheint Thomas erneut.

Die Kinder haben einen Bibelvers auswendig gelernt, das Alphabet aufgesagt und sechs neue Wörter gelernt.

Willie und Rose halten beide ihr Ende für gekommen. »Mama wird sauer auf dich sein, Vinnie. Ich hab' gehört, Leute sterben, wenn sie nicht genug Bewegung kriegen«, sagt Willie vorwurfsvoll.

Aufgebracht schickt sie die Kinder nach draußen. Sie steht im Türrahmen, beobachtet sie beim Blindekuhspiel und befürchtet, daß Meg jeden Augenblick auftauchen wird und sie alle zurück ins Klassenzimmer scheucht, als sie Thomas Hutchings den Weg vom Lagerschuppen heraufkommen sieht. Um die Kinder macht er einen Bogen, als wären sie wilde Tiere.

Während er auf sie zukommt, mustert Lavinia ihn von Kopf

bis Fuß und versucht, aus ihm klug zu werden. Er kleidet sich wie die anderen Männer am Ort, trägt die gleichen fadenscheinigen Jacken und Hosen. Aber er sieht nie so aus wie sie – sie fragt sich, wieso. Zum einen ist er ordentlicher, sein Haar wirkt gekämmt, und sein Bart ist gleichmäßig und immer sauber gestutzt. Auch ist er größer, ein bißchen größer als Ned und sie, und irgendwie kräftiger als Frank oder die Vincentmänner. Seine Haut ist dunkel, das Gesicht kantig. Um seinen Mund liegt ein bitterer, verschlossener Zug, als habe er irgendein dunkles Geheimnis.

Er trägt ein Buch unter dem Arm, und als er bei ihr ist, öffnet er es und blättert es durch. »Ich dachte mir, den älteren Kindern würde die Geschichte vielleicht gefallen. Mir hat sie als Kind viel Spaß gemacht.«

Die Vorstellung von Thomas Hutchings als Kind lenkt Lavinia von dem Buch ab. Sie sieht ein zartes, dunkelhaariges Kind in einem schwarzen Anzug vor sich, bei einer Beerdigung vielleicht, der Beerdigung seiner Mutter? Aber sie schafft es nicht, dem Bild einen Hintergrund zu geben, sich ein Land vorzustellen, eine Stadt. Sie blickt auf das Buch, das er ihr geöffnet vor die Nase hält, und sieht geflügelte Pferde, Männer in Rüstungen, Burgen mit wehenden Fahnen – Neds Geschichten –, aber das Buch ist nicht auf englisch geschrieben. »Aber, aber, die Kinder müssen doch Englisch lernen«, versetzt sie einfältig.

»Oh, ich dachte auch nicht daran, sie das Buch lesen zu lassen. Ich lese es ihnen vor. Jeden Tag nur ein kurzes Weilchen, um ihr Interesse für Literatur zu wecken. Wenn Sie möchten, nehme ich die fortgeschrittenen Schüler, während Sie die Kleinen unterrichten. Nach einer Weile können wir anfangen, Shakespeare zu lesen – den haben Sie doch, glaube ich?«

Noch am gleichen Tag, an dem das Buch angekommen war, hatte Patience davon Besitz ergriffen. Lavinia hat gesehen, wie sie, völlig darin vertieft, stundenlang Zeichnungen von Männern in merkwürdiger Kluft und langhalsige Frauen mit wallendem Haar anstarrt. Lavinia selbst hat in dem schweren Buch noch kein einziges Wort gelesen.

»Äh, ja«, sagt sie Thomas Hutchings, »den haben wir.«

»Nun, dann kann ich Charlie und Patience nehmen und ihnen eine halbe Stunde aus diesem Buch und eine weitere halbe Gedichte vorlesen, während Sie den anderen das Schreiben beibringen.«

»Wie einfach doch alles ist, wenn man weiß, was man sagen soll!« denkt sie, als sie sich darauf einigen.

In den ersten paar Tagen schüchtert Thomas Hutchings' Anwesenheit die Kinder ein. Sie weigern sich, die auswendig gelernten Verse aufzusagen oder zu lesen, wenn er im Raum ist. Selbst Rose, das frechste der Kinder, beantwortet in Thomas' Gegenwart keine Fragen. »Wie sollen wir ihn denn nennen?« flüstert sie Lavinia bei seinem dritten Besuch zu.

Lavinia, die sich mit dem gleichen Problem herumschlägt, weiß nicht, was sie dem Kind antworten soll. Erwachsene auf dem Kap werden Tante oder Onkel genannt. Nur Thomas wurde bislang noch nicht zum Verwandten ehrenhalber ernannt. Ohne Antwort scheucht sie Rose an ihren Platz zurück.

Üblicherweise verweilt Thomas nach Unterrichtsschluß immer noch ein paar Minuten, und am folgenden Tag nimmt Lavinia all ihren Mut zusammen und fragt ihn, wie er von den Kindern gerne genannt werden würde.

Die Frage scheint ihn genauso zu verwirren, wie zuvor sie. Er überlegt einen Augenblick, bevor er sie fragt: »Wie nennen die Kinder denn Sie?«

»Genauso, wie sie mich immer genannt haben, Vinnie.«

»Tja, warum können sie mich dann nicht Thomas nennen?«

Lavinia ist über den Vorschlag schockiert. Selbst die Erwachsenen nennen ihn selten Thomas, nicht einmal Josh Vincent, der sicher älter ist als er. Häufiger gebrauchen sie seinen vollen Namen oder sagen einfach Skipper zu ihm. Doch sie nickt und sagt: »Thomas.« Es ist das erste Mal, daß sie seinen

Namen laut ausspricht. Das macht ihr Mut. »Waren Sie früher Lehrer?« erkundigt sie sich.

»Wenn Sie den Shakespeare mitbringen könnten, dann lasse ich Charlie morgen laut etwas daraus vorlesen«, sagt er, als hätte er ihre Frage gar nicht gehört.

Am nächsten Morgen erklärt sie den Schülern, sie sollten Thomas Hutchings mit seinem Vornamen anreden. Es dauert lange, bis sie das über sich bringen, aber als es einmal soweit ist, scheinen sich alle zu entspannen und fangen an, Freude an dem fremden Buch zu haben. Dessen ritterlicher, verrückter Held erinnert Lavinia derart an Ned, daß sie seinetwegen Todesängste aussteht. Es fällt ihr schwer, sich auf das Buchstabieren zu konzentrieren, das sie den kleineren Schülern beibringen soll, während Thomas »Geschichten erzählt«, wie es die Schüler nennen.

Erstaunlicherweise kann Thomas gut vortragen. Wenn er den Kindern vorliest, entspannt sich seine Miene, der wachsame Ausdruck in seinen Augen verschwindet, er lächelt. Er kennt Dutzende von Gedichten und Balladen auswendig. Manchmal handeln sie von Liebe und Ehre, manchmal von Krieg und fremden Göttern. Lavinia hat so ihre Zweifel, was Sarah und Meg zu den Gedichten sagen würden, wenn sie sie hören könnten. In den folgenden Wochen erzählt er ihnen von Männern, die ganze Städte verteidigen, Männer, die zu wilden, unzivilisierten Ländern segeln und Heilige oder Könige werden, Männer, die schöne Frauen retten, Männer, die gegen Ungeheuer kämpfen, auf brennenden Decks stehen, auf Berggipfeln, auf meerumtosten Felsen, Männer, die gegen Götter aufbegehren. Männer, immer nur Männer. Lavinia fragt sich, wieso.

Trotzdem gehen ihr die Geschichten ständig im Kopf herum, sie hört sie kurz vor dem Einschlafen und gleich nach dem Erwachen. Allmählich kann sie ganze Strophen auswendig, dann vollständige Gedichte. Wenn sie allein ist, trägt sie sie laut vor.

Zusammen mit den Bibelversen, die sie allmorgendlich lernen, sind diese Verse die ersten von Hunderten, an die sie sich in den dunklen Stunden ihres Lebens einmal klammern wird.

Nach seinen Lesungen bleibt Thomas weiterhin ein wenig da und beantwortet Charlie und auch Lavinia Fragen über die Bücher, aus denen er vorliest. Nie wieder fragt sie ihn nach seiner Vergangenheit, aber ihre Neugierde wird so übermächtig, daß sie Ned, als sie diesen eines Tages allein antrifft, fragt, für wie alt er Thomas schätzt.

Ned will sich nicht festlegen: so um die Vierzig, vielleicht ein bißchen jünger oder ein bißchen älter. Lavinia gibt keine Ruhe, versucht, Ned über seinen Freund auszuhorchen. Wo kommt Thomas her? Wieso hat es ihn auf das Kap verschlagen? Warum arbeitet er für Caleb Gosse? Was ist das für eine Sprache in seinem Buch? Ist er wohlhabend? Wieviel bekommt er von Gosse gezahlt?

Ihr gewöhnlich so redseliger Bruder gibt sich zurückhaltend. »Keine Ahnung, woher er kommt, Mädchen – ich schätze, er ist auch nicht viel besser gestellt als wir anderen. Soweit ich das beurteilen kann, ist Caleb Gosse ein alter Geizkragen. Seinen Fang läßt Thomas bei den Vincents anschreiben, für die Mahlzeiten, die er bei ihnen bekommt. Etwas Geld kriegt er wohl auch, nehm' ich an, denn die einzigen Münzen, die ich hier je zu Gesicht bekommen hab', sind die, mit denen er Ben bezahlt.« Er zwinkert. »Natürlich sieht die keiner, weil Meg sie alle für Willie zurücklegt.«

Geschickt wechselt Ned das Thema. »Wie groß schätzt du denn eigentlich die Chancen ein, daß Willie Prediger wird? Irgendwie seh' ich's nicht vor mir, unseren Willie als Schwarzrock. Das wär' was, stimmt's?«

Er läßt eine lange Geschichte über einen Geistlichen vom Stapel, der von Pond Island weggejagt wurde, weil er nicht die richtige Religionsrichtung predigte. »... eine gefährliche Beschäftigung, wenn du mich fragst. Meg täte besser daran, einen guten Zimmermann aus dem Jungen zu machen, obwohl ich bezweifle, daß der Bursche dafür genügend Grips hat …«

Als Lavinia nachhakt, worüber er und Thomas sich in den vielen langen Gesprächen eigentlich unterhalten, die sie schon seit Jahren führen, erwidert Ned scharf: »Vinnie, was soll das Ganze? Ich dachte, du hättest den Mann nie ausstehen können. Ich hab' dich immer noch vor mir, wie du ihm in unserem ersten Jahr hier über den Tisch finstere Blicke zugeworfen hast, als würde dir in seiner Gegenwart das Essen im Hals steckenbleiben! Hast dich wohl anders besonnen, was? Hab' schon gemerkt, daß er jeden Morgen bei den Kindern oben ist. Du hast doch nicht etwa ein Auge auf den alten Thomas geworfen, Mädchen?« Ned stimmt ein improvisiertes Liebesliedchen an.

Lavinia verflucht sich innerlich, Ned gefragt zu haben, und bittet ihn, mit dem Gesang aufzuhören. »… wenn das die Kinder hören, krieg' ich es von ihnen ewig unter die Nase gerieben. Und dabei hab' ich's mit ihnen so schon schwer genug.«

Aber Ned singt ungerührt weiter, bis sie sieht, daß bis zum Abend der ganze Ort über Thomas Hutchings und sie redet, wenn sie Ned nicht endlich zur Räson bringt.

»Ich hab' Thomas schon immer für einen kalten Fisch gehalten und für hochnäsig noch dazu. Und dabei bleibe ich. Wenn ich einen Mann wollte, Ned Andrews, dann würde ich mir keinen von denen hier raussuchen, das sage ich dir!« sagt Lavinia mit ihrer neuen autoritären Stimme.

Ihr Bruder wird plötzlich ernst. »Da müßtest du lange suchen, Mädchen, ganz schön lange, bis du einen wie Thomas Hutchings findest! Mir ist egal, woher er kommt, er ist ein guter Mann!« sagt Ned und wendet sich wieder den Schneeschuhen zu, an denen er gerade arbeitet.

Lavinia schaut zu, wie er das zurechtgeschnitzte Holz sorgfältig zwischen Holzstücke einfügt, die sich zu einem Bogen formen werden. Ihr geht durch den Kopf, wie viele seltsame Dinge sie seit ihrer Ankunft auf dem Kap zu tun gelernt haben, und sie fragt sich, ob sie andere vergessen haben. Sie, zum Beispiel, kann nicht mehr mit ihrem Bruder Ned reden, den sie einmal so geliebt hat. Als sie ihn verläßt, ist sie zum ersten Mal seit Monaten wieder unglücklich.

In diesem Herbst läuft Lavinia einmal zufällig Mary Bundle über den Weg, wie sie müßig am Feldrand sitzt. Mary steht am Anfang einer neuen Schwangerschaft. Zu diesen Zeiten mildert sich ihre Unrast immer ein wenig, aber selbst das kann nicht erklären, warum sie am hellichten Tag dasitzt und nichts weiter tut, als Stoppelfeld und Ziegen zu betrachten.

Zugegeben, der Flecken, den die Kinder Sumpfwiese nennen, ist wirklich ein hübscher Anblick. Das lange und blaugrüne Marschgras liefert das einzige Heu, das am Kap gemäht wird. »Ziegen im Garten!«, »Ziegen auf der Wiese!« tönt es den ganzen Frühling und Sommer über, wenn alle mit Argusaugen das wertvolle Grün bewachen. Dieses Jahr haben sie dreimal mähen können, und nun dürfen die Ziegen nach Herzenslust über die Wiese herfallen.

Lavinia, die hinter Mary steht, merkt, daß die Frau völlig darin versunken ist, in ihrem Schoß zwei Haufen kleiner Kieselsteine zu sortieren, wobei sie immer wieder erst zu den Ziegen und dann wieder zu den Steinen blickt.

Als Lavinia Mary an der Schulter berührt, fährt diese hoch. »Lavinia! So, wie du dich an einen heranschleichst, kann einen ja der Schlag treffen!«

»Ich hab' mich nicht angeschlichen, das ist dein Trick, nicht meiner. Was um Himmels willen tust du da überhaupt?« Lavinia deutet auf die runden, weißen Steine, die nun verstreut im Gras herumliegen, und wundert sich, daß Mary Bundle so verlegen wirkt.

Mary seufzt, macht ein finsteres Gesicht und sagt vorwurfsvoll: »In all der Zeit, hättest du da vielleicht einmal daran gedacht, mir das Zählen beizubringen?«

»Zählen? Was denn zählen?« fragt Lavinia verdutzt.

»Irgendwas zählen, Steine, Bäume, Wolken ... oder Ziegen!« Mary deutet auf all die ungezählten Dinge.

»Na gut, dann bringe ich's dir eben jetzt bei.« Lavinia sammelt die Steine auf. »Setz dich hin, Himmel noch mal! Was würdest du denn gerne zählen?«

»Die Ziegen.« Noch immer mürrisch, als würde Lavinia sie zu etwas zwingen, setzt sich Mary nieder und macht mit dem Kopf eine Bewegung zu der kleinen Herde, die Sarah und sie liebevoll großgezogen haben. »Ich kann bis zehn zählen, und zweimal zehn kann ich mir auch noch merken, aber alles, was darüber geht, bringe ich durcheinander.«

Es wird noch Jahre dauern, bis Lavinia auch nur ahnt, was dieses Eingeständnis Mary kostet. An diesem Tag zählt sie einfach nur die Ziegen und sagt: »Dreiundzwanzig, da unten sind dreiundzwanzig Ziegen.«

»Du lieber Himmel, Mädchen, ich will doch nicht, daß du sie zählst – ich will sie selber zählen können!«

In nicht mal einer Stunde hat Lavinia Mary mit Hilfe der Steine beigebracht, bis hundert zu zählen, zu addieren und zu subtrahieren. Der Sonntagsschullehrer in Weymouth hatte Wochen gebraucht, um Lavinia dieses Wissen einzubleuen, denn weiter reichen ihre mathematischen Kenntnisse auch nicht.

»Mary, du bist ja ein echtes Genie!« Voll Bewunderung sieht Lavinia die Frau an, die sie für viel älter hält als sich, die aber tatsächlich genauso alt ist wie sie. »Vielleicht sollte ich dir auch Lesen beibringen!«

»Laß mal gut sein, ich hab' mit dem alten Zeugs in den Büchern nichts am Hut. Ich will bloß rechnen können, das reicht mir«, entgegnet Mary und wendet die neu erlernte Fähigkeit sofort an. »Wir haben hier also dreiundzwanzig Ziegen, und das Heu reicht für zehn oder zwölf; das heißt, wir können im Winter zwölf oder dreizehn schlachten und haben im Sommer drauf trotzdem jede Menge Milch!«

Zufrieden mit sich, springt Mary auf und macht Anstalten zu

gehen. Dann bleibt sie stehen und dreht sich noch einmal zu Lavinia um. »Danke, Vinnie, das ist das Beste, was man mir je beigebracht hat – bestimmt kann ich jetzt genausogut zählen wie Thomas Hutchings! Weißt du, daß Skipper Brennan Sarah gesagt hat, daß wir für den vielen Fisch, den wir im letzten Sommer gefangen haben, eigentlich etwas Gold bekommen sollten?«

In plötzlicher Ernüchterung blinzelt Mary Lavinia an, als zähle sie die Sprenkel in ihren Augen. »Ich an deiner Stelle würd' ihm nicht trauen, Mädchen. Irgendwas stimmt da nicht, Thomas Hutchings hat irgendein dunkles Geheimnis, das sag' ich dir!«

Ned muß seiner Frau von ihrer Unterhaltung erzählt haben, denkt Lavinia. Die scharfsinnige Mary hat sich durch ihre Beteuerungen, sie könne Thomas nicht ausstehen, nicht hinters Licht führen lassen.

»Wahrscheinlich stehe ich hier unter ständiger Beobachtung«, schreibt sie in ihr Tagebuch.

Die Arbeitsteilung im Schulzimmer hat nicht die von Lavinia und Thomas gewünschte Wirkung.

»Was ist das für ein Unterricht, wenn wir hier in der Ecke bleiben und irgendwelche blöden Wörter lernen müssen, bis uns schwindlig wird, und die anderen sich derweil Geschichten anhören können!« zetert Rose Norris, nicht ganz zu Unrecht, wie Lavinia findet.

Die weniger weit fortgeschrittenen Schüler stimmen alle zu: Wie soll man sich auf Gatte, Ratte, Latte konzentrieren, wenn zwei Meter weiter Schlachten toben und Dämonen in Stücke gehackt werden? Und so dauert es nicht lang, bis alle in einem Kreis sitzen und gespannt der Geschichte lauschen, die Thomas ihnen vorliest.

Unerklärlicherweise scheinen die Tage zwar kürzer, aber nicht kälter zu werden. Es ist, als würde auf dem Kap ewiger Sommer herrschen. Allmorgendlich öffnet Thomas vor dem

Lesen die Tür. Mit einemmal ist der Raum lichtdurchflutet und von den Gerüchen und Geräuschen von draußen erfüllt, dem Flattern der Wäsche auf der Leine, dem Geschrei der Möwen und dem schwachen Gehämmer von der Landenge her, wo die Männer die erste Wand für die Kirche hochziehen.

Meg behauptet, das gute Wetter und der Fischreichtum kämen daher, daß sie mit dem Bau einer Kirche begonnen hätten. Um ihre Theorie zu unterstützen, zitiert sie einen Bibelvers: »... und prüft mich hierin, spricht der Herr Zebaoth, ob ich euch nicht des Himmels Fenster auftun werde und Segen herabschütte die Fülle.«

Lavinia, die auf dem staubigen Boden sitzt und Thomas Hutchings lauscht, findet, daß Meg recht haben könnte, denn sie bildet sich ein, den Segen zu sehen – einen langen, schmalen Sonnenstrahl, der wie heller Sirup aufs Kap strömt. Sie sind im Gelobten Land.

12. KAPITEL

An dem Tag, als Frank Norris seine Frau Ida zum Cape Random brachte, habe ich sie nicht gesehen, doch ich erinnere mich daran, wie Mama sie uns schilderte – so schön wie eine Porzellanpuppe und mit einer feinen Aussprache. Das kann man sich jetzt kaum mehr vorstellen. Eigentlich haben wir bis vor kurzem kaum mehr an sie gedacht. Es war fast so, als wäre sie gestorben, genau wie die arme Hazel.

Seit Jahren gehen Meg, Sarah und Annie abwechselnd ins Haus der Norris', um schmutzige Quilts zu wechseln, die verrückte Frau zu waschen und ihr saubere Sachen anzuziehen. Ansonsten kümmern sich Frank und Rose um sie. Noch nie hat man Annie Vincent, die am häufigsten hingeht, Frank Norris' Frau erwähnen hören. Aber nach Sarahs und Megs Erzählungen ist Ida jetzt völlig stumm. Ihre einzige Beschäftigung besteht darin, von allen Räumen im Obergeschoß die Tapeten abzuziehen. Stunde für Stunde zupft Ida mit ihren schmutzigen Fingernägeln an den geblümten Mustern und zieht das Papier sorgfältig in langen Bändern herunter, so daß die staubigen, unbenutzten Räume aussehen, als würden sie aufgetrennt.

Ein seltsames Leben muß das für Frank und Rose sein, denkt sich Lavinia, als würde man mit einem Geist leben. Für die restlichen Kapbewohner ist die Geisteskranke nur ein graues Gesicht, das man gelegentlich an einem der oberen Fenster des Norrishauses entdecken kann, ein Name, den Kinder sich zuflüstern, um sich an Sommerabenden gegenseitig einen Schrekken einzujagen.

Dann zieht Frank Norris eines Morgens seine Stiefel an und bemerkt, daß sie jemand in der Nacht mit Melasse gefüllt hat. Tags darauf gehen er und Rose zur Abendessenszeit in die Küche und finden dort zwei Ziegen vor. Wieder einen Tag später ist Franks einziger Luxus, sein Tabak, ins Mehlfaß geschüttet worden. In dem Stil geht es weiter; jeden Tag flüstert Rose Willie eine neue Gemeinheit ihrer Mutter ins Ohr. Mit der Zeit weiß jeder, daß Idas Krankheit eine beunruhigende Wendung genommen hat. Es ist, als wäre ein längst Verstorbener auferstanden und würde um Aufmerksamkeit heischen.

Auf der Stelle ist Sarah Vincent klar, daß Idas Streiche etwas mit ihrer Tochter und Frank zu tun haben müssen. Sie weiß schon seit langem, daß die zwei ein Liebespaar sind, hat darüber heimliche Tränen vergossen, Annie tagsüber Vorträge gehalten und nachts für sie gebetet. Nicht einmal mit Meg hat sie darüber geredet. Da sie Idas Taten als eine Warnung Gottes betrachtet, nimmt sie einen neuen Anlauf, ihre Tochter wieder auf den rechten Pfad zu bringen.

»Gott läßt sich nicht verspotten … deine Sünden werden an den Tag kommen, da kannst du dir sicher sein«, warnt sie ihre Tochter von früh bis spät – umsonst.

Eines Abends nach dem Essen treibt die Verzweiflung Sarah dazu, Josh von ihren Ängsten zu erzählen. »Ich bin mir sicher, Ida Norris weiß, daß ihr Mann und unsere Annie so tun, als wären sie verheiratet.« Obgleich sie allein sind, läuft Sarah blutrot an und blickt sich im Raum um.

Josh sieht auf seine Hände hinunter, mustert jeden Finger, reibt sich die Fingerknöchel und schweigt.

»Josh, ich sag' dir, ich hab' so lang gebetet und mir den Kopf darüber zerbrochen, daß ich schon gar nicht mehr weiß, was ich noch versuchen soll. Trotzdem finde ich, daß was unternommen werden muß.« Sarah sieht, daß ihr Mann schluckt, und erkennt mit Entsetzen, daß er am Rande der Tränen ist. »Es tut mir leid, Josh ... ich dachte, du wüßtest es«, flüstert sie.

Ohne aufzublicken, schüttelt er den Kopf. Dann steht er auf, nimmt seine Mütze vom Haken an der Tür und geht hinaus.

Am nächsten Tag vertraut Sarah sich Meg an. »Untröstlich war der Mann, untröstlich. Ich war mir sicher, daß er's weiß, ich dachte, alle hier wüßten es, das war doch schon längst sonnenklar. Und jetzt mach' ich mir Vorwürfe – ich hätte imstande sein müssen, dem Ganzen einen Riegel vorzuschieben.«

Die beiden Frauen knien auf dem Anlegesteg und schrubben Flickenteppiche. Direkt darunter lehnt sich Mary über einen Bootsrand und taucht weitere Teppiche ins Wasser.

»Nun, Sarah, ich wußte davon, und Ben auch«, sagt Meg leise. »Ich hatte schon lange vor, mit dir darüber zu reden, aber ich wollte abwarten, bis du was sagst. Trotzdem hab' ich darüber nachgedacht und, na ja ...« Meg zögert.

Sie blickt hastig zu Mary, aber ihre Schwägerin beugt sich über Thomas Hutchings' Dory und scheint überhaupt nicht mitzubekommen, daß über ihren Kopf hinweg eine Unterhaltung stattfindet.

»Du weißt doch, was der Reverend uns gesagt hat: ›So wir aber unsere Sünden bekennen, so ist er treu und gerecht, daß er uns die Sünden vergibt und reinigt uns von aller Untugend.‹ Ich finde, wir sollten alle zusammenkommen und einen Sondergottesdienst abhalten – und um Vergebung bitten.«

Sarah ist skeptisch. »Ich weiß nicht recht, ich schätze, Annie würde zu so was erst gar nicht hingehen. Außerdem, wer würde ihn denn abhalten? Ist ja gut und schön, wenn du und ich sonntags bei uns zu Hause Andachten abhalten, aber für so was brauchst du einen Prediger.«

»Also Reverend Eldridge hat gesagt, wir sollten einander beichten und zusammen um Vergebung und um Gottes Gnade beten. Er hat gesagt, nur Papisten bräuchten zum Beichten einen Geistlichen.« Diese Rede hat sich Meg schon vor einiger Zeit zurechtgelegt. Sie spricht leise, bedacht, die Gefühle der Freundin nicht zu verletzen.

»Ich hasse es, das Ganze ans Licht zu bringen. Was werden denn die Leute von uns denken? Und Josh würde es nur schwer verkraften.« Sarah reibt ihre Bürste mit Seife ein und schrubbt mehrere Minuten heftig ein grünes Lamm, das von roten Rosen eingerahmt ist. »Aber vermutlich hast du recht. Wir kommen nicht drumherum, es ist eine schreckliche Sünde, zumal die beiden errettet sind!«

»Annie hatte immer ein gutes Herz, bestimmt ist sie gerade wieder oben und zieht Bettdecken ab. Ist ja immer noch warm genug, daß die Wäsche draußen trocknet.« Meg deutet zum Norrishaus.

Das ehemals schönste Haus des Kaps wirkt nun grau und verkommen. Frank Norris sieht zu, daß er so wenig Zeit wie möglich in dem Haus, das er einst so liebevoll gebaut hat, oder in seiner Umgebung verbringen muß. Von einer Dachkante hängt eine Zierleiste herab, und ein Scharnier der Haustür ist kaputt. Die von den Frauen so bewunderten Spitzenvorhänge hängen in schmutzigen Fetzen hinter stumpfen Fenstern herunter. Der Zaun um den kleinen Hintergarten ist umgestürzt, und die Ziegen haben auch das letzte bißchen Gras aufgefressen. Nebengebäude gibt es nicht, genausowenig einen Hühnerstall, eine Wäscheleine oder beim Eingang Blumen und Büsche. Selbst jetzt, in der Morgensonne, macht das Haus einen kalten und schattigen Eindruck, der Meg erschauern läßt.

»Ich hab' Annie gesagt, so, wie die Dinge stehen, soll sie augenblicklich lieber nicht hingehen, aber sie hat nur gemeint, sie sei doch an der Reihe. Hat gesagt, ich sähe bloß Gespenster.«

Nach dem Gespräch mit Meg fühlt sich Sarah gleich wohler. »Ich glaube ja nicht, daß die arme Seele jemandem was antun würde. Immerhin gehen wir drei schon seit Jahren in dem Haus ein und aus.«

Meg und Sarah setzen sich auf ihre Fersen und betrachten das Haus der Norris'.

»Wir sollten auch für Ida beten. Weißt du, manchmal denke ich mir, wir hätten uns mehr um sie kümmern sollen«, sagt Sarah nachdenklich.

Mary Bundle schnaubt und schleudert die nassen Teppiche auf den Anlegesteg, so daß alle drei Frauen naßgespritzt werden. In Marys Augen ist Ida nicht krank, sondern stinkfaul, und sie führt das auch als Grund an, warum sie nicht bei den Norris' Ordnung macht.

»Die braucht nur mal einen kräftigen Tritt in den Arsch, das ist alles. Ihr seid alle viel zu nett zu ihr, verhätschelt sie, macht die Hausarbeit für sie. Was macht's denn schon, wenn Frank und Annie ein bißchen Spaß haben? Diese Frau, die uns schon seit Jahren vorgaukelt, krank zu sein, hat einen Mann wie Frank gar nicht verdient. Es wäre gescheiter gewesen, er hätte sie rausgezogen und zur Arbeit gezwungen!«

Obgleich die drei viele Stunden zusammen verbringen, findet der Großteil der Unterhaltung zwischen Sarah und Meg statt, da Mary von Schwatzen, wie sie es nennt, nichts hält. Verschwendung oder Faulheit jedoch lösen ihr die Zunge: »... wenn Ida Norris sich die ganzen Streiche ausdenken konnte, die sie Frank letztens gespielt hat, dann ist sie auch schlau genug zum Arbeiten. Und überhaupt hab' ich Frank gesagt ...« Mary wird von dem Geräusch klirrenden Glases unterbrochen.

Ein Nachttopf, dessen Inhalt sich über den Hof ergießt, kommt durch ein Fenster des Norrishauses geflogen und zerbirst auf den Felsen. Gleichzeitig geht die Haustür auf, und Annie steht zögernd in der dunklen Türöffnung. Sie blickt wild um sich, sieht die Frauen und stürzt zu ihnen. Mit einer Hand hält sie sich ihre Schulter und schluchzt »Mama, Mama, Mama« wie ein kleines Kind.

Ein großer Waschkrug aus Porzellan, gefolgt von einer Schüssel mit gleichem Muster, sausen herunter und verpassen nur knapp Annies Kopf. Dann kreischt aus einem der Fenster eine entsetzliche, kratzige Stimme: »Metze! Hure von Babylon!«

Lavinia und die Kinder, die im Freien gespielt haben, hören den Radau. Die Arme über dem Kopf stürmen sie am Norrishaus vorbei zum Ufer. Sie kommen gerade rechtzeitig an, um mitzubekommen, wie Annie sich in Sarahs Arme wirft.

»O Mama, sie hat mich verletzt, sie hat mich mit einem Messer verfolgt ...«, schluchzt Annie.

Blut tropft auf Sarah, als sie ihrer Tochter den Rücken tätschelt und beruhigend auf sie einredet.

Mary reißt Annie von der Mutter fort und knöpft ihr am Hals das Kleid auf. »Ist nicht tief, nur ein Kratzer, so wie's ausschaut. Herrgott noch mal, hör auf zu heulen, Mädchen«, sagt sie, allerdings nicht unfreundlich. Dann schiebt sie Annie zurück zu Sarah und dreht sich zu den verschreckten Kindern um. »Was gibt's denn hier zu gucken?« will sie wissen, und als keine Antwort kommt: »Hat's euch die Sprache verschlagen, oder was?«

»Sie war's, stimmt's?« fragte Rose Norris ängstlich. Das Kind deutet mit einem Finger auf ihr Haus, das jetzt still dasteht, das zerbrochene Fenster schwarz und leer.

»Natürlich war's sie. Wirft gute Pißpötte aus dem Fenster, die dumme Kuh!« Mary ist angewidert. Die Porzellangarnitur hatte es ihr schon lange angetan.

»Deine Mutter ist krank, Rose. Mary und ich gehen jetzt hoch und schauen nach ihr.« Meg sieht Mary prüfend an und befindet, daß sie trotz ihrer Schmächtigkeit keine Schwierigkeiten haben wird, mit der Verrückten fertig zu werden.

Nachdem ihre Tochter keine tödlichen Verletzungen davongetragen zu haben scheint, hört Sarah auf, sie zu bemuttern, und überschüttet sie statt dessen mit einem Wortschwall. »Ich hab's dir doch gesagt, Mädchen – immer und immer wieder hab' ich dich gewarnt! Böses bringt Böses hervor, und der Herr läßt nicht zu, daß seine Gebote verhöhnt werden.« Ohne innezuhalten winkt sie Lavinia her, und beide führen Annie zwischen sich nach Hause.

Meg entfernt sich ein paar Schritte vom Anlegesteg, besinnt sich dann aber und dreht sich noch einmal zu den Kindern um. »Ihr haltet den Mund darüber, hört ihr? Keine Witze, kein Getratsche. Euch geht das nämlich gar nichts an. Also denkt daran, kein Pieps, nicht mal unter euch. Habt ihr mich verstanden?«

Keines der Kinder kennt die Bedeutung der Worte, die sie gehört haben, aber Idas ohrenbetäubende Flüche hallen in ihren Köpfen wider wie die Stimme des Jüngsten Gerichts. Eingeschüchtert nicken sie, während Mary in furchteinflößendem Flüsterton ihre eigenen Warnungen hinzusetzt. »Wenn ihr nicht tut, was Meg euch gesagt hat, dann sag' ich dem schwarzen Mann, er soll euch die Zunge rausschneiden, als ob ihr Kabeljaue wärt!« Sie blickt von einem Gesicht ins andere. »Und außerdem könnt ihr euch jetzt daranmachen, diese Teppiche sauberzuschrubben, sonst fällt das Essen für euch heute abend aus!«

Die Kinder rühren sich nicht vom Fleck, sondern nicken noch immer, als Meg und Mary die Straße hinauf zu dem schrecklichen Haus gehen.

»Den ganzen Weg bis zum Haus murmelte Sarah ununterbrochen Bibelverse, von denen mir manche völlig neu waren. Ich frage mich, wie sie und Meg, die kein einziges Wort lesen können, es schaffen, so viel aus der Bibel auswendig zu lernen«, schreibt Lavinia an diesem Abend. »Zwei Verse, die sie immer wieder wiederholte, waren ›Lust gebiert die Sünde, und Sünde gebiert Tod und ewige Verdammnis‹ und ›Unzucht ist ein unruhiges Übel, voll tödlichen Giftes, aber die Frucht der Gerechtigkeit ist Friede und Freude‹. Sarah sagte noch weitere auf, aber ich kann mich nur an diese zwei erinnern, und bis wir Annies Schulter gesäubert und verbunden hatten, sagte ich auch welche auf. Bloß daß meine mehr von Belohnungen und vom Paradies handelten, da wir in der Schule nichts über die Fleischeslust gelernt hatten. Sarah und ich redeten abwechselnd auf die arme Annie ein, aber die hörte einfach nicht auf zu heulen.«

Die beiden Frauen knien in der Küche der Vincents und flehen Annie an, sich von Lust und Sünde loszusagen, um Vergebung zu bitten, der Versuchung zu widerstehen. Lavinia gerät selbst ganz in den Bann der Worte.

Nachdem sie scheinbar Stunden auf dem bloßen Boden verbracht haben, gibt Annie ihre Sünden zu. Das runde, gewöhnlich so fröhliche Gesicht kummervoll verzogen, bittet sie Gott um Vergebung und verspricht ihrer Mutter, daß sie nichts mehr mit Frank Norris zu tun haben wird. »Obwohl ich ihn so liebe, wie du's dir gar nicht vorstellen kannst, Mama.«

Die junge Frau vergräbt ihr nasses Gesicht in der Schulter ihrer Mutter. Die beiden knien und weinen immer noch, als Lavinia das Haus verläßt.

Mag sein, daß man sich einmal spät am Abend am Kamin etwas über Annies und Franks Liebelei, Idas Flüche oder ihren Angriff zutuschelt, oder sich Mann und Frau im Bett darüber unterhalten, aber das Ganze wird am Kap nie allgemeines Gesprächsthema, und zu Sarahs Familie nach Pinchards Island oder zu Joshs Familie auf Pond Island dringt die Geschichte schon gleich gar nicht. Es steht zu bezweifeln, daß Alex Brennan oder selbst Reverend Eldridge je davon erfahren. Es ist ein Geheimnis, das auf dem Kap bewahrt wird, wie so viele andere auch.

Wie Meg zu Lavinia meint: »Der Herr weiß davon, er hat ihnen vergeben, Sarah und Josh haben ihnen vergeben, ich sehe also nicht ein, warum es jemand anders was angehen sollte; wir wollen ja schließlich nicht, daß dieser Ort hier längs der Küste in Verruf gerät.«

Als Meg und Mary vom Norrishaus zurückkehren, sagen sie nur, daß Ida zu Bett gegangen sei und wie ein Neugeborenes schlafe. Idas bizarre Streiche hören mit diesem Tag auf. Sie verstummt erneut und zieht wieder ihre Tapeten ab. Als sie Jahre später stirbt, wissen die jüngeren Kapbewohner kaum noch von ihrer Existenz.

Annie Vincent läßt sich eine Woche lang nicht blicken. Als sie wieder auftaucht, gibt sie sich mit Arbeiten ab, die sich für eine junge Frau eigentlich nicht gehören; doch keiner bringt es übers Herz, ihr das zu sagen. Im darauffolgenden Sommer wird sie sich den Overall des Vaters und Ölzeug anziehen und bei ihrem Bruder auf dem Boot mitarbeiten. Sie wird mit den Männern fischen, sich wie sie kleiden und sich einen Namen als Fischjäger machen – als einer jener Leute also, die mit nachtwandlerischer Sicherheit spüren, wo Fischschwärme sind, und sie aus ihren Verstecken zu locken verstehen.

Soweit man sieht – und etliche, darunter Lavinia, beobachten das genau –, halten sich Annie Vincent und Frank Norris in all der Zeit voneinander fern. Einen Tag nach dem Begräbnis von Ida Norris wird Annie, inzwischen eine kräftige Achtunddreißigjährige, ihr Ölzeug verbrennen, ihr einziges Kleid anziehen, das bislang für den Sonntagsgottesdienst reserviert war, hinüber zu Frank Norris' Tür marschieren und ihm einen Heiratsantrag machen.

Derlei Dinge hat Lavinia sicher nicht im Kopf, als sie sich mit steifen Gliedern erhebt und die Küche der Vincents verläßt. Sie denkt über die Heilige Schrift nach, aus der Sarah und sie geschöpft haben, die vielen Gebote, die unreine Gedanken und unkeusche Handlungen betreffen, und nimmt sich vor, sich vor

Thomas Hutchings zu hüten – seltsame Gedanken angesichts der Tatsache, daß er ihr noch nie auch nur im geringsten zu nahe gekommen ist.

Sie weiß nicht, was die Zukunft ihr oder Annie bringt. Weiß nicht, daß Thomas Hutchings in eben diesem Augenblick in dem leeren Schulraum steht und sich fragt, wo Lehrerin und Schüler abgeblieben sind, und dabei, ganz gegen seinen Willen, das Bett anstarrt, in dem sie schläft.

Achtlose Lavinia! Erfüllt von frommen Gedanken begibt sie sich zurück zum Anlegesteg, wo sie den Nachmittag damit zubringt, Matten zu scheuern und sie zum Trocknen auf die Trockengestelle zu hängen.

Im nachhinein wird Lavinia zu dem Schluß kommen, daß mit dem Tag, an dem sie mit Sarah und Annie gebetet hatte, der lange Sommer reinsten Glücks beendet war. Trotz anhaltenden Sonnenscheins und der immer noch reifenden Beeren und obwohl die Kinder und Ziegen immer noch draußen herumtollen, halten danach Zweifel und Verdächtigungen ihren Einzug.

Am Morgen darauf erscheint Thomas Hutchings nicht zum Vorlesen. Wie jeden Tag sitzt Lavinia auf der Haustürtreppe und wartet auf ihn, während sie den Kindern bei ihren Pausenspielen zuschaut. Sie denkt noch immer über die Ereignisse des Vortages nach, und ihr fällt gar nicht auf, wie lange die Kinder schon draußen sind, bis sie bemerkt, daß die Sonne sich schon über ihren Sitzplatz bewegt hat und nun auf die hintere Hausecke scheint.

Die Stunde, zu der Thomas normalerweise den Weg heraufkommt, ist längst vorbei. Trotzdem bleibt sie sitzen, und ihr wird bewußt, wie sehr ihr ganzer Tagesablauf auf diese Stunde abgestimmt ist. Den frühen Morgen verbringt sie damit, sich auf Thomas' Vorlesestunde zu freuen. Wenn er geht, wird der Augenblick unerheblich, und sie verbringt den restlichen Tag damit, sich an seine Worte und die Male zu erinnern, wo er in ihre Richtung blickte, damit, jede Geste zu analysieren, bis es langsam Nacht wird und sie im Bett an den kommenden Tag denken kann, an dem er wieder kommen wird. Und all das geschieht ganz unterschwellig, während Lavinia unterrichtet, ißt, schläft, in ihr Tagebuch schreibt.

Sie sitzt auf der Stufe und grübelt über diese erstaunlichen Dinge nach, während sie wie aus weiter Ferne das Geschrei der Kinder hört und beobachtet, wie die Schatten auf dem Gras auf sie zukriechen.

Schließlich muß sie aber doch erkennen, daß längeres Warten sinnlos ist, und ruft die Kinder zurück ins Schulzimmer. Sie läßt sie in einem Kreis sitzen, öffnet aufs Geratewohl das Shakespearebuch und liest ihnen selber vor. Die Worte sind bedeutungslos. Immer wieder blickt sie zur Tür und weiß dann nicht mehr, wo sie war. Schließlich nimmt Charlie Vincent ihr das Buch aus der Hand und liest. Lavinia geht im Raum auf und ab. Die Blicke der Kinder folgen ihr sorgenvoll. Mit finsterem Gesicht mahnt Lavinia sie, Charlie zuzuhören, setzt sich dann hinter das Pult und versucht, ihre Gefühle unter Kontrolle zu bringen.

Daß die Abwesenheit einer einzigen Person ihr solchen Kummer bereitet, bestürzt sie. »Seit dem Tag auf Turr Island habe ich wohl in einer Phantasiewelt gelebt und mir Dinge eingebildet, die genausowenig stimmen wie Neds törichte Geschichten.« Neben ihrem Pult ist eine Landkarte von Europa und der Neuen Welt an die Wand genagelt, ein grober Umriß, den Thomas auf das braune Papier gezeichnet hat, in das die Bücher eingepackt waren. Als sie sie anstarrt, erinnert sich Lavinia an ihren Entschluß, eigene Landkarten zu finden, Erwachsenenlandkarten.

»Statt dessen habe ich mich Tagträumereien hingegeben. Habe Visionen von Thomas Hutchings und mir heraufbeschworen, wie wir zusammenleben, ein Haus mit Glasfenstern haben, mit Tassen und Untertassen, einem Garten, tickenden Uhren – Kindern. Keine Straßen, keine Wegweiser, keine Wege oder Häfen, nichts Wirkliches.« Langsam arbeitet sie sich durch das Gewirr ihrer Träume zur Realität durch.

Dann – denn so ganz hat sie die Hoffnung noch nicht aufgegeben – hört sie, wie er kommt. Charlie hält im Lesen inne, und in der Stille drehen sich alle zur Tür.

Diesmal kommt er ohne sein übliches Klopfen herein. Zum erstenmal, seit sie ihn kennt, wirkt Thomas Hutchings verwirrt, sogar erschrocken. Wie jemand, der gerade aus einem Tiefschlaf erwacht ist, lehnt er sich an den Türrahmen und schaut sich wortlos im Raum um.

»Taucht Fanny Bundle hier eigentlich je einmal auf?«

Die Frage kommt so unerwartet, steht in solchem Widerspruch zu ihren eigenen Gedanken, daß Lavinia sie überhaupt nicht versteht. Sie blickt im Raum herum, als würde sie Fanny suchen.

»Ich möchte wissen, ob Sie Fanny heute morgen gesehen haben.« Er klingt ärgerlich, ungeduldig und scheint weder sie noch die Kinder zu sehen.

»Die erscheint hier schon seit Wochen nicht mehr, war ja sowieso nur ein- oder zweimal hier.« Warum fragt er nach Fanny? Lavinia hätte nie gedacht, daß er Fanny und Rose überhaupt auseinanderhalten kann.

Natürlich hatte sich Lavinia bei Mary erkundigt, warum ihre Tochter nicht am Unterricht teilnehme. »Ach, kümmere dich doch nicht um sie – die ist zu nichts nütze, sieht Dinge, die's gar nicht gibt, und andere, die's gibt, sieht sie wieder nicht. Fanny, die ist wie meine Mutter – hat keinen Funken Verstand. Bringt überhaupt nichts, wenn Fanny zur Schule geht, aus der wird nie was«, hatte Mary erwidert.

Einige Zeit ist verstrichen, und Thomas lehnt immer noch an der Tür. Lavinia fordert die Kinder auf heimzugehen, aber keines rührt sich, und sie muß sie hinausdrängen und dabei Thomas von der Tür fortschieben, als sei er ein Stück Holz. Sie folgt den Kindern nach draußen und verharrt dort einen Augenblick, hält den Tag innerlich fest, der so warm ist wie im Juli und völlig wolkenlos. Dann kehrt sie in den dunklen Raum zurück und schließt die Tür hinter sich.

»Ist etwas nicht in Ordnung, Thomas?« Trotz ihres Kummers weiß Lavinia, daß sie zum erstenmal seinen Wunsch befolgt und ihn bei seinem Vornamen angesprochen hat. Einen Augenblick lenkt sie der Gedanke ab, aber nicht lang genug, als daß ihr die verwirrte Miene entgehen würde, die sein Gesicht verdüstert.

»Nicht in Ordnung?« Er wiederholt die Worte, als hätte er sie noch nie gehört.

»Wie kann man beurteilen, ob etwas nicht in Ordnung ist?« fragt er und gibt sich in einer fremden Sprache selbst die Antwort. Oder zumindest vermutet Lavinia das.

»Er ist verrückt geworden!« denkt sie. »Irgend etwas ist passiert. Er hat den Verstand verloren, wie die Leute, von denen Sarah immer erzählt; Leute, deren Haar über Nacht schlohweiß geworden ist, weil sie etwas Schreckliches gesehen haben.«

»Lavinia, vielleicht sollten wir über etwas reden.« Er hält inne, als würde er überlegen, wie er es ihr und wieviel er ihr sagen soll.

»Ja? Ja, Thomas, um was geht es?«

Da kommt Meg durch die Küchentür herein. »Du läßt die Kinder aber wirklich zu früh raus, Vinnie!« Ihre Stimme erstirbt, als sie die beiden an der Tür beieinanderstehen sieht.

Thomas blickt zu Meg. Er strafft sich, sein Gesicht verschließt sich, wird vorsichtig, wachsam. Vor Lavinias erstaunten Augen verwandelt er sich auf der Stelle in den alten Thomas, selbstüberzeugt und unnahbar.

»Ich fürchte, das war meine Schuld, Meg. Ich wollte Lavinia Bescheid geben, daß ich morgen nach Pond Island rudere, wenn das Wetter hält. Ich würde gern ein paar zusätzliche Fässer für den Fisch besorgen, den wir fangen, und ich dachte mir, ich könnte vielleicht die Nägel bekommen können, die Ben für die Kirche braucht.«

»Was, zu dieser Jahreszeit nach Pond Island rudern?«

Sofort dadurch abgelenkt, daß jemand so spät im Herbst noch das Kap verläßt, fängt Meg augenblicklich zu überlegen an, was von ihren Sachen sie mit den Leuten von Pond Island tauschen könnte. Sie geht mit Thomas in ihre Küche und läßt Lavinia allein in dem dunklen Raum zurück, die herumrätselt, was er ihr hatte sagen wollen.

»Ich muß wirklich einfältig sein oder wie einer von denen, die die Farben nicht auseinanderhalten können, sonst wüßte ich doch, was er sagen wollte. Jeder anderen Frau an meiner Stelle wäre bestimmt sofort klar, ob ein Mann etwas für sie empfindet!« Den Tränen nahe setzt sich Lavinia auf ihr Bett, zieht ihr Tagebuch hervor, schlägt eine neue Seite auf und schreibt: *Dinge, die ich sicher über T. H. weiß.* Darunter schreibt sie:

1. *Er wurde nicht in diesem Land geboren.*
2. *Er arbeitet für Caleb Gosse.*
3. *Keiner weiß etwas über ihn, weder Ned, Alex Brennan oder Josh.*
4. *Etwas, was mit Fanny zu tun hat, hat ihn schrecklich aus der Fassung gebracht.*
5. *Er kann seine Gefühle verbergen und nach Belieben den Gesichtsausdruck ändern.*

Sie liest sich durch, was sie geschrieben hat, und fügt dann hinzu:

6. *Mary Bundle sagt, man könne ihm nicht trauen.*

Die Liste sagt ihr gar nichts.

»Ist es möglich, daß zwischen Thomas und Fanny etwas ist, so wie das, was zwischen Frank und Annie Vincent war?« Vorstellen kann Lavinia sich das eigentlich nicht. Fanny ist noch ein Kind von vierzehn oder kaum fünfzehn Jahren und, wie Mary sagt, zu nichts nütze.

Lavinia sitzt auf dem Bett und denkt nach. Sie beginnt zwei weitere schulmädchenartige Listen, eine darüber, wann sie Fanny und Thomas zusammen gesehen hat, was nur äußerst selten der Fall war, die andere, wann beide zusammen fehlten. Wütend streicht sie alle drei Listen durch, aber mit Geduld und bei gutem Licht sind sie immer noch lesbar.

Die restlichen Kapbewohner erleben bis weit in den Dezember hinein eine schöne Zeit. Neben den Häusern und in den Schuppen stapelt sich genug Holz für zwei Winter, und zwei Dutzend Fässer eingesalzenen Herings stehen bereit. Sämtliche senkrechte Stützen für die Kirche stehen. Als Thomas mit Nägeln von Pond Island zurückkehrt, zieht es alle hinaus, und innerhalb dreier Tage haben sie eine Wand mit Brettern vernagelt. Und erst dann, eine Woche vor Weihnachten, gefriert der Boden. Die Arbeit an der Kirche wird eingestellt.

»Zeit, sich auf den Winter vorzubereiten«, sagen sie einander. Sie ziehen Boote an Land, reparieren die Türen der Gemüsekeller und schichten Äste um die Häuser.

Thomas erscheint weiterhin jeden Morgen zum Vorlesen in der Schule, doch er ist wieder so förmlich wie früher. Trotz der zunehmenden Kälte im Klassenzimmer, trotz ihres Beschlusses, sich keinen Tagträumen mehr hinzugeben, zögert Lavinia es immer wieder hinaus, mit den Schülern in Megs Küche überzuwechseln, da sie weiß, daß Thomas dann nicht mehr kommen wird.

Endlich lernen die Kinder etwas. Die Drei Könige können nunmehr ihre vollständigen Namen schreiben, Henry Benjamin Andrews, George Frederick Andrews und Alfred Thomas Andrews, eine Leistung, die sie und Lavinia mit großer Befriedigung erfüllt. Ihr kleiner Bruder Moses kann das gesamte Alphabet herunterrasseln, was er auch ständig tut, bis Meg ihm androht, ihm den Mund zuzunähen. Patience liest gut, und Charlie Vincent hat Fortschritte gemacht, die weit über das von Lavinia Gelehrte hinausgehen. Willie und Rose arbeiten sich immer noch mühsam durch die Fibel. Fanny ist seit Wochen nicht mehr in der Schule aufgetaucht.

Weihnachten, das bislang lediglich als ein weiterer Sabbattag betrachtet wurde, soll dieses Jahr anders gefeiert werden. Meg schlägt vor, daß die Schüler nach der üblichen Andacht eine Vorstellung geben. Die Kinder prahlen nur zu gern mit dem Gelernten und springen an dem Abend einer nach dem anderen auf und beten die auswendig gelernten Strophen herunter. Patience allerdings trägt ein langes Gedicht über Venus vor, worüber Meg so schockiert ist, daß sie deswegen nach der Vorstellung ein ernstes Wort mit Lavinia redet.

Für die meisten ist es das schönste Weihnachten, an das sie sich erinnern können, eines ohne die bösen Vorzeichen anderer Jahre. Oft ist von Emma und Jane die Rede. Sie fragen sich, wie es ihnen in St. John's ergeht, und finden es schade, daß die beiden ein so schönes Weihnachtsfest verpassen. Frank und Annie scheinen sich mit ihrer Trennung abgefunden zu haben, und Peter Vincent wirkt ausgeglichener. Obgleich bei ihm offensichtlich keine Hochzeit ansteht, hat der junge Mann mit dem Bau eines Hauses begonnen. Die Männer sind alle zu Hause, und sie haben sich gute Vorräte angelegt.

Nur Lavinia ist unglücklich. Als sie am Weihnachtsabend zum Festmahl bei Fisch und Brühe sitzen, läßt sie Thomas Hutchings nicht aus den Augen. Da sie jede seiner Bewegungen verfolgt, bemerkt sie, daß er wiederum Fanny beobachtet.

Fanny, so selbstvergessen wie üblich, scheint sich weder Thomas' forschenden Blicken noch seiner Gegenwart überhaupt bewußt zu sein. Bei einem der halbgefrorenen Büsche hat sie eine winzige Rose entdeckt und sie sich ins Haar gesteckt. In ihren regenbogenfarbenen Lumpen schwebt sie von einem zum anderen und versucht, ihren neuen Zeitvertreib, die Wahrsagerei, an ihnen zu erproben. Wie sie darauf gekommen ist, weiß kein Mensch. Lavinia beobachtet, wie das Mädchen im Raum herumgeht, Hände ergreift, Handflächen mustert. Charlie weicht ihr aus, Willie und Rose ziehen kichernd die Hand zurück. Sie geht weiter zu Isaac Andrews, nimmt seine Hand und läßt sie nach einem kurzen Blick darauf gleich wieder fallen; aber Patience fügt sich und lauscht gebannt, wie Fanny ihr eine lange und verwickelte Zukunft voraussagt. Als Fanny bei Peter Vincent ankommt, sieht Lavinia zu ihrem Erstaunen, daß der ansonsten so mürrische junge Mann Fanny lächelnd die Hand hinhält. Die Köpfe zusammengesteckt, seiner fast weiß, ihrer pechschwarz, studieren sie Peters Handteller.

»Du wirst mit einer wunderschönen Prinzessin in dem Turm leben, den du da baust, du wirst eine Menge Söhne haben und schließlich ein verdrießlicher alter Mann mit einem langen Bart werden«, erklärt Fanny verschmitzt und grinst über beide Backen.

Neben Peter sitzt Thomas, aber ehe Fanny seine Hand nehmen kann, wirft sich Sarah dazwischen. »Du hörst sofort mit dem Unsinn auf, wenn ich das seh', krieg' ich ja Gänsehaut! Mary, kannst du das Mädchen nicht zur Vernunft bringen?«

Mary ignoriert die Aufforderung, und Sarah verschärft ihre Einwände: »Ich hatte mal eine Kusine zweiten Grades, die die Zukunft aus Karten gelesen hat, als sie in deinem Alter war; eines Nachts hat sie den Teufel persönlich in den Karten gesehen. Danach war sie nie mehr dieselbe.«

Als sie ihren Sohn grinsen sieht, fährt sie ihn an: »Hör auf so dumm zu grinsen, Peter Vincent. Damit wir uns nicht falsch verstehen, Wahrsagerei ist ein Teufelswerk – die Bibel sagt, niemand weiß von dem Tage und der Stunde.«

Lavinia hätte gute Lust, Sarah zu fragen, warum sie dann auch immerzu Prophezeiungen ausstoße, aber Ned hat bereits zu einer Geschichte über einen Matrosen, den er kannte, ausgeholt, der das zweite Gesicht hatte und damit ein Vermögen machte.

Die Geschichte geht weiter, der Matrose verwandelt sich in einen Piraten, dann in einen Prinzen. Josh döst, und die kleinen Kinder schlafen in den Armen ihrer Mütter ein; das Feuer brennt zu einer roten Glut nieder, und Mary verkündet, daß sie jetzt die letzte Kanne Tee des Abends aufbrüht. Irgendwann, als die Geschichte schon weit fortgeschritten ist, fällt Lavinia auf, daß sowohl Thomas als auch Fanny verschwunden sind.

Der Weihnachtsmorgen ist bereits angebrochen, als die Geschichte endet. Alle erheben sich steif, ziehen Mäntel über, schlingen Schals um ihren Kopf und stolpern in die klare Luft hinaus. Und noch immer kein Zeichen von Thomas und Fanny.

Als alle gegangen sind, liegt Lavinia im Bett und gibt sich trotz der heiligen Jahreszeit schrecklichen Vorstellungen von Thomas und Fanny hin, die sich zusammen auf seinem Bett im Lagerschuppen vergnügen.

Mit dem neuen Jahr breitet sich das ungute Vorgefühl, das bislang nur von Lavinia Besitz ergriffen hatte, wie ein Nebel über alle aus. Die nackten Hügel, die skelettartigen Bäume, das gefrorene Gras, das im Sand klirrt, das Fehlen jeglicher Farbe unter dem unnatürlich weißen Himmel, vermitteln allen das Gefühl, die Zeit stünde still. Die trostlose Landschaft macht alle gereizt. Paare zanken wegen Belanglosigkeiten, Ben fängt an, sich zu sorgen, ob die Wahl des Standortes für die Kirche richtig war, und Mary bricht mit Thomas einen Streit vom Zaun, weil er Peter, der zu einem seiner ausgedehnten Ausflüge in die Wälder verschwunden ist, erlaubt hat, ein Gewehr mitzunehmen.

»Es war schon schlimm genug, nur mit dem alten Ding, aber jetzt haben wir gar nichts mehr! Kapierst du Schwachkopf denn nicht, daß wir so wehrlos wie Babys sind, wenn was passiert?« sagt sie ihm direkt ins Gesicht.

Sarahs düstere Prophezeiungen nehmen derart zu, daß selbst

Meg anfängt, einen Bogen um sie zu machen; die Männer ziehen ihre Boote immer weiter auf den Strand, um die von ihr vorhergesagten Katastrophen abzuwenden, und Mary murmelt Beschwörungen gegen das böse Auge. Den Kindern erscheinen ihre alten Schreckgespenster wieder, und sie weigern sich, allein am Teich Wasser zu holen oder nach Anbruch der Dunkelheit zum Feuerholzholen in den eigenen Hof zu gehen. Die Frauen treiben sie zur Verzweiflung, indem sie ihnen andauernd vor den Füßen herumlaufen.

Im Schulzimmer wird es so kalt, daß Lavinia den Unterricht gezwungenermaßen in Megs Küche verlegt. Erwartungsgemäß nehmen Thomas' Besuche damit ein Ende: Er bittet Patience und Charlie, zum Unterricht zu ihm in den Lagerschuppen zu kommen. Nunmehr allein mit den langsameren Schülern, wird Lavinias Stimme jeden Tag schriller, die Schüler gereizter.

»Die Zeit ist aus den Fugen«, hört Lavinia Charlie Vincent sagen, und sie hält die Worte in ihrem Buch fest. Es dauert Jahre, bis sie herausbekommt, daß sie nicht von ihm stammen.

Dann, Mitte Januar, erscheint Josh Vincent noch vor dem Frühstück ohne Jacke und unrasiert bei den Andrews. »Mit Sarah stimmt was nicht«, erklärt er Meg mit besorgter Miene.

Als sie ihre Schwägerin hinter Josh aus der Tür eilen sieht, weiß Lavinia, daß ihre Befürchtungen eingetreten sind.

In wenigen Tagen ist ein Drittel der Kapbewohner todkrank. Bei der willkürlichen Wahl der Opfer wird nur die Familie Norris verschont, in jedem anderen Haus aber liegt jemand stöhnend oder bewußtlos darnieder. Die Ursache der Krankheit ist ihnen ein Rätsel. Man wacht auf und ist zu schwach, um aufzustehen, und in wenigen Stunden wird man von schrecklichen Brechanfällen, Durchfall, Fieber und Schmerzen ergriffen, bevor man schließlich ins Koma fällt.

Am vierten Tag schwebt Sarah Vincent zwischen Leben und Tod. Annie kümmert sich um ihre Mutter, arbeitet sich um ihren Vater herum, der am Bett sitzt und seiner Frau die Hand hält. Wann immer sie sich eine kurze Zeit von den eigenen Familien losreißen können, kommen Meg und Mary, damit Annie einmal Pause machen kann. Mary, die am Ende ihrer Geduld ist, jagt Josh aus dem Raum und befiehlt ihm, für sich und Charlie, der wie eine verlorene Seele vor der Tür seiner Mutter herumhängt, etwas zu essen zu machen. In weniger als einer halben Stunde ist der Mann jedoch wieder da und hält Sarahs Hand, die Augen unverwandt auf ihr regloses Gesicht gerichtet.

In Megs und Bens Haus sind sowohl Patience als auch Willie erkrankt, und zum erstenmal läßt Meg beiden die gleiche Aufmerksamkeit zuteil werden, murmelt Gebete für ihre Kinder, während sie von Bett zu Bett eilt. Jeder, der laufen kann, wird rekrutiert, um Wasser zu holen, Holz zu hacken, Suppe in die Münder Kranker zu löffeln, Körper und Quilts zu waschen. Als Lizzie und Joe Vincent zu krank werden, um sich um ihre drei Kinder kümmern zu können, setzt Mary Lavinia in Marsch, für diese Familie zu sorgen.

Mary Bundle ist die meistbeschäftigte Person auf dem Kap. Sie ist es, die Befehle erteilt, sie mit so wenigen Worten wie möglich herausbellt. Sie kümmert sich nicht nur um Ned, Moses und Isaac, die alle drei krank sind, sondern geht auch noch von Haus zu Haus, macht Umschläge, kocht in großen Töpfen Fichtenäste und Kräuter auf und reibt Brustkörbe mit Salbe ein, während sie gleichzeitig Flüche oder Zaubersprüche vor sich hin murmelt, Selbstgespräche führt, sich mit sich selbst berät. Sarah vermißt sie schmerzlich, wünscht, sie könnte sich mit der älteren Frau besprechen. Was wird helfen? Hat sie etwas vergessen, irgendeine Wurzel oder ein Kraut, einen Zauberspruch? Ihr Gesicht wird grau und verkniffen, ihre Nase scheint länger zu werden und einen Schatten auf ihr kleines, spitzes Kinn zu werfen. Wie eine echte Hexe sieht sie aus, wie sie so mit dampfenden Töpfen und Beuteln herumrennt, aber ihre Zaubertränke nützen genausowenig wie Megs Gebete.

Die Kranken sauberzuhalten ist ein großes Problem. Endlos viele Wassereimer müssen vom Teich hergeschleppt und erhitzt werden, ehe man die Kranken und das Bettzeug damit waschen kann. Eimer voll Erbrochenem und Exkrementen müssen weggeschafft werden. Thomas und Frank schaufeln eine Grube, in die der schreckliche Abfall geschüttet wird, bevor man ihn mit Kalk, Sand und Kies bedeckt. Die Jungen werden beauftragt, Holz zu holen und das Feuer Tag und Nacht in Gang zu halten. Mary glaubt, daß Rauch und Hitze unter Umständen giftige Dämpfe töten, die die Krankheit übertragen. Zusammen mit der zweifelhaften Hilfe von Rose und Fanny bekommt Ben die Verantwortung übertragen, Töpfe mit Suppe und Brühe zu kochen, damit die Kranken und Gesunden etwas in den Magen bekommen. Die wenigen Kinder, die der Krankheit widerstehen, werden an die frische Luft gescheucht, wo sie gleich vor der Tür stehenbleiben, zu ängstlich, um zu spielen oder sich auch vom Haus fortzubewegen, wo ihre Eltern und Geschwister mit dem Tod ringen.

In dem Tumult vergehen zwei Nächte, ohne daß jemand daran denkt, Lavinia einmal kurz von der Pflege von Joe und Lizzie abzulösen. Rasend vor Müdigkeit und Angst, hört Lavinia am dritten Tag, wie Peter Vincent hinter dem Haus Feuerholz stapelt, zerrt ihn hinein und stößt ihn auf den Stuhl, der neben Joes und Lizzies Bett steht.

»Du bleibst hier bei ihnen, ich hab' die letzten beiden Nächte kein Auge zugemacht, aus Angst, sie könnten mir wegsterben.« Das einzige Lebenszeichen, das Lizzie und Joe von sich geben, ist das leise Krächzen bei jedem Atemzug.

»Und paß auch auf die Kleinen auf.« Lavinia deutet auf das Kinderbettchen, in dem die Zwillinge liegen, und erklärt Peter, daß Mattie ihr Lager beim Kamin im Zimmer nebenan hat.

»Wenn's ihnen schlechter geht, ruft Mary oder Meg, ich brauch' jetzt meinen Schlaf.« Sie stolpert hinaus und den Weg hinauf in ihren eigenen kalten Raum, wo sie auf ihr Bett fällt und bis zum Abend durchschläft.

Als Lavinia aufwacht, wäscht sie sich das Gesicht, nimmt eine Schüssel mit Bens Suppe und eilt zurück zu Lizzies und Joes Haus. Peter sitzt immer noch genauso da, wie sie ihn verlassen hat, weder er noch die beiden Kinder im Bett scheinen sich gerührt zu haben. Die Zwillinge schreien vor Hunger, und sie schickt Peter nach Ziegenmilch.

In dem Krankenzimmer herrscht ein fürchterlicher Gestank. Sie reißt die Tür auf, holt tief Luft und fängt an, die Bettdecken abzuziehen. Als die beiden Patienten sauber und versorgt sind, füttert sie die beiden Babys mit dem Gemisch aus Milch, Tee und Zucker, das Meg hergeschickt hat.

Erst da erinnert sie sich an Mattie. Noch immer liegt das Kind ruhig in dem Mantelbündel am Kamin. Lavinia beugt sich vor, berührt die Wange des Kindes und weiß auf der Stelle, daß das kleine Mädchen tot ist. Lavinia, die das hübsche, vom Sommer noch immer braune Gesicht streichelt, ist zu müde zum Weinen. Trockenen Auges sitzt sie da, trauert um all die Dinge, die nun nie sein werden, und bereitet sich innerlich darauf vor, Ben, Meg und Josh vom Tod ihrer Enkelin zu erzählen; Sarah, denkt sie, wird es schon wissen. Lavinia ist davon überzeugt, daß das Kind noch leben würde, wenn sie im Haus geblieben wäre.

»Ich hätte dich am Leben erhalten, ich hätte dich irgendwie am Leben erhalten«, murmelt Lavinia, die noch jung genug ist, um so etwas zu glauben.

Andere Verluste folgen. Neds und Marys jüngstes Kind, Moses, der erklärte Liebling des Ortes, wird blau im Gesicht und erstickt in den Armen seiner Mutter, während sie auf und ab geht. Dann, gerade als Sarah sich wieder zu erholen scheint, erkrankt Josh an der Pest. Einen Tag darauf ist er tot.

Wenn Lavinia Lizzies und Joes ausgezehrte Körper wäscht, wenn sie die Zwillinge versorgt, denen die Krankheit scheinbar nichts anhaben kann, schwebt sie in tausend Ängsten, daß sie alle sterben werden. Sie stellt sich vier totenstille Häuser vor, die leer sind bis auf die Leichen, die gefrieren und den ganzen Winter über wie Holz daliegen. Sie hat schon gehört, daß so etwas in diesem Land vorkommen soll, hat von Männern wie Alex Brennan gehört, die im Frühling einen Ort anfahren und nur Leichen vorfinden – oder Knochen, wenn die Tiere in die Häuser gelangt sind.

Abwechselnd ist ihr heiß und kalt. Ihr dreht sich der Magen um, sie kann nichts essen und ist davon überzeugt, sich angesteckt zu haben. Die weichen Züge, die ihr Gesicht neuerdings angenommen hatte, verschwinden wieder, und mit der Schönheit des Sommers ist es dahin. Über die Hirngespinste, die ihr noch vor wenigen Wochen im Kopf herumgegangen waren, kann sie nur noch staunen. Sie zwingt sich, sich auf ihre greuliche Arbeit zu konzentrieren, und sagt sich, daß sie endlich erwachsen geworden ist.

»Wenn das an uns vorübergeht«, ein Ausspruch Sarahs, an den Lavinia in diesen Tagen oft denken muß, »wenn das an uns vorübergeht, dann lerne ich, mich vor Träumen zu hüten. Dann eifere ich Mary Bundle nach«, schwört sie.

Wo soviel Zeit für die Lebenden nötig ist, bleibt wenig Zeit für die Toten. Josh und Mattie werden ohne große Umstände mit gerade einmal einem hastigen Gebet begraben. Ned erholt sich soweit, daß er wieder sitzen kann. Er verbringt den ganzen Tag neben Isaacs Bett, der immer schwächer zu werden scheint. Der Junge ist fast durchsichtig – selbst Mary hat Angst, ihn zu waschen.

Dann vergeht eine Woche, ohne daß jemand stirbt, und dann noch eine, ohne neue Krankheitsfälle. Sowohl Willie als auch Rose können zum erstenmal das Bett verlassen und sich ein wenig an den Kamin setzen.

Eines Tages wird der Ort noch vor dem Morgengrauen durch entsetzte Schreie geweckt. Patience hat das Bewußtsein wiedererlangt und kreischt, daß sie nichts sehen kann, daß alles schwarz ist. Ihre Eltern, Lavinia und Mary, die von nebenan herbeigeeilt ist, versammeln sich um ihr Bett und versuchen, das hysterische Mädchen zu beruhigen.

Aber Patience läßt sich nicht beruhigen. Mit aufgerissenen Augen sitzt sie den ganzen Tag da, starrt mit leerem Blick im Zimmer umher und jammert dabei ununterbrochen weiter. Spät in der Nacht, als klar ist, daß niemand schlafen wird, wenn das Geschrei nicht aufhört, marschiert Mary herein und befiehlt dem Mädchen, endlich still zu sein.

»Wir sind schon ganz taub von deinem Gejaule. Ned und Isaac nebenan brauchen ihren Schlaf.« Als sie sieht, daß Worte nichts nützen, hebt sie die Hand und gibt Patience eine kräftige Ohrfeige.

Die Schreie verstummen, als hätte jemand ein Fenster zugeschlagen. Gesegnete Stille. Dann fängt Mary an, eine grüne Salbe auf die Augenlider des Mädchens zu schmieren, und redet dabei beruhigend auf es ein.

»Schon gut, ist ja schon gut, so, das wird dir helfen. Es ist aus den Wurzeln von diesen weißen Wasserlilien da, die am Teich wachsen, erinnerst du dich an die, Patience? Erinnerst du dich, wie sie im Sommer aussehen, wenn sie wie weißer Talg auf dem Wasser liegen …« Mary hört nicht auf zu reden, während sie Patience ein Tuch um die Augen bindet. Als sie fertig ist, fällt Patience erschöpft auf ihr Kissen zurück und schläft bereits, noch bevor Mary den Raum verlassen hat.

Obgleich es keine weiteren Verluste gibt, dauert es geraume Zeit, bevor die Pest abklingt. Lizzie, Joe und Megs Willie genesen langsam. Ned scheint es fast auf Anhieb besserzugehen, aber bei Isaac zieht sich die Krankheit dahin. Der junge Mann wirkt nun älter als sein Vater, das Haar ist ihm ausgefallen, die Augen sind eingesunken und haben dunkle Ringe, und er ist derart geschwächt, daß er nur mühsam herumschlurfen kann und sich immer wieder an Tischen und Stühlen festhalten muß.

Ned stützt den Jungen und geht mit ihm nach draußen, wo sie jeden Tag eine bestimmte Anzahl von Runden drehen. Jedesmal, wenn sie dabei an der Rückwand des Hauses vorbeikommen, ritzt Ned mit dem Messer eine Kerbe in ein Brett. Er macht die Kerbe tief, so daß Isaac sich etwas ausruhen kann, bevor Ned ihn ansporn, noch ein paar Male um das Haus zu gehen, und zwar jeden Tag einige mehr. Die geschwärzten Striche in dem Holz werden Lavinia immer an die Pest erinnern. Bei ihrem Anblick wird ihr jedesmal ein Schauer über den Rücken laufen und die Erinnerung in ihr hochsteigen, wie Ned seinen Sohn zärtlich hielt und die beiden langsam und unter Schmerzen immer wieder ums Haus herumschlurften.

Sie gewöhnen sich an Patience' allmorgendliche Tränen, wenn sie aufwacht und merkt, daß sie immer noch blind ist. Wie das Hufgetrappel der Ziegen auf dem Weg oder das Zuknallen von Türen wird ihr Gejammer am Kap zu einem Signal, daß der Tag beginnt.

Noch immer hat es nicht geschneit, aber die Temperaturen sinken. Durch jede Ritze und jeden Spalt dringt Kälte herein, und ihnen wird bewußt, wie gut der Schnee, den sie immer so verflucht haben, die Häuser isoliert hatte. Frank, Ben und Thomas schleppen immergrüne Bäume aus dem Wald herbei und schichten sie um die Außenwände. Die Frauen hängen von innen Quilts an die Türen und legen schichtenweise Kleidungsstücke auf die Betten. Trotz alledem schrumpfen die Holzvorräte, von denen sie angenommen hatten, sie würden für zwei Winter reichen, alarmierend.

Gemeinschaftsarbeiten werden eingestellt. Niemand rührt sich, im Ort herrscht Friedhofsstille. Jede Familie zieht sich zurück, gibt sich ihrem Schmerz hin und versucht, im Geschehenen einen Sinn zu finden. Meg hat keine Lust, Sabbatgottesdienste abzuhalten, und ohne diese schleppt sich die Zeit in bleierner Eintönigkeit dahin.

Ehe sie sich ein Bett mit Patience teilt, schläft Lavinia lieber weiter im ungeheizten Klassenzimmer. Sie erwärmt im Feuer Steine, wickelt sie in ausgediente Kleidungsstücke und legt sie sich ins Bett. Kurz vor dem Einschlafen kommt es ihr manchmal vor, als wäre sie gestorben und begraben worden, und die unnatürlich stillen Tage wären nur ein Traum, den sie in ihrem Grab hat. Sie verspürt keine Erleichterung, daß die Krankheit überstanden ist, und ist davon überzeugt, daß ihnen eine weitere Heimsuchung bevorsteht.

In ihr Tagebuch schreibt Lavinia ein Lied auf, das davon handelt, daß ein Unglück selten allein kommt, und dessen Text sie Sarah Vincent hat aufsagen hören.

Never one without a two, cold and hunger deeds to rue
Never two without a three, death and sorrow come to thee.

13. KAPITEL

Es ist das Herz ein trotzig und verzagtes Ding, wer kann es je ergründen?« – Wenn der liebe Herrgott das menschliche Herz schon nicht ergründen kann, wie sollte ich es dann?

Nach der Krankheit zieht Thomas Hutchings sich aus der Gemeinde zurück. Patience und Willie unterrichtet er nicht mehr, und er ißt auch nicht länger bei den Vincents zu Mittag. Trotz der bitteren Kälte fängt er an, allein lange, geheimnisvolle Spaziergänge zu machen, taucht aber nie mehr an Neds Kamin auf, wo er in vorangegangenen Wintern fast jeden Abend verbracht hatte.

»Er hätte ja wenigstens Patience und Charlie weiterunterrichten können, wie er es versprochen hatte«, schreibt Lavinia. Thomas' Benehmen ist ihr schleierhaft, und jedesmal, wenn sie an ihn denkt, was trotz ihrer guten Vorsätze häufig der Fall ist, fühlt sie sich verraten.

Da sie mit den älteren Frauen nicht so gut auskommt, versucht sie, sich Lizzie anzuschließen, doch ihre Nichte, die von Mann, Babys und dem Schmerz über den Tod der Tochter völlig in Anspruch genommen ist, hat für Lavinia keine Zeit. Wie würde sie sich wünschen, von den Kindern wieder als eine der Ihren akzeptiert zu werden, aber das ist nun unerklärlicherweise unmöglich. So fügt sie sich in die einsame Rolle der Lehrerin und schart ihre Schüler grimmig wieder um sich.

Sie macht eine Liste von ihnen, und zwar in der Reihenfolge, in der sie um Megs Tisch sitzen: William Andrews, Rose Norris, George Andrews, Henry Andrews, Alfred Andrews, Charles Vincent. Jeden Morgen vermerkt sie mit einem Haken neben dem Namen die Anwesenheit des Kindes. Fanny Bundles Namen aufzuschreiben hält sie für überflüssig.

Im richtigen Klassenzimmer, das über keinen eigenen Kamin verfügt, wird es so kalt, daß Lavinia sich nun doch gezwungen sieht, in Bens Haus überzusiedeln und sich mit Patience ein Bett zu teilen. Zwar wacht das Mädchen nicht länger jeden Morgen weinend auf, aber sie weigert sich, an Lavinias Unterricht teilzunehmen und hängt den ganzen Tag über auf dem Sofa herum. Mitunter scheint sie sich tagelang nicht vom Fleck zu rühren, ißt auch dort und legt sich nachts zum Schlafen einfach nur eine Decke über.

Als sie eines Abends allein in der Küche sind, sieht Lavinia, wie Patience mit dem geöffneten Shakespearebuch dasitzt und glaubt einen freudigen Augenblick lang, Megs Gebete seien erhört worden. Sie setzt sich neben ihre Nichte, die mit angespannter Miene auf das Buch starrt.

»Patience, was ist los? Was machst du da?«

Das Mädchen, das sich allein geglaubt hat, stößt einen erschreckten Laut aus. »Ich versuche, die Bilder zu sehen«, sagt sie, als ob sie sich deswegen schämen müßte.

»Und … und, schaffst du es?«

»Oh, Vinnie, du weißt doch, daß ich es nicht kann! Ich hab' die Bilder so gemocht, daß ich dachte, wenn ich mich ganz fest anstrenge, könnte ich sie vielleicht sehen … aber, aber ich schaff's einfach nicht!« Sie fängt bitterlich zu weinen an.

Das Buch rutscht ihr aus den Händen, und Lavinia kann es

gerade noch auffangen. Sie sieht, daß auf der von Patience aufgeschlagenen Seite merkwürdigerweise tatsächlich ein Bild zu sehen ist. Und weil ihr keine andere Möglichkeit einfällt, Patience zu beruhigen, sagt sie: »Komm, ich zeig' dir das Bild.«

Sie zieht Patience eine Hand von ihrem nassen Gesicht, legt ihr den Zeigefinger auf die Seite und führt ihn die Linien entlang. »Genau hier in der Mitte, da siehst du den kleinen schwarzen Burschen, der nur mit Blättern bekleidet ist. Was meinst du Patience, wie er sie wohl zusammenhält? Er beugt sich über eine Frau, eine Königin, schätz' ich mal. Schaut furchtbar unbequem aus, wie sie so mit dem Kopf auf einem Felsen liegt und ihr die Locken bis zum Boden runterhängen. Und trotzdem schläft sie so friedlich wie ein Baby, eine Hand liegt auf dem Gras, die Handfläche nach oben – und da, direkt in der Hand, sitzt dieser Frosch oder diese Kröte oder was immer das ist. Ich werde ehrlich gesagt nicht ganz schlau daraus, was da eigentlich vor sich geht.«

Patience hat aufgehört zu weinen. Hingerissen lauscht sie Lavinias Schilderungen. »Was ist sonst noch da? Da ist doch noch mehr auf dem Bild, Vinnie!«

»Mal sehen!« Lavinia beugt sich tiefer über die Seite. »Sie befinden sich in so einem komischen Wald, und zwischen den Blättern kann man Gesichter erkennen. Herrlich häßliche Gesichter sind das, die auf den schwarzen Jungen und die Königin hinabblicken.« Sie zögert, da sie sich an das Gesicht im Wald erinnert, das sie und Fanny gesehen haben, aber Patience drängt sie weiter.

»Um das große Bild ist eine Umrandung, und in jeder Ecke befindet sich ein kleines Bild.« Lavinia fährt mit Patience' Finger die kleinen Zeichnungen nach. Eines zeigt Elfen, eines einen Pferdekopf, eines einen Jungen, der um Hals und Handgelenke kunstvolle Rüschen trägt, das vierte eine behandschuhte Hand, die einen Totenschädel hält. Sie beschreibt jede Einzelheit: das Material der Krause des Jungen, die wilden, rollenden Augen des Pferdes, der Buchstabe, der auf dem Handschuh zu sehen ist.

Beim Anblick des Bildes überläuft Lavinia ein Schauer, der nicht gänzlich unangenehm ist. Sie versteht Patience' Faszination und versucht, ihrer Nichte zu vermitteln, wie böse die Gesichter in den Bäumen sind, wie bedrohlich das Licht ist, das auf die schlafende Frau fällt.

Das Ganze hat über eine Stunde gedauert, und sowohl Lavinia als auch Patience sind völlig gefesselt.

»Mach noch den Rest, Vinnie, zwei Bilder sind's noch, eines am Anfang jeden Teils – mach die anderen beiden auch noch«, fleht das Mädchen.

»Nein, die heben wir uns für ein andermal auf. Ich sag' dir was, Patience, wenn du morgen bei unserem Unterricht mitmachst, dann schauen wir uns jeden Abend eine Weile die Bilder an.«

Gesagt, getan. Jeden Abend entdecken sie etwas, das ihnen zuvor entgangen ist. Für Lavinia erweist sich der seltsame Zeitvertreib als ebenso befriedigend wie für Patience. Den schwarzen Linien nachzufahren vermittelt ihr das Gefühl, daß außerhalb des Dreiecks aus Sand und Felsen, auf dem sie lebt, andere Erfahrungen, andere Orte, andere Leben existieren.

Als sie eines Abends gerade wieder in das Buch vertieft sind, schlendert Charlie in die Küche. Er lauscht Lavinias Beschreibungen und streckt dann die Hand aus. »Warum lesen wir drei nicht etwas daraus? Patience und ich haben doch mit Mr. Hutchings den *Hamlet* durchgenommen, warum lesen wir nicht ein anderes Stück?« Er blättert in dem Buch und liest ihnen die Titel vor, bis Patience sich für *Ein Wintermärchen* entscheidet.

Danach kommt Charles jeden Abend zum Vorlesen. Nicht lang, und Fanny, die geräuschlos von nebenan hereingeschlüpft ist, gesellt sich zu ihnen, wobei sie sich allerdings nicht mit auf das Sofa, sondern sich mit dem Rücken an die warmen Kaminsteine setzt. Aber sie lauscht jedem Wort und geht dann wieder, so still, wie sie gekommen ist.

Lavinia fällt auf, daß Fanny ihr gutes Aussehen verloren hat. Die braune Haut des Mädchens, die an jenem Tag neben dem Teich golden geschimmert hatte, hat jetzt einen fahlgelben Ton. Mit ihren herabgezogenen Mundwinkeln und den reichlich zerrupften Kleidern erinnert sie an einen kranken Vogel, den die Kinder einmal am Strand gefunden hatten.

Als sie sich erkundigt, ob mit Fanny etwas nicht in Ordnung sei, rümpft Meg die Nase und meint: »Nichts, was mit einer gründlichen Wäsche und einer etwas härteren Gangart nicht zu beheben wäre!«

Eines Abends schneit Ned herein, um sich von Ben ein Werkzeug zu leihen, und wird, wie ein Fisch an der Angel, durch den Raum zum Sofa gezogen.

»Da stehen ja verdammt gute Geschichten drin, Char«, sagt er, als der Junge das Buch schließt. »Hab' gar nicht gewußt, daß in Büchern auch so was drinsteht!«

Er springt auf einen Stuhl und deklamiert: »Lebt wohl, Weib und Kinder! Leb wohl, Bruder! – Wir scheitern! Wir scheitern! Wir scheitern!«

Ohne sich um Mary zu kümmern, die von nebenan herbeigeeilt ist, oder um Meg, die ihm befiehlt, auf der Stelle mit seinen genagelten Schuhen von ihrem Stuhl hinunterzugehen, trägt Ned die Verse mit entsetzensgeweiteten Augen drei weitere Male vor und rauft sich dabei die roten Haare. Schließlich springt er mit den Worten »Potztausend! Das sind Worte!« vom Stuhl hinunter.

Danach gehört auch Ned zur Zuhörerschaft, und jeden Abend nehmen sie für eine Stunde die Welt um sich herum gar nicht mehr wahr: Charlie, über das große Buch gebeugt, mit Lavinia und Patience neben sich auf dem Sofa; Ned, der direkt vor ihnen rittlings auf einem Stuhl sitzt, das Kinn auf die Stuhllehne gestützt, so daß das Gesicht auf gleicher Höhe mit dem des Jungen ist; und selbst Fanny, die am Kamin kauert, die dünnen Arme um die Knie geschlungen, läßt sich verzaubern. Lavinia staunt, daß Worte reichen, daß sie das Geschehene für kurze Zeit vergessen können.

»Also, Char, die Stelle ist wirklich gut – lies sie doch noch mal«, befiehlt Ned jeden Abend zwei- oder dreimal und kann schon bald eine kleine Auswahl an Versen auswendig, von denen er dann untertags immer mal wieder einen zum besten gibt.

»Ein Pferd! Ein Pferd! Mein Königreich für'n Pferd!« brüllt er manchmal im Morgengrauen oder, wenn er gerade schlecht gelaunt ist: »Ich bin nur Feder jedem Hauch des Windes!«

»Mord rufen und des Krieges Hund' entfesseln!« ruft er, wenn Mary mit ihm schimpft, oder: »Noch einmal, einmal noch stürmt, ihr lieben Freunde!« während er mit dem blassen Isaac seine Runden ums Haus dreht.

Ned zitiert Shakespeare ganz ähnlich, wie Meg und Sarah es mit der Bibel tun. Wie sie, ist er sich nicht zu schade, Wörter zu verändern oder zwei Verse, die nichts miteinander zu tun haben, zu verbinden, um ein Argument zu stützen oder das Original zu verbessern.

Neds Repertoire erfreut Lavinia, egal, ob die Worte furchteinflößend oder mitunter auch bedeutungslos sind. Wann immer sie ihn herumbrüllen hört, macht ihr Herz einen Sprung. »Nichts«, denkt sie, »kann Ned je etwas anhaben!« Schon lange fühlt sie keinen Groll mehr gegen ihren Bruder.

Charlies Vorlesen und Neds Monologe helfen auch, Patience' Dunkelheit zu erhellen. Sie fängt an, sich für Lavinias Unterricht zu interessieren, und läßt sich von Meg Stricken, das Kämmen von Wolle und Brotbacken beibringen. Bald schon fällt es gar nicht mehr auf, daß das Mädchen blind ist, es lernt, sich in beiden Andrewshäusern zu bewegen, und wagt sich bis zum Sommer auch ins Freie. Schließlich wird sie auf dem Kap herumspazieren, Felsen ausweichen und so rasch über Trokkengestelle klettern können, daß ein Fremder ihre Blindheit gar nicht bemerken würde.

Endlich kommt der Schnee mit einem brüllenden Sturm, der die ganze Nacht über wütet. Bis zum Morgengrauen türmen sich an Fenstern und Türen zwei Meter hohe Schneewehen, und die Häuser, an denen Bäume geschichtet sind, erhalten durch die Schneedecke groteske Formen. Sie haben kaum Zeit, ihre Türen und einen Weg zu den Ziegen freizuschaufeln und den Holzstoß freizulegen, als schon der nächste Schneesturm, nicht minder heftig wie der erste über sie hinwegfegt. Einem Sturm folgt der nächste. Winde aus Nordosten brausen um die ungeschützte Kapspitze, werfen große Wellen auf, die Lage für Lage gefrieren und Felsen, Trockengestelle, Anlegesteg und Boote mit einer glänzenden Eisschicht überziehen.

Während einer kurzen Windstille entdeckt Ben, daß die im Herbst errichteten Kirchenwände vom Gewicht des Schnees niedergedrückt worden sind. Niedergeschlagen kehrt er nach Hause zurück. »Es war eine Schnapsidee zu glauben, wir könnten selber eine Kirche bauen. Das schafft nur jemand, der sich damit auskennt«, erklärt er Meg traurig.

Der Winter erscheint genauso endlos wie der vergangene Sommer, aber schließlich stellen sich die ersten Vorboten des Frühlings ein: Treibeis, die Schneeschmelze, Netze, die gerichtet werden, die ersten Gespräche übers Fischen.

»Ich mach' mir solche Sorgen um Sarah und ihre Kinder – wie sollen sie sich denn ohne Josh bloß über Wasser halten?« meint Meg eines Abends zu Ben und Lavinia, während sie das letzte Tageslicht ausnützt, um neu eingefärbte Netze auszulegen.

»Du machst dir aber auch wirklich über alles und jedes Sorgen, Meg!« Lavinia wirft die geschwärzten Netze über den Gartenzaun und legt sie sorgfältig zwischen den Pfosten aus. »Schließlich sind noch immer zwei ausgewachsene Männer in der Familie.«

»Joe hat jetzt seine eigene Familie, außerdem kann er nicht allein fischen, und wie Peter ist, wissen wir doch alle!« Nachdem sie sieht, daß Lavinia das Thema für erledigt hält, wendet Meg sich an ihren Mann.

»Eines weiß ich, Young Joe wird eine gute Kraft mit sich im Boot haben müssen, damit er soviel fängt wie Josh.« Ben schüttelt den Kopf. »Zu schade, daß auf Peter kein rechter Verlaß ist.«

»Das ist auch so ziemlich die abfälligste Bemerkung, die Ben je über jemanden machen würde«, schreibt Lavinia an diesem Abend und setzt hinzu: »Trotzdem, Meg und Ben haben recht, wir alle sind abhängig vom Fischfang, und in diesem Sommer können nur Ned und Isaac, Joe, Frank und Thomas Hutchings aufs Meer hinaus – fünf Männer und fünfundzwanzig Mäuler, die gestopft werden müssen!«

Zwei Tage darauf verkündet Sarah, daß ihre Annie mit Joe Fischen gehen wird.

»Annie! Eine Frau – fischen!« Obwohl Sarah ihre Freundin ist, kann Meg ihr Mißfallen nicht verhehlen.

Sarah sieht alt aus, Gesicht und Hals sind faltig, und ihre immer so zupackenden Hände zittern. Sie tut sich schwer damit, den Tod ihres Mannes zu akzeptieren. Nach überstandener Krankheit hatte sie wochenlang am Feuer gesessen und aufgesehen, wann immer die Tür aufging, in der Erwartung, Josh würde eintreten, wie er es immer getan hatte, in der Hand einen Vogel, einen Fisch oder einen Armvoll Holz.

Die arme Annie, der die Pflege der Eltern während der Krankheit schon genug zugesetzt hatte, mußte der Mutter immer wieder erklären, daß Josh tot ist. Jedesmal schien die schreckliche Nachricht für Sarah völlig neu zu sein. Jedesmal wieder weinte sie, wollte Einzelheiten über seinen Tod wissen, sein Begräbnis, um Annie einige Stunden später zu befehlen: »Es ist fast schon dunkel, geh raus auf den Anlegesteg und schau, ob du ein Zeichen von deinem Vater siehst.«

Neds Idee, einen speziellen Sonntagsgottesdienst für Josh abzuhalten, in dem Josh gepriesen und für ihn gebetet wird, scheint Sarah beruhigt zu haben. Obwohl sie sich mit Joshs Tod nie abfinden wird – in späteren Jahren wird sie anfangen, lange Gespräche mit ihm zu führen –, läßt sie Annie nun zumindest mit Fragen über seinen Verbleib in Ruhe.

Etwas von Sarahs altem Schwung scheint sich wieder zu regen, als sie die seltsame Entscheidung ihrer Tochter rechtfertigt. »Mir hat's ja zuerst auch die Sprache verschlagen. Hab' kaum gewußt, was ich sagen soll – eine Frau, die Fischen geht!«

»Hat Peter deswegen Theater gemacht?« will Meg wissen. Seit dem Tag, an dem er seinem Bruder den Finger abgehackt hat, traut sie Sarahs zweitem Sohn nicht mehr über den Weg.

»Natürlich wär's eigentlich sein Platz, da im Boot mit Joe, deshalb hab' ich erwartet, daß er was gegen Annies Vorhaben hat – aber das war nicht der Fall. Scheint ihm gleich zu sein, was Annie macht. Er spricht davon, dieses Jahr in St. John's zu bleiben, wenn er vom Eis zurückkommt. Sagt, auf die Weise kommt er zu ein bißchen richtigem Geld. Ich schätze, es ist eine Sünde, sich den armen Jungen wegzuwünschen, aber Peter und Joe würden sich doch nur in den Haaren liegen, wenn sie im gleichen Boot zum Fischen rausfahren würden, das weiß ich einfach. Und jetzt sieht's so aus, als würde unsere Annie Joe dieses Jahr zur Hand gehen.« Sarah hält inne und stößt einen ihrer tiefen Seufzer aus. »Tja, ich schätze, man kann ihnen wohl nicht ewig dreinreden.«

Als Charlie seiner Mutter allerdings eröffnet hatte, dieses Jahr wolle er auf einem Robbenfänger anheuern, hatte ihre Reaktion anders ausgesehen. »Dein armer Vater hat geschworen, daß keiner von euch je wieder auf Robbenjagd geht!« hatte sie geschimpft.

Im Gegensatz zu seinen Brüdern ist der ehemals so schmächtige Charlie kräftig geworden, fast stämmig. Von allen ihren

Kindern sieht er Sarah am ähnlichsten. Sie verhätschelt ihn zwar nicht so, wie Meg das mit Willie tut, aber sie hat sich ihm immer näher gefühlt als den älteren Jungen, sogar näher als Annie.

»Onkel Ned und Onkel Frank gehen beide auch«, hatte er seiner Mutter erklärt. »Sie meinen, jetzt, wo ich vierzehn bin, könnten sie mir 'nen Kojenplatz auf 'nem Schiff beschaffen. Außerdem sind Joe und Peter mit vierzehn auch schon gegangen, und sie tun es immer noch.«

»Das mag ja alles sein. Joe ist ein verheirateter Mann, das geht mich nichts mehr an, und selbst der Teufel persönlich könnte Peter nicht aufhalten, wenn er sich was in den Kopf gesetzt hat. Aber solange ich noch ein Wörtchen mitzureden habe, wirst du nicht aufs Eis gehen!«

Nachdem Sarah ihrer Freundin alles erzählt hat, sieht sie sie zweifelnd an. »Was meinst du, war das richtig von mir? Als ich Char mit vorgeschobenem Kinn so dastehen sah, da dachte ich natürlich erst, er würde bloß Spaß machen, du verstehst schon, als würde er meinen, das würde von ihm erwartet. Trotzdem, es war eigentlich unnötig, ihn gleich so anzufahren, wie ich's getan hab', aber ich hab' gewußt, daß er ernst genommen werden will.«

»Ich bin froh, daß alles geklärt ist«, erwidert Meg und kann nicht umhin hinzuzusetzen: »Komisch wird's ja schon sein, eine Frau mit dem Boot aufs Meer fahren zu sehen!«

Lavinia, die dem Gespräch der Frauen lauscht, hört in all ihrem Planen einen zögernden Ton heraus, als seien sie sich nicht sicher, daß der Frühling überhaupt kommt. Nicht einmal die Ankunft der Robben oder Neds Ausrufe »Uns wen'ge, uns beglücktes Häuflein Brüder!«, während er von Eisscholle zu Eisscholle springt, können die überschwengliche Zuversicht vergangener Jahre zurückbringen. Es hat etwas Ängstliches an sich, wie die Männer Ned folgen und zaghaft aufs Eis treten, und jede Scholle erst testen, als könnten sie die Gaffs beißen.

Gegen jede Vernunft wünscht Lavinia sich ihr altes Draufgängertum zurück.

Dieses Jahr verdingen sich nur Frank Norris und Young Joe auf einem Robbenfänger. Peter ist verschwunden, und Ned findet, er müsse bei Isaac bleiben, obgleich sie das Geld dringend benötigen würden. Überraschenderweise pflichtet Mary seinem Entschluß bei. »Isaac ist noch nicht wieder richtig auf dem Damm, und was hat man von Geld, wenn man dafür seine Gesundheit einbüßt«, sagt sie und weist darauf hin, daß im Jahr darauf Ned und Isaac ja gemeinsam gehen könnten.

In ihrem Bericht über die Ereignisse jenes Frühlings versucht Lavinia festzustellen, wann genau Ned zum erstenmal den großen Bären erwähnte. Sie vermutet, daß das gegen Ende März gewesen sein muß, obgleich da noch immer rund dreißig Zentimeter Schnee lagen.

Weiß sei der Bär, sagt Ned, und so groß wie ein Pferd – ein Vergleich, der jemandem wenig sagt, der noch nie ein Pferd gesehen hat. Trotzdem können sich alle nach Neds Beschreibung eine Vorstellung von dem riesigen, pelzigen Tier machen. Der Bär wird zum Gesprächsthema des Ortes, und doch hat keiner außer Ned ihn bisher gesehen. Er fängt an, Geschichten über den Bären zu erzählen, wie er auf die Eisschollen geraten ist und über das schwarze Meer an Naskaupi, Cartwright, Comfort Bight, Cape Charles, Belle Isle vorbeigetrieben ist, dann weiter nach Griquet und St. Julien, dann um die Horse Islands herum und hinunter nach Deadman Point, und dann an North Bill und Middle Bill vorbei. Ned, der inzwischen zweimal zur Robbenjagd auf Labrador war, macht es Spaß, die Namen herunterzurasseln.

Er denkt gern an seinen Bären, stellt sich vor, wie er aufrecht wie ein Kapitän auf der Eisscholle steht und an all den Buchten vorbeisegelt, an den hohen Steilklippen, den stillen schneebedeckten Wäldern und weiter die Küste hinunter, bis er schließlich zum Kap kommt. »Wackre neue Welt!« ruft das zottelige Tier, als es von seinem Eisschiff hinunterklettert und ans Ufer schwimmt.

Ned besteht darauf, daß es den Bären wirklich gibt. »Es gibt mehr Dinge auf dieser Welt, als du und ich uns erträumen können«, versetzt er, als Lavinia die Existenz des Tieres anzweifelt.

»Ich bezweifle, daß es mehr Dinge gibt, als du dir erträumen kannst, Ned Andrews, du hast doch soviel Unsinn im Kopf, daß du sogar unseren lieben Herrgott damit faszinieren könntest. Wenn du da gewesen wärst, als er die Welt erschuf, dann wäre die Welt voller sonderbarer Biester, mit Flügeln und Schwänzen und zwei Köpfen und so bunt wie Blumen!«

Sie und Ned sind wieder gute Freunde, und sie stellen sich unter Gelächter vor, wie diese bunten Geschöpfe über Cape Random hinwegfliegen. Nur Ned gelingt es, sie von den Zweifeln abzulenken, mit denen sie sich herumschlägt, und sie ist entschlossen, sich nie mehr mit ihm zu zerstreiten.

»Ich war immer ganz versessen auf fliegende Pferde, hab' nie verstehen können, daß der Allmächtige kein fliegendes Pferd erschaffen hat«, sagt Ned nachdenklich. »Wäre das nicht herrlich? Wenn wir Lust hätten, könnten wir uns auf seinen Rücken setzen und rüber nach Pond Island fliegen. Einfach über die Hügel fliegen, und beim Runterschauen sähen wir das Kap, was meinst du, was das für ein prächtiger Anblick wäre, Vinnie!«

Als sie ihm so zuhört, muß Lavinia daran denken, was Ben über Ned gesagt hat: daß er während des Erzählens wirklich an seine Geschichten glaubt. Ned kann das fliegende Pferd sehen, und sich als Reiter, wie er durch Sturmwolken über das Kap jagt.

Wie in alten Kinderzeiten stößt sie ihn mit dem Ellenbogen in die Rippen. »Wenn dein fliegendes Pferd kommt, dann vergiß bloß nicht, dir deine Wollunterhosen anzuziehen, Ned!« neckt sie ihn, und er verspricht ganz ernst, daß er daran denken werde.

Drei Tage nachdem die Männer zur Robbenjagd aufgebrochen sind, erscheint Thomas Hutchings zum erstenmal seit Wochen wieder in Megs und Bens Haus. Es ist Nachmittag, die Schüler sind fort, aber Patience und Willie sitzen am Tisch und erhalten zusätzlichen Unterricht, auf den Meg für ihren Sohn besteht. Am anderen Tischende sitzt Ben und benutzt Willies Tafel, um einen neuen Plan für die Kirche zu entwerfen. Alle paar Minuten unterbricht er den Unterricht, um Lavinia oder Willie zu bitten, etwas für ihn auszurechnen.

Als sie Thomas' Klopfen an der Tür hört, zuckt Lavinia zusammen, als wäre sie geschlagen worden. Er kommt herein und setzt sich zu Ben, ohne sie eines Blickes zu würdigen. Sie fangen ein Gespräch über eine Reparatur an, die Thomas am Anlegesteg gemacht haben möchte.

»So muß sich Patience fühlen, wenn sie aufwacht und sich daran erinnert, daß sie blind ist«, denkt Lavinia, »nicht mehr wütend, sondern traurig – traurig, müde und alt.«

Lavinia bittet Willie, seine Aufgaben fertigzurechnen, und bemüht sich, das Zittern in ihrer Stimme zu unterdrücken. Sie schlingt sich den alten Strickschal um den Kopf, weil sie zum Strand hinuntergehen möchte, aber draußen ist es so kalt, daß sie gleich wieder ins Nachbarhaus hineinschlüpft. Sie kann in Neds Haus warten, bis sie Thomas gehen hört.

Außer Mary und Isaac ist niemand im Haus. Mary, wieder hochschwanger, steht über einen Holzzuber gebeugt und wäscht Socken und Handschuhe. Isaac sitzt am Kamin und schnitzt aus einem kleinen Holzstück ein Boot. Mary erzählt ihr, daß Ned mit den Drei Königen am Strand ist und nach dem Boot sieht. »Ned meint, durch den vielen Schnee und das Eis könnte es beschädigt worden sein.« Dann verfällt sie wieder in ihre übliche Schweigsamkeit.

»Komm, Vinnie, wir gehen runter und schauen ihnen zu, ich hab's satt, immer nur im Haus zu hocken, und Papa wird sich freuen, wenn er sieht, daß ich auf eigene Faust rausgegangen bin.« Isaac stellt das kleine Boot auf das Bord über dem Kamin und geht ein paar Schritte zurück, um es zu bewundern.

Er ist noch immer blaß, aber Neds Ertüchtigungsprogramm zeigt erste Erfolge. Der Junge kann nun allein gehen und wird jeden Tag kräftiger. Sein rotes Haar und seine Lebensfreude kommen wieder, und sein Gesicht sieht nicht länger wie ein Totenkopf aus.

»Ich wollte mit dir über etwas reden … dich etwas fragen …« Er zögert und blickt hastig zu seiner Stiefmutter.

»Jetzt raus damit, Isaac, was war's, worüber du so dringend mit mir sprechen mußtest?« erkundigt sich Lavinia, als sie draußen sind.

Er schluckt. »Bitte erzähl Pa und Mary nichts davon, ich möchte nicht, daß sie es jetzt schon wissen, aber ich hab' daran gedacht, ja also …«, wieder schluckt er, »… daran gedacht, Rose Norris zu fragen, ob sie mich heiraten will.«

Lavinia braucht einige Sekunden, um sich zu fassen. »Na hör mal, Junge, Rose ist doch noch ein Kind und eine ganz schöne Zicke dazu!«

»Ich will ja nicht, daß wir gleich heiraten, erst muß ich ja mal mit dem Bau eines Hauses anfangen. Onkel Ben zeigt's mir, und wenn alle mithelfen, dann ist es fertig, wenn Rose fünfzehn ist. Dann können wir heiraten.«

Lavinia ist sich sicher, daß Mary von Rose als Schwiegertochter nicht gerade begeistert wäre, aber das behält sie lieber für sich. Bei der Erinnerung, wie entschlossen Ned seine beiden Frauen umworben hat, fragt sie sich, ob Isaac die romantischen Regungen des Vaters geerbt hat. Es sieht ganz danach aus, denn er fährt fort, ein Bild von Rose zu zeichnen, in dem Lavinia sie nicht wiedererkennt.

»Sie wirkt nur deshalb so überspannt, weil sie immer hinter Char und Willie herzottelt. Charlie ist ein alter Bücherwurm, und Willie ist sowieso nicht ganz bei Trost. Wenn Rose nicht mit den beiden zusammensteckt, ist sie so vernünftig wie du oder ich«, Isaac schenkt seiner Tante ein breites Grinsen, »und du weißt, was das heißt!« Trotz seines schmalen Gesichts und dem Stoppelhaar sieht er Ned sehr ähnlich.

Es ist ein grauer Tag. Viel Schnee liegt nicht mehr, aber die Wege sind noch immer mit Eis bedeckt. Sie gehen langsam, und Isaac erklärt dabei, wie er Rose den Hof machen will. Was er für sich ins Feld führen kann, wirkt kümmerlich, geschnitzte Boote und Blumen, sowie die Verlockungen der väterlichen Geschichten gegen Willies Gesellschaft und Megs Kochkünste.

»Im Herbst fange ich mit dem Haus an. Schau dir Peter an, der baut schon seit Jahren an diesem komischen Haus, dabei hat er noch nicht einmal ein Auge auf jemanden geworfen.«

Lange bevor sie am Strand angelangt sind, hören sie ein Krachen wie von Gewehrschüssen, das daher rührt, daß Ned und die Jungen das Boot vom Eis freischlagen. Noch immer spricht Isaac von seinen Plänen, aber Lavinia, die zu dem Schluß gekommen ist, daß ihr Neffe ein ebenso beharrlicher Verehrer wie sein Vater sein wird, hört schon gar nicht mehr zu.

Zuerst Joe und Lizzie, nun Isaac und Rose, über kurz oder lang werden sie alle heiraten oder weggehen wie Jane und Emma. Und was wird aus mir? Ihre Gedanken kehren zu Thomas zurück, zu seinem grimmigen Gesicht, zu der Kälte, die sie gespürt hatte, als er den Raum betrat.

»Seltsam, daß man etwas verlieren kann, was man nie besessen hat. Wenn ich etwas mehr nach Ned und Isaac käme, dann hätte ich mich um Thomas bemüht, als er in die Schule kam – hätte ihm meine Gefühle gezeigt. Aber vielleicht hätte das alles nur noch schlimmer gemacht – könnte irgend etwas schlimmer sein als dieser Verdacht, daß er und Fanny zusammen sind?« »Zusammen« ist das Wort, das sie benützt, wenn sie an Thomas und Fanny denkt; davor, was das bedeuten würde, schreckt sie zurück.

»Hast du Fanny irgendwo gesehen?« unterbricht sie Isaac mitten im Satz.

»Fanny?« Er blickt sie forschend an. »Ich verstehe nicht, warum immer jeder wissen will, wo Fanny steckt. Und wo wir schon von Überspanntheit sprechen! Keiner weiß, was das überhaupt heißt, bis er im gleichen Haus mit Fanny gelebt hat; da weiß ja nicht mal die eigene Mutter, wo sie sich die Hälfte der Zeit rumtreibt. Wieso fragst du?«

Sie ignoriert die Frage, und Isaac kehrt zu seinen Träumen zurück: »... wenn ich im nächsten Frühjahr mit auf Robbenjagd gehe, müßte ich eigentlich genügend Geld zusammenkriegen, daß ich Nägel und Dachpappe kaufen kann.«

Gerade will Lavinia fragen, wann er Rose seine Pläne unterbreiten möchte, als vom Strand her ein merkwürdiges, unmenschliches Geräusch zu hören ist. Es ist teils Schrei, teils erstickendes Stöhnen, eine schreckliche Mischung aus Verzweiflung, Angst und Trauer. Dann herrscht Stille. Lavinia und Isaac bleiben einen Augenblick wie angewurzelt stehen und beginnen dann wortlos auf dem schmalen, rutschigen Weg zum Meer hinunterzulaufen. Isaac drängt sich an Lavinia vorbei und dreht sich nicht einmal um, als sie hinfällt, sich aufrappelt und ihm hinterherläuft.

Als sie nach dem Lagerschuppen um die Ecke biegen, bietet sich ihnen weiter hinten am Strand ein Anblick, der so schrecklich ist, daß sie ihn zunächst gar nicht in ihrer ganzen Tragweite erfassen können. Ein schmutziges, weißes Tier stellt sich auf seine Hinterbeine und ragt über den Mann, den es angreift, so daß dieser nur halb zu sehen ist. Die beiden sind in einer stummen, tödlichen Umarmung vereint, Ned klammert sich mit aller Macht an die große Pfote des Tieres und versucht, sein Gesicht aus dessen Klauen zu befreien.

Nur wenige Meter entfernt stehen Henry, George und Alfred wie zu Salzsäulen erstarrt. Alles ist schwarz, weiß und grau. In der erstarrten Szene erkennt Lavinia ihren gefürchtetsten Alptraum.

Dann läßt das Tier seine Pranke niederfahren. Aus Neds

Schulter sprudelt ein dunkelroter Strahl hervor. Er fällt nach hinten und schlingt einen Arm um den Kopf.

»Er bringt Ned um, der bringt ihn um!« Lavinia glaubt zu schreien, doch in Wirklichkeit sind ihre Worte nicht einmal ein Flüstern. Zwei der Jungen rennen auf sie zu. Isaac stolpert den Strand entlang zu seinem Vater und ruft über die Schulter zurück: »Holt das Gewehr, schnell, holt das Gewehr!«

Lavinia zögert. Soll sie Isaac folgen? Sich Henry packen, der vor Entsetzen starr zu sein scheint – oder Hilfe holen? George und Alfred hasten wimmernd und angstvoll auf sie zu.

Plötzlich kann Lavinia nur noch an eines denken: Sie muß Thomas holen. Sie dreht sich um, packt mit beiden Händen ihren Rock und rennt zu Bens Haus, reißt die Tür auf und kreischt: »Da unten ist ein Tier und bringt Ned um! Schnell, schnell, Thomas, irgendwas reißt Ned in Stücke!«

Noch während sie spricht, rennen Ben und Thomas an ihr vorbei. Sie dreht sich um und stößt mit Mary zusammen, die mit einer Axt in der Hand zur Tür hinausstürmt. George und Alfred klammern sich an ihre Mutter, aber Mary stößt ihre Söhne fort und ist trotz ihrer Schwangerschaft schneller unten am Strand als Lavinia. Sie sehen, wie Thomas eine Harke packt, bevor er an der Ecke des Lagerschuppens aus ihrem Blickfeld verschwindet.

»Der Strand war nicht mehr grau und weiß, sondern rot. Alles war rot, als hätte jemand im Schnee Rebhuhnbeerenmarmelade breitgetreten, und mittendrin lagen die beiden. Ned mit dem Gesicht nach oben und einem halb abgerissenen Arm, und Isaac zusammengekrümmt auf der Seite. Das Tier hatte sich immer noch an ihm festgekrallt und knurrte wie ein Hund, der ein Stück Fleisch erbeutet hat«, schreibt Lavinia später.

Mary rennt an Thomas und Ben vorbei und schlägt, noch immer im Lauf, die Axt in den breiten, zottligen Rücken des riesigen Bären.

»Mary! Komm zurück!« ruft Thomas. Mit der Axt im Rücken dreht der Bär sich um und taumelt auf Mary zu, die ausrutscht und stürzt.

Thomas geht auf den Bären zu und rammt ihm die Harke in die Brust. Das Tier schwankt über Mary, die sich halb wieder aufgerappelt hat und ihm Flüche entgegenschleudert. Eine Sekunde lang scheinen die Frau und der Bär sich anzustarren, dann schüttelt das Tier den großen Kopf, zögert, wendet sich ab und trottet mit erstaunlicher Behendigkeit davon. Eine rote Blutspur hinterlassend, klettert er die Böschung hinauf und verschwindet.

Mary steht auf und wendet sich zornig an Thomas. »Wo ist das Gewehr, du gottverdammter Scheißkerl?«

Ohne sich um sie zu kümmern, geht Thomas zu Ned und hebt ihn hoch, als wäre er ein Kind. Mary stützt den zerfetzten Arm, und so bringen sie ihn zum Lagerschuppen.

Ben und Lavinia rollen Isaac vorsichtig auf den Rücken. Die Brust des Jungen ist aufgerissen, durch Fleisch und Blut schimmern Knochen. Lavinia wird schwarz vor Augen. Sie hält sich an einem Felsen fest und schließt die Augen. Aber ohnmächtig wird sie nicht, und als die Schwärze vor ihren Augen verschwindet, sieht sie, daß Ben eine Handvoll Schnee genommen hat und versucht, seinem Neffen das Blut vom Gesicht zu wischen.

»Er ist tot, Vinnie.« Ben dreht sich zu ihr um, um zu sehen, wie es ihr geht. »Ich bleibe hier, und du schaust, daß du Meg findest, sie wollte die Ziegen füttern. Bringt ein Stück Segeltuch mit runter und sag den Kindern, sie sollen schnurstracks nach Hause gehen!« Er deutet auf George, Alfred, Willie und Rose, die in einiger Entfernung eng beisammen stehen.

Lavinia reagiert nicht. Sie versucht, die Zeit zurückzudrehen, mit ihrem Willen alles ungeschehen zu machen. Nur eine Stunde, nur eine halbe Stunde zurück, diese Bitte an Gott ist doch nicht zuviel verlangt.

»Mädchen, jetzt geh schon und hol Meg«, sagt Ben leise. Er zieht ihre Hand von Isaacs kaltem Gesicht fort. »Komm, such Meg, und schau, daß die Kinder ins Haus gehen.«

Da erinnert sie sich an Henry. »Klein-Henry war hier. Er war hier, als wir zum erstenmal …« Sie steht da und überblickt suchend die gestrandeten Eisschollen. »Er ist tot, Henry hat er auch umgebracht!« Sie läuft herum. Es gibt hundert Stellen, wo ein Kinderkörper hingefallen sein könnte.

Ben packt sie, deutet zum Haus und sagt laut: »Jetzt geh und hol Meg – und sag den Kindern, sie sollen nach Henry suchen.« Er nickt zu den Kindern, die sich nicht vom Fleck gerührt haben.

Als Lavinia mit ihrer Schwägerin zurückkehrt, haben sie Henry gefunden. Der Junge ist unversehrt. Er sitzt zusammengekauert hinter einer Eisplatte und will partout nicht hervorkommen. Meg schafft es, seine Finger vom Eis zu lösen, nimmt ihn in den Arm und kehrt, die anderen Kinder vor sich hertreibend, ins Haus zurück, ohne auch nur einen Blick auf den zerfetzten Körper ihres Neffen zu werfen.

Ben und Lavinia legen Isaac vorsichtig auf das Segeltuch. Ben weint still vor sich hin, und Lavinia merkt, daß auch ihr Gesicht naß vor Tränen und Rotz, ihr Körper schweißgebadet und ihre Kleidung von dem blutigen Schnee rot ist.

»Wir nehmen ihn mit zu uns hoch, Vinnie, sie werden Ned sicher im Lagerschuppen lassen, deshalb ist es besser, wir bringen den armen Kerl anderswohin.«

Erst da begreift Lavinia, daß Ned immer noch am Leben sein könnte. Langsam tragen sie den überraschend leichten Isaac zum Haus hinauf. Unterwegs kommt ihnen Meg entgegen, die mit Wasserkesseln zum Lagerschuppen eilt. »Die Kinder sind alle in Marys Haus eingesperrt. Schau nach ihnen, Vinnie.«

Sie legen den in Segeltuch eingeschlagenen Körper auf Megs Tisch. Ben murmelt, daß er sich daranmache, einen Sarg zu bauen, und läßt Lavinia und Patience mit dem toten Isaac zurück. Patience will unbedingt wissen, was unten am Strand passiert ist, aber Lavinia bringt vor Schock und Trauer nur unzusammenhängende Sätze heraus. Und so waschen sie unter Tränen Isaac, verbinden die schlimmsten Wunden und ziehen ihm ein frisches Hemd und eine frische Hose an.

»Ich war ganz außer mir bei dem Gedanken an all die Verschwendung – die ganze Fürsorge, die wir ihm zuteil werden ließen, als er ein kleiner Junge war, die viele Zeit, die Ned darauf verwandte, daß Isaac wieder gesund und kräftig würde, Isaacs schöne Pläne für sich und Rose – alles umsonst. Es wäre besser gewesen, er wäre im Winter im Bett gestorben, als so übel zugerichtet zu enden«, schreibt Lavinia später in ihr Tagebuch.

Kurz vor Einbruch der Dunkelheit kommt Thomas und teilt ihnen mit, daß Ned noch lebt und sich sein Zustand scheinbar nicht verschlimmert hat. Er ermahnt Patience und Lavinia dringend, sich nachts nicht hinauszuwagen; irgendwo treibt sich das Tier immer noch herum. Er macht Anstalten zu gehen, besinnt sich dann, hält inne und mustert die beiden stummen jungen Frauen, die je auf einer Seite von Isaac sitzen. »Wie lange sitzt ihr beide denn schon so?«

Sie geben keine Antwort, und er sagt: »Nebenan habe ich Annie gerade etwas kochen sehen. Warum geht ihr beide nicht rüber und eßt etwas? Ich bleibe solange hier.« Er läßt sich aufs Sofa fallen, schließt die Augen und lehnt den Kopf an die Wand.

Von der Tür aus blickt Lavinia noch einmal zu Thomas zurück. Während des Winters hat er an Gewicht verloren, und seine Sachen, die noch immer blutverschmiert sind, hängen lose an ihm herunter. Von seinem überheblichen Selbstbewußtsein ist nichts mehr übrig, und er sackt zusammen, als sei er von Verzweiflung erfüllt. Mit seinen geschlossenen Augen wirkt er genauso tot wie Isaac.

Mitleid, Traurigkeit und Verlangen überkommen Lavinia.

Sie macht einen Schritt auf ihn zu. Dann, als sie merkt, was sie tut, hält sie inne und folgt Patience nach draußen.

»Du gehst nach nebenan, Patience, ich möchte runtergehen und sehen, wie es Ned geht«, sagt sie dem Mädchen.

Im Lagerschuppen liegt ihr Bruder auf dem Arbeitstisch. Er ist ohne Bewußtsein. Von einem Balken baumelt eine Laterne; darunter versuchen Sarah und Mary verzweifelt, das Blut zu stillen, das bei jedem Atemzug aus Neds zerfetzter Brust hervorquillt. Aus einer dunklen Ecke erscheint Meg, die Hände mit Spinnweben bedeckt. Sie breitet das Spinnennetz über die klaffende Wunde und legt darüber ein ausgekochtes Tuch, das sie sofort mit Moos bedeckt. Mary wechselt die Stoffstreifen aus, die sie um Neds Arm und Schulter gebunden haben.

Die Frauen müssen schon seit Stunden immer wieder das gleiche tun, denn der Boden ist voll blutgetränktem Moos und Stoffetzen. Lavinia sammelt sie ein und wirft sie zu einem Haufen hinter der Tür.

Da sie nicht weiß, was sie sonst noch tun könnte, stellt sie sich etwas abseits und beobachtet, wie die Frauen Decken wärmen, durchtränkte Verbände entfernen und neue anlegen. Abwechselnd reiben sie Neds eisige Füße und Beine und flößen ihm irgendeine Mixtur ein. Sie arbeiten stumm. Einmal sagt Sarah Mary, sie könne heimgehen und sich eine Weile hinlegen, verstummt aber sofort, als sie Marys verächtlichen Blick sieht.

Seitdem sie gegenüber Thomas Hutchings ihre zornigen Flüche ausgestoßen hat, hat Mary kein einziges Wort mehr von sich gegeben. Ihre ganze Kraft konzentriert sich auf Ned, darauf, ihn am Leben zu erhalten, obgleich den anderen Frauen klar ist, daß das unmöglich ist.

Während Lavinia ihre Schwägerin beobachtet, wie sie sich unter der Laterne hin- und herbewegt, wundert sie sich, daß Mary keine Zauberformeln aufsagt, Kerzen anzündet, Dämonen anruft, um um Neds Leben zu feilschen. Und ihr wird klar, daß Mary diese Dinge irgendwo in den dunklen Winkeln ihrer heidnischen Seele gerade alle tut: Ned durch ihre Willenskraft zwingt weiterzuatmen, die Blutungen zwingt, zum Stillstand zu kommen, ihn zwingt zu leben. Lavinia muß an das Baby in diesem angespannten Leib denken – wie kann es Luft bekommen?

Kurz vor dem Morgengrauen fängt Ned leise zu stöhnen, dann zu murmeln an. Er versucht sich aufzusetzen, und die Frauen müssen ihn niederhalten. Dann öffnet er die Augen und sieht Mary über sich gebeugt.

»Ich dachte, ich hätt' Isaac kommen sehen. Wo ist Isaac, sind seine Verletzungen schlimm?« Er spricht ziemlich deutlich.

Mary schüttelt den Kopf, sie lächelt sogar, ein breites Lächeln voller Liebe, das Lavinia noch nie gesehen hat. »Isaac geht's gut, er und Ben sind mit den Kindern oben im Haus. Ned ... Ned, hast du Schmerzen?« Dann verzieht sich ihr Gesicht, und sie fängt lautlos zu weinen an.

»Na, Mädchen, laß das doch!« Er versucht, mit seinem guten Arm ihr Gesicht zu berühren. »Ach, Mary, was bist du doch für eine bezaubernde Frau«, sagt er und ist tot. Und Mary ist über ihn gebeugt und kreischt: »Atme! Atme!«

Als er ihr nicht gehorcht, zieht sie ihn vom Kissen hoch. »Wag's ja nicht zu sterben, trau dich nicht, mir wegzusterben, Ned Andrews!«

Aber er ist tot, und daran kann selbst Mary nicht mehr rütteln. Sie erkennt es, läßt ihn fallen und stürmt hinaus, wo sie Blasphemien gen Himmel schreit.

Zwei Tage und zwei Nächte lang streift sie auf dem Kap umher, stapft wie eine verwirrte Amsel den mit Eisschollen übersäten Strand entlang, marschiert über Sumpf und durch Dickicht. Ohne auf Schlamm, schmelzenden Schnee oder den Wind zu achten, der ihr ins Gesicht peitscht, wandert sie von einem Ende des Kaps zum anderen, blind für alles um sie herum.

Meg und Sarah gehen ihr abwechselnd hinterher, flehen sie an, an das Baby zu denken, das sie unter dem Herzen trägt, und an ihre Söhne. Sie aber rast auf der Suche nach etwas weiter, nach jemandem, an dem sie ihren Zorn auslassen kann. Schließlich ziehen sich die Frauen, denen Mary mit ihrem seltsamen Gemurmel fast Angst einjagt, zurück und lassen sie in Ruhe.

»Also ich glaube, wenn die auf den Bären treffen würde, dann würde sie ihn mit bloßen Händen umbringen«, meint Sarah zu Annie und Lavinia.

Irgendwann am dritten Tag, als sie vor Erschöpfung bald nicht mehr kann und ihre Flüche nur noch ein heiseres Krächzen sind, ihr Zorn aber nach wie vor ungebrochen ist, entdeckt Mary in der Nähe der eingestürzten Kirchenwände Fanny. Das Mädchen scheint sich in einem ihrer Trancezustände zu befinden und starrt landeinwärts zu den Hügeln. Zum erstenmal seit Tagen richtet Mary ihren Blick auf etwas Bestimmtes, und sie mustert ihre Tochter mehrere Minuten. Dann dreht sie sich wortlos, aber mit gestrafftem Rücken, um und kehrt gefaßt nach Hause zurück.

Zumindest nach außen hin ist Marys Trauer vorbei. Von diesem Tag an spricht sie nie mehr über Neds Tod oder dessen Umstände.

Als sie ihr Haus leer vorfindet, reißt sich Mary die zerfetzten und verdreckten Kleider vom Leib. Sie wäscht sich, zieht sich saubere Sachen an und geht in den Hinterraum, in dem Ned und sie geschlafen haben. Mit einem schweren Messer löst sie eine Bodendiele und zieht ein völlig verstaubtes Bündel hervor; es ist das gleiche in Tuch gehüllte Päckchen, das sie bei sich hatte, als sie vierzehn Jahre zuvor von der *Tern* an Land gegangen war; es ist jetzt kleiner, die Orange ist längst fort, Kessel und Feuersteine sind im Raum nebenan beim Kamin, und die Brosche – die nach Marys Auffassung immer noch ihr gehört – ist seit vielen Jahren in Sarahs Besitz.

In dem Bündel befinden sich drei Goldmünzen und die beiden Muschelkämme, die sie an ihrem Hochzeitstag getragen hat. Die Kämme legt sie beiseite, aber sie nimmt die Münzen, begutachtet jede einzelne, dreht sie immer wieder herum. Dann spuckt sie auf das aufgedunsene Gesicht des Königs, reibt die abgenutzten Oberflächen mit ihrer Schürze ab und legt die Münzen zurück in das Tuch, das sie wieder zusammenknotet und unter die Bodendiele steckt.

Mary Bundle rammt sich die Kämme ins Haar und geht nach nebenan, wo Patience und Lavinia auf dem Sofa sitzen und das aufgeschlagene Buch zwischen sich halten.

So leise wie eine Katze durchquert Mary den Raum und baut sich vor Lavinia auf. Sie stellt keinerlei Fragen – weder über ihren Mann oder ihren Stiefsohn, noch ihr Begräbnis; erkundigt sich nicht nach ihren Kindern, wer sich während der Zeit ihrer Abwesenheit um sie gekümmert hat, oder warum das Haus so merkwürdig leer ist. Sie steht nur da mit einem Ausdruck schrecklicher Verachtung im Gesicht.

Alt sieht Mary aus. Lavinia hat noch nie jemanden so schnell altern sehen. Das Haar, das ihr einst wie schwarzer Draht vom Kopf abgestanden hatte, zeigt weiße Strähnen. Es ist geflochten und zu einem strengen Knoten zusammengefaßt und scheint die wettergegerbte Haut über den kleinen Schädel nach hinten zu ziehen, so daß ihre Gesichtszüge schärfer wirken denn je und Nase und Kinn noch stärker hervortreten. Unter dem kleinen Kopf erscheint ihr schwangerer Leib riesig.

Lavinia will erklären, daß Ned und Isaac in dieser Minute draußen auf der Landspitze beerdigt werden, aber Mary kommt ihr zuvor. »Weißt du von Fanny?« fragt sie in krächzendem Flüsterton, als ob ihr das Sprechen Schmerzen bereiten würde.

Halb rechnet Lavinia damit, daß Mary ihr das Buch vom Schoß schlägt. Aber die steht nur da, mit verschränkten Armen, und sieht sie mit verengten Augen an.

»Du bist doch so verdammt schlau, Lavinia, mit deinen Büchern und deinem Schreiben und deiner Beobachtungsgabe … sicher weißt du von Fanny, weißt, daß sie ein Baby bekommt!«

Lavinia durchzuckt es so eisig, daß Patience neben ihr es fühlt und erschauert.

Die Frau in dem Buch schreitet mit ausgestreckten Armen daher, als ob auch sie blind wäre. Sie geht auf eine Steintreppe zu, die sich in die Dunkelheit emporwindet. Lavinia muß nicht hinunterblicken, muß die Augen nicht von Marys Gesicht nehmen, das Bild dringt durch ihre Fingerspitzen in sie hinein. Was verbirgt sich Schreckliches am Ende der Treppe? Das Bild und Marys Worte vermischen sich – Fanny erwartet ein Kind. Sie hat es schon die ganze Zeit gewußt – in irgendeinem verborgenen Winkel ihres Herzens – und gewußt, daß der Vater des Kindes Thomas Hutchings ist.

Lavinias langes Schweigen macht Mary ungeduldig. »Du weißt es, stimmt's, Lavinia Andrews? Du weißt doch alles, was hier so vor sich geht, und du weißt auch, von wem es ist, darauf könnte ich wetten«, sagt sie leise.

Lavinia nickt und bringt mit Mühe »Thomas!« heraus. Nur das, nicht mehr. Neben ihr zieht Patience den Atem ein, und als Lavinia sich zu ihr dreht, sieht sie Unglauben in den blinden Augen.

»Ah!« Mary gibt einen schwachen Laut von sich, in dem solche Genugtuung mitschwingt, solche Freude sogar, daß Lavinia die Augen schließt. Sie hört, wie sich die Tür hinter Mary schließt.

Sie und Patience sitzen schweigend da, bis einer der Zwillinge zu weinen beginnt. Da durchquert Lavinia den Raum und bringt Patience das Kind. Sie möchte das Haus verlassen – aber wohin kann sie gehen? Nichts wird ihren Schmerz lindern können, das Meer nicht, Einsamkeit nicht und die Zeit auch nicht. Und so bleibt sie bei dem blinden Mädchen.

Als Meg und Lizzie von dem Begräbnis zurückkehren, erzählen sie, daß sie Mary auf dem Heimweg vom Friedhof getroffen hatten. Sie hatte Thomas Hutchings aufgelauert.

»Mary hat den armen Mann gepackt und ihn in den Lagerschuppen gezerrt. Diesen irren Blick hatte sie dabei zwar nicht mehr, aber alles in allem war ihr Benehmen doch recht seltsam, wie sie Thomas Hutchings da einfach wortlos fortgeschleppt hat«, erzählt Lizzie Patience und Lavinia, ohne zu bemerken, wie merkwürdig still die beiden sind. »Ist wahrscheinlich immer noch wütend, daß er Peter das Gewehr gegeben hat. Ich schätze, es ist ein gutes Zeichen, daß sie sich so aufführt – sie ist wieder die alte.« Meg lächelt fast, während sie sich eine Schürze umbindet.

Von ihrem Zusammentreffen mit Mary erzählen Lavinia und Patience nichts.

Die Leute am Kap werden nie erfahren, was an jenem Tag zwischen Mary und Thomas Hutchings stattgefunden hat. Aber noch vor dem Wochenende erfahren sie zu ihrer Bestürzung von Mary, daß Thomas sich bereit erklärt hat, Fanny zu heiraten. Die Nachricht verblüfft alle, Fanny scheint doch noch ein Kind zu sein und ist tatsächlich mehr als ein Vierteljahrhundert jünger als Thomas, von dem die Männer immer eine so hohe Meinung hatten.

An dem Sonntag, den Mary als Hochzeitstag bestimmt hat, wachen sie bei Platzregen auf. Als sie sich in Megs und Bens Haus zum Morgengottesdienst einfinden, stehen überall Pfannen und Eimer herum, um das Wasser aufzufangen, das durch undichte Stellen hereintropft. Trotz Megs Bemühungen wirkt der Raum drückend, dumpfig und dunkel. Die Tür muß zu bleiben, um das bißchen Wärme, das der Kamin hergibt, zu halten, und sämtliche sauren Gerüche des Winters scheinen in der Feuchte wiederaufzuleben.

Nachdem sie auf Stühlen, Hockern und umgedrehten Kübeln Platz genommen haben, lauschen sie traurig Megs kurzer

Predigt, murmeln Gebete und bringen die Kirchenlieder kaum heraus, die sie im Jahr zuvor noch so freudig gesungen haben.

Nach Ende der Andacht verkündet Meg, daß alle dableiben müssen, um die Trauung zu bezeugen. Die Vincents, die schon auf dem Weg zur Tür waren, kehren an ihre Plätze zurück und sitzen kaum, als Fanny und Thomas hereinkommen. Sie werden von Mary begleitet, die noch nie zuvor an einem Sonntagsgottesdienst teilgenommen hat.

Lavinia ist auf einem niedrigen Hocker nahe dem Kamin sitzen geblieben. Sie sieht nicht auf, sondern starrt ins Feuer, wo gelegentlich ein paar Rußstückchen, die von dem Regenguß gelöst worden sind, in die Asche fallen und schwarze Rauchwolken ins Zimmer schicken.

Thomas und Fanny gehen nach vorn und wiederholen tonlos die Schwüre, die von Meg verfaßt worden sind und von Charlie Vincent vorgelesen werden. Thomas' Gesicht ist wie versteinert, und Fanny macht die bizarre Zeremonie wie eine lästige Prozedur durch, die sie nichts angeht. Nachdem die Worte ausgesprochen sind, herrscht längere Zeit Stille.

Meg, die Thomas immer verteidigt hat, ist verletzt und schockiert über Fannys Schwangerschaft. Zusammen mit Mary war sie es, die darauf bestanden hat, daß man nicht auf die Ankunft eines Geistlichen warten dürfe, sondern die Trauung gleich abhalten müsse. Sie beendet die peinliche Stille nicht mit höflichen Glückwünschen oder dem Anbieten von Tee. Nach einigen Minuten verlassen die Vincents mit wenig mehr als einem Nicken von Sarah in Richtung des Brautpaares das Haus.

Als die Tür sich hinter ihnen schließt, marschiert Mary zu Thomas und sagt in geschäftsmäßigem Ton: »Das wär's dann also. Ihr zwei könnt nebenan einziehen, ihr könnt unser Zimmer nehmen. Ich schlaf solange am Kamin, bis Ben dazu kommt, für mich noch ein Schlafzimmer anzubauen.«

Sie wartet auf eine Antwort, und als keine kommt, fährt sie fort, als wäre es ein ganz normaler Tag: »Morgen, Thomas, sollten wir das Überholen des Bootes in Angriff nehmen. Die Jungs werden dir dabei helfen, es vor der Fischsaison wieder in Schuß zu bringen.«

Sie holt aus, ihre Pläne für den Sommer zu umreißen, als Thomas, über dessen ausdrucksloses Gesicht einen Augenblick ein Anflug von Zorn huscht, ihr das Wort abschneidet. »Um Neds willen werde ich dir und den Jungen helfen, so gut ich kann. Das hätte ich ohnehin getan, auch ohne diese ... diese ...« Er weigert sich, das, was gerade stattgefunden hat, als Hochzeit zu bezeichnen, und macht eine hilflose Geste.

Lavinia, die sich rückwärts zur Tür bewegt, bleibt stehen, um zu lauschen. Für einen Augenblick treffen sich ihre Blicke, und sie sieht die kalte Anklage in seinen Augen, als würde er ihr eine gewisse Mitschuld vorwerfen.

»... Ich danke dir, aber Fanny und ich werden da leben, wo ich immer gelebt habe. Im Lagerschuppen. Und, Mary Bundle, glaub ja nicht, daß ich jetzt nach deiner Pfeife tanze.«

Er klingt so grimmig, so endgültig, daß Mary etliche Schritte rückwärts geht. Sie sagt kein weiteres Wort. Er blickt in die stummen Gesichter der Anwesenden, klagt sie alle an. Dann nimmt er Fannys schlaffe Hand und führt sie wie ein Kind zur Tür hinaus.

»Sie sahen aus wie Traumgestalten, wie Leute, an die man sich nur vage erinnern kann«, schreibt Lavinia in dieser Nacht und tröstet sich, so gut es geht, mit dem Gedanken, daß sie zumindest nicht Wand an Wand mit Thomas und Fanny schlafen muß.

14. KAPITEL

Letzte Nacht, als alle schliefen, ging ich zum Strand hinunter und setzte mich an den großen Felsen. Was für ein dunkler und einsamer Ort das Kap in mondlosen Nächten doch ist! Ich döste ein und erwachte erst, als mir das Meer um die Füße brandete – einen Moment lang glaubte ich, wir wären gerade erst angekommen. Mama und Ned und alle anderen stünden am Anlegesteg und bäten um einen Schlafplatz, und dieses Buch läge hier neben mir im Sand und wäre abgesehen von Ellsworths' Heuerverträgen noch immer leer. Dann erinnerte ich mich. Und da kam mir, wie einfach es wäre, ins Meer zu gehen, immer weiter hinaus, bis die Wellen über mir zusammenschlügen. Vielleicht könnte ich den Unterwasserweg finden, der nach Turr Island führt.

Tagsüber schafft Lavinia es, einen gefaßten Eindruck zu machen, wird wortkarger und ernster denn je. Meg, die ihre Ernsthaftigkeit auf die Trauer über Ned zurückführt, versucht, Lavinia mit Lob über ihren Unterricht abzulenken und verspricht ihr ein neues Buch, wenn Alex Brennan zurückkehrt.

Keiner kann wissen, daß Lavinia nachts allein in ihrem Schulzimmer außer sich vor Kummer ist. Stundenlang schreibt sie in ihr Tagebuch, um dann ganze Seiten wieder durchzustreichen. Sie liest die Einträge des vergangenen Sommers und streicht alles durch, was sich auf Thomas Hutchings bezieht. Während langer, schlafloser Nächte entwickelt sie die Angewohnheit, mit der Handfläche an einem Brett ihres Bettes hin- und herzufahren. Das Brett wird glatt, und ihre Haut reißt und blutet, aber sie hört nicht auf, denn die monotone Bewegung lullt sie in den Schlaf. Auf dem Handteller ihrer linken Hand bildet sich eine Schwiele, die sie mit ins Grab nehmen wird.

Sie tut alles, um Thomas und Fanny aus dem Weg zu gehen, aber sie kann nicht umhin mitzuhören, wie über die beiden gesprochen wird. Die zwei geben ein so seltsames Paar ab, daß jeder am Ort herumrätselt, was die beiden zusammengeführt haben mag.

Nach der Hochzeit scheint Fannys Bauch über Nacht hervorzutreten. Es sieht aus, als würden sie und ihre Mutter zur gleichen Zeit niederkommen. Aber dann kommt Marys Kind doch zuerst. Es ist ein Mädchen, kränklich und mager, doch mit Marys üblicher Routine zur Welt gebracht.

Nach ihrer Niederkunft legt Mary das Kind mit solch einer Gleichgültigkeit beiseite, daß es bestimmt zugrunde gegangen wäre, hätte Meg es nicht wie ein kleines Kätzchen an Patience weitergegeben. Das blinde Mädchen verbringt Stunden damit, das arme Ding zu liebkosen, ihm aufgewärmte und mit Wasser verdünnte Ziegenmilch zwischen die blauen Lippen einzuflößen.

Der Frühling hat schon längst Einzug gehalten, als Frank Norris und Young Joe von der Robbenjagd heimkehren. Als sie von Neds und Isaacs Tod und Thomas' und Fannys Heirat hören, sind sie fassungslos. Die Männer sind erschöpft und entmutigt, ihr Schiff war wochenlang im Eis eingeschlossen gewesen, und die meisten Robben waren schon fort, als sie bei den Fanggründen eingetroffen waren. Als der Schiffseigner sich seinen Anteil genommen hatte, blieb für jeden Robbenfänger nicht viel übrig. Peter Vincent ist in Harbour Grace geblieben, weil er hoffte, auf einem Schoner anheuern zu können, der den Sommer über nach Labrador fährt.

Der Schnee, der so spät gekommen war, schmilzt schließlich, selbst an den schattigen Stellen unter den Bäumen. Auf Birken und Erlen erscheint der erste grüne Schimmer, und die Leute vom Kap beginnen nach der Ankunft eines Schiffes Ausschau zu halten.

Seit ihrem Wortwechsel auf der Hochzeit hat Mary Thomas Hutchings die kalte Schulter gezeigt. Wie die anderen ist sie damit beschäftigt, Boote und Ausrüstung auf Vordermann zu bringen – was dieses Jahr wegen des Schadens, der durch die schrecklichen Winterstürme entstanden ist, viel Zeit in Anspruch nimmt.

»Wenn Annie Vincent aufs Meer hinausfahren kann, dann kann ich's auch. Henry ist alt genug, um mit einem Boot draußen zu sein, er braucht bloß jemanden, der ihn bei der Stange hält!« erklärt Mary, die es immer geschafft hat, ihre Angst vor dem Wasser zu verbergen.

Unbarmherzig treibt sie sich und ihre Söhne an. Ohne Henry, Alfred und George eine Pause zu gönnen, setzt sie ihnen von morgens bis abends zu, Netze zu richten, den Garten umzugraben, Zäune zu reparieren, Werg zu rollen, Holz zu zerkleinern. Sobald die Jungen mit einer Arbeit fertig sind, trägt sie ihnen die nächste an.

Lavinia klammert sich an den Unterricht, nimmt sich vor, daß die Kinder vor Beginn der Fischsaison ein bestimmtes Pensum gelernt haben müssen, und richtet sich auf einen Kampf mit Mary über den Schulbesuch ihrer Söhne ein.

»Ich hätte dich für klüger gehalten, Mary Bundle«, spricht sie ihre Schwägerin eines Tages an, nachdem deren Söhne drei Vormittage hintereinander nicht zum Unterricht erschienen sind. »Und dabei wolltest du von mir doch unbedingt rechnen lernen!«

»Oh, Rechnen ist ja in Ordnung, es ist gut, wenn ein Fischer rechnen kann, falls jemand ihn übers Ohr hauen will. Dagegen sag' ich ja gar nichts. Aber Rechnen hat nichts mit dem dummen Zeug zu tun, das du den Kindern da beibringst. Schau doch, wie merkwürdig Char Vincent wird – kann seinen Hintern nicht von seinem Ellbogen unterscheiden, also, das kann doch wohl nicht in Sarahs Sinne sein? Na ja, jetzt ist dann eh Zeit für die Sommerpause.«

Lavinia, die den Sommer fürchtet, tritt dafür ein, daß der Unterricht bis zur Fischsaison fortgeführt wird. Trotzdem tauchen an den meisten Vormittagen nur drei Schüler auf, nämliche Rose Norris, Willie Andrews und Charlie Vincent, und ihr Streit mit Mary entbrennt bei jeder Begegnung von neuem.

»Du willst wohl, daß sie genauso ungebildet aufwachsen wie wir anderen hier an der Küste?« faucht Lavinia Mary eines Tages an. Auch wenn sie Mary um Haupteslänge überragt, gewachsen ist sie ihr nicht.

»Fischen zu lernen ist ja wohl wichtiger, als in alten Büchern lesen zu können, und was meinst du, wieviel verdammt mal wichtiger das erst im nächsten Winter ist. Vom Lernen wirst du nun mal nicht satt!« Mary macht auf dem Absatz kehrt und marschiert davon.

Die beiden treffen schließlich eine Vereinbarung, mit der Mary zufriedener ist als Lavinia. Henry, George und Alfred werden abwechselnd am Unterricht teilnehmen. Mary verspricht, jeden Morgen einen von ihnen zum Unterricht zu schicken, und meint: »Herrgott, du hast doch schließlich nur drei Bücher, die müßt ihr doch irgendwann mal durchhaben, oder?«

Mary ist so beschäftigt mit ihrer Arbeit, daß sie ihr kleines Töchterchen völlig vergessen zu haben scheint. Sie schaut ganz verdutzt, als Meg sie fragt, wie das Kind genannt werden soll.

»Du lieber Himmel, Mary, weißt du denn nicht mehr, daß du ein Baby bekommen hast? Kannst du nicht auch einmal ein bißchen an das Kind denken?«

Mittlerweile hat Patience das Kind Tag und Nacht und nimmt es sogar mit zu sich ins Bett, aber, wie Meg sagt: »Wir können das arme Würstchen doch nicht ewig nur ›Baby‹ nennen. Ned und du, hattet ihr euch denn nicht schon einen Namen ausgedacht, falls es ein Mädchen wird?«

»Tessa«, erwidert Mary mit einem säuerlichen Lächeln, »ich werde sie Tessa nennen.«

Und so wird Marys letztes Kind ohne großes Aufhebens Tessa genannt und ist von Geburt an mehr Patience' Tochter als Marys. Das blinde Mädchen sitzt stundenlang in der Küche ihrer Mutter und, als es wärmer wird, im Garten und am Strand und hält Tessa im Arm und schmust mit ihr. In diesem Frühling ist Patience die einzige Erwachsene am Kap, die man je lächeln sieht. Jahre später wird Tessa Andrews einmal bemerken, daß sie bekanntermaßen das einzige ist, was ihre Mutter je weggegeben hat.

Unter Thomas' Anleitung trennt Ben im Lagerschuppen behelfsmäßig einen Raum ab. Meg flüstert Patience und Lavinia zu, daß Fanny dort allein schläft.

»Woher Meg das bloß wissen will? Trotz allem möchte sie wohl an dem Gedanken festhalten, daß Thomas Hutchings eine Art Heiliger ist«, schreibt Lavinia.

Fanny scheint ihr Leben weiterzuführen wie bisher. Sie geht aller Arbeit aus dem Weg und ist stundenlang verschwunden. Seit Sarahs Genesung ißt Thomas wieder bei den Vincents, und Fanny begleitet ihn nun. Nur zu diesem Anlaß werden sie zusammen gesehen.

»Ich hab' ja schon die merkwürdigsten Paare gesehen, aber die beiden schießen wirklich den Vogel ab!« meint Sarah eines Tages in Megs Küche. »Fanny und Thomas ...« Sie rollt ein Wollstück zwischen den Fingern, während sie nach Worten sucht. »Fanny und Thomas … es ist, als ob sie zusammen sind und irgendwie doch nicht, als ob einer den anderen gar nicht sähe. Sehr gesprächig war Thomas ja noch nie. Trotzdem sind wir alle gut mit ihm ausgekommen, vor allem Josh, der ja große Stücke auf ihn gehalten hat. Das ist jetzt anders. Also wenn wir nicht das Mehl und das Rindfleisch von ihm bräuchten, dann wär's mir ehrlich gesagt fast lieber, die beiden würden nicht mehr zu uns kommen.«

Meg, die ihr Zutun an der seltsamen Heirat bereits bereut, setzt sich für Thomas ein: »Da steckt mehr dahinter, als wir wissen – außer vielleicht Mary Bundle. Irgend etwas ist total schiefgelaufen, alles hat sich verändert, alles ist anders.«

»Ich hoffe ja bloß, daß Reverend Eldridge bald herkommt. Mir wär's leichter ums Herz, wenn Thomas und Fanny vor ihm stehen würden, bevor … bevor das Baby auf die Welt kommt.« Die letzten Worte flüstert Sarah mit einem schnellen Blick zu Lavinia, die in der Nähe arbeitet.

Wie immer kommen sie auf Fanny zu sprechen. »Es würde mich kein bißchen überraschen, wenn sich die arme Kleine zu einer zweiten Ida Norris entwickelt«, meint Meg.

Die traumverlorene Art, die Fanny seit ihrer Kindheit zu eigen ist, umgibt sie nun wie ein Nebel, den keiner durchdringen zu wollen scheint. Trotz ihres riesigen Bauches, der immer größer wird, je mehr der Rest von ihr verfällt, verbringt das Mädchen immer noch Stunden allein im Wald.

»Ich verstehe nicht, warum sie's noch nicht gekriegt hat – wenn's von einem Vincent wäre, dann würde ich sagen, sie bekäme Zwillinge«, seufzt Sarah und setzt düster hinzu: »Ich bezweifle, daß sie jemals ein lebendes Kind zur Welt bringen wird, und wer weiß, vielleicht wär's das beste so.«

Die endlosen Gespräche über Fanny und Thomas treiben Lavinia zur Verzweiflung. Sie fängt an, sich Arbeit zu suchen, die sie für sich erledigen kann; verbringt mehr und mehr Zeit über ihren Büchern. Charlies Gesellschaft ist die einzige, die sie neben der von Patience ertragen kann. Inzwischen ist er im Rechnen und Lesen schon weit besser als sie und sollte von Rechts wegen im nächsten Winter die Lehrerrolle übernehmen.

Der nächste Winter! Allein bei dem Gedanken graut Lavinia schon. Sie vermißt Ned furchtbar. »Ich könnte alles ertragen, solange ich Ned um mich hätte!« denkt sie und wünscht sich, mit Emma und Jane nach St. John's gegangen zu sein.

Dann trifft die *Charlotte Gosse* ein, und die erste Person, die an Land geht, ist Jane. Das Mädchen sieht stolz und hübsch aus und trägt eine Haube, die nach den Worten Lavinias »aus einem Vogelnest gemacht ist, in dessen Mitte der Vogel, eine kleine Eiderente, so wie es aussieht, noch immer sitzt. Ich schätze, sie ist ausgestopft. Sie hatte kleine Knopfaugen, die auf Janes Nase hinunterblickten.«

Hinter Jane folgt ihr Ehemann, der größeren Beifall findet als ihr Hut. »Sie hat Dolph Way geheiratet, einen von Gosses Matrosen. Er war schon ein dutzendmal hier, obgleich sich niemand daran erinnern kann, daß er je einmal den Mund aufgemacht hätte, aber trotzdem wirkt er recht nett. Eines weiß ich, mit Jane und Mary wird der arme Mann sein Kreuz zu tragen haben.«

Dolph ist ein rotwangiger junger Mann mit einem runden, arglosen Kindergesicht. Als er seiner Braut vom Schiff an Land folgt, errötet er und würde statt seines großen Auftritts ganz offensichtlich lieber seinen Kumpeln beim Entladen helfen.

Mary heißt ihre Stieftochter mit einer Berührung der Schulter willkommen, die wärmste Regung, die man Mary gegenüber Jane je hat machen sehen. Jane zupft eine Feder ihres Huts zurecht und überblickt die Menschen auf dem Steg, in der Erwartung, jeden Moment ihren Vater auf sie zustürzen zu sehen.

»Wo ist Papa?« fragt sie. Dann, als sie die ernsten Mienen um sich herum sieht, schleicht sich Panik in ihre Stimme. »Wo ist Papa … und Isaac, wo sind Isaac und der kleine Moses?«

Dolph steht hinter Jane und trägt ihr Gepäck, ein hölzernes

Fäßchen, das mit einer Schnur zusammengebunden ist, und eine der beiden kleinen Truhen, die Ben der Tochter und der Nichte für ihre Fahrt nach St. John's angefertigt hatte. Dolph zögert, unsicher, wie er auf die Bestürzung seiner Frau reagieren soll. Er stellt die Truhe ab und stellt sich neben sie.

Mary schiebt Meg vorwärts. »Erzähl's du ihr!« sagt sie schroff. »Und du«, sie deutet auf Dolph, »folgst mir zum Haus. Ich zeig' dir, wo du die Sachen da unterbringen kannst.«

Während Lavinia beobachtet, wie der junge Mann seiner Schwiegermutter gehorsam hinterhertrottet, denkt sie, daß Mary den Schwiegersohn ihrer Wünsche gefunden hat. Aus den Augenwinkeln sieht Lavinia, daß Thomas Hutchings am Rand der Menschenmenge leise mit Alex Brennan spricht.

Es herrscht respektvolles Schweigen, als Meg Jane vom Tod ihres Vaters und Bruders berichtet, von der schweren Krankheit, die sie heimgesucht hatte, und von Moses' Tod, von Mattie und Josh Vincent.

»Mädchen, es tut mir leid, daß deine Heimkehr so von traurigen Nachrichten überschattet ist. Es war für uns alle ein schwerer Winter.« Meg legt den Arm um ihre weinende Nichte.

Nach einigen Minuten werden die Unterhaltungen wiederaufgenommen. Es wird wieder lauter, als sich die Matrosen gegenseitig etwas zurufen, Taue auf den Anlegesteg werfen, Kisten hinablassen und Fässer vom Schiff hinunterrollen.

Nur Sarah bemerkt, daß Peter allein auf dem Hügel steht. Sie beobachtet, wie ihr Sohn die *Charlotte Gosse* anstarrt und dann in schnellem Trott den Weg hinunterläuft. Seit er auf einem Robbenfänger angeheuert hatte, hat man Peter nicht mehr zu Gesicht bekommen, aber inzwischen sind sie an sein unregelmäßiges Erscheinen und Fortgehen gewöhnt und machen deshalb kein Aufheben mehr. Als er sich zu den anderen auf den Anlegesteg gesellt, nicken ein paar Leute, Joe macht eine Bemerkung über zwei Graugänse, die Peter über die Schulter geworfen hat, und seine Mutter läßt sich über seine abgerissene

Kleidung und seinen wilden Bart aus. Sie tätschelt ihm fast abwesend den Arm und erzählt ihm, während sie weiterhin dem Entladen des Schiffes zuschaut, von Neds und Isaacs Tod, von der Hochzeit von Thomas und Fanny.

Zu Sarahs Überraschung reißt sich ihr Sohn unvermittelt von ihr los, schleudert die Gänse fort, rennt auf Thomas zu und brüllt: »Du geiler Bock! Ich hab's doch gewußt! Letzten Sommer, da hab' ich doch gewußt, daß du ein Auge auf sie geworfen hattest – und mehr als nur ein Auge, so wie's aussieht!«

Alle Gespräche verstummen. Ein Mehlsack schaukelt unbeachtet über ihren Köpfen, während die Matrosen mit großen Augen zusehen, wie Peter Alex Brennan zur Seite stößt, auf Thomas zustürzt und ihn am Hals packt, als wolle er ihm am liebsten die Gurgel umdrehen. Rot vor Zorn schleudert er Thomas wilde Beschimpfungen entgegen und schnürt ihm immer mehr die Luft ab. Der macht keinerlei Anstalten, sich zu verteidigen oder den wütenden Peter von sich wegzustoßen.

»Ich glaube, wenn die Männer Peter nicht weggezerrt hätten, dann wäre Thomas einfach dagestanden und hätte sich umbringen lassen«, schreibt Lavinia.

Alex und Joe reißen Peter von Thomas los, aber der lärmt weiter und nennt Thomas einen Teufelsbraten, einen Verführer und Hurensohn, bis Sarah zu ihm geht und ihm eine Ohrfeige gibt.

»Bringt ihn ins Haus und fesselt ihn, wenn's sein muß«, bittet sie Alex und Joe. Sie weint vor Schock und Scham über Peters Ausdrücke – und das vor Fremden!

»Es tut mir ja so leid, Thomas, was gäb' ich dafür, um das eben ungeschehen zu machen. Ich bin zutiefst beschämt und bitte um Verzeihung«, sagt sie würdevoll, bevor sie sich umdreht und den Männern folgt, die Peter zum Haus der Vincents zerren.

In der entsetzlichen Stille, die folgt, blicken alle zu Thomas

Hutchings. Mit leicht gesenktem Kopf steht er da und hält eine Hand über die Augen, wie man es tut, wenn man betet.

Mary, die mit Dolph rechtzeitig zum Anlegesteg zurückgekehrt ist, um Peters letzten Ausbruch mitzubekommen, wirft Thomas einen kalten Blick zu und schnauzt: »Recht hat er!« Dann wendet sie sich an ihren neuen Schwiegersohn: »Ich bin heilfroh über deine Hilfe, Dolph – von dem anderen da kommt wenig.« Dann beginnt sie, ihm ihre Pläne für eine Erweiterung des Hauses zu erläutern.

Die anderen machen sich wieder ans Entladen des Schiffes, und die Gespräche leben wieder auf. Lavinia beobachtet, wie Thomas sich umdreht und davongeht. Fanny bleibt mit ausdrucksloser Miene auf einem umgedrehten Boot sitzen.

Als die *Charlotte Gosse* tags darauf wieder den Anker lichtet, ist Dolph Way nicht mit an Bord. Seine Habseligkeiten hat er an Land getragen und mit seiner neuen Frau den Raum bezogen, der Mary und Ned gehört hatte. Mary hat den Skipper überredet, statt seiner den elfjährigen Henry für die Fahrt an die Küste Labradors mitzunehmen.

»Ein Sommer auf dem Meer wird dir guttun – das macht einen Mann aus dir«, erklärt sie ihrem ältesten Sohn.

Henry hat von der Mutter die Angst vor dem Meer geerbt und verschwindet im letzten Augenblick, aber Mary spürt ihn unter einem Trockengestell auf und übergibt ihn dem Kapitän.

Nach der Abfahrt der *Charlotte Gosse* wirkt alles sehr still. Peter Vincent ist unauffindbar. Sarah nimmt seinen Namen nicht in den Mund, doch seine Schwester erzählt Meg, daß er wieder in den Wald verschwunden ist. »Angeblich will er nie mehr einen Fuß aufs Kap setzen, aber ich schätze, der ist ganz schnell wieder da, wenn's erst mal kälter wird«, meint Annie ruhig.

Dolph fügt sich in das Leben am Kap ein, als wäre er dort geboren. Und tatsächlich stellt sich heraus, daß er aus dem keine fünfzig Meilen entfernten Turk's Head stammt und seine Mutter eine entfernte Verwandte Sarahs ist. Sarah ist so entzückt von Janes Ehemann, daß sie sich bei ihm erkundigt, ob er nicht einen Bruder in Annies Alter habe.

Dolphs Ankunft löst die Frage, wer auf Neds Dory fischen wird. Bald schon hat der junge Mann das Boot abgeschabt, abgedichtet und geteert – und es ist besser in Schuß, als es zu Neds Zeiten je war.

Von Jane ist nur wenig über ihren Aufenthalt in St. John's zu erfahren, bis die Frauen, die alle mit Seifemachen beschäftigt sind, sie darüber ausfragen, wie sie und Dolph sich kennengelernt haben. Offenbar war das auf ihrer Fahrt nach St. John's geschehen. Jane hatte sich nie nach Arbeit umgesehen, sondern war bei seiner Tante Cass über einem winzigen Laden in einer kleinen Seitenstraße der Stadt eingezogen. Dolph war fast sofort wieder fortgesegelt, und zwar auf einem Gosseschiff, das mit einer Ladung Salz nach Barbados fuhr. Jane half im Laden mit und wagte sich kaum einmal hinaus, außer, um mit Dolphs Tante zu Gebetsversammlungen zu gehen. Gleich nach seiner Rückkehr hatten sie geheiratet.

Meg und Sarah, Lavinia, Lizzie und Mary, die einen Eimer nach dem anderen vom Teich herschleppen, um darin Holzasche einzuweichen, die sie seit Monaten gesammelt haben, um dadurch Lauge zu gewinnen, ärgern sich über Janes nüchterne Antworten auf ihre Fragen. Die Herstellung von Seife ist harte, heiße Arbeit, denn die Mischung aus Lauge und ausgelassenem Tran muß so lange in den Töpfen gerührt werden, bis sie eindickt. Sie hatten gehofft, der Tag würde durch ein paar gute Geschichten aus St. John's etwas kurzweiliger, aber leider hat Jane das Erzähltalent ihres Vaters nicht geerbt.

»Ich nehme an, du könntest mir sagen, ob du meine Tochter überhaupt einmal zu Gesicht bekommen hast?« fragt Meg ihre Nichte trocken.

»Ja, also, zuerst ist Emma an ihrem freien Nachmittag regelmäßig zu Tante Cass gekommen, aber nach einer Weile dann gar nicht mehr. Das letzte Mal hatte sie diese Rowena Crocker dabei.«

Aus Janes Ton hört man heraus, daß sie Rowena Crocker nicht mag, aber als Meg sie deswegen bestürmt, kann sie keinen Grund dafür nennen. »Sie war halt eine Städterin – hat gemeint, sie hätte die Weisheit mit Löffeln gefressen«, sagt Jane.

Am Tag vor ihrer Heirat waren Dolph und sie zu Emmas Arbeitsstelle gegangen. »Das war so eins von diesen großen Häusern dahinten bei der Mühle. Da wir's nicht besser wußten, sind wir direkt zum Haupteingang gegangen und haben da angeklopft – wahrscheinlich wäre ich sogar gleich reinmarschiert, wenn Thomas Hutchings uns nicht beigebracht hätte, erst anzuklopfen.« Jane lächelt, und Lavinia rührt wieder den Robbentran.

»Ja nun, Mädchen, erzähl weiter! Was geschah dann?« will Sarah wissen.

»Wir wurden nach hinten geschickt, und Emma kam raus und unterhielt sich ein paar Minuten mit uns – sagte, sie könnte bei unserer Hochzeit nicht dabeisein. Meinte, wir seien dumm, wieder ans Kap zurückzukehren. Ihr gefalle es in St. John's, weil da immer was los sei – im Gegensatz zu hier. Dann verschwand sie und holte etwas, was ich ihrer Mutter mitbringen sollte.«

Plötzlich blickt Jane schuldbewußt drein. »Herrjemine! Tante Meg, es tut mir ja so leid, das hab' ich ja völlig vergessen!«

Sie rennt ins Haus und kehrt mit einem Päckchen zurück. »Ich hoffe, da ist eine von diesen schicken Lampen drin, die ich in der Stadt gesehen hab'«, sagt sie und reicht es Meg.

»Hm, für eine Lampe ist es nicht groß genug, außerdem bezweifle ich, daß Emma genug Verstand hat, um etwas so Nützliches zu schicken«, sagt Sarah frei heraus. Megs mittlere Tochter hat sie noch nie gemocht und so manches Mal befürchtet, diese unverschämte Göre könne es auf Peter abgesehen haben.

»Also, mit der zusammen kommst du nie auf einen grünen Zweig«, hatte Sarah Peter angefahren, nachdem sie ihn und Emma am Tag zuvor um das Haus herumhängen hatte sehen, das er oben auf dem Hügel baute. Aber Peter hatte nur gelacht und ihr gesagt, sie brauche sich keine Sorgen zu machen. Inzwischen ist ihr natürlich klar, daß das Haus immer für Fanny gedacht war.

Sarah seufzt laut. »Die Dinge laufen doch wirklich zu dumm. Es ist zu schade, daß Peter und Patience nicht zusammengefunden haben – selbst blind ist Patience noch wesentlich zuverlässiger und doppelt so tüchtig wie Emma.«

Meg, die sich mit dem Auspacken des Päckchens Zeit läßt, überhört die beleidigenden Äußerungen über ihre abwesende Tochter. Sorgfältig streicht sie das braune Papier glatt, faltet es zusammen und rollt erst noch die Schnur auf, bevor sie die längliche Holzschachtel öffnet und den schönsten Gegenstand herausnimmt, den sie alle je erblickt haben – einen Fächer aus Elfenbein und Spitze.

Meg öffnet den Fächer und legt ihn auf das Brett, auf dem die Seifenpfannen stehen.

Das Elfenbein des Fächers ist derart geschnitzt, daß man kaum sagen kann, wo es endet und die Spitze beginnt. Der breite Teil ist aus Seide, auf die eine Gartenszene mit einem Baum gemalt ist, an dem eine Schaukel hängt. An den Schaukelseilen ranken Rosen empor und treffen oben zusammen. Auf der Schaukel sitzt eine Frau, oder eigentlich ein Mädchen, das ein bauschiges Kleid trägt. Unter dem Kleid lugen unzählige Schichten weißer und blauer Unterröcke hervor und wiederum darunter winzige Füßchen in rosa Schuhen. Rüschen schmücken die Ellbogen des Mädchens und ihr rosiges Dekolleté. Das herrliche Kleid wird in der Taille durch eine breite, blaue Schärpe zusammengerafft. In den blonden Lockenschopf des Mädchens sind blaue Schleifen und Blumen eingeflochten.

Alle Frauen, sogar Mary, stehen da und starren scheinbar

eine Ewigkeit den Fächer an, völlig gefesselt von der Frau auf der Schaukel.

»Ob sie weint, mal muß, ob sie blutet, ißt, jemanden liebt?« fragt sich Lavinia. Die Frau hat mit niemandem Ähnlichkeit, den Lavinia kennt. Nicht einmal Mrs. Ellsworth war auch nur halb so elegant, wenn sie auf ihrem Plüschsessel saß und ihre Besitztümer zählte.

Es dauert geraume Zeit, ehe den Frauen ein junger Mann in einem blauen Anzug auffällt, der sich mit dem Rücken zum Betrachter zu Füßen der Fächerdame im Gras rekelt und seine Angebetete anschmachtet.

»Ich wünschte, er würde sich umdrehen, damit wir sehen können, wie er aussieht«, sagt Lizzie sehnsüchtig.

Während sie noch spricht, hören die Frauen ein Schluchzen, und eine Träne fällt auf die kleinen Hände, die sich an das goldene Seil klammern. Als sie aufblicken, sehen sie zu ihrer Bestürzung Tränen über Megs Gesicht strömen. Entsetzt über ihre eigene Schwäche, wischt diese sich die nasse Wange mit dem Handrücken und tupft mit einem Schürzenzipfel den Fächer ab. Dann faltet sie das entzückende Ding ganz vorsichtig zusammen und legt es in die schmale Schachtel zurück. Alle seufzen, als sich der hölzerne Deckel schließt.

»Die stinkt ja vor Dummheit, deine Emma«, brummt Mary und setzt dann mit einem raschen, halb beschämten Blick zu Meg hinzu: »Aber mach dir nichts daraus, wenn die zweimal verheiratet war, kommt sie schon noch zur Vernunft.«

Meg nimmt die Schachtel ins Haus und stellt sie auf den Kaminsims zu der kleinen Porzellankuh, in der sich der Münzvorrat für Willies Ausbildung befindet. Sie ruft sich in Erinnerung, welches Glück sie hat, einen Mann und vier Kinder zu haben, die alle noch leben und die, abgesehen von Patience' Blindheit, alle gesund sind. Als sie zurück zu den Seifentöpfen geht, bittet sie Gott, ihr die Sünde des Neides zu vergeben.

In dieser Nacht liegt Lavinia im Bett, denkt über die Frau auf dem Fächer nach und wird von einem Gefühl des Verlustes und von einer Sehnsucht überwältigt, die noch stärker ist als ihre Empfindungen für Thomas. Gibt es solche Frauen auf Erden? Gibt es wirklich ein Land, in dem Frauen sich auf Schaukeln vergnügen und Männer zu ihren Füßen liegen? Lavinia sehnt sich nach solch einem Land, wie gefallene Engel sich nach dem Paradies sehnen müssen.

Sie ist zweiunddreißig. Sie besitzt überhaupt nichts Hübsches; hat nie einen anderen Menschen sagen hören, er, oder sie, liebe sie; kann sich an keinen einzigen Tag erinnern, an dem sie nicht arbeiten mußte. Sie denkt an ihr Leben und das der anderen Frauen auf dem Kap und beschließt, das Kap im Herbst zu verlassen. Wie Emma wird sie nach St. John's gehen oder vielleicht zurück nach England. Der Gedanke erfüllt sie mit solch düsterer Verzweiflung, daß sie sich in den Schlaf weint.

Als die Fischsaison beginnt, ist die Schule vergessen. Der Geruch von Kapelan, räuchernd, trocknend, verrottend, durchdringt die Luft. Alle versuchen fieberhaft, ihn fertig verarbeitet zu haben, bevor die Kabeljauschwärme eintreffen.

Inzwischen ist Fanny so ungeschlacht, daß die Frauen zusammenzucken, wenn sie sie herumgehen sehen. »Bei ihrem Anblick muß ich an Robben denken, wenn sie an Land kommen. Wenn sie doch bloß anständige Sachen tragen und endlich ihr Baby kriegen würde!« meint Meg gereizt.

Aber Fannys Baby kommt nicht. Auch der Kabeljau nicht, nur die Kapelane, die in silbernen Wellen an den Strand treiben.

Eine Pause entsteht, eine Zeitlücke, wo nicht mehr Frühling, aber auch noch nicht Sommer ist. Später wird Lavinia sich daran zu erinnern suchen, was zwischen dem Tag des Seifezubereitens und dem Tag geschah, an dem der Indianer auftauchte. Aber sie kommt nicht darauf, und auch das Tagebuch wird ihr keine Hilfe sein. Diese Zeit wird für immer ein Fragezeichen bleiben.

In seinem Buch *Die Geschichte des Methodistentums auf Cape Random* schreibt Reverend Enoch Atkinson, ohne Meg Andrews oder Sarah Vincent je zu erwähnen: »Trotz vieler Geschichten über Begegnungen mit der Urbevölkerung konnte ich nur einen konkreten Vorfall ermitteln, bei dem Gemeindemitglieder von Rothäuten angegriffen wurden.

Eine kleine Gruppe Indianer, die von einem Wilden von beeindruckender Statur und Grimmigkeit angeführt wurde, traf eines Frühlings auf eine Gruppe Frauen und Kinder, die am Strand Kapelane fingen. Die Männer versuchten, eine Frau und ihr Baby gewaltsam fortzuschleppen, konnten aber durch das heroische Eingreifen eines jungen Mannes namens Peter Vincent, der zufälligerweise in diesem Augenblick aus dem Wald zurückkehrte, vertrieben werden.«

Der gleiche Vorfall findet in einem Interview Charlie Vincents mit der Presse von St. John's Erwähnung, das er nach seiner Rückkehr aus Indien gab. Auf die Frage, warum er Missionar geworden sei, soll er gesagt haben: »Als Kind war ich Zeuge, wie ein Wilder eine der Frauen aus unserem kleinen Dorf angriff und sie fortzuzerren versuchte. An jenem Tag bekam ich von Gott eine Verantwortung übertragen, und ich beschloß, den Heiden Gottes Wort zu verkünden.«

Möglicherweise stimmt das. Gewiß hatte diese Begegnung weitreichende Folgen für alle Kapbewohner, und obwohl die Geschichte im Laufe der Zeit mehr und mehr verdreht wurde, war es doch der Tag, von dem aus alle künftigen Ereignisse datiert würden.

Lavinia hat einen ausführlichen Bericht über die Geschehnisse niedergeschrieben, fast so, als hätte sie gewußt, daß der außergewöhnliche Vorfall Anlaß zu lang anhaltender Spekulation geben würde.

»Ben war zusammen mit Joe Vincent und Frank Norris an der Landenge und versuchte, die Wände der Kirche wieder aufzurichten. Thomas Hutchings war mit Willie irgendwo draußen auf dem Meer. Peter hatte sich nach jenem Tag, an dem er sich auf dem Anlegesteg so aufgeführt hatte, mit dem Gewehr davongemacht und war seitdem nicht mehr gesehen worden. Annie Vincent und Dolph Way räumten die Gemüsekeller aus.

Wir anderen waren unten am Strand. Alle schnappten sich die Kapelane, steckten sie zum Trocknen auf Stöcke oder trugen sie eimerweise zu den Äckern hoch, um sie dort zu vergraben, alle, außer Patience, die mit Lizzies Zwillingen und Marys Neugeborenem an dem großen Felsen saß. Das Wetter war so schön, daß wir beschlossen, zum Spaß einmal am Strand zu essen. Charlie machte ein Feuer und begann, Kapelane zu rösten. Sie rochen herrlich.

Ich erinnere mich daran, daß ich jemanden lachen hörte. Zum erstenmal seit Monaten lachte jemand. Daß einem nach den schrecklichen Ereignissen dieses Winters so etwas wie Sonnenschein und Essen noch etwas bedeuten kann, ist ein Wunder. Aber so ist es. Und der Gedanke, daß dem so ist, versetzte mich in bessere Laune. Ich dachte mir, daß trotz allem, obwohl ich allein und Ned nicht mehr am Leben war, trotz allem, was unsereins passiert – dennoch jedes Frühjahr die Kapelane erscheinen, und Kabeljaue und der Sommer. Genau in diesem Augenblick schien es mir, als müßten solche Dinge reichen – mehr als reichen, um einen zufriedenzustellen.

Wir hatten alle zu tun, achteten nicht auf die Hügel hinter uns, wir beobachteten nur immer das Meer. Außer Sarah – die hält immerzu nach Peter Ausschau. Trotzdem, der Indianer war schon direkt bei uns am Strand, ehe Sarah ihn bemerkte.«

Der Indianer ist keine zehn Meter entfernt und marschiert auf die Stelle zu, wo Patience mit Marys Neugeborenem in den Armen und Lizzies Baby neben sich auf einer Decke sitzt.

»Gütiger Gott!« flüstert Sarah mit heiserer Stimme. Alle hören sie die Angst heraus und halten in ihrer Arbeit inne.

Der Indianer hat einen schleppenden Gang, eigentlich ein

Hinken, und doch bewegt er sich leise und schnell. Er schreitet über den Sand, als wüßte er, wohin er jeden Schritt setzen soll, als würde das Land hier ihm gehören. Er ist groß, noch nie haben sie einen so großen Menschen gesehen, und seine Größe wird durch den hohen Kopfschmuck, der aus einer Art Hirschkopf mit Geweih besteht, noch unterstrichen. Seine Haut ist dunkelrot. »Rostfarben«, so beschreibt Lavinia sie später. In einer Hand trägt er einen langen Stock. Das Beängstigendste von allem ist, daß die Hunde, die sogar bellen, wenn sich eine Möwe am Strand niederläßt, stumm neben dem Mann her trotten.

»Ein Unglück kommt selten allein«, murmelt Mary Bundle. Sie packt sich Fanny, die in Richtung Patience und der Babys losgelaufen ist. »Bleib hier, nicht mal ein Wilder wird einem blinden Mädchen was antun.«

Patience spürt, daß etwas Schreckliches geschieht, tastet um sich herum nach den Babys und schreit. »Was ist denn? Was ist los?«

Rose Norris beginnt immer und immer wieder »Geh weg! Geh weg! Geh weg!« zu kreischen.

Eines der Babys fängt zu weinen an.

Der Indianer schaut weder nach links noch nach rechts. Er geht wenige Zentimeter an Patience' Quilt vorbei und marschiert geradewegs auf Mary und Fanny zu, die fast auf ihn zu warten scheint. Auf dem Gesicht des Mädchens ist keine Spur von Angst, selbst nicht, als der Mann sie fast erreicht hat. Lavinia ist sich sicher, daß Fanny sogar einen Schritt auf ihn zu macht.

Mary schnappt sich aus dem Feuer einen Stock und will damit den Indianer abwehren, der nach Fanny greift und sie zu sich zieht. Der brennende Stock prallt an Fanny ab. Die schnappt nach Luft, löst sich aber nicht von dem Mann.

Alle sehen zu, wie die beiden sich umdrehen und rasch auf die niedrigen Hügel zugehen, die an den Strand grenzen.

Auf bizarre Weise scheinen das Mädchen und der Mann gut

zueinander zu passen – Fanny, gedrungen und unbeholfen in ihren bunten Lumpen und der riesige Indianer mit dem Hirschkopf könnten einer von Neds wilden Geschichten entsprungen sein. Sie rennen nicht, sondern bewegen sich feierlich, als würde eine Parade ähnlicher Geschöpfe hinter ihnen einherschreiten.

Einen Augenblick zögern alle. Vermutlich würden sie das seltsame Paar entkommen lassen, wäre Peter nicht oben auf der Böschung aufgetaucht und zum Strand hinuntergesprungen. Er hat das Gewehr und fällt sofort auf ein Knie und macht es schußbereit. Er hebt das Gewehr und könnte leicht auf den Indianer schießen, stünden nicht direkt dahinter die Frauen und Kinder.

Fanny und der Indianer streben ohne innezuhalten weiter auf die Böschung zu. Peter wirft das Gewehr beiseite, rast auf sie zu und schreit etwas Unverständliches.

Sein Gebrüll weckt die Frauen aus ihrer Trance. Mary, die immer noch den glühenden Stock in der Hand hält, setzt dem Indianer nach. Sie und Peter erreichen ihre Beute zur gleichen Zeit. Peter packt den Mann und stößt ihn nach vorn, während Mary ihn von hinten mit dem heißen Stock traktiert und gleichzeitig nach Fanny greift. Sie verliert ihr Gleichgewicht, schafft es aber, Fanny mit sich zu ziehen, und beide fallen in den Sand.

Peter und der Mann kämpfen um den Stock, den der Indianer bei sich hat. Der Fremde ist größer und stärker als Peter, wird aber dadurch abgelenkt, daß er versucht, Fanny wieder auf die Füße zu ziehen. Als die Männer den Stock zwischen sich hin- und herziehen, erkennt Lavinia, daß es sich dabei um das Ding handelt, daß sie für zahllose Arbeiten eingesetzt haben, das gleiche, das Thomas vor Jahren aus dem Meer gefischt hat.

Peter kann dem Indianer das Eisenstück entringen, schwingt es mit aller Kraft und schlägt den Indianer damit quer über das Gesicht, direkt unter die Augen. Der Mann schwankt, fällt aber nicht und wendet sich wieder den Frauen zu. Fanny, die nun halb im Sand liegt, gibt ein lautes Klagen von sich, ein Wort, das sie unablässig wiederholt: »Toma, Toma, Toma …«

Obgleich sein Gesicht blutüberströmt ist, sieht der Mann sie und macht einen Schritt auf sie zu. Aber wieder schwingt Peter den Stock und trifft ihn erneut, dieses Mal an den Beinen. Einen Augenblick steht der Indianer still, und Lavinia glaubt, er würde stürzen. Statt dessen dreht er sich um und bewegt sich halb stolpernd halb rennend den Strand entlang und die Böschung hinauf, bis er außer Sichtweite ist.

Peter wirft einen Blick zurück zu den Frauen und rennt dann, den Eisenstock noch immer in der Hand, hinter dem Indianer her. Hinter ihnen am Strand erhebt sich Fannys Gejammer zu einer Art Klagegesang.

All das spielt sich so rasch ab, daß kaum einer weiß, was eigentlich vor sich geht. Mary Bundle schickt sich an, Peter zu folgen, doch als sie sich an Fanny erinnert, bleibt sie stehen, geht zurück und blickt auf ihre verzweifelte Tochter hinunter.

Das Mädchen schenkt ihrer Mutter keine Beachtung. Sie sitzt da, krümmt sich um ihre verbrannte Hand und gibt immer wieder den gleichen jämmerlichen Ton von sich. Mary füllt einen Eimer mit Meerwasser und taucht Fannys Hand in das eisige Wasser. Fannys Klagen klingt zu einem leisen Stöhnen ab. Erst da merkt Lavinia, daß das meiste Geschrei von Rose Norris stammt, die wie angewurzelt dasteht und spitze Schreie ausstößt.

Thomas Hutchings kommt mit dem Boot zurück und rammt es in den Sand. Er und Willie, der vor Angst leichenblaß ist, springen aus dem Boot, aber keiner kümmert sich um sie. Lizzie versucht, die Zwillinge zu beruhigen, während Meg neben Patience kniet, die Hand ihrer Tochter tätschelt und dem Baby, Tessa, zugurrt. Charlie sammelt die am Boden liegenden Brote, Kapelane und Holzscheite auf. Jane, die bei George und Alfred gestanden hatte, kichert hysterisch, während sie den Jungen und sich mit dem Saum ihres Kleides die Nase putzt.

»Was ist los? Ist jemand verletzt? Was ist passiert?« fragt Thomas Lavinia, die erfolglos versucht, Rose zum Schweigen zu bringen. Als er keine Antwort erhält, wiederholt er die Frage. Er schiebt sich an Mary vorbei zu Sarah, die neben seiner Frau im Sand kniet. »Kommt das Baby? Wir haben Rose aus drei Meilen Entfernung hören können – um Himmels willen, Sarah! Ist es soweit?«

»Thomas, Gott sei Dank, daß Sie da sind. Ich weiß nicht, sie hört einfach nicht auf zu schreien ... vielleicht ist es das Baby ...«

In der plötzlichen Erkenntnis, daß dies der Grund für das mitleiderregende Gejammer Fannys sein könnte, beugt Sarah sich vor, streicht dem Mädchen über den riesigen Bauch und keucht: »Mary, Mary, das Baby, es ist jede Minute soweit!«

Mary hat bei ihrer Tochter gestanden und sie kalt gemustert. Sie betrachtet Fannys Körper und dann die halbe Meile leeren Strands bis zum Lagerschuppen.

Sarah sagt: »Schnell!«

Mary rennt zu Patience und reißt ihr den Quilt unter dem Hintern weg. Mit Hilfe von Thomas legen sie die weinende Fanny darauf, während Lavinia und Jane hilflos herumstehen. Plötzlich strömt ein Schwall rosa Wasser über Fannys schmutzige, bloße Beine.

»Stirbt Fanny?« fragt einer der Jungen ehrfürchtig, und Lavinia wird sich plötzlich der glotzenden Kinder bewußt. Sie versucht, sie von dem Kreis um Fanny wegzuscheuchen. Charlie zieht sich auf der Stelle zurück, aber George, Alfred und Rose, deren Schreie wie durch ein Wunder aufgehört haben, rühren sich nicht von der Stelle, bis Thomas sich zu ihnen umdreht und sie anbrüllt, sie sollten sich fortmachen.

Mary ruft Jane hinterher, sie solle ein Laken, Schnur und ein Messer mitbringen »und einen Kessel heißes Wasser und Seife und diese eine Tasche, um die das rote Tuch gebunden ist – die, die an der Hintertür hängt – und mach schnell!«

Jane eilt davon. Lavinia und die Kinder folgen gemächlich. Sie haben noch nicht die Hälfte des Strandes überquert, als sie von Sarah einen triumphierenden Ausruf und fast zur gleichen Zeit den dünnen, möwenartigen Schrei eines Neugeborenen hören. Kein Ton von Fanny.

Lavinia und die Kinder bleiben stehen und blicken zu dem engen Menschenknäuel weit hinter ihnen. Thomas Hutchings kniet neben den Frauen. Sie sehen, wie Meg aufsteht und den anderen den Rücken zukehrt, dann ein schwarzweißes Geflatter, als sie den Rock hebt und den Unterrock auszieht. Thomas reicht ihr das Baby. Sie wickelt es ein und kommt auf sie zu.

Alles scheint ganz langsam abzulaufen, so wie Fische sich unter Wasser bewegen, denkt Lavinia. Selbst die Wellen, die auf den langen Strandbogen rollen, wirken müde, kraftlos, als hätte die ganze Gewalt von vor ein paar Minuten der Welt die Bewegung genommen, ja sogar die Farben. Es dauert ewig lange, bis Meg sie erreicht.

Sie will an ihnen vorbeigehen, aber Lavinia streckt die Hand nach ihr aus. »Was ist passiert? Ist mit dem Baby alles in Ordnung – ist Fanny in Ordnung?«

Meg bleibt stehen. Sie blickt auf das faltige, rote Gesichtchen hinunter, das von weißem Flanell eingerahmt ist.

»Das Baby ist soweit in guter Verfassung – es ist ein Junge –, aber Fanny geht es sehr schlecht. Es wäre nicht verkehrt, wenn ihr für sie ein Gebet sprechen würdet, du und Char – und du auch, Rose.«

Meg macht sich wieder auf den Weg, dreht sich aber noch einmal um und kommt zurück, das gewöhnlich heitere Gesicht sorgenvoll. »Vinnie, wir haben uns in den letzten Wochen schlimme Sachen zuschulden kommen lassen, das muß ich schon sagen«, sagt sie und setzt sich wieder in Marsch.

Die jüngeren Buben trotten hinter Meg her, aber Rose und Charlie bleiben bei Lavinia. Sie setzen sich in die Dünen und warten. Stunden vergehen, ohne daß sie ein Wort wechseln. Lavinia ist sich der beiden neben ihr gar nicht bewußt, auch nicht Janes, die mit Decken und Eimern Wasser kommt und geht.

Lavinia sitzt im Sand und denkt so angestrengt nach wie noch nie in ihrem Leben, versucht, die Teile des furchtbaren Puzzles zusammenzusetzen, Wahrheit von Lügen zu trennen, Schuld zuzuweisen. Doch jede Frage führt zu der nächsten, und die zu einer weiteren. Warum hat Thomas Fanny geheiratet? Hat er sie geliebt? Wer ist der Vater von Fannys Kind? Hat sie, die vernünftige Lavinia, genau das getan, was sie Ned so oft vorgeworfen hatte, nämlich ihre eigenen Einbildungen so lange verdreht, bis das Falsche wahr erscheint?

Auf manche Fragen wird Lavinia nie eine Antwort erhalten. Aber in jenen Stunden, in denen sie von weitem zuschaut, wie Fanny stirbt, begreift Lavinia, daß Meg recht hat, sie haben sich etwas Schlimmes zuschulden kommen lassen. Sie sagt sich, daß sie sich alle schuldig gemacht haben, mit ihren Vermutungen, ihrem endlosen Geplapper; sagt sich, daß Mary Bundle die größte Schuld trifft. Aber überzeugt ist sie davon nicht. Immer wieder kehrt sie zu ihrem eigenen Verrat zurück, als sie am Tag von Neds Begräbnis Thomas' Namen nannte.

Der Tag ist vorüber, Dämmerlicht und graue Schatten huschen über den Sand vor den Menschen, die um Fanny stehen. Thomas Hutchings faltet den Quilt über das Gesicht seiner Frau, hebt sie hoch und marschiert langsam auf Lavinia zu. Mary und Sarah folgen ihm. Als die Prozession sich ihnen nähert, stehen die drei im Sand auf. Lavinia weiß, daß sie sich abwenden und nicht hinschauen sollte, aber sie muß hinschauen, muß warten, muß beobachten. Muß sein Gesicht sehen.

Doch als der stumme Leichenzug dann an ihnen vorbeizieht, denkt Lavinia nicht an Thomas mit dem versteinerten Gesicht, sondern an Fanny. Fanny, die tot in seinen Armen liegt. Lavinia weint, als sie sich an das Elfenkind erinnert, das an einem Tag, der nun Ewigkeiten zurückzuliegen scheint, auf dem Felsen neben dem Teich gesessen hatte. Wunderschön und braun war Fanny an jenem Tag gewesen, in ihrem Haar und in ihren zerlumpten Netzflügeln hatten Wassertropfen geglitzert, während sie glücklich daherplapperte, sie sei eine Prinzessin.

Die Prozession zieht vorbei, und die Zuschauer folgen hinterdrein. Lavinia möchte nach vorn rennen, sich umdrehen und sich ihm entgegenstellen, um Vergebung bitten. Aber wäre das nicht auch Eigensucht, oder sogar Eifersucht gegenüber Fanny, die so zärtlich gehalten wird?

Statt dessen treibt sie Char und Rose ins Klassenzimmer, wo sie sie durch reine Willenskraft dabehält und sie alle Bibelverse wiederholen läßt, die sie gelernt haben: »... Denn tausend Jahre sind vor dir wie ein Tag, der gestern vergangen ist, und wie eine Nachtwache ... das da frühe blüht und bald welk wird und des Abends abgehauen wird und verdorrt ... Darum fahren alle unsere Tage dahin durch deinen Zorn; wir bringen Jahre zu wie ein Geschwätz ... Ehe denn die Berge wurden und die Erde und die Welt geschaffen wurden, bist du, Gott, von Ewigkeit zu Ewigkeit ...«

Dieselben Worte, immer wieder, immer von neuem, immer wieder von vorn, bis sie kein Ende und keinen Anfang mehr haben, bis der Hunger den Kindern den Mut gibt, sich fortzuschleichen und sie allein zurückzulassen, mit Worten als einzigem Schutz: »Denn tausend Jahre sind vor dir wie der Tag, der gestern vergangen ist, wir bringen unsere Jahre zu wie ein Geschwätz ...«

Allein in der Finsternis flüstert sie die ganze Nacht über Bibelverse. Sie bedeuten nichts, machen keinen Sinn, und doch beruhigen sie sie, nehmen ihrer Verzweiflung den Stachel.

Als es im Raum hell zu werden beginnt, holt sie ihr Tagebuch hervor und schreibt nieder, was sie für einen wahrheitsgemäßen Bericht des vergangenen Tages hält. Das wird, denkt sie, ihr letzter Eintrag in dem Buch sein.

ZWEITER TEIL
Thomas Hutchings

15. KAPITEL

Es kommt alles ins Lot, mein Junge, harre des Herrn. Gib ihm ein bißchen Zeit.«

Wie oft hatte Vater Francis mir das gesagt – aber ich vergaß es, schlug seinen guten Rat in den Wind, und so halte ich wieder einen toten Menschen im Arm, der ohne mein Zutun atmen, herumlaufen, lächeln und den Himmel sehen würde.

Fanny ist tot. Ein weiteres Mal bin ich mit dem Tod im Arm einen Strand entlanggegangen, nun erinnere ich mich an Vater Francis – es kommt alles ins Lot.

Während meiner Jahre auf Cape Random habe ich sorgfältig Buch geführt, nicht nur über Caleb Gosses Angelegenheiten, über Salz, Nägel, Werkzeuge, Mehl und Melasse, die für Fisch vorgeschossen wurden; ich habe auch die Winde und Gezeiten festgehalten, das langsame, unmerkliche Zurückweichen der Küstenlinie gemessen, den jährlichen Zyklus der Schneeschmelze, des Frostes und der neuerlichen Schneeschmelze notiert, alle Daten niedergeschrieben – Geburten, Todesfälle, die Ankunft von Schiffen, von Robben, den Zug der Graugänse, wann wir Regenbögen sahen, Sturm, Nebel oder Hagel hatten. All diese Dinge und tausend andere habe ich aufgeschrieben.

All die Fakten und nichts von der Wahrheit. Heute abend versuche ich zum erstenmal, die Wahrheit über Thomas Hutchings niederzuschreiben. Selbst der Name ist eine Lüge.

Ich wurde im Jahre 1796 in Spanien geboren. Meine Kindheitserinnerungen sind so unzusammenhängend wie die Glassplitter zerstörter Kathedralenfenster, Fragmente aus Farben, Lauten und Gerüchen: ein vor einem braunen Berghang kreisender Vogel, Wassergeplätscher und das Klatschen von Stoff gegen Felsgestein, Sonnenwärme auf Steinmauern, der saubere Geruch der Werkstatt meines Vaters, Holzspäne und Holzgeruch, die häuslichen Gerüche von gebackenem Brot, warmem Staub, von Hühnern und Kindern innerhalb sicherer Mauern. Geborgenheit. Und doch, selbst als ich mir diese Dinge in Erinnerung rufe, diese bunten Scherben, weiß ich, daß meine Kindheit so nicht war, daß ich Schönfärberei betreibe.

Um die Wahrheit herauszufinden, sollte ich mit meinem Vater beginnen, Michael Angus Commins, der auf der Suche nach Thomas, seinem Onkel und einzigem lebenden Verwandten, nach Spanien kam. Mein Vater war acht oder neun und allein, da seine Eltern, eine jüngere Schwester und drei Brüder verhungerten, nachdem sie von einem Stück Land vertrieben worden waren, das ihre Familie seit Generationen bewirtschaftet hatte. Irgendwo zwischen Irland und der Hafenstadt Vigo nahm das Schicksal meines Vaters eine glückliche Wendung. Ein irischer Priester namens Hutchings, der nach Santiago de Compostela pilgerte, freundete sich mit dem halbverhungerten Kind an. Ehe er seine Reise fortsetzte, sah er zu, daß mein Vater in dem Dorf Abino bei einem Böttcher in die Lehre kam.

Bis ich, fünfunddreißig Jahre später, auf die Welt kam, hatte es mein Vater in dem Ort bereits weit gebracht. Er hatte die einzige Tochter des Böttchers geheiratet, ein unscheinbares Mädchen, das sich hernach zu einer gutaussehenden Frau entwickelte, eine Tatsache, die mein Vater angeblich von Anfang an vorausgesehen hatte. Meine Mutter war zu Hause geblieben, um sich um ihre Eltern zu kümmern, lange nachdem ihre neun Brüder sich in anderen Berufen eine Existenz aufgebaut hatten. Ich war ihr jüngstes Kind, der zweite Sohn in einer Familie mit sechs Töchtern. Als ich geboren wurde, gehörte meinem Vater die Böttcherei bereits, für dortige Verhältnisse war er ein wohlhabender Mann.

Michael Angus Commins war von kleiner Statur, meine Mutter überragte ihn um Haupteslänge. Stritten sie, was nicht selten der Fall war, sagte mein Vater kein Wort, sondern tanzte um sie herum, klatschte in die Hände und neckte sie. Um ihn zu sehen, mußte sie sich immer wieder zu ihm umdrehen, was sie nur noch mehr in Rage brachte. Zu allen anderen Gelegenheiten, mit seinen Kunden, seinen Nachbarn, seinen Schwägern, selbst mit seinen Kindern, war mein Vater, der den Dialekt der Gegend, eine Mischung aus Spanisch und Portugiesisch, nie ganz beherrschte, ein besonnener Mann, der allen mit ernster Aufmerksamkeit zuhörte. Alles Englische verabscheute er, und zwei Dinge liebte er über alle Maßen: meine Mutter und die katholische Kirche Irlands. Die katholische Kirche Spaniens neigte nach seinem Geschmack zu sehr zu Kirchenfesten, Prozessionen, Tanzereien und Glockengeläut. Er sehnte sich nach dem strengen Trost eines ernsteren Glaubens.

Zu Ehren des Priesters wurde ich Manuel genannt, und Thomas nach dem Onkel, den mein Vater nie ausfindig hatte machen können, und von Geburt an war ich der Kirche geweiht, nein, schon vor meiner Geburt. Mein Vater hatte, wie er mir oft erzählte, der heiligen Reliquie, die unter dem Altar unserer Dorfkirche begraben war, versprochen, sein zweiter Sohn würde Priester werden, sofern er einen bekomme. Zusammen mit der Geschichte vom barmherzigen Vater Hutchings, der ihm nicht nur das Leben gerettet, sondern ihn auch zum Haus meiner Mutter geführt hatte, erzählte er abends oft von diesem Versprechen, bevor die Familie den Rosenkranz betete und zu Bett ging. Als ich noch so klein war, daß ich seine Worte kaum verstehen konnte, nahm mich mein Vater auf den Schoß und erzählte mir, daß ich eines Tages als ein gebildeter Mann, als ein Prinz der Kirche nach Irland zurückkehren werde.

»Vater Thomas Commins, Vater Thomas Commins – oder ganz vielleicht sogar Bischof Commins«, flüsterte er mir bei diesen Gelegenheiten ins Ohr.

Mein Elternhaus, dasselbe Haus, in dem meine Mutter aufgewachsen war, lag am Rande Abinos. Es war klein und niedrig, an einen Hügel gebaut und mit einem kleinen Hof versehen, in dem sich Hunde, Katzen, Kinder und Hühner gemeinsam aufhielten. Mir kam es immer so vor, als gäbe es dort fortwährend Streit, ob nun zwischen den Kindern und Tieren oder zwischen meiner Mutter und meinen Schwestern, die sich unaufhörlich über die belanglosesten Dinge ereiferten. Ich haßte das ständige Gezänk, betrachtete es als Ausgeburt des kleinlichen weiblichen Gemüts. Im Rückblick frage ich mich, wie ich selbst als Kind übersehen konnte, wieviel Liebe und Freude in ihrem Geplänkel mitschwang.

Als ich laufen lernte, arbeitete mein Bruder Philip bereits seit mehreren Jahren mit meinem Vater in der Böttcherei. Ich sehnte mich danach, bei ihnen zu sein, und marschierte bisweilen zu dem morschen Schuppen hinunter, in dem sie ihre Tage damit verbrachten, Fässer aller Art herzustellen. Aber mein Vater sah mich dort nicht gern und nahm mir die Werkzeuge aus der Hand. Und so lernte ich nie, wie man Faßreifen formte, wie man einen Zapfen herstellte oder auch nur, wie man mit dem Taschenmesser sauber durch das Holz fuhr und dabei glatte Holzkringel abschälte, wie Philip es konnte. Mein Vater und Bruder arbeiteten stumm, beide schienen zu wissen, wann der andere ein Werkzeug brauchte, wann man die Reifen über die Dauben fallen lassen mußte, wie weit man die Winde drehen mußte, die die Dauben zusammendrückte. Ich sah ihnen zu gerne dabei zu, vor allem am Ende, wenn mein Vater brennende Hobelspäne in das Faß warf, sie darin herumschleuderte und das Faß dann ruckartig umdrehte, so daß das Feuer erlosch. Das Ganze geschah blitzschnell, das Aufblitzen des Feuers, das schnelle Schleudern, dann stand das Faß wieder, war innen nun nicht länger weiß, sondern braun und roch nach verbranntem Holz.

Wenn ich mich recht erinnere, fühlte ich mich nur an den langen Sommerabenden nicht ausgegrenzt, wenn meine Mutter und meine Schwestern den Abendbrottisch abräumten. Mein Bruder, Vater und ich saßen dann in dem plötzlich so ruhigen Hof auf einer Bank, die mein Vater an die Wand gebaut hatte. Ich glaube – oder bilde ich es mir ein? –, daß der Duft einer Blume in der Luft hing, die hier nicht wächst. Oft saßen wir dort stumm beieinander, mit dem Rücken an der warmen Mauer, und lauschten dem Gemurmel und dem gedämpften Geschirrgeklapper von drinnen, dem leisen Gackern der Hühner auf ihren Stangen und dem Gurren der Tauben, die sich unter dem Dachgesims für die Nacht einrichteten.

An diesen Abenden erzählte mein Vater meinem Bruder und mir mitunter von Irland, dem schönen, dunstigen Land, das, wie er erzählte, von den Engländern halb zu Tode getrampelt worden sei; dessen Bewohnern sämtliche Rechte genommen worden seien, so daß sie nicht einmal mehr ein Pferd oder ein Haus besitzen oder Priesterschulen unterhalten konnten. Deshalb, so sagte er mir, müsse ich in eine der großen Städte gehen, ehe ich zurück nach Irland reisen und der Kirche dienen könne. Wenn ich so seinen Plänen lauschte, dann fühlte ich mich als Teil der Familie, die mich ansonsten zwar umsorgte, aber doch ausschloß.

Im Alter von sieben Jahren wurde ich zu Vater Don Manuel geschickt, der zusätzlich zu vielen anderen Pflichten Tutor von rund einem Dutzend Jungen war, die sich durch ihre Herkunft oder einen Anflug von Intelligenz seiner Aufmerksamkeit als würdig erwiesen hatten. Der alte Priester wurde verehrt und geliebt, und der Gedanke, daß ich eines Tages ein ebenso hohes Amt bekleiden könnte wie er, verlieh mir einen gewissen Status unter meinen Schwestern, jüngeren Kusinen und meinen zahllosen Tanten, die mich mit einer Mischung aus Nachsicht, Neugierde und Ehrfurcht behandelten, als würde ich demnächst heiliggesprochen.

Der arme Vater Manuel war zwar ein frommer Mann, aber streng zu seinen Schülern. Mit großer Mühe konnte er uns etwas Latein und eine kleine, wahllos zusammengewürfelte Auswahl kanonischen Rechts eintrichtern. Ich ging gerne die Straße hinunter zu ihm, froh, der lärmenden Welt der Frauen in Haus und Garten zu entkommen, beglückt, als Dorfgelehrter zu gelten. Damals dachte ich, das Lernen zu lieben – doch eigentlich war es wohl mehr die Möglichkeit, vor den älteren Jungs angeben zu können, die mich gewöhnlich von ihren Spielen wegjagten.

Als die Zeit für mich gekommen war, ein Priesterseminar zu besuchen, beschlossen der Priester und mein Vater, mich nicht in eine der großen Städte Spaniens, sondern nach Lissabon zu schicken. Das lag teils daran, daß Vater Manuel den Bischof jener Diözese ein wenig kannte, hauptsächlich aber wohl daran, daß ich mit einem Fuhrmann, der jeden September zu uns kam, um bei meinem Vater Fässer zu kaufen, kostenlos bis Oporto mitfahren konnte. Die Verhandlungen über meine Aufnahme in dem Seminar von Corpo Santo dauerten über ein Jahr und kosteten meine Eltern und Großeltern einen Großteil der wenigen Ersparnisse, die sie in zwei Generationen zurücklegen hatten können.

Ich war sehr glücklich, als ich auf den Wagen kletterte, der mit Fässern vollgeladen war und von vier Eseln gezogen wurde – ein fünfter war am hinteren Teil des Wagens angebunden –, um so mehr, als damit die liebevollen und tränenreichen Verabschiedungen endlich ein Ende hatten. Nicht nur meine Mutter und meine Schwestern, sondern scheinbar jede Frau aus Abino hatte mich an jenem Morgen an den Busen gedrückt. Ich gab nicht einmal vor, traurig zu sein, sondern winkte fröhlich, als der knarzende Karren langsam davonrumpelte und meine Familie, die zu diesem Anlaß ihren schwarzen Sonntagsstaat angezogen hatte, in eine Staubwolke hüllte. Ich war vierzehn. Inzwischen tut es mir leid, daß ich mich so kühl verabschiedete. Hoffentlich hat sie die Kunde von meiner Schande nie erreicht.

In dem Seminar entdeckte ich bald, daß der Traum meines Vaters sich wohl kaum realisieren lassen würde. Trotz Vater Manuels strenger Unterweisung in Latein und der Lektüre all seiner Bücher, hatte ich noch nie von einem der großen zeitgenössischen Denker gehört, hatte keinerlei Kenntnisse in der Mathematik, Astronomie, Philosophie und erst recht nicht in der Theologie. Viele der Seminaristen in Corpo Santo stammten aus Adelshäusern, die seit Generationen Bibliotheken besessen und Kirchenmänner aufgenommen hatten, deren Mitglieder Höflinge und Diplomaten gewesen waren. Auch wenn es manchmal vorkam, daß der Sohn eines Künstlers oder kleinen Landbesitzers seine armselige Herkunft durch seinen sprühenden Geist oder große Anstrengungen überwinden und in der Kirche zu einer einflußreichen Position gelangen konnte, wußte ich doch von Anfang an, daß es mir sowohl an der Klugheit als auch an dem Willen, zu ihnen dazuzugehören, mangelte. Weder betrübte mich dieses Wissen, noch überraschte es mich. Vielleicht hatte ich es schon die ganze Zeit geahnt.

Was ich allerdings nicht geahnt hatte, war, daß es sowohl in Spanien als auch in Portugal ein Überangebot an Geistlichen gab. Große Scharen von Priestern, Klosterbrüdern und Mönchen zogen durch die Straßen Lissabons. Auf den Märkten, auf die die Novizen zum Einkaufen geschickt wurden, und um die Kirchen herum, wo wir manchmal als Altardiener wirkten, schien es nicht weniger Geistliche als Laien zu geben. Der kirchliche Einfluß war allenthalben spürbar, nicht nur in Klöstern wie dem unseren, sondern auch in Krankenhäusern, Universitäten und Armenhäusern. Priester verwalteten auch große landwirtschaftliche Gebiete, die der Kirche außerhalb der Stadt gehörten, und waren auf den Märkten, in Mühlen, Lagerhäusern und anderen Geschäften tätig, die im Besitz der Kirche waren. Wohlhabende Bürger stellten sie als Hausgeistliche an, und auch der Staat hatte mannigfaltige Verwendung für sie. Trotz alledem waren nicht alle Geistlichen beschäftigt. Hunderte von arbeitslosen Priestern schien es von Kirche zu Kirche zu treiben, und ich dachte bei mir, wie nützlich dem armen Vater Manuel ihre Dienste doch hätten sein können.

Meine eigenen bescheidenen Aussichten konnten mein Glück in diesen Jahren nicht trüben. Die Ruhe in den weißgetünchten Korridoren, die gedämpften Stimmen in der Kapelle, der Gesang, das Glockengeläut, die regelmäßigen Gebete, die Stunden der Kontemplation und des Studiums, ja, selbst die Mauern, die höher und kühler waren als die um mein Elternhaus, vermittelten mir nicht etwa ein Gefühl des Eingeengtseins, sondern eines der Freiheit. Zum erstenmal umgab mich eine Atmosphäre, die frei von Emotionen war. Ich hatte Frieden, Stille, Ordnung, was, so entschied ich, wahre Freiheit ausmachte. Selbst die Arbeit, die zunächst daraus bestand, auf dem Markt Gemüse zu kaufen, und später, die Bestände von Küche und Vorratskammern genauestens aufzulisten, hatte nichts mit dem Drama gemein, das sich während der Essenszubereitung zu Hause abgespielt hatte. Ich liebte die Bibliothek, wo ich stundenlang las, und meinen eigenen kleinen Raum, der nichts als ein Bett, einen Stuhl und einen Waschständer enthielt. So allmählich glaubte ich, ich würde dort für immer bleiben – wie andere Dominikaner in Corpo Santo, und mein Leben mit der Übersetzung von Texten, der Erforschung des Kirchenrechts oder dem Studium irgendeines unklaren theologischen Punktes verbringen.

Statt dessen wurde mir nach vier Jahren befohlen, Corpo Santo zu verlassen und zur Fortsetzung meiner Studien in das

St. Patrick's College überzusiedeln, das in der irischen Grafschaft Kildare lag. Diese Anweisungen kamen von außerhalb. Ich nahm an, daß mein Vater irgendwie von dem neugegründeten Priesterseminar in Irland gehört und den Bischof über Vater Don Manuel davon in Kenntnis gesetzt hatte. Auch wenn ich mich in Corpo Santo in keinerlei Hinsicht ausgezeichnet hatte, verließ ich es doch ungern, denn ich war dort glücklich gewesen. Die einzige Person, von der ich mich dieses Mal verabschieden mußte, war Vater Pedro, der Kellermeister, der meine Fähigkeiten zu schätzen gewußt hatte, genauestens über die Bestände Buch zu führen, für die wir verantwortlich waren. Er schalt mich, daß ich einen vordem ungeahnten Einfluß geltend gemacht hatte, um seiner Fuchtel zu entrinnen.

Und so überquerte ich denn ohne jegliches Sendungsbewußtsein oder Heimkehrgefühl die Irische See und begab mich geradewegs zu dem Priesterseminar nach Maynooth, das sich von dem in Lissabon grundlegend unterschied.

Von einigen Priestern ins Leben gerufen, die der Französischen Revolution entkommen waren, kämpfte das St. Patrick's College damit, auf dem steinigen Boden Irlands Fuß zu fassen. Ich empfand den Ort als kälter, die Arbeit als härter, die Gebetsstunden als länger und die Regeln als strenger als in Portugal. Aber auch hier hatte ich meinen Frieden, und ich gewöhnte mich ein. Ich verbrachte möglichst viel Zeit in der Bibliothek, die viel bescheidener war als die in Corpo Santo, verbesserte meine Englischkenntnisse, lernte etwas Französisch und entdeckte zu meiner Freude, daß ich Hobel und Hammer fast so gut benutzen konnte wie mein Bruder.

Anderthalb Jahre nach meiner Ankunft in Irland, mit knapp zwanzig Jahren, erhielt ich die Priesterweihe. Während meiner Jahre im Priesterseminar hatte ich keine Freundschaften geschlossen, keine Visionen gesehen und keine Gaben des Geistes erhalten, aber ich glaubte, gelernt zu haben, mich einer Autorität zu fügen, und die nervöse Ungeduld meiner Kindheit durch eine gelassenere Wesensart ersetzt zu haben. In Maynooth bekam ich von der Armut der Iren wenig mit und fühlte mich, trotz der Leidenschaft meines Vaters, ihnen oder ihrer Sache auch nicht sonderlich verbunden. Ich warf mich zu Boden, um den Segen des Bischofs von Dublin zu erhalten, und tauschte tags darauf die kühle Stille meiner Zelle mit der dampfigen Atmosphäre des Hauses von Vater Francis Ewen ein. In der kleinen Stadt Borriswater, keine hundert Meilen vom Geburtsort meines Vaters entfernt, sollte ich ihm assistieren.

Bevor ich das Priesterseminar verließ, hatte man durchblicken lassen, daß ich in meinem neuen Arbeitgeber einen unbeschwerten Menschen vorfinden würde, der mitunter lässiger sei, als es einem Priester guttäte. Das stimmte in der Tat. Vater Francis war gütig, rundlich, vergeßlich und gewillt, arm und reich zu vergeben, sofern es Mutter Kirche gerade so eben noch zuließ.

In allen weltlichen Dingen wurde der Priester von Mrs. Griffins geleitet, seiner Haushälterin, die nicht nur in Borriswater, sondern auch in der größeren Stadt Durnford jedermann zu kennen und in ständigem Austausch mit den meisten von ihnen zu stehen schien.

Weder in Mrs. Griffins' Haus, in Vater Francis' Kirche noch auf dem Land konnte ich den Frieden wiederfinden, den ich hinter mir gelassen hatte. Nirgends konnte ich mich zurückziehen, nirgends hatte ich meine Ruhe. Monatelang ließ ich mich treiben, erledigte kleine, unnötige Arbeiten an der Kirche und übersetzte eine alte Urkunde, die ich hinter der Krypta gefunden hatte. Ein anderer hätte sich bestimmt beim Bischof über mich beschwert, aber Vater Francis schien gar nicht zu bemerken, daß ich keine besonderen Pflichten oder Verantwortlichkeiten hatte.

Allmählich erwachte ich aus meiner Grübelei und begann das Land und die Leute wahrzunehmen, über die mein Vater so oft gesprochen hatte. Große Anwesen um Borriswater und Durnford waren im Besitz englischer Landlords, die kleine Landparzellen für einen Teil der Ernten verpachteten – Ernten, die mit jedem Jahr geringer ausfielen. Die bezaubernde, offene Hügellandschaft und die ausgedehnten Wälder waren dem Reiten, Jagen und dem Vieh vorbehalten, das den Engländern gehörte. Nur ein kleiner Teil des überbeanspruchten Landes wurde bestellt.

Die Leute waren ebenso ausgezehrt wie das Land: die Frauen waren zu schwach, um die Babys auszutragen, die sie jedes Jahr erwarteten; die Kinder zu schwächlich, um die harmlosesten Infektionen zu überleben. Und alle waren sie durch die harte Arbeit zu erschöpft, um sich Gedanken über die Ursache ihrer Armut zu machen. Bei allen über neun oder zehn galten verfaulte Zähne, Skorbut und ein krummer Rücken als normal. Männer und Frauen im Alter meiner Eltern sahen aus wie Greise.

An so etwas konnte ich mich in Abino nicht erinnern. Ich fragte mich, ob mir in Spanien die Dinge um mich herum einfach nur entgangen waren oder ob durch das wärmere Klima und die Wesensart der Spanier Armut nicht so auffiel wie hier. Anders als die Menschen, unter denen ich aufgewachsen war, wirkten diese Iren auf ihrem freudlosen Stückchen Land still, ständig niedergeschlagen, immer pessimistisch, argwöhnisch und verdrießlich und doch merkwürdig begierig, es Außenstehenden wie mir recht zu machen.

Obgleich ich ihre stinkenden Hütten nicht betreten konnte, ohne daß sich mir der Magen umdrehte, obgleich ich niemanden gut genug kannte, daß ich ihn beim Vornamen angeredet hätte, und ich nicht um alles in der Welt mit irgendeinem von ihnen eine fünfminütige Unterhaltung hätte führen wollen, hielt ich mich bereits ein Jahr nach meiner Ankunft für einen Experten in puncto irische Armut. Nahezu drei Jahre vergingen, ehe ich feststellte, daß es andere in der Gemeinde gab, die sich schon länger und eingehender mit dem Problem befaßt hatten als ich.

Sally Whitty und ihr Neugeborenes wurden an einem wunderschönen Mittsommertag beerdigt. In ihrem gemeinsamen Sarg ähnelten Mutter und Kind alten geschnitzten Bildwerken, die ich in spanischen Kirchen gesehen hatte: blaß und kummervoll, mit hervortretenden Knochen im Gesicht und an den Händen. Bei ihrem Anblick wurde mir schlecht. Während Vater Francis über den Mahagonisarg, der einen Klappboden besaß und bei all unseren Beerdigungen eingesetzt wurde, die abschließenden Gebete sprach, ging ich auf den Friedhof hinaus.

Jäh wurde ich von einem mächtigen Zorn ergriffen – dem Zorn meines Vaters.

Um mich wieder zu fangen, blieb ich unweit des Grabes hinter zwei alten Männern stehen, von denen einer eine traurige Liturgie dahermurmelte, die mir inzwischen vertraut war und in der er kleine Einzelheiten über das Leben und Sterben der Leute erzählte, die dort begraben lagen – wofür sie bekannt gewesen waren, wie sie gestorben waren, wen sie zurückgelassen hatten. »Irgendwie trifft's einen härter, sie im Sommer gehen zu sehen«, schloß er.

»Sie und das Baby, die wären nicht gestorben, wenn wir's geschafft hätten, mehr von der letztjährigen Ernte behalten zu können. Alles in allem war's ein wirklich schlechtes Jahr, seit Weihnachten vier Todesfälle!« klagte der andere, in dem ich Toby Carroll, Sallys Vater, erkannte.

Der Mann, der zuerst gesprochen hatte, sah ins Grab hinunter und sagte leise: »Vielleicht wird's Zeit, daß wir endlich auf das hören, was uns Mike Tracey schon seit fünf Jahren erzählt.«

Dann entdeckte Toby Carroll mich, zog scharf die Luft ein und schüttelte den Kopf: »Es ist ein Geheimnis, ein großes Geheimnis, finden Sie nicht auch, Vater?«

Ich nickte und beschloß, möglichst viel über Mike Tracey in

Erfahrung zu bringen. Aber auch nach Monaten sorgfältiger Forschungen brachte ich fast nichts heraus.

Mike war das, was die Iren eine »alte Seele« nannten. Sein Gesicht war von Schmutz und Sonne so gebräunt, daß seine Gesichtszüge kaum noch zu erkennen waren. Ich hätte beim besten Willen nicht sagen können, ob er dreißig, sechzig oder gar schon neunzig war. Er wohnte, erstaunlicherweise, wie es schien, außerhalb der Stadt in einer Grassodenhütte, die gegen eine Höhle gebaut worden war. Niemand konnte mir sagen, wovon Mike eigentlich lebte, und einiges Tages erkundigte ich mich wütend bei Vater Francis, ob der Mann wie die Heiligen von den Raben gefüttert würde.

»Meines Wissens nicht, wenngleich das durchaus möglich wäre«, erwiderte der Priester, als ob er es tatsächlich für möglich halten würde, daß Raben Mike in seiner Hütte am Moor Brot und Fisch bringen würden.

Manchmal verdächtigte ich Vater Francis, daß er sich über mich lustig machte, aber sicher war ich mir da nie. Er erkundigte sich bei mir, was ich mit Mike Tracey zu schaffen hätte, und ich erzählte ihm ganz offen von meiner Vermutung, daß Mike irgendeiner Bewegung angehöre, die den Bauern half, mehr von ihrer Ernte einzubehalten.

Zum erstenmal, seit ich nach Borriswater gekommen war, sah ich Vater Francis verärgert dreinblicken. Aufgabe des Priesters sei es, sich um die Seelen der Menschen zu kümmern, nicht um ihre Mägen, erklärte er mir. »Misch dich nicht in Sachen ein, von denen du nichts verstehst, mein Sohn. Kümmere dich um ihr seelisches Wohlergehen und überlasse Gott den Rest.«

Doch ich hatte bereits zu argwöhnen begonnen, daß körperliches Wohlergehen genauso wichtig war wie seelisches, und fuhr fort, Mike Tracey zu beobachten. Nach einigen Monaten kam ich zu dem Schluß, daß der Mann ein Wilderer und wahrscheinlich auch ein Dieb sein müsse, noch dazu ein äußerst erfolgreicher.

Dann, als ich dem alten Hegerty eines Nachts die Letzte Ölung erteilte – was in regelmäßigen Abständen geschah, da sich der Mann Sterben zur Gewohnheit gemacht zu haben schien –, begegnete ich auf einer Straße Mike, der fröhlich dahermarschierte, als sei hellichter Tag. Wir nickten uns gegenseitig zu, und er bemerkte, ich sei ein kluger Mann, mich in solch einer herrlichen Nacht im Freien aufzuhalten.

»Die Leute haben doch keine Ahnung, was ihnen entgeht, wenn sie in solch einer prächtigen Nacht im Bett liegen«, sagte er und wies mit dem Arm über die silbern im Mondlicht schimmernde Straße und die samtenen Felder und das mondbeschienene Tal dahinter.

Ich gab ihm recht. Mit einem anzüglichen Blick auf die prallgefüllte Tasche über seiner Schulter fragte ich ihn, was er denn mitten in der Nacht hier draußen treibe.

»Ach, Vater, ich frage ja auch nicht, welche Geheimnisse Sie in dem Kistchen verbergen, das Sie da unter Ihrem Arm tragen, was fragen Sie mich da, welche Geheimnisse ich in meiner Tasche habe? Aber seien Sie unbesorgt, bevor der Morgen graut, habe ich dem armen Liam genausoviel Trost gebracht wie Sie.«

Ich räumte ein, daß er damit recht haben könne, und so kamen wir ins Gespräch. Nicht lang, und wir saßen auf einem großen Stein am Straßenrand und tranken abwechselnd aus einer Flasche, die Mike aus seiner Tasche hervorgeholt hatte. Nachdem wir einige Zeit dort gesessen hatten, wollte ich aufbrechen und murmelte, Mrs. Griffin würde sich sonst Sorgen machen.

Mike schnaubte höhnisch. »Schon mal was von der Land League gehört, Vater?«

»Nein.« Ich ließ mich wieder nieder. An anderen Orten, die nicht so rückständig wie Borriswater seien, gebe es bereits Land Leagues, erklärte er. »… und die werden die Rettung Irlands sein, denn bis die Menschen, die den Boden bearbeiten, nicht auch einen Nutzen davon haben, wird es in diesem rückständigen Land nie ein anständiges Leben geben.«

Wir redeten stundenlang, besser gesagt, Mike redete. Er gab mir einen Überblick über die Geschichte Irlands, eines Landes, das schon zivilisiert war, als sich die Engländer noch vor Bäumen verbeugten und sich blau anmalten. »... Aber uns mußten sie als Barbaren hinstellen, die nicht besser als Tiere wären, um eine Ausrede dafür zu haben, daß sie uns so behandelten, wie sie es taten.«

Schritt für Schritt brachte er mir die Ereignisse näher, bis wir an dem Punkt anlangten, an dem mein Vater und seine Nachbarn von dem Land vertrieben worden waren, das sie jahrhundertelang bearbeitet hatten. Seine Erzählung unterschied sich sehr von den emotionalen Berichten meines Vaters.

Mike Tracey war kein glühender Revolutionär. Er sprach in ruhigem Ton, hatte lange Zeit über diese Dinge nachgedacht, die Punkte herausgearbeitet, die zur mißlichen Lage Irlands geführt hatten, und sich die Schritte überlegt, die unternommen werden müßten, um den Schaden wiedergutzumachen. Vermutlich war er nicht viel älter als ich, das weiß ich inzwischen, aber wesentlich vernünftiger. Er wußte, wie schwierig es sein würde, in Borriswater eine Land League zu gründen, wohingegen ich das als einfachen Schritt betrachtete, gegen den niemand etwas haben könnte.

In dieser Nacht war ich hochzufrieden mit mir, wie ich da auf dem Stein saß, gestohlenen Whiskey trank und mich mit Mike Tracey unterhielt. Ich war erfreut, Irlands Probleme und die Lösungen dazu auf vernünftige Weise dargelegt bekommen zu haben. Stolz, es fertiggebracht zu haben, das Vertrauen eines solchen Mannes zu gewinnen; sogar noch stolzer, als ich in meinem benebelten Zustand begriff, denn am Ende hatte er mich nicht nur überredet, der Land League anzugehören, sondern bei deren Organisation führend mitzuwirken. Nun überkommt mich bei dem Gedanken an diesen Stolz brennende Scham.

Hätten wir uns in dieser Nacht nicht getroffen und hätte ich Mikes Sache nicht so begierig zur meinen gemacht, dann hätte er auf Dauer vielleicht sein Ziel erreicht, und zwar zu dem von Gott gewollten Zeitpunkt.

Fortan trafen wir uns regelmäßig. Er stellte mich anderen vor, Jake Lucas beispielsweise, dem größten Mann von Borriswater, den Gebrüdern Brian und Kevin Reilly, dem jungen Matt Carroll, der trotz seines Rufs ein gescheiter Kopf war.

Wenn ich wußte, daß Vater Francis in Durnford war und im Holy Heart Convent die Messe las, trafen wir uns nachts in dem kleinen Raum hinter dem Altar. Es dauerte einen ganzen Winter, bis wir von sämtlichen Grundbesitzen um Borriswater herum Karten angefertigt hatten. Wir verzeichneten jede Parzelle, jeden Hof, Schuppen und Stall, machten Listen von Pächtern, zählten Kinder, alte Leute und Frauen, die sie versorgen mußten. Wir rechneten aus, wie die Ernte jedes kleinen Pachtguts in den vergangenen drei Jahren ausgefallen war, und zogen den Teil ab, der an den Grundbesitzer ging. Und da zeigte sich dann klar und deutlich, daß die Pächter, ganz gleich wie hart sie arbeiteten, nicht genug erwirtschaften konnten, um Leib und Seele zusammenzuhalten. Zuletzt schrieben wir sorgfältig formulierte Briefe nach London, in denen wir um ein Treffen mit den Vertretern der größten Besitzungen baten.

Natürlich entdeckte Mrs. Griffins uns schließlich und erzählte Vater Francis davon, der uns daraufhin verbot, die Kirche für solche Zwecke zu benutzen.

Dann rief er mich zu einem Gespräch, das für ihn vermutlich schmerzlicher war als für mich, in sein Arbeitszimmer. Während meiner Ausbildungszeit, sagte Vater Francis mir ernst, müsse ich irgendwann mit gefährlichem Gedankengut in Kontakt gekommen sein, das in den vergangenen Jahren in die Lehren der Priesterseminare eingedrungen sei. Natürlich spielte er auf die französischen Priester in Maynooth an, denen er zutiefst mißtraute.

»Es gehört nicht zu Gottes Plan, daß seine Knechte Unfrieden säen. Die Kirche hat in diesem Land schreckliche Zeiten hinter sich, Zeiten, die selbst jetzt noch nicht ausgestanden wären, hätten nicht einflußreiche Katholiken in England interveniert. Sei vorsichtig, Thomas, du kannst nicht wissen, wo du dich da einmischst. Es braucht nicht viel, um uns alle zugrunde zu richten«, warnte er.

Aber da war es für einen solchen Rat schon zu spät.

Keine zwei Wochen darauf erfuhren wir, daß vier der Grundbesitzer, die wir angeschrieben hatten, gemeinsam zu den Rennen nach Kerry reisen würden und ihre Reise in Westerland, dem Anwesen Lord Edmunds, das auf halbem Wege zwischen Durnford Head und Borriswater lag, unterbrechen wollten. Sie würden am Spätnachmittag eintreffen, ein Abendessen einnehmen und am Morgen darauf nach Kerry weiterreisen.

Die Einzelheiten waren wohlbekannt, da Bloss, der Aufseher in Westerland, ein Dutzend Frauen angewiesen hatte, das Haus zu säubern, die Betten zu lüften und das seit Jahren nicht mehr benutzte Silber und Porzellan zu polieren. Townsey, der Hufschmied, war gebeten worden, sich bereitzuhalten, um sich die Pferde der Gentlemen anzuschauen. Sobald die Männer in dem Gutshaus eingetroffen waren, sollte nach ihm geschickt werden.

Da der Empfang unserer Briefe nie bestätigt worden war, geschweige denn ein Antwortschreiben gekommen wäre, schien dies eine gottgegebene Gelegenheit zu sein, den Grundbesitzern unser Anliegen vorzubringen, und ich drängte unsere kleine Gruppe dazu, sie zu ergreifen. Nur Mike Tracey erhob Einwände. Es sei besser, diese großen Herren getrennt voneinander anzusprechen, meinte er, und ihnen Zeit zu geben, über unsere Vorschläge nachzudenken, bevor sie zusammenkamen. Ich hielt dagegen, so, wie die Dinge lägen, könne das Jahre dauern, und die anderen schienen zuzustimmen.

Zu diesem Zeitpunkt hatte ich großes Vertrauen in unsere Sache, war überzeugt, daß den Grundbesitzern die Verhältnisse schlicht und einfach nicht bekannt waren und sie Änderungen vornehmen würden, sobald sie die Bestandsliste erst einmal gesehen und sich unsere Ideen angehört hatten. Offenbar hatte ich bei den Erzählungen meines Vaters nicht sonderlich gut zugehört.

Und so gingen sieben von uns, zwei Stunden nachdem wir Townsey nach Westerland hatten aufbrechen sehen, zu Sir Edmunds Haus. Bewaffnet mit Schriftstücken, auf denen wir die Notlage unserer Gegend protokolliert hatten, schritten wir die baumgesäumte Auffahrt hinauf. Wir taten das weniger beherzt, als wir eigentlich wollten; aber trotz all unseren Geredes fühlten wir uns durch das hochaufragende weiträumige Gebäude, das sich gegen den dunklerwerdenden Himmel abzeichnete, doch eingeschüchtert.

Ungeachtet seiner Vorbehalte führte Mike Tracey mit mir den Zug an. Ich hatte mein Gebetbuch dabei, denn in meiner Einfalt dachte ich, nach Klärung der Situation käme vielleicht ein Gespräch zustande und ich könnte zum Abschluß ein Gebet sprechen. Sogar eine passende Seite hatte ich schon markiert.

Vor den Stufen zu dem riesigen Portal zögerten wir, und ein Mann, den wir noch nie zuvor gesehen hatten, kam heraus und erkundigte sich nach unserem Anliegen; ich, als eigentlicher Wortführer, brachte keinen Ton heraus. Mike warf mir einen Blick zu und sagte dann in einem Ton, in dem genau der richtige Anflug von Ehrerbietung mitschwang: »Wir kommen wegen der Pferde, Sir. Wir wurden gebeten, Seine Lordschaft wegen der Pferde aufzusuchen.«

Der junge Mann, scheinbar ein Diener, der aus London mitgekommen war, blickte verwirrt drein. Nachdem er uns einen Augenblick gemustert hatte, zeigte er Mike und mir durch eine Geste an einzutreten.

»Wenn Sie beide mir folgen wollen. Der Rest bleibt draußen. Sir Edmund und seine Gäste ruhen sich gerade ein wenig aus und wollen bestimmt nicht, daß Sie gleich alle hereinmarschieren.«

Er klang nicht unfreundlich, aber wir hatten ausgemacht zusammenzubleiben. Entsprechend folgten die anderen, als Mike und ich vorwärtstraten, und schoben sich an dem Mann vorbei in die Empfangshalle. Drinnen wurden wir von der Helligkeit geblendet – ein Dutzend Lampen warfen ihr Licht auf polierte Böden, rote Tapeten und Spiegel. Hinter zwei Rosenholztüren zu unserer Linken drang Gelächter und Zigarrengeruch heraus. Beschämt über meine Schüchternheit auf den Stufen, holte ich tief Luft, legte die Hand auf den Messinggriff und schwang die Türen auf.

Vor uns saßen zehn befrackte Männer beim Kartenspiel um einen runden Tisch herum und starrten uns an. Auf jedem Gesicht zeigte sich dieselbe überhebliche Verärgerung. Im rückwärtigen Teil des Raumes erstarrten zwei Diener, die je auf einer Seite der Anrichte standen, im Akt des Getränkeeinschenkens.

Wir gingen nicht hinein, sondern blieben in der Türöffnung stehen, drei nebeneinander, Mike auf meiner einen Seite, der große Jake Lucas auf der anderen. Während wir hineinstarrten, sah ich, wie der Ärger in den Augen der Männer in Argwohn umschlug, dann in Besorgnis. Zum erstenmal verspürte ich einen Schauder der Angst, eine Vorahnung von dem, was kommen würde.

Ich trat vor und wollte sagen »Nein, hören Sie nur zu!«, aber ich bin mir nicht sicher, daß ich sprach, vielleicht schwieg ich auch. Ich sah, wie der Diener, der dem Kamin am nächsten stand, hinter sich griff und an einer Kordel zog. Danach schien alles gleichzeitig abzulaufen. Selbst wenn ich vor Gericht aussagen müßte, könnte ich nicht sagen, was als erstes geschah und was als nächstes.

Ich hörte jemanden durch die Halle rennen, und der Mann hinter mir drängte mich weiter in den Raum hinein. Ehe jemand etwas sagen konnte, hörte ich einen dumpfen Schlag; ich wirbelte herum und sah, wie Matt Carroll von dem Mann, der uns hereingelassen hatte, niedergeknüppelt wurde. Eine Karaffe aus geschliffenem Glas ging zu unseren Füßen zu Bruch, und Alkohol ergoß sich über den Boden, als einer der Diener die Flasche, aus der er eingeschenkt hatte, auf uns schleuderte. Bloss, der Aufseher, war durch eine andere Tür in den Raum gekommen und stürzte sich mit einer Eisenstange auf uns. Mike rang mit einem bärtigen Mann, und in der Empfangshalle lieferte sich jemand mit dem Mann, der Matt niedergeschlagen hatte, ein Gefecht.

Neben mir hob Jake den Arm, um sich zu schützen, denke ich, worauf einer der befrackten Männer in seine Jacke langte und etwas herauszog, das wie ein Spielzeug aussah. Er richtete es direkt auf Jakes Gesicht und feuerte los. Es gab eine Explosion aus Fleisch und Blut, und ich schlug dem Mann mit der Kante meines Gebetbuchs mit aller Kraft gegen die Kehle. Er fiel um wie ein Stein und stürzte kopfüber auf Jake.

Zu diesem Zeitpunkt kämpften in dem Raum an die zwanzig Männer. Diener und Kartenspieler schwangen Stöcke und zerbrochene Flaschen. Zwei unserer Männer richteten mit Stühlen soviel Schaden an, wie sie konnten. Jemand streifte mich mit einem Schlag am Kopf, und einen Moment lang glaubte ich zu stürzen. Ich denke, ich hörte einen weiteren Schuß. Ich packte Mike am Arm und rief, wir müßten so schnell wie möglich von hier weg. Mike gestikulierte und brüllte, und mit den Stühlen vor uns bewegten wir uns rückwärts zur Tür, über die beiden am Boden Liegenden hinweg, drängten uns in die Halle und schoben den Messingriegel vor. Jeder von uns packte Matt an einem Arm, und so flüchteten wir in die Dunkelheit, während die Türen hinter uns zersplitterten. Als wir den Schatten der Bäume erreichten, liefen die Männer bereits fluchend die Treppe hinunter und riefen sich einander zu, sie bräuchten Lampen und Pferde.

Bald rannten, bald krochen wir mit Matt zwischen uns durch Wald und Dickicht zu einer Schlucht hin, die Westerland von der Küste trennte. Dort hätte man uns erwischen können, wenn unsere Verfolger in der Gegend nicht fremd gewesen wären, während Mike, der uns führte, die Gegend in- und auswendig kannte.

Nach einer Stunde machten wir kehrt und bewegten uns wieder landeinwärts. Nun kauerten wir, vorerst sicher, unter dem zerstörten Gemäuer eines alten runden Turms. Es hatte heftig zu regnen begonnen, und wir saßen stumm an der alten, moosbedeckten Steinmauer und versuchten, wieder zu Atem zu kommen. Allmählich spürten wir unsere Schmerzen und wurden uns der Tragweite der vorangegangenen Ereignisse bewußt.

»Wir sind erledigt«, flüsterte Brian Reilly und bekam einen Hustenanfall, den er zu dämpfen suchte, indem er sich die Hand vor den Mund hielt, bis das Husten in Schluchzen überging. Keiner wußte, wo Brians Bruder Kevin abgeblieben war. Wir saßen trostlos da, stellten Mutmaßungen an, was ihm zugestoßen sein könnte, und konnten durch den Regen und Brians Weinen Pferdegetrappel und Hundegebell hören.

Von unseren Wunden abgesehen, befanden wir uns in einem schrecklichen Schockzustand. Wir wußten alle, daß Jake Lucas tot war, und Kevin vermutlich auch. Wir hatten den Engländer, der uns die Tür geöffnet hatte, nicht weit von Matt entfernt auf dem Boden liegen sehen – war er auch tot? Und was war mit dem Mann, den ich niedergeschlagen hatte? Ich langte in meine Tasche und berührte mein Gebetbuch. Konnte ich damit einen Menschen getötet haben? Wahrscheinlich hatten wir vier Tote zurückgelassen. Keiner von uns, nicht einmal Mike, hatte damit gerechnet, daß so etwas Schreckliches passieren könnte. Wir hatten uns keinen Fluchtplan zurechtgelegt, hatten so etwas gar nicht für notwendig gehalten.

Matt war noch immer bewußtlos. Wir hielten ihn abwechselnd und wischten Blut und Regen aus seinem Gesicht. Nach einer Weile flüsterte Mike, er würde die Lage sondieren gehen. Nach über zwei Stunden kehrte er mit schlechten Nachrichten zurück. Er war drei Meilen flußaufwärts zur nächsten Farm gegangen und hatte sich nahe genug herangeschlichen, um zu sehen, daß dort schon Konstabler und ein Gefangenenwagen warteten.

Matt war inzwischen in meinen Armen gestorben. Mike meinte, es sei das Beste, den Jungen gleich dort unter den Steinen zu begraben, die einst Teil eines geweihten Ortes gewesen seien. Er wollte, daß wir noch in der Dunkelheit den Sumpf überquerten, so daß wir noch vor dem Morgengrauen in die Killduns gelangten. In den Bergen gab es Plätze, wo wir uns monatelang verstecken konnten, vielleicht Jahre.

Darauf entbrannte zwischen Mike und mir ein Streit. Ich wollte, daß wir alle zurückgingen und um Gnade baten. Brian hustete noch immer und spuckte Blut, und Dans eine Hand war völlig zerquetscht. Ich glaubte nicht, daß wir in den Bergen große Chancen hätten.

Am Ende trennten wir uns. Alle anderen gingen mit Mike mit. Mit Matt über der Schulter kämpfte ich mich durch den Wald und die schmale Küstenlinie hinauf zur Kirche. Es war noch immer dunkel, als ich auf den Kiesstrand hinaustrat. Ich versteckte Matts Leichnam unter einem Boot und rannte gebückt über den Kirchhof und in die Kirche. Drinnen entdeckte ich Vater Francis, der betete, ohne auch nur eine Kerze angezündet zu haben.

Stunden zuvor hatten Jungen an seine Tür geklopft und ihm von den Ereignissen berichtet. Männer, Frauen und Kinder waren aus ihren Betten gezerrt und verhört worden. Zwei Männer, die sich mit den Polizisten angelegt hatten, waren geschlagen und mitgenommen worden, und in weitem Umkreis war jede Hütte zerstört worden. Sobald es hell wurde, wollte man das Gelände entlang des Flusses und den Strand absuchen.

Auch der Amtmann war gekommen. Er hatte die Kirche durchsucht und den Priester vor den Folgen gewarnt, sollte er den nächtlichen Angreifern Zuflucht gewähren. Er wußte, daß ich und Mike Tracey dabeigewesen waren. Morde seien begangen worden, sagte er Vater Francis, und schwor, noch vor Sonnenaufgang wüßte er die Namen sämtlicher Beteiligten.

»Es bringt stets Unglück, mein Sohn, wenn wir die Wünsche der Menschheit über die Ehre Gottes stellen. Du solltest dich hier um ihre Seelen kümmern«, klagte Vater Francis. »Aber ich nehme an, darüber hast du dir heute nacht ohnehin schon Gedanken gemacht. Wir müssen dich von hier fortbringen und unser möglichstes tun, um die anderen zu retten – aber zuerst laß mich deine Beichte hören.«

Er kniete nieder, und ich kniete mich neben ihn, ohne mir im klaren zu sein, wie lange es dauern würde, bis ich wieder eine Kirche von innen sehen oder Absolution erhalten würde.

Durch die stillen Bemühungen von Vater Francis und Mrs. Griffins befand ich mich bei Sonnenaufgang bereits Meilen von der Küste entfernt auf einem Fischerboot und wartete auf das Schiff, das mich in ein anderes Leben bringen würde. Ehe er mich dem Fischer anvertraut hatte, hatte Vater Francis meine Gefühle nicht geschont.

»Du hast Unheil in Gang gesetzt, Thomas. Wegen eures Werks in der letzten Nacht werden weitere Menschen umgebracht, gehängt und geschlagen, und wahrscheinlich werden nicht wenige deshalb Hunger leiden müssen. Wo immer du hingehst, und ich werde nie wissen, wo das ist, bitte ich dich, zusammen mit deinem Namen auch deine Denk- und Lebensweise zu ändern. Die Kirche hat einen langen Arm, doch den haben ihre Feinde auch. Es würde mir und der Kirche großen Kummer bereiten, wenn du nach London gebracht und wegen Mordes an einem englischen Grundbesitzer angeklagt würdest.«

Er küßte mich auf die Wange. »Leb wohl, Thomas, Gott schütze dich. Lerne, dich zu gedulden, mein Sohn, lerne, des Herrn zu harren.«

Ehe ich in das kleine Boot kletterte, überreichte er mir ein Päckchen, das in Öltuch eingewickelt war. Er stand auf den Felsen und blickte mir nach, bis ich ihn aus den Augen verlor.

Oft habe ich an ihn denken müssen. Auch heute abend denke ich an ihn und frage mich, was wohl auf ihn zukam, als er sich umwandte und zur Kirche zurückging. Wie viele Männer mußte er beerdigen, wie viele verstecken, wie viele retten? Wie viele Frauen und Kinder konnte er vor der Rache der Grundbesitzer schützen? Welche Fragen mußte er beantworten, die aus London, aus Maynooth und aus Spanien kamen?

16. KAPITEL

Ich erinnere mich genau an das, was ich an jenem Morgen empfand, als ich gleich hinter Durnford Head in dem Fischerboot saß. Ich verspürte weder Angst noch Trauer, Beschämung oder Erleichterung, nur eine schreckliche Benommenheit. Wie von einer Kerze angeleuchtet, tauchten Gesichter vor mir auf und verschwanden wieder: Vater Francis' kummervolles Gesicht bei unserem Abschied, die verächtlichen Gesichter um den Kartentisch, das tote Antlitz Matt Carrolls, dem der Regen das Blut wegwusch, die schockierten Gesichter der Männer, die sich nun in den dunstigen Hügeln versteckten, das plötzlich ausdruckslose Gesicht des Mannes, den ich niedergestreckt hatte. Alles bedeutungslose Bilder, die weder zur Vergangenheit noch zur Zukunft in Beziehung zu stehen schienen, auch nicht zu mir selbst, der ich neben einem stummen Mann hockte, der seine Angel mit einem Köder versah und wartete. Ich fragte mich nicht einmal, worauf wir warteten.

Ich entsinne mich, es war ein klarer Morgen. Das Unwetter hatte sich gelegt, und als die Sonne aufging, schimmerte das Meer rosarot. In der windgeschützten Bucht wies nur ein leises

Kräuseln des Wassers auf die Gezeiten und Strömungen unter uns hin.

Ich ließ mich auf den Boden des sanft schaukelnden Bootes gleiten und schlief ein. Ich erwachte durch das grobe Rütteln des Fischers, der mich auf die Füße zog und mich zu einem korbartigen Stuhl schob, der vor meinem Gesicht baumelte. Das Boot schwankte gefährlich, als ich in den Korb kletterte und an der Seite eines Schiffes hochgehievt wurde, das hinter uns aus dem Hafen gefahren sein mußte. Der Fischer, der die ganze Zeit keinen einzigen Ton von sich gegeben hatte, ruderte ohne einen Abschiedsblick oder eine Geste rasch davon.

Auch die Tatsache, daß der Mann, der mir aus dem Korb half, Spanisch sprach, rüttelte mich nicht aus meiner Teilnahmslosigkeit. Ich stellte ihm keinerlei Fragen, auch nicht den Matrosen, die mich eilig nach unten brachten. Ohne mir wirklich darüber Gedanken zu machen, nahm ich an, an Bord eines der Handelsschiffe zu sein, die auf ihrem Weg zu den spanischen Besitzungen in der Neuen Welt häufig in Dunford Harbour Schutz suchten. Wohin es ging, war mir egal. Ich stieg nach unten und schlief.

Der Tag war vergangen, und wieder war es dunkel, ehe ich aufwachte und mich auf die Suche nach dem Kapitän machte. Kapitän Lorca war ein überraschend junger und redegewandter Mann. Als ich mich erkundigte, was für eine Stelle ich auf dem Schiff einnehmen sollte, um mir die Überfahrt zu verdienen, erwiderte er, es sei bereits dafür bezahlt worden.

»Sie können die Reise genießen! Je nach Windverhältnissen wird sie drei bis fünf Wochen dauern.« Er hielt inne. »Vielleicht könnten Sie uns ja manchmal die Messe lesen.«

Ich schüttelte den Kopf. »Ich bin kein Priester.«

Erst da stieg Scham in mir hoch, Scham darüber, daß ich die Männer in solche Gefahr gebracht hatte, Scham darüber, daß ich die Kirche verraten hatte, Scham, daß Vater Francis mit den wenigen Mitteln, die ihm zur Verfügung standen, meine Flucht bezahlt hatte, anstatt sie für die Frauen und Kinder der Männer zu verwenden, deren Untergang ich herbeigeführt hatte. Mir wurde das ganze Ausmaß meiner Schuld bewußt, und nun begannen Tage solcher Reue, daß ich erwog, meinem Leben ein Ende zu setzen. Ich denke, es war nicht Angst, die mich davor abhielt, auch nicht die kirchlichen Lehren, sondern die fürchterliche Müdigkeit, die jeden Entschluß unmöglich erscheinen ließ. An vielen Tagen erhob ich mich nicht von meiner Schlafkoje, auch nicht zum Essen oder Waschen.

Bei meinem Gespräch mit Kapitän Lorca hatte ich mich als Thomas Hutchings vorgestellt, wobei ich aus unerfindlichen Gründen den Namen des Priesters angab, der sich mit meinem Vater bei dessen Flucht aus Irland angefreundet hatte.

Nach unserem Gespräch wechselte ich kaum mehr ein Wort mit dem Kapitän oder einem Besatzungsmitglied. Durch mein düsteres Brüten nahm ich kaum am Leben auf dem Schiff teil und interessierte mich nicht für das Glück oder die Ängste der Männer, die im gleichen Raum mit mir schliefen und aßen.

Inzwischen weiß ich, daß auf jedem Schiff ein anderer Ton herrscht, eine Atmosphäre, die nicht nur durch das Alter und den Zustand des Schiffes entsteht, sondern auch durch den Charakter des Kapitäns und der ersten Offiziere, durch den Erfolg oder Mißerfolg vergangener Reisen, das Dienstalter und die Persönlichkeiten der Besatzungsmitglieder, durch die Launen von Wind und Meer, die das Schiff durchfahren hat und durchfährt – ein merkwürdiges Phänomen, den Verhältnissen in einer Familie sehr ähnlich.

Obgleich es mir gar nicht bewußt war, hatte ich das Glück, die Reise auf der *Seven Sisters* zurücklegen zu können und nicht auf einem der heruntergekommenen Logger, die auf dieser Route regelmäßig verkehrten. Es muß eines der bestgeführten Handelsschiffe auf See gewesen sein, das gut instandgehalten war und mit fünf erfolgreichen Überfahrten unter denselben Offizieren und weitgehend derselben Besatzung aufwarten konnte. Alle an Bord hatten Vertrauen zum Kapitän, einem gerechten, gebildeten Mann, der so gar nichts mit dem Großteil der anderen Meereskapitäne gemein hatte, die oft brutal und selbstherrlich sind.

Aber wenn Kapitän Lorca der Kopf des Schiffes war, so war sein Steuermann, Signor Boito, das Herz. Seit dem Stapellauf des Schiffes war er an Bord, und er gehörte zu jenen Männern, die, wie die Matrosen behaupteten, sich ihre Route über den Atlantik erriechen konnten. Die *Seven Sisters* hatte zwar einen Schiffskompaß, aber selbst bekannte Strömungen konnten ein Schiff Hunderte von Meilen vom Kurs abbringen, und Kompaßnadeln hatten die Angewohnheit zu wandern. In solchen Fällen vertrauten die Besatzung und der Kapitän darauf, daß der alte Italiener das Schiff auf den richtigen Kurs zurückbrachte.

Ich war so mit Schuldgefühlen und Selbstmitleid beschäftigt, daß ich von all dem nichts mitbekam. Wußte nicht, daß Signor Boito zusammengebrochen war und in seiner Koje lag, ohne zu wissen, ob Tag war oder Nacht. Gegen Ende dieser Woche spürte ich, daß die Männer, die um mich herum in den Kojen schliefen, gereizter wurden, verdrießlicher und weniger gesprächig. Der Mann, der immer auf seiner Flöte gespielt hatte, ließ es nun bleiben, und die Neckereien, die ich an den ersten Abenden auf See unter den Matrosen gehört hatte, hatten aufgehört.

Eines Morgens erschien noch vor dem Sonnenaufgang ein Matrose neben meiner Koje und erklärte mir kurzangebunden, der Kapitän habe befohlen, mich zu wecken. Ich solle mich, nachdem ich mich gewaschen und etwas gegessen habe, in seiner Kajüte einfinden. Es dauerte gut über eine Stunde, ehe ich bei ihm erscheinen konnte, und selbst dann war ich so schwach, daß mir jemand dabei helfen mußte, aufs Vorderdeck zu klettern.

Ohne Erklärung begann Kapitän Lorca mich über meine Mathematik- und Astronomiekenntnisse auszufragen. Als er hörte, daß ich in beidem ein wenig bewandert war, bat er mich, mich hinfort bei jedem Glasen zur Bestimmung des Kurses bei ihm zu melden.

Danach verbrachten wir beide täglich mehrere Stunden damit, Berechnungen anzustellen. Wir konsultierten Logscheit und Sanduhr, überprüften den Kompaß, beobachteten nachts den Mond und notierten die Stellung der Sterne. Dazwischen vertiefte ich mich in die Notizen Signor Boitos, die er in unleserlichem Italienisch niedergeschrieben hatte und die schon reichlich verblaßt waren. Ich begann zu essen, schränkte mein Schlafpensum auf das normale Maß ein und verbrachte Stunden damit, auf dem Deck auf- und abzumarschieren, nach Algen Ausschau zu halten, die Luft zu riechen und zu versuchen, etwas von der Zauberkraft des alten Mannes einzufangen.

Zwar kehrten die Matrosen nicht zu ihrer alten fröhlichen Zuversicht zurück, doch sie verzweifelten auch nicht oder wurden streitsüchtig, wie das auf schlechtgeführten Schiffen so oft der Fall ist. Selbst als der Steuermann starb und sein Leichnam dem Meer übergeben wurde – mit seinem Astrolabium in den Armen, denn weder der Kapitän noch ich konnten damit etwas anfangen –, gingen sie weiter ihren Pflichten nach, offensichtlich in der Überzeugung, wir würden an unserem Zielhafen ankommen, welcher, wie sich herausstellte, St. John's auf Neufundland war. Dort sollte unsere Ladung aus Portwein und Tauwerk gegen Kabeljau und Robbentran eingetauscht werden.

Als der Hafen von St. John's in Sicht kam, wurde ich erneut von Schwermut erfaßt. Um mich abzulenken, ging ich unter Deck und öffnete das Päckchen, das Vater Francis mir mitgegeben hatte. Es enthielt Kleidung zum Wechseln – die ich dringend benötigte – und zwei Bücher: eines enthielt die Texte des heiligen Augustin, das andere war ein spanischer Roman von Cervantes, in dessen Lektüre ich vor meiner Flucht vertieft war. Für all diese Dinge war ich Vater Francis unendlich dankbar. Ich wusch und rasierte mich und zog mich um, ehe ich an Deck ging. Von dort beobachtete ich, wie wir die Klippen vor St. John's umschifften.

Mir blieb kaum Zeit, die Schönheit der Anhöhen zu bewundern, die von kleinen Bächen durchzogen wurden, als die Stille durch eine Explosion zerrissen wurde, die zwischen den Klippen widerhallte, und etwas vor unserem Bug ins Wasser platschte. Die Matrosen nahmen das zu meiner Überraschung völlig gelassen hin. Sie lachten nur und winkten zu einem Felsen hoch über unseren Masten.

Bei näherem Hinblicken konnte ich vier Kanonen entdecken, die auf einer Plattform standen, die in eine Felsspalte gebaut worden war. Die Kanonen zeigten direkt auf uns. Die Matrosen salutierten zum Spaß in ihre Richtung und machten sich daran, die Segel einzuholen und Anker zu werfen. Nach wenigen Minuten kam von der Stadt eine britische Marineschaluppe auf uns zu und signalisierte uns, unnötigerweise eigentlich, beizudrehen.

Offensichtlich waren die Hafenbeamten bereits an Bord erwartet worden. Unser Kapitän ließ mir ausrichten, doch in seine Kajüte zu kommen. Bei meinem Eintreffen schenkte er gerade Brandy in Gläser ein, die auf einem Silbertablett standen.

»Trinken Sie etwas, Thomas – und schauen Sie ruhig zu. Sie werden jetzt erfahren, wie die Engländer Geschäfte machen.«

Ich hatte keine Gelegenheit mehr, Fragen zu stellen, denn er wandte sich sofort um, um drei gutgekleidete Gentlemen in Begleitung eines britischen Marineoffiziers zu begrüßen, die ohne auch nur das leiseste Klopfen in die Kajüte getreten waren.

»Kein sehr freundlicher Willkommensgruß, meine Herren, auf alte Freunde zu schießen. Was ist denn mit der Kette passiert?« Kapitän Lorca verfiel mühelos ins Englische, während er jedem lächelnd einen Drink reichte.

»Wie Sie sich erinnern werden, Kapitän, war die Kette eine umständliche Angelegenheit, die im übrigen auch nicht sonderlich gut funktioniert hat. Wir finden, daß die Kanonen sich besser eignen.« Der größte der vier Männer, ein Riese, der aussah, als würden der steife Kragen und die Seidenkrawatte ihm die Luft abschnüren, leerte sein Glas und griff nach einem neuen.

Nach einigem Geplänkel begannen die Männer ernsthaft zu verhandeln. In nicht einmal einer Stunde gehörte ihnen die gesamte Ladung. Der Mann namens Caleb Gosse nahm all unser Tauwerk. Der Portwein, den wir an Bord hatten, ging zu je einem Drittel an Gosse, Willie Johnson – einen Schotten – und an den hochgewachsenen Mann, der George Stripling hieß. Im Gegenzug kaufte der Kapitän, der in dieser Hinsicht eindeutig nicht unerfahren war, verschiedene Mengen Pökelfisch – die Mengenangaben sagten mir damals noch nichts – und mehrere Dutzend Fäßchen Robben- und Waltran. Nach einer erhitzten Debatte räumte Kapitän Lorca ein, daß der Fisch und Tran etwas mehr wert seien als Tauwerk und Portwein, und versprach, ihnen den ausstehenden Betrag am folgenden Tag in ungemünztem Gold vorbeizubringen.

Im Verlauf der Verhandlungen schwante mir, daß es üblich war, die Schiffe am Chain Rock anzuhalten; diese Praxis hatten sich wohl die großen Kaufleute von St. John's in geheimem Einverständnis mit der Marine ausgedacht, um die erste Option auf alle eintreffenden Waren zu haben. Am Ende der Verhandlungen schworen alle wohlwollend, daß man sie reingelegt habe, tranken ihren Brandy aus und gingen aufs Deck hinauf, wo man beobachten konnte, wie drei Fässer Port vorsichtig an Bord des Marinebootes gehievt wurden. Das kleinere Schiff fuhr sofort davon und überließ es den drei Engländern, uns zum Anlegesteg zu dirigieren.

Kapitän Lorca, der den Männern bereits von unseren Problemen während der Reise erzählt hatte, erkundigte sich, ob er in St. John's einen neuen Steuermann für die Rückfahrt finden könne. Ich bekam wenig von der Unterhaltung mit, denn meine ganze Aufmerksamkeit galt dem Hafen, bei dem das Herz eines jeden Seemanns höher schlagen mußte. Wir durchfuhren ein langes Tal und erreichten ein Becken, in dem es von Schiffen aller Art wimmelte: von kleinen Schaluppen, einem Kriegsschiff, Fregatten, Walfängern, Brigantinen, riesigen Segelschiffen mit seltsamer Takelage und Dutzenden von Fischschonern.

Während sich die *Seven Sisters* ihren Weg durch den Mastenwald bahnte, hörte ich Kapitän Lorca sagen: »... das müssen Sie Thomas selber fragen, er gehört nämlich nicht zur Besatzung, wissen Sie.«

Ich wandte meine Aufmerksamkeit wieder den Männern zu und entdeckte, daß alle drei Händler darum wetteiferten, mich bei sich einzustellen.

»Nehmen Sie keine übereilten Angebote von diesen Gentlemen an, Thomas, Sie haben ja bereits mitbekommen, was für Schurken das sind. Leute, die lesen, schreiben und rechnen können, sind hier Mangelware. Bis morgen werden Sie sich vor Angeboten gar nicht mehr retten können – und manche davon sind ganz legal«, riet der Kapitän mit einem freundlichen Lächeln.

Während das Schiff sich auf die Anlegestellen zubewegte, die wie verrottende Finger ins Wasser hinausragten, lauschte ich mit halbem Ohr, was für Stellungen die Händler für mich im Auge hatten.

Plötzlich konnte ich St. John's riechen, eine entsetzliche Mischung aus ranzigem Öl, menschlichen Ausscheidungen und Fischeingeweiden, die in dem abgestandenen Wasser unter den Anlegestellen verfaulten, das Ganze überlagert von Rauch und dem Gestank von Menschen, die auf engem Raum zusammenlebten.

Die Stadt, die aus der Ferne so bezaubernd gewirkt hatte, war von nahem ernüchternd. Hinter den ehrenwerten Geschäftshäusern aus Stein und Ziegel, die den Hafen säumten, konnte ich baufällige Baracken und verdreckte Gassen voller Menschen und Tiere sehen.

Im Verein mit dem Gestank ging von dem Anblick des Ortes etwas Unheilvolles aus. Wenn ich hier zu lange bliebe, würde ich mich selbst aufgeben, mich in einer der Bruchbuden verkriechen und sterben. Diese Vorahnung war so beunruhigend, daß ich mich umwandte und sofort das Stellungsangebot des Mannes annahm, der gerade sprach.

Dieser Mann war Caleb Gosse. Er bot mir einen Posten in einem entlegenen Teil des Landes an, weit von St. John's entfernt, in einer Gegend, die er Cape Random nannte. Er musterte mich wie ein Stück Vieh auf dem Markt und erklärte mir, ich sähe wie ein gesunder junger Mann aus, der sich anständig ins Geschirr legen könnte.

Das stimmte, abgesehen von meiner Schwermütigkeit war ich gut in Form. Da ich Tag und Nacht auf dem Deck auf- und abmarschiert war, hatte ich wieder Kräfte gesammelt und war vermutlich in besserer körperlicher Verfassung als zum Zeitpunkt meines Eintritts ins Priesterseminar. Ich besaß zwei Bücher, mein Gebetbuch, die Kleidungsstücke, die ich am Leib trug, und eine, wie mir schien, große Summe Geld – die Heuer, die der Kapitän unbedingt hatte zahlen wollen. Ich sagte mir, daß das Leben mir besser mitgespielt habe, als ich es eigentlich verdiene, und konzentrierte mich auf Gosses Worte.

»... und nach rund einem Jahr haben Sie genug gespart, um sich ein schönes Grundstück am Meer kaufen zu können – hier werden Sie das allerdings nicht finden.« Er deutete auf die klapprigen Kais.

Willie Johnson schnaubte verächtlich. »Da hat er recht, hier werden Sie kein Land finden. Dieser Tage muß man bis hoch nach Riverhead gehen, um auch nur einen Garten zu finden, der zum Verkauf steht. Aber trotzdem, Junge, wenn Sie reich werden wollen, bleiben Sie in der Stadt. Jeder von uns hat sein Vermögen hier gemacht – und noch dazu ganz rechtmäßig, auch wenn der Kapitän was anderes zu glauben scheint. Es wäre besser für Sie, in meinem Büro zu arbeiten, anstatt sich von diesem alten Geizhals zu irgendeinem gottverlassenen Außenposten schicken zu lassen, wo Sie nie ein zivilisiertes Wesen zu Gesicht bekommen und noch Jahre später nichts als die Kleider am Leib besitzen werden.«

Caleb Gosse würdigte den Schotten keines Blickes, sondern sah mich prüfend an, wohl in der Annahme, daß ich vor etwas davonlief und von daher wahrscheinlich eher eine Arbeit an einem entlegenen Ort annahm.

Caleb Gosse war – und ist es noch, nehme ich an – ein schmuddeliger Fettwanst. Ein paar Strähnen seines glatten, hellen Haares, das er über seinen kahlen Kopf geklatscht hatte, hatten sich gelöst und fielen ihm über das runde, rote Gesicht. Er war weniger sorgfältig gekleidet als die anderen beiden, seine Jacke hatte einen grünlichen Schimmer, und sein Hemdkragen war schmutzig und durchgescheuert. Auf den ersten Blick wirkte er wie ein lustiger Vogel, aber wenn man ihn länger beobachtete, merkte man, daß sein Lächeln nur eine Grimasse war, die er willkürlich aufsetzen konnte, um seinen Zuhörer zu entwaffnen. Er freute sich jedoch, daß ich sein Angebot annahm, und begann, von seinem Stützpunkt zu erzählen, den er einfach das Kap nannte.

»Hatte den ganzen Sommer über zwei unerfahrene Arbeiter zum Fischverarbeiten dort. Wenn die abgeholt worden sind, ist die Gegend den Großteil des Jahres wieder unbewohnt, und eben das macht mir Sorgen. Ich bin davon überzeugt, daß mir die Indianer dort im kommenden Winter Salz und Gerätschaften stehlen und womöglich auch noch den Anlegesteg und den

Lagerschuppen niederbrennen. Natürlich sind die ganz harmlos«, fügte er hastig hinzu und schenkte mir eines seiner merkwürdigen, flüchtigen Lächeln.

»Nach allem, was ich so höre, auch ein bißchen einfältig, wie die meisten Wilden. Für Sie besteht keine Gefahr, wenn Sie dort überwintern und auch während der Sommermonate bleiben. Viel Arbeit ist es nicht, aber ich gebe Ihnen einen Lohn oder einen bestimmten Anteil – mit einem Anteil sind Sie besser dran ...«

Wieder schnaubte Mr. Johnson verächtlich, aber Caleb Gosse schenkte ihm keine Beachtung. »Morgen mittag fährt ein Schiff ab, um die Männer und den restlichen Fisch von dort abzuholen.« Ohne auf eine weitere Einverständniserklärung von mir zu warten, marschierte er vom Schiff und brüllte den zerlumpten Jungen Befehle zu, die beim Entladen des Tauwerks halfen.

»Ich habe schon in merkwürdigen Gegenden der Welt Handel getrieben, aber ich bin noch nie auf einen so gierigen oder unehrlichen Haufen von Händlern gestoßen wie hier in St. John's«, erklärte mir Kapitän Lorca am nächsten Morgen, bevor ich das Schiff verließ.

»Aber bestimmt«, wandte ich ein, »sind einige von ihnen ehrlich.«

»Ich schätze, einer von zwanzig mag halbwegs ehrlich sein, aber die meisten würden der eigenen Mutter noch den letzten Tropfen Blut aussaugen; und da hier die britische Marine für sie als Richter und Scharfrichter fungiert, muß man aufpassen, wohin man seinen Fuß setzt. Etliche sind hier schon an Land gegangen und für immer verschwunden!«

Weiter erzählte der Kapitän, daß Caleb Gosse sogar für hiesige Verhältnisse als gewissenlos und unberechenbar galt. »Der hat keinerlei Skrupel, jemanden in irgendeiner kleinen Bucht verhungern zu lassen, wenn seine Dienste dort nicht länger benötigt werden. Lassen Sie sich Ihren Lohn in Münzen auszahlen, mein Junge, und lassen Sie sich auf keinen Fall auf irgendwelche Anteile des Profits ein. Gosse teilt überhaupt nichts. Verlassen Sie sich in gar nichts auf ihn!« Er sah mich prüfend an. »Ich weiß ja nicht, was Sie angestellt haben, Thomas, aber so schlimm kann es meiner Ansicht nach nicht gewesen sein. Warum segeln Sie nicht mit uns zurück nach Spanien – oder sogar nach Portugal? Wir werden einen guten Teil unseres Öls in Oporto entladen. Ich könnte Sie dort an Land gehen lassen, ohne daß es jemand erfahren müßte.«

Unerwarteterweise verspürte ich Heimweh. Zum erstenmal sehnte ich mich danach, nach Spanien zurückzukehren, zur Böttcherei, dem niedrigen Steinhaus, zu meiner Mutter und meinen Schwestern. Aber ich erinnerte mich an Vater Francis' Warnungen. Auch wenn ich nur ein unbedeutender Priester in einer kleinen irischen Gemeinde gewesen war, mußte die Kunde von meinem verrückten Plan und seinen Konsequenzen nun bereits jede Kirche, jedes Priesterseminar und jedes Kloster in ganz Europa erreicht haben. Ich schüttelte den Kopf, dankte dem Kapitän und sprang, ohne den Fuß auf festen Boden zu setzen, von einem Schiff zum nächsten, bis ich das Gosseschiff erreichte, das mich zu der Gegend brachte, die Cape Random hieß.

Ehe mich Gosses Männer auf dem Kap verließen, halfen sie mir noch, die Wände des Lagerschuppens zu verstärken und das Dach zu teeren, denn eine andere Unterkunft gab es nicht. Der Lagerschuppen war lediglich ein einziger großer Raum, in dem Salz, Angelleinen, Netze und Fischereiausrüstung aufbewahrt wurden. An einer Wand stand ein Bett. Daneben befand sich ein aus Ziegelsteinen und Mörtel gebauter Kamin.

An zwei Wänden war Feuerholz gestapelt worden, an die dritte meine Vorräte: Fässer mit Kartoffeln und Rüben, ein Haufen Trockenfisch, ein Fäßchen eingepökeltes Rindfleisch, ein Faß Mehl. Darüber hingen die unterschiedlichsten Dinge: ein Feuerstein, ein Flaschenzug, Fallenschnüre, ein Dutzend mir unbekannte Werkzeuge, zwei Hämmer, Beil und Säge, Seil, Säcke mit Nägeln, Messern und Segeltuchresten. Da waren Behälter mit Schweinefett, ein Krug Öl, eine Schachtel Tee, ein Korb mit Kerzen, Ruder, Ölzeug, Kochtöpfe, ein längeres Kettenstück und mit Vogelfedern gefüllte Säcke. Ich ordnete alles mehrere Male um und stapelte das Holz neu, so daß ich um den Kamin einen eigenen Bereich hatte, wo ich essen und schlafen konnte.

Hinter der Tür lehnte ein unhandliches Gewehr, ein Vorderlader. Vor seiner Abfahrt nahm mich Alex Brennan, der Kapitän der *Tern,* hinunter zum Strand und zeigte mir, wie man mit dem alten Stück umging. Ich hielt es für unwahrscheinlich, Gelegenheit zum Gebrauch des Gewehrs zu bekommen, und als ich diese Ansicht äußerte, schien der Kapitän mir zuzustimmen.

»Es heißt, im Winter ziehen die Indianer alle landeinwärts. Aber ich bezweifle sowieso, daß sie Sie stören würden – Ralph und Ab haben nie irgendwelche Wilden gesehen, und dabei waren sie den ganzen Sommer über hier.«

Ich fragte ihn, ob er je auf Indianer gestoßen sei.

»Ich hab' nur einmal vor Jahren welche zu Gesicht bekommen. Damals war ich ein unerfahrener Bursche und arbeitete in Fogo für Perkins. Wir haben gerade Vögel an Bord getrieben, solche, die man in dieser Gegend Pinguine nennt, als wir zwei Wilde in Booten sahen. Mir kamen sie harmlos vor, aber der Kapitän ließ auf sie feuern und lachte sogar noch, als sie ertranken.«

Wenn es in der Umgebung des Kaps keine Indianer gab, erkundigte ich mich, warum hatte Caleb Gosse mich dann eingestellt?

Alex zuckte die Achseln. »Wer weiß, er wird schon seine Gründe haben. Manche halten ihn ja für nicht ganz richtig im Kopf, aber ich arbeite jetzt seit zwölf Jahren für ihn. Sie werden keine Rothäute sehen, aber vielleicht sehen Sie Weiße –

oder Sie könnten das alte Stück für ein Tier benötigen, das im Winter aus dem Wald kommt.«

Er sah mich lange prüfend an und erkundigte sich dann, ob ich eigentlich eine Ahnung hätte, wo genau ich mich befände. Da wir entlang der Küste ein Dutzend kleiner Buchten angefahren hatten, um Fisch einzusammeln, und häufig gegen den Wind aufgekreuzt waren, wußte ich lediglich, daß wir uns ein gutes Stück nördlich von St. John's befanden, weshalb ich seine Frage verneinen mußte. Und so nahm er einen Stock und zeichnete eine Karte der Insel Neufundland in den nassen Sand.

»Wir sind genau hier«, sagte er und legte einen Stein auf den Teil, der am weitesten in den Ozean hinausragte, »und St. John's ist ungefähr hier.«

Er richtete sich auf und deutete auf eine hohe Felsnase hinter dem Kap. »Das da ist Ihr Ausguck – wenn Sie daran vorbeigehen, dann weiter immer genau südlich durch den Sumpf, das Ödland und den Wald und über die Hügel marschieren, sich an der Küste halten, kommen Sie zu der nächsten Ansiedlung – das müßte, mein' ich, Pond Island sein. Obwohl ich nicht weiß, wie Sie dort hinkommen sollen, außer Sie können auf dem Eis gehen.«

Ich nickte, ohne zu verstehen, was er meinte, und warf einen flüchtigen Blick auf die Karte, bevor eine Welle heranrollte und sie wegwusch. Ich mußte an mich halten, ihn nicht zu fragen, aus welchem Teil Irlands er stammte.

»Denken Sie dran, wenn Sie hier zu anderen Leuten kommen wollen, dann bleiben Sie in Küstennähe, wenn Sie landeinwärts gehen, sind Sie garantiert verloren«, mahnte er. Er ließ mich eindeutig ungern zurück und war sich nicht sicher, ob mir klar war, wie völlig allein ich sein würde, wenn er erst einmal fortgesegelt war.

Wie hätte er wissen können, und ich schäme mich, es niederzuschreiben, daß ich mich nach der Abfahrt der *Tern* tagelang in einem Zustand des Hochgefühls befand?

Es war Herbst, die Zeit im Jahr, wo alles auf dem Kap in ein Licht getaucht zu sein scheint, das alle Farben tiefer und klarer wirken läßt. Wenn ich morgens aus dem Lagerschuppen trat, atmete ich mit tiefen Zügen die saubere und salzige Luft ein; sog den Kreis meiner Welt auf, von dem blauen Himmel hinunter zu den dunkelgrünen Hügeln, zu den leuchtenden Büschen längs des hellen Strandes, bis hin zu dem weißen Saum des blauen Meeres, das wieder in den Himmel überging.

Ich kann das, was ich fühlte, nicht Glück nennen, es war etwas Zerbrechlicheres, wie das falsche Selbstbewußtsein, das sich zwischen Nüchternheit und Betrunkenheit einstellt, wenn alle Zweifel belanglos wirken, alle Träume realisierbar.

Die Tage kamen mir nicht lang vor, ich hackte noch mehr Holz und begann mit großer Sorgfalt ein kleines Boot zu reparieren, das ich unter dem Lagerschuppen vorgefunden hatte. Ich hatte Kapitän Lorca um Papier und Tintenpulver gebeten und führte zuerst genauestens Buch über das Wetter, die Gezeiten und die Richtung des Windes. In diesem Herbst muß ich Stunden mit dem Beobachten des Meeres verbracht haben, weil ich den genauen Zeitpunkt des Gezeitenwechsels abpassen wollte. Ich hielt in dem Buch die Tage fest, hatte aber kein Hilfsmittel zur Hand, mit dem ich die Stunden hätte zählen können. Aber das war auch nicht nötig, ich stand mit der Sonne auf, und wenn sie unterging, legte ich mich schlafen.

Als die Tage kürzer wurden, begann ich nach dem Abendessen im Licht der allerprimitivsten Lampe – einem in Öl getauchten Docht – zu lesen. Jeden Abend las ich in einem der Bücher, die Vater Francis mir zusammen mit der Kleidung mitgegeben hatte, wobei ich mir jeweils nur zwei bis drei Seiten erlaubte. Danach las ich in meinem Gebetbuch, und wenn meine Augen ermüdeten, betete ich den Rosenkranz. Ich schlief ohne Sehnsüchte, ohne Bedauern, ohne Sorgen ob des kommenden Tages.

Zuerst gefiel mir der Schnee. Die Stille und Schlichtheit einer Welt ganz in Weiß erinnerte mich an die Korridore des Priesterseminars. Ich hatte mein Kloster gefunden, und es sagte mir zu. Ich betete und meditierte, und ich dachte, ich würde ein besserer Mensch.

Ich denke, meine Besorgnis begann, als ich sah, daß das Meer zufror. Dann schneite der Lagerschuppen immer mehr zu. Als der Dezember kam, wurde es untertags fast gar nicht mehr hell. Ich lebte in einer Welt, die ständig von den Geräuschen des Eises und Windes erfüllt war. Ich war überzeugt, der Lagerschuppen würde durch die Kraft der gefrorenen Wellen, die sich unter ihm zusammenschoben, weggerissen und aufs Meer geschleudert werden. Nachts schlief ich nur halb, tagsüber war ich nur halbwach.

Ohne es zu merken, verbrachte ich mehr und mehr Zeit in meinem Bett, bis ich eines Morgens erwachte und davon überzeugt war – ich weiß nicht, wieso –, daß ich einen ganzen Tag verschlafen hatte. Der Gedanke machte mir angst. In diesem düsteren Zwielicht würde ich mich zu Tode schlafen, und im Frühling würde Alex Brennan mich in verwestem Zustand in meinem Bett vorfinden. Ich wurde besessen von der Zeit und versuchte, Möglichkeiten zu ersinnen, wie ich ihren Ablauf messen könnte. Es entsetzte mich, zu dösen und aufzuwachen, ohne sagen zu können, wie lange ich geschlafen hatte, aber ich war kein Naturwissenschaftler, und keine meiner Methoden erwies sich als befriedigend.

Ich versuchte, mich zu beschäftigen, setzte mir bestimmte Aufgaben für den Tag. Ich machte mich daran, die lateinischen Verben aufzuschreiben und das bißchen, was Vater Don Manuel mir an kanonischem Recht beigebracht hatte. Ich sagte Gedichte auf, fertigte Zeichnungen von den Sternen an und versuchte, sie namentlich zu bestimmen. Ich marschierte im Lagerschuppen auf und ab und entdeckte, daß ich von hinten nach vorn zweiunddreißig Schritte brauchte, von Seite zu Seite vierzehn.

Ich begann, ein Kruzifix zu schnitzen, was mich einige Zeit beschäftigte, bis ich sah, was für ein unansehnliches Ding es war, und es ins Feuer warf.

Dann machte ich mich daran, einen Schreibtisch zu bauen, was sich als der erfolgreichste Zeitvertreib erwies. Trotz seines provisorischen Charakters erwies sich der Schreibtisch als nützlicher Gegenstand, den ich lange Jahre besaß.

Viel Zeit verbrachte ich damit, ins Feuer zu starren und mich dabei an die Vergangenheit zu erinnern. Ich versuchte, mir die Gesichter meiner Schwestern, meines Bruders, meiner Eltern, des Jungen, der mich von der Messe nach Hause gejagt hatte, als ich sechs war, der alten Frau, die von Tür zu Tür ging und Reisigbündel verkaufte, ins Gedächtnis zu rufen. Ich arbeitete mich durch mein Leben, erinnerte mich an jedes Gesicht, bis ich zu den Gesichtern der Menschen in Borriswater gelangte und mich endlich zwang, an jeden von ihnen zu denken. Ich betete für sie – ich bete noch immer für sie –, selbst jetzt, wo ich für mich selbst nicht beten kann.

So vergingen der Januar und Februar, und ich wußte, es mußte März sein, obgleich der Boden immer noch schnee- und das Meer immer noch eisbedeckt war. Das Eis begann auseinanderzubrechen, und Alex Brennan kam nicht. Allmählich machte ich mir Sorgen. Was, wenn Kapitän Lorcas Warnung sich bewahrheitet hatte? Konnte Caleb Gosse einen einträglicheren Ort gefunden haben und ließ mich nun hier verhungern? Ich versuchte, mich an die Karte zu erinnern, die Alex Brennan in den Sand gemalt hatte, aber alles, was ich sehen konnte, war der weiße Stein, der auf dem Fleck gelegen hatte, der das Kap darstellen sollte.

Wie die alten Steuermänner begann ich nach Zeichen Ausschau zu halten und beschloß eines Tages, die restlichen Vorräte einzupacken und mich zur nächsten Ansiedlung aufzumachen, an deren Namen ich mich nicht mehr erinnern konnte; tags darauf entschied ich, noch zu warten. Ich würde gehen, sobald ich unter dem Schnee das erste Moos hervorspitzen sah, wenn das Mehl fast aufgebraucht war, wenn Vollmond war, wenn die ersten Knospen hervorbrachen oder wenn ein bestimmter Stern den höchsten Punkt über dem Ausguckhügel erreichte.

Dann kamen die Vincents.

17. KAPITEL

Ich war auf dem Anlegesteg, beobachtete, wie aufgeweichtes Eis aufs Meer hinaustrieb, und fragte mich, ob dies das Omen war, auf das ich gewartet hatte, das Signal, daß ich das Kap verlassen sollte. Da sah ich etwas auf mich zukommen. Ein kleines Boot, das so tief im Wasser lag, daß ich es zuerst für ein Wrackteil oder irgendein totes Meerestier hielt. Als ich erkannte, was es war, verspürte ich eine so grenzenlose Erleichterung, daß ich wußte, ich würde nie völlig getrennt vom Rest der Menschheit leben wollen.

Die Vincents wirkten wie Zigeuner auf See, wie Noah ohne seine Tiere. Ihr Boot war bis oben hin beladen mit Kindern, Fässern, Werkzeugen, Decken, Eimern, Töpfen, Pfannen, einer riesigen Zimmermannskiste, einer Rolle Dachpappe, einem Fäßchen Nägel und einem Drahtkäfig, in dem sich ein Hahn und drei Hennen befanden.

Obwohl sich Josh und sein ältester Sohn mächtig in die Ruder legten, kamen sie nur langsam voran und verschwanden mitunter völlig in der Dünung. Während ich mit einem einfältigen Lächeln auf dem Anlegesteg wartete, konnte ich die Bootsinsassen in Muße begutachten: die beiden Ruderer waren augenscheinlich Vater und Sohn, obgleich der Sohn gesünder und kräftiger wirkte.

Josh Vincents Gesicht war von Wind und Sonne gegerbt, aber seine blauen Augen und die hellen Haare ließen ihn zerbrechlich wirken, und der Körper schien unter der Jacke und den schweren Hosen förmlich zu verschwinden. Seine beiden Söhne hatten dasselbe blonde Haar, die gleichen langen Nasen und blauen Augen, aber da ihre Stimmen laut und ihre Bewegungen kraftvoll waren, schienen sie eher nach ihrer untersetzten grobknochigen Mutter zu gehen. Ihre Tochter Annie, das älteste Kind, war damals dünn und blond wie der Vater, aber bereits einen Kopf größer als die Mutter. Nachdem sie angelegt hatten, zog der Mann seine Ruder ein und stand auf. Ich konnte sehen, wie er vor dem Sprechen schluckte.

»Wir sind die Vincents von Pond Island. Ich bin Josh Vincent, und das ist meine Frau Sarah, sie ist eine von den Gills von Pinchards Island. Die Vincents haben jetzt schon mehr als fünfzig Jahre von Pond Island aus gefischt, aber …« Er hielt inne. Anscheinend hatte er den Faden verloren.

»Es wird dort ein bißchen eng«, half die Frau nach. Sie nickte ihrem Mann zu, und nach einer Minute setzte er seine Rede fort.

»Das stimmt, es ist schwer, noch einen guten Platz zum Fischen zu kriegen, deshalb dachten wir, ob wir nicht hier einen Flecken für mich finden könnten, und für Young Joe und Peter auch, wenn sie mal auf eigenen Füßen stehen.«

Ich kam zu dem Schluß, daß der Mann ein gutmütiger Einfaltspinsel sein mußte, der gleich die erstbeste Gegend, die irgendwie bewohnt schien, angefahren hatte. Vermutlich hatte er vor, von den Bewohnern hier zu schmarotzen, gleich wer das war. Alex Brennans Bemerkung über weiße Wilde fiel mir ein.

Trotzdem freute ich mich unwillkürlich, eine menschliche Stimme zu hören, zumal die von Josh sehr angenehm war. Sie klang sanft und kindlich, und ich beugte mich automatisch vor, um ja kein Wort zu verpassen.

»Aber Mr. Vincent, diese Gegend hier ist dem Meer ausgesetzt und hat keinen Hafen, Flachland gibt es kaum, und alles hier gehört Caleb Gosse. Mir wurde gesagt, bis zum nächsten Wald muß man ein ganzes Stück landeinwärts gehen, es würde Tage dauern, um von dort Bauholz herbeizuschaffen.« Ich versuchte, meiner Stimme einen sachkundigen Klang zu geben, da ich glaubte, mich durch meine langen Märsche letzten Herbst in der Gegend gut auszukennen.

»Wohl wahr, Sir, wohl wahr. Die Gegend hier hat so ihre Tücken«, sagte er mit seiner angenehmen Stimme. »Aber schauen Sie mal da an den versunkenen Felsen vorbei. Da kommen in großem Umkreis Fischschwärme vorbei, die besten Fischgründe von Bonavista sind das – da hab' ich schon als Junge gefischt, und ich sage Ihnen, an der ganzen Küste findet man nichts Besseres.« Der Mann deutete zum Meer, als könnte ich unter das Wasser sehen.

»Mein Vater und ich waren schon x-mal hier, da hatte Caleb Gosse von der Gegend noch überhaupt nichts gehört«, fuhr er tonlos fort. »Und da hinten ist ein Teich mit frischem Wasser, und gute Stellen zum Beerenpflücken gibt's da auch, und oben auf dem Hügel könnte man einen Acker anlegen, wenn man wollte. Das Holz, das wir benötigen, fahren wir die Küste herunter. Sarah und ich haben uns das letztes Jahr durch den Kopf gehen lassen. Wir wären schon früher gekommen, aber so ganz ohne Gesellschaft ist es doch etwas fad. Als wir nun diesen Winter hörten, daß hier jetzt jemand lebt, da hielten wir die Zeit für gekommen hierherzuziehen. Ein besseres Fleckchen Erde als das Kap findet man kaum, Sir, und wenn es Ihnen recht ist, würden wir gerne bleiben.«

Nie wieder würde ich von Josh Vincent eine so lange Rede hören. Als ich ihn näher kannte, wurde mir klar, daß er während der Fahrt von Pond Island zum Kap jede Minute damit verbracht haben mußte, sie sich zurechtzulegen. Aber noch bevor er ausgeredet hatte, wußte ich, daß seine sanfte Stimme und kindliche Art trogen. Egal, was ich als Caleb Gosses Vertreter auch sagte, dieser Mann hatte sich entschlossen, auf dem Kap zu leben.

Staunend blickte ich zu ihm hinunter: Hier war endlich ein Kleinbauer, der nicht durch Leibeigenschaft an sein Land gebunden war!

Abwartend blickten die Vincents inmitten ihres Durcheinanders von Haushaltsgegenständen zu mir hinauf: der Mann gelassen; seine Frau nervös an den Lippen kauend, mit zweifelnder Miene, aber bereit, in ein Lächeln auszubrechen, sollte ich ja sagen; die drei ernsthaften Kinder so ausdruckslos wie der Vater.

Was für eine Kraft sie ausstrahlten, wie sie da in ihrem kleinen Boot standen und auf meine Antwort warteten! Und welch wunderbare Vorstellung! Ein Mann konnte sein Leben neu beginnen, alles zusammenpacken, Frau, Kinder, Hühner, Arbeit, und sie zu dem Ort seiner Wünsche mitnehmen. Zum erstenmal in meinem Leben empfand ich wahre Ehrfurcht – und wahren Neid, und zwar so stark, daß ich vom Rand des Anlegestegs einen Schritt zurück machte, um zu verbergen, was man meinem Gesicht ablesen mußte.

Ich machte ihnen eine Geste, doch auszusteigen. Lächelte ich? Ich fürchte nein, noch etwas, was ich bedauern muß. Die Frau nickte und schenkte mir ein breites Lächeln, ehe sie sich zu ihrer Familie umdrehte.

»Alle packen mit an. Ich möchte, daß das hier alles verstaut ist, bevor es zu regnen beginnt.«

In wenigen Minuten waren ihre Habseligkeiten auf dem Anlegesteg aufgehäuft, und ich hörte mich sagen, sie sollten die Sachen in den Lagerschuppen bringen. »Sie können dort schlafen, bis Sie sich selbst ein Haus gebaut haben.« Ehe ich mich's versah, waren die Worte heraus, und auf der Stelle fragte ich mich, wie lange es dauern würde, bis ich sie bereute.

Noch in der gleichen Woche trafen Josh Vincents Brüder ein. In einem Boot brachten sie seine Fischereiausrüstung mit und hatten ein Dory im Schlepptau, das mit Kalk, Ziegeln, Teer und Werkzeug beladen war. Noch am selben Tag fuhren sie gemeinsam mit Josh und Young Joe wieder fort und kehrten zwei Tage darauf mit drei Booten zurück, auf die sie trockenes Bauholz gestapelt hatten. Zusätzlich zogen sie noch lange Baumstämme hinterher.

Will und Ezra blieben einen Monat. Noch nie hatte ich Leute so arbeiten sehen wie die Vincents. In wenigen Tagen hatten sie bereits die Wände des Hauses hochgezogen und mörtelten den Kamin. Der hintere Teil des Hauses war auf einen flachen Felsen gebaut. Die drei Kinder und die hochschwangere Sarah schleppten Felssteine herbei, während die Männer den Boden und das Dach mit Brettern abdeckten. Sie bauten Türen und schnitten ein einzelnes Fenster aus, über das sie die Darmhaut eines Tieres zogen, und hängten dann sowohl drinnen wie draußen Fensterläden ein, während die Kinder die Fugen abdichteten.

Das Dach wurde mit Dachpappe abgedeckt, die die Männer teerten und am First mit Grasnarben abdichteten. Die drei Brüder waren von kleiner Statur. Sie sahen aus, als könnte ein Windstoß sie umblasen, und doch konnte ich mit ihnen bei der Arbeit nicht Schritt halten.

Sie wußten nicht recht, was sie von mir halten sollten, was auch kein Wunder war. Abgesehen davon, daß ich Caleb Gosse vertrat, gab ich ihnen keinerlei Auskünfte, und sie stellten keine Fragen, obwohl sie meine Vergangenheit sicher interessiert hätte. Tatsächlich dauerte es eine Weile, bevor sie anfingen, sich vor mir zu unterhalten und schüchterne Witze über meine spärlichen Zimmermannskünste zu machen.

Sarah Vincent hatte da weniger Hemmungen, und es dauerte

nicht lang, da übergab ich ihr all meine restlichen Lebensmittelvorräte und nahm meine Mahlzeiten meist mit der Familie ein. Dennoch nannten sie mich alle weiterhin »Mr. Hutchings«.

Als Will und Ezra nach Pond Island zurückfuhren, besaßen die Vincents ein solides Zweizimmerhaus mit einem Dachboden darüber. Im Juni war alles unter Dach und Fach, und Sarah brachte mit erstaunlich wenig Trara ihr viertes Kind, einen weiteren Jungen, zur Welt. Er heiße Charles, erklärte sie mir. Mit der gesamten Familie Vincent als Publikum schrieb ich seinen Namen in mein Logbuch und notierte dazu, daß dies das erste auf Cape Random geborene Kind sei.

Als die *Tern* eintraf, entlud Alex Brennan meine Vorräte und eine kleine Menge Salz, ohne sich über das neue Haus auszulassen. Josh Vincent kannte er bereits, und es war offensichtlich, daß die beiden sich mochten und einander vertrauten. Mit mir sprachen sie über Fischfang und Boote, als wäre ich in der Hinsicht so beschlagen wie sie. Ich freute mich darüber und verstand mit der Zeit dann auch das meiste, was sie sagten.

Alex nannte die *Tern* einen »Schoner«, der einen dreizehn Meter langen Kiel und einen drei Meter langen Ladebaum besaß. Sie hatte ein Großsegel, ein Focksegel, einen Klüver und ein weiteres Rahsegel, um vor dem Wind zu segeln.

»Als wir sie vor zehn Jahren bekamen, da trieb sie wie ein Korken, aber jetzt ist sie vollgesogen und entsprechend langsam. Bei der erstbesten Gelegenheit verhökert Caleb Gosse sie an irgendeinen armen Kerl da oben im Norden oder an irgendeinen Schwarzen in diesen heißen Gegenden, wo er den Fisch hinschickt. Aber ein oder zwei Jahre wird sie noch mit uns mitmachen, stimmt's, meine Liebe?« Er tätschelte das Boot wie manche Männer ihr Pferd.

Alex wollte weiter die Küste hinauffahren, wo sie fischen wollten, bis sie zwei- bis dreihundert Doppelzentner an Bord hatten. Dann würde sie den Fisch zurück zum Kap bringen.

»Jetzt, wo ich sehe, daß Sie Josh und seine Familie hierhaben, brauche ich ja nicht so viele Männer zum Einsalzen des Fisches zurücklassen«, sagte er.

Ich erfuhr, daß mein Arbeitgeber neben der *Tern* noch vier weitere Schiffe besaß. Den ganzen Sommer über fischten sie, entluden den Fisch an Orten längs der Küste und holten ihn im Herbst in verarbeitetem Zustand wieder ab, um ihn nach St. John's zu bringen. Laut Alex Brennan lebte zu Friedenszeiten die halbe Welt von neufundländischem Fisch, und zu Kriegszeiten noch mehr, da die Armeen auf beiden Seiten davon ernährt wurden.

Der Lohn, den ich von Caleb Gosse bekam, war nicht groß, aber ich bezweifle, daß ich selbst den während meines ersten Frühlings und Sommers auf dem Kap verdiente. Genauso, wie ich im Jahr zuvor die Vögel und Tiere beobachtet hatte, beobachtete ich nun die Vincents. Ich beobachtete sie aus der Nähe, blickte Josh über die Schulter, wie er Fische ausnahm, Netze flickte, Seevögel abschoß oder seine Haken mit Ködern versah. Ich versuchte, es ihm in seinen Fertigkeiten nachzumachen, war darin aber wesentlich unbeholfener als jedes seiner Kinder. Selbst Annie konnte ein Boot wriggen und Fisch einsalzen.

Manchmal stieg ich auf den Hügel. Von dort konnte ich sehen, daß wir auf dem Kap Wege austraten: Josh von den Trockengestellen zu seinem Haus, wenn er zwischen der Arbeit auf eine Tasse Tee heimging, Sarah zu ihren Hühnern. Ich konnte sogar den Weg erkennen, den ich zwischen dem Lagerschuppen und dem Haus der Vincents entstehen ließ. Von meinem Aussichtspunkt konnte ich die kleinen Gesten sehen, die in Gegenwart anderer unterlassen wurden, bemerkte, daß Josh und Sarah sich manchmal einen spielerischen Schubs gaben, wenn sie aneinander vorbeigingen; sah, wie Annie, die mit dem Neugeborenen auf der Treppe vor der Tür saß, mit den Lippen über dessen blondes Haar fuhr. Einmal beobachtete ich, wie Josh und Young Joe zwei Stunden dasaßen und an einem Paar Rudern schnitzten, ohne daß sie auch nur ein Wort miteinander wechselten. Es erinnerte mich daran, wie Philip und mein Vater immer gearbeitet hatten.

Zuvor hatten mich andere Menschen nie interessiert, aber von den Vincents war ich fasziniert; scheinbar waren sie das auch von mir, denn ich sah oft von einer Arbeit auf – bei der ich meine Unbeholfenheit nie verbergen konnte – und bemerkte, daß eines der Kinder, Young Joe, Peter oder Annie mit dem Baby auf ihren Hüften, mich mit feierlichem Interesse beobachtete.

Als die Andrews kamen, war meine Ruhe endgültig dahin. Es war später Herbst. Alex Brennan hatte seine letzte Fahrt für diese Saison gemacht, hatte uns unsere Wintervorräte vorbeigebracht und zusammen mit dem Fisch, den wir eingepökelt hatten, Gosses Männer mitgenommen.

»So, das wär's – es wird Zeit, an den Winter zu denken«, meinte Sarah, als die *Tern* am Horizont verschwand. Und das taten wir: Wir nutzten die letzten anständigen Tage aus, Beeren zu pflücken, Holz zu hacken und ein paar weitere Fische zu fangen. Josh schoß zwei große Graugänse, die Sarah mit Gewürzen kochte und für den Winter in irdenen Töpfen einmachte.

Es hatte bereits das erste Mal geschneit, als ein französischer Kapitän törichter- und vielleicht auch illegalerweise die Andrews am Kap an Land ließ, die mir von Anfang an seltsam vorkamen: die überfreundliche Frau in Witwenkleidung mit dem fröhlichen Gesicht; ihre Söhne, einer rothaarig und fröhlich, der andere braunhaarig und stumm; deren Frauen, ein armes Geschöpf, das dem Tode nahe war, und eine stattliche Frau namens Meg, die zwar so unbedarft war wie der Rest, aber wie eine Königin aussah. Sie hatten eine bunte Kinderschar dabei, in jedem Alter etwas, von einem Jungen, der kaum laufen konnte, bis zu einem großen ungelenken Mädchen mit rotem Haar, das mich bei jeder Begegnung finster anblickte, als wäre ich aus irgendeinem Grunde an ihrer Notlage schuld.

Insgesamt waren sie zu zwölft. Mir blieb nichts anderes übrig, als mein Quartier mit ihnen zu teilen, und, wie sich herausstellte, auch meine Lebensmittel, da sie so leichtsinnig gewesen waren, ohne welche zu kommen – ein Versäumnis, das uns beinahe das Leben gekostet hätte.

Nicht einmal jetzt kann ich erklären, warum ihre Ankunft mich so verstimmte. Es lag nicht nur daran, daß sie ohne Vorräte, ohne Werkzeug und völlig unbedarft – Ben Andrews konnte kaum auf dem Anlegesteg stehen, ohne daß er seekrank wurde, und Neds Unbeholfenheit war nicht zu übersehen – gekommen waren. Ihre Anwesenheit stellte keine Bedrohung meiner Autorität dar.

Konnte ich so hochmütig gewesen sein zu meinen, ich könnte auf diesem einsamen Stück Sand und Felsen die vollkommene Welt schaffen? Ich könnte schwören, daß mir das fernlag. Inzwischen weiß ich jedoch, daß wir tief in unserem Innersten Wünsche hegen, von denen wir nur in Alpträumen einen Blick erhaschen. Vielleicht machten die Andrews in ihrer ungezwungenen Lotterigkeit dem heimlichen Traum ein Ende, den ich von einer unverdorbenen und gesitteten Welt hatte, von einem Ort, der von sauberen, hart arbeitenden Menschen wie den Vincents bewohnt wurde. Menschen, die ich für verantwortungsbewußt und ehrenwert hielt.

Meiner Einsamkeit machten die Andrews ein für allemal ein Ende. In jenem Winter erinnerte ich mich wieder daran, was es bedeutete, auf engstem Raum mit anderen zusammenzuleben. Wieder erlebte ich das Trauma meiner Kindheit, daß um mich herum geredet und gelacht wurde, ohne daß ich dazugehörte. Lange nachdem die Andrews von den Vincents akzeptiert worden waren, lange nachdem sie sich selbst schon zum Kap zugehörig fühlten, empfand ich sie immer noch als Eindringlinge und wünschte sie dorthin zurück, woher sie gekommen waren.

Während dieser ersten Jahre auf dem Kap überkam mich Schwermut, wenn ich an meine aufgegebene Berufung dachte, an meine Eltern, die ihr ganzes Geld für mich hingegeben hatten, an Borriswater und die Menschen, die ich zurückgelassen hatte. Wann immer das geschah, begab ich mich an eine Stelle, die ich in den Hügeln hinter dem Strand entdeckt hatte, eine von hohen Gräsern umgebene Mulde, in der ich mich völlig allein fühlte. Dort betete ich oder starrte manchmal aufs endlose Meer hinaus, bis mein Kopf frei war.

Aber diese Momente der Reue gab es immer seltener, genauso wie die Zeiten, die ich mit Beten oder Meditieren verbrachte. Und schließlich quälte mich mein Gewissen gar nicht mehr. Ich zählte nicht mehr die Tage, Monate, Jahre, die vergangen waren, seitdem ich die heiligen Sakramente empfangen hatte, die Heilige Messe gefeiert oder meine eigene Beichte abgelegt hatte. Diese Dinge kamen mir immer nur dann kurz in den Sinn, wenn Meg Andrews mich drängte, als Geistlicher zu fungieren.

Wir arbeiteten hart und dachten an wenig mehr als an Arbeiten, Essen und Schlafen. Ich schlief gut, wie angeblich nur Menschen mit einem reinen Gewissen schlafen können.

Außer, wenn ich träumte.

Während dieser ersten Jahre fühlte ich mich zu keiner der Frauen auf dem Kap hingezogen. Sie waren wie meine Schwestern, wie meine Mutter oder die Dorffrauen, die in meiner Kindheit zu uns nach Hause gekommen waren. Sie hatten so wenig mit den Frauen meiner Träume gemein wie Hennen mit Möwen. Doch nachdem Ned Andrews Mary Bundle geheiratet hatte, änderten sich meine Träume. Ich sah eine Frau vor mir, eine Frau mit Mary Bundles Gesicht.

Ned, der rotschöpfige Andrewssohn, war unser Dichter und Erzähler. Wenn ich überhaupt je einen Freund hatte, dann war das Ned. Wir hatten nichts gemein. Der Mann konnte weder lesen noch schreiben, war nie gern in die Kirche gegangen, machte keinen Unterschied zwischen Engeln und Feen, Teufeln und Geistern – die allesamt seine Geschichten bevölkerten. Er war eitel und oft gedankenlos, manchmal faul und völlig unbeschwert. Viele Male habe ich seine Schwägerin ihn wegen Faulheit schelten hören, oder deswegen, weil er es mit der Wahrheit nicht so genau nehme, was er auch ganz gewiß nicht tat.

Aber er liebte die Menschen, und seine Phantasie war grenzenlos. Seine Art, die Welt zu sehen, war verblüffend. Ned konnte einen neuen Gedanken aufgreifen, ihn drehen und wenden und ans Licht halten, bis man sah, was für ein wunderbar glänzendes Ding er war.

Eines Tages traf ich ihn im Wald, wie er dakniete und ein taunasses Spinnennetz anstarrte. Es sei das reinste Wunder, sagte er. Er betrachtete die Welt als einen Ort voller Wunder und hielt alles für möglich. Ich habe ihn so ernsthaft über die Möglichkeit sprechen hören, zum Mond zu segeln, als ginge es darum, ob man mit dem Skiff an den versunkenen Felsen vorbeikomme.

Ned war das Herz unseres kleinen Ortes. Er brachte etwas in uns allen ins Gleichgewicht, vor allem in mir; ließ mich das Lustige an Dingen sehen, die ich zu ernst nahm, verringerte die Wahrscheinlichkeit, daß ich in selbstersonnene Fallen fiel. Wenn er noch leben würde, dann wäre ich in dieser Nacht nicht auf See und würde vom Kap fortsegeln.

Sicherlich glich Mary Bundle keiner der Möwenfrauen aus meinen Träumen oder irgendeinem anderen Vogel. Sie war viel zu ruhig, eher wie eine Feldmaus vielleicht – klein, braun und still –, außer wenn sie sich ärgerte. Eine Feldmaus, die in dein Haus schleicht und, ehe du dich's versiehst, unter den Dachsparren ein Nest gebaut und Junge bekommen hat.

Welches Mißgeschick sie ans Kap gespült hatte, habe ich nie erfahren und wollte es auch gar nicht. Ich hielt sie für gewöhnlich, dämlich sogar. Sie hatte die merkwürdige Angewohnheit, unerwartet aufzutauchen und in Ecken herumzustehen, stumm, aber so, als würde sie etwas erwarten. Nachdem Ned sie geheiratet hatte, besuchte ich ihn oft abends auf einen Plausch am Kamin. Zwar hörte ich ihm zu, aber sie beobachtete ich und ertappte mich dabei, wie ich zum erstenmal eine Frau begehrte – die Frau meines Freundes.

Nach der Heirat veränderte Mary sich, verlor ihren halbverhungerten, argwöhnischen Blick, wurde anmutig und selbstbewußt. Gesicht und Körper rundeten sich, sie ergriff auch einmal das Wort und lachte über Neds Scherze. Manchmal war sie so lüstern, daß ich mich fragte, ob sie wußte, daß ich nachts wach dalag und sie zu mir ins Bett wünschte. Während jener Monate verzehrte ich mich derart nach Mary, daß ich nicht imstande war zu schlafen. Dann stieg ich oft auf den Hügel und überblickte das Kap. Bei Mondschein war es ein wunderschöner Erdenfleck – die stillen Häuser, der lange, leere Strand, die schimmernde See.

In einer dieser Nächte kam ich zu der Gewißheit, daß es außer uns noch andere am Kap gab. Ich bemerkte Bewegungen und Rascheln im Gras und in den Büschen um die Mulde herum. Zunächst nahm ich an, daß ich kleine Tiere und Vögel aufstörte, die dort nisteten. Dann, eines Nachts, wußte ich plötzlich mit Sicherheit, daß die Augen, die mich beobachteten, nicht die eines Tieres waren.

Endlose Zeit saß ich da, mucksmäuschenstill, den Blick auf die dunklen Büsche gerichtet, die sich im Mondlicht abzeichneten. Angst hatte ich keine. Ich wußte, wer auch immer dort hockte und mich beobachtete, hatte zahllose frühere Gelegenheiten, mir etwas anzutun, ungenutzt verstreichen lassen. Ich empfand keine Bedrohung, hatte nicht den Eindruck, daß eine Gefahr oder etwas Böses auf mich wartete.

Mehrere Nächte ging ich an dieselbe Stelle zurück, ohne etwas zu sehen, obwohl ich spürte, daß noch immer jemand in der Nähe war. Erst viele Wochen später, als wir im Landesinneren für den Winter Holz schlugen, äußerte ich meinen Verdacht. Ich fragte die Männer, ob sie irgendwelche Spuren von Indianern gesehen hätten, was sie aber verneinten.

Josh Vincent erzählte uns, daß sein Vater oft von den Indianern erzählt und sich daran erinnert hatte, wie die Wilden regelmäßig an diesen Strand gekommen waren. Offensichtlich reisten sie jeden Frühling vom Landesinneren hierher, um Robben zu erlegen und sich aus dem Feuerstein dieser Gegend Pfeilspitzen zu machen. Joshs Vater hatte einen Mann aus der Trinity Bay gekannt, der behauptet hatte, jemand dort besitze einen Indianer. Der Betreffende hatte den Indianer rund siebzehn Jahre zuvor gefangengenommen, als er eine Indianerin erschoß, die mit einem Kind im Arm weggelaufen war.

»Ich selbst hab' noch nie einen gesehen«, sagte Josh, »und bezweifle, daß es überhaupt noch welche gibt. Ich wünschte, wir sähen mal einen, Skipper Brennan hat erzählt, in St. John's gibt's Leute, die einem gutes Geld geben, wenn man ihnen einen Indianer lebend herbeischafft.« Für Josh, der einer der gütigsten Menschen war, die mir je begegnet sind, waren Indianer keine Menschen. »Mein Pap meint, sie sind dreckige, stinkige Geschöpfe, die dir die Augen direkt aus dem Kopf reißen würden«, sagte er.

Als ich ihnen von meiner Vermutung erzählte, droben auf dem Hügel einen gesehen zu haben – daß ich seine Nähe nur gespürt hatte, sagte ich lieber nicht, weil sie es dann sicher als Einbildung abgetan hätten –, entgegnete Josh, er hielte es für wahrscheinlicher, daß es sich dabei um irgendeinen armen entflohenen Diener handele, einen Mann, der seine Seele verkauft habe, um in dieses Land zu kommen, und hier schließlich wie ein Sklave gelebt und sich jedes Jahr mehr verschuldet habe.

»Manchmal laufen sie davon – hauen ab. Ich muß sagen, verübeln kann ich ihnen das nicht – so unmenschlich, wie die behandelt werden. Bisweilen findet die Marine sie und bringt sie zurück, aber häufiger kommen sie wahrscheinlich um, die armen Kerle.«

Er erzählte, daß einmal ein halbverhungerter Mann, der nur irres Zeug geredet hätte, nach Fox Harbour gekommen sei. Eine Familie nahm ihn auf, pflegte ihn gesund und versteckte ihn. Als dies nicht mehr nötig schien, lebte er sich in der Gemeinde ein und heiratete schließlich eine Vincent.

»Einen netteren Menschen findest du nirgends, aber ich bezweifle, daß selbst Hannah sagen könnte, wie er mit richtigem Namen heißt.«

Ich frage mich, wie viele Menschen es in diesem Land gibt, die überhaupt unter dem Namen leben, der ihnen bei ihrer Geburt gegeben wurde. Nach Neds Geschichten und Liedern zu urteilen, könnte man meinen, die gesamte Insel sei von verwegenen Piraten, den jüngeren Söhnen adeliger Familien und Prinzessinnen bevölkert, aber ich bezweifle, daß einer von ihnen wirklich existiert – und wenn, wer würde es wissen? In all meinen Jahren auf dem Kap hat sich keine Menschenseele je nach meiner Vergangenheit erkundigt – und ich mich nach der anderer auch nicht.

In unserem sechsten oder siebten Jahr auf dem Kap sah ich den Indianer, der mich, so vermutete ich, beobachtet hatte.

Die Frauen hatten Kartoffeln geerntet und ein riesiges Feuer errichtet, um Unkraut und Gestrüpp zu verbrennen, und auch der Wärme wegen, denn es lag schon Frost in der Luft. Als die Männer in der Abenddämmerung aus dem Holz zurückkamen, loderte das Feuer immer noch hoch in den Himmel. Ich stellte mich freiwillig zur Verfügung, dazubleiben, bis es niedergebrannt war, und die anderen brachen zum Abendessen auf. Ich wußte, Sarah würde mir etwas aufheben, und ich freute mich, nach dem anstrengenden Tag allein am Feuer zu sitzen, die Flammen zu beobachten und meine Pfeife zu rauchen.

Da hörte ich hinter mir bei den Bäumen einen Plumps, wie von einem großen Tier, das irgendwo herunterfiel. Ich vernahm ein leises, recht menschliches Stöhnen. Nur kurz, aber ich wußte, aus welcher Richtung es gekommen war, und rannte zu der Stelle am Rand der Bäume. Ich dachte mir, eines der Kinder sei gestürzt, was mit erstaunlicher Häufigkeit der Fall war, bislang aber immer ohne größeren Schaden abgegangen war.

Doch es war kein Kind. Am Boden lag ein Mann – und zwar ein Mann, wie ich ihn noch nie gesehen hatte. Obwohl er dalag, auf der Seite und eines der Beine angewinkelt, konnte ich sehen, daß er überdurchschnittlich groß war. Ich hielt ihn für jung, aber man hat mir gesagt, daß solche Dinge schwer zu schätzen sind. Er war bartlos und nur mit einer Art kurzem Lederrock bekleidet. Ein Fell und eine Ledertasche lagen neben ihm. Er sah dunkel aus, sehr dunkel, aber das mag durch die Erde gekommen sein, mit der sich die Indianer einreiben, wie ich später erfuhr. Er hatte sich so fest auf die Unterlippe gebissen, daß ihm Blut übers Kinn lief.

Als er mich sah, versuchte er aufzustehen, schaffte es aber nicht. Er wandte sich ab, übergab sich und sagte dann etwas, was eindeutig ein Fluch war – über seinen Leichtsinn, nahm ich an.

Danach schien er sich in sein Schicksal zu ergeben. So gut es ging, half er mit, als ich ihn über den unebenen Boden zum Feuer schleppte, wo ich mir sein Bein anschaute. Gleich unter dem Knie schimmerte Knochen durch die Haut.

Obgleich mir klar war, daß er mich nicht verstehen würde, sagte ich: »Ich hole Hilfe, von dort unten.« Ich deutete auf die Häuser unter uns und erhob mich.

Ich wußte, daß Sarah Vincent und Mary Bundle dem Mann besser helfen konnten als ich. Aber er wollte mich nicht gehen lassen, sondern packte mich mit seiner großen Hand am Knöchel und hielt mich wie ein Schraubstock damit fest. Dazu spuckte er zwischen den Zähnen irgendwelche Worte hervor und schüttelte den Kopf.

Ich hatte keine Ahnung, wie man einen Knochen schiente, gab ihm aber zu verstehen, daß ich es versuchen würde. Ich suchte nach einigermaßen glatten Stöcken, zog mein Hemd aus, verschwitzt und schmutzig wie es war, und riß es in Streifen. Der Indianer ließ mich nicht aus den Augen. Ich glaube, wenn ich Anstalten gemacht hätte, nach unten zu gehen, dann wäre er trotz seiner Schmerzen aufgestanden und hätte mich daran gehindert.

Geraume Zeit kniete ich da und begutachtete sein Bein, sein aufgerissenes Fleisch, die Sehnenfasern, den Knochen, der so ganz anders aussah als das, was ich mir im Inneren eines menschlichen Körpers vorgestellt hatte. Er war wie eine Muschel, sauber und weiß. Schließlich breitete ich das Fell unter seinem Bein aus und streckte es darauf aus. Mit zitternden Händen begann ich, die Knochen langsam zurück an ihren Platz zu schieben.

Ich hatte schon gesehen, wie Mary Bundle Schnitte mit Nadel und Faden zusammennähte, und wünschte, wenigstens diese würden mir auch zur Verfügung stehen. Ich versuchte ihm klarzumachen, daß ich so etwas bräuchte, und auch Wasser, um das Blut und den Schmutz fortzuwaschen. Aber er grunzte mir etwas entgegen, deutete auf sein Bein und stieß mir mit dem Finger in die Brust. Sein Gesicht glänzte vor Schweiß, und ich bin mir sicher, das tat meines auch, wie ich, über ihn gebeugt, die Knochensplitter zusammenfügte.

Es dauerte eine ganze Weile, aber er gab keinen Ton von sich. Als ich die Wunde mit dem schweren Stoff meines Arbeitshemdes verbunden und das Bein mit den Stöcken geschient hatte, sah das Ganze von außen soweit ganz manierlich aus. Ich berührte seinen Fuß, der unten heraussah, und spürte, daß er noch immer warm war. Ein gutes Zeichen, das wußte ich. Durch das gebrochene Bein floß noch immer Blut, und der Indianer hatte eine gewisse Chance, wieder laufen zu können. Allerdings würde das einige Monate dauern, dachte ich.

Nochmals versuchte ich ihn zu überreden, mit mir zu den Häusern zu kommen. Im nachhinein fragte ich mich, wieso ich mir eigentlich so sicher war, daß er allein war, daß er niemanden hatte, an den er sich wenden konnte. Da er partout nicht mitkommen wollte, machte ich es ihm so bequem wie möglich und dachte im stillen, bis zum nächsten Morgen würde er sich sicher umbesonnen haben und mit mir hinuntergehen. Ich brachte ihm seine Ledertasche und einen Krug Trinkwasser, den die Frauen immer in ihrer Werkzeugkiste aufbewahrten. Dann, als ich mich nach etwas umsah, das ihm nützlich sein könnte, entdeckte ich den langen Eisenstock, den wir unter anderem benutzten, um Felssteine hochzustemmen. Ich hob den Stock auf, reichte ihn ihm und gab ihm damit zu verstehen, daß ich ihm nichts antun wollte. Er schien zu begreifen, nickte und streckte sich auf seiner Felldecke aus. Als ich ihn verließ, fuhr er mit der Hand den Eisenstock auf und ab, hielt ihn nah ans Gesicht und starrte ihn an, als hätte er so etwas noch nie gesehen. Ehe ich mich fortwandte, sah er mich an und sagte etwas. Ich nickte und wußte, daß ich gerade versprach, ihn nicht zu verraten.

Im Morgengrauen kam ich zu dem Acker zurück. Das Feuer war nur noch ein Haufen weißer Asche, und der Indianer war fort. Nur der leere Wasserkrug, der bei der Kiste abgestellt worden war, ließ erkennen, daß er überhaupt dagewesen war. Ich schwöre, er hatte sogar die Erde gefegt, um seinen Körperabdruck zu beseitigen. Ich marschierte durch den Wald, der eigentlich nur eine Baumgruppe war, und ging jenseits davon durch den Sumpf, ohne eine Spur von ihm zu entdecken. Ich durchquerte das hohe Gras und ging über die Landenge zurück, immer auf der Suche nach dem Indianer, aber ohne wirklich zu erwarten, ihn zu sehen. Ich wußte, ein Mann, der die Prozedur vom Tag zuvor über sich hatte ergehen lassen können, ohne einen Laut von sich zu geben, bekam keinen Schwächeanfall, bevor er nicht außer Sichtweite des Kaps war.

Erst am nächsten Tag, als Sarah mich fragte, ob ich den Eisenstock gesehen hätte, ging mir auf, daß er ihn als Krücke benutzt haben mußte. Aus irgendeinem Grund freute es mich zu wissen, daß er ihn hatte, oder zumindest war es ein Trost. Als in diesem Winter der Schnee ums Kap fegte, mußte ich oft an ihn denken, eine einsame Gestalt, die über das schwarzweiße Land marschierte, und hoffte, er hatte es zurück zu seinen Leuten geschafft.

18. KAPITEL

Wie kann man eines Morgens aufwachen und eine völlig andere Welt erblicken als die, die man noch am Vortag gesehen hatte? Als wären die Augen, durch die man blickte, nicht die gleichen, die man in der Nacht zuvor geschlossen hatte. Bäume und Felsen stehen am selben Ort, und doch wirken sie fremd, Schatten fallen anders, die Leute sind nicht dieselben, ihre Blicke und Gesten wirken seltsam verfremdet, selbst das Meer und die Luft sind verwandelt, aber keine dieser Veränderungen kann man benennen. Sie sind nichts, sie sind die Summe von tausend Dingen, sie sind alles.

Ich erinnere mich an einen Spruch aus dem Priesterseminar: »Ehemänner und Priester drehen mit vierzig durch.« Vielleicht geht es also allen Männern so, wenn das Alter ihnen seine kalten Finger um den Hals legt.

Es war einer dieser plötzlich einsetzenden Frühlinge, wie es sie mitunter gibt, wenn der Wind sich nach Südwesten dreht und der Winter über Nacht verschwindet. Am Tag zuvor hatte ich mein Dory herumgehievt und begonnen, es abzuschaben. An diesem Morgen wollte ich die Stellen, wo die Planken sich gespalten oder verworfen hatten, mit frischem Werg abdichten.

Eine Arbeit, auf die ich mich freute, denn ich mag den scharfen Geruch des Wergs, seine rostige Farbe und daß es sich so gut in die Ritzen stecken läßt, so daß das Boot nach dem Teeren wieder so tadellos ist wie am Tag seines Baus. Doch als ich an jenem Morgen mein Dory ansah, das von dem häufigen Teeren völlig unansehnlich geworden war, fragte ich mich, warum ich Ben nicht schon längst gebeten hatte, mir ein neues zu bauen. Ich ließ es stehen und marschierte zum Strand hinunter, wo zwei Boote mit Frauen und Kindern sich nach Turr Island aufmachten, um Vogeleier zu sammeln.

Zwei oder drei der Männer waren da und beobachteten mit stummer Belustigung die Bemühungen der Frauen, die überladenen Dorys vom Strand aufs Wasser zu lassen. Als sie abstießen, fing Moses, Neds jüngster Sohn, zu weinen an und lief dem Boot, in dem seine Mutter saß, hinterher. Ehe wir uns versahen, steckte er bis zum Hals im Wasser. Ich watete ihm durch das eiskalte Wasser nach und packte Moses an seinen Hosenträgern. Anstatt dann allerdings zum Strand zurückzukehren, stapfte ich weiter und kletterte ungelenk ins nächste Boot.

Die Bootsinsassen waren davon genauso überrascht wie ich. Sie hörten zu rudern auf und boten an zu wenden, aber ich sagte, sie sollten weiterfahren, und reichte Mary ihren Sohn. Sie nahm das Kind, schüttelte es, wie eine Katze ihr Junges schüttelt, und nannte es einen »kleinen Scheißkerl«. Sie war die einzige Frau auf dem Kap, die solche Worte in den Mund nahm.

Zu diesem Zeitpunkt hatten Ned und Mary bereits vier Söhne. Trotz aller Liebesbekundungen von Ned blieb Mary, abgesehen von einer kurzen milden Phase zu Beginn jeder Schwangerschaft, ganz die Alte. Schon längst hatte ich mich von meiner Vernarrtheit in die ruhelose, derbe Frau erholt; hatte sie fast schon vergessen. Möglicherweise hatte ich damals sogar schon begonnen, eine Abneigung gegen sie zu fassen, denn sie ließ keine Möglichkeit aus anzudeuten, ich würde die

Vincents und Andrews um ihren gerechten Verdienst am sommerlichen Fang bringen. Dennoch schaffte sie es immer noch, mich in Verlegenheit zu bringen, und tat das auch oft mit spitzen Bemerkungen über mein Zölibat und das ausgelassene sexuelle Leben, das sie und Ned genossen.

Moses lächelte glücklich über die mütterlichen Flüche, zog sich ihren Schal über das Gesicht und kuschelte sich in ihre Arme. Ich zog mir die nassen Stiefel aus, lehnte mich im Bootsheck zurück und ließ mich von der Sonne trocknen.

Hatte ich mich zu diesem Zeitpunkt schon verändert? Mir kommt es jedenfalls so vor, als hätten die anderen im Boot da schon anders ausgesehen. Sie wirkten gröber, lauter und abgerissener als am Tag zuvor, und doch unendlich menschlicher, verletzlicher. Mir fiel auf, daß man durch Sarahs ergrauendes Haar die Kopfhaut durchschimmern sah, daß auf Megs madonnengleichem Gesicht feine Linien zwischen Nase und Mund verliefen. Die Kinder, von denen manche schon barfuß unterwegs waren, sahen allesamt unterernährt aus. Auf dem Sitz mir gegenüber legten sich Lavinia Andrews und Charlie Vincent mit aller Kraft ins Ruder. Trotz der schmalen Handgelenke, die aus Charlies Pulloverärmeln hervorsahen, waren seine Hände, die die Ruder fest umschlangen, so kräftig wie die eines Mannes, und sein Gesicht strahlte vor Stolz, als er das andere Boot überholte und dessen Insassen triumphierend etwas zurief.

Bis auf mich hatte die Aussicht auf einen arbeitsfreien Tag alle in gute Laune versetzt. Selbst Mary gluckste über etwas, das Sarah ihr ins Ohr flüsterte, und die Kleinen waren vor Aufregung ganz außer Rand und Band. Ich dachte mir, wie wenig es doch braucht, um glücklich zu sein, und ertappte mich bei dem Gedanken, warum Gott das nicht öfter zuläßt.

Kurz vor dem Einschlafen ruhte mein Blick auf Lavinia Andrews. Sie saß ein bißchen über mir, zwischen mir und der Sonne, so daß der Sonnenschein ihr rotes Haar beschien und ihr ohnehin schon sommersprossiges Gesicht tüpfelte. Ich starrte es an: Nie zuvor war mir aufgefallen, wie bemerkenswert es war. Sie ertappte mich dabei, wie ich sie anstarrte, und ich schloß die Augen. Aber da hatte ich das Bild ihrer Brustwarzen vor mir, die ihr beim Rudern gegen ihre dünne Baumwollbluse drückten.

Ich schlief, bis das Boot auf Grund lief, und wurde aus einem Traum gerissen, in dem Lavinia Andrews sich mit ihrer flammenden Mähne über mich beugte, ohne allzuviel anzuhaben.

Den ganzen Tag über folgte ich den anderen, kletterte von Fels zu Fels, stahl Eier von verzweifelten Vögeln, die kreischten und so knapp auf uns niederstürzten, daß wir ihre roten Augen sehen konnten. Das war der Tag, an dem wir die beiden Männer fanden, die nach meiner Schätzung beide jünger waren als ich, erfroren oder verhungert und von den Vögeln halb aufgefressen. Sie liegen nun auf dem Friedhof des Kaps begraben, ohne Namen auf den hölzernen Gedenktafeln, die Ben angefertigt hat und in die ich lediglich RIP und ihr Todesjahr eingekerbt habe.

Nach der Entdeckung der Leichen kletterte ich auf den Gipfel der Insel und fand dort Lavinia allein vor, den Kopf auf die Knie gelegt, als würde sie weinen. Ned sagte mir einmal, daß seine Schwester und Mary im gleichen Alter seien, aber als ich sie so ansah, glaubte ich, da müsse er sich geirrt haben. Mary war eine Frau, nur sieben oder acht Jahre jünger als ich, die aus dem besten Alter schon hinaus war, während das Mädchen im Gras ihre Kindheit gerade erst hinter sich gelassen zu haben schien. Das Haar war nach vorn gefallen und hatte den Nacken freigelegt. Ich mußte an mich halten, um nicht die sanfte Rundung zu berühren.

Ich setzte mich ein wenig entfernt von ihr ins Gras und überlegte, worüber wir sprechen könnten, obwohl mir eigentlich gar nicht danach zumute war. In meinem Kopf schwirrte es. Ich dachte an so viele Dinge, fühlte so viele Dinge – und alle wirkten sie klarer und doch komplexer als alles bisher Gedachte oder Empfundene. Warum hatte ich Lavinia zuvor nie wahrgenommen? Warum nicht vorher schon mit ihr gesprochen? Ich dachte mir, wie bezaubernd ihr Kupferhaar aussähe, wenn es auf grünem Moos ausgebreitet wäre; stellte mir vor, wie es wäre, nackt mit ihr auf dem Moos zu liegen, während über uns Vögel kreisten und um uns herum das Meer rauschte. Sah das Wunder des Lebens. Das Wunder, daß wir überhaupt hier waren und zusammen auf dem Gipfel von Turr Island saßen. Und ich dachte an die toten Männer in der Höhle weiter unten, daran, wie begrenzt unsere Zeit hier auf Erden ist, dachte an alle Männer und Frauen, die begraben worden waren, ohne je so etwas Einfaches getan zu haben wie, sich bei Sonnenschein im Moos zu lieben.

Diese Gedanken drängten sich mir so natürlich auf, wie das einst Gebete getan hatten. Ich hatte keine Zeit zu überlegen, warum sie kamen oder wohin sie führen könnten, da kamen die Frauen und Kinder schon geräuschvoll auf das Plateau geklettert und wollten bei Tee und Melassebroten blutrünstige Einzelheiten über die beiden Toten erfahren.

In dem Sommer nach diesem Ausflug lebte ich in einem Dunst der Begierde. Ich habe von der Überzeugung der Griechen gelesen, nach der man, wenn man eine bestimmte Lebensphase ausgelassen hat, diese im Alter nachholen müsse, was erklärt, daß alte Männer kindisch werden und alte Weiber sich manchmal wie scheue Jungfrauen aufführen. Die Griechen könnten recht haben, denn in diesem Sommer und Herbst wurde ich zweifellos der liebeskranke Schuljunge, der ich in meiner Jugend nie gewesen war.

Ich sah Lavinia Andrews überall. Davor waren Wochen oder Monate vergangen, ohne daß ich die Gegenwart des Mädchens überhaupt wahrnahm; nun hatte ich sie ständig vor Augen. Ich will damit nicht sagen, daß sie mich abfing oder meine Gegenwart suchte, ganz im Gegenteil. Oft verschwand sie stundenlang, was mich fast zum Wahnsinn trieb. Scheinbar vermochte sie aus einem Raum zu schlüpfen oder von den Trockengestellen zu verschwinden, ohne daß man es merkte. Jede Minute wollte ich wissen, wo sie war, selbst wenn ich sie nicht sehen konnte, ich wollte mir vorstellen, wie sie in der Küche war, wie sie Fische ausnahm oder allein den Strand entlangspazierte.

Ich folgte ihr, spionierte ihr nach, legte meine Arbeiten so, daß wir uns an den gleichen Orten aufhielten, daß ich Stunden mit ihr im Schulraum verbringen oder neben ihr bei den Trockengestellen arbeiten konnte. Häufig sah ich sie in ein großes Buch schreiben, das sie in ihrem Beutel verwahrte. In meinem Verlangen, ihre Gedanken zu kennen, erwog ich sogar, das Buch zu stehlen. Sie hatte keine Begabung für Nadelarbeiten, Backen oder die meisten anderen Haushaltsverrichtungen, aber bei den Trockengestellen arbeitete sie so hart wie alle anderen Frauen auch, schlitzte die Fische auf, nahm sie aus und salzte sie. Nie hielt Mary ihr vor, faul zu sein, wie sie das bei anderen tat. Lavinia verbrachte einen Gutteil ihrer Zeit mit den Kindern und konnte, wenn sie sich zankten, mit einem bloßen Blick Frieden zwischen ihnen stiften. Mit ihren Sorgen kamen die Kinder zu ihr. Insbesondere Marys Tochter Fanny vertraute sich ihr an und rannte jedesmal zu ihr, wenn sie von ihrer Mutter bestraft worden war.

Es klingt unglaublich, aber in dem ganzen langen Sommer, den ich unsichtbar an Lavinia Andrews gekettet verbrachte, bemerkte niemand, in welchem Zustand ich mich befand. Ich arbeitete Seite an Seite mit den anderen Männern, manchmal Seite an Seite mit ihr. Sie verströmte einen bestimmten Duft, der ganz anders war als der der anderen Frauen, die nach Brot, Milch, Schweiß und Fisch rochen. Lavinia roch nach Äpfeln oder brennendem Rosenholz, ein Duft, der dem in den kleinen rosafarbenen Meermuscheln ähnelte. Ich reparierte Netze, ging auf Fischfang, besserte den Lagerschuppen aus, vermerkte unsere Fänge – ging all meinen üblichen Arbeiten nach, und niemandem, nicht einmal Meg Andrews, die manchmal meine Gedanken zu lesen vermochte, fiel auf, daß ich wie von Sinnen war. Ich galt als ein verdrießlicher, unnahbarer und vernünftiger Mann, und wenn man sich erst einmal einen bestimmten Ruf erworben hat, dann kann man sich ganz anders benehmen, ohne daß es jemandem auffällt.

Habe ich zu lange bei meinen Gefühlen in jenem Sommer verweilt? Vielleicht versuche ich, den Bericht der darauffolgenden Ereignisse hinauszuzögern – aber es war der längste, herrlichste Sommer meines Lebens. Ich ging stundenlang spazieren, vor allem in der Abenddämmerung. Das tat ich nicht nur, wenn ich glaubte, ich könne einen flüchtigen Blick von Lavinia erhaschen, sondern selbst dann, wenn ich sie sicher im Bett wußte. In solchen Momenten konnte ich in Phantasien darüber schwelgen, was sein könnte – und manchmal auch, ja, fleischliche Gedanken über das Mädchen hegen, das nicht die geringste Ahnung hatte, wie besessen ich von ihm war.

Ich hasse es, über das andere schreiben zu müssen, das im Spätsommer dieses Jahres geschah. Das, was dem ein Ende setzte, was hätte sein können, das in Gang setzte, was jetzt ist.

Ich vermutete, daß die Andrews in England irgend etwas mit Theater, Karneval oder Kirmes zu tun gehabt hatten. Ned hatte auf jeden Fall das Zeug zum Schauspieler. Überdies brachten sie ein großes Faß mit Seide, Satin, Goldkordeln und Glitzerstaub, mit alten Kostümen aus Tüll und Samt mit. Auf dem Kap wird nichts verschwendet, und die meisten dieser bizarren Habseligkeiten sind irgendwie genutzt worden. Aus dem Tüll wurden Gardinen gemacht, die Samtstoffe zu Bettüberwürfen zusammengestückelt, die Pelz- und Plüschstücke auf Mäntel und Hüte genäht und einzelne Stoffstücke als Flicken benutzt oder in Vorleger eingearbeitet. Was an schmutzigen Spitzenresten und dünnen Seidenbändern übrigblieb, wurde von Marys Tochter Fanny konfisziert und zu einem Kostüm verarbeitet, das, wie ich Sarah einmal sagen hörte, die Vögel verscheuchen würde. Und tatsächlich sah das Kind genauso aus wie eine dünne Vogelscheuche, behängt mit zerfransten Bändern und Federn und Blumen, die bei jedem Windstoß flatterten.

Obwohl ich während meiner Jahre auf dem Kap viele Stunden an Marys und Neds Kamin verbrachte, sah ich Fanny nur selten. Sie und ihre Mutter gerieten ständig aneinander, und sobald Mary den Raum betrat, verdrückte sich Fanny. Mit Ned, der ja nur ihr Stiefvater war, schien sie besser auszukommen. Ich hörte oft, wie er sie neckte, und sah sie zusammen im Zimmer herumtanzen, wenn er in einer seiner ausgelassenen Stimmungen war. In vielen Beziehungen war Neds Verhältnis zu den Kindern dem seiner Schwester ähnlich. Die Kinder schienen zu denken, daß Ned wie Lavinia eine Mittelstellung zwischen Erwachsenen und Kindern einnahm.

Eines Morgens im frühen Herbst – eigentlich war es eine Verlängerung des Sommers –, als ich in den Dünen hinter dem Strand spazierenging, kam mir Ned entgegen. Normalerweise begleitete ich ihn nach Hause, wo ich mit ihm ein zweites Frühstück einnahm, bevor ich mit der Tagesarbeit begann. An diesem Morgen jedoch nahm Ned mich kaum wahr. Mit entsetzter und, wie ich später dachte, schuldiger Miene ging er mit gerade einmal einem Nicken an mir vorbei. So etwas hatte es noch nie gegeben. Ich ging weiter und fragte mich, was in ihn gefahren sein könnte.

Als ich zu dem Hügel mit der Mulde gelangte, der einst mir gehört hatte, den die Kinder jedoch als ihren geheimen Platz ansahen, teilte ich die Rosenbüsche, die um seinen Rand wuchsen, und blickte in die Mulde hinunter.

Eine wunderschöne nackte Frau kniete unter mir in einem bunten Farbenmeer. Ihr Haar war pechschwarz, und ihre Haut von einem sanften Rehbraun, das in dem klaren Morgenlicht zu schimmern schien. Ihr Gesicht konnte ich nicht sehen, nur ihren Hinterkopf, ihre vollkommenen Brüste und schönen

Beine. Sie kicherte, ein leises Glucksen, das mich an die Tauben in Spanien erinnerte, und fuhr sich mit den Fingern durch das zerzauste Haar.

Sie wirkte wie der Inbegriff all meiner wollüstigsten Phantasien und nächtlichen Träume. Den exotischen Geschöpfen so ähnlich, die meine geheime Welt bewohnten: Frauen, die sich in Vögel verwandelten, Frauen mit langen Hälsen und Flügeln, Frauen, die flogen. Ich wartete, denn ich nahm an, das Wesen würde seine bunten Flügel ausbreiten und verschwinden.

Dann stand die Frau auf, hob die Kleidungsstücke auf und begann sich anzuziehen. Und nahm, so rasch, daß ich beinahe ihren Namen ausgerufen hätte, die Gestalt von Fanny Bundle an.

Als ich sah, daß sie es war, zog ich mich lautlos zurück. Ich war davon überzeugt, daß Fanny und Ned zusammengewesen waren, sah ihre heftige Paarung in der Mulde fast vor mir, die Verschlingungen der Arme und Beine, das Knäuel aus buntem Stoff.

Angewidert, verwirrt und unschlüssig, was zu tun sei, wanderte ich stundenlang umher, ehe ich mich wieder Richtung Kap wandte. Obgleich Meg mich einst als geistliches Oberhaupt des Ortes angesehen hatte, hatte sie mich in letzter Zeit in dieser Rolle abgelöst. Nun befand sich das Kap sicher im Schoße des Methodismus, was mich meiner Meinung nach endlich von aller Verantwortung entband.

An den folgenden Tagen suchte ich zu vergessen, was ich gesehen hatte, aber der Gedanke an Ned und Fanny ließ mich nicht los. Ihre Sünde befleckte all mein Tun. Ich ging Ned aus dem Weg, hörte auf, ihn zu Hause zu besuchen, und las den Kindern auch nicht länger im Schulzimmer vor. Ich versuchte, Lavinia aus meinen Gedanken zu verbannen.

Und doch wurde ich das Gefühl nicht los, daß es meine Pflicht war, etwas wegen Neds Ehebruch zu unternehmen. Es spielte keine Rolle, daß er kein Katholik und daß ich ein in Ungnade gefallener Priester war – ich kam um die schreckliche Tatsache nicht herum, daß er und Fanny eine Todsünde begangen hatten, eine Sünde nicht nur gegen die Keuschheit, sondern auch gegen Mary, die die Frau des einen und die Mutter der anderen war. Mit diesen Gedanken kam die Erkenntnis, daß Ned und Mary in den Augen der Kirche nicht wirklich verheiratet waren und daß ich, der ich ihnen den Eid abgenommen hatte, mit dafür verantwortlich war, Ned zur Vernunft zu bringen.

Die Euphorie des Sommers war gänzlich verflogen. Ich begann wieder den heiligen Augustinus zu lesen und meine abendlichen Gebete zu sprechen. Der Gedanke beschämte mich, wie sehr ich von meinen Gelübden abgefallen war.

»Knechte des Herrn dürfen nicht mit Frauen verkehren, denn von allen Sünden, die ein Priester begehen kann, ist die Lust diejenige auf Erden, die am härtesten bestraft wird. Sie hat Engel zu Fall gebracht, die Sintflut verursacht und Feuer und Schwefel herbeigeführt, die Sodom und Gomorrha zerstörten«, las ich und dankte Gott, daß ich mein Zölibatgelübde nicht wahrhaftig gebrochen hatte. Ich bat um Vergebung, daß ich es im Geiste getan hatte.

Meine anfängliche Abneigung gegen die Andrews kehrte zurück, und ich mied ihre Gesellschaft, so gut es ging. Ich beschloß, das Kap im folgenden Frühjahr zu verlassen. Ich würde eine katholische Gemeinde finden, wo ich, wenn ich schon nicht Priester sein konnte, zumindest am kirchlichen Leben teilhaben konnte.

Zu meinem großen Leidwesen brachte ich weder als Priester noch als Freund den Mut auf, Ned auf die Gefahr anzusprechen, in der er sich befand. Und das war meine Sünde, die vielleicht größer war als seine.

Die schreckliche Krankheit, die über uns hereinbrach, überraschte mich nicht. Wie eine bösartige Pflanze war sie gewachsen, aus dem Miasma heraus, das das Kap erfaßt hatte. Ich will damit nicht sagen, daß ich die Krankheit begrüßte, daß ich nicht betete, Gott möge sie von uns nehmen, daß es mir nicht naheging, die anderen leiden zu sehen – nur, daß sie zu der Sünde und der Düsterkeit dazuzugehören schien, die mich umgab.

In diesem Winter fühlte ich mich so einsam wie nie zuvor, einsamer, als ich mich jemals während meines ersten, einsamen Winters auf dem Kap gefühlt hatte. Wie die anderen tat ich, was getan werden mußte, räumte den Schmutz weg, begrub die Toten, streute Kalk über sie und trauerte, vor allem um Josh Vincent, dessen Wissen und Freundlichkeit uns alle viele Male gerettet hatte.

Einmal in dieser schrecklichen Zeit war ich nahe dran, Ned zu bitten, sich um seine unsterbliche Seele Gedanken zu machen. Als ich eines Tages am Haus der Andrews vorbeikam, begegnete ich ihm unerwartet, als er seinen Sohn im Hof herumführte. Klapperdürr waren sie beide, mit aschgrauen Gesichtern. Der Junge hielt sich am Vater fest, und so humpelten sie beide wie Geister, die von den Toten auferstanden sind, mit schmerzlicher Langsamkeit ums Haus herum. Eine Woge des Mitleids erfaßte mich. Ich machte ein paar Schritte auf Ned zu, der so damit beschäftigt war, Isaac zum Laufen zu ermutigen, daß er mich gar nicht bemerkte. Ich wandte mich ab, aber dieser Vorfall quälte mich. Konnte ein derart sündiger Mensch solch ein Mitgefühl zeigen?

Selbst in meiner Isolation erreichte mich die Kunde von dem weißen Bären. Charlie Vincent, ein kluger Kopf, der sich des öfteren mit Fragen an mich wandte, erzählte mir, daß Ned ein Tier von der Größe eines Pferdes vom Eis hatte herkommen sehen. Ich schenkte der Geschichte keine Beachtung und riet ihm, es ebenso zu halten.

Einige Tage darauf ging ich zu Ben Andrews hinauf, weil ich ihn bitten wollte, beim Anlegesteg einige Stützen auszutauschen. Bei meinem Eintreten saß Lavinia am Tisch, erhob sich aber sofort, machte einen großen Bogen um mich, als hätte ich die Pest, und ging zur Tür hinaus.

Ben blickte mich verdattert an. »Wahrscheinlich geht's mich ja nichts an, Thomas, aber herrscht zwischen dir und Vinnie böses Blut? Und zwischen dir und Ned auch? Es ist schon eine ganze Weile her, daß ich dich zum letztenmal bei ihm gesehen hab'.«

Ich schüttelte nur den Kopf, und wir begannen aufzulisten, was wir für die Reparatur des Anlegestegs brauchen würden. Kurz darauf wurde die Tür aufgerissen, und Lavinia stürzte herein und kreischte, Ned würde von dem weißen Bären zerfleischt.

Und was tat ich? Nichts! Ich blieb stehen, sah zu, wie das Biest die beiden Männer in Stücke riß, und ließ eine Frau an mir vorbeilaufen. Ich überließ es Mary Bundle, das Tier fortzujagen.

Ich werde es nie vergessen, werde nie aufhören davon zu träumen, werde immer wieder vor mir sehen, wie das schmutzige weiße Tier sich aufrichtete, wie die beiden blutenden Männer im Schnee lagen. Ich war völlig erstarrt.

Ned starb sündig und ließ Mary als Witwe zurück, mit einem Haus voller Kinder und in Erwartung eines weiteren – und mit ihrer Tochter Fanny, die ebenfalls ein Kind erwartete, ein Kind, das laut Mary von mir stammte.

Gleich nach Neds und Isaacs Beerdigung trieb Mary mich in die Enge, kam in meinen Lagerschuppen hereingestapft, als würde sie mir am liebsten den Hals umdrehen. Zartgefühl besitzt Mary keines, und wenn sie wütend ist, geht man ihr am besten aus dem Weg, aber wenn sie ihr Ziel erreicht hat, wird sie wieder still und vernünftig. Wie sagte Meg doch immer? Bei Mary gibt es kein Wenn und Aber.

»Ich hab' dir noch nie getraut, Thomas Hutchings, du mit deiner Heuchelei, hast so getan, als wärst du Neds Freund, du bist genauso wie der Rest von deiner Sorte, nur freundlich, wenn's dir paßt. Wo hast du in den letzten Monaten gesteckt? Wo bist du gewesen, als Ned dich gebraucht hat, und wo war dieses gottverdammte Gewehr, von dem ich dir gesagt hab', es sollte hier aufbewahrt werden? Dumm und feige, bei Gott, das bist du auch noch! Du bist schuld daran, daß Ned tot ist, vergiß das nie! Ich tu's jedenfalls nicht, das weiß ich!« Das spuckte sie mir ins Gesicht, noch bevor sie die Tür hinter sich geschlossen hatte. Nun lehnte sie sich dagegen und beschuldigte mich, Fanny vergewaltigt und geschwängert zu haben.

Ich konnte sehen, wie sich Marys Mund bewegte, aber die Worte drangen nicht in mein Bewußtsein. Schwarzgekleidet und halb im Schatten des Raumes verborgen, war nur ihr Gesicht beleuchtet, scharf und blaß vor Haß. Sie wirkte wie ein Höllengeist, und ich mußte ihre Worte nicht hören, um mein Schicksal zu kennen.

Sie behauptete, Fanny hätte Lavinia alles über meine Lüsternheiten erzählt, die es wiederum ihr weitergegeben hätte: »... und ich bin hier, um es dir zu erzählen! Dafür mußt du zahlen, du bist verantwortlich für dieses Kind, Thomas Hutchings, und für Fanny auch, Gott weiß, daß ich das nicht kann, ich habe schon genug am Hals!«

Also, dachte ich, hat Gott doch einen Sinn für Humor. Das war eine Frage, die mir oft im Kopf herumgegangen war.

Ich muß gelächelt haben, denn Marys Mund hörte auf, sich zu bewegen, ihre Hand schnellte hoch, und sie schlug mir mit aller Kraft ins Gesicht.

»Aha, du lachst auch noch! Mal sehen, wer zuletzt lacht! Mir kommt kein Bastard ins Haus, Thomas Hutchings. Du heiratest das Mädchen, und zwar schleunigst!«

»Ja«, sagte ich. Es war alles so einfach, so klar, so simpel, fast so, als hätte Gott es so gewollt. Und ich war so müde.

Ich heiratete Fanny. Fünf Wochen lebten wir zusammen im

Lagerschuppen. Wie ein Vater und eine Tochter es vielleicht tun würden, die sich nicht gut kennen. Ich berührte sie kein einziges Mal, und wir wechselten kaum ein Wort miteinander.

Ich wunderte mich, warum sie mich als Vater ihres Kindes angegeben hatte, aber ich fragte sie nie. Wie immer verbrachte sie ihre Zeit damit, am Strand und hinten im Wald und im Moor umherzustreifen. Ich glaube, sie war froh, nicht mehr unter der Fuchtel der Mutter zu stehen. Ich würde gerne glauben, daß sie während der letzten Wochen ihres Lebens glücklich war.

Ich trug Fannys Leichnam zum Haus ihrer Mutter hoch, denn das erschien mir das Richtige. Meg hatte bereits den Tisch freigeräumt und ein weißes Laken darüber gebreitet. Der Raum war voller Frauen: Mary, Annie Vincent und ihre Mutter, Neds Töchter Jane und Patience, die mit irgend jemandes Baby im Arm dasaß und ins Nichts starrte, während sie das Kind schaukelte und summte. Ihr Summen war das einzige Geräusch im Raum, als ich Fanny auf den Tisch legte, mich umwandte und wieder hinausging. Lavinia war nicht da.

Ich hatte den Indianer nicht gesehen, aber nach Megs und Sarahs Schilderungen zu urteilen mußte es sich um den Mann handeln, dessen Bein ich geschient hatte. Sarah sagte, Peter sei wie von Sinnen hinter dem Indianer hergejagt.

»Er hat nicht mal das Gewehr aufgehoben, das er hingeworfen hatte. Trotzdem glaube ich, er bringt den Wilden um, wenn er ihn zu fassen kriegt«, erzählte Sarah und warf mir einen raschen Blick zu, wohl in der Hoffnung, ich würde das gutheißen, aber ich schwieg.

Als ich Marys Haus verließ, brach die Dunkelheit herein. Nicht einmal im tiefsten Winter hatte ich den Ort so still erlebt, kein Lebewesen war zu sehen, weder Tier noch Kind, und auch nicht die Vögel, die in der Abenddämmerung normalerweise das Kap umkreisen. Ich war davon überzeugt, daß Peter den verwundeten Mann inzwischen aufgespürt hatte. Bestimmt hatte es einen Kampf gegeben, und nun lag einer der beiden hinter dem Kap irgendwo tot im Sand oder Sumpf.

Ich marschierte den nassen Strand entlang, wo die einsetzende Flut alle Spuren des Tages fortspülte. Oben in den Dünen entdeckte ich Fußspuren und Blut, und später eine Stelle, wo der Indianer gestürzt war und seinen Kopfschmuck verloren hatte. Ich hob ihn auf und folgte einer Spur, die offensichtlich zu dem alten Versteck auf dem Hügel führte.

Und dort war er. Mit dem Gesicht nach unten lag er der Länge nach über den rauchgeschwärzten Steinen. Der Sand unter seinem Kopf war voller Blut. Der lange Eisenstock, den ich ihm einst gegeben hatte, lag quer über seinem eingeschlagenen Schädel.

Ich stand am Rande der Mulde, überblickte die dunklen Hügel, die Dünen um mich herum und den langen, sichelförmigen Strand unter mir. Nichts außer dem Meer bewegte sich. Ich formte die Hände zu einem Trichter und rief nach Peter. Kein Laut, keine Bewegung war auszumachen. Ich rief nicht noch einmal.

Ich ging hinunter in die Grube und berührte den Indianer, obwohl ich wußte, daß er tot war. Ich rollte ihn herum, brachte es aber nicht über mich, seine Augen zu schließen, die erstaunlich blau waren und in den dunkler werdenden Himmel starrten.

Meine Hände waren voller Blut, das klebrig und noch immer leicht warm war. Ich hob den Eisenstock auf und ging wieder zum Wasser zurück, wo ich den Stock und meine Hände wusch.

In Bens Schuppen entdeckte ich Dolph Way und Ben und bat sie, mit auf den Hügel zu kommen und mir zu helfen. Wir wickelten den Indianer in eine Decke und trugen ihn den Hügel hinunter. Der Indianer war groß gewesen; schlank, aber sehr muskulös. Selbst für drei war er noch schwer genug. Wir brachten ihn in den Schuppen und legten ihn auf Bretter, die wir zwischen zwei von Bens Sägeböcken gelegt hatten. Ich legte den merkwürdigen Kopfschmuck auf seine Brust, wie man das bei Bischöfen und Kardinälen macht.

Eine Nacht und ein Tag vergingen, ohne daß jemand Peter Vincent zu Gesicht bekam. Letzte Nacht ging ich spät zu dem Haus hinauf, das er zu bauen angefangen hatte, weil ich dachte, er schliefe vielleicht dort. Es ist ein Haus ohne Dach mit klaffenden Löchern in den Wänden. Ich erinnere mich, wie zornig er an dem Tag war, als er heimkam und erfuhr, daß ich Fanny geheiratet hatte. Er muß das Haus für sie gebaut haben.

Wie sein Vater und sein älterer Bruder ist Peter ein meisterhafter Waldarbeiter. Er kann monatelang in der Einsamkeit leben, ohne sich einer Menschenseele zu nähern. Im Unterschied zur restlichen Familie ist er immer schon leicht erregbar und ein Einzelgänger gewesen. Nun hatte er auf dem Kap den ersten Mord begangen. Das wird wohl eines der Geheimnisse sein, die wir so gut hüten können.

Gestern abend kam Meg Andrews, Bens Frau, zu mir. Das erste Mal, seit ich sie kenne, klopfte sie dabei an die Tür. Meg ist immer für mich eingetreten und hat, trotz meiner häufigen Einwände, nie die Hoffnung aufgegeben, ich könnte Geistlicher irgendeines annehmbaren protestantischen Glaubens sein.

Meg ist eine starke Frau, auf ihre Art so stark wie Mary Bundle, aber nicht so direkt und ichbezogen wie diese. Unbewußt hat Meg es sich zur Aufgabe gemacht, den Ort zu zivilisieren. Durch ihren Einsatz wurde die Schule eröffnet, und unter ihrer Leitung wird schließlich auch die Kirche gebaut werden. Und Meg ist es auch, die aus ihrem Sohn einen Prediger machen will, das höchste Amt, das sie sich für ihn denken kann.

In den Adern irgendwelcher Vorfahren Megs muß blaues Blut geflossen sein. Sie schaut völlig anders aus als die anderen Frauen auf dem Kap, die sich immer mit Kleidungsstücken zu kleiden scheinen, die sie hastig vom Nagel genommen haben.

Megs Röcke fallen ordentlich, ihr Gesicht ist stets sauber, das Haar immer zu einer dicken Rolle um den Kopf gesteckt. Sie sieht aus wie eine Statue von jenen Göttinnen, die die Sonne und den Mond in den Händen halten.

Ich ließ sie ein und wartete, während sie dastand wie ein Kind, das gleich ein Gedicht aufsagen muß, und die Handflächen über ihrer sauberen Schürze zusammenpreßte. »Thomas, ich denke, wir sollten gemeinsam beten.«

Wir knieten uns beide auf den Boden meines Lagerschuppens, auf die schmutzigen Bohlen, die sehr selten einmal geschrubbt oder gefegt wurden, und Meg Andrews betete für mich und für sich und bat um Vergebung für alles Unrecht, das sie mir angetan hatte. Dann betete sie für Fanny, für den Indianer und für Peter.

Als wir uns erhoben, schien sie sich wohler zu fühlen. »Ich hoffe, Thomas, Sie bringen es übers Herz, uns zu vergeben«, sagte sie und dann: »Thomas, was wird aus dem Baby?«

Es muß eine volle Minute gedauert haben, ehe ich die Bedeutung der Frage erfaßte. Das Baby. Natürlich, da war ja ein Baby, etwas war da unten am Strand geboren worden. Ich hatte gesehen, wie Meg es in ein weißes Tuch gehüllt und fortgetragen hatte. Seitdem hatte ich nicht mehr daran gedacht.

»Wir glauben … also ich zumindest tue das, daß das Kind von dem Indianer ist … trotzdem ist es Marys Enkel«, sagte sie.

Ich sagte nichts, konnte es gar nicht. Noch immer mußte ich mit dem Gedanken klarkommen, daß ein lebendes Kind existierte, ein Kind, das ich für Neds gehalten hatte, und konnte nicht begreifen, was sie über den Indianer sagte.

Fannys Kind, von einem Indianer gezeugt? Die ganzen Verdächtigungen, all meine Bitterkeit Ned gegenüber, alles unbegründet? War das möglich? Oder, und dieser Gedanke kam mir kristallklar, Ausgeburt meiner eigenen lüsternen Phantasie? Diesem Gedanken konnte ich mich nicht stellen, konnte nicht darüber nachdenken. Ich kann es noch immer nicht.

»Ich verlasse das Kap. In den nächsten zwei Wochen müßte ein Gosseschiff eintreffen, dann fahre ich«, sagte ich.

Meg nickte. »So etwas hat Mary auch schon vermutet. Wissen Sie, Thomas, Mary ist schon seltsam, seit Neds Tod noch mehr als sonst. Sie kümmert sich überhaupt nicht um ihr kleines Töchterchen. Unsere Patience hat die Kleine die ganze Zeit, Tag und Nacht. Fannys Kind – also Mary kann man es nicht überlassen.«

Sie wartete darauf, daß ich etwas erwiderte, bevor sie fortfuhr: »Das Baby wird Ihren Namen tragen, Thomas, das wissen Sie.« Sie sagte das völlig unpathetisch, als stellte sie lediglich eine Tatsache fest – das Kind würde als mein Sohn angesehen werden, würde den Namen Hutchings tragen.

Bevor sie ging, regelten wir die Angelegenheit. Mit Hilfe ihrer blinden Tochter würde Meg sich um Fannys Kind kümmern. Ich nahm alles Geld, das Caleb Gosse mir über die Jahre gezahlt hatte, und gab es Meg bis auf eine kleine Summe, die ich für die Fahrt nach St. John's brauchte. Sie nahm das Geld, knotete es in ein Taschentuch und steckte es in ihre Schürzentasche.

»Ich tu mein Bestes für den Kleinen. Thomas; ach, da ist noch was … Mary wollte, daß ich es Sie frage …«

»Wann hat Mary Bundle je ein Sprachrohr gebraucht?« Plötzlich hatte ich sie alle satt, selbst Meg. Ich wollte mit ihnen fertig sein, sehnte mich nach einem geordneteren, einfacheren Leben.

Meg lächelte. »Ich weiß … aber selbst Mary stößt irgendwann an ihre Grenzen … nun, also was sie will, was sie will, ist Ihre Stelle. Ihre Stelle, für die Sie Caleb Gosse bezahlt.«

»Aber Mary kann weder lesen noch schreiben.« Ich sagte nicht: »Und sie ist eine Frau.« Ich wußte, Mary Bundle nahm es mit jedem Mann auf, obgleich Caleb Gosse da vielleicht anderer Meinung wäre.

»Rechnen kann sie angeblich. Vinnie hat's ihr beigebracht

und kann helfen, wenn's mal klemmt. Mary meint, warum sollte Caleb Gosse eigentlich erfahren, daß Sie das Kap verlassen haben? Er kommt doch sowieso nie her. Thomas, ich bitte Sie ja nicht, den Mann zu täuschen, sondern bloß, ihn nicht wissen zu lassen, daß Sie gehen. In Mary bekommt er eine gute Nachfolgerin, und Sie wissen ja, sie hat eine Menge Mäuler zu stopfen.«

Widerstrebend erklärte ich mich bereit, Caleb Gosse über meine Abreise im unklaren zu lassen. Ja, ich versprach sogar, Alex Brennan zu bitten, die Angelegenheit nicht zu erwähnen.

Und so verließ ich ohne großes Aufheben das Kap. Ich fuhr fort, ohne mich von jemandem zu verabschieden außer von Meg Andrews, ohne es meinem Arbeitgeber zu sagen, ohne ein Wort mit Lavinia Andrews zu wechseln, ohne mir das Kind anzusehen, das als mein Sohn gelten würde.

Wir waren schon ein gutes Stück an den versunkenen Felsen vorbei. Ich lehnte mich an die Reling und starrte zu dem Ort hinüber, an dem ich fünfzehn Jahre meines Lebens verbracht hatte. Jämmerlich genug sah er ja aus, mit seinem halben Dutzend Baracken, die in einem wilden Durcheinander auf den nackten Fels gebaut worden waren – das einzige Anzeichen, daß hier Menschen ihren Fuß an Land gesetzt hatten. Wie ich so dastand und darüber nachsann, wie armselig doch die Ausbeute meiner ganzen Plackerei war, kam Alex Brennan zu mir und drückte mir ein Päckchen in die Hand, das in braunes Papier gewickelt war.

»Hier, das soll ich Ihnen geben, wenn wir vom Kap fort sind.« Er klang schroff und wandte sich ohne ein weiteres Wort von mir ab.

Es war ihr Tagebuch, das Buch, das ich hatte stehlen wollen. Hier, in der Kombüse eines Schiffes, das vom Kap wegsegelt, habe ich alles gelesen, was sie geschrieben hat. Wie konnte Gott einen Menschen so blind machen, wie ich es war?

Mein Leben auf dem Kap ist vorbei. In wenigen Tagen werde

ich in St. John's sein. Ich habe keine Erinnerung daran, nur noch an eine Reihe krummer Gebäude und an den Gestank, der im Hafen herrschte. Ich werde eine katholische Kirche finden und dort meine Beichte ablegen, ich werde Absolution erteilt bekommen und die notwendige Buße tun. Ich werde wieder in die Priesterschaft aufgenommen. Ich werde nach Irland zurückkehren und mich den Konsequenzen der Vorfälle stellen, die vor so langer Zeit geschahen.

19. KAPITEL

Zwar hing in St. John's der Gestank ranzigen Öls noch immer über dem Hafen, aber als Alex Brennan und ich hügelaufwärts zur katholischen Kapelle marschierten, schlugen uns auch allerhand andere Gerüche – angenehme wie unangenehme – entgegen, je nachdem, ob wir an einem Fischhändler, Tischler, Bäcker oder Schuster, einem Tauwerkspeicher, Pferdestall oder an einer Gerberei vorbeikamen. An jeder Straßenecke waren Schenkstuben zu finden, in deren Nähe es nach Alkohol stank und die trotz der frühen Stunde schon so gut besucht waren, daß einige der betrunkenen Männer und Frauen bis auf die Straße standen.

Bei einer dieser Schenken entdeckte ich erstmals ein Portrait von Victoria und blieb stehen, um es mir genauer anzuschauen. Die neue Königin ist fast noch ein Kind und wird zweifellos genauso charakterschwach sein wie ihre Onkel. Ich fragte Alex, was er davon hielte, wenn es das Britische Reich nicht mehr gäbe. Der pfiffige Mann redete zehn Minuten, ohne mir eine Antwort zu geben.

Trotz des Schmutzes auf den Straßen und der Armut der Menschen strömte die Stadt eine rohe Kraft aus, hier pulsierte das Leben, und entsprechend geräuschvoll ging es zu: Handkarren und Pferdewagen knarzten und rumpelten vorbei, und überall um uns herum war Sägen, Klopfen, Amboßgehämmer, Hundegebell und die Schreie von Straßenjungen zu hören, die Melassebonbons, angemalte Pfeifen, Windrädchen und weniger appetitliche Dinge anpriesen.

»Mister, kaufen Sie jetzt, sonst werden Sie von den Gaunern von Maggoty Cove übers Ohr gehauen!« brüllte ein schmuddeliger Junge mir zu, während er mir ein Tablett mit schmierigen Bonbons entgegenhielt, und als Alex ihm befahl zu verschwinden, sagte er: »Dann geht doch zum Teufel, ihr schwarzen Papisten!«

Ich erkundigte mich, ob es in der Stadt Spannungen zwischen den Protestanten und Katholiken gebe, und Alex lachte. »Normalerweise nicht, auch wenn man so was wie das eben hier schon öfter zu hören bekommt. Aber damit hat sich's meistens auch schon, außer die Händler hetzen beide Gruppen gegeneinander auf, weil sie auf billige Arbeitskräfte aus sind, oder die Politiker, weil sie sich dadurch irgendwelche politischen Vorteile erhoffen.«

In der Kapelle, einem zweigeschossigen Holzgebäude, das auch nicht viel stabiler wirkte als die Häuser drumherum, begegneten wir einer Nonne, die gerade ein frisches Tuch über dem Altar ausbreitete. Alex stellte sie mir als Schwester Xaverius vor.

»Vor Einbruch der Dunkelheit werden Sie hier niemanden antreffen, Vater, es sind alle hinten und arbeiten an der neuen Kirche des Bischofs.« Der weiche irische Akzent brachte mich so durcheinander, daß ich erst begriff, daß sie mich Vater genannt hatte, als wir die Kirche schon wieder verlassen hatten.

Mit leicht verlegener Miene deutete Alex hastig zu dem Gebäude auf der anderen Seite des Hofes und begann, mir den Grundriß zu erklären. »Das da ist der Bischöfliche Palast, in dem der Bischof und seine persönlichen Mitarbeiter wohnen, aber der wird jetzt auch bei der Baustelle sein. Auf der Seite, die an die Kapelle grenzt, wohnt Vater Fitzgerald, an den sollten Sie sich wenden, schätz' ich. Er ist dafür zuständig, daß in der Pfarrgemeinde alles läuft, beaufsichtigt die Priester, solche Sachen. Warum kommen Sie nicht mit zu mir? Da können Sie sich waschen, und etwas zu essen kriegen Sie auch. Später, wenn Vater Fitzgerald zu Hause ist, können wir wieder herkommen.«

Ich erwiderte, Alex solle ruhig zu seiner Frau gehen, ich würde meine Sachen im Vorbau der Kapelle lassen und mich zur Baustelle durchfragen. Erschrocken darüber, welche Faszination von der Stadt ausging, wollte ich auf keinen Fall von dem Pfad abweichen, den ich mir vorgegeben hatte.

Vier Jungen, die uns von der Straße gefolgt waren, standen in der Nähe des Tores und versuchten, unser Gespräch zu belauschen. Alex rief einen von ihnen herbei und befahl ihm, mich zu dem alten Holzhof der Garnison zu bringen, wo die Kirche gebaut wurde.

»Bevor ich wieder in See steche, komme ich hoch und schaue, wie Sie zurechtkommen, Thomas«, meinte Alex. Ich hörte das Zögern, ehe er meinen Namen aussprach, und ich schüttelte ihm die Hand mit dem Gefühl, daß ich meinen letzten Freund verlor.

Nachdem Alex mir erklärt hatte, es gebe vermutlich achttausend Katholiken in St. John's, hatte ich nicht damit gerechnet, daß mich auf dem Hügel eine derart riesige Baugrube erwarten würde, deren schlammiger Abgrund mehr schlecht als recht von Holzpfählen umgeben war und in dem Hunderte von Menschen arbeiteten.

Ich sagte dem Jungen, ich könne ihm leider gar nichts geben, trotzdem rannte er fröhlich los, um Vater Fitzgerald zu suchen, während ich mit großen Augen dastand und den Anblick so vieler Menschen und Tiere bestaunte, die in scheinbar völligem

Chaos arbeiteten. Die meisten schufteten mit Spitzhacken und Schaufeln, doch andere, Männer, Frauen und sogar Kinder, trugen Eimer oder schoben Handkarren, die mit Steinen und Erde beladen waren, die sie um das gigantische Loch herum zu Wällen aufschütteten.

Einige der grabenden Männer standen knietief in schwarzem Wasser, und jedes Schaufelschwingen sandte eine Schlammgischt über die in der Nähe arbeitenden Männer. Alles und jeder innerhalb des eingezäunten Bereichs war schlammbedeckt. Schlamm bedeckte Gesichter, Hände, Kleidung, Werkzeug und die Bruchsteine, die Stück für Stück aus schlammbedeckten Wagen, gezogen von schlammbedeckten Pferden, entladen wurden. Auf den meisten Oberflächen war der Schlick zu einem stumpfen, sandigen Grau getrocknet. Der Schauplatz erinnerte mich an biblische Gemälde von Sklaven beim Pyramidenbau – bloß, daß die Künstler bei diesen Bildern Sonnenschein und Farben hinzugefügt hatten. Hier war alles schlammiggrau.

Die einzige Farbe rührte von einer Feuerstelle her, die sich in der Mitte der Grube befand, und zwar da, wo vermutlich eines Tages der Altar stehen würde. Darüber hing ein Eisentopf, aus dem Frauen etwas in Schüsseln füllten und diese zusammen mit einem Stück Brot an die Männer verteilten, die das Essen hinunterschlangen, bevor sie sich wieder an die Arbeit machten.

Mir war nicht klar, daß ich auf einem der Wege stand, auf den Steine geschüttet worden waren, damit die Schubkarren nicht im Morast versanken, bis mich jemand am Ellbogen zog und mich mit strenger Stimme fragte, ob ich nichts Besseres zu tun hätte, als anderen, die arbeiten wollten, den Weg zu verstellen.

Ich wandte mich um und erblickte einen dünnen Mann, der etwas größer war als ich und mit seinem langen und spitzen Gesicht einem sehr klugen Pferd ähnelte. Ein altersloses Gesicht, das ausgesprochen verärgert wirkte. Von Kopf bis Fuß in Ölzeug gehüllt und genauso voll Schlamm wie die anderen Arbeiter, hielt der Mann ein Seil, das einen hochaufragenden Haufen behauener Steine auf einem Karren stabilisierte, der von zwei erschöpften Tieren gezogen wurde. Ein Mann, den ich nicht sehen konnte, hielt das Seil auf der anderen Seite des Wagens und feuerte die Tiere in einer Sprache an, die ich als Gälisch ausmachte.

Als ich nicht gleich antwortete, befahl mir der pferdegesichtige Mann, beiseite zu treten. »... oder noch besser, hier, nehmen Sie das Seil. Vorsicht, Mann! Halten Sie es gespannt und folgen Sie dem Wagen bis zu der Ecke da – bis da drüben, wo der lange Graben ist.«

Er reichte mir das Seil und wandte sich zum nächsten Wagen um, rief meinem unsichtbaren Partner aber über die Schulter noch zu: »Danny, gib Obacht, du hast einen Neuling auf dieser Seite. Paß auf, daß die Steine diesmal der Reihe nach niedergelegt werden, werft sie nicht wieder alle auf einen Haufen.«

Den ganzen Nachmittag arbeitete ich, half den Männern auf den Wagen, den rutschigen Weg bis zur Baugrube zurückzulegen und die Granitblöcke der Reihe nach abzuladen. Nach mehreren solcher Fahrten hin und zurück entdeckte ich in dem Treiben um mich herum allmählich ein gewisses System und bekam durch die Anordnung der Granitblöcke eine Ahnung von den Umrissen der späteren Kirche.

Kurz vor Einbruch der Dunkelheit begannen die Arbeiter die Baustelle zu verlassen: Männer mit Werkzeugen, Frauen mit Essenskörben und Babys, die nach Kleinkindern riefen, auf ihre Schürzen spuckten und Schlamm von schmutzigen Gesichtern schrubbten. Der Großteil dieses Gesindels marschierte hügelabwärts auf die windschiefen Häuser zu, die ich zuvor gesehen hatte, aber manche waren auch armseliger untergebracht. Ich sah, wie sie in Baracken krochen, die ich für einen Haufen Teerpappe, Segeltuch und Holzreste gehalten hatte, den man außerhalb des Zauns abgeladen hatte.

Während ich noch überlegte, ob ich zur Kapelle zurückfinden würde, wo ich meine Sachen gelassen hatte, entdeckte mich Vater Fitzgerald.

»Sie müssen der Fremde sein, von dem der kleine Tim mir erzählte, daß er mich suche.« Er beugte sich vor und spähte durch seine Brillengläser. »Man sieht Ihnen an, daß Sie sich Ihr Abendessen verdient haben – kommen Sie mit uns, wir reden später miteinander.«

Vater Fitzgerald ist ein untersetzter Mann und über das mittlere Alter hinaus. Immer wirkt er leicht außer Atem und macht stets einen überraschten Eindruck, was zum Teil an seiner Brille liegt, die seine Augen vergrößert, und zum Teil an seinem Erstaunen darüber, daß er als klassischer Geistlicher, der ausgebildet wurde, mittelalterliche Manuskripte zu übersetzen, sich am Ende der Welt befindet und sich um eine Pfarrgemeinde aus des Schreibens und Lesens unkundigen irischen Bauern kümmern muß.

Als wir uns von der Baugrube fortwandten, sah ich drei Männer über das Baugelände schlendern. Der pferdegesichtige Mann, der mir zuvor begegnet war, schritt voran und gab den anderen Befehle, einem Angestellten, der eine Zeichenrolle trug, und einem Priester, der etwas in ein Notizbuch schrieb. Ich erkundigte mich bei Vater Fitzgerald, wer der hochgewachsene Mann sei.

»Das, mein Sohn, ist Dr. Fleming. Michael Anthony Fleming, Bischof von Carpasia und Beauftragter der römisch-katholischen Kirche hier.«

Vater Fitzgerald starrte mit seinen kurzsichtigen Augen traurig über die riesige Baugrube hinweg zu seinem Bischof. »Ein heiliger Mann von großer Entschlossenheit und großem Mut – ein Franziskaner.«

Während wir hinter fünf jüngeren Priestern den Hügel hinuntergingen, betete ich, daß sich Bischof Fleming bei unserem nächsten Treffen nicht mehr an mich erinnern würde.

Keiner sprach. Wir waren völlig verdreckt und zu müde, um Höflichkeiten auszutauschen. Bei der Kapelle angekommen, sagte Vater Fitzgerald: »Da Sie ein Fremder sind, sollte ich Ihnen eigentlich unseren Zuber und das heiße Wasser anbieten, das Mrs. Tobin mir zweifellos erhitzt hat – aber für solch ein Angebot bin ich zu müde, zu alt und zu selbstsüchtig.«

In der Eingangshalle konnte ich das Gesicht des Priesters sehen. Da, wo er sich den Schmutz abgewischt hatte, war es leichenblaß, und als er nach dem Geländer griff, zitterte er.

»Es ist nichts Ernstes«, beruhigte er mich. »Für die Rolle, die mir hier zugewiesen wurde, eigne ich mich zwar nicht sonderlich gut, aber mit einem heißen Bad und Gottes Hilfe schaffe ich zweifellos alles – sogar Aufseher der Hölle zu sein. Folgen Sie Vater Dowling, er wird Ihnen eine raffinierte Art zeigen, wie man wieder sauber wird.«

Als wir uns schließlich gewaschen hatten – ein Vorgang, der einige Zeit dauerte und darin bestand, daß wir sechs uns nacheinander unter eine Holzrinne stellten, in die ein kleiner Bach umgeleitet worden war, so daß er nun in die abgezäunte Ecke des Hofes plätscherte –, aßen wir zusammen an einem langen Tisch. Das Refektorium war ein freundlicher Raum und nahm die ganze Länge des ersten Stockwerks ein. Es hatte drei Fenster, die über die unteren Straßen und den Hafen blickten.

Gebadet und mit einem gutgeschnittenen Kirchengewand angetan, wirkte Vater Fitzgerald gleich viel erholter. Er stellte mich auf meine Bitte hin als Thomas Commins vor. Die anderen schienen nicht im geringsten neugierig zu sein. Später erfuhr ich, daß Vater Fitzgerald sie gebeten hatte, keine Fragen zu stellen.

Wir sprachen über die Arbeit des Tages, über ein Gespräch, das der Bischof mit Mr. McGrath, dem Architekten, bezüglich einer Änderung geführt hatte, die der Bischof in den Plänen wünschte. Vater Fitzgerald erwähnte Bischof Flemings Gesundheit. Die Schwester des Bischofs war besorgt und hatte Vater Fitzgerald gebeten, ihr dabei zu helfen, ihren Bruder zu überreden, einen Kurzurlaub auf seinem Landhaus einzulegen.

»Unseren Bischof zu etwas zu überreden, was er nicht will, ist nicht einfach«, erklärte einer der Priester.

Die Unterhaltung geriet ins Stocken, und wir saßen schweigend, bis Vater Fitzgerald mir von der Stadt zu erzählen begann, die, so sagte er, eine sich ständig verändernde Bevölkerung habe: Soldaten aus dem Fort, Seeleute von ausländischen Schiffen, Marinesoldaten und, während der Fischsaison, Hunderte von neu eingetroffenen Fischern – zusammen mit Schwindlern, Taschendieben, Glücksrittern und den leichtlebigen jüngeren Söhnen jedes europäischen Landes. Und sie alle, sagte der Priester, machten Jagd auf die Armen und nutzten sie auf jede nur mögliche Weise aus, bevor sie durch die »Narrows« verschwanden, wie die Hafeneinfahrt genannt wurde.

Ich erkundigte mich über die Geschichte der katholischen Kirche in St. John's und bekam eine ähnliche Schilderung zu hören wie die, die mir Vater Francis in Irland erzählt hatte: Jahre der Ächtung, der Einkerkerungen, Auspeitschungen und Deportationen dafür, daß man eine Messe abgehalten hatte.

»Das hat sich inzwischen natürlich alles geändert«, meinte Vater Fitzgerald. »Und zwar hauptsächlich durch die bischöfliche Arbeit, wir haben Freunde unter den einflußreichsten Bürgern, und mindestens die Hälfte der zwölftausend Einwohner von St. John's sind Katholiken mit vielen weiteren in den abgelegenen Außenhäfen.«

In der Annahme, ich wäre neu auf der Insel, begannen die anderen mir von dem strengen Klima und der Isolation der Außenhäfen zu berichten. Während des Essens sagte ich fast kein Wort und überlegte mir, was sie am nächsten Tag wohl von mir halten würden. Wenn sich meine Hoffnung erfüllte und ich wieder in den Priesterstand eintreten konnte, mußte ich zumindest Vater Fitzgerald meine Lebensgeschichte erzählen.

»Ich würde gern mit Ihnen allein sprechen, Vater«, sagte ich, als wir uns vom Tisch erhoben.

Er nickte, wandte aber ein, zuerst müßten wir zur Abendandacht in die Kapelle gehen.

»Das kann ich nicht, Vater. Vorher muß ich meine Beichte ablegen«, erwiderte ich. Doch er meinte, ich solle mich den Gebeten anschließen, und ich folgte ihm den Korridor hinab, der die Residenz mit der Kapelle verband, die ich bereits zuvor zu Gesicht bekommen hatte.

Sie war nun düsterer und schöner als im grellen Tageslicht. Bloße Balken, liebevoll poliert, schwangen sich über den Altar, der eigentlich nur ein Tisch war und auf dem das lange Leinentuch lag, das wir die Nonne darüber hatten ausbreiten sehen. Zwei Kerzenhalter aus Messing warfen rote Schatten auf das Kruzifix aus Ebenholz, das hinter dem Altar an der Wand hing.

Der vertraute Geruch von Weihrauch und Kerzenwachs, das schreckliche Symbol des Kreuzes und des gekreuzigten Mannes, ja sogar das Geräusch schlurfender Schritte den Mittelgang hinauf, ließen mich kurz hinter der Tür abrupt innehalten. Ich stand da und versuchte, ruhig weiterzuatmen, denn auf die Welle der Freude, die über mich kam, war ich nicht gefaßt. Die anderen Priester gingen um mich herum und an mir vorbei. Ich ließ mich auf die nächste Kirchenbank fallen, weit hinten an der Wand, schloß die Augen, ließ die vertrauten Worte auf mich wirken.

»Herr, wir bitten dich, gieße deine Gnade in unsere Herzen …«

Noch lange nach dem Gottesdienstende saß ich da, erfüllt

von Frieden, getröstet, und noch vor dem Gespräch mit Vater Fitzgerald davon überzeugt, endlich heimgekehrt zu sein.

Trotz fester Vorsätze habe ich seit meiner Ankunft nicht mehr in dieses Buch geschrieben. Es gäbe einen langweiligen Lesestoff ab, würde ich berichten, durch welche Instanzen der kirchlichen Bürokratie mein Fall in Quebec gehen muß, um, wie ich hoffe, einmal bei der Kurie in Rom zu landen. Ich hatte allerdings vorgehabt, einen inoffiziellen Bericht über den Bau von Dr. Flemings Kathedrale zu schreiben, doch selbst dafür fehlte die Zeit, obwohl ich täglich unendlich viele Dinge erlebte, die sich gelohnt hätten, festgehalten zu werden.

Buch zu führen und Bestände aufzulisten, solche Dinge tue ich gern. Das liegt mir einfach, und Dr. Fleming ist dies nicht entgangen. Er hat mir deshalb die Aufgabe übertragen, die von den Schiffen oder den Warenhäusern der Händler eintreffenden Lieferungen zu überprüfen. Fehlt etwas, muß ich bei der Firma vorstellig werden und sicherstellen, daß wir das noch Ausstehende erhalten und für die dadurch entstandenen Umstände möglichst noch etwas dazu. Erhalten wir zuviel, habe ich das schriftlich festzuhalten und zuzusehen, daß für die Seele unseres Wohltäters besondere Gebete gesprochen werden.

Auf der Baustelle werden nur die Vorarbeiter, die gelernten Handwerker und jene Händler bezahlt, die man nicht beschwatzen kann, ihre Waren so herzugeben. Die Armen arbeiten für ein Mittagessen – woran man sehen kann, wieviel Wertschätzung alle dem Bischof entgegenbringen.

Ebenso fällt ihre fehlende Wertschätzung für Vater Fitzgerald auf, der, wenn es nach ihm ginge, jeden Stein, Nagel und Ziegelstein verkaufen würde, damit sie zu essen und ein Dach über dem Kopf haben. Sie lachen über die Nöte des Priesters und nennen ihn hinter seinem Rücken »Federfinger«, weil er jedesmal erschauert, wenn er Schmutz berührt. Bischof Fleming ist auch ein Gentleman. Wie Vater Dowling, der englische Priester, der als sein Sekretär fungiert, sagt: »Sobald man ihn mit dem Gouverneur über Wein reden hört, hat man daran keinen Zweifel mehr.«

Doch wenn der Bischof arbeitet, dann wird er genauso schmutzig wie jeder Arbeiter und freut sich daran. Er genießt die brüllenden Männer, den Baulärm, liebt es, das Schichten der Ziegel zu überwachen, das Kommen und Gehen der Karren, den Aufbau der Baugerüste. Bischof Fleming kennt alle Arbeiter beim Namen und weiß, wer ihr Vater ist, was mehr ist, als die Hälfte von ihnen selber wissen. Er weiß, aus welcher Grafschaft, ja, selbst aus welcher Pfarrgemeinde Irlands sie stammen, kann die Namen ihrer Verwandten auswendig hersagen und vergißt nicht, sich nach ihnen zu erkundigen, wenn seine Reisen ihn in die Nähe ihrer Geburtsorte führen. Dafür verzeihen ihm die Leute alles, sogar den Schweinebraten, den Wein und die Kerzenlichtdinner mit Gouverneur Harvey.

Die Arbeit auf der Baustelle, die politischen Intrigen, die Lokalzeitungen, die Vater Dowling uns bringt, der Lärm und Tumult der Stadt, von der in alle Richtungen Straßen gebaut werden, und das regelmäßige Eintreffen von Schiffen mit Nachrichten aus England, Portugal, Italien, Amerika und Quebec – all das vermittelt mir das Gefühl, mich inmitten eines Mahlstroms zu befinden und ein so anderes Leben zu führen als auf dem Kap, daß ich mich fast in einem anderen Land glaube.

Nur unter großen Mühen kann man sich da die Kapbewohner ins Bewußtsein bringen, wie sie Fische fangen und der ganzen sommerlichen Arbeit nachgehen – wie sie essen, schlafen, herumgehen, und das alles in einer so begrenzten Welt, daß sie fast in die große Grube passen würde, die für das Kirchenfundament ausgehoben worden ist. Die Erinnerung an meine verschwendeten Jahre auf Cape Random verblaßt. Allmählich kehre ich zu dem tiefen Glauben zurück, den ich kannte, bevor ich Männer entlang einer Allee in den Tod führte.

Ich hatte keine Zeit zu schreiben. Der Bischof sagt, er könne keinen Mann beim Bau seiner Kathedrale entbehren. Gnadenlos treibt er uns an. Wir brauchen nur einmal auf einem Stein zu sitzen, stehenzubleiben, um das Baugerüst zu betrachten oder einen Blick zum Hafen zu werfen, und schon ist er da und drückt einem eine Wasserwaage, eine Säge, ein Seil oder eine Schaufel in die Hand, oder macht, in meinem Fall, den Vorschlag, etwas abzuzählen, um festzustellen, ob wir übers Ohr gehauen worden sind.

Nach solch einem Tag bin ich nicht mehr imstande zu schreiben. Und so hat den vergangenen Winter und Sommer Lavinias Tagebuch auf dem Bord über meiner Bettstelle in dem Mansardenschlafsaal gelegen, wo wir zwischen Fässern mit Äpfeln und Kartoffeln schlafen. Bis heute, wo ich Emma getroffen habe.

Als ich sie auf der Straße sah, dachte ich im ersten Augenblick, sie wäre Lavinia – eine schrecklich hagere, abgerissene Lavinia, schmutzig und ungepflegt, die in der einen Hand einen Kübel trug und mit der anderen ein unterernährtes Kind hinter sich herzog. Solche Anblicke sind in St. John's nichts Ungewöhnliches, wo Witwen von Geschäft zu Taverne ziehen, um sich gegen Putzarbeit ein Essen zu verdienen. Aber diese Frau hatte Lavinias selbstbewußten Schritt, und ihr Haar, obgleich dunkler als in meiner Erinnerung, hatte im letzten Sonnenlicht des Tages einen rötlichen Schimmer. Mein Magen krampfte sich zusammen, als wäre ich in Eis gefallen. Ich rief nach ihr, aber sie beachtete mich nicht, und ich blieb stehen und beobachtete, wie sie durch den Schmutz und Tumult der Straße davonmarschierte. Dann rannte ich hinter ihr her.

Sie blieb stehen und wandte sich zu mir um, wobei sie das

Kind mit herumriß. Sie wußte sofort, wer ich war. »Mr. Hutchings, was machen Sie denn hier in der Stadt?«

Sobald sie sprach, erkannte ich sie: Emma, Megs und Bens Tochter, die gemeinsam mit Jane das Kap verlassen hatte, um in St. John's Arbeit zu finden. Jane hatte geheiratet und war ans Kap zurückgekehrt, aber ich konnte mich nicht erinnern, daß man je gehört hatte, was aus Emma geworden war, selbst von Meg nicht.

Sie war hochschwanger, und ihr dicker Bauch zog vorn den Rock hoch, so daß ihre graublauen Beine und dreckigen Füße zu sehen waren. Auch der Junge war barfuß, obgleich Herbst war und die morastigen Straßen schon zu gefrieren begannen.

Nun, wo ich sie angehalten hatte, wußte ich nicht, was ich sagen sollte. Wir standen da und musterten uns, wie es Tiere manchmal tun, bis ich mich, reichlich einfältig, erkundigte, wie es ihr ergangen sei. Dann bemerkte ich, daß sie und das Kind vor Kälte zitterten. Ehe sie antworten konnte, aber nicht, bevor nicht ein höhnischer Ausdruck über ihr Gesicht gehuscht war, nahm ich sie am Arm und ging mit ihr in die nächste Schenke, die einen zweifelhaften Ruf genoß und *Black Dog* hieß.

Die Wirtschaft war fast leer. Wir setzten uns an einen langen Holztisch, an dessen anderem Ende ein Matrose den Kopf auf den Tisch gelegt hatte und tief und fest schlief. Als sie erst einmal Platz genommen hatte, wirkte Emma verlegen und begann, sich mit den Fingern durch das verfilzte Haar zu fahren.

Den sogenannten römischen Kragen trage ich zwar nicht, aber ich habe wohl etwas Klerikales an mir, »den Geruch von Weihrauch und Portwein«, wie Vater Dowling es nennt. Als der Schankwirt, der angeblich mit Hehlergut handeln sollte, zu uns herkam, musterte er mich von Kopf bis Fuß. »Tja, Emma, da hast du dir diesmal ja einen komischen Fisch an Land gezogen!«

Sie ging nicht darauf ein, und ich erkundigte mich, ob es

möglich sei, etwas zu essen zu bekommen. Er räumte ein, daß seine Frau hinten in der Küche einen Eintopf kochte, verschwand und kehrte mit drei dampfenden Schüsseln zurück, die auch dem Tisch des Bischofs alle Ehre gemacht hätten.

»Wie geht's Mama und Papa – und wie geht's Lizzie? Hab' gehört, daß ihre kleine Tochter gestorben ist, und Isaac und Ned auch, als bei euch die Krankheit rumgegangen ist. Aber ich habe seit Monaten nichts mehr gehört.«

Scheinbar war Emma ein verdrehter Bericht über die Ereignisse auf dem Kap zu Ohren gekommen. Ich fragte mich, wer ihr davon erzählt hatte. Sie saß da und wärmte sich die Hände an ihrer Schüssel, aber der Junge hatte seine hochgenommen und schlürfte den Eintopf gierig hinunter. Emma riß ihm die Schüssel weg, knallte sie auf den Tisch, ergriff einen Zinnlöffel und stupste das Kind damit. »Hier, du kleines Schweinchen, kannst doch mal versuchen, anständig zu essen, oder?«

Der Junge, der so um die drei sein mußte, gab ihr unter dem Tisch einen Tritt, und die beiden fingen eine Rauferei an, als wären sie beide Kinder. Es war schwer vorstellbar, daß Meg Andrews die Mutter und Großmutter solcher Straßengören war. Als sie fertig waren, war ich mir immer noch nicht darüber im klaren, was ich dem Mädchen erzählen sollte.

Ich deutete auf ihren unberührten Eintopf, und wir aßen schweigend, während ich meine Gedanken zu ordnen suchte. Zweifellos wußte sie nicht, daß ich das Kap verlassen hatte, und es schien ihr nicht klar zu sein, wie Ned ums Leben gekommen war. Ob sie wohl etwas von Fannys Tod wußte und den Ereignissen, die ihm vorausgegangen waren?

»Deinen Eltern ging es gut, als ich das Kap verließ, was jetzt allerdings schon eine Weile her ist. Das von Patience weißt du, ich nehme nicht an, daß sie ihr Augenlicht je zurückgewinnen wird, aber sie läßt sich nicht unterkriegen. Sie scheint Marys letztes Baby adoptiert zu haben.«

Und das andere Baby, der kleine Junge? Ich fragte mich, wer

ihn wohl adoptiert hatte. Mit einemmal erwachten alle Menschen, die ich hinter mir gelassen hatte, in meiner Erinnerung wieder zum Leben, Gesichter, Hände, Gesten. Die Hügel und Häuser, das Meer, die Steine am Strand, Menschen – Menschen, an die ich seit sechzehn Monaten nicht mehr gedacht hatte, drängten sich in meine Gedanken, als wären sie mit uns im Raum.

»Wie geht's Jane mit ihrem neuen Ehemann?« Ich hörte Emmas Stimme und war mir bewußt, daß sie mich neugierig ansah und sich vielleicht über mein langes Schweigen wunderte.

»Jane geht es gut, oder zumindest ging es ihr gut. Dolph scheint sich gut einzuleben, er arbeitet hart, zu Marys großer Freude. Sie wohnen, wohnten, bei Mary.«

»Und Sie, was machen Sie eigentlich hier in der Stadt?«

Das war die Frage, mit der sie begonnen hatte. Ich erzählte ihr, daß ich nun in St. John's wohne, daß ich das Kap für immer verlassen hätte, daß ich für die Kirche arbeiten würde. Das war es, was ich sagte: »Für die Kirche«. Ich erinnerte mich, daß ihre Mutter stets darauf beharrt hatte, daß ich ein Geistlicher sei, und daß sie mich gezwungen hatte, das Baby zu taufen, das Emmas Bruder gewesen wäre. Ich versuchte, sie mit der Frage abzulenken, ob sie noch Kontakt zu Alex Brennan hätte.

»Nein, nein, da unten, wo ich wohne, haben wir nicht viel mit achtbaren Leuten zu tun«, lächelte sie, und ich sah die Wangenknochen ihrer Mutter und deren bezaubernden Mund. Ohne den Schmutz im Gesicht und die Auszehrung hätte Emma hübsch sein können.

Sie leerte ihre Schüssel und betrachtete dann den Löffel, drehte ihn mal so und mal so herum, als hätte sie so etwas noch nie gesehen. Unvermittelt sagte sie, ohne mich anzuschauen: »Ich bin jetzt mit Peter Vincent verheiratet – aber er will nicht mehr nach Hause zurück.«

»Aha.« Ich dachte an den Indianer, dem er den Kopf eingeschlagen hatte, erinnerte mich daran, wie er dem Bruder den

Finger abgehackt hatte und wie er ausgerastet war, als er erfuhr, daß ich Fanny geheiratet hatte. Ich betrachtete das Mädchen mir gegenüber und fragte mich, wie ihr Leben mit Peter Vincent wohl aussehen mochte.

»Ja, aha!« äffte sie mich nach und ließ den Löffel in ihre Rocktasche gleiten. »Natürlich seh' ich nur wenig von ihm. Er ist doch schon immer gern verschwunden. Nicht sehr beständig, so ist Peter halt, da beißt die Maus keinen Faden ab. Trotzdem, zum Winter hin taucht er auf.« Sie blickte sich in der leeren Wirtschaft um, als erwartete sie, er würde plötzlich vor ihr stehen.

Nach einem weiteren langen Schweigen sprang sie auf und zog den dösenden Jungen auf die Füße. »Bis bald, Vater!« Bei der Anrede grinste sie frech. »Oder vielleicht auch nicht. Wenn Sie Alex Brennan treffen, dann sagen Sie ihm, er soll meiner Mutter ausrichten, daß es mir gut geht und daß ich sie besuchen komme, sobald ich zu Geld gekommen bin.«

Sie ergriff den Kübel und marschierte zur Tür hinaus, während ich beim Wirt bezahlte. Als ich auf die Straße trat, war nichts mehr von ihr zu sehen.

Mit der Dunkelheit war auch der Nebel zurückgekehrt. Ich ging durch ihn hügelaufwärts, lauschte den Nebelhörnern und dem gedämpften Pfeifen der Schiffe in den Narrows und dachte über Emma nach, erinnerte mich, daß ihre Mutter mir eine gute Freundin, ja vielleicht abgesehen von Ned meine einzige Freundin gewesen war.

Das Mädchen befand sich offensichtlich in Bedrängnis, und ich überlegte, ob ich ihr vielleicht eine Putzstelle bei Vater Fitzgerald oder den Schwestern in der Wohlfahrtsschule verschaffen konnte. Sehr wahrscheinlich war das allerdings nicht. Dafür gab es in St. John's viel zu viele Menschen, die auf Arbeitssuche waren. Trotzdem hätte ich herausfinden sollen, wo sie wohnt. Eine große Stadt ist St. John's zwar nicht, aber Emma hat recht, man trifft immer nur seinesgleichen – und davon auch nicht alle. Seit meiner Ankunft hier bin ich Alex Brennan nur ein einziges Mal begegnet.

Wieder ist es Frühling, und der Bischof ist von seiner »Betteltour in höchsten Kreisen« zurückgekehrt, wie Vater Dowling, sein Sekretär, es nennt. Zusätzlich zu den großen Schenkungsversprechungen hat der Bischof aus Cork einen neuen Oberaufseher und zwei Meistersteinmetze mitgebracht, die die Steinmetzarbeit überwachen sollen.

Wie bei meiner Ankunft in St. John's geht es in der Baugrube erneut laut und chaotisch zu. Die Eckpfeiler stehen nun. Von jedem Punkt der Stadt kann man gegen den Himmel die Umrisse des Gerüsts und des großen hölzernen Lastenaufzugs sehen. An Sommerabenden spazieren die Stadtbewohner vor dem Dunkelwerden her, um die Baustelle zu besichtigen und zu überlegen, wie groß das Gebäude wohl werden wird, das da aus dem Haufen Schutt und Erde erwächst. Die Katholiken sind sehr stolz darauf. Andere wirken zwiegespalten. Die einen sagen, der Bischof sei verrückt, so weit von der Stadtmitte entfernt eine so riesige Kirche bauen zu lassen, die anderen halten es für eine Schande, daß die Katholiken solch ein Bauwerk errichten, während die Anglikaner noch immer in der baufälligen Garnisonskirche zusammenkommen müssen.

Auf jeden Fall ist dadurch eine Bauwelle in Gang gesetzt worden, die unsere Arbeit indirekt um so teurer gemacht hat. Die Mietkosten für ein Pferd haben sich beispielsweise verdoppelt. Als ich losgeschickt wurde, um mich nach den Gründen dafür zu erkundigen, erfuhr ich, daß ein gewisser Timothy Drew im Winter jeden Gaul und jeden Karren aufgekauft hat, derer er habhaft werden konnte, nachdem er gehört hatte, daß der Bau eines Repräsentantenhauses wie auch der einer Anglikanischen Kirche geplant seien. Nach beträchtlichen Streitigkeiten mit einem von Mr. Drews Angestellten einigten wir uns schließlich auf Transportkosten, die ich für unerhört hoch hielt.

Persönlich lernte ich diesen Drew erst kennen, als er eines Tages den Bischof zu einem Gespräch aufsuchte. Er war klein, gut gekleidet, hatte eine ungesunde gelbliche Haut und die Angewohnheit, aus einer eleganten, juwelenbesetzten Dose Schnupftabak zu nehmen. Ständig zog er eine lange Golduhr zu Rate, die an einer Goldkette befestigt war, die um seine rundliche Mitte drapiert war. Von Vater Dowling weiß ich, daß der Mann jahrelang sehr erfolgreich mit beschädigter und gebrauchter Ware gehandelt hat und nach einer kürzlichen Heirat mit einer begüterten Witwe seine Interessen nun auf andere Gebiete ausweitet.

Tagtäglich wuchs unsere Sorge um den Zustand der von Mr. Drew gemieteten Karren, zumal er nur einen Mann mitschickt, um den Karren zu fahren und gleichzeitig die bedenklich gehäuften Ladungen im Gleichgewicht zu halten. Hügelaufwärts war das fast ein Ding der Unmöglichkeit, und noch schlimmer wurde es, wenn man den steilen Hang in die Baugrube hinabfuhr. Es dauerte nicht lang, und Vater Fitzgerald und Vater Dowling erzählten mir Geschichten von umgestürzten Karren und verletzten Männern und Tieren.

Als ich den Bischof darauf ansprach und vorschlug, Drews Agenten zu bitten, mit jeder Ladung zwei Männer mitzuschicken, winkte er ab: »Der Mann hat uns einen guten Preis gemacht, und einen zusätzlichen Mann könnten wir uns gar nicht leisten. Schicken Sie doch einen unserer Männer, um auf die Ladungen aufzupassen, sobald sie auf unserem Grund sind, oder machen Sie's selbst. Wenn ich mich recht erinnere, können Sie das«, meinte er ohne den Anflug eines Lächelns. Als sich Vater Dowling das nächstemal bei mir über die Karren beschwerte, wiederholte ich ihm die bischöflichen Anweisungen.

Er stieß einen unpriesterlichen Fluch aus. »Das kommt nur daher, daß Drews Frau der Kirche ein Buntglasfenster versprochen hat und daraus vielleicht nichts wird, wenn wir ihren Mann verärgern.«

Der junge Priester blickte um sich auf die langsam wachsenden Mauern, auf die riesigen Steinhaufen, die überall lagen. »Haben Sie schon einmal von einer Steinkrankheit gehört, Thomas? Ich fürchte, der Bischof ist daran erkrankt!« Er schüttelte den Kopf. »Und uns wird sie wohl dahinraffen.«

Da mag Vater Dowling recht haben, aber am wahrscheinlichsten stirbt der Bischof doch selbst daran. Der Mann ist schon beim ersten Morgengrauen auf der Baustelle und wartet ungeduldig auf das Erscheinen des Restes. Den ganzen Tag schreitet er durch Dreck und Lärm, bahnt sich seinen Weg durch das Durcheinander von Handkurbeln, Treträdern und Seilen, kriecht unter Gerüsten durch, geht die Fundamente ab. Schon allein vom Zuschauen könnte man müde werden.

Aus Sorge, er könnte verhungern, erscheint seine Schwester jeden Tag gegen Mittag auf der Baustelle. Mit einem Korb folgt sie dem Bischof und reicht ihm daraus Brot, Käse und Tassen mit Tee. Manchmal ißt er geistesabwesend etwas davon, manchmal gibt er es ihr auch einfach zurück und herrscht sie an, sie solle heim zu ihrem Mann gehen.

Im Laufe des Sommers wurde mir allmählich ein weiterer Grund für die zunehmende Anzahl der Unfälle klar.

Unsere Leute hatten begonnen, jeden errichteten Pfeiler mit einer Feier zu begehen. Zunächst nahm Bischof Fleming das wohlwollend zur Kenntnis, als jedoch offensichtlich wurde, daß die Männer und auch die Frauen ihrem Tee einen Schuß Rum zugaben, begann er ihnen Vorträge über die Sünde des Trinkens zu halten. Dann fand, wie er vorhergesagt hatte, jemand den Tod. Ein junger Mann kam auf dem Baugerüst ins Stolpern und schlug auf einem Haufen Granitsteine auf.

Als der Bischof herausfand, daß in einer dunklen Ecke unter dem Gerüst ein Krug mit Alkohol herumgereicht worden war, geriet er in Zorn, zerschlug den Krug und schwor, der nächste, der einen Tropfen Alkohol mit auf die Baustelle bringe, würde von ihm exkommuniziert werden.

Ich rechnete damit, daß am nächsten Morgen keine Menschenseele auf der Baustelle erscheinen würde. Statt dessen tauchten mehr Arbeiter dort auf als am Tag zuvor. Es ist wohl so, daß die meisten Menschen ihr Leben in Erwartung einer großen Sache verbringen, in Erwartung eines großen Führers, der ihr Vertrauen verdient und ihrem Leben einen Sinn gibt. In Bischof Fleming haben sie solch einen Mann gefunden. Ich frage mich, ob er sie weiter in seinem Bann halten kann, wenn die Kathedrale fertiggestellt ist – sollte das je der Fall sein.

20. KAPITEL

Während des Winters bin ich mehrere Male zurück in den *Black Dog* gegangen, wo ich mich mit Emma unterhalten hatte – die jetzt angeblich Emma Vincent heißt, obwohl ich mir nicht vorstellen kann, daß Peter vor irgendeinem Geistlichen Versprechungen abgeben würde –, aber ich traf sie nie dort an. Der Wirt sagte mir, sie sei seit Monaten nicht mehr dagewesen, obwohl sie letztes Jahr regelmäßig zum Saubermachen gekommen sei. Ich gab ihm drei Schillinge und bat ihn, sie ihr zu geben, falls sie auftauchen würde. Für sonderlich vertrauenswürdig halte ich den Mann zwar nicht, aber es ist das einzige, was ich tun kann, um mein Gewissen zu beruhigen.

Es ist Dezember, aber die Arbeit an der Kathedrale wird diesen Winter, anders als im letzten, als der Bischof fort war, weitergeführt. Unter seiner Leitung wurde der östliche Teil des Querschiffes mit Bauholz und Segeltuch zu einer Werkstatt umgestaltet, in deren Mitte sich eine Grube befindet, in der wir den ganzen Winter über ein Feuer unterhalten können.

Mit der Zeit werden erfahrene Handwerker immer unentbehrlicher. Daher hat der Bischof einen Steinmetz und zwei der Steinschleifer dazu überredet, den Winter über hierzubleiben und einige unserer Leute in ihrem Handwerk anzulernen. Da diese Männer aus Familien stammen, die schon seit Generationen in England und Irland beim Bau von Kirchen mitgewirkt und vermutlich einen Eid abgelegt haben, ihr Fachwissen nicht an Laien weiterzugeben, war dazu die ganze Überzeugungskraft des Bischofs nötig. Allerdings beharrten sie auf ihrem Recht, sich ihre Lehrlinge selbst auszusuchen und deren Anzahl auf je drei zu beschränken.

»Wir sind ja hier wirklich am Ende der Welt – da nehmt ihr uns in Dublin bestimmt keine Arbeit weg«, rechtfertigte sich der Steinmetz vor seinen Kameraden, als ich den Geldbetrag festlegte, der ihnen für die Wintermonate gezahlt werden sollte.

Entschlossen, soviel wie möglich für das Geld herauszuholen, das er zahlen muß, um die Handwerker hierzubehalten, wies der Bischof mich an, mir Notizen zu machen; jedes Werkzeug aufzulisten, das benutzt wurde, und bei den Unterrichtsstunden soviel mitzuschreiben, wie ich konnte.

Am ersten Tag stand ich mit Papier und Stift in der Hand da, während der Steinschleifer seinen Schülern zeigte, wie man die unsichtbare Linie erkennt, bei der der Stein wahrscheinlich auseinanderbricht. Als er meine Absicht erkannte, wurde er sehr ärgerlich und drohte damit zu gehen. Wie die meisten Handwerker konnte er jedoch dem Verlangen nicht widerstehen, einem interessierten Publikum seine Fertigkeiten vorzuführen, und fuhr mit dem Unterricht fort, als ich mein Schreibzeug wegsteckte. Seitdem schaue ich lediglich zu und schreibe dann abends alles auf, an was ich mich erinnern kann.

Jeden Tag kreuzen einige unserer Leute auf, aber wir tun uns schwer, jetzt im Winter eine Arbeit für sie zu finden. Gewöhnlich lassen wir sie Bruchsteine sortieren, behauenen Kalkstein abschmirgeln und das Feuer hüten.

Im Winter wird St. John's ein stiller, frostiger Ort. Straßen und Wege sind verschneit, die aus dem Wald heimkehrenden

Männer erzählen von umherstreunenden Hunde-, wenn nicht gar Wolfsmeuten. Der Hafen ist leer, der Fischfang ist eingestellt und die Straßenarbeiten sind beendet. Die Reichen reisen nach England oder zu ihren westindischen Besitzungen, und damit enden auch alle Gespräche über Politik, neue Bauten, alle gesellschaftlichen Anlässe und alle Diskussionen über Dinge, die außerhalb dieser Insel geschehen. Alle Tätigkeiten, Planungen, ja, fast das Leben selbst wird in Erwartung des Frühlings auf Eis gelegt. Die einzige Beschäftigung der Armen besteht darin, durchzuhalten, bis sie wieder gebraucht werden.

In unserer Werkstatt ist es finster. An windigen Tagen blähen sich die Segeltuchwände und flattern, und an kalten Tagen ist alles mit dem Reif unseres Atems bedeckt. Trotzdem kommen die Leute zur Baustelle, weil hier etwas Wärme und gewöhnlich auch eine Schüssel Suppe zu finden ist.

Vater Fitzgerald sagt, daß nun hundertdreiundfünfzig Familien, die meisten davon mit fünf oder mehr Kindern, in dem Barackenlabyrinth leben, das die Kathedrale umgibt. Die Hütten dort sind so winzig, daß eine Frau durch eine Tür hinauslangen und einer nebenan wohnenden Nachbarin etwas reichen kann. Fast keine dieser Baracken hat einen richtigen Schornstein, und der Weg zwischen den Häusern gleicht eigentlich mehr einem Abwasserkanal.

Schon lang hat Vater Fitzgerald darauf hingewiesen, daß die Zustände in diesen einräumigen Bretterbuden alle möglichen Schlechtigkeiten hervorbringen, und seitdem so bitterkaltes Wetter herrscht, gesellt sich zu seinen anderen Sorgen auch noch die Feuergefahr hinzu. Der arme Mann dreht jeden Tag seine Runde und warnt die Frauen, daß ein umgestoßenes Gefäß heißer Kohlen oder ein versprengter Funken die ganze Stadt in Flammen aufgehen lassen kann.

Mitunter sehe ich bei der Messe Alex Brennan und seine Frau. Ich habe sie noch nicht kennengelernt, aber sie wirkt wie eine Lady, eine hübsche Frau, die ihrem Mann kaum bis an die

Schulter geht. Mutter Bernadette hat mir erzählt, daß sie Essenspakete an der Klostertür abgibt und daß man mit ihrer Hilfe rechnen kann, wenn ein Kind krank ist oder in einer unserer Familien jemand stirbt.

Ich habe mich an das abweisende Nicken gewöhnt, mit dem Alex mich grüßt, als wären wir Männer, die sich einmal kurz begegnet sind und sich nicht mögen. Um so überraschter war ich, als ich heute morgen sah, wie er sich nach der Messe von seiner mit Vater O'Connor plaudernden Frau trennte und zur Vorderseite der Kapelle kam, wo ich gerade den Schrank verschloß.

Er erkundigte sich, wie es mir ergangen sei, und ich erwiderte, es gehe mir gut, und fragte meinerseits nach seinem Befinden. Danach schien er nicht recht weiter zu wissen und fragte mich schließlich, als sei ihm der Grund, warum er zu mir gekommen war, gerade wieder eingefallen: »Hatten Sie seit Ihrer Ankunft hier je Kontakt zu Caleb Gosse?«

Ich verneinte: »... natürlich habe ich gehört, wie jemand seinen Namen erwähnte – und wir haben sogar geschäftlich mit ihm zu tun. Er muß einer der größten Kaufleute in der Stadt sein. Aber ich habe es bisher vermeiden können, in sein Büro gehen zu müssen, und ich glaube nicht, daß er Katholik ist.«

Alex lachte und hielt sich dann, als ihm einfiel, wer ich war, die Hand vor den Mund: »Nein, nein, der ist nicht katholisch – im Gegenteil, er ist einer von denen, die uns am liebsten alle zurück nach Irland schicken würden.«

»Und doch hat er Sie eingestellt.«

»Stimmt, bei ihm behält der Verstand vor dem Herzen immer die Oberhand. Katholisch oder nicht, gute Männer wie ich sind schwer zu kriegen. Er weiß, daß ich ihn nicht betrüge. Dann haben Sie das Neueste also noch gar nicht gehört?«

Ich schüttelte den Kopf und spürte, wie ich mich innerlich verkrampfte, was, wie ich inzwischen wußte, bei Gedanken ans Kap immer der Fall war.

Alex bemerkte meine Panik. »Oh, ich glaube nicht, daß Sie davon betroffen sind. Gosse ist fort – hat sein Gold zusammengerafft und sich davongemacht. Sein großes Anwesen außerhalb der Stadt hat er bereits verkauft, und man munkelt, die Regierung hätte dafür ein Vermögen hingeblättert. Die Gossegebäude im Hafenviertel und sein Besitz in anderen Stadtteilen – sogar seine Schiffe – stehen allesamt zum Verkauf.«

»Wo ist er denn hin?« Eigentlich war es mir gleich, die Frage kam mir nur als erstes in den Sinn.

»Zurück nach Devon, soviel ich weiß, angeblich hat er da eine Villa. Wissen Sie, er hatte inzwischen ja auch schon einige Jahre auf dem Buckel. Und ist mit jedem Jahr seltsamer geworden. Sein Sohn kann an Neufundland nichts finden, verbringt seine Zeit lieber auf der väterlichen Besitzung auf Bermuda.«

»Und wie stehen die Dinge auf dem Kap?«

»Den Lagerschuppen wird jetzt jemand anders übernehmen, nehm' ich an, und auch den Posten auf Pond Island, genauso wie das Recht, entlang der ganzen Küste den Fisch einzusammeln. Wir müssen abwarten, wie der Neue die Dinge handhaben wird. Vielleicht wird er die Vereinbarungen ändern wollen, die Gosse mit Ihnen getroffen hatte, beziehungsweise jetzt wohl mit Mary Bundle. Na, wir werden's ja sehen.«

Er wartete, den Kopf nach einer Seite geneigt, rieb sich über die rauhen Wangen und beobachtete mich, als erwarte er noch etwas. Als ich schwieg, sagte er: »Na ja, das wär's dann wohl! Ich muß jetzt los. Bestimmt ist meine Frau schon halb erfroren.«

»Sind Sie zufällig einmal Megs Tochter Emma begegnet?« fragte ich, als er sich zu gehen anschickte.

Anscheinend war das nicht die Frage, mit der er gerechnet hatte, er wirkte verblüfft, und ich mußte ihn daran erinnern, wer Emma war.

»Ach ja«, erwiderte er. »Und die andere hieß Jane, nicht

wahr? Meine Frau hatte ihnen Arbeit vermittelt, und sie haben uns ein paarmal besucht, aber in den letzten zwei Jahren meines Wissens nicht mehr, vermutlich nicht mehr, seitdem Jane zum Kap zurückgekehrt ist. Womöglich würde ich das Mädchen nicht mal mehr erkennen.«

Er betrachtete mich nachdenklich, nickte mir zum Abschied zu und schritt den Gang hinab und ins kalte Sonnenlicht hinaus, wo ich seine Frau warten sehen konnte. Ich hatte mich nicht nach den Leuten auf dem Kap erkundigt, nicht nach Lavinia Andrews, ich hatte es nicht gekonnt.

Alex und seine Frau würden nach Hause in ihr schmales, blitzsauberes Haus gehen, eines der solideren, die die Straße direkt unter dem Kloster säumen. Sie würden im Kamin ein Feuer anmachen und sich etwas zu essen zubereiten. Sie würden sich gegenüber sitzen und essen, sich dabei vielleicht auch unterhalten. Er würde ihr erzählen, daß er mit mir gesprochen habe, ihr vielleicht die Ereignisse auf dem Kap ins Gedächtnis rufen. Sie würden über den kommenden Frühling plaudern, darüber, für wen er nun arbeiten, wann er vielleicht lossegeln würde. Womöglich würde sie ihr Strickzeug holen, und sie würden besprechen, was sie im nächsten Sommer in dem abschüssigen Garten hinter dem Haus pflanzen würden. Es erschreckte mich, wie deutlich und klar ich alles vor mir sah, es fehlte nicht einmal der Porzellanschuh auf dem Kaminsims und die graue Katze, die auf einem Vorleger schlief.

So etwas hatte ich noch nie erlebt. Ich war noch immer da, den Schlüssel für den Meßgewandschrank in der Hand, als Vater O'Connor hereinkam, die Kapellentür versperrte und mich, als er mich entdeckt hatte, fragte, ob ich an diesem Tag denn nichts zu Abend essen wolle. Ich erwiderte, daß ich mich nicht wohl fühle, und ging in den leeren Mansardenraum hoch, in dem wir schlafen.

Dieser Raum gleicht dem Frachtraum eines großen Schiffes, entlang den Wänden sind Stockbetten gebaut worden, in der

Mitte steht ein langer Tisch. Ein Raum, den ich seit fast zwei Jahren bewohne. Der Raum, in dem ich unter Umständen mein restliches Leben verbringe, da Vater Fitzgerald hofft, daß ich bleibe, wenn die Kirche mich wieder in die Priesterschaft aufnimmt. Es ist ein kahler, kalter Raum. Er riecht nach Männerschweiß, nach rohem Holz, nach den Rüben und den weißen Bohnen, die draußen unter der Traufe gelagert werden. Er riecht nach Einsamkeit.

Seit meinem letzten Eintrag in dieses Buch sind Monate vergangen. Nun, da ich mein Schicksal kenne, werde ich zum letztenmal in Lavinias Tagebuch schreiben.

An dem Tag, als die Nachricht aus Rom kam, war es warm, so warm, daß wir das Segeltuch zurückschlugen, damit die Sonne den Schimmel austrocknen konnte, der sich in den Werkstattecken ausgebreitet hatte. Alle waren guter Dinge. Die Sonnenstrahlen wirkten wie eine Segnung. Der Bischof sagte, es sei Zeit, daß der Steinmetz und die Steinschneider die Schulung ihrer Lehrlinge unterbrächen und sich wieder an ihre eigentliche Arbeit machten. Er bat mich, ihm all meine Notizen und Schaubilder zu geben, die ich während der Unterrichtsstunden angefertigt hatte. Vater Ryan, der neue Sekretär von Bischof Fleming, werde sie für die Lehrlinge sauber in ein Lehrbuch übertragen. Die Fortschritte unserer hiesigen Männer sind sehr erfreulich, aber der Bischof möchte sie erst noch einem Test unterziehen, ehe er sie für halben Lohn unter dem Meistersteinmetz arbeiten läßt.

Am Abend brachte ich meine Notizen zu Vater Ryan in die bischöfliche Residenz. Der Sekretär sagte, Seine Gnaden wünsche mich zu sehen, und führte mich zu meiner lang herbeigesehnten Besprechung in die Privatgemächer des Bischofs.

Der Bischof spannte mich nicht lang auf die Folter. Er eröffnete mir sogleich, daß die Nachricht aus Rom gekommen sei, daß der Wiederaufnahme meiner Priesterpflichten nichts im

Wege stehe. Die einzige Einschränkung bestehe darin, daß ich nicht nach Irland zurückkehren dürfe. Abgesehen davon liege meine Zukunft in der Hand Bischof Flemings.

Er sah auf und lächelte – noch nie zuvor hatte er mich angelächelt: »Nun, Thomas – Vater Commins –, was werden Sie nun tun?«

»Gewiß liegt die Entscheidung bei Ihnen, Vater.«

»Das schon, aber wenn Sie die Wahl hätten, was würden Sie sich dann wünschen?«

Ich wußte, daß ich eines Tages nach Spanien zurückkehren und vielleicht einem Klosterorden beitreten wollen würde. Aber was wollte ich jetzt?

»Ich glaube«, erwiderte ich, »ich glaube, ich würde gerne hierbleiben, bis Ihre Kirche fertiggestellt ist.«

»Meine Kirche?« Das Lächeln erlosch. »Doch nicht meine Kirche, Vater Commins!«

Ich hatte einen wunden Punkt berührt. Gerade erst zwei Tage zuvor hatte es einen weiteren Unfall gegeben – von der Art, wie wir ihn befürchtet hatten. Ein mit Granitblöcken beladener Karren war ins Rutschen gekommen, hügelabwärts gepoltert und auf zwei Männer gestürzt. Nachdem man die Steine weggeräumt hatte, schien einer der Männer noch zu atmen. Vater Dowling wollte ihn ins städtische Krankenhaus bringen lassen, das aber einen so entsetzlichen Ruf genoß, daß die Frau des Mannes versucht hatte, ihren sterbenden Mann vom Wagen herunterzuziehen.

Später an diesem Tag war Vater Dowling müde und zornig zur Baustelle zurückgekehrt und hatte sich in aller Öffentlichkeit mit Bischof Fleming angelegt. Angeblich habe er gefragt, warum in St. John's solche Unsummen für eine Kirche ausgegeben würden, wenn Menschen hungrig und im Dreck sterben müßten. Er habe dem Bischof vorgeworfen, auf Kosten der Armen sein eigenes Weiterkommen zu fördern und seinen eigenen Stolz zu nähren, und sei dann davonmarschiert. Seitdem war der junge Priester nicht mehr gesehen worden. Man munkelt, daß er sich auf das nächste Schiff nach England begeben habe.

Eingedenk dessen wünschte ich, ich hätte meine Worte sorgfältiger gewählt. »Es tut mir leid, Vater. Natürlich hätte ich ›unsere Kirche‹ sagen sollen«, entschuldigte ich mich.

»Ja, aber meinen Sie das ehrlich, oder sind Sie wie Vater Dowling der Meinung, daß wir die Kirche für mich bauen?«

Obgleich ich mir darüber oft Gedanken gemacht hatte, war ich auf die Frage nicht vorbereitet. »Ich weiß nicht«, meinte ich. »Ich nehme an, sie ist für die Armen, für alle Mitglieder der Pfarrgemeinde – für wen ist sie denn, Vater?«

»Die Armen, ach ja, die Armen. Die Armen, nach denen Sie und Vater Fitzgerald – und Vater Dowling ebenfalls – sich so verzehren, die sie beweinen und von denen sie sich abgestoßen fühlen!«

Ich wollte protestieren, aber er schüttelte den Kopf. Er legte die Fingerspitzen auf die Lippen, wie ich es ihn oft auf der Kanzel hatte tun sehen, wenn er einen bestimmten Punkt noch einmal überdachte.

»Die Kirche«, sagte er, diesmal laut, »ist sich selbst am meisten verpflichtet. Vor allem und zuvörderst ihr zu dienen, ist unsere Aufgabe. Glauben Sie denn, mein Sohn, daß wir der Kirche dienen oder den Armen und Siechen, wenn wir alles, was wir haben, ausgeben, um den Hunger der Armen zu stillen und die Kranken zu versorgen und gleichzeitig unseren Gott in Baracken anbeten? Lesen Sie sich Ihre Kirchengeschichte durch. Schauen Sie sich an diesem Ort um, wo wir seit fast hundert Jahren Priester hatten, einige davon gute Männer, aber genauso arm und ungebildet wie die, denen sie dienten. Und was hatten wir davon, welche Fortschritte haben wir in diesen hundert Jahren für unsere Kirche erzielt? Wir wurden verspottet, verachtet, vertrieben, und uns wurde nicht erlaubt, unseren Glauben auch nur in der allernötigsten Weise auszuüben – da sieht man, wie Demut und Duckmäuserei der Kirche dienen!«

Er wetterte nun laut. Ich wunderte mich, daß Vater Ryan nicht von nebenan herbeigerannt kam.

»Nein, mein Sohn, die erste Pflicht der Knechte des Herrn ist die, Kirchen zu errichten, die für alle Zeiten und vor allen Menschen von Gottes Größe und Mächtigkeit Zeugnis ablegen, und die zeigen, daß man seine Gefolgsleute nicht verachten darf. Solche Kirchen sind der Tempel Gottes und das Tor zum Paradies.«

Er sprach nicht mit mir, nahm mich gar nicht wahr, wie ich beklommen vor seinem Schreibtisch stand. Er erhob sich, ging zum Fenster und blickte zum Hafen hinunter.

»Sehen Sie sich doch nur diesen Ort an! Hier sind wir, an einem Angelpunkt zwischen zwei Welten. Gleich hinter uns liegen die beiden Amerikas. Die Welt wird zu uns kommen, muß zu uns kommen, um zu handeln und zu kaufen. In weiteren hundert Jahren, wenn St. John's eine der neuen Weltstädte ist, wird unsere Kathedrale Zeugnis von der Frömmigkeit unserer Gemeinde ablegen, von der Durchhaltekraft unseres katholischen Glaubens! Noch nach Generationen wird uns niemand das Recht streitig machen können, Gottesdienste abzuhalten, Handel zu treiben, öffentliche Ämter zu bekleiden, Richter, Händler, Gouverneur zu werden oder was immer wir wollen! Bezweifeln Sie bloß nie, daß die Kirche, die wir bauen, mehr für die Kranken und Siechen tun wird als alle Wohlfahrtseinrichtungen und Pflegeanstalten, die wir je bauen könnten!«

Eine lange Pause entstand. Obgleich wenig überzeugt, suchte ich krampfhaft nach den richtigen Worten, um mich für die Gedanken zu entschuldigen, die er erraten hatte.

Aber er ergriff zuerst wieder das Wort. »Ich bitte um Verzeihung, Vater Commins. Ich hatte zwei Tage Zeit, um über eine Antwort nachzudenken, die ich Vater Dowling hätte geben sollen, und ich fürchte, Sie haben jetzt das meiste davon über sich ergehen lassen müssen.«

Er kehrte an seinen Schreibtisch zurück, nahm den Brief und

überflog ihn, wohl freundlichkeitshalber, erneut, um mir Gelegenheit zu geben, mich zu fassen.

»Ihre Ordination zum Priester wurde, was die Kirche anbelangt, nicht aufgehoben. Sie sind Priester geblieben, es ist also nicht notwendig, das Gelübde noch einmal abzulegen. Wenn Sie es allerdings wünschen, dann könnten wir eine zweite Weihe abhalten.«

Ich nickte. »Ja, das wäre mein Wunsch.« Die Bestätigung, daß ich während all der Jahre auf dem Kap Priester gewesen war, behagte mir gar nicht.

»Ich denke, damit warten wir bis nach Ostern. Während der Bittage halten wir immer spezielle Gottesdienste ab, anläßlich derer wir um den himmlischen Segen für unsere irdische Arbeit bitten. An einem dieser Tage werden wir Ihre Priesterweihe abhalten – die Zeit erscheint mir passend.«

Er segnete mich und entließ mich ohne ein weiteres Wort. Ich überquerte den Hof und betrat die Kapelle, um ein Dankgebet zu sprechen. Die Zweifel, die mich seit Monaten gequält hatten, fielen von mir ab. In dieser Nacht war ich mit mir selbst im reinen.

Am nächsten Morgen erzählte mir eine der Schwestern, die vom Einkaufen zurückkam, daß der Schankwirt gegenüber der Schmiede mich zu sehen wünsche. Sie betrachtete mich nachdenklich und überlegte bestimmt, was ich mit diesem Hehler gemein haben könnte.

Sobald wie möglich eilte ich hinunter zum *Black Dog*. Der Besitzer erkannte mich sofort. »Emma ist dagewesen und hat sich nach Ihnen erkundigt. Hat gesagt, Sie sollten sie unten im Hafen treffen, wenn die *Godspeed* einläuft – hat gemeint, da wären Leute drauf, die Sie sicher gerne sähen.«

Als ich mich erkundigte, welches Schiff die *Godspeed* sei und wie ich sie finden könnte, machte er ein erstauntes Gesicht.

»Die *Godspeed*, Mann! Die *Godspeed*! Das ist doch eines der besten Schiffe, die die Narrows je durchfahren haben, habt ihr

Kerle da oben mit euren runden Käppis und den roten Schals denn von nichts 'ne Ahnung? Das ist ein Barkschiff, das den Gilberts gehört – war letzten Frühling als erstes Schiff von den Robbenfanggründen zurück, und zwar mit einer Rekordladung. Hab' gehört, daß die Gilberts allein mit dieser Fahrt den Preis für das Schiff schon wieder raushatten.«

Meine Frage, wann sie wohl einlaufen würde, konnte er mir nicht eindeutig beantworten. »Oh, das müßte jetzt jeden Tag soweit sein. Wahrscheinlich wird die als erste einlaufen, obwohl ich gehört hab', daß es dieses Jahr auf den Fanggründen hart zugeht und deshalb zweifelhaft ist, ob sie wieder so einen guten Fang macht wie letztes Mal. Und dabei hab' ich so einige Schillinge auf dieses Schiff gesetzt!«

Er wischte mit einem unappetitlich aussehenden Lappen über einen Krug und füllte diesen mit schwarzem Rum. »Das macht einen Schilling«, sagte er und schob ihn über die Theke.

Der Preis war unverschämt, und allein vor dem Geruch des Rums grauste mir schon, aber ich bezahlte ihn, da er mit zu dem Geschäft zu gehören schien.

»Wenn die *Godspeed* einläuft, schicke ich einen Jungen zu Ihnen hoch, vorausgesetzt, ich finde einen, der keine Angst hat, in einen Ziegenbock verwandelt zu werden!« Er brach in schallendes Gelächter aus und winkte mir fröhlich hinterher.

Seitdem mir die Schwester die Nachricht des Wirts überbracht hatte, dachte ich nicht mehr an meine neuerliche Priesterschaft, bis ich an jenem Abend zur Kapelle ging. Wie treulos das Herz eines Menschen doch ist! Kein Wunder, daß der Herr die Geduld mit uns verliert. Ich bat um Vergebung und tat Buße. Und doch verbrachte ich in den folgenden Wochen viel Zeit damit, die Narrows zu beobachten und nach dem Jungen Ausschau zu halten, der mir Bescheid geben sollte, wenn die *Godspeed* einlief.

Seit meiner Ankunft in St. John's hatte ich einen Bogen um das Hafenviertel gemacht und war nur hingegangen, wenn ich dort geschäftlich zu tun hatte; in den letzten Wochen hatte ich allerdings begonnen, zwischen den Kais herumzuschlendern, wann immer ich mich fortmachen konnte. Mit der Zeit stellte ich zu meiner Überraschung fest, daß sich abends dort halb St. John's zusammenfand.

Jeden Abend nach dem Essen wimmelte es dort von Menschen. Die wohlhabenden Leute saßen in ihren Kutschen und beobachteten von dort aus das bunte Treiben, während diejenigen, die zu Fuß unterwegs waren, jeden Kai abgingen. Am Ende jeden Anlegestegs versammelten sie sich, spähten zu den Narrows hinaus oder zählten die Masten der Schiffe, die manchmal so eng beieinanderstanden, daß man den Hafen von Deck zu Deck springend überqueren konnte. Da sah man Schonerbarken und Brigantinen, Schiffe, die nach Grönland unterwegs waren und hier ihre Wasservorräte auffüllten, Schiffe, die für eine Saison nach Labrador ausgerüstet wurden, Yankee-Handelsschiffe und Schiffe, die die Flaggen von einem Dutzend europäischer Nationen gehißt hatten.

Stadtbewohner und Matrosen, die sich über die Reling ihrer Schiffe lehnten, schienen allesamt Teil einer Aufführung zu sein, zu der auch Huren, Bettler und eine alte Frau, die jeden Abend am gleichen Platz saß und die Zukunft voraussagte, gehörten. Da waren ausländische Matrosen, die mit einem Ball spielten und von Schiff zu Schiff sprangen; Fischer auf der Suche nach Arbeit; Soldaten aus dem Fort und Männer aus der königlichen Flotte; Händler mit Damen, die ihre Röcke lüpften und auf Zehenspitzen über den Schlamm gingen; spanische Seemänner, die eigenartige grüne und rote Weine verkauften, und Holländer, die Tuche und Gewürze anboten, die man in hiesigen Läden kaum je zu Gesicht bekam.

Und die Geräuschkulisse – ein Stimmengewirr, so laut wie in Babel! Die Schreie eines Mannes, der seinen gebratenen Kapelan anpries, ein Matrose, der auf einer Blechpfeife spielte, und Buben, die junge Hunde verkauften. Menschen, die Französisch, Spanisch und Portugiesisch schwatzten; die Neuigkeiten und Tratsch aus London, Madrid, Lissabon und Paris austauschten, wie auch aus näheren Häfen – aus Halifax, Quebec oder Boston. Geschäftsleute, die über Preise von Fischen feilschten, die noch im Meer schwammen. Klatsch aus dem Fort und der Stadt, laute politische Streitgespräche, Spekulationen darüber, was der Robbenfang einbringen würde, Geschichten über winterliche Vorfälle in den unzähligen Buchten und Außenhäfen – all dies erfüllte die Frühlingsabende mit einer Art berauschenden Erregung, die fast sichtbar war.

Ich fragte mich, warum Vater Dowling mich nicht mit dieser erzieherischen Erfahrung bekanntgemacht hatte oder ob er davon überhaupt gewußt hatte. Nirgends in der Menschenmenge sah ich einen Priester oder Geistlichen; vielleicht wurde der Hafen für sie als eine zu große Versuchung angesehen. Vielleicht war er es auch.

Der Frühling ist verschwunden, wieder war die Luft heute morgen kalt, als der Junge, der sich umsah, als wäre er in einem feindlichen Lager, meinen Arm berührte und mir ausrichtete, daß die *Godspeed* die Narrows durchfahre. Ohne jemandem zu sagen, wohin ich ginge, verließ ich meine Arbeit und eilte hinunter zum Hafen, neugierig, wer sich auf dem Schiff befinden würde. Vermutlich Frank Norris und Joe Vincent, sie waren auch zuvor schon etliche Male auf einem Robbenfänger mitgefahren, oder vielleicht sogar Charlie. Der jüngste Vincentjunge wäre auch alt genug, Willie ebenfalls, aber ich konnte mir nicht vorstellen, daß Meg ihren Liebling aufs Eis gelassen hatte.

Ich hatte den Jungen nicht gefragt, wo genau das Schiff vor Anker gehen würde, aber auf halbem Wege merkte ich, daß ich mich in einer Menschenmenge mitbewegte. Als ich in der Bucht ankam, hatte sich scheinbar schon halb St. John's dort eingefunden.

Selbst im Hafenbereich herrschte starker Seegang, und die

Godspeed fuhr langsam herein und hob und senkte sich beim Durchschneiden der Wellen. Ich ging um die Menschenmenge herum und hielt nach Emma Ausschau. Schließlich entdeckte ich sie an ein Pier gelehnt, auf dem ihr Sohn saß. Sie trug ein Baby in den Armen und winkte mir über die Köpfe der Leute hinweg zu. Sie wirkte fröhlicher. Als ich bei ihr war, lächelte sie und deutete auf ihre Schuhe und die des Jungen.

»Danke für das Geld, Mr. Hutchings. Wissen Sie, wer an Bord der *Godspeed* ist?« Ihre Wangen waren rot vor Aufregung, und sie wartete meine Antwort gar nicht ab. »Mein Peter und sein Bruder Joe sind beide drauf. Angeblich ist das Schiff ein Glücksbringer, letztes Jahr hatte sie nämlich eine Rekordladung an Bord. Frank Norris wollte eigentlich auch auf die *Godspeed,* aber er mußte dann doch ein anderes Schiff nehmen, weiß nicht, welches. Peter kriegt mehr Geld, weil sein Schiff als erstes wieder da ist – die ersten kriegen immer einen besseren Preis für die Pelze und die Flossen, sagt Peter. Er und ich wollen uns hinten im Ödland ein Haus bauen – da draußen können wir uns ein kleines Grundstück leisten. Peter sagt, von nun an wird er sich an Land Arbeit suchen …«

Emma schwatzte weiter, sie schien die Schüchternheit oder Abneigung überwunden zu haben, die sie bei unserer ersten Begegnung so schweigsam hatte sein lassen. Ich jedoch hatte meine Schüchternheit ihr gegenüber noch nicht überwunden. Durch ihre kecke Art und ihre laute Stimme, die sich so sehr von der ihrer Eltern unterschied, wirkte sie völlig fremd.

Als sie endlich verstummte, fragte ich sie, wie das Baby heiße. Ehe sie mir antworten konnte, wurden die Leute um uns herum mit einemmal unruhig und fingen alle gleichzeitig zu sprechen an. Da weder Emma noch ich wußten, was geschehen war, mußte ich einen alten Mann fragen, der neben mir stand.

»Schauen Sie mal, da! Die geben Signale!« Er deutete auf das Schiff weit draußen im Kanal, das mit Flaggen Signale gab. Es wurde totenstill auf dem Kai, und jemand begann langsam zu lesen: »Vier tote Männer an Bord, zwei Vermißte, ein Verletzter. Rekordladung.«

Noch während die Nachricht gelesen wurde, kam das Schiff mit uns auf gleiche Höhe, aber anstatt zu wenden, fuhr es weiter den Kanal entlang. Sobald die Menschenmenge das sah, begann sie zurück auf die Straße zu rennen. Ich nahm den Jungen auf den Arm, und wir eilten hinterher. Die Menge hielt mit dem Schiff Schritt, das wir durch Lücken zwischen den Häusern sehen konnten, bis es in die Rankin's Cove einbog.

Aus Emmas Gesicht war alle Fröhlichkeit gewichen. »Einer von den Toten ist garantiert Peter. Wenn's Schwierigkeiten gegeben hat, dann hat er bestimmt mittendrin gesteckt.«

Es war sinnlos zu versuchen, sie zu beruhigen. Ich war davon überzeugt, daß sie recht hatte.

Als wir in der Rankin's Cove ankamen, war der Kai von Garnisonssoldaten mit Seilen abgesperrt worden, um die Leute zurückzuhalten. Die *Godspeed* wurde noch immer vertäut, aber seitlich hatte man bereits eine Krankentrage aus Segeltuch herabgelassen. Die Kutsche des Arztes fuhr an uns vorbei, und die Soldaten öffneten die Absperrung, um sie einzulassen. Ehe sie die Absperrung wieder schließen konnten, drängte die Menschenmenge an ihnen vorbei aufs Pier.

Emma und ich wurden automatisch mitgeschoben, bis auch wir in die Gesichter der Mannschaft hinaufstarrten. Die Männer blickten vom Schiff hinunter, und manche winkten, wenn sie auf dem Kai einen Verwandten oder Bekannten entdeckt hatten, aber die meisten starrten einfach mit grimmiger Miene in die Ferne. Das waren Männer, die nicht aus der Stadt stammten und denen noch ein tagelanger Fußmarsch bevorstand, ehe sie wieder bei ihren Familien waren. Emma und ich reckten unsere Hälse und musterten jedes Gesicht, aber von Peter und Joe war nichts zu sehen.

Die Leute, die weiter hinten standen, sahen es eher als wir. Wir hörten das Quietschen der Winde, bemerkten, wie die

Männer über uns sich zu etwas umwandten, das aus dem Frachtraum des Schiffes hochgehievt wurde. Dann schwang der Ladebaum nach außen, und über unseren Köpfen baumelte etwas, das wie ein riesiges, mit einem Seil umwickeltes Kohlestück aussah. Ich hörte den Schrei einer Frau. Vielleicht stammte er von Emma. Im gleichen Augenblick begriff ich, daß das, was da zu uns heruntergelassen wurde, die gefrorenen Körper zweier Männer waren, Männer, die einander umschlangen.

Ganz langsam senkte sich das groteske Gebilde, bis es leicht schaukelnd vor uns schwebte. Und wir standen da, selbst wie erstarrt, und blickten in die gefrorenen Gesichter von Peter und Joe Vincent. In meiner Bestürzung vergaß ich völlig, dem Kind in meinen Armen den Anblick des schwarzen Gesichtes seines toten Vaters zu ersparen.

Jemand kam her, packte die Seile und drängte uns beiseite, um einem Karren Platz zu machen. Der Mann lenkte das groteske Ding auf den Wagen, jemand breitete ein Segel darüber, und der Wagen bewegte sich fort, um den nächsten herunterzulassen.

Es war Emma, die vor Schock mit den Zähnen klapperte, die die Geistesgegenwart hatte, den Fahrer zu fragen, wohin er die Toten bringe.

»Dahin, wo wir sie immer hinbringen, hoch zum Haus der Witwe, am unteren Ende der Lime Kiln Lane.« Genausogut hätte er über eine Fuhre Feuerholz sprechen können.

Emma wollte dem Wagen folgen, doch ich hielt sie zurück. Sie blieb stehen, das Baby im Arm, und wartete schweigend auf Anweisungen. Ich sah mich um, in der vergeblichen Hoffnung, ein bekanntes Gesicht zu entdecken, jemanden, denke ich, der mir sagte, was als nächstes zu tun war.

Was hätte ich für ein Wunder gegeben, für Mary Bundle oder Meg Andrews. Für eine der Frauen, die sich der Kranken und Verletzten annahmen, deren Anblick wir nicht ertragen konnten, die sie fortnahmen, um sie zu waschen, zu trösten, mit unnützer Salbe einzureiben, und, wenn alles andere versagte, sie in phantasievoll geschnittene Leichentücher hüllten, ehe sie die Männer riefen, die sie dann zu Grabe trugen. Wie sehnte ich mich nach diesen Frauen, die es fertigbrachten, die unerträglichen Minuten verstreichen zu lassen.

Unsicher standen wir beide am Rande der Menschenmenge, Emma und ich. Niemand sonst hatte sich gerührt. Es gab noch mehr zu sehen, weitere Leichen, die ausgeladen, Robben, die auf den Kai herabgelassen werden mußten, Schwimmflossen, um die man feilschen konnte. Der Wagen, auf dem Joe und Peter lagen, war verschwunden. Ich schloß die Augen und betete um eine Erleuchtung. Als ich sie öffnete, war Emma noch immer da und wartete mit versteinertem Gesicht.

Auf der Straße waren mehrere Kutschen unterwegs, und ich sah, daß eine davon von einem Bäcker gelenkt wurde, bei dem ich manchmal Brot kaufte. Ich zog Emma zu ihm hin und fragte, ob er so nett sein könne, uns zum Kloster zu bringen.

Er fuhr uns dorthin. Die Münze, die ich ihm anbot, lehnte er ab. Aber als ich anklopfte und Schwester Bernhard an der Tür erschien, weigerte Emma sich hineinzugehen. Sie deutete auf die Nonne und begann zu heulen. Die Schwester wollte sie in den Arm nehmen, aber das Mädchen riß sich los und rannte mit ihrem Baby auf den Weg zurück. Vermutlich hätte sie sich fortgemacht, wenn da nicht ihr Junge in der Tür gestanden hätte, der sich an meine Hand klammerte und so laut schluchzte wie seine Mutter. Ich schubste ihn in den Korridor und rannte hinter Emma her. Ihr Benehmen machte mich so wütend, daß ich versucht war, sie zu schlagen. Nur unter Aufbietung all meiner Kräfte schaffte ich es, sie durch die Tür zu schieben.

Es muß das dumme Mädchen beruhigt haben, wie normal das Kloster von innen aussah. Rasch setzte sie sich auf die nächste Bank, legte den Kopf auf das Baby und begann zu weinen. Zwei weitere Schwestern erschienen, eine davon mit einer Tasse Milch für den Jungen. Er setzte sich neben seine Mutter, trank die Milch und starrte die schwarzgekleideten Nonnen an, als wären sie eigenartige Vögel, die ihm jeden Augenblick die Augen aushacken könnten.

Ich erzählte den Schwestern, was geschehen war, und erklärte, daß ich noch einmal zurückgehen müsse, um ein paar Dinge zu klären. Während ich sprach, tätschelte Schwester Bernhard ununterbrochen Emmas Rücken und gab beruhigende Laute von sich. Als ich ging, führte sie das Mädchen den Korridor hinunter und sagte ihr: »Du mußt dich ein Weilchen hinlegen, armes Kind, sonst klappst du uns noch ganz zusammen.«

Ich stand auf der Straße vor dem Kloster, atmete tief die kühle Luft ein und war überrascht, daß es immer noch Vormittag war. Es würde noch Stunden dauern, ehe die *Godspeed* völlig entladen war. Erst dann konnte ich unter Umständen mit dem Kapitän sprechen. Ich brauchte Zeit, um nachzudenken. Zu meiner Schande muß ich gestehen, daß ich dazu nicht in die Kapelle, sondern in den *Black Dog* ging, wo ich mich hinsetzte und um die Vincentjungen trauerte.

Ich dachte daran, wie ich sie vor all den Jahren zum erstenmal gesehen hatte, wie sie vom überladenen Boot ihres Vaters zu mir hinaufgeblickt hatten. Nun waren sie tot, und Josh auch. Die halbe Familie nicht mehr da.

Ich beschloß, daß Joe und Peter zum Kap zurückgebracht werden mußten, egal, was es kostete. Sarah Vincent könnte es sicher nicht ertragen, ihre Söhne so weit entfernt begraben zu wissen.

»An wen muß ich mich wenden, um an das Geld zu kommen, das den Robbenfängern der *Godspeed* zusteht?« fragte ich den Wirt.

»Da gehen Sie am besten zu den Geschäftsräumen der Gilberts. Ich bezweifle, daß Sie den alten Gilbert selbst zu Gesicht kriegen, aber sein Buchhalter wird das schon regeln können«, meinte er.

Ich trank noch etwas und erzählte ihm, was Emmas Ehemann zugestoßen war.

Er wurde recht freundlich. »Richten Sie Em doch aus, daß sie zu mir kommen soll – meine Frau braucht Hilfe in der Küche, und ich kann auch immer jemanden brauchen, der mit zupackt.« Er wies in den fast leeren Schankraum.

»Emma und ihre Kinder bleiben nicht in St. John's. Sie geht zu ihrer Familie zurück – und zu der ihres Mannes, unten auf dem Kap«, entgegnete ich, ohne zu wissen, daß ich das beschlossen hatte, bis ich es mich sagen hörte.

Natürlich mußte Emma dorthin zurück, wo Meg und Sarah sich um sie kümmern konnten. Wie hätten wir die Toten ohne die Lebenden zurückschicken können? Peters Sohn – wenn der Junge denn Peters Sohn war –, das Baby und auch Emma wären auf dem Kap viel besser aufgehoben.

Nachdem ich diesen Beschluß gefaßt hatte, hob sich meine Stimmung. Ich fragte, was den beiden Männern für fünf Wochen Robbenfang zustehe.

»Was ihnen zusteht oder was sie kriegen? Das sind nämlich zwei Paar Stiefel.«

Der Wirt goß sorgfältig zwei Gläser Rum ein, ehe er fortfuhr: »Wenn die Männer rausfahren, rechnen sie so mit fünfzig bis hundert Pfund, aber in den ganzen Jahren, die ich hier war, hab' ich nie gehört, daß jemand mehr als dreißig Pfund gekriegt hätte – und das waren welche, die zwei Fahrten auf der alten *Elgin* gemacht hatten. Die meisten kriegen gerade mal zehn bis fünfzehn Pfund.«

Ich warf ein, daß das nicht viel sei, wenn, wie er mir erzählt hatte, die Besitzer der *Godspeed* mit einer einzigen Fahrt zum Eis den Schiffspreis wieder hereingeholt hatten.

»Tja nun, ihnen gehören die Schiffe, und sie rüsten sie aus, sie heuern die Kapitäne an und so weiter. Wenn der Trip vorbei ist, teilen sie auf, was sie für die Pelze und den Tran schätzungsweise erhalten – ein Drittel für die Männer, ein Drittel zur Deckung der Firmenkosten und ein Drittel Profit. Zumindest sagen sie das, aber nach dem, was ich so höre, kriegen sie das Zweifache, manchmal Dreifache von dem raus, womit sie gerechnet hatten, wenn sie die Pelze und den Tran schließlich verkaufen. Lustig, nicht, daß die Männer immer weniger kriegen als erwartet und die Besitzer mehr?«

Er hätte das Thema liebend gern noch lang und breit erörtert, aber ich verabschiedete mich von ihm und machte mich auf den Weg zu den Gilberts. Wenn ich es schaffen konnte, auch nur fünfzig Pfund zu bekommen, dann wäre Emma sehr damit geholfen – und Lizzie auch. Ich hatte fast vergessen, daß ja auch Joe am Kap Frau und Kinder hatte.

Inzwischen würden sie dort unten sicher schon nach den Männern Ausschau halten. Würden damit rechnen, sie über die Landenge kommen oder, wenn sie Glück hatten, aus einem Boot klettern zu sehen. Die Kinder würden an die klebrigen Bonbons denken, die die Männer immer mitbrachten, die Frauen würden überlegen, ob sie vielleicht etwas Tee, Tuch, ein paar Stricknadeln oder einen Seidenstoff für sie dabeihätten.

Der Oberbuchhalter der Gilberts, ein hochnäsiger junger Mann, erkundigte sich, auf wessen Befugnis hin ich den Anteil der beiden toten Männer an mich nehmen dürfe. Als ich erwiderte, ich vertrete die beiden Ehefrauen, musterte er mich von oben bis unten. »Ich habe noch nie einen Vincent gekannt, der Papist war. Haben Sie denn eine schriftliche Vollmacht?«

Ich starrte ihn so lange an, bis er mir widerwillig erklärte, daß die endgültige Zählung der Felle noch nicht stattgefunden habe. »Wir haben jetzt natürlich noch keine Ahnung, wie es mit deren Qualität bestellt ist. Außerdem wissen Sie ja, wie es dieses Jahr mit dem Preis für Pelz und Tran aussieht.« Er blätterte in einem großen Buch, das aufgeschlagen auf der Theke zwischen uns lag. »Wir haben unserer Meinung nach eine gerechte Schätzung gemacht und geben jedem Mann siebzehn Pfund.«

In diesem Augenblick fing ein wesentlich älterer Mann, der an einem Schreibtisch saß, der so stand, als würde er einen großen Tresor in der Ecke bewachen, den Blick des Buchhalters auf und winkte ihn stumm zu sich. Sie flüsterten miteinander, dann kehrte der Buchhalter an die Theke zurück.

»Sir, ich muß Ihnen leider mitteilen, daß für die Vincents kein Anteil abfallen wird.« Er klappte das Buch entschlossen zu und erwartete wohl, daß ich sofort ginge, aber ich forderte eine Erklärung.

»Die Männer sind gleich in der ersten Woche umgekommen.« Er klang mürrisch, als wären die beiden nur gestorben, um ihn zu ärgern. »Kapitän Abbot hat Mr. Gilbert davon unterrichtet, daß sie am zweiten Tag auf dem Packeis nicht zum Schiff zurückgekehrt sind. Sie wurden erst zwei Tage darauf gefunden. Der Kapitän sagt, ihre eigene Unachtsamkeit hätte zu ihrem Tod geführt.« Der Mann klopfte mit seinen langen Fingern auf das Buch.

Ich fragte, ob für die anderen Männer, die ebenfalls tot aus der *Godspeed* geladen worden waren, das gleiche gelte. Er versicherte mir, daß es so sei. »Wir bei den Gilberts sind stolz darauf, daß wir unsere Männer gerecht und christlich behandeln.«

Hätte ich im *Black Dog* nicht zwei Gläser Rum getrunken gehabt, dann wäre ich vielleicht nicht so hartnäckig gewesen. So aber versuchte ich, einen unnachgiebigen Eindruck zu machen, und bat darum, mit dem Mann am Schreibtisch sprechen zu dürfen. Eine weitere geflüsterte Unterredung folgte, bevor der Hüter des Tresors sich majestätisch erhob und zu mir kam. Er war hochgewachsen mit schneeweißem Haupt- und Barthaar und in dunklen Sergestoff und weißes Leinen gekleidet. Er hätte aus einer Bank in einer der großen Weltstädte treten können.

»Sir, ich bin der Besitzer der Firma. Wenn ich recht verstanden habe, zweifeln Sie Mr. Robinsons Worte an?«

»Wie kann es angehen, daß Familien, deren Männer umgekommen sind, während sie für Sie Robben jagten, leer ausgehen?«

Sorgfältig öffnete er das Buch, nahm ein Blatt Papier heraus, das zwischen den Seiten lag, und fuhr mit dem Finger eine Liste entlang.

»Das werde ich Ihnen sagen, Sir. Hier, hier sind die Namen, Peter Vincent, Joseph Vincent, beide haben mit einem X unterzeichnet.« Ich vermeinte Spott aus seiner Stimme herauszuhören, als lohne es sich kaum, sich über Männer zu streiten, die nicht einmal schreiben konnten.

»Sehen Sie, beide Männer wurden von unserer Firma ausgerüstet. Sie hatten weder Messer, Seile noch Gaffs dabei, und nur einer von ihnen hatte ein Gewehr. Infolgedessen wurden von ihrem Anteil zehn Prozent abgezogen.«

Nun schloß auch er das Buch und legte die Hände auf den Buchdeckel, wie Priester das am Ende des Gottesdienstes tun. »Wenn ich es ganz genau nähme, Sir, dann würden mir Ihre Freunde noch drei Pfund vierundsechzig schulden.«

Ehe ich mich's versah, hing ich halb über der Theke und griff nach seiner Kehle. Er schrie auf, worauf der Buchhalter und ein weiterer Mann erschienen, mich bei den Armen packten und kurzerhand zur Tür hinauswarfen.

Ich landete auf den Knien im Straßendreck. Als ich aufgestanden war, sagte mir der Buchhalter, der nichts von seiner Würde eingebüßt hatte, daß sie nach einem Konstabler schicken würden, falls ich es noch einmal wagen würde, bei ihnen aufzutauchen. »Wir hätten das schon jetzt getan, wenn Mr. Gilbert nicht solch eine Hochachtung vor Ihrem Bischof hätte, dem die Verhaftung eines seiner Priester sicher peinlich wäre.« Er ging hinein und schloß leise die Tür.

Ich stand da und versuchte, meine Gedanken zu ordnen. Ich war froh, daß ich den alten Mann nicht hatte schlagen können, aber beschämt, daß ich für Emma und Lizzie nichts herauszuholen vermocht hatte. Selber hätte Emma vielleicht mehr erreicht, dachte ich.

Eigentlich hatte ich von den Gilberts aus zum Leichenschauhaus gehen wollen, aber als ich Alex Brennans Haus sah, beschloß ich herauszufinden, ob er vielleicht in den nächsten Tagen zum Kap segelte. Als mir seine Frau die Tür öffnete, erzählte sie mir, er sei zwei Wochen zuvor mit der *Charlotte Gosse* zur nordöstlichen Küste aufgebrochen. Als sie sah, wie sehr mich diese Nachricht aus der Fassung brachte, erkundigte sie sich, ob sie mir irgendwie behilflich sein könne.

»Ich habe gehört, daß der neue Besitzer irgendwann diese Woche mit der *Seahorse* die Küste hinunterfährt«, erwiderte sie, als ich ihr erzählt hatte, was ich brauchte.

Alex' Frau wußte über das Kommen und Gehen im Hafenviertel recht gut Bescheid. Von ihr erfuhr ich, daß es Timothy Drew war, der Gosses Geschäft übernommen hatte. Da ich von seiner Firma Pferde und Karren gemietet hatte, wußte ich, wo sich seine Geschäftsräume befanden, und begab mich direkt dorthin. Ich vereinbarte, daß Emma, die Kinder und die beiden toten Brüder am nächsten Tag an Bord der *Seahorse* absegeln würden. Ich sagte Drews Angestellten, ich würde das Fahrtgeld später vorbeibringen.

Das Leichenschauhaus befand sich in einem gepflegten zweigeschossigen Gebäude, das einer gewissen Mrs. Coyle gehörte. Scheinbar hatte die Frau mit den Behörden vereinbart, daß sie sich um die nichtidentifizierten und nicht abgeholten Toten kümmerte, die man aufbahren mußte, bevor sie zu dem Armenfriedhof in der Nähe des Forts gebracht wurden. Mrs. Coyle, eine liebenswürdige Person, deren Auftreten überhaupt nicht auf ihre grimmige Beschäftigung schließen ließ, bat mich, im Empfangszimmer Platz zu nehmen. Sie erkundigte sich, ob ich die armen Kerle zu sehen wünsche, die, wie sie nüchtern erklärte, im Keller auftauen würden. Als ich das verneinte, entschuldigte sie sich für einen Augenblick und kehrte mit etwas zurück, das in ein sauberes Leinentaschentuch gewickelt war. Sie öffnete das Tuch und legte zwei Jagdmesser, eine Tonpfeife, Joes Maultrommel und ein Taschenmesser auf den mit einer Spitzendecke bedeckten Tisch neben mir. Ich erkannte das Messer, das einst Josh Vincent gehört hatte. Unzählige Dinge hatte er mir damit gezeigt: wie man damit ein Paddel glättete, einen Fisch säuberte, Zwirn schnitt. Bei seinem Anblick war ich den Tränen nahe.

Da war noch etwas in dem Taschentuch: ein glatter, weißer Kieselstein, rosa und graublau gesprenkelt. Das Meer hatte ein Loch hineingewaschen, durch das ein Lederband gezogen worden war. Zuletzt hatte ich die Kette an Fannys Hals gesehen. Sie hatte sie jahrelang getragen, der Stein war ihr Amulett, ihr Glücksbringer. Ich hätte schwören können, sie hätte die Kette umgehabt, als ich ihren Leichnam in die Küche ihrer Mutter brachte. Ich fragte mich, wann Peter sie genommen hatte. Ich steckte den kleinen Stein in meine Hosentasche, hüllte die anderen Sachen wieder sorgfältig in das Tuch und steckte auch das ein.

»Könnten Sie veranlassen, daß die Toten in einfache Kisten gelegt und morgen früh zur *Seahorse* gebracht werden?«

Die Frau nickte und begleitete mich zur Tür, als wäre ich zum Tee zu ihr gekommen. Als ich gerade gehen wollte, fragte sie, reichlich widerstrebend, kam mir vor, wer für die Kisten und Karrenmiete aufkommen würde.

»Ich komme morgen früh auf dem Weg zum Schiff bei Ihnen vorbei«, erwiderte ich. Sie nickte freundlich und wünschte mir eine gute Nacht.

Es wurde dunkel. Auf meinem Rückweg kam ich an den Geschäftsräumen der Gilberts vorbei. Im hinteren Büroteil brannte noch immer Licht. Ich stieg die zwei Stufen hinauf und blickte durch das kleine Glasfenster. Eine einzige Lampe brannte, daneben saß der Buchhalter allein da, einen Füllfederhalter in der Hand, und beugte sich über das Buch, das ich am Nachmittag gesehen hatte. Ich ertappte mich bei dem Gedanken, daß es nicht schwierig wäre, die Tür aufzubrechen, dem Mann Josh Vincents Messer an die Kehle zu drücken und ihn zu zwingen, den Tresor zu öffnen. Ich könnte das Geld in den Särgen verstecken und Emma erst kurz vor dem Auslaufen des Schiffes davon erzählen.

Welche Gerechtigkeit, Joshs Messers auf solche Weise zu benutzen – wie befriedigend, etwas von Mr. Gilberts Gold zum Kap zu schicken!

Der Gedanke war so erhebend, daß er mich nicht mehr losließ. Es war Irrsinn, und ich gab mich ihm hin; stand da, starrte den Mann an und dachte mir, welchen Spaß es machen würde, immer wieder auf ihn einzuschlagen, stellte mir vor, wie gut die Frauen und Kinder auf dem Kap das Geld gebrauchen könnten.

Obwohl es schneite, schwitzte ich. Ich konnte mich selbst atmen hören. Unter großer Anstrengung riß ich mich von dem Fenster los, stolperte die Stufen hinunter und rannte den Hügel hinauf.

Ich begab mich ohne Umwege in die Kapelle, kniete mich nieder und bat um innere Ruhe, dann um Vergebung. Ich zitterte noch immer – und war entsetzt, wie nahe ich daran gewesen war, einen Mord zu begehen, die Tat zu wiederholen, wegen der ich so weit hatte fliehen müssen. Lange Zeit blieb ich dort und betete für mich, für Emma und ihre Kinder, für Peters und Joes Seelen, für alle Leute auf dem Kap. Ich betete, mir möge ein Weg gezeigt werden, wie ich Emmas Fahrtkosten und die Überführung der Leichen zurück zum Kap bezahlen könnte. Dann kniete ich da und dachte nur noch an Geld. Ich wußte, ich würde zu Vater Fitzgerald gehen und ihn um Geld bitten müssen – diesen Augenblick hatte ich schon den ganzen Tag gefürchtet.

Ich war so müde, daß ich den Kopf auf die Kirchenbank vor mir legte und einschlief. Bei meinem Erwachen schien tiefste Nacht zu sein, aber Vater Fitzgerald war noch immer in seinem

Arbeitszimmer. Ich erzählte, was geschehen war, wobei ich ihm sowohl den Besuch im *Black Dog* als auch meine Absicht, Mr. Gilbert auszurauben, unterschlug.

Er zählte den benötigten Betrag ab und gab mir sogar noch ein paar Münzen zusätzlich. »Schicken Sie den Kindern ein paar von den Bonbons mit, von denen Sie mir erzählt haben«, sagte er. Als ich etwas davon murmelte, ich würde es der Pfarrgemeinde eines Tages zurückzahlen, schüttelte er den Kopf.

»Ich kann mir beim besten Willen nicht vorstellen, wie Sie das machen wollen, Vater Commins; wenn ich recht verstanden habe, bleiben Sie weiterhin bei uns, und ich habe ganz gewiß nicht vor, Ihnen Geld zu geben, mit dem Sie Ihre Schulden begleichen können.« Er lächelte und meinte, ich sollte mich jetzt besser schlafen legen. »Kommen Sie morgen nach der Arbeit zum Gebet – gehen Sie bis dahin mit Gott –, und machen Sie sich wegen des Geldes keine Sorgen.«

Am nächsten Morgen ging ich zum Kloster und erfuhr, daß Emma und die Kinder nicht dort übernachtet hatten. Sie hatte darauf bestanden, ins eigene Haus zurückzukehren, einem einräumigen Haus in einer Gasse hinter der Schmiede, das ich erst nach einer Stunde ausfindig machen konnte.

Emma kam ängstlich an die Tür. Sie hatte geweint, und aus dem trostlosen Raum hinter ihr konnte ich das Baby wimmern hören. Ich stand in der Tür, erklärte ihr, was ich in die Wege geleitet hatte, und bat sie, rasch ihre Sachen zu packen und mit mir zu kommen.

»Kommen Sie denn mit uns mit?« wollte sie wissen.

Als ich erwiderte, ich bliebe in St. John's, erschien der alte mürrische Ausdruck auf ihrem Gesicht. Ich rechnete schon damit, daß sie sich weigern würde mitzukommen, aber sie verschwand im Haus und war einen Augenblick darauf wieder da und reichte mir einen Jutesack, der ihre Habseligkeiten enthielt. Mit dem Baby auf der Hüfte und dem Jungen am Mantelzipfel folgte sie mir wortlos. Ihr Anblick war so jämmerlich, daß ich beschloß, mit ihr noch zum Essen in den *Black Dog* zu gehen, bevor wir uns zum Hafen begaben.

Während Emma und der Junge Tee tranken und ein Käsebrot aßen, erzählte ich ihr vom Vortag. Den Bescheid des Händlers, daß Peter kein Geld zustünde, nahm sie überraschend gefaßt auf.

»Das wär's dann also, oder? Was anderes hatte ich auch nicht erwartet.« Sie flößte dem Baby etwas Tee ein, das zuerst würgte, aber dann, nachdem es zu weinen aufgehört hatte, ihn hinunterzuschlucken begann.

Wir gingen in Drews Büro, wo ich ihre Fahrkarten bezahlte, ehe wir uns zu Mrs. Coyles Haus aufmachten. Die Frau wirkte frisch und hübsch, sie trug ein hellgelbes Kleid und hatte ihr Haar so kunstvoll frisiert wie am Tag zuvor. Sie grüßte uns beide mit dem Namen, und ich erfuhr, daß Emma in der Nacht gekommen war, um ihren toten Mann zu sehen.

Die Frau erklärte, die Kisten seien schon zur *Seahorse* hinuntergebracht worden und ich brauche ihr nichts zu zahlen. »In der Früh ist ein Bote mit einer Nachricht von Gilbert für mich vorbeigekommen.« Sie zog einen Brief aus ihrer Tasche und reichte ihn mir.

»Sehr geehrte Frau Coyle«, las ich, »wir haben Kenntnis davon erhalten, daß Peter Vincents Jagdgewehr bei dem Kapitän der *Godspeed* zurückgeblieben ist. Abzüglich der Kosten für die Ausrüstung für besagten Peter Vincent und seinen Bruder, senden wir Ihnen hiermit den Restbetrag von zwei Pfund sechzig für die von Ihnen erbrachten Leistungen.

Ich wäre Ihnen verbunden, wenn Sie die Güte haben könnten, den katholischen Herrn, der sich um die Angelegenheiten der Brüder zu kümmern scheint, davon zu unterrichten. Ich wünsche, daß er weiß, daß unsere Firma nach ehrenwerten Grundsätzen handelt. Kein Penny der beiden Vincentbrüder wurde zurückbehalten, eher waren wir zu großzügig.« Der Brief war unterzeichnet mit R. J. Robinson, Oberbuchhalter.

Mein erster Gedanke war, Mrs. Coyle zu bezahlen, zum Büro der Gilberts zu gehen und das Gewehr zurückzuholen, bei dem es sich zweifelsohne um Caleb Gosses alten Vorderlader handeln mußte, den Peter immer auf seine Streifzüge mitgenommen hatte. Aber der gesunde Menschenverstand sagte mir, daß Emma und Lizzie das Geld besser brauchen könnten als das Gewehr. Ohne daß Emma es merkte, steckte ich es ihr zusammen mit dem Geld von Vater Fitzgerald in ihren Sack.

Bevor wir sie verließen, reichte Mrs. Coyle Emma einen Schal. »Nachdem Sie letzte Nacht gegangen waren, habe ich mich daran erinnert, daß ich vor Jahren mal diesen Schal gestrickt habe, hier, er ist für das Baby; und das hier ist für den kleinen Jungen.« Sie gab mir eine Papiertüte. »Wenn er auf dem Schiff ist, darf er reingucken.«

Als wir am Hafen ankamen, wurden gerade die letzten Fässer auf die *Seahorse* geladen. Sie war ein größeres, schnittigeres Schiff als die *Charlotte Gosse*, und ich fragte mich, ob es am Kap anlegen könnte. Der Kapitän, ein mir völlig unbekannter Mann, schnauzte mich an, daß Emma schon seit einer Stunde auf dem Schiff hätte sein müssen. Die Kisten mit den Toten, sagte er, seien unter Deck untergebracht und festgebunden, obwohl er eigentlich nicht mit einem Unwetter rechne.

Als ich mich erkundigte, wo Emma und die Kinder schlafen würden, erwiderte er ruppig, sie müßten mit einer Koje in der Mannschaftsunterkunft vorliebnehmen, da der Besitzer und seine Frau sich in der einzigen Kabine des Schiffes einquartiert hätten. An der Art, wie er das sagte, merkte ich, daß die schlechte Laune des Mannes nicht durch unser verspätetes Eintreffen hervorgerufen worden war, sondern durch die Aussicht, daß der neue Arbeitgeber ihm während der Reise auf die Finger schauen würde. Er wirkte fahrig. Während er mit uns sprach, blickte er über unsere Schultern zu den Matrosen, die die Taue einholten und die Deckladung befestigten.

Es war nur gut, daß er uns nicht so genau in Augenschein nahm. Wir boten einen seltsamen Anblick, Emma, sogar noch schlampiger als gewöhnlich, die ein Baby im Arm hielt, das in einen wunderschönen, cremefarbenen Wollschal gehüllt war, ein verdreckter Junge und ein Mann, der ganz offensichtlich ein katholischer Priester war.

Ich hatte Emmas Sack zu Boden gestellt, hielt aber noch immer die Bonbontüte in der Hand, die Mrs. Coyle mir gegeben hatte. Auch hatte ich Lavinia Andrews' Tagebuch dabei, das wieder in dasselbe Papier gewickelt war, in dem es mir zwei Jahre zuvor überreicht worden war.

Ich hatte lange darüber nachgedacht und schließlich beschlossen, das Buch zurück zum Kap zu schicken. Ich schämte mich bei der Vorstellung, was Lavinia von mir denken würde, wenn sie die von mir hinzugefügten Seiten las, aber sie verdiente eine Erklärung für die Dinge, die sich in jenem letzten Jahr auf dem Kap ereignet hatten. Ich würde Emma das Buch in der letzten Minute anvertrauen und sie bitten, es Lavinia zu überbringen. Unterdessen wartete ich und genoß das Gefühl des viereckigen Päckchens unter meinem Arm.

So unzufrieden war ich gar nicht mehr mit mir. Insgesamt hatte ich die Situation recht gut gemeistert, fand ich. Ich betrachtete die Silhouette der Stadt und sah das Baugerüst unserer Kathedrale über ihr aufragen wie die Takelage eines riesigen Schiffes.

Ich hörte, wie Emma leise aufstöhnte, und wandte mich zu ihr um. Sie wirkte sehr nervös, ihre Haut war feucht, und sie war leicht grün im Gesicht. Ich fragte, ob ich ihr und den Kindern unter Deck helfen könnte, aber sie lehnte ab, da sie oben bleiben wollte, bis sie auf offener See waren. Ich fragte mich, ob sie die väterliche Neigung zur Seekrankheit geerbt hatte. Falls dem so war, dann hatte sie mit den beiden kleinen Kindern ein paar schwere Tage auf See vor sich.

Daran dachte ich gerade, als sie mir plötzlich das Baby in den

Arm drückte und auf die Reling zurannte. Ich glaubte, ihr sei schlecht, aber sie deutete auf einen Mann, der unter uns auf dem Kai stand, und rief mir über die Schulter zu, daß das Dan Hamlyn sei: »... der schuldet mir noch zehn Schilling fürs Saubermachen seines Geschäfts – die hol ich mir von dem alten Geizkragen!«

Ehe ich etwas erwidern konnte, war sie die Laufplanke hinuntergelaufen und rannte auf den Mann zu. Der Junge begann zu wimmern, und ich versuchte, mit dem Baby und dem Tagebuch unbeholfen im Arm, ihn am Kopf zu tätscheln. »Keine Bange, sie ist gleich wieder da.«

Während ich das noch sagte, merkte ich, daß Emma ihren Sack bei sich hatte und geradewegs an dem Mann vorbeigerannt war. Bevor sie in der Bucht verschwand, blickte sie zurück und schrie etwas, das ich nicht verstehen konnte. Sie weinte.

Die Stadt glitt an uns vorbei. Der Mann auf dem Kai lüftete den Hut und winkte jemandem am Bug zu. Ich stand mit einem Baby im Arm und einem kleinen Jungen da, der in mein Hosenbein schluchzte. So verharrte ich, bis das Baugerüst der Kathedrale im Dunst verschwand, bis das sanfte Beben des Schiffes zum vertrauten Rollen und Stampfen überging, bis der Wind die Segel blähte, bis die *Seahorse* abdrehte und zwischen den steilen Felsen hinausfuhr.

Inmitten dieser Geräusche und Bewegungen stand ich in einer Insel der Stille und sah klarer denn je, daß alle Geschöpfe – das Kind in meinen Armen, der Junge neben mir, die Männer um mich herum, das Schiff, die Wellen darunter und die Fische unter den Wellen – sich in großen wirbelnden Mustern bewegten, die nur Gott verstand und beeinflussen konnte.

DANKSAGUNG

Die Autorin bedankt sich herzlich für die Hilfe des Canada Council; für die Ratschläge Helen Porters, Joan Clarks und Jennifer Lee Morgans, die eine viel frühere, viel längere Version dieses Buches lasen; für die Unterstützung der Newfoundland Writers' Guild und Jack McClellands und für die Arbeit Kyran Pittmans. Des weiteren gilt mein Dank den Vincents – Tante Sophie, Onkel Jack und Tante Elsie, die mir das Kap zeigten, und ganz besonders George Morgan, der während des Schreibens dieses Buches seine Stärken als Koch, Rechtschreibspezialist und Computerexperte unter Beweis stellte.